国家社科基金
后期资助项目

朱熹《诗经》
解释学研究

On Zhu Xi's Hermeneutics of *Shijing*

郝　永　著

上海古籍出版社

2012年度国家社会科学基金后期资助项目（12FZW012）

国家社科基金后期资助项目
出版说明

　　后期资助项目是国家社科基金项目主要类别之一,旨在鼓励广大人文社会科学工作者潜心治学,扎实研究,多出优秀成果,进一步发挥国家社科基金在繁荣发展哲学社会科学中的示范引导作用。后期资助项目主要资助已基本完成且尚未出版的人文社会科学基础研究的优秀学术成果,以资助学术专著为主,也资助少量学术价值较高的资料汇编和学术含量较高的工具书。为扩大后期资助项目的学术影响,促进成果转化,全国哲学社会科学规划办公室按照"统一设计、统一标识、统一版式、形成系列"的总体要求,组织出版国家社科基金后期资助项目成果。

全国哲学社会科学规划办公室

2014 年 7 月

序

束景南

我以前在研究宋代经学时曾经说过:"中国经学由汉学向宋学的划时代转型,实际是宋儒发动的一个新的儒家'经典诠释运动'。"从解释学(诠释学)的文化视角看,同汉唐保守复古的"汉学"经学不同,朱熹的"宋学"经学,构建了一个疑古革新的经学解释学体系。特别是他的《诗经》学,更强烈地体现了这一"宋学"的经学的根本特点。所以改革开放以来,研究朱熹的《诗经》学成了宋代经学研究的热点,出版了不少引人注目的专著。但总的看他们还多集中在对朱熹的《诗集传》的研究上,就一些重要问题如反《毛序》、淫诗说、六义说等展开专题探讨,仍缺少全面系统的深入研究,不少问题仍没有搞清楚。现在,郝永博士的《朱熹〈诗经〉解释学研究》的出版,可以说终于弥补了这一研究的缺失与不足。这本书是作者历经十余年思考研究精心结撰的佳作,对朱熹的《诗经》学研究有了新的突破,开拓了研究朱熹《诗经》学研究的新领域、新思路。我以爲这本书的创新突破,突出表现在这样三方面:

第一,解释学(诠释学)的文化视角。如何给朱熹的《诗经》学思想体系定位,这是一个大问题。前人的研究往往从小处着眼,较多注意考辨朱熹有多少篇反《毛序》说,有多少篇仍用《毛序》说,有多少篇是"淫诗"等,判定朱熹的《诗经》学是怎样一个反《毛序》或黜《毛序》的经学体系,对朱熹的《诗经》学仍缺少总的体系上的把握。郝永博士从解释学的视角,明确指出朱熹的《诗经》学是一个理学化的解释学体系,他是用理学来诠释一部《诗经》,达到了经学与理学的相融,所以朱熹的《诗经》学"其旨归不是文学而是理学,其方法不仅是'我注六经',更是'六经注我'。故朱熹的《诗经》学,是扬弃旧学而回归《诗》三百篇的诗歌本体论后的理学解释学",这种看法是很精辟的。事实上,中国古代十三经的经学体系本就是一个儒家经典的解释学体系,不同时代的经学,都是对儒家经典的一种诠释,如果说"汉学"的经学是对儒家经典的一种经学化解释,那么"宋学"的经学就是对儒家经典的一种理学化解释。郝永博士认识到朱熹的《诗经》学是一个理学化的诠释学体系,所以他由此对朱熹的《诗经》学多有有新的发见:前人从朱熹的《诗经》学中看到的是经学与文学的相融,郝永博士却看到了经学与理学的相融;前人从朱熹的《诗经》学解经方法中看到的是义理解经的特点,郝永博士却从朱熹的整个《诗经》学解经方法(求经本义,涵咏解诗;多维视角,哲学、文学、史学结合解诗;章句训诂与义理解经相结合)中都看到理学解释的解经特点;前人主要从《二南》中看到以理学解《诗》的特点,郝永却从朱熹的《二南》诗学、《风》诗学、《雅》诗学、《颂》诗学中都揭示出了朱熹以理学解《诗》的鲜明特点等。我以为探明朱熹《诗经》学的理学解释学特点,对研究整个"宋学"都具有重要意义。

第二,从发展中探讨朱熹的《诗经》学思想体系。前人对朱熹的《诗经》学多是作静态的研究,即注重研究《诗集传》中的《诗经》学思想,而对《诗集传》以前与《诗集传》以后的朱熹的《诗经》学思想的演变、发展未予注意。郝永博士精辟独到地提出了朱熹《诗经》学三期发展说:初期主《毛序》的《诗经》旧学(见《诗集解》),后期黜《毛序》的《诗经》新学(见《诗集传》),晚期新说深化的《诗经》学(见《诗传遗说》)。我觉得郝永博士的三期说提供了研究朱熹《诗经》学思想的新思路、新空间,值得注意。郝永博士自己在这方面已作了极大的开拓性的研究,可以说是他第一个充分利用了《诗集解》与《诗传遗说》中的重要资料(前人多不重视),完整展现了朱熹《诗经》学思想形成发展深化的历程。特别是对朱熹在写成《诗集传》以后(淳熙十二年以后),朱熹对《诗经》的新认识、新解说,郝永博士作了多方面的开掘,如在章句训诂解经方面,指出朱熹注重名物训释,训字释词(音训、义训),语言表达与章义篇旨,对兴、比、赋之体的修整,提出了"叙事诗"理论;在义理解经方面,朱熹提出了疑正、变《风》说,以"情有可原"解诗,疑正《风》说,进一步强化理学化的解释等,都是发人所未发。

第三,对朱熹《诗经》学体系的全面系统研究。前人对朱熹《诗经》学的研究多是一种"问题"研究,就朱熹《诗经》学的一些重要问题作专题研究,尚不能完整展现朱熹的《诗经》学思想体系。郝永博士从"问题"研究切入,进而对朱熹的《诗经》学作了全面、全方位的系统研究。他把朱熹的《诗经》学体系分为《二南》诗学、《风》诗学、《雅》诗学、《颂》诗学等类型,展开各方面的研究,提出了众多新说。如:(1)在《二南》诗学上,认为朱熹的《二南》说是《诗经》学理学化的标志,是理学统摄下的文学、理学二元一体的解释学;(2)在《变风》诗学上,指出朱熹的《变风》说由地域风格论、创作主题论、淫诗论、理学二论等方面所组成;(3)在《雅》诗学上,指出朱熹虽然也将

"雅"别之以大小、正变,但却引入了音乐说,而不独从汉唐毛郑《诗》学的政事说;(4)在《颂》诗学上,指出朱熹在接受前人宗庙祭祀乐歌的同时,又提出诗篇内容上的理学内涵,认为《颂》诗诗篇内蕴治国安邦的大道理,他从《颂》诗中解读出了以民心为本的文王与天同体的"文德",后稷的无私、平等、奉献的"农德"武王的豪迈智慧、勇敢果断的"武德",成王的忠诚勤政、谦下自省的"成德"等。也都是独到的创新之见。

  我觉得郝永博士研究朱熹《诗经》学的新思路,值得我们重视。在这一方面郝永博士的研究已经开了一个很好的头,有很多问题还可以深化下去。如从《诗传遗说》中看朱熹晚年深化期的《诗经》学思想的发展,是很有见地的,但这里尤需要有确凿资料的支撑,如果能从《诗传遗说》以及《朱子语类》中系统整理出确是朱熹晚年的语录文献资料,那么我们对这一问题就可以展开全面深入的研究,有更多新的发现。相信郝永博士会注意到这一问题,沿此再展开新的深入探讨,将会有更新的成果问世。

束景南

2014年10月8日序于浙江大学西溪校区启真名苑

目　　录

绪论 ··· 1

第一章　朱熹《诗经》学形成的背景 ·· 10
第一节　儒学重建的历史必然 ·· 10
第二节　疑经惑古的学术新思潮 ··· 11
第三节　新思潮下的《诗经》学 ··· 12
第四节　朱熹时代的《诗经》学 ··· 13
第五节　朱熹自身学术的构成 ·· 15
　　一、文学维度 ·· 15
　　二、史学维度 ·· 16
　　三、理学维度 ·· 18

第二章　朱熹《诗经》学方法 ·· 20
第一节　以"诗"解《诗》 ··· 20
　　一、"涵泳"以解《诗》 ·· 20
　　二、以"诗"解《诗》新成就 ·· 25
第二节　集众"善说"以解《诗》 ··· 27
　　一、破今古文经界 ·· 28
　　二、兼取当代"善说"以解《诗》 ·· 30
第三节　音韵、章句训诂与义理结合以解《诗》 ································· 55
　　一、汉唐的小学工夫 ·· 56
　　二、宋人的义理化倾向 ·· 58
　　三、章句训诂和义理结合法 ·· 61

第三章 朱熹《诗经》学发展历程 …… 64

第一节 主——疑——黜《序》：从《诗解》到《诗传》 …… 66
《诗解》的二《南》学 …… 66

第二节 《诗解》"淫奔之诗"思想 …… 73
一、《诗解》确定为"淫奔之诗"的篇章 …… 74
二、《诗解》于"淫奔之诗"倾向不明篇章 …… 78

第三节 《诗解》的《雅》诗学 …… 81
一、"上下通用"的"燕乐"之篇 …… 82
二、"劳者歌"之篇 …… 82
三、正小《雅》错脱于变小《雅》之篇 …… 83

第四节 从《遗说》看深化期《诗经》解释学 …… 89
一、章句训诂 …… 90
二、义理学 …… 100

第四章 朱熹对汉唐旧《诗经》学的扬弃 …… 117

第一节 批《序》概述 …… 118
一、《大序》有不满人意处 …… 119
二、《小序》全不可信 …… 122

第二节 致《序》谬戾之因一：作者的认识论 …… 124
一、不明文质 …… 125
二、不通于理 …… 145

第三节 致《序》谬戾之因二：作者的方法论 …… 150
一、强就美刺 …… 150
二、傅会书史和依托名谥 …… 151
三、随文生义 …… 154

第四节 《序辨》从、弃《序》考 …… 159
一、从《序》之篇 …… 160
二、弃《序》之篇 …… 172

第五章 朱熹对《诗经》学传统问题的新诠 …… 184

第一节 "兴善惩逸"的"思无邪"说 …… 184
一、"思无邪"——性情正 …… 184

二、"思无邪"与"诚" ………………………………………… 186
　第二节　"情性"说 …………………………………………………… 188
　第三节　感发之"兴"说 ……………………………………………… 191
　　一、"兴"与"思无邪" ……………………………………………… 191
　　二、"兴"与涵泳 …………………………………………………… 193
　第四节　"六义"说 …………………………………………………… 195
　　一、三经三纬 ……………………………………………………… 196
　　二、《风》《雅》《颂》 ……………………………………………… 197
　　三、赋比兴 ………………………………………………………… 199
　第五节　"赓和诗"说 ………………………………………………… 204
　第六节　"雅郑"、"邪正"之辨 ……………………………………… 207
　第七节　"叶韵"说 …………………………………………………… 212

第六章　二《南》正《风》诗学 ………………………………………… 215
　第一节　周文王王道政化的里巷歌谣 …………………………… 215
　　一、前学渊源 ……………………………………………………… 215
　　二、作者的社会地位和诗篇内容的抒情 ……………………… 216
　　三、解释中赋、比、兴表现手法的运用 ………………………… 219
　　四、篇篇冠以"文王之化" ………………………………………… 220
　　五、文王王道的新民之功 ………………………………………… 222
　　六、文学、理学二元一体的矛盾性 ……………………………… 224
　第二节　《关雎》解释学 ……………………………………………… 225
　　一、《关雎》诗旨 …………………………………………………… 225
　　二、《关雎》讨论之其他 …………………………………………… 229

第七章　《风》诗学 ……………………………………………………… 233
　第一节　地域风格理论 ……………………………………………… 234
　　一、各别的地域风格 ……………………………………………… 234
　　二、地理环境与诗歌风格 ………………………………………… 236
　　三、在上者好倡与诗歌风格 ……………………………………… 239
　第二节　创作主体——以变《风》为例 …………………………… 242
　　一、宫廷王族诗人 ………………………………………………… 242

二、朝臣大夫 …………………………………………………… 243
　　三、贤者君子 …………………………………………………… 243
　　四、平民诗人 …………………………………………………… 243
 第三节　朱熹《诗经》解释学"淫诗"说新论 ………………………… 247
　　一、史上"淫诗"篇数诸说及朱熹《卫风》"淫诗"篇数考 …… 247
　　二、变《风》"淫诗"考 ………………………………………… 250
　　三、朱熹"淫诗"说矛盾探究 …………………………………… 254
 第四节　《风》诗的理学解释 ……………………………………… 258
　　一、"发乎情,止乎礼义"的经与权 …………………………… 258
　　二、士伦理学 …………………………………………………… 261

第八章　《雅》诗学

 第一节　《雅》诗学大纲 …………………………………………… 269
　　一、史上《雅》诗学 …………………………………………… 269
　　二、"小大"、"正变"说 ………………………………………… 270
 第二节　正《雅》学 ………………………………………………… 274
　　一、正《小雅》 ………………………………………………… 274
　　二、正《大雅》 ………………………………………………… 284
 第三节　变《雅》学 ………………………………………………… 291
　　一、变《小雅》 ………………………………………………… 291
　　二、变《大雅》 ………………………………………………… 301

第九章　《颂》诗学

 第一节　宗庙祭祀的乐歌 ………………………………………… 309
 第二节　《颂》诗伦理学 …………………………………………… 314
　　一、文王的"文德" ……………………………………………… 315
　　二、后稷的"农德" ……………………………………………… 318
　　三、周武王的"武德" …………………………………………… 320
　　四、周成王的"成德" …………………………………………… 324

第十章　承前启后的朱熹《诗经》学
　　　　　——以《陈风》为例 ……………………………………… 327

第一节 汉四家《诗》的《陈风》解释 ·········· 327
  一、四家《诗》的义理解释 ·········· 327
  二、四家《诗》的异文、考据 ·········· 331
第二节 朱熹的《陈风》解释 ·········· 333
  一、歌舞元素 ·········· 334
  二、《序》辨 ·········· 335
  三、黜《序》 ·········· 337
  四、男女之诗 ·········· 339
第三节 当代《陈风》解释
    ——以陈子展《诗三百解题》为例 ·········· 341
  一、综合前人之说 ·········· 342
  二、批评前人成说 ·········· 343
  三、借鉴今人之说 ·········· 344
  四、以诗篇立己说 ·········· 346

第十一章 朱熹《诗经》学的王道思想 ·········· 349
第一节 历史回顾 ·········· 349
第二节 王道本体论：天命、天理、民意三位一体 ·········· 352
第三节 王道德性论：真、善、美三位一体 ·········· 354
第四节 王道效用论：人与人、人与自然大和谐 ·········· 356

第十二章 朱熹《诗经》学《魏》《唐》为晋风疑说 ·········· 359
第一节 晋风地域风格 ·········· 359
第二节 晋风唱和诗说 ·········· 362
第三节 晋风乱世士子心态 ·········· 365

第十三章 朱熹《诗经》学的影响 ·········· 369
第一节 宗朱熹《诗》说而阐扬之 ·········· 369
第二节 取法朱熹以己意解《诗》 ·········· 372
第三节 折中于毛朱之间 ·········· 375
第四节 宗《毛传》而辨驳朱熹《诗传》 ·········· 378
第五节 对朱熹《诗经》学的整体褒赞与个案之辨 ·········· 380

  一、对朱熹《诗经》学的整体褒赞 ················· 381
  二、马端临的朱熹废《序》辨 ····················· 382
  三、对朱熹"淫诗"说的辨驳 ······················ 384

第十四章　朱熹《诗经》学与其诗论、诗作 ············ 387
 第一节　降而不黜《诗》 ································ 387
  一、对汉唐《诗经》学体系的由疑而废 ············· 388
  二、新理学《诗》学体系建立 ······················· 390
 第二节　贬而不废诗 ···································· 393
  一、"诗人之言"的诗论 ···························· 393
  二、以诗名家的创作成就 ··························· 395
 第三节　"平易"的诗美主张 ···························· 397
  一、以歌谣、乐歌解《诗》 ························· 398
  二、诗论中的"平易"倡导 ·························· 400

第十五章　朱熹《诗经》学与其辞赋学 ················ 403
 第一节　理学的本体论 ································· 404
 第二节　以《诗》诠赋的方法论 ······················ 410
 第三节　尊崇骚赋的价值论 ··························· 416

参考文献 ·· 422
后记 ·· 430

绪　　论

朱熹是中国文化思想史上的大家,关于他的《诗经》学,当下学界主流认为具有从经学走向文学的特质。这种认识主要由两个因素所致:一是对朱熹自己所标榜的"求《诗》本义"的《诗经》学方法论的"误导",再是对朱熹"我注六经"经学学术的惯性认识。本书则以"诗无达诂"观点为认识基础,坚持朱熹理学家的定位,认为朱熹《诗经》学的旨归是理学而不是文学。这可以更明确地表述为:朱熹的《诗经》学是精心营构的理学化的解释学①体系。

中国的"诗无达诂"观可以有如下理解:一是说诗歌作为文学作品,其所内蕴意旨的多样性导致理解上的多样性和难以统一性;再是由于解释者和诗作者时间间隔、身份地位、文化水准、思维模式等诸多的相异性,导致后者很难知晓前者创作的本意;还有就诗歌内容来说,假以甚或不长的时日,恐怕连作者本人有时也未必就能准确记起诗歌创作的本意。《诗经》是诗歌的集合,这是人所共知的,尽管历史上的儒家思想家以"经"目之,但他们在给予《诗》之三百篇以思想的承载时,无疑利用了《诗》三百篇之为诗的能指的多样性,因为他们肯定是知道"诗无达诂"道理的。这样说当是符合逻辑的:"诂"是解释的意思,"无达诂"可以理解为无确解,无确解逻辑地包含解释多样化的意项。这样一来,"诂诗"其实就是关于诗歌的解释活动,上升到学术的层面,即为诗(包括《诗》三百)的解释学了。

其实,如果可以将春秋赋诗现象(如《左传》、《国语》所载外交场合的赋诗言志),理解为广义的诗的解释学的话,那么无疑,关于《诗》的解释学,早在那个时期或者更早就已有了。再循"诗无达诂"理念,则中国两千多年的

---

① 这里所说的朱熹《诗经》解释学,和现代西方海德格尔、伽达默尔等的"解释学"有所不同:现代西方解释学已经是本体论性质的哲学体系,是为解释学哲学;而我们所说的朱熹《诗经》解释学是关于方法论和认识论的解释学,即解释者(此在)以一定的方式方法对文本(对象)进行理解解释活动,进而作出认识结论、建立认识体系的学术。

《诗经》学都是关于它的解释学。中国的学术尤其是儒家思想家,在经典的学术问题上有所谓"我注六经"和"六经注我"的分野,并以之来区分汉学、宋学(章句训诂、义理之学)。前者自诩尊重经典本义并深入探求之,后者则被指责为委屈、偏离甚至悖谬经典本义,而实为自己思想理念的阐发。那么就《诗经》的解释来说,朱熹属于两者之中的哪一派呢?一般认为他是"我注六经"的本义派,因为他说自己的《诗经》学原则之一就是以诗解《诗》的求《诗》本义。正是由于这一原则之指导,他才有黜《毛序》而解《诗》的惊世之举。

但是,如果我们以"诗无达诂"的精神烛照朱熹的《诗经》学,则它本质上或主导方面,并不是"我注六经"的诗歌本义的沿波讨源,而仍是"六经注我"的解释学。事实上,即使不持"诗无达诂"标尺,客观深入考究朱熹的《诗经》学,仍不难发现作为理学家的朱熹,其《诗经》学的最终指向恰恰是理学体系建构的解释学。对朱熹的《诗经》理学解释学,现今学界是怎样的一个认识现状?朱熹是怎样(用什么方法)来精心建构这一体系的?这一体系呈现一个怎样的存在样态?所有这些都是本书要讨论的内容。

朱熹的《诗经》解释学,实质上是以新的思想与方法,对儒家元典之一的《诗经》重新解释的体系。钱穆说:"在中国历史上,前古有孔子,近古有朱子,此两人,皆在中国学术思想史及中国文化史上发出莫大声光,留下莫大影响。旷观全史,恐无第三人堪与伦比。孔子集前古学术思想之大成,开创儒学,成为中国文化传统中一主要骨干。北宋理学兴起,乃儒学之重光。朱子崛起于南宋,不仅能集北宋以来理学之大成,并亦可谓其乃集孔子以下学术思想之大成。"①钱穆高度评价朱熹,认为在中国学术思想史和中国文化史上,他是唯一可比孔子之人:孔子是儒学开创者,朱熹是宋代新儒学——理学集大成者。因为他"将元典儒学作为滞留于伦理道德层次的心性之学,从形上学本体论给以关照……通过诠释心性于本体、伦理于天道的联结以及人于生存世界、意义世界、可能世界的关系,使儒家道德学说获得形上性和整体性的阐发,传统儒学内部的逻辑结构、价值结构、道德结构等经此调整,获得了新的生命"②。张立文接着钱穆之说,认为以朱熹为代表的理学,是对传统儒家元典作新的解释形成和母体血肉相连的新学术体系。《诗经》作为儒家的重要元典,自然是朱熹重新解释的重要经典文本。朱熹解释《诗

---

① 钱穆:《朱子学提纲》,北京:三联书店,2002年,第1页。
② 张立文:《朱熹评传》,南京:南京大学出版社,1998年,自序。

经》有两大亮点：一是对其文学特质的重视，二是对其理学价值的发掘。两者都是对汉唐经学以美刺解《诗经》的大突破、大发展。朱熹作为集大成的学者，无论在《诗经》解释方法还是在《诗经》主旨上，都能兼收并蓄，立足宋学而不废汉唐。故朱熹的《诗经》解释学既是世界观的学问，又是方法论的学问；既有文学的维度，也有理学和史学的维度；既有对经学旧说的继承与扬弃，也有其自身的创新发展。总之，朱熹《诗经》解释学是以理学为旨归的多维度的经学体系。

关于朱熹《诗经》解释学的研究，以往的人们往往从自身的因素出发，"各取所需地抓住某一'面'某一'维'或褒或贬，或誉或毁"①，鲜见多维的诠释研究，间或有之，也全而不深，深而不细。其实朱熹《诗经》解释学自产生之日起就成为学者研究的对象，但直到近代，对它的褒与贬、毁与誉，还是局限于传统经、史、子、集四分法的"经"学范围内。近代以降，西学东渐，在分科之学盛行的环境下，朱熹《诗经》学思想本该像其他传统学术一样获得新的解读生命，但由于政治过分干预学术的背景，朱熹的《诗经》学也被过多地给予政治维的解读。新时期以来，朱熹《诗经》解释学的文学维受到重视，研究成果颇丰，而其他如理学维却少有触及，即使有所触及，也欠深入细致。海外学者群体尽管受政治因素影响较小，但同样也缺乏有关朱熹《诗经》解释学的专门著作。

学界对朱熹《诗经》解释学的研究又可分为三大类型。第一种类型是从现代分科学的哲学角度研究朱熹思想，只不过研究视角方法有所不同。陈来的《朱熹哲学研究》以时空为研究视角，从"时（历史演变）空（层次角度）的不同方面对朱子的理气论、心性论、格物致知论的主要内容进行综合考察和全面分析"②。张立文的《朱熹思想研究》主要以哲学逻辑结构的方法研究朱熹的思想："运用哲学逻辑结构的方法，提示了朱子理气先后、理一分殊、格致心思、持敬知行、心性情才。"③张立文的《朱熹评传》"系统全面地阐述了以理为核心范畴而展开经济、政治、哲学、自然科学、形神、动静、知行、心性、教育及美学、伦理学、历史观等方面的思想"④，可见其涉及的学科之细之广。田浩的《朱熹的思维世界》用历史背景展现的方法将朱熹的"思想发展置于他与同时代学人的关系和交往的背景下考察"⑤。赵峰的《朱熹的

---

① 束景南：《朱子大传》，北京：商务印书馆，2003年，自序。
② 陈来：《朱熹哲学研究》，上海：华东师范大学出版社，2000年，第9页。
③ 张立文：《朱熹思想研究》，北京：中国社会科学出版社，2001年，内容提要。
④ 张立文：《朱熹评传》，南京：南京大学出版社，1998年，内容简介。
⑤ 田浩：《朱熹的思维世界》，西安：陕西师范大学出版社，2002年，第1页。

终极关怀》以"终极关怀"的视角来考察朱熹的思想,认为朱熹的终极关怀就其"总体性质而言仍是儒家的""群体本位型"①。上述著作多以哲学范畴的考察来研究朱熹思想,较少涉及朱熹《诗经》解释学。第二种类型是对朱熹学术思想的全面猎取,如钱穆《朱子新学案》,这类著作涉及朱熹的《诗经》解释学,但全而不深。第三种类型是以朱熹的生命历程结合学术历程来研究朱熹思想的一种范式。束景南教授《朱熹年谱长编》"不以旧谱为标准,不以旧说为依据,而从全面收集原始文献入手,直接就朱熹文集、语录等中,考辨朱熹生平行事"②,历叙其学术历程,是朱熹年谱后出转精的巨著;《朱子大传》是"有意借用传记体的形式,把朱熹这个'人'放到人、文化、社会的三维有机系统中加以考察"③,是一部用传记体的形式研究道学文化心态的著作。余英时《朱熹的历史世界》是本着"知人论世"的方法"尽量根据最可信的证据以重构朱熹的历史世界,使读者置身其间,仿佛若见其人在发表种种议论,进行种种活动"④,可见这是一种历史还原法。在以上这些著作中,对朱熹《诗经》解释学研究成就突出者,当数束景南教授。他于《朱熹年谱长编》和《朱子大传》中均详细考辨了朱熹《诗经》解释由主《序》之《诗集解》(下文简称《诗解》)到黜《序》之《诗集传》(下文简称《诗传》)的发展演变过程,是迄今为止关于朱熹《诗经》解释发展维最详尽的研究成果。

新时期朱熹《诗经》解释学研究的新成就是其美学文学维度。潘立勇的《朱子理学美学》包括三个方面的内容:"一是从历史的、客观的角度辩证地、立体地考察朱子理学美学的理论前提……;二是从逻辑的、微观的角度系统地、深入地探讨朱子理学美学在其本体论基础上的审美客体论、艺术哲学、山水美学、人格美学、审美教育学等部分构成的理论体系……;三是从比较的角度研究朱子理学美学所表现的民族价值观念和思维运作模式。"⑤其中的《诗经》解释学立足于朱熹的理学美学。莫砺锋的《朱熹文学研究》以"恢复朱熹文学家的本来面目为宗旨"⑥,主要从文学的视角考察朱熹《诗经》解释学。邹其昌《朱熹诗经诠释学美学研究》,借用西方美学的观点来研究朱熹《诗经》解释学,"集中在对朱熹《诗经》学诠释学的审美考察上"⑦。此外,张祝平《朱熹诗经学论稿》是较早的朱熹《诗经》学的专题研

---

① 赵峰:《朱熹的终极关怀》,上海:华东师范大学出版社,2004年,第1—2页。
② 束景南:《朱熹年谱长编》,上海:华东师范大学出版社,2001年,第93页。
③ 束景南:《朱子大传》,北京:商务印书馆,2003年,第53页。
④ 余英时:《朱熹的历史世界》,北京:三联书店,2004年,第5页。
⑤ 潘立勇:《朱子理学美学》,北京:东方出版社,1999年,第5页。
⑥ 莫砺锋:《朱熹文学研究》,南京:南京大学出版社,2000年,第5页。
⑦ 邹其昌:《朱熹诗经诠释学美学研究》,北京:商务印书馆,2004年,第14页。

究。檀作文《朱熹诗经学研究》在"资料长编的基础上总结朱熹解释《诗经》的义例,在对比中辨析其所用概念的具体内容以及与汉学《诗经》学的本质区别"①,他对朱熹《诗经》解释学文学维多有新见。专著之外,朱熹《诗经》学文学维的研究成就,更突出地表现在学术论文上。宁宇、苏常忠《朱熹诗经接受中体现的美学思想》认为"在朱熹接受《诗经》的过程中反映出中国美学的特征,如情与理的统一、美与善的统一"②,主要探讨了朱熹美学和中国传统美学之关系;邹其昌的《论朱熹的"感物道情"与"交感"说》认为"朱熹的'感物道情'可以归结为一个'兴'或'感'字",该文"着重考察了朱熹的'感物道情'理论与'交感说'的内在本质联系及其理论深化"③;檀作文《朱熹对诗经文学性的深刻体认》主要谈到四个方面:1. 朱熹对《诗经》作品的抒情主体有明确确认;2.《国风》"里巷歌谣"说的立足点是对以个人情感为核心的抒情精神的深刻体认;3. 朱熹对《诗经》作品的文学表现手法有清醒的认识;4.《诗传》以赋、比、兴分配《诗三百》每篇各章,完全是从文学修辞学的角度出发。④

对朱熹"淫奔之诗"的研究是这一时期的一个热点,其中有就文学视角谈论这一问题的,也有就理学视角谈论这一问题的。莫砺锋《从经学走向文学——朱熹淫诗说的实质》,重点就朱熹《诗经》学解释的"淫奔之诗"思想探讨其文学成就,认为"在朱熹的《诗经》学研究中,最为惊世骇俗,同时也最具文学批评性质的莫过于他对所谓'淫诗'的解读"⑤。匡鹏飞《从静女看诗经毛亨朱熹解释的差异》通过考察朱熹和毛亨解释《静女》篇的不同为例,论证了朱熹的《诗经》解释:"在解释视角上,毛亨强调'经世致用',朱熹主张'以诗解诗';在解释程序上,毛亨以'诂训传'为特定程序,朱熹以'自上而下'和'自下而上'相结合为主要特征。"⑥姚海燕《论朱熹诗集传之"淫诗说"》表彰了朱熹巨大的学术勇气、渊博的学识和严谨的治学态度。⑦ 李家树《南宋吕祖谦、朱熹"淫诗说"驳议述评》认为朱熹之说混淆"郑声"和

---

① 檀作文:《朱熹诗经学研究》,北京:学苑出版社,2003年,序二第3页。
② 宁宇、苏常忠:《朱熹诗经接受中体现的美学思想》,《岱宗学刊》2005年,第2期。
③ 邹其昌:《论朱熹的"感物道情"与"交感"说》,《江汉论坛》2004年,第1期。
④ 檀作文:《朱熹对诗经文学性的深刻体认》,《首都师范大学学报(社会科学版)》2004年,第2期。
⑤ 莫砺锋:《从经学走向文学——朱熹淫诗说的实质》,《文学评论》2001年,第2期。
⑥ 匡鹏飞:《从静女看诗经毛亨朱熹解释的差异》,《沈阳师范学院学报》2001年,第3期。
⑦ 姚海燕:《论朱熹诗集传之淫诗说》,《上海师范大学学报(社会科学版)》1998年,第1期。

"郑风",而吕祖谦的观点才比较符合孔子的原意。① 韦丹的《朱熹"郑声淫"辨析》认为朱熹的《郑风》"淫奔之诗"思想反映了他作为文学家和理学家的矛盾心态。②

对朱熹《诗经》解释法的研究,以上专著少有涉及,有涉及者也不多见专门讨论,只是在学术论文方面有关于这一维度的专题。如汪大白《传统"〈诗经〉学"的重大历史转折——朱熹"以〈诗〉言〈诗〉"说申论》认为"以《诗》言《诗》"是朱熹对《诗经》文学性的深刻体认,是传统《诗经》学的重大变革。③ 吴功正《说涵泳》认为"涵泳"既是一种心理表达,又是一种体认方式,朱熹将其引进美学领域,是他的巨大贡献。④ 张祝平《朱熹的读诗方法论》主张:"朱熹《诗经》的研究成就之所以超越前人,在于他有一套与汉唐学者用经学方法解读《诗经》不同的文学读法。他认为读《诗》应从吟咏性情入门,注意《诗》的体裁和表现手法。他将读《诗》的过程分为虚心熟读本文;择各家注解,名物训诂;体身玩味,推类义理三个阶段,从求诗人本意入手,最终推求出圣人垂教之意的理学结论。这种从文学出发的读《诗》方法,最后仍挣脱不了理学的桎梏。这是由他'格物穷理'的理学目的所决定的。"⑤可见,其从文学的角度来看待朱熹的读《诗》法,但同时也指出理学的存在。董芬《朱熹诗集传解释方法分析》以西方解释学的方法论来观照朱熹的诗经解释方法⑥,实质上也是关于朱熹《诗经》解释法的研究。耿纪平《朱熹诗集传征引宋人诗说考论》⑦所讨论的内容,正是本文"朱熹《诗经》解释法"章所涉及的朱熹的"兼取当代'善说'以解《诗》"的《诗经》解释法。张旭曙《朱熹诗经解释方法新探》谈到了朱熹《诗经》解释上的三个方法:驳以史证《诗》"直靠直说"的本文观、以意逆志等。⑧

文献学方面,束景南教授的《朱熹佚文辑考》,尤其是其所辑《诗解》,为朱熹《诗经》解释学探讨提供了新的资料,特别有利于发展维的研究。郝桂敏《宋代诗经文献研究》是"以现存及所辑录的 48 种宋代《诗经》文献为主

---

① 李家树:《南宋吕祖谦虚、朱熹"淫诗说"驳议述评》,《河北师范大学学报》2005 年,第 1 期。
② 韦丹:《朱熹"郑声淫"辨析》,《贵州教育学院学报(社会科学版)》2001 年,第 1 期。
③ 汪大白:《传统"〈诗经〉学"的重大转折——朱熹"以〈诗〉言〈诗〉"说申论》,《安徽师范大学学报(人文社会科学版)》2001 年,第 2 期。
④ 吴功正:《说涵泳》,《福建论坛(人文社会科学版)》2006 年,第 6 期。
⑤ 张祝平:《朱熹的读诗方法论》,《南通师范学院学报(哲学社会科学版)》2001 年,第 2 期。
⑥ 董芬:《朱熹诗集传解释方法分析》,《江苏大学学报(社会科学版)》2005 年,第 6 期。
⑦ 耿纪平:《朱熹诗集传征引宋人诗说考论》,《河南教育学院学报(哲学社会科学版)》2006 年,第 2 期。
⑧ 张旭曙:《朱熹诗经解释方法新探》,《江汉论坛》1998 年,第 1 期。

要研究对象,参以宋人文集中的八十余篇论文,对宋代《诗经》文献进行一次比较全面、系统、深入、科学的研究"①的著作,将朱熹《诗经》解释尤其是《诗传》文本放置在宋代《诗经》学发展的大视野、大背景下,可见其独具特色。

语言学方面,人们对朱熹《诗经》学解释的研究多侧重于其"叶韵"说上,有褒有贬。但陈广忠的《朱熹诗集传叶音考辨》②对朱的"叶韵"说评价比较科学正面。

可以说到目前为止,朱熹《诗经》解释学研究成果可谓丰硕,但也存在诸多不足。这些不足有:一是侧重美学文学视角而理学视角不够;再是侧重对《诗传》进行研究而忽视《诗解》、《诗传遗说》(下文简称《遗说》)和《朱子语类》(下文简称《语类》)等文本所承载的《诗经》学思想历时发展研究;三是侧重理论而忽视方法;四是侧重观点而忽视文献资料的实证功能;五是侧重时下流行研究视角而忽视历史客观等。概而言之,当下学界关于朱熹《诗经》学的研究不足,有以下三点:一是多没认可朱熹的《诗经》学是关于它的解释学;二是还没有将理学作为朱熹《诗经》学的归宿性命题;三是没有将朱熹的《诗经》解释学作为他精心构筑的理学体系来研究。那么换个角度,这些不足即是本书的内容之所在。这些内容可概括为有理学、解释、体系三个关键词的"朱熹的理学《诗经》解释学体系"。

本书以朱熹的《诗经》学为研究对象,认为它是关于《诗》三百篇的解释学:在宋代新学术背景下,先脱去穿在《诗》篇身上的汉唐旧衣,再给它换上理学的新装。其旨归不是文学而是理学,其方法不仅是"我注六经",更是"六经注我",因为在他那里,前者是为后者服务的。故概而言之,朱熹的《诗经》学,是扬弃旧学而回归《诗》三百篇的诗歌本体后的理学解释学。本书结构上采用普遍性、特殊性和个体性辩证运动的"三一体"逻辑路径,附以衍生性的考虑,分四大部分十五章展开内容。

第一章到第五章,论述朱熹《诗经》解释学的总体性、整体性、外部性,包括解释背景、解释方法、解释历程、对汉唐旧《诗经》学的扬弃、概念新论等。朱熹的理学《诗经》解释学有自己的形成环境,这一环境包含宋代社会文化思想、疑经惑古学术思潮、《诗经》学研究生态、朱熹自身的学术构成。朱熹的《诗经》解释法有:求诗本义,涵咏以解《诗》;多维视角,哲学(理学)、文

---

① 郝桂敏:《宋代诗经文献研究》,北京:中国社会科学出版社,2006年,第5页。
② 陈广忠:《朱熹诗集传叶音考辨》,《安徽大学学报(哲学社会科学版)》1999年,第2期。

学、史学结合以解《诗》;博取约收,打破今古文经界、门户之限,集众善说,小学功夫和义理兼用以解《诗》。朱熹的《诗经》解释学不是一成不变的,伴随其学术的发展历程,经历了遵《序》到黜《序》以建立自己的《诗经》解释学体系的历程(以《诗传》撰成为标志),且其后尚有不断的修正、补充(体现在《遗说》和《语类》中)。朱熹黜《序》解《诗》,并非对汉唐《诗经》学一无所取,而是以自己的需要为准绳,既辨而弃之,又辨而从之,故而其实际上是对汉唐旧学有选择的扬弃。朱熹在自己的方法论指导下,不但于《诗经》学上诸多老概念如"思无邪"、"六义"说等作出新的解释,而且还提出了"赓和诗"和"叶韵"说等新概念。

第六章到第九章,是探讨朱熹《诗经》解释学于《诗经》别分二《南》、《风》、《雅》、《颂》类型的内容。其中二《南》说是其《诗经》学理学化的标志,是理学统摄下文学理学二元一体解释学:一方面朱熹说二《南》诗篇是作者为下层群众的里巷歌谣,同时又篇篇冠以文王之化,认为其整体上呈现的是文王王道教化后,人自身(包括情感和身体)、人与人(社会)、人与自然大和谐的世界。朱熹《风》诗学章,由地域风格论、"创作主体"论、"淫诗"论、理学二论("发乎情,止乎礼义"的经与权、士伦理学)等内容组成,其中前两者体现朱熹《诗经》解释学的文学成就,后两者体现朱熹《诗经》解释学的理学价值。尽管"淫诗"论有对诗篇诗歌特质的回归,但目"爱情诗"为"淫诗"的一"淫"字,则又是朱熹理学思想的投射。朱熹《雅》诗学尽管也将《雅》别之以大小、正变,但分别的依据却引入了音乐说而不独从汉唐毛郑《诗》学的政事说,其小《雅》"劳者歌"说援引《韩诗》观点、"正《雅》脱简"说、变小《雅》"陈善闲邪"说、"劳者歌"说以及依据儒家"五伦"思想的《雅》诗解释,是其《雅》诗解释学的己出之见。朱熹的《颂》诗学在接受前人宗庙祭祀乐歌同时,提出了诗篇内容上的理学内涵,认为《颂》诗诗篇内蕴治国安邦的大道理。朱熹从《颂》诗之篇中解读出了以"民心"为基础的文王与天同体、纯亦不已的"文德",后稷的无私、平等、奉献的"农德",武王的豪迈、智慧、勇敢、果断的"武德",成王的忠诚、勤政、谦下、自省的"成德"等。

第十章到第十二章,剖析朱熹《诗经》解释学专门论题的三个个案:以《陈风》为例的朱熹《诗经》解释学的承前启后,朱熹《诗经》解释学的王道思想,朱熹《诗经》解释学的"《魏》《唐》'晋风'"疑说等。诗无达诂,《诗经》诗篇时代的邈远及其内蕴意旨的多样性,决定了其史上包括朱熹,关于它的理解都是基于理解者自身的解释学。可以认为朱熹的《诗经》解释学代表了一个时代,但它的更大价值却是其承前启后性:其前重点当然落在汉四家《诗》上,其后尤其是近现代以来西学分科之学东渐后,三百篇诗旨解释呈现百花争艳的局面。限于篇幅,本书对朱熹《诗经》解释学的承前启后不能也没必要作全面详细的考索,故仅以《陈风》为例,期达以点见面之效。朱熹的《诗经》学是理学解释学,其理学内容以社会伦理道德为主,涉及自然物理、社会伦理、人的心理等。如其通过周文王所寄托的"王道"思想,就是贯穿二《南》、变《风》、《雅》、《颂》诗学的伦理学内容。朱熹的《诗经》解释学还提出了一些存疑之说,如"《魏》《唐》'晋风'"疑说、"《鲁颂》鲁风"说等,这当然也是其学说的组成部分,这些存疑之说一方面反映朱熹的真知灼见,另一方面又反映他治学的科学严谨精神(因为证据不凿,所以存疑),遵循以点见面方法论,这一内容本书以"朱熹《诗经》解释学'《魏》《唐》"晋风"'疑说"呈现之。

第十三章到第十五章,论述朱熹理学《诗经》学的影响,包括对其后《诗经》学的影响和对其诗论诗作和楚辞学的影响。"对其后《诗经》学的影响"章,依据《四库全书》收录、存目朱熹之后的百三十种《诗经》学文本,对朱熹理学《诗经》学的或褒或贬或折中进行考察。具体分为五个方面:宗朱熹《诗》说而阐扬之,取用朱熹以己意解《诗》方法论,权衡于毛朱之间而折中之,谨宗《毛传》而于朱熹《诗传》辨驳之,对朱熹《诗经》学的整体褒赞与个案辨析等。再就是"朱熹理学《诗经》学与其诗论、诗作"和"朱熹理学《诗经》学与其辞赋学",探讨朱熹理学《诗经》学对其诗论诗作和辞赋学的影响。朱熹的理学经学对《四书》的提升是对《五经》包括《诗经》的降次,但降而不黜,这一逻辑于其诗学则表现为贬而不废且提倡平易诗风的美学主张和诗歌创作。朱熹还将其《诗经》学的思想及逻辑应用于辞赋学,体现为理学的本体论、以《诗》诠赋的方法论和尊崇骚赋的价值论。

第一章 朱熹《诗经》学形成的背景

毋庸置疑,伟大的思想从某种意义上说可以具有历史的超越性和相对的永恒性,但另一方面,它又是其时代的产物甚或是时代的骄傲,但也绝不可完全超越其所产生的时代,换句话说,它也一定是以其时代为自己的背景和土壤的。就此来说,朱熹的理学《诗经》解释学体系的建构也不例外,它的产生,离不开宋以来的社会文化状况、学术思想状况及其所处时代的学术生态和朱熹自身的学术构成等背景。

第一节 儒学重建的历史必然

宋结束了唐五代的分裂割据、社会动荡,使经济生产获得了发展。农业方面,伴随农民社会地位的提高,农民的生产积极性也空前高涨,耕地面积扩展、耕作技术改进、单产提高和粮食产量增加。手工业则在农业生产发展的前提下,也得到很大发展,表现为行业种类越来越多,规模越来越大,同一行业的分工越来越细密,技术水平越来越高等。农业和手工业的发展又促进了商业的繁荣,那时,我国最早的纸币——交子的出现,即为当时商品经济发展的标志。宋代的科学技术也达到历史的高点,最突出的标志有:一是中国古代的四大发明的印刷术、指南针和火药得到进一步的发展、改进和广泛应用,二是出现了一批以沈括《梦溪笔谈》为代表的总结科技发展成果的科技著作。社会经济的发展既是学术思想发展的基础,又是学术思想发展的内容,两者是互相促进,互为表里的关系。

宋初的统治者从唐中后期以来地方军阀割据、拥兵自重和尾大不掉的政治状况中吸取教训,采取了一系列加强中央集权的政策,客观上起到了维护社会稳定和国家统一的作用。但其负面影响是造成了国家重文轻武的政治生态,武备的松弛又导致军队战斗力的下降,对外军事斗争多数情况下处于守势的特征。唐五代战乱频仍的社会状况极大地冲击甚至摧毁了人们固有的伦理道德价值观,具体表现是儒家传统的社会伦常(君臣、父子、夫妇、兄弟、朋友等之间的道德准则)在生活实践中遭遇质疑和破坏,不再被接受和遵守。故无论是在政治层面还是在社会意识层面,都要求制度的重建和儒学的复兴。

中国传统思想,自魏晋以降,即存在着儒、道、释三家之间既对立、竞斗,同时又有交叉、交流、融合的整体特征。尽管在不同的历史时期,三者在社会生活中的影响和地位会有此消彼长的差别,但整体上看,儒家思想以其强调人的社会责任特质,更符合社会发展的方向而超越道、佛两家处于主流的意识形态位置。由于唐五代的影响,宋代尤其是宋初,儒家思想受到道、佛的严重冲击而式微。因此宋代的思想家们顺应时代的要求,站出来重新构建儒家的学术大厦,恢复儒家思想的权威。

总之,结束唐五代以来动荡社会生活局面的宋代无论在经济、政治还是文化思想上都面临新的状况、新的机遇和新的整合发展。而经济、政治、文化的发展又需要稳定的社会生活,稳定的社会生活要求是儒家思想重建的催化剂。儒家思想的重建表现在学术上,是思想家们要打破汉以来僵化的、不适应新社会形式的儒家经典解释的枷锁,赋予传统儒家元典以新的生机、活力和生命。于是,宋代尤其是庆历以来,中国学术思想史上兴起了一股强劲的疑经惑古、以己意解经、以义理解经的狂飙。

第二节　疑经惑古的学术新思潮

早在唐代后期,人们对汉以来的章句训诂的僵化经学体系已开始大胆怀疑。入宋以来,疑经惑古思潮蔚成风气。欧阳修疑《易》、疑《周礼》、疑《诗经》,分别作《易童子问》、《问进士策三首》和《诗本义》,对汉唐经学提出质疑,建立新论;刘敞的《七经小传》多异诸儒旧说;苏轼、苏辙疑《周礼》,认为《周礼》所言有不可信从之处;王安石毁《春秋》;程颐斥《礼记》等,所有这些都是宋初疑经惑古思潮的突出表现。这一疑经惑古之风废弃了汉唐经学的传统,成为经学上的主流,对后来朱熹理学《诗经》解释学的产生必然有重要影响,也理所当然地是其背景和土壤。这不仅是我们合乎逻辑的推理,同时也为朱熹自己的言论所证明。关于儒家传统经学上兴起的这股疑经惑古之风,朱熹将其称为"运数将开"。他评论欧阳修《诗本义》云:

> 理义大本复明于世,固自周程,然先此诸儒亦多有助。旧来儒者不

越注疏而已,至永叔、原父、孙明复诸公,始自出议论,如李泰伯文字亦自好。此是运数将开,理义渐欲复明于世故也!①

朱熹这段话有以下几层意思:一、因为礼义大本,复明于世,运数将开,理义渐欲复明于世,故而宋是儒学获得新生而重又昌明的时代;二、由于旧来儒者不越注疏而已,宋代经典的解释却自出议论,所以宋代经学由汉唐的重章句训诂转而为重义理;三、正是因由学人们包括孙复、刘敞、欧阳修、李觏、周敦颐、二程等前赴后继,相互推激,面目全新的儒家经学解释学——宋学产生了。故朱熹所谓新开的"运数",是指宋初以来儒家经学由汉唐至宋的整体转向,即由章句注疏之学转变为义理之学,形成疑经惑古、重新解释经典的新学术——宋学的新风气。孙复(992—1057)是宋学开风气的人物之一,《四库提要》说他的《春秋尊王发微》能"不惑《传》、《注》"②。接着刘敞(1019—1058)作《七经小传》,开宋代以"义理"解经的先河,《四库提要》评曰:"庆历以前多尊章句注疏之学,至刘原甫为《七经小传》,始异诸儒之说。以己意改经,实自敞始。"③到元祐年间形成了王安石"新学"、三苏"蜀学"、张载"关学"、二程"洛学"等。其中二程的义理解经,代表了宋学的一般特征,将对儒家经典的义理解释升到最高形态——"理学"。

在疑经惑古重新解释儒家经典的思潮下,作为儒家重要元典的《诗经》的重新解释成为热门的经学。

第三节 新思潮下的《诗经》学

在疑经惑古、以义理解经的大背景下,宋人的《诗经》解释学弱化了《诗经》的章句训诂,对《毛诗》之《序》及郑《笺》、孔《疏》都进行了激烈的批判。朱熹曾于《吕氏家塾读诗记·序》列出过这一新经学的学者群体:

> 《诗》自齐鲁韩氏之说不传,而天下之学者尽宗毛氏。至于本朝,刘侍读、欧阳公、王丞相、苏黄门、河南程氏、横渠张氏,始用己意有所发明。④

---

① 宋·黎靖德编、王星贤校点:《朱子语类》,北京:中华书局,1986年,第2089页。
② 清·永瑢等:《四库全书总目》,北京:中华书局,1965年,第214页。
③ 清·永瑢等:《四库全书总目》,北京:中华书局,1965年,第270页。
④ 宋·吕祖谦:《吕氏家塾读诗记》,文渊阁《四库全书》本,经部第73册《诗》类,台北:台湾商务印书馆影印版,1986年,第323页。

这一学者群体的组成者有刘敞、欧阳修、王安石、苏辙、程子、张载等,他们对朱熹《诗经》解释学的影响特别表现在对汉唐旧说的怀疑尤其是对《毛序》的批判上,影响尤大者是欧阳修、苏辙、郑樵三人。此三人批评《毛传》、《郑笺》之失,对《序》提出质疑,向传统《诗经》学提出挑战。朱熹在他们《诗经》学思想的基础上,通过批评汉唐传统《诗经》学,结合时代及社会思潮的变迁,构建了自己独特的《诗经》解释学体系。

欧阳修实为在中国《诗经》解释史上开宋学风气者。《四库提要》评其《诗本义》曰:"自唐以来,说《诗》者莫敢议毛、郑,虽老师宿儒亦谨守《小序》,至宋而新义日增,旧说几废,推原所始,实发于修。"①欧阳修的《诗经》解释著作是《诗本义》,它辨郑《笺》和孔《疏》之说,但尚未攻《小序》。到苏辙《诗传》始疑《小序》,存其首句而弃其余。《四库提要》曰:"其说以《诗》之《小序》反复繁重,类非一人之词,疑为毛公之学,卫宏之所集录,因惟存其发端一言,而以下余文悉从删汰。"②此说使我们有理由认为,宋学《诗经》学当自苏辙始,开始动摇《诗序》在《诗经》学史上的权威地位,体现出与传统《诗经》学不同的治学旨趣,并对后来的《诗经》学产生了很大影响。其《诗传》曰:"今《毛诗》之《叙》,何其详之甚也。世传以为出于子夏,予窃疑之。子夏尝言《诗》于仲尼,仲尼称之,故后世之为诗者附之。要之,岂必子夏为之?其亦出于孔子或弟子之知《诗》者欤?然其诚出于孔氏也,则不若是详矣。"③苏辙不但开始疑《序》汰《序》,且进而怀疑传统的《序》作者为子夏的主流说,指出《诗序》非子夏之所作,实乃毛氏之学,并指出了《毛序》中附会错失之处。

总之,宋以来新风气下的《诗经》解释,正如范处义所说,是重义理而轻章句训诂的《诗经》解释,其解释焦点就在对待《毛序》的解经体系上。就对《毛序》的态度而言,有主《序》、辨《序》和黜《序》之争。

第四节　朱熹时代的《诗经》学

朱熹的时代,《诗经》解释的新风气还在持续,持续同样表现在对《序》的态度上。就辨《序》来说,稍早于朱熹的郑樵很是突出。郑樵在《诗辨妄》

---

① 清·永瑢等:《四库全书总目》,北京:中华书局,1965年,第121页。
② 清·永瑢等:《四库全书总目》,北京:中华书局,1965年,第121页。
③ 宋·苏辙:《诗集传》,文渊阁《四库全书》本,经部第56册《诗》类,台北:台湾商务印书馆影印版,1986年,第11页。

中不遗余力地诋斥《序》，他说："《毛诗》自郑氏既笺之后，而学者笃信郑玄，故此《诗》专行，三家遂废……致今学者，只凭毛氏；且以《序》为子夏作，更不敢拟议。盖事无两造之辞，则狱有偏听之惑。臣为作《诗辨妄》六卷，可以见其得失。"①认为《毛诗》专行，三家《诗》俱废，使得今之学者解《诗》只以毛郑为据。这种情况不利于对《诗》旨的全面认识。所以他作《诗辨妄》力破《毛序》之说，以提供对《诗经》的客观了解。

但矫枉很可能过正，以己意说《诗》的解释学难免会出现不科学不合理之处，产生新的偏颇和弊端。就在此时，主《毛序》者也大有人在，且由于当时学术大家的加盟而形成了一股不小的势力。主《毛序》者除上文提到的范处义外，其代表就是学术思想界和朱熹齐名的吕祖谦。吕祖谦的《吕氏家塾读诗记》是当时影响甚大的著作，它"宗孔氏以立训，考注疏以纂言"②、"宗毛氏"③，认为"《毛诗》与经传合"④。实际上，朱熹本人早年解释《诗经》，也是以《序》为圭臬的，只不过后来他受到欧阳修、郑樵等人的影响，才转向了黜《序》的解释立场。

从欧阳修经苏辙到郑樵，毛郑汉唐《诗经》学尤其是《序》说越来越遭到人们的怀疑甚至诋斥。朱熹的《诗经》解释学也主要受了郑樵的影响，《四库提要》曰："注《诗》亦两易稿……后乃改从郑樵之说。"⑤这一点朱熹自己也开诚布公地承认道："《诗序》实不足信，向来见郑渔仲有《诗辨妄》，力诋《诗序》，其间言语虽太甚，以为皆是村野妄人所作。始者亦疑之，后来子细看一两篇，因质之《史记》、《国语》，然后知《诗序》之果不足信。"⑥同为疑《序》，朱熹一面接受郑樵的影响，同时又不步趋盲从之，而是以科学求实自我探索精神质证之。他这里列举了两个质证方法，一是抽样调查，自己认真对《诗经》的一两篇进行文本细读，再则采用以史证《诗》的方法比对相关史书如《史记》、《国语》等，通过自己的眼睛以自己的方法，而不是人云亦云地做自己的疑《序》学问。这里有必要说明的是，作为文学作品的《诗经》，尽

---

① 宋·郑樵撰、顾颉刚辑：《诗辨妄》，北京：朴社，1933 年，自序。
② 宋·吕祖谦：《吕氏家塾读诗记》，文渊阁《四库全书》本，经部第 73 册《诗》类，台北：台湾商务印书馆影印版，1986 年，第 322 页。
③ 宋·吕祖谦：《吕氏家塾读诗记》，文渊阁《四库全书》本，经部第 73 册《诗》类，台北：台湾商务印书馆影印版，1986 年，第 322 页。
④ 宋·吕祖谦：《吕氏家塾读诗记》，文渊阁《四库全书》本，经部第 73 册《诗》类，台北：台湾商务印书馆影印版，1986 年，第 323 页。
⑤ 清·永瑢等：《四库全书总目》，北京：中华书局，1965 年，第 123 页。
⑥ 宋·朱鉴：《诗传遗说》，文渊阁《四库全书》本，经部第 75 册《诗》类，台北：台湾商务印书馆影印版，1986 年，第 526 页。

管其诗篇的内容未必就会一一对应历史史实,但解释学上的诗史互证实为一切实可行、为人认可的方式方法,故这在中国解释史上是一以贯之的,如今人陈寅恪的《元白诗笺证稿》就是以史证诗的名作。

鉴于朱熹在疑、黜《序》上尽管受郑樵影响却不步趋之,而是有自己的新观点新方法新视野,并且形成了自己新的体系,所以他最终超越了郑樵而成为当时黜《序》派的代表。但是,需要交代的是,朱熹的黜《序》并非自己的默默学问,他的黜《序》过程同时也是和主《序》派的论战过程。就论战过程来说,朱熹和当时学界名流吕祖谦、张栻以及自己的弟子都有大量的书信或口头的讨论和争辩。总之,朱熹时代的《诗经》解释学,充满着崇《序》和黜《序》的激烈对立斗争,当然,这也是他的理学《诗经》解释学形成的背景。

第五节　朱熹自身学术的构成

朱熹《诗经》解释既以时代的社会文化、学术风气、时代《诗经》为背景,更和他自己的学术构成密切相关。他的学术构成作为其《诗经》学的背景体现在《诗经》学上,呈现着理学统摄文学、史学的理学解释学的本体特征。或者说,朱熹《诗经》学术是以理学为骨架,文学、史学为血肉的组织结构。

一、文学维度

朱熹在《诗经》解释上的第一步是以"诗"解《诗》,即要求将《诗经》诗篇首先看作诗歌。在他看来,《诗经》是和《楚辞》一样的文学作品,仅就朱熹以《诗经》比类《楚辞》,就足窥他的文学维度的《诗经》解释学特点。

朱熹于《楚辞集注》中曾把《楚辞》直接类比于《诗经》之《风》、《雅》、《颂》。《楚辞集注》曰:

> 太师掌六诗以教国子,曰风、曰赋、曰比、曰兴、曰雅、曰颂。而《毛诗·大序》谓之六义,盖古今声诗条理无出此者。《风》则间巷风土男女情思之词,《雅》则朝会燕享公卿大夫之作,《颂》则鬼神宗庙祭祀歌舞之乐。其所以分者,皆以其篇章节奏之异而别之也。……诵《诗》者先辨乎此,则三百篇者若网在纲,有条而不紊矣。不特《诗》也,楚人之词,亦以是而求之,则其寓情草木,托意男女,以极游观之适者,变《风》之流也。其叙事陈情,感今怀古,以不忘乎君臣之义者,变《雅》之类也。至于语冥婚而越礼,摅怨愤而失中,则又《风》、《雅》之再变矣。其语祀

神歌舞之盛,则几乎《颂》,而其变也,又有甚焉。①

另外《楚辞辩证》的《九歌》之辩也说:

> 楚俗祠祭之歌,今不可得而闻矣。然计其间,或以阴巫下阳神,或以阳主接阴鬼,则其辞之亵慢淫荒,当有不可道者。故屈原因而文之,以寄吾区区忠君爱国之意,比其类,则宜为《三颂》之属;而论其辞,则反为《国风》再变之《郑》、《卫》矣。及徐而深味其意,则虽不得于君,而爱慕无已之心,于此为尤切,是以君子犹有取焉。②

众所周知,在中国文学史上,辞赋是与诗歌并列的文学体裁。这是早在魏晋时期就已有之的定论:曹丕《典论·论文》说"诗赋欲丽"③;陆机《文赋》说"诗缘情而绮靡,赋体物而浏亮"④,都将诗歌和辞赋并而列之。朱熹直接将《诗经》的变《风》、《雅》、《颂》类比《楚辞》,当然体现其《诗经》学术的文学视阈、文学维度,构成要件的文学元素。

二、史学维度

朱熹《诗经》解释学史学维度下的元素,既有史学理论的阐发,也有以史证《诗》的资料应用,两者之中以后者为著。朱熹的以史证《诗》,又多和辨《毛序》之失联系起来,有以史证《序》之非者,也有证其是者,其中又以前者为多。就其所引证之史书来看,有《春秋》、《左传》、《国语》、《史记》等等。下仅举其所引《春秋》、《左传》、《国语》、《史记》以证诗旨的情况,来了解朱熹《诗经》解释结构中的史学元素。

朱熹解释《定之方中》篇时以《左传》来证该诗主旨,以为该篇为卫人赞美卫文公之诗:"卫为狄所灭,文公徙居楚丘,营立宫室,国人悦之,而作是诗以美之。"朱熹《诗传》引《左传》曰:

> 按《春秋传》卫懿公九年冬,狄入卫,懿公及狄人战于荧泽而败,死

---

① 宋·朱熹:《楚辞集注》,《朱子全书》本,上海:上海古籍出版社、安徽教育出版社,2002年,第20页。
② 宋·朱熹:《楚辞集注》,《朱子全书》本,上海:上海古籍出版社、安徽教育出版社,2002年,第194—195页。
③ 梁·萧统编、唐·李善等注:《六臣注文选》,北京:中华书局,1987年,第967页。
④ 梁·萧统编、唐·李善等注:《六臣注文选》,北京:中华书局,1987年,第312页。

焉。宋桓公迎卫之遗民渡河而南,立宣姜子申,以庐于漕,是为戴公,是年卒,立其弟燬,是为文公。于是齐桓公合诸侯以城楚丘而迁卫焉。文公大布之衣,大帛之冠,务材训农,通商惠工,敬教劝学,授方任能。元年革车三十乘,季年乃三百乘。①

朱熹《诗传》解《淇奥》篇时,用《国语》为证。认为该诗的主旨是赞美卫武公:"卫人美武公之德,而以绿竹始生之美盛,兴其学问自修之进益也。"并引《国语》曰:

> 按《国语》,武公年九十有五,犹箴儆于国曰:"自卿以下,至于师长士,苟在朝者,无谓我老耄而舍我,必恪恭于朝以交戒我。"遂作《懿戒之诗》以自警。而《宾之初筵》亦武公悔过之作。则其有文章,而能听规谏,以礼自防也,可知矣。卫之他君,盖无足以及此者。故《序》以此诗美武公,而今从之也。②

《齐·南山》诗,《毛序》认为:"刺襄公也。鸟兽之行,淫乎其妹。大夫遇是恶,作诗而去之。"③朱熹同意《毛序》说而以《春秋》、《左传》证之:

> 《春秋》:"桓公十八年,公与夫人姜氏如齐。公薨于齐。"《传》曰:"公将有行,遂与姜氏如齐。申繻曰:'女有家,男有室,无相渎也,谓之有礼。易此,必败。'公会齐侯于泺,遂及文姜如齐。齐侯通焉。公谪之。以告。夏四月,享公。使公子彭生乘公,公薨于车。"此诗前二章刺齐襄,后二章刺鲁桓也。④

《秦·黄鸟》诗,《序》以为其主旨在于刺秦穆公以三良从死:"哀三良也。国

---

① 宋·朱熹:《诗集传》,《朱子全书》本,上海:上海古籍出版社、安徽教育出版社,2002年,第446页。
② 宋·朱熹:《诗集传》,《朱子全书》本,上海:上海古籍出版社、安徽教育出版社,2002年,第451页。
③ 宋·朱熹:《诗集传》,《朱子全书》本,上海:上海古籍出版社、安徽教育出版社,2002年,第374页。
④ 宋·朱熹:《诗集传》,《朱子全书》本,上海:上海古籍出版社、安徽教育出版社,2002年,第487页。

人刺穆公以人从死,而作是诗也。"①朱熹《诗传》然其说:"秦穆公卒,以子车氏之三子为殉,皆秦之良也。国人哀之,为之赋《黄鸟》,事见《春秋传》。"②认为《左传》可证,并复引《史记》曰:

> 又按《史记》:秦武公卒,初以人从死,死者六十六人。至穆公遂用百七十七人,而三良与焉。盖其初特出于戎翟之俗,而无明王贤伯以讨其罪,于是习以为常,则虽以穆公之贤而不免。论其事者,亦徒闵三良之不幸,而叹秦之衰,至于王政不纲,诸侯擅命,杀人不忌至于如此,则莫知其为非也。呜呼,俗之敝也久矣!其后始皇之葬,后宫皆令从死,工匠生闭墓中,尚何怪哉!③

可见,朱熹的《诗经》解释学构成除文学元素外,同为社会科学的史学也是主要的构成要件。他的以史证诗,体现了其求实的科学精神,但是,文学维的以诗解《诗》,史学维的以史证诗,还只是其解释体系的血肉,即只是方法和途径,而方法和途径,都是为了达于理学靶的。

三、理学维度

因为朱熹归根结底是个理学家,他要超越历史与现实的学术格局,建立新的儒学体系以实现儒学的复兴,这一新的儒学体系就是理学,这就决定了他的所有的学问都要以理学为依归,或者说是其理学体系中的一环,这一点其《诗经》学也不例外。朱熹对《四书》——《大学》、《中庸》、《论语》、《孟子》的解释,凝聚了他理学思想的精华,其《诗经》解释的理学维,主要与其《四书》学有密切关系。他在二《南》的解释上,就用《大学》来解释诗意。《诗传》结《周南》诗旨曰:

> 此篇首五诗皆言后妃之德。《关雎》举其全体而言也,《葛覃》、《卷耳》言其志行之在己,《樛木》、《螽斯》美其德惠之及人,皆指其一事而言也。其词虽主于后妃,然其实则皆所以著明文王身修家齐之效也。

---

① 宋·朱熹:《诗集传》,《朱子全书》本,上海:上海古籍出版社、安徽教育出版社,2002年,第378页。

② 宋·朱熹:《诗集传》,《朱子全书》本,上海:上海古籍出版社、安徽教育出版社,2002年,第510页。

③ 宋·朱熹:《诗集传》,《朱子全书》本,上海:上海古籍出版社、安徽教育出版社,2002年,第511页。

至于《桃夭》、《兔罝》、《芣苢》则家齐而国治之效。《汉广》、《汝坟》则以南国之诗附焉,而见天下已有可平之渐矣。若《麟之趾》则又王者之瑞,有非人力所致而自至者,故复以是终焉,而《序》者以为《关雎》之应也。夫其所以至此,后妃之德故不为无所助矣。然妻道无成,则亦岂得而专之哉!①

又结《召南》诗旨曰:

《鹊巢》至《采蘋》言夫人、大夫妻,以见当时国君、大夫被文王之化,而能修身以正其家也。《甘棠》以下,又见由方伯能布文王之化,而国君能修之家以及其国也。其词虽无及于文王者,然文王明德新民之功,至是而其所施者溥矣。抑所谓其民暐暐而不知为之者与?②

可见,朱熹是将二《南》具体诗篇读作文王正、诚、修、齐、治、平的承载,而正、诚、修、齐、治、平等正是他理学修养的功夫论内容,这显然是朱熹理学维度下的《诗经》解释。正如束景南教授所评论的那样:"朱熹完全用他的正心诚意修身齐家治国平天下的思想来解说《二南》,从而把《二南》完全理学化了。二程就曾说'《诗经》有《二南》,犹《易》有《乾》《坤》'。《二南》是程朱《诗经》学的理学灵魂。"③实际上,朱熹还将《中庸》、《论语》、《孟子》的思想,也融入了《诗经》解释中。

因此,朱熹《诗经》解释学的理学维就有了两个层面的意义:一则和文学、史学同为其学术结构的构成要件,同时又高于其他两者而实际上起统领作用。或者如我们所做的形象类比一样,理学和文学史学的关系,是身体的骨骼和血肉的关系。当然,这也同样体现着朱熹《诗经》学术的理学本体性。

---

① 宋·朱熹:《诗集传》,《朱子全书》本,上海:上海古籍出版社、安徽教育出版社,2002年,第411页。
② 宋·朱熹:《诗集传》,《朱子全书》本,上海:上海古籍出版社、安徽教育出版社,2002年,第420页。
③ 束景南:《朱子大传》,北京:商务印书馆,2003年,第534页。

第二章 朱熹《诗经》学方法

朱熹批评《毛序》的解《诗》方法，说它随文生说、傅会书史、迁就美刺，严重背离《诗经》的本义，远离诗人创作本旨。故朱熹解释《诗经》，标榜求其本义。朱熹求本义的解释法，归纳起来，可以有三个方面：一、就"诗"解《诗》；二、打破壁垒，参考众说；三、章句训诂与义理结合。

第一节 以"诗"解《诗》

汉儒解《诗》，重在政教工具性，故篇篇附会以美刺；宋人如程子解《诗》，则多重义理的阐发。两者的共同之处，都是以己意解《诗》而忽视《诗经》自身本义。朱熹主张摒弃一切先在之见，还原《诗》之为诗的本质，就"诗"解《诗》。

一、"涵泳"以解《诗》

出于求《诗》之本义的动机，朱熹提出了摒弃一切先在之见，通过"涵泳"以解《诗》的方法。有人提出了朱熹对经典解释的体验诠释法，即以反求诸己的切己体察功夫来求得圣人之心。从另一角度看，朱熹的"涵泳"也是一种反求诸己的体验诠释法。[1]

所谓一切先在之见，既指前人陈说，也包括自己之意：

> 切忌先自布置立说。[2]

---

[1] 尉利工：《论朱熹对经典文本的体验诠释》，《中州学刊》2011年，第6期。
[2] 宋·朱鉴：《诗传遗说》，文渊阁《四库全书》本，经部第75册《诗》类，台北：台湾商务印书馆影印版，1986年，第507页。

> 且虚心熟读寻绎之,不厌被旧说黏定,看得不活。①

"先自布置立说"即有先在的自己之意;"旧说"即前人陈说,两者都对求《诗》本义有害无益。所以他批评前者曰:

> 今公读《诗》,只是将己意去包笼他……中间委曲周旋之意,尽不曾理会得,济得甚事!②

朱熹认为求《诗》本义的关键在于将其看作"诗",而不是看作"经":

> 看《诗》义理外,更好看他文章。③

《诗经》作为"诗",它本质上是文学作品,故它的文学价值大于其作为"经"的义理价值:

> 读《诗》者不去理会那四字句押韵底,却去理会那十五《国风》次序。④

"四字押韵",是《诗经》作为"诗歌"的形式特征。朱熹批评读《诗》重"经"轻"诗"的现象,因为《诗经》的本质在"情"而不在"理":

> 看《诗》不须着意去里面分解,但是平平地涵泳自好。歌咏之际,深足以养人情性。⑤

这里朱熹指出,《诗经》之为"诗",既有自己的内容特点,也有其形式特征,

---

① 宋·朱鉴:《诗传遗说》,文渊阁《四库全书》本,经部第75册《诗》类,台北:台湾商务印书馆影印版,1986年,第509页。
② 宋·朱鉴:《诗传遗说》,文渊阁《四库全书》本,经部第75册《诗》类,台北:台湾商务印书馆影印版,1986年,第507页。
③ 宋·朱鉴:《诗传遗说》,文渊阁《四库全书》本,经部第75册《诗》类,台北:台湾商务印书馆影印版,1986年,第510页。
④ 宋·朱鉴:《诗传遗说》,文渊阁《四库全书》本,经部第75册《诗》类,台北:台湾商务印书馆影印版,1986年,第512页。
⑤ 宋·朱鉴:《诗传遗说》,文渊阁《四库全书》本,经部第75册《诗》类,台北:台湾商务印书馆影印版,1986年,第510页。

因此他主张解《诗经》就是要解出其特征来。在求《诗》本义具体方法上,他提出了"涵泳"说。

"涵泳"本是朱熹主张的读书的重要方法,但却成为读《诗经》解《诗经》的最重要方法。在他的话语体系中,涵泳又被叫作"讽诵":

> 大凡读书多在讽诵中见义理,况《诗》又全在讽诵之功。①

他认为《诗经》的内容,包括思想感情,善与美,义理和滋味,都必须藉由"涵泳"即"讽诵"获得:

> 《诗》如今恁地注解了,自是分晓,易理会,但须是沉潜讽诵,玩索义理,咀嚼滋味,方有所益。②

朱熹这里把《诗》的本质特征称为滋味,说滋味要通过"讽诵"获得。而他有时又将"讽诵"表述为"吟哦讽咏",将"滋味"感性地称为"好处":

> 公看《诗》只是识得个模象如此,他里面好处全不曾见得,自家此心都不曾与他相黏,所以眊燥无汁浆,如人开沟而无水,如此读得何益?未论读古人《诗》,且如读近世名公诗,也须知得他好处在那里。如何知得他好处?亦须吟哦讽咏,而后得之。今人都不曾识好处,也不识不好处,也不识不好处以为好者有之矣,好者亦未必以为好也。③

可见,朱熹认为滋味(好处)是《诗经》的深层次的而不是表面的东西(模象),它必须通过"涵泳"(吟哦讽咏)才能获得,否则所得就是"模象",恰如"眊燥无汁浆",是无水之沟。故他以此为衡,批评陈文蔚。

> "谓公不晓文义则不得,只是不见那好处"④,"大凡物事,须要说得

---

① 宋·朱鉴:《诗传遗说》,文渊阁《四库全书》本,经部第 75 册《诗》类,台北:台湾商务印书馆影印版,1986 年,第 505 页。
② 宋·朱鉴:《诗传遗说》,文渊阁《四库全书》本,经部第 75 册《诗》类,台北:台湾商务印书馆影印版,1986 年,第 506 页。
③ 宋·朱鉴:《诗传遗说》,文渊阁《四库全书》本,经部第 75 册《诗》类,台北:台湾商务印书馆影印版,1986 年,第 506 页。
④ 宋·朱鉴:《诗传遗说》,文渊阁《四库全书》本,经部第 75 册《诗》类,台北:台湾商务印书馆影印版,1986 年,第 508 页。

有滋味,方见有功。而今随文解义,谁人不解？须要见古人好处……这个有两重,晓得文义是一重,识得意思好处是一重,若只是晓得外面一重,不识得他好底意思,此是一件大病"①,"须是踏翻了船,通身都在那水中,方看得出"②。

这里朱熹把"涵泳"形象地比为"翻船入水"的状态,明说"模象"是"文义"（义理）,还是把"审美意蕴"感性地称为"意思好处"或"好底意思",并认为读《诗》而不得其"美",是一"大病"。

朱熹所谓的"涵泳",其实就是"熟读":

> 须是熟读了,文义都晓得了,却涵泳读取百来遍,方见得那好处,那好处方出,方见得精怪。③

只有"熟读",才能晓得"文义",要得到"好处",却要继续"熟读"。这里朱熹又把"审美意蕴"形象地称为"精怪"。朱熹所要求的"熟读"又是一种虚心,即没有功利心状态下的"熟读",所以他将《孟子》的"以意逆志"的"逆"字解释为"等待":

> 如孟子说《诗》,要"以意逆志,是为得之"。"逆"者,"等待"之谓也。如前途等待一人,未来时且须耐心等待,将来自有来时。候他未来,其心急切,又要进前寻求,却不是"以意逆志",是以意"捉"志也。如此只是牵率古人言语入自家意中来,终无益。④

朱熹这里将"涵泳"的《诗经》解释法表述得很形象,也很明白:在没有先在之见的前提下,反复熟读《诗经》篇本文,以等待诗歌的审美意蕴自然而然地到来。

但朱熹的"涵泳"解《诗经》法,并非是抛弃章句训诂的单纯讽诵诗文:

---

① 宋·朱鉴:《诗传遗说》,文渊阁《四库全书》本,经部第75册《诗》类,台北:台湾商务印书馆影印版,1986年,第508页。
② 宋·朱鉴:《诗传遗说》,文渊阁《四库全书》本,经部第75册《诗》类,台北:台湾商务印书馆影印版,1986年,第508页。
③ 宋·朱鉴:《诗传遗说》,文渊阁《四库全书》本,经部第75册《诗》类,台北:台湾商务印书馆影印版,1986年,第506页。
④ 宋·朱鉴:《诗传遗说》,文渊阁《四库全书》本,经部第75册《诗》类,台北:台湾商务印书馆影印版,1986年,第510页。

> 须是先将那诗吟咏四五十遍了,方可看注,看了又吟咏三四十遍,便意思自然融液浃洽,方有见处。①

朱熹要求以"涵泳"为主,在"涵泳"中注意章句训诂,而不是要求人们醉心于、泥于,甚至生硬地寻求义理的阐发:

> 读《诗》之法,且如"白华菅兮,白茅束兮。之子之远,俾我独兮",盖言"白华"与"茅"尚能相依,而我与子乃相去如此之远,何哉?又如"倬彼云汉,为章于天。周王寿考,岂不能作人也",上两句皆是引起下面说,略有些意思傍着,不须深求,只如此读过便得。②

这里朱熹认为,"白华菅兮,白茅束兮"和"倬彼云汉,为章于天"两句中的名物甚至自然现象,尽管有一定的实在意义,但他们在诗歌中的基本功能还是在于兴起下两句,因而对其作过分解读尤其在其名物训诂上寻义理做文章是不符合诗的实际情况的。

> 伊川解《诗》亦说得义理多了。《诗》本是恁地说话,一章言了,次章又从而叹咏之,虽别无义理,而意味深长,不可于名物上寻义理。后人往往见其言只如此平淡,只管添上义理,却窒塞了他。如一源清水,只管将物事堆积在上,便壅溢了。③

朱熹主张:《诗经》作为诗歌,本来就是作者一时情感的抒发,其章节的回环复沓是当时诗人情感起伏的外在表现;诗中的名物也多是诗人一时所见、所感、所思而借以起兴、作比之物,本没有过多的义理凝聚其上。后人不了解这些,偏要解之以玄奥,远远离开了诗的本义,对《诗经》本身造成了很大伤害。这里朱熹点名批评了他所崇敬的理学先辈程颐解《诗经》上的义理化倾向。

对《诗经》中名物字词的训诂,朱熹在坚持不要过分作义理解读的同时,主张在"涵泳"中理解:

---

① 宋·朱鉴:《诗传遗说》,文渊阁《四库全书》本,经部第 75 册《诗》类,台北:台湾商务印书馆影印版,1986 年,第 510 页。
② 宋·朱鉴:《诗传遗说》,文渊阁《四库全书》本,经部第 75 册《诗》类,台北:台湾商务印书馆影印版,1986 年,第 507 页。
③ 宋·朱鉴:《诗传遗说》,文渊阁《四库全书》本,经部第 75 册《诗》类,台北:台湾商务印书馆影印版,1986 年,第 509 页。

> 读《诗》……其训诂有未通者,略检注解看,却时时诵其本文,便见其语脉所在。又曰:"念此一诗,既已记得其语,却逐个字将前后一样字通训之。今注解中有一字而两三义者,如'假'字有云'大'者,有云'至'者,只是随处旋纽捻,非通训也。"①

由于古《注》中存在一词多训的现象,他又提出"旋读"以"通训"的方法:

> 《诗》且逐篇旋读,方能旋通训诂。岂有不读而自能尽通训诂之理乎?②

训诂的问题,必须在"涵泳"中解决,一词多训的问题,要通过"旋读"的方式解决。所谓"旋读",即逐篇多读,前后比较,得出合理的训释。

综上可见,朱熹解《诗经》主张求其本义,即视《诗经》为"诗"而非"经"。鉴于诗歌的本质在于"吟咏情性",是诗人一时情感的抒发,所以它的形式因素和表现手法也不同于其他体裁的文章,如其篇章的回环和比兴的运用等。朱熹提出了"涵泳"的读《诗经》方法并将其看作理解《诗经》的特别重要科学的方法。主张《诗经》的义理、审美意蕴(滋味、好处、精怪)甚至章句训诂等一切问题都通过"涵泳"获得和解决。"涵泳",是要求解《诗经》者在没有任何先在之见的前提下,无数遍地熟读各诗的所有篇章,最后在不期然而然的情况下达成对《诗经》的理解和把握。因此可说,"涵泳"本质上是一种方法——以"诗"解《诗》的方法。

二、以"诗"解《诗》新成就

朱熹"涵泳"解《诗》、以"诗"解《诗》最重要的成果,在于他推翻、否定了诸多前说而建立了自己的新《诗经》学体系。其中最大的组成部分即在于他对汉唐毛、郑《诗》学美刺说《诗》的全面攻击,最终在自己的《诗经》学代表作《诗传》中废黜了《毛序》。

从内部因素来看,朱熹以"诗"解《诗经》的新成就包括:内容上他强调诗歌的抒情本质和审美意蕴,使《诗经》作为文学作品的本来面目得以彰显;表现手法上他提出"兴"有两种情况,其中之一是不取义,使它仅具有诗歌表

---

① 宋·朱鉴:《诗传遗说》,文渊阁《四库全书》本,经部第 75 册《诗》类,台北:台湾商务印书馆影印版,1986 年,第 509 页。
② 宋·朱鉴:《诗传遗说》,文渊阁《四库全书》本,经部第 75 册《诗》类,台北:台湾商务印书馆影印版,1986 年,第 510 页。

现手法的功能而不再必然附着以"美刺"、"寄托"。至于《诗经》的《风》、《雅》、《颂》类型,他以"产地"说和"音乐"说结合,提出它们分别是里巷歌谣、朝廷和宗庙祭祀乐歌的观点。具体到《风》诗,他怀疑所谓的正、变说,因为二《南》诗篇中有《摽有梅》等表达过激情感的诗篇,而变《风》中的《豳风》却不是乱世、亡国之音。"止乎礼义"于变《风》不具普遍性意义,如其中大量的"淫奔之诗"就是不"止乎礼义"的诗篇。"思无邪"不是指诗人或《诗经》的思想内容纯正,而是要读《诗经》的人"无邪"。关于《雅》诗,正《雅》多为"燕乐",变《雅》中并非均为刺诗,其中有一部分如《楚茨》等十多首诗很可能是错脱之篇。《颂》诗也不仅是所谓的以其成功告于神明,因其中蕴涵着治平天下的大道理等。

从外部因素上看,朱熹认为诗歌的创作时代和涉及的时事多不可考证,如所谓变《风》、《雅》中的诸多诗篇,从诗本身所给出的信息看,只能说他们是乱世、亡国的靡靡之音或"劳者歌其事"的情感抒发,而不见得就是刺某王、某公、某侯之诗。

朱熹就"诗"解《诗》,不仅指出了汉唐旧说的不合乎《诗经》的客观实在,即使对本朝诸公的《诗经》新论,他也一一评判了其中的不足。比如苏辙,他于《毛序》取首句而弃其余,是朱熹的前驱者。朱熹整体上认为"子由《诗》解好处多"①。但《诗序辨说》(以下简称《序辨》)却于辨《汉广》之《序》时曰:

> 先儒尝谓《序》非出于一人之手者,此其一验。但首句未必是,下文未必非耳。苏氏乃例取首句而去其下文,则于此类两失之矣。②

可见,朱熹认为苏辙解《诗》,也不完全客观科学。另外他还批评程子的以义理解《诗》:

> 程先生《诗传》取义太多,诗人平易,恐不如此。③

---

① 宋·朱鉴:《诗传遗说》,文渊阁《四库全书》本,经部第75册《诗》类,台北:台湾商务印书馆影印版,1986年,第513页。
② 宋·朱熹:《诗集传》,《朱子全书》本,上海:上海古籍出版社、安徽教育出版社,2002年,第358页。
③ 宋·朱鉴:《诗传遗说》,文渊阁《四库全书》本,经部第75册《诗》类,台北:台湾商务印书馆影印版,1986年,第513页。

张载解《诗经》也有缺陷：

> 横渠云"置心平易始知《诗》"，然横渠解《诗》，多不平易。①

张栻解《诗经》多求诗意于言外：

> 南轩《精义》是意外说，却不曾说得诗中本意。②

吕祖谦将诗人"宽平"之意说得太"纤细拘迫"：

> 东莱说《诗》忒煞巧，《诗》正怕如此，看古人意思自宽平，何尝如此纤细拘迫。③

陈君举《诗经》的解释完全不顾及诗的丰富多样性：

> 陈君举两年在家中解《诗》，未曾得见，近有人来说君举解《诗》，凡《诗》中所说男女事不是说男女，皆是说君臣，未可如此一律。今人解经先执偏见，类如此。④

总之，朱熹就"诗"解《诗》，不仅批评了旧说，而且衡裁了今人。古人说《诗经》是相互阐发，推波助澜，今人是以《诗经》解我，先执己见。朱熹之所以能一一准确指出诸家之不足，说明他对别家之说涉猎很广，探究很深。

第二节　集众"善说"以解《诗》

上文指出，朱熹对他人的《诗经》解释作了广泛、深入的涉猎，曾一一指

---

① 宋·朱鉴：《诗传遗说》，文渊阁《四库全书》本，经部第 75 册《诗》类，台北：台湾商务印书馆影印版，1986 年，第 513 页。
② 宋·朱鉴：《诗传遗说》，文渊阁《四库全书》本，经部第 75 册《诗》类，台北：台湾商务印书馆影印版，1986 年，第 513 页。
③ 宋·朱鉴：《诗传遗说》，文渊阁《四库全书》本，经部第 75 册《诗》类，台北：台湾商务印书馆影印版，1986 年，第 513 页。
④ 宋·朱鉴：《诗传遗说》，文渊阁《四库全书》本，经部第 75 册《诗》类，台北：台湾商务印书馆影印版，1986 年，第 513 页。

出从古至今各家的不足。且不仅能指出他说的不足,而且他说的真知灼见与闪光点,也能毫无成见地接受、吸收。

关于朱熹就他人《诗经》说的涉猎之广深,他曾经说:

> 熹当时解《诗》时,且读本文四五十遍,已得六七分,却看诸人说与我意思如何,大纲都得之。又读三四十遍,如此却义理流通自得矣。①

"诸人说",说明朱熹参证的不是少数人的思想观点。他又说:

> 熹旧时看《诗》,数十家之说,一一都从头记得。初间那里敢便判断那说是那说不是,看熟,久之方见得这说似是,那说似不是;或头边是,尾说不相应;或中间数句是,两头不是;或尾头是,头边不是,然也未敢便判断,疑恐是如此。又看,久之方审得这说是那说不是;又熟看,久之方敢决定断说这说是那说不是,这一部《诗》并诸家解都包在肚里。②

"一一都从头记得"、"看熟"、"又看"、"又熟看"至于最后"诸家解都包在肚里"等,表明朱熹对他说理解的程度之深。

朱熹对他人解《诗经》之说,又不止于了解的广泛和理解的深入,更在于他解《诗经》时大量、大胆采用诸说的合理之处。可以说,朱熹解《诗经》方法上的另一重要特点,即是能够打破学术壁垒,兼取众家"善说"以解《诗》。具体讲,他所打破的学术壁垒有《诗经》今、古文的界限,崇《序》疑《序》的界限,章句训诂解《诗经》和义理解《诗》的界限等等。

一、破今古文经界

汉代传《诗》本有齐、鲁、韩、毛四家,其中前三家是今文经,《毛诗》为古文经。后今文三家《诗》消亡而《毛诗》独存,定于一尊,千年不易。尽管朱熹黜《毛序》以解《诗》,但他所反对、否定的是《序》说诗的方法,而对其《诗经》解释的具体合理之说却认真接受。不惟如此,朱熹《诗传》对今文《诗经》如《韩诗》、《鲁诗》、《齐诗》之说,也能采取客观的态度进行取舍。下面我们考证朱熹《诗传》对三家《诗经》等说的引用,来管窥他对三家诗说的采

---

① 宋·朱鉴:《诗传遗说》,文渊阁《四库全书》本,经部第 75 册《诗》类,台北:台湾商务印书馆影印版,1986 年,第 512 页。
② 宋·朱鉴:《诗传遗说》,文渊阁《四库全书》本,经部第 75 册《诗》类,台北:台湾商务印书馆影印版,1986 年,第 514 页。

用情况。

朱熹对今文《韩诗》很重视,他曾说过:

> 李善注《文选》中多有《韩诗章句》,尝欲写出。①

由于资料的缘故,今文三家《诗经》中为朱熹《诗传》所涉及者以《韩诗》为多,《鲁诗》、《齐诗》各一引。据考,朱熹《诗传》曾三及《韩诗》,二从一辨。"一从"是《小雅·鸿雁》篇,他接受《韩诗》"劳者歌其事"观点:"《韩诗》云:'劳者歌其事。'"②并以之解释变《小雅》,认为变《小雅》有部分诗歌是"劳者歌其事"之篇。③"再从"是《小雅·宾之初筵》篇:

> 毛氏《序》曰:"卫武公刺幽王也。"韩氏《序》曰:"卫武公饮酒悔过也。"今按此诗意与《大雅·抑》戒相类,必武公自悔之作,当从韩义。④

《毛序》和《韩序》两说相异,朱熹从诗之本义出发,从《韩》而弃《毛》。"一辨"是《小雅·雨无正》篇:

> 欧阳公曰:"古之人于诗,多不命题,而篇名往往无义例。其或有命名者,则必述诗之意,如《巷伯》、《常武》之类是也。今《雨无正》之名,据《序》所言,与诗绝异,当阙其所疑。"元城刘氏(刘安世)曰:"尝读《韩诗》,有《雨无极》篇。《序》云'《雨无极》,正大夫刺幽王也。'至其诗之文,则比《毛诗》篇首多'雨无其极,伤我稼穑'八字。"愚按:刘说似有理。然第一、二章本皆十句,今遽增之,则长短不齐,非《诗》之例。又此诗实正大夫离居之后,暬御之臣所作。其曰"正大夫刺幽王"者,亦非是,且其为幽王诗,亦未有所考也。⑤

---

① 宋·朱鉴:《诗传遗说》,文渊阁《四库全书》本,经部第75册《诗》类,台北:台湾商务印书馆影印版,1986年,第514页。
② 宋·朱熹:《诗集传》,《朱子全书》本,上海:上海古籍出版社、安徽教育出版社,2002年,第573页。
③ 详见本书"《雅》诗学"章。
④ 宋·朱熹:《诗集传》,《朱子全书》本,上海:上海古籍出版社、安徽教育出版社,2002年,第638页。
⑤ 宋·朱熹:《诗集传》,《朱子全书》本,上海:上海古籍出版社、安徽教育出版社,2002年,第596—597页。

《雨无正》篇之命名，不合诗例。朱熹从《韩诗》说，认为"其说有理"，当作《雨无极》，但不苟同于其诗旨的"正大夫刺幽王"。

朱熹《诗传》于《鲁诗》、《齐诗》之引各一次，且均在《关雎》篇。其中引《鲁诗》，朱熹曰：

> 或曰，先儒多以周道衰，诗人本诸衽席，而《关雎》作。故扬雄以周康之时《关雎》作，为伤始乱。杜钦亦曰"佩玉晏鸣，《关雎》叹之"。说者以为古者后夫人鸡鸣佩玉去君所，周康后不然，故诗人叹而伤之。此《鲁诗》说也，与毛异矣。但以哀而不伤之意推之，恐其有此理也。曰，此不可知矣。但《仪礼》以《关雎》为乡乐，又为房中之乐，则是周公制作之时，已有此诗矣。若如《鲁》说，则《仪礼》不得为周公之书。《仪礼》不为周公之书，则周之盛时，乃无乡射、燕饮、房中之乐，而必有待乎后世之刺诗也，其不然也明矣。且为人子孙，乃无故而播其祖先之失于天下，如此而尚可以为风化之首乎？①

朱熹认为，《鲁诗》之说于"哀而不伤"之意有相合之处，但其关于《关雎》创作时代的说法不合事实、常理。此外，朱熹《诗传》又在《关雎》结旨处引了《齐诗》之说：

> 康衡曰：妃匹之际，生民之始，万福之原。婚姻之礼正，然后品物遂而天命全。孔子论《诗》以《关雎》为始。言太上者民之父母，后夫人之行，不侔乎天地，则无以奉神灵之统，而理万物之宜。自上世以来，三代兴废，未有不由此者也。②

从朱熹的二《南》学可知，他于匡衡的《齐诗》说是接受的。

可见，朱熹黜《毛序》而用毛、郑旧说，且辨齐、鲁、韩三家《诗》以用之，说明他能在求《诗经》本义思想的指导下，打破今、古文经的壁垒而解《诗》。

二、兼取当代"善说"以解《诗》

依朱熹之论，在他之前，宋人说《诗》，其途有三。一为标榜求《诗》本义

---

① 宋·朱熹：《诗集传》，《朱子全书》本，上海：上海古籍出版社、安徽教育出版社，2002年，第356—357页。

② 宋·朱熹：《诗集传》，《朱子全书》本，上海：上海古籍出版社、安徽教育出版社，2002年，第403—404页。

而疑黜毛、郑《诗》说者,主要人物有欧阳修、苏洵、苏辙、郑樵等,①为行文方便,我们可称其为"本义派",朱熹本人实质上属于该派。二为以"义理"说《诗》者,代表人物有上文提到的程子、张载、张栻、陈傅良等,朱熹认为他们说《诗》的根本特点是置他说和诗意于不顾而以《诗》解我,我们称其为"义理派",代表人物是程子。三则可称为"尊《序》派",代表人物是吕祖谦。此外,"尊《序》派"的学者还有范处义,他的《诗补传》就是深病诸儒说《诗》好废《序》而就己说②而作。

但是经过考察我们发现,朱熹《诗传》解释《诗经》不仅正面征引"本义派"尤其欧阳修和苏辙之说较多,且能够打破门户之见,于"义理派"和"尊《序》派"的"善说"也能大度地引用。

(一) 朱熹《诗传》引苏辙说考

现将朱熹《诗传》所引苏辙说《诗》之处详列如下:

1. 《载驰》篇,《毛诗》以为此诗五章,朱熹《诗传》从苏辙说曰:

> 旧说此诗五章,一章六句,二章、三章四句,四章六句,五章八句。苏氏合二章、三章以为一章。按《春秋传》叔孙豹赋《载驰》之四章,而取其"控于大邦,谁因谁极"之意,与苏说合,今从之。③

可见,朱熹采苏说而征《左传》,将此诗改为四章。

2. 《大叔于田》的篇名之所以命,朱从苏说:

> 苏氏曰:"二诗皆曰'叔于田',故加'大'以别之。不知者乃以段有大叔之号,而读曰泰,又加'大'于首章,失之矣。"④

肯定苏辙说"大"之用在于区别连续两篇《叔于田》,而非"段之号"。

3. 《葛生》是一首思妇诗,其四章:

> 夏之日,冬之夜。百岁之后,归于其居。

---

① 还有王质(1127—1189),他和朱熹同时,其《诗总闻》也废黜《毛序》而说《诗经》,但朱熹文献中没有提到。
② 汪惠敏:《宋代经学之研究》,台北:师大书苑(出版发行),1989年,第179页。
③ 宋·朱熹:《诗集传》,《朱子全书》本,上海:上海古籍出版社、安徽教育出版社,2002年,第450页。
④ 宋·朱熹:《诗集传》,《朱子全书》本,上海:上海古籍出版社、安徽教育出版社,2002年,第471页。

《诗传》解此章用苏辙文：

> 苏氏曰："思之深而无异心，此《唐风》之厚也。"①

4. 《秦·无衣》篇首章：

> 岂曰无衣？与子同袍。王于兴师，修我戈矛。与子同仇！

秦本诸侯，何以称"王"？朱熹《诗传》解此用了苏辙说：

> 苏氏曰："秦本周地，故其民犹思周之盛时而称先王焉。"②

5. 《桧风》之篇，苏辙认为属于《郑风》：

> 苏氏以为《桧诗》皆为郑作，如《邶》、《鄘》之于《卫》也。未知是否。③

朱熹《诗传》引之。

6. 朱熹《诗传》解《鱼丽》之末章引了苏说，该诗末章：

> 物其有矣，维其时矣。

《诗传》曰：

> 苏氏曰：多则患其不嘉，旨则患其不齐，有则患其不时。今多而能嘉，旨而能齐，有而能时，言曲全也。④

---

① 宋·朱熹：《诗集传》，《朱子全书》本，上海：上海古籍出版社、安徽教育出版社，2002年，第504页。
② 宋·朱熹：《诗集传》，《朱子全书》本，上海：上海古籍出版社、安徽教育出版社，2002年，第512页。
③ 宋·朱熹：《诗集传》，《朱子全书》本，上海：上海古籍出版社、安徽教育出版社，2002年，第522页。
④ 宋·朱熹：《诗集传》，《朱子全书》本，上海：上海古籍出版社、安徽教育出版社，2002年，第558页。

7. 朱熹《诗传》解《节南山》篇于二章、六章二引苏说。二章：

> 节彼南山，有实其猗。赫赫师尹，不平谓何？天方荐瘥，丧乱弘多。民言无嘉，憯莫惩嗟。

朱熹《诗传》引苏说：

> 苏氏曰："为政者不平其心，则下之荣瘁劳佚有大相绝者矣。是以神怒而重之以丧乱，人怨而谤讟其上。然尹氏曾不惩创咨嗟，求所以自改也。"①

六章：

> 不吊昊天，乱靡有定。式月斯生，俾民不宁。忧心如酲，谁秉国成。不自为政，卒劳百姓。

《诗传》：

> 苏氏曰："天不之恤，而乱未有所止，而祸患与岁月增长，君子忧之曰：谁秉国成者，乃不自为政，而以付之姻亚之小人，其卒使民为之受其劳弊，以至此也。"②

8.《正月》篇七章：

> 终其永怀，又窘阴雨。其车既载，乃弃尔辅。载输尔载，将伯助予。

《诗传》引苏说：

> 苏氏曰："王为淫虐，譬如行险而不知止。君子永思其终，知其必有大难，故曰'终其永怀，又窘阴雨'。王又不虞难之将至，而弃贤臣焉，故

---

① 宋·朱熹：《诗集传》，《朱子全书》本，上海：上海古籍出版社、安徽教育出版社，2002 年，第 585 页。
② 宋·朱熹：《诗集传》，《朱子全书》本，上海：上海古籍出版社、安徽教育出版社，2002 年，第 586 页。

曰'乃弃尔辅'。君子求助于未危,故难不至。苟其载之既堕,而后号伯以助予,则无及矣。"①

9.《十月之交》篇首章:

十月之交,朔月辛卯。日有食之,亦孔之丑。彼月而微,此日而微。今此下民,亦孔之哀。

《诗传》引苏说曰:

苏氏曰:"日食,天变之大者也。然正阳之月,古尤忌之。夏之四月为纯阳,故谓之正月。十月纯阴,疑其无阳,故谓之阳月。……是乱亡之兆也。"②

10.《雨无正》篇六章:

维曰于仕,孔棘且殆。云不可使,得罪于天子。亦云可使,怨及朋友。

《诗传》引苏曰:

苏氏曰:"人皆曰往仕耳,曾不知仕之急且危也。当是之时,直道者,王之所谓不可使;而枉道者,王之所谓可使也。直道者得罪于君,而枉道者见怨于友。此仕之所以难也。"③

11.《巧言》篇二章:

乱之初生,僭始既涵。乱之又生,君子信谗。君子如怒,乱庶遄沮。

---

① 宋·朱熹:《诗集传》,《朱子全书》本,上海:上海古籍出版社、安徽教育出版社,2002 年,第590 页。

② 宋·朱熹:《诗集传》,《朱子全书》本,上海:上海古籍出版社、安徽教育出版社,2002 年,第592 页。

③ 宋·朱熹:《诗集传》,《朱子全书》本,上海:上海古籍出版社、安徽教育出版社,2002 年,第596 页。

君子如祉,乱庶遄已。

《诗传》:

  苏氏曰:"小人为谗于其君,必以渐入之。其始也,进而尝之,君容之而不拒,知言之无忌,于是复进。既而君信之,然后乱成。"①

12.《大东》篇三章:

  有冽氿泉,无浸获薪。契契寤叹,哀我惮人。薪是获薪,尚可载也。哀我惮人,亦可息也。

《诗传》:

  苏氏曰:"薪已获矣,而复渍之则腐。民已劳矣,而复事之则病。故已艾则庶其载而畜之,已劳则庶其息而安之。"②

13.《鼓钟》篇三章:

  鼓钟伐鼛,淮有三洲。忧心且妯。淑人君子,其德不犹。

《诗传》:

  苏氏曰:"始言汤汤,水盛也。中言湝湝,水流也。终言三洲,水落而洲见也。言幽王之久于淮上也。妯,动。犹,若也。言不若今王之荒乱也。"③

四章:

---

① 宋·朱熹:《诗集传》,《朱子全书》本,上海:上海古籍出版社、安徽教育出版社,2002年,第605页。
② 宋·朱熹:《诗集传》,《朱子全书》本,上海:上海古籍出版社、安徽教育出版社,2002年,第613页。
③ 宋·朱熹:《诗集传》,《朱子全书》本,上海:上海古籍出版社、安徽教育出版社,2002年,第620页。

鼓钟钦钦,鼓瑟鼓琴。笙磬同音。以雅以南,以钥不僭。

《诗传》:

苏氏曰:"言幽王之不德,岂其乐非古欤?乐则是而人则非也。"①

14.《大田》首章:

大田多稼,既种既戒,既备乃事。以我覃耜,俶载南亩。播厥百谷,既庭且硕,曾孙是若。

《诗传》:

苏氏曰:"田大而种多,故于今岁之冬,具来岁之种,戒来岁之事,凡既备矣,然后事之。取其利耜,而始事于南亩,既耕而播之。其耕之也勤,而种之也时,故其生者皆直而大,以顺曾孙之所欲。此诗为农夫之词,以颂美其上,若以答前篇之意也。"②

15.《白华》六章:

有鹙在梁,有鹤在林。维彼硕人,实劳我心。

《诗传》:

苏氏曰:"鹙、鹤,皆以鱼为食。然鹤之与鹙,清浊则有间矣。今鹙在梁,而鹤在林。鹙则饱,而鹤则饥矣。幽王进褒姒而黜申后,譬之养鹙而弃鹤也。"③

---

① 宋·朱熹:《诗集传》,《朱子全书》本,上海:上海古籍出版社、安徽教育出版社,2002年,第620—621页。

② 宋·朱熹:《诗集传》,《朱子全书》本,上海:上海古籍出版社、安徽教育出版社,2002年,第628页。

③ 宋·朱熹:《诗集传》,《朱子全书》本,上海:上海古籍出版社、安徽教育出版社,2002年,第647页。

16.《生民》篇首章：

厥初生民，时维姜嫄。生民如何？克禋克祀，以弗无子。履帝武敏歆，攸介攸止，载震载夙，载生载育，时维后稷。

《诗传》：

苏氏亦曰："凡物之异于常物者，其取天地之气常多，故其生也或异。麒麟之生，异于犬羊，蛟龙之生，异于鱼鳖，物固有然者矣。神人之生而有以异于人，何足怪哉。"斯言得之矣。①

17.《民劳》篇首章：

民亦劳止，汔可小康。惠此中国，以绥四方。无纵诡随，以谨无良。式遏寇虐，憯不畏明。柔远能迩，以定我王。

《诗传》：

苏氏曰："人未有无故而妄从人者，维无良之人，将悦其君，而窃其权，以为寇虐，则为之。故无纵诡随，则无良之人肃，而寇虐无畏之人止。然后柔远能迩，而王室定矣。"②

18.《板》四章：

天之方虐，无然谑谑。老夫灌灌，小子蹻蹻。匪我言耄，尔用忧谑。多将熇熇，不可救药。

《诗传》：

苏氏曰："老者知其不可，而尽其款诚以告之，少者不信而骄之。故

---

① 宋·朱熹：《诗集传》，《朱子全书》本，上海：上海古籍出版社、安徽教育出版社，2002年，第676页。
② 宋·朱熹：《诗集传》，《朱子全书》本，上海：上海古籍出版社、安徽教育出版社，2002年，第689页。

曰：非我耄老而妄言，乃汝以忧为戏耳。夫忧未至而救之，犹可为也。苟俟其益多，则如火之盛，不可复救矣。"①

19.《桑柔》五章：

为谋为毖，乱况斯削。告尔忧恤，诲尔序爵。谁能执热，逝不以濯？其何能淑，载胥及溺。

《诗传》：

苏氏曰："王岂不谋且慎哉，然而不得其道，适所以长乱而自削耳。故告之以其所当忧，而诲之以序爵。且曰谁能执热而不濯者？贤者之能已乱，犹濯之能解热耳。不然，则其何能善哉？相与入于陷溺而已。"②

六章：

如彼遡风，亦孔之僾。民有肃心，荓云不逮。好是稼穑，力民代食。稼穑维宝，代食维好？

《诗传》：

苏氏曰："君子视厉王之乱，闷然如遡风之人，唈而不能息。虽有欲进之心，皆使之曰世乱矣，非吾所能及也。于是退而稼穑，尽其筋力，与民同事，以代禄食而已。当是时也，仕进之忧，甚于稼穑之劳。故曰'稼穑维宝，代食维好'，言虽劳而无患也。"③

20.《瞻卬》首章：

---

① 宋·朱熹：《诗集传》，《朱子全书》本，上海：上海古籍出版社、安徽教育出版社，2002年，第691页。
② 宋·朱熹：《诗集传》，《朱子全书》本，上海：上海古籍出版社、安徽教育出版社，2002年，第700—701页。
③ 宋·朱熹：《诗集传》，《朱子全书》本，上海：上海古籍出版社、安徽教育出版社，2002年，第701页。

瞻卬昊天,则不我惠。孔填不宁,降此大厉。邦靡有定,士民其瘵。蟊贼蟊疾,靡有夷届。罪罟不收,靡有夷瘳。

《诗传》:

苏氏曰:"国有所定,则民受其福。无所定,则受其病。于是有小人为之蟊贼,刑罪为之网罟。凡此皆民之所以病也。"①

21.《噫嘻》首章:

噫嘻成王,既昭假尔。率时农夫,播厥百谷。骏发尔私,终三十里。亦服尔耕,十千维耦。

《诗传》:

苏氏曰:"民曰'雨我公田,遂及我私',而君曰'骏发尔私,终三十里'。其上下之间,交相忠爱如此。"②

22.《雝》:

宣哲维人,文武维后。燕及皇天,克昌厥后。

《诗传》:

苏氏曰:"周人以讳事神。文王名昌,而此诗曰'克昌厥后',何也?曰:周之所谓讳,不以其名号之耳,不遂废其文也。讳其名而废其文者,周礼之未失也。"③

---

① 宋·朱熹:《诗集传》,《朱子全书》本,上海:上海古籍出版社、安徽教育出版社,2002年,第716页。
② 宋·朱熹:《诗集传》,《朱子全书》本,上海:上海古籍出版社、安徽教育出版社,2002年,第730页。
③ 宋·朱熹:《诗集传》,《朱子全书》本,上海:上海古籍出版社、安徽教育出版社,2002年,第733页。

23. 朱熹《诗传》于《小毖》篇征引苏说曰:

　　苏氏曰:"《小毖》者,谨之于小也。谨之于小,则大无由至矣。"①

24.《駉》诗末章:

　　駉駉牡马,在坰之野。薄言駉者,有駰有騢,有驔有鱼,以车袪袪。思无邪思,马斯徂。

《诗传》:

　　孔子曰:"《诗三百》,一言以蔽之,曰思无邪。"……苏氏曰:"昔之为《诗》者,未必知此也。孔子读《诗》至此,而有合于其心焉,是以取之,盖断章云尔。"②

25.《那》:

　　汤孙奏假,绥我思成。鼗鼓渊渊,嘒嘒管声。既和且平,依我磬声。于赫汤孙,穆穆厥声。

《诗传》:

　　苏氏曰:"其所见闻本非有也,生于思耳。"③

26.《长发》篇:

　　《序》以为大禘之诗。盖祭其祖之所出,而以其祖配也。苏氏曰:"大禘之祭,所及者远,故其诗历言商之先君,又及其卿士伊尹,盖与祭

---

① 宋·朱熹:《诗集传》,《朱子全书》本,上海:上海古籍出版社、安徽教育出版社,2002年,第737页。
② 宋·朱熹:《诗集传》,《朱子全书》本,上海:上海古籍出版社、安徽教育出版社,2002年,第744页。
③ 宋·朱熹:《诗集传》,《朱子全书》本,上海:上海古籍出版社、安徽教育出版社,2002年,第752页。

于禘者也。《商书》曰:'兹予大享于先王,尔祖其从与享之。'是礼也,岂其起于商之世与?"今按大禘不及群庙之主,此宜为祫祭之诗。然经无明文,不可考也。①

27.《殷武》二章:

> 维女荆楚,居国南乡。昔有成汤,自彼氐羌,莫敢不来享,莫敢不来王,曰商是常。

《诗传》:

> 苏氏曰:"既克之,则告之曰:尔虽远,亦居吾国之南耳。昔成汤之世,虽氐羌之远,犹莫敢不来朝?曰:此商之常礼也。况汝荆楚,曷敢不至哉!"②

综上可见,朱熹《诗传》约有 27 篇引用苏说,遍及《风》、《雅》、《颂》之诗,内容有章义篇旨、文化常识等方面,难怪朱熹引其为疑《序》同道,有"子由《诗经》解好处多"之赞。但朱熹解释《诗经》的从"善"之法,更表现在他对"尊《序》派"和"义理派"观点的吸收采纳上。

(二) 朱熹《诗传》引吕祖谦说考

众所周知,吕祖谦是宋代"尊《序》派"的代表,他和朱熹在对待《序》的态度上尖锐对立,曾就此进行过激烈的辩论,其《吕氏家塾读诗记》也作为当时"尊《序》"的代表作,与黜《序》的朱熹《诗传》成双峰并峙之势。但即便如此朱熹也不以人废言,据考,《诗传》征引吕说竟大体等于征引苏辙之说。现亦将朱熹《诗传》征引之吕说详列于下:

1. 朱熹《诗传》结《小星》篇旨引吕说曰:

> 吕氏曰:夫人无妒忌之行,而贱妾安于其命,所谓上好仁,而下必

---

① 宋·朱熹:《诗集传》,《朱子全书》本,上海:上海古籍出版社、安徽教育出版社,2002 年,第 756—757 页。
② 宋·朱熹:《诗集传》,《朱子全书》本,上海:上海古籍出版社、安徽教育出版社,2002 年,第 757 页。

好义者也。①

2. 《诗传》结《君子偕老》篇旨引吕说曰：

东莱吕氏曰：首章之末云"子之不淑,云如之何",责之也。二章之末句云"胡然而天也,胡然而帝也",问之也。三章末句云"展如之人兮,邦之媛也",惜之也。辞益婉而意益深矣。②

3. 《清人》末章：

清人在轴,驷介陶陶。左旋右抽,中军作好。

《诗传》：

东莱吕氏曰："言师久而不归,无所聊赖,姑游戏以自乐,必溃之势也。不言已溃,而言将溃,其词深,其情危矣。"③

4. 《著》篇,《诗传》全用吕说,首章云：

俟我于著乎而,充耳以素乎而,尚之以琼华乎而。

《诗传》：

东莱吕氏曰：《昏礼》,婿往妇家亲迎,既奠雁,御轮而先归,俟于门外。妇至,则揖以入。时齐俗不亲迎,故女至婿门,始见其俟已也。④

次章：

---

① 宋·朱熹：《诗集传》,《朱子全书》本,上海：上海古籍出版社、安徽教育出版社,2002年,第417页。
② 宋·朱熹：《诗集传》,《朱子全书》本,上海：上海古籍出版社、安徽教育出版社,2002年,第443页。
③ 宋·朱熹：《诗集传》,《朱子全书》本,上海：上海古籍出版社、安徽教育出版社,2002年,第472页。
④ 宋·朱熹：《诗集传》,《朱子全书》本,上海：上海古籍出版社、安徽教育出版社,2002年,第484页。

俟我于庭乎而,充耳以青乎而,尚之以琼莹乎而。

《诗传》:

吕氏曰:此《昏礼》谓婿道妇及寝门揖入时也。①

三章:

俟我于堂乎而,充耳以黄乎而,尚之以琼英乎而。

《诗传》:

吕氏曰:升阶而至堂,此《昏礼》所谓升自西阶之时也。②

5. 《猗嗟》篇,《诗传》引吕说曰:

东莱吕氏曰:"此诗三章,讥刺之意皆在言外,嗟叹再三,则庄公所大阙者,不言可见矣!"③

6. 朱熹《诗传》于《陈风》处引吕祖谦关于变《风》之所终的观点曰:

东莱吕氏曰:变《风》终于陈灵。其间男女夫妇之诗一何多邪!曰有天地然后有万物,有万物然后有男女,有男女然后有夫妇,有夫妇然后有父子,有父子然后有君臣,有君臣然后有上下,有上下然后礼义有所错。男女者,三纲之本,万事之先也。正风之所以为正者,举其正者以劝之也。变风之所以变者,举其不正者以戒之也。道之升降,时之治乱,俗之污隆,民之死生,于是乎在。录之烦悉,篇之重复,亦何疑哉!④

---

① 宋·朱熹:《诗集传》,《朱子全书》本,上海:上海古籍出版社、安徽教育出版社,2002年,第484—485页。
② 宋·朱熹:《诗集传》,《朱子全书》本,上海:上海古籍出版社、安徽教育出版社,2002年,第485页。
③ 宋·朱熹:《诗集传》,《朱子全书》本,上海:上海古籍出版社、安徽教育出版社,2002年,第490页。
④ 宋·朱熹:《诗集传》,《朱子全书》本,上海:上海古籍出版社、安徽教育出版社,2002年,第521—522页。

7.《常棣》三章：

> 脊令在原,兄弟急难。每有良朋,况也永叹。

《诗传》：

> 东莱吕氏曰:"疏其所亲,而亲其所疏,此失其本心者也。故此诗反复言朋友之不如兄弟,盖示之以亲疏之分,使之反循其本也。本心既得,则由亲及疏,秩然有序。兄弟之亲既笃,而朋友之义亦敦矣,初非薄于朋友也。苟杂施而不孙,虽曰厚于朋友,如无源之水,朝满夕除,胡可保哉！或曰：人之在难,朋友亦可以坐视欤？曰：每有良朋,况也永叹,则非不忧悯,但视兄弟急难而有差等耳。诗人之词容有抑扬,然《常棣》周公作也,圣人之言,小大高下皆宜,而先后左右不相悖。"①

8. 朱熹《诗传》解《出车》二、三、四章均用吕说。二章诗文云：

> 我出我车,于彼郊矣。设此旐矣,建彼旄矣。彼旟旐斯,胡不旆旆？忧心悄悄,仆夫况瘁。

《诗传》：

> 东莱吕氏曰:"古者出师以丧礼处之,命下之日,士皆泣涕。夫子之言行三军,亦曰'临事而惧',皆此意也。"②

三章：

> 王命南仲,往城于方。出车彭彭,旗旐央央。天子命我,城彼朔方。赫赫南仲,玁狁于襄。

《诗传》：

---

① 宋·朱熹:《诗集传》,《朱子全书》本,上海:上海古籍出版社、安徽教育出版社,2002 年,第 548 页。
② 宋·朱熹:《诗集传》,《朱子全书》本,上海:上海古籍出版社、安徽教育出版社,2002 年,第 554 页。

东莱吕氏曰:"大将传天子之命以令军众,于是车马众盛,旗旐鲜明,威灵气焰赫然动人矣。兵事以哀敬为本,而所尚则威。二章之戒惧,三章之奋扬,并行而不相悖也。"①

四章:

> 昔我往矣,黍稷方华。今我来思,雨雪载途。王事多难,不遑启居。岂不怀归,畏此简书。

《诗传》:

> 东莱吕氏曰:"《采薇》之所谓'往',遣戍时也。此诗之所谓'往',在道时也。《采薇》之所谓'来',戍毕时也。此诗之所谓'来',归而在道时也。"②

9.《南有嘉鱼》三章:

> 南有樛木,甘瓠累之。君子有酒,嘉宾式燕绥之。

《诗传》:

> 东莱吕氏曰:"瓠有甘有苦,甘瓠则可食者也。樛木下垂而美实累之,固结而不可解也。"③

10.《彤弓》首章:

> 彤弓弨兮,受言藏之。我有嘉宾,中心贶之。钟鼓既设,一朝飨之。

---

① 宋·朱熹:《诗集传》,《朱子全书》本,上海:上海古籍出版社、安徽教育出版社,2002 年,第 555 页。
② 宋·朱熹:《诗集传》,《朱子全书》本,上海:上海古籍出版社、安徽教育出版社,2002 年,第 555 页。
③ 宋·朱熹:《诗集传》,《朱子全书》本,上海:上海古籍出版社、安徽教育出版社,2002 年,第 559 页。

《诗传》：

　　此天子燕有功诸侯，而锡以弓矢之乐歌也。东莱吕氏曰："受言藏之，言其重也。受弓人所献，藏之王府，以待有功，不敢轻予人也。中心贶之，言其诚也。中心实欲贶之，非由外也。一朝飨之，言其速也。以王府宝藏之弓，一朝举以畀人，未尝有迟留顾惜之意也。后世视府藏为己私分，至有以武库兵赐弄臣者，则与'受言藏之'者异矣。赏赐非出于利诱，则迫于事势，至有朝赐铁券而暮屠戮者，则与'中心贶之'者异矣。屯膏吝赏，功臣解体，至有印刓而不忍予者，则与'一朝飨之'者异矣。"①

11. 朱熹《诗传》结《吉日》篇旨引吕说曰：

　　东莱吕氏曰："《车攻》、《吉日》所以为复古者何也？盖蒐狩之礼，可以见王赋之复焉，可以见军实之盛焉，可以见师律之严焉，可以见上下之情焉，可以见综理之周焉。欲明文武之功业者，此亦足以观矣。"②

12. 《祈父》末章：

　　祈父，亶不聪！胡转予于恤，有母之尸饔？

《诗传》：

　　东莱吕氏曰："越勾践伐吴，有父母耆老而无昆弟者皆遣归。魏公子无忌救赵，亦令独子无兄弟者归养。则古者有亲老而无兄弟，其当免征役，必有成法。故责司马之不聪，其意谓此法人皆闻之，汝独不闻乎？乃驱吾从戎，使吾亲不免薪水之劳也。责司马者，不敢斥王也。"③

---

① 宋·朱熹：《诗集传》，《朱子全书》本，上海：上海古籍出版社、安徽教育出版社，2002 年，第 564 页。
② 宋·朱熹：《诗集传》，《朱子全书》本，上海：上海古籍出版社、安徽教育出版社，2002 年，第 572—573 页。
③ 宋·朱熹：《诗集传》，《朱子全书》本，上海：上海古籍出版社、安徽教育出版社，2002 年，第 577 页。

13. 朱熹《诗传》结《小雅·黄鸟》篇旨引吕说曰：

> 东莱吕氏曰："宣王之末，民有失所者，意他国之可居也，及其至彼，则又不若故乡焉，故思而欲归。使民如此，亦异于还定安集之时也矣。"今按诗文，未见其为宣王之世。①

14. 《节南山》末章：

> 家父作诵，以究王讻。式讹尔心，以畜万邦。

《诗传》：

> 东莱吕氏曰："篇终矣，故穷其乱本而归之王心焉。致乱者虽尹氏，而用尹氏者，则王心之蔽也。"②

15. 《小弁》末章：

> 莫高匪山，莫浚匪泉。君子无易由言，耳属于垣。无逝我梁，无发我笱。我躬不阅，遑恤我后。

《诗传》：

> 东莱吕氏曰：唐德宗将废大子而立舒王。李泌谏之，且曰："愿陛下还宫勿露此意，左右闻之，将树功于舒王，大子危矣。"此正"君子无易由言，耳属于垣"之谓也。《小弁》之作，大子既废矣，而犹云尔者，盖推本乱之所由生，言语以为阶也。③

16. 朱熹《诗传》结《楚茨》篇旨用吕说曰：

---

① 宋·朱熹：《诗集传》，《朱子全书》本，上海：上海古籍出版社、安徽教育出版社，2002年，第579页。
② 宋·朱熹：《诗集传》，《朱子全书》本，上海：上海古籍出版社、安徽教育出版社，2002年，第587页。
③ 宋·朱熹：《诗集传》，《朱子全书》本，上海：上海古籍出版社、安徽教育出版社，2002年，第604页。

吕氏曰:"《楚茨》极言祭祀所以事神受福之节,致详致备。所以推明先王致力于民者尽,则致力于神者详。观其威仪之盛,物品之丰,所以交神明逮群下,至于受福无疆者,非德盛政修,何以致之?"①

17. 朱熹《诗传》结《文王》篇旨用吕说曰:

东莱吕氏曰:《吕氏春秋》引此诗,以为周公所作。味其词意,信非周公不能作也。②

18.《皇矣》七章:

帝谓文王:"予怀明德,不大声以色,不长夏以革。不识不知,顺帝之则。"帝谓文王:"詢尔仇方,同尔弟兄,以尔钩援,与尔临冲,以伐崇墉。"

《诗传》:

吕氏曰:"此言文王德不形,而功无迹,与天同体而已。虽兴兵以伐崇,莫非顺帝之则,而非我也。"③

19. 朱熹《诗传》结《灵台》篇旨用吕说曰:

东莱吕氏曰:前二章乐文王有台池鸟兽之乐也。后二章言文王有钟鼓之乐也。皆述民乐之词也。④

20.《既醉》五章:

威仪孔时,君子有孝子。孝子不匮,永锡尔类。

---

① 宋·朱熹:《诗集传》,《朱子全书》本,上海:上海古籍出版社、安徽教育出版社,2002年,第623—624页。
② 宋·朱熹:《诗集传》,《朱子全书》本,上海:上海古籍出版社、安徽教育出版社,2002年,第655页。
③ 宋·朱熹:《诗集传》,《朱子全书》本,上海:上海古籍出版社、安徽教育出版社,2002年,第668页。
④ 宋·朱熹:《诗集传》,《朱子全书》本,上海:上海古籍出版社、安徽教育出版社,2002年,第670页。

《诗传》：

> 东莱吕氏曰："君子既孝,而嗣子又孝,其孝可谓源源不竭矣。"①

21.《假乐》末章：

> 之纲之纪,燕及朋友。百辟卿士,媚于天子。不解于位,民之攸墍。

《诗传》：

> 东莱吕氏曰：君燕其臣,臣媚其君,此上下交而为泰之时也。泰之时,所忧者怠荒而已,此诗所以终于"不解于位,民之攸墍"也。方嘉之又规之者,盖皋陶赓歌之意也。民之劳逸在下,而枢机在上。上逸则下劳矣,上劳则下逸矣。不解于位,乃民之所由休息也。②

22.《公刘》二章：

> 笃公刘,于胥斯原。既庶既繁,既顺乃宣,而无永叹。陟则在巘,复降在原。何以舟之？维玉及瑶,鞞琫容刀。

《诗传》：

> 东莱吕氏曰："以如是之佩服,而亲如是之劳苦,斯其所以为厚于民也欤！"③

四章：

> 笃公刘,于京斯依。跄跄济济,俾筵俾几。既登乃依,乃造其曹。

---

① 宋·朱熹：《诗集传》,《朱子全书》本,上海：上海古籍出版社、安徽教育出版社,2002年,第681页。
② 宋·朱熹：《诗集传》,《朱子全书》本,上海：上海古籍出版社、安徽教育出版社,2002年,第683页。
③ 宋·朱熹：《诗集传》,《朱子全书》本,上海：上海古籍出版社、安徽教育出版社,2002年,第684页。

执豕于牢,酌之用匏。食之饮之,君之宗之。

《诗传》：

　　东莱吕氏曰："既飨燕,而定经制,以整属其民。上则皆统于君,下则各统于宗。盖古者建国立宗,其事相须。楚执戎蛮子而致邑立宗,以诱其遗民。即其事也。"①

23.《烝民》二章：

　　仲山甫之德,柔嘉维则。令仪令色,小心翼翼,古训是式,威仪是力。天子是若,明命使赋。

《诗传》：

　　东莱吕氏曰："柔嘉维则,不过其则也。过其则,斯为弱,不得谓之柔嘉矣。令仪令色,小心翼翼,言其表里柔嘉也。古训是式,威仪是力,言其学问进修也。天子是若,明命使赋,言其发而措之事业也。此章盖备举仲山甫之德。"②

三章：

　　王命仲山甫,式是百辟。缵戎祖考,王躬是保。出纳王命,王之喉舌。赋政于外,四方爰发。

《诗传》：

　　东莱吕氏曰："仲山甫之职,外则总领诸侯,内则辅养君德,入则典

---

① 宋·朱熹:《诗集传》,《朱子全书》本,上海:上海古籍出版社、安徽教育出版社,2002年,第685页。
② 宋·朱熹:《诗集传》,《朱子全书》本,上海:上海古籍出版社、安徽教育出版社,2002年,第709页。

司政本,出则经营四方。此章盖备举仲山甫之职。"①

24. 朱熹《诗传》结《我将》篇旨引吕说曰：

东莱吕氏曰："于天,维庶其飨之,不敢加一辞焉。于文王,则言仪式其典,日靖四方。天不待赞,法文王所以法天也。卒章惟言畏天之威,而不及文王者,统于尊也。畏天所以畏文王也,天与文王一也。"②

可见,朱熹《诗传》引吕说涉及《诗经》篇章的 24 篇约 30 次,字数也稍多于引苏说者。所涉及内容不但有章义篇旨、文化常识,尚有关于诗类如变《风》所终之说。另外《诗传》于《齐·著》篇还全引吕说以为解。

（三）朱熹《诗传》引程子说考

朱熹认为程子是以"义理"说《诗》的代表,但他本着从"善"说《诗》的方法论原则,对其《诗》说也有大量征引。详考如下：

1. 朱熹《诗传》结《召南》之旨引程子说曰：

程子曰：天下之治,正家为先。天下之家正,则天下治矣。《二南》,正家之道也。陈后妃、夫人、大夫妻之德,推之士庶人之家一也。故使邦国至于乡党皆用之,自朝廷至于委巷莫不讴吟讽诵,所以风化天下。③

2. 《螽斯》末章：

乃如之人也,怀婚姻也。大无信也,不知命也！

《诗传》：

程子曰："人虽不能无欲,然当有以制之。无以制之,而惟欲之从,

---

① 宋·朱熹：《诗集传》,《朱子全书》本,上海：上海古籍出版社、安徽教育出版社,2002 年,第 709 页。
② 宋·朱熹：《诗集传》,《朱子全书》本,上海：上海古籍出版社、安徽教育出版社,2002 年,第 726 页。
③ 宋·朱熹：《诗集传》,《朱子全书》本,上海：上海古籍出版社、安徽教育出版社,2002 年,第 421 页。

则人道废而入于禽兽矣。以道制欲,则能顺命。"①

3.《缁衣》末章:

> 缁衣之席兮,敝,予又改作兮。适子之馆兮,还,予授子之粲兮。

《诗传》:

> 程子曰:"席有安舒之义。服称其德则安舒也。"②

4. 朱熹《诗传》结《曹风》之旨引程子说曰:

> 程子曰:《易·剥》之为卦也,诸阳消剥已尽,独有上九一爻尚存。如硕大之果不见食,将有复生之理。上九亦变,则纯阴矣。然阳无可尽之理,变于上,则生于下,无间可容息也。阴道极盛之时,其乱可知。乱极,则自当思治。故众心愿戴于君子,君子得舆也。《诗·匪风》、《下泉》所以居变风之终也。③

5.《狼跋》末章:

> 狼疐其尾,载跋其胡。公孙硕肤,德音不瑕。

《诗传》:

> 程子曰:"周公之处己也,夔夔然存恭畏之心;其存诚也,荡荡然无顾虑之意,所以不失其圣而德音不瑕也。"④

---

① 宋·朱熹:《诗集传》,《朱子全书》本,上海:上海古籍出版社、安徽教育出版社,2002 年,第 447 页。
② 宋·朱熹:《诗集传》,《朱子全书》本,上海:上海古籍出版社、安徽教育出版社,2002 年,第 469 页。
③ 宋·朱熹:《诗集传》,《朱子全书》本,上海:上海古籍出版社、安徽教育出版社,2002 年,第 528 页。
④ 宋·朱熹:《诗集传》,《朱子全书》本,上海:上海古籍出版社、安徽教育出版社,2002 年,第 540 页。

6.《皇皇者华》二章：

> 我马维驹，六辔如濡。载驰载驱，周爰咨诹。

《诗传》：

> 使臣自以每怀靡及，故广询博访，以补其不及而尽其职也。程子曰："咨访，使臣之大务。"①

7.《采薇》首章：

> 采薇采薇，薇亦作止。曰归曰归，岁亦莫止。靡室靡家，猃狁之故。不遑启居，猃狁之故。

《诗传》：

> 程子曰："毒民不由其上，则人怀敌忾之心矣。"又曰："古者戍役，两期而还，今年春莫行，明年夏代者至，复留备秋，至过十一月而归。又明年中春至，春暮遣次戍者。每秋与冬初，两番戍者，皆在疆圉，如今之防秋也。"②

8.《出车》三章：

> 王命南仲，往城于方。出车彭彭，旂旐央央。天子命我，城彼朔方。赫赫南仲，猃狁于襄。

《诗传》：

> 程子曰："城朔方而猃狁之难除。御戎狄之道，守备为本，不以攻战

---

① 宋·朱熹：《诗集传》，《朱子全书》本，上海：上海古籍出版社、安徽教育出版社，2002年，第546页。
② 宋·朱熹：《诗集传》，《朱子全书》本，上海：上海古籍出版社、安徽教育出版社，2002年，第552页。

为先也。"①

9.《鹤鸣》二章：

   鹤鸣于九皋,声闻于天。鱼在于渚,或潜在渊。乐彼之园,爰有树檀,其下维榖。他山之石,可以攻玉。

《诗传》：

   程子曰："玉之温润,天下之至美也。石之粗厉,天下之至恶也。然两玉相磨不可以成器,以石磨之,然后玉之为器得以成焉。犹君子之与小人处也,横逆侵加,然后修省畏避,动心忍性,增益预防,而义理生焉,道德成焉。吾闻诸邵子云。"②

10.《维天之命》首章：

   维天之命,于穆不已。于乎不显,文王之德之纯。

《诗传》：

   程子曰："天道不已,文王纯于天道亦不已。纯则无二无杂,不已则无间断先后。"③

11. 朱熹《诗传》结《我将》篇旨引程子说曰：

   程子曰："万物本乎天,人本乎祖,故冬至祭天,而以祖配之,以冬至气之始也。万物成形于帝,而人成形于父,故季秋享帝,而以父配之,以

---

① 宋·朱熹：《诗集传》,《朱子全书》本,上海：上海古籍出版社、安徽教育出版社,2002年,第555页。
② 宋·朱熹：《诗集传》,《朱子全书》本,上海：上海古籍出版社、安徽教育出版社,2002年,第575—576页。
③ 宋·朱熹：《诗集传》,《朱子全书》本,上海：上海古籍出版社、安徽教育出版社,2002年,第723页。

季秋物成之时也。"①

朱熹在理学上完全继承了程子的思想,但唯独对程子的《诗经》说颇有微词,如批评其以《诗》注我就是。然而,朱熹于程子说又持辩证的态度,程子说《诗》与己合者,朱熹自然也是无所不引。上文可见,尽管朱熹《诗传》引程子说多涉及诗篇理学意蕴的阐发,但也有关于训释字词的小学层次的内容,如《皇皇者华》篇的"咨,访,使臣之大务"就是。

此外,为朱熹《诗传》征引较多的属"本义派"者还有欧阳修和刘敞、郑樵等,"义理派"还有张载、王安石、范祖禹等。限于篇幅,朱熹《诗传》征引苏、吕、程三者之外的宋人《诗经》解,本文不再列举。

第三节　音韵、章句训诂与义理结合以解《诗》

中国传统经典解释法,有重小学、大学之别。重小学,指以音韵、章句训诂为主,而轻义理;反之则为重大学。实际上,人们又以此来区别汉、宋学而把前者称为汉学而后者称为宋学,这种分法基本上是符合客观情况的。汉、宋学的不同反映在解经体例上,表现为前者多为传统的注疏体,后者则有多种表现。②

朱熹作为宋学的代表,他对经典包括《诗经》的解释当然非常重视义理的阐发,同时又能不偏废小学的元素,因为他曾说过:

> 《诗》中头项多:一项是音韵,一项是训诂名件,一项是文体。若逐一根究,然后讨得些道理,否则殊不济事。③

可见他不但没有轻视小学的元素,还认为义理是小学后之事,主张"根究"音韵、训诂名物和章句等。这虽然是朱熹所主张的读《诗》之法,实际上也是他的解《诗》之法,也即他的小学、大学兼顾,汉学、宋学融通,音韵、章句训诂和义理结合的解《诗》方法。

---

① 宋·朱熹:《诗集传》,《朱子全书》本,上海:上海古籍出版社、安徽教育出版社,2002 年,第 726 页。
② 据郝桂敏《宋代诗经文献研究》,有约十来种之多,其中多以义理为主。
③ 宋·朱鉴:《诗传遗说》,文渊阁《四库全书》本,经部第 75 册《诗》类,台北:台湾商务印书馆影印版,1986 年,第 512 页。

为了相对真实地再现汉宋《诗经》解释学的状况，本文将尽量按本原的体例行文，仅将原文的双行小字调整为单行文字。

一、汉唐的小学工夫

汉、唐《诗经》解释，重视小学工夫而轻义理阐发，其代表为孔颖达的《毛诗注疏》。下以《蝃蝀》为例作一管窥。

《序》：《蝃蝀》，止奔也。卫文公能以道化其民，淫奔之耻，国人不齿也。《笺》：不齿者，不与相长稚。《音义》：蝃蝀：上丁计反，下都动反。《尔雅》作"螮蝀"，音同。长，丁丈反。【疏】正义曰：作《蝃蝀》诗者，言能止当时之淫奔。卫文公以道化其民，使皆知礼法，以淫奔者为耻。其有淫之耻者，国人皆能恶之，不与之为齿列相长稚，故人皆耻之而自止也。蝃蝀在东，莫之敢指。《传》：蝃蝀，虹也。夫妇过礼则虹气盛，君子见戒而惧，讳之莫之敢指。《笺》云：虹，天气之戒，尚无敢指者，况淫奔之女，谁敢视之。《音义》：虹音洪，一音绛。女子有行，远父母兄弟。《笺》云：行，道也。妇人生而有适人之道，何忧于不嫁，而为淫奔之过乎？恶之甚。《音义》：虹，音洪，一音绛。远，于万反，下同。恶，乌路反，下"恶之"皆同。【疏】正义曰：此恶淫奔之辞也。言虹气见于东方，为夫妇过礼之戒，君子之人尚莫之敢指而视之，况今淫奔之女见，为过恶，我谁敢视之也。既恶淫奔之女，因即就而责之，言女子有适人之道，当自远其父母兄弟，于理当嫁，何忧于不嫁而为淫奔之过恶乎。《传》正义曰：《释天》云："螮蝀谓之雩，螮蝀，虹也。"郭璞曰："俗名为美人。"《音义》云："虹，双出，色鲜盛者为雄，雄曰虹；闇者为雌，雌曰蜺。"此与《尔雅》字小异，音实同，是为虹也。《序》云"止奔"而《经》云"莫之敢指"，是虹为淫戒，故言夫妇过礼，则虹气盛也。夫妇过礼，谓不以道妄淫，行夫妇之事也。《月令》孟冬虹藏不见，则十月以前当自有虹。言由夫妇过礼者，天垂象因事以见戒，且由过礼而气更盛，不谓凡平无虹也。以天见戒，故君子之见而惧讳自戒。惧讳，恶此由淫过所致，不敢指而视之，若指而视之，则似慢天之戒，不以淫为惧讳然，故莫之敢指也。朝隮于西，崇朝其雨。《传》：隮，升。崇，终也，从旦至食时为终朝。《笺》云：朝有升气于西方，终其朝则雨，气应自然，以言妇人生而有适人之道，亦性自然。女子有行，远兄弟父母。《音义》：隮，子西反，徐又子细反。郑注《周礼》云："隮，虹。"应，应对之应。【疏】正义曰：言朝有升气于西方，终朝其必有雨。有蛴气必有雨者，是气应自然，以兴女子生则必当嫁，亦性自然矣。故又责之，言女子生有适人之道，远其兄弟父母，何患于不嫁而为淫奔乎。《传》正义曰：以朝者，早旦之名，故《尔雅》"山东曰朝阳"。今言终朝，故至食时矣。《左传》曰："子文治兵，终朝而毕；子玉终日而毕。"是终朝非竟日也。《笺》正义曰：《视祲》注云："蛴，虹也。"经云"朝蛴于西"，则蛴亦虹也。言升气者，以蛴升也，由升气所为，故号虹为蛴。郑司农亦云："蛴者，升气"，是也。上蝃蝀，虹也，色青赤，因云而见。此言雨征，则与彼同也。《视祲》"掌十辉之法，以观妖祥"，《注》云"辉，谓日光气也"，则蛴亦日之光气矣。蝃蝀，亦日光气。但日在东则虹见西方，日在西方，虹见东方，无在日傍之时。郑注《周礼》见蛴与此同，故引以证，非谓此为妖祥也。乃如之人也，怀昏姻也。《传》：乃如，是淫奔之人也。《笺》云：怀，思也。乃如是之人，思昏姻之事乎？言其淫奔之过恶之大。大无信也，不知命也。《传》：不待命也。《笺》云：淫奔之女，大无贞洁之信，又不知婚姻当待父母之命，恶之也。《音义》：大音泰，《注》同。

《蝃蝀》三章，章四句。①

从音韵上看，陆德明注音主要使用的是反切法和直音法。反切法所注之字有：蝃蝀：上丁计反，下都动反；长，丁丈反等。直音法如：虹音洪，一音绛。

从字词训诂看，自汉至唐所训之词有"蝃蝀"、"行"、"朝"、"蛴"、"崇"、"怀"、"昏姻"、"信"、"命"。其中的"昏姻"被释为"昏姻之事"，"命"被释为"父母之命"；训释"蝃蝀"之文占据将半数左右的解释文字。

从章句篇旨看，他们解释的章句重点落在了"莫之敢指"、"女子有行"、"崇朝其雨"、"怀昏姻也"、"大无信也"、"不知命也"等句上，其中"怀昏姻"被解释为"思念昏姻之事"，"不知命"被解释为"不知昏姻当待父母之命"；章节解释却只在于前两章；篇旨落脚点是《毛序》的"止奔"，将"女子有行，远父母兄弟"理解为所谓的君子对淫奔之女指责之词："君子……因即就而责之，言女子有适人之道，当自远其父母兄弟，于理当嫁，何忧于不嫁而为淫奔之过恶乎？"

从"诗体"即诗歌创作上所应用的艺术手法看，他们认为首章运用了象

---

① 唐·孔颖达：《毛诗注疏》，《唐宋注疏十三经》本，北京：中华书局，1998年，第81页。

征和比喻。则"蝃蝀在东"象征上天对淫奔之事的告诫:"言虹气见于东方,为夫妇过礼之戒。"而"蝃蝀在东,人莫敢指"被解为正人君子惧怕、避讳"蝃蝀"所象征的淫奔之事因而敬畏"蝃蝀"。该章上两句和下两句的关系又是比喻的关系,章意是:人们不用手指"蝃蝀"是因为人们避讳它所象征的上天所告诫的淫奔之事,而对生活中的淫奔之人,正人君子就不仅仅是避讳,简直是厌恶进而直接指责了。至于次章的艺术手法,他们的看法和首章一样,但却将上两句"朝隮于西,崇朝其雨"解为阴阳调和的自然现象,以比下两句的"女子有行,远兄弟父母",即女子终究要嫁也是自然而然的事情。

在"义理"层面,汉唐人解《诗经》有两点表现:一是物理,即他们将"朝隮于西,崇朝其雨"的自然现象解释为一种自然法则的表现;二是伦理,即女子在父母之命、媒妁之言等程序后的婚姻之事才是合乎规矩的,否则谓之淫奔。可见,两者都只具"义理"上的表面性、个别性和特殊性,而不具深刻性、一般性和普遍性。

综上所述,汉唐《诗经》解释学尤其侧重"小学"即音韵、章句训诂而轻义理。在音韵上用反切和直音法注字之音;在章句训诂上尤其不遗余力,有时近乎繁琐而浑然不知;在义理的阐发层面表现薄弱,即使有也停留在对表面、具体、个别、特殊道理的叙述,尚且缺乏对诗歌内蕴道理的深刻、抽象、一般和普遍性的发掘提炼。

二、宋人的义理化倾向

宋人解《诗》较于汉唐而风气大变,形成轻"小学"而重"义理"的倾向。如程子解《诗经》就是这样。以下也以程子解《蝃蝀》篇为例来考察宋人的解《诗》特点:

> 蝃蝀
> 言奔则女就男。卫国化文王之道,淫奔人知耻而恶绝之,诗人道是意,以风止其事。蝃蝀,阴阳气之交,映日而见,故朝西而暮东。在东者,阴方之气就交于阳也,犹《易》之"自我西郊"。夫阳唱阴和,男行女随,乃理之正。今阴来交阳,人所丑恶,故莫敢指之。今世俗不以手指者,因诗之言。女子之义,从于人也,必待父母之命,兄弟之议,媒妁之言,男先下之,然后从焉。不由是而奔就于男者,犹蝃蝀之东,故以兴焉。人所丑而不敢指视也,奈何女子之行,而违背父母兄弟乎?违谓违背不由其命而奔也。朝隮升于西者,乃阳方之气,来交于阴,则理之顺,故和而为雨。崇朝,不日之义。奈何女子反远其父母兄弟乎?如是之

人无他也,怀男女之欲耳。婚姻,男女之交也。人虽有欲,当有信而知义,故言其大无信,不知命,为可恶也。苟惟欲之从,则人道废而入于禽兽矣。女子以不自失为信,所谓贞信之教。违背其父母,可谓无信矣。命,正理也。以道制欲则顺命,言此所以风也。①

可见,程子说《诗》全在义理,解"蝃蝀"开宗明义即将"奔"字打出,其后就完全围绕这一主题展开论述。训释字词、句意、章旨,都服务于义理的阐发,为了达到这一目标,他不惜将自然现象伦理化。如解"蝃蝀"言阴阳之气,"蝃蝀在东"为阴气就阳气,即人的女就男而淫奔。最后将此诗之义由《序》的"止奔"上升为"以道制欲"。

苏辙《诗传》虽存"小学"元素,但已趋于简略:

《蝃蝀》,止奔也。
　　《毛诗》之《叙》曰卫文公之诗也。
蝃蝀在东,莫之敢指。女子有行,远父母兄弟。
　　蝃蝀,虹也。蝃蝀之雨,暴雨也。不待阴阳和而雨矣,犹女子之不待父母媒妁而行者也。是以国人莫不恶之,指之犹且不敢,而况为之乎?故告之曰:女子生而当行适人矣,何患于不嫁而为是非礼也?
朝隮于西,崇朝其雨。女子有行,远兄弟父母。
　　隮,升也。崇,终也。朝有升气于西,终其朝而雨至矣,何苦不俟而为彼蝃蝀之暴雨也?譬之女子之生至于成人则自当行矣,何至汲汲于非礼也?
乃如之人也,怀婚姻也,大无信也,不知命也。
　　人苟知事之有命也,则不为不义,安而竢之矣。
《蝃蝀》三章,章四句。②

不难发现,从小学视角考察,苏辙《诗传》解《诗经》较之《毛诗注疏》有以下特征:一、无音释;二、章句训诂简单明了,如解"蝃蝀"仅用一"虹"字,末章也仅释为"人苟知事之有命也,则不为不义,安而竢之矣",字数大体同于

---

① 宋·程颢、程颐:《二程集》,北京:中华书局,1981 年,第 1053 页。
② 宋·苏辙:《诗集传》,文渊阁《四库全书》本,经部第 56 册《诗》类,台北:台湾商务印书馆影印版,1986 年,第 34 页。

被解之文;三、从"犹"和"譬"两字,可知他主张此诗之体为"比"。"义理"层面,苏辙《诗传》虽然仍有具体、个别的物理和伦理的解读,如"蝃蝀之雨,暴雨也,不待阴阳和而雨矣"、"女子之生至于成人则自当行矣,何至汲汲于非礼",但从表述词句"阴阳和"、"汲汲于非礼"等上看,却已打上宋学的印记。而他解释末章的"人苟知事之有命也,则不为不义,安而竢之矣",已明显具有关于抽象义理的解释:"人"的解释由具体指"淫奔之人"而为一般意义的"人","命"也不再是具体的"父母之命"而为抽象意义上的"命","不义"也由专指"淫奔"而泛指不合礼义的行为。

一般认为吕祖谦的《诗经》解释步趋毛、郑汉学,但从他的《吕氏家塾读诗记》,却可发现他也有以义理解《诗》的倾向。详下:

蝃(丁计反)蝀(都动反),止奔也,卫文公能以道化其民,淫奔之耻国人不齿也。(郑氏曰:不齿者不与相长稚。)

蝃蝀在东,莫之敢指。女子有行,远(于万反)父母兄弟。

毛氏曰:"蝃蝀,虹也。"程氏曰:"蝃蝀,阴阳气之交,映日而见,故朝西而暮东。'在东'者,阴方之气就交于阳也。夫阳唱阴和,男行女随,乃理之正,今阴来交阳,人所丑恶,故莫敢指之(今世俗不以手指者,因《诗》之言)。女子之奔,犹蝃蝀之东,人所丑也。"郑氏曰:"'女子有行,远父母兄弟。'妇人生而有适人之道,何忧于不嫁而为淫奔之过乎?恶之甚。"《尔雅》"蝃"作"蛸"。

"女子有行,远父母兄弟。"此诗反《泉水》、《竹竿》,辞同而意不同。此诗盖国人疾淫奔者,言女子终当适人,非久在家者,何为而犯礼也。《泉水》、《竹竿》盖卫女思家,言女子分当适人,虽欲常在父母兄弟之侧,有所不可得也。一则欲常居家而不可得,一则欲亟去家而不能得,其善、恶可见矣。

朝隮(子西反)于西,崇朝其雨。女子有行,远兄弟父母。

程氏曰:"朝隮于西,乃阳方之气来交于阴,则理之顺。"(《周礼》"视祲掌十辉之法,九曰隮",郑氏注曰:"隮,虹也。《诗》曰'朝隮于西'。")毛氏曰:"崇,终也,从旦至食时为崇朝。"范氏曰:"朝隮于西,阳感阴也,阳感阴则是阳为倡而阴从之也。故'崇朝其雨',此阴阳之相应也。'女子有行,远父母兄弟',亦犹是矣。"

乃如之人也,怀昏姻也,大无信也,不知命也。

毛氏曰:"乃如,是淫奔之人也。"程氏曰:"人虽有欲,苟惟欲之从,则人道废而入于禽兽矣。女子以不自失为信,所谓贞信之教。违背其父母,可谓无信矣。命,正理也,以道制欲则能顺命。"
(王氏曰:"男女之欲,性也,有命焉,君子不谓性也。今也从欲而不
知命有所制,此之谓不知命也。")
《蝃蝀》三章,章四句。①

可见,吕祖谦解《蝃蝀》篇,小学工夫几乎全用毛郑之说,而义理上则几乎全用宋人之说。从《吕记》所引用程子、范祖禹和王安石解《诗》的说法看,已完全是宋人的义理之学。吕祖谦自己的观点于此却显得很是薄弱、浅显,如从解释"女子有行,远父母兄弟"可以看出吕氏解《诗经》于小学层面鲜见突破,即使在义理阐发上也显得迂腐。

总之,宋人解《诗经》轻"小学",即使有所涉及,也不出汉唐之右。重视义理的阐发是他们共同的特点,即使标榜宗汉、唐《诗经》学者如吕祖谦也不例外。

三、章句训诂和义理结合法

朱熹的《诗经》解释既兼采汉、宋又别开生面,既有继承又有创新,而其创新又是继承中的创新,与《吕记》的大集说有天壤之别。

同为解释《蝃蝀》篇,朱熹《诗传》体例为:

> 蝃(丁计反)蝀(都动反)在东,莫之敢指。女子有行,远(于万反)父母兄弟(叶待里反)。
>
> 比也。蝃蝀,虹也,日与雨交,倏然成质,似有血气之类,乃阴阳之气不当交而交者,盖天地之淫气也。在东者,莫虹也。虹随日所映,故朝西而莫东也。此刺淫奔之诗。言蝃蝀在东,而人不敢指,以比淫奔之恶,人不可道。况女子有行,又当远其父母兄弟,岂可不顾此而冒行乎?
>
> 朝隮(子西反)于西,崇朝其雨。女子有行,远兄弟父母(叶满补反)。
>
> 比也。隮,升也。《周礼》:十辉,九曰隮。《注》以为虹,盖忽然而见,如自下而升也。崇,终也。从旦至食时为终朝。言方雨而虹见,则其雨终朝而止矣。盖淫慝之气有害于阴阳之和也。今俗

---

① 宋·吕祖谦:《吕氏家塾读诗记》,文渊阁《四库全书》本,台北:经部第73册《诗》类,台湾商务印书馆影印版,1986年,第393—394页。

谓虹能截雨,信然。
　　乃如之人也,怀昏姻也。大无信(叶斯人反)也,不知命也。
　　　赋也。乃如之人,指淫奔者而言。昏姻,谓男女之欲。程子曰:"女子以不自失为信。"命,正理也。言此淫奔之人,但知思念男女之欲,是不能自守其贞信之节,而不知天理之正也。程子曰:"人虽不能无欲,然当有以制之。无以制之,而惟欲之从,则人道废而入于禽兽矣。以道制欲,则能顺命。"
　　《蝃蝀》三章,章四句。①

朱熹的《诗经》解释于音释、章句训诂和义理一样都不少。从小学方面看:其所注音之字有"蝃"、"蝀"、"远"、"弟"、"隮"、"母"、"信"等;所训之词有"蝃蝀"、"在东"、"隮"、"崇"、"乃如之人"、"昏姻"、"信"、"命"等;全解句意章旨者有一、三章,二章只解了前两句——朝隮于西,崇朝其雨;至于诗体,他认为前二章为"比",末章为"赋";篇旨是"刺"淫奔。从"义理"方面看,它所涉及的既有具体的物理、伦理,更有普遍、深刻抽象之理:一、物理层,解"虹"的形成之理为"日与雨交,倏然成质⋯⋯乃阴阳之气不当交而交者",又解"虹"所出现方位之理为"在东者,莫虹也。虹随日所映,故朝西而莫东也"。二、伦理层,认为男女之事当在父母媒妁等程序之后,否则谓之淫奔。三、抽象之理层,他明确将该诗的意蕴提升到理学范畴"天理人欲"的高度:父母媒妁是"命"、"道"、"天理",思婚姻是"人欲";无父母媒妁而守贞信,是"天理",否则是"人欲";为了维护社会的合理秩序,就要"存天理,灭人欲",方法是"以道制欲"。

　　比较朱熹和毛郑所代表的汉学及苏吕所代表的宋学的《诗经》解释体例后发现,朱熹的突出价值不仅在于兼顾音韵、章句训诂和义理,更在于他同时又能在几乎所有层面都有创新的解释。具体表现如音韵方面,他采用了反切法和直音法,但又创造性地运用了"叶韵法",如《蝃蝀》篇解中的"弟叶待里反"等,而他这样做是为了使《诗经》更符合"诗"的形式特征——押韵。字词训诂方面,如在接受汉唐训"蝃蝀"为"虹"的基础上更指出"虹"是天地之淫气,是违背了阴阳之气相交之理而形成的,借以类比人类社会的淫奔之事甚至违背"天理"的一切事物。朱熹《诗传》于句意章旨层面也有创新之说,如《蝃蝀》二章"朝隮于西,崇朝其雨",汉唐之说和宋人程子、范祖禹等

---

① 宋·朱熹:《诗集传》,《朱子全书》本,上海:上海古籍出版社、安徽教育出版社,2002 年,第 446—447 页。

都解为阴阳和而雨,以比女子的父母媒妁而嫁,如程子就曰:"朝隮于西,乃阳方之气来交于阴,则理之顺。"朱熹考虑全诗尤其一、二章的结构一致问题,依旧将"虹"解为"淫气":"盖淫慝之气有害于阴阳之和。"篇旨方面的创新之说就更多,如"淫奔之诗"说等。相对于欧阳修、苏辙、吕祖谦、程子、范祖禹等,朱熹兼顾小学且有创新,有明显的解《诗经》方法上的优势。而"义理"方面,朱熹《诗传》从"天理人欲"高度解《蝃蝀》篇只是他以"义理"解《诗经》之一例。他的以义理解释《诗经》的,指向了理学《诗经》解释学的实质。

总之,从方法上看,朱熹《诗经》解释学有着音韵、章句训诂和义理相结合的特点。但这种方法的运用,又不是综合各个层面以解《诗》的杂合体,而是有着内在逻辑的、集大成的、创新说的有机统一体。

第三章　朱熹《诗经》学发展历程

朱熹《诗经》学思想的形成过程,就是他对《诗经》的解释历程。据束景南教授考证,朱熹一生于《诗经》解释不辍,而其成就也以阶段性成果的形式呈现出来。其具体发展线索,大致是34岁(1163年)写成主《序》的《诗解》,①48岁(1177年)修订成疑《序》的《诗解》,②56岁(1185年)成黜《序》的《诗传》。③《诗传》标志朱熹《诗经》解释基本思想的定型,其后就顺势转入深化解释期。其深化解释的相关资料保存在《遗说》和《语类》中。

朱熹对《诗经》的解释历程,是一个初主《序》,经过疑《序》、废《序》进而颠覆汉唐《诗经》学解释体系,完善宋学《诗经》学解经体系的过程。故他的废《序》,根本上是要废弃《序》的解《诗》方法和解《诗》思想而不是要全部废弃《序》关于具体诗篇的具体解释。

朱熹的废《序》思想形成的过程,他自己曾具体谈到过:

> 问:"《诗传》多不解《诗序》,何也?"曰:"某自二十岁时读《诗》,便觉《小序》无意义。及去了《小序》,只玩味《诗》词,却又觉得道理贯彻。……后到三十岁,断然知《小序》之出于汉儒所作,其为缪戾,有不可胜言。……某因作《诗传》,遂成《诗序辨说》一册,其他缪戾,辨之颇详。"④

朱熹说他废黜《小序》的客观原因在于《序》的谬戾。他二十岁时开始怀疑《小序》,三十来岁时断然否定《小序》,并开始着手写作废《小序》的《诗传》,又作了专辨《小序》之谬的《序辨》,标志着他的新《诗经》解释学的基本形成。

---

① 束景南:《朱熹年谱长编》,上海:华东师范大学出版社,2001年,第298页。
② 束景南:《朱熹年谱长编》,上海:华东师范大学出版社,2001年,第591页。
③ 束景南:《朱熹年谱长编》,上海:华东师范大学出版社,2001年,第851页。
④ 宋·黎靖德编、王星贤校点:《朱子语类》,北京:中华书局,1986年,第2078—2079页。

> 某向作《诗解》,文字初用《小序》,至解不行处,亦曲为之说。后来觉得不安,第二次解者,虽存《小序》,间为辨破,然终是不见诗人本意。后来方知,只尽去《小序》,便自可通。于是尽涤旧说,《诗》意方活。①

如果说前则引文是朱熹叙述他对《序》的破,那么这则却是在叙述他的立,即他《诗经》学思想建立的过程。朱熹说他一生解《诗》有三个阶段性成果,第一个成果是存《小序》且曲为《序》辩护的《诗解》稿,第二个成果是虽存《小序》却时有将其辨破的《诗解》②,第三个成果是废黜《小序》的《诗传》。

束景南教授曾就朱熹作《诗解》到《诗传》的过程作过详尽的考证,将这一过程分为两个时期——主《小序》作《诗解》时期和黜《小序》作《诗传》时期。我认为,朱熹《诗经》学思想的发展,还应有第三个时期——深化期。在《诗传》成后,朱熹已是学界泰斗,而《诗传》的黜《小序》和简单明了的解《诗》方式,也难免招致质疑和问学,故朱熹的答疑过程,既是对《诗传》的说明和补充,也是其《诗经》学思想的深化发展过程。一直到晚年,朱熹与弟子师友都有关于《诗传》的讨论,反映他这些晚年《诗经》学思想的材料,被保存在了朱鉴编写的《遗说》中。本章研究朱熹《诗经》学思想的发展,将采用以点连线和比较的方法。所谓点,指《诗解》《诗传》与《遗说》三个文本,然后将三者比较,从中看出朱熹《诗经》学思想的发展和深化。

《遗说》是朱熹孙朱鉴于端平乙未(1235年)编订而成的,它保存了大量朱熹晚年论《诗经》的资料。其《序》曰:

> 先文公《诗集传》……抑鉴昔在侍旁,每见学者相与讲论是书,凡一字之疑,一义之隐,反复问答,切磋研究,必令心通意解而后已。今《文集》《书问》《语录》所记载,无虑数十百条,汇次成编,题曰《遗说》。后之读《诗》者能兼考乎此而尽心焉,则无异于亲承诲诱,可以得其意而无疑于其言矣!③

可见,朱鉴本人深得其祖晚年《诗经》解释学的精髓,每当朱熹与人讨论《诗传》时,他常常旁听。《遗说》的内容,搜罗《文集》《书问》《语录》所载,可谓深化期朱熹论《诗经》的资料全编。朱鉴编纂《遗说》的动机是:"后之读

---

① 宋·黎靖德编、王星贤校点:《朱子语类》,北京:中华书局,1986年,第2085页。
② 此《诗解》从内容上说,应既有曲为《序》说者,也有间为辨破者。
③ 宋·朱鉴:《诗传遗说》,文渊阁《四库全书》本,经部第75册《诗》类,台北:台湾商务印书馆影印版,1986年,第500页。

《诗经》者能兼考乎此而尽心焉,则无异于亲承诲诱,可以得其意而无疑于其言矣!"

《遗说》中的资料,有少数反映了《诗传》撰成前的观点,这些资料可以结合《诗传》的内容加以研究而分辨出来。对《遗说》的价值和体例,《四库全书总目提要》曰:

> 《诗传遗说》……足与《集传》相发明者……故曰《诗传遗说》。其书首纲领,次《序》辨,次六义,继之以《风》、《雅》、《颂》之论断,终之以逸《诗》、《诗谱》、叶韵之义,以朱子之说,明朱子未竟之义。①

结合朱鉴之说,我们有理由认为,《遗说》主要是朱熹写成《诗传》以后深化论述自己《诗经》学思想的"真"而"全"的资料汇编,是研究朱熹深化期的《诗经》解释学思想的宝贵资料。② 因为《遗说》涉及纲领、《序》辨、六义的内容,本文将在相关章节中大量使用,故本章将仅结合该书中朱熹关于"《风》、《雅》、《颂》之论断",考察朱熹晚年深化期的《诗经》解释学思想。

第一节 主——疑——黜《序》: 从《诗解》到《诗传》

从《诗解》到《诗传》,是朱熹由主《序》、疑《序》到最后黜《序》的过程,也是他的新《诗经》解释学基本形成的过程。在《诗解》中,尚且可见他回护《序》说和辨破《序》说两者同时存在的情况。我们将根据朱熹《诗经》解释的内容特点,结合《诗》三百篇的自然顺序,将其划分为不同的篇类来展开叙述。朱熹说《诗》,大致有三种情况:一、《诗解》、《诗传》皆从《序》;二、《诗解》回护《序》;三、《诗解》辨破《序》而归义于《诗传》。第一种情况我们不再作详细分析,二、三两种情况将作重点讨论。

《诗解》的二《南》学

关于二《南》之诗的解释,朱熹和毛、郑的最大不同在于诗篇的内容是写

---

① 清·永瑢等:《四库全书总目》,北京:中华书局,1965年,第125页。
② 由黎靖德编而晚出《遗说》35年,成于1270年的《语类》也有许多关于《诗经》的资料,但基本全部包含在《诗传遗说》内,故价值逊于《遗说》。但其中各别可作为《遗说》补充的资料,本书行文中会择而用之。

文王还是后妃的争论。《小序》认为主旨在于赞美后妃,朱熹则认为根本上在于赞美文王。故朱熹解释《诗经》时对那些《小序》也谈及文王之化的诗篇,多采取了从之的态度。详审具体诗篇,朱熹解释二《南》篇与《序》关系的三种情况分别如下。

(一)《诗解》、《诗传》皆从《序》之篇

朱熹《诗解》、《诗传》皆从《序》说的二《南》之篇有《葛覃》、《樛木》、《桃夭》、《兔罝》、《芣苢》、《汉广》、《汝坟》、《采蘩》、《采蘋》、《甘棠》、《行露》、《羔羊》、《小星》、《野有死麕》、《何彼秾矣》、《驺虞》等十六篇。

(二)《诗解》回护《序》说之篇

朱熹《诗解》回护《序》说者只有《周南》的《卷耳》、《螽斯》篇和《召南》的《草虫》、《殷其雷》四篇。详情如下。

《卷耳》篇的《序》说曰:

> 后妃之志也。又当辅佐君子求贤审官,知臣下之勤劳,内有进贤之志,而无险诐私谒之心,朝夕思念,至于忧勤也。①

《诗解》曰:

> 极言其勤劳嗟叹之状,以为至是非饮酒所能释矣。盖讽其君子当厚恩意,无穷已之辞也。(段《解》)②
>
> 极道勤劳嗟叹之状,讽其君子当厚其恩意,无穷已之辞也。(吕《纪》)③

《诗传》曰:

> 后妃以君子不在而思念之,故赋此诗。④

---

① 宋·朱熹:《诗集传》,《朱子全书》本,上海:上海古籍出版社、安徽教育出版社,2002年,第357页。
② 宋·朱熹撰,束景南辑:《诗集解》,《朱子全书》本,上海:上海古籍出版社、安徽教育出版社,2002年,第121页。
③ 宋·朱熹撰,束景南辑:《诗集解》,《朱子全书》本,上海:上海古籍出版社、安徽教育出版社,2002年,第121页。
④ 宋·朱熹:《诗集传》,《朱子全书》本,上海:上海古籍出版社、安徽教育出版社,2002年,第405页。

《诗解》解释该诗,是回护《序》说的典型例子。《序》的解说有三层意思:一、该诗作者是一诗人;二、动机在于赞美后妃太姒;三、具体赞美的是后妃太姒能真心勤勉辅佐文王以使其能求贤审官、体恤臣下的情志。《诗传》却认为该诗是一后妃太姒本人所作以表达对文王思念之情的思妇诗。而从《诗解》的"讽其君子"之"讽"字上看,它显然不认为此诗是思妇诗,其"勤劳嗟叹"、"厚恩义"和"无穷已"等,则明显是用了《序》的说法。

《螽斯》篇,《毛序》曰:

> 后妃子孙众多也。言若螽斯不妒忌,则子孙众多也。①

《诗解》曰:

> 螽斯居处和一,而卵育繁多,故以为不妒忌而子孙众多之比,非必知其不妒忌也。或曰:古人精察物理,故有以知其不妒忌也。(吕《纪》,段《解》)②

《诗传》曰:

> 后妃不妒忌而子孙众多,故众妾以螽斯之群处和集而子孙众多比之。言其有是德而宜有是福也。③

《序辨》曰:

> 《序》者不达此诗之体,故遂以不妒忌者归之螽斯,其亦误矣。④

朱熹《诗传》和《序》说关于此诗的争论焦点在于"螽斯"是否具有人类一样的妒忌之德上。《序》以为有而云"螽斯不妒忌"。《诗传》却以为无,故《序

---

① 宋·朱熹:《诗集传》,《朱子全书》本,上海:上海古籍出版社、安徽教育出版社,2002年,第357页。
② 宋·朱熹撰、束景南辑:《诗集解》,《朱子全书》本,上海:上海古籍出版社、安徽教育出版社,2002年,第122页。
③ 宋·朱熹:《诗集传》,《朱子全书》本,上海:上海古籍出版社、安徽教育出版社,2002年,第406页。
④ 宋·朱熹:《诗集传》,《朱子全书》本,上海:上海古籍出版社、安徽教育出版社,2002年,第357页。

辨》批《序》"以不妒忌者归之螽斯"是个错误。《诗解》却是疑而不决,两存其说。这是朱熹曾经疑毛郑《诗经》学的一个生动例子。《小序》认为《草虫》篇的主旨是:

> 大夫妻能以礼自防也。①

《诗解》曰:

> 《召南》之大夫行役在外,其妻独居,见此二物以类相从,似有阴阳之性,因感时物之变,而思其君子,恐不得保其全而见之也。(吕《纪》,段《解》)②

《诗传》曰:

> 南国被文王之化,诸侯大夫行役在外,其妻独居,感时物之变而思其君子如此。亦若《周南》之《卷耳》也。③

《序辨》曰:

> 此……未见以礼自防之意。④

不难发现,朱熹《诗传》反《序》的最大之处在于其"以礼自防"义上,《序辨》则明确说该诗没有"以礼自防"之意。《诗解》、《诗传》相较,前者比后者多了"恐不得保其全而见之也"文。我认为,朱熹之所以在《诗传》中删除该文,原因即在于它是《序》说"以礼自防"的回护之文。《殷其雷》篇,《序》以为该诗是大夫妻同情辛苦行役的丈夫而劝他做事要以"义"而行之诗,而朱熹《诗传》却没有谈到该诗的"劝以义"之义。《序》云:

---

① 宋·朱熹:《诗集传》,《朱子全书》本,上海:上海古籍出版社、安徽教育出版社,2002年,第359页。
② 宋·朱熹撰、束景南辑:《诗集解》,《朱子全书》本,上海:上海古籍出版社、安徽教育出版社,2002年,第130页。
③ 宋·朱熹:《诗集传》,《朱子全书》本,上海:上海古籍出版社、安徽教育出版社,2002年,第413页。
④ 宋·朱熹:《诗集传》,《朱子全书》本,上海:上海古籍出版社、安徽教育出版社,2002年,第359页。

劝以义也。《召南》之大夫远行从政,不遑宁处,其室家能闵其勤劳,劝以义也。①

《诗解》云:

闵之深而无怨辞,所谓劝以义也。(吕《纪》)②

《诗传》云:

南国被文王之化,妇人以其君子从役在外而思念之,故作此诗。③

《序辨》云:

此诗无"劝以义"之意。④

可见,朱熹《诗解》支持《序》的"劝以义"观点,而且还帮它搜集论据,说"闵之深而无怨辞"即为"劝以义"的表现。

(三)《诗解》辨破《序》说之篇

朱熹《诗解》就二《南》之诗辨破《毛序》之篇有《周南》的《关雎》、《麟之趾》,《召南》的《鹊巢》、《摽有梅》和《江有汜》五篇。

其中《关雎》篇的《序》文,有两处即首句"后妃之德也"和尾节"是以《关雎》乐得淑女,以配君子,忧在进贤,不淫其色,哀窈窕,思贤才,而无伤善之心焉,是《关雎》之义也"为《诗解》所辨破。《诗解》曰:

1. 此诗虽美大姒,而实以深见文王之德。(段《解》)⑤

---

① 宋·朱熹:《诗集传》,《朱子全书》本,上海:上海古籍出版社、安徽教育出版社,2002年,第359页。
② 宋·朱熹撰,束景南辑:《诗集解》,《朱子全书》本,上海:上海古籍出版社、安徽教育出版社,2002年,第134页。
③ 宋·朱熹:《诗集传》,《朱子全书》本,上海:上海古籍出版社、安徽教育出版社,2002年,第416页。
④ 宋·朱熹:《诗集传》,《朱子全书》本,上海:上海古籍出版社、安徽教育出版社,2002年,第359页。
⑤ 宋·朱熹撰,束景南辑:《诗集解》,《朱子全书》本,上海:上海古籍出版社、安徽教育出版社,2002年,第110页。

2. 主于德而言,则乐而不淫,哀而不伤;主于色而言,则乐必淫,哀必伤。此几微之理,毫厘之辨,善养心者,审诸此而已矣。(段《解》)①

朱熹《序辨》关于《序》说这两点的批评,本书下文将作详尽的分析。概括地说,朱熹认为《序》的谬误在于主后妃而略文王,并错将"乐而不淫,哀而不伤"的"性情之正"意判为荒唐的"四事"。而上引两则,恰恰证明了《诗解》已辨破《序》说而朝《诗传》发展的事实。朱熹《诗传》认为《序》说《麟之趾》和《鹊巢》篇之误,也在于忽略文王教化的根本意义。《诗解》关于这一点的认识已同于《诗传》而异于《序》,其结《周南》诗旨曰:

《序》以为《关雎》之应。夫其所以至此者,后妃之德固不为无所助矣,然妻道无成,则亦岂得而专之哉。或乃专美后妃,而不本于文王,其亦误矣。(段《解》,严《缉》)②

《诗解》于《鹊巢》篇曰:

南国诸侯被文王之化,能正心修身以齐其家;其女子亦被后妃之化,故嫁于诸侯,而其家人美之。(严《缉》)③

《摽有梅》篇,也是《诗解》辨破《序》说的一例。《序》于《摽有梅》篇曰:

男女及时也。《召南》之国被文王之化,男女得以及时也。④

《诗解》:

---

① 宋·朱熹撰、束景南辑:《诗集解》,《朱子全书》本,上海:上海古籍出版社、安徽教育出版社,2002年,第116页。
② 宋·朱熹撰、束景南辑:《诗集解》,《朱子全书》本,上海:上海古籍出版社、安徽教育出版社,2002年,第127页。
③ 宋·朱熹撰、束景南辑:《诗集解》,《朱子全书》本,上海:上海古籍出版社、安徽教育出版社,2002年,第128页。
④ 宋·朱熹:《诗集传》,《朱子全书》本,上海:上海古籍出版社、安徽教育出版社,2002年,第359页。

述女子之情,欲昏姻之及时也。(吕《纪》,段《解》)①

《诗传》:

南国被文王之化,女子知以贞信自守,惧其嫁不及时,而有强暴之辱也。②

《序辨》:

此《序》末句未安。③

显然,朱熹《诗传》认为《序》的"男女得以及时"句不副诗意,《诗解》的"欲昏姻之及时"的"欲"字,表明它认为"婚姻及时"的为将来之事倾向。故此是《诗解》辨破《序》说之例。《江有汜》诗,《诗解》也没有完全支持《序》说,《序》谓:

美媵也。勤而无怨,嫡能悔过也。文王之时,江沱之间,有嫡不以其媵备数,媵遇劳而无怨,嫡亦自悔也。④

《诗解》:

是时汜水之旁,媵有待年于国,而嫡不与之偕行者。其后被后妃夫人之化,乃能自悔而迎之。(段《解》)⑤

《诗传》:

---

① 宋·朱熹撰,束景南辑:《诗集解》,《朱子全书》本,上海:上海古籍出版社、安徽教育出版社,2002年,第134页。
② 宋·朱熹:《诗集传》,《朱子全书》本,上海:上海古籍出版社、安徽教育出版社,2002年,第416页。
③ 宋·朱熹:《诗集传》,《朱子全书》本,上海:上海古籍出版社、安徽教育出版社,2002年,第359页。
④ 宋·朱熹:《诗集传》,《朱子全书》本,上海:上海古籍出版社、安徽教育出版社,2002年,第359页。
⑤ 宋·朱熹撰,束景南辑:《诗集解》,《朱子全书》本,上海:上海古籍出版社、安徽教育出版社,2002年,第136页。

是时汜水之旁,媵有待年于国,而嫡不与之偕行者,其后嫡被后妃夫人之化,乃能自悔而迎之。①

《序辨》:

诗中未见勤劳无怨之意。②

《序》说显然认为《江有汜》诗涉及媵的"勤而无怨"和嫡的"悔过"两个人的两种情感。《诗解》和《诗传》都认为此诗只表现了嫡的"悔过"而没有媵的"无怨"。故《诗解》解《江有汜》,也是辨破《序》说的例子。

二《南》之篇二十有五,《诗解》和《诗传》共同接受《序》说者就有十六篇,而《诗解》回护《序》说者四篇,辨破者五篇,两者大致相当而后者略强,这说明后《诗解》之时朱熹说《诗》的趋势所在。另外,二《南》之诗毕竟为历来说《诗》者奉为正《风》,至于变《风》,《诗解》到《诗传》的发展趋向又怎样呢?

第二节 《诗解》"淫奔之诗"思想

朱熹《诗经》解释学就变《风》之诗解释上的最大成就是他的"淫奔之诗"思想。今天看来朱熹的"淫奔之诗"有着积极和消极的两面性,积极的一面正是如当下学人所指出的,是其一改汉唐美刺之说而体现诗篇爱情诗的文学性深刻认识,消极的是在于其将美丽的爱情诗看作"淫奔之诗",是其禁止男女自由情感结合的反动理学婚恋观的反映,而他《诗经》解释学的从《诗解》到《诗传》,恰是其这一思想的发展过程。这里将通过对《诗解》中"淫奔之诗"情况的考察,来看他解释变《风》之诗的思想发展情况。

朱熹接受二《南》之外的十三《国风》为变《风》的思想,且将郑、卫之《风》的主调定为乱世之音、"淫奔之诗"。依他《诗传》所定的标准,包括《王风》、《齐风》、《陈风》的某些篇章在内,我们考证出"淫奔之诗"共有四十篇。显然,从《诗解》到《诗传》,最能反映朱熹"淫奔之诗"思想的演变轨迹。判断《诗解》对"淫奔之诗"的态度,相对于二《南》之篇难度较大,其原因在资

---

① 宋·朱熹:《诗集传》,《朱子全书》本,上海:上海古籍出版社、安徽教育出版社,2002年,第418页。
② 宋·朱熹:《诗集传》,《朱子全书》本,上海:上海古籍出版社、安徽教育出版社,2002年,第359页。

料上。二《南》之篇,《诗解》的从《序》和破《序》情况一目了然,而《诗传》定为淫奔之人自作的"淫奔之诗",就束景南教授辑《诗解》资料,明确看出朱熹观点的只有为数不多的若干篇。有的篇章尽管有资料,但因资料的表意含糊而难以判定朱熹的态度,有的篇章根本就没有资料。在后两种情况下对《诗解》观点的获取,要靠我们合理的推测。

一、《诗解》确定为"淫奔之诗"的篇章

《诗传》定为淫奔之人自作的"淫奔之诗",束景南教授辑朱熹《诗解》观点明了的仅有九篇。

朱熹《诗解》从《序》说者六篇,分别是《遵大路》、《山有扶苏》、《褰裳》、《扬之水》和《东门之杨》、《大叔于田》等。《大叔于田》篇,《序》曰:

> 刺庄公也。叔多才而好勇,不义而得众也。①

《诗解》曰:

> 国人谓之曰:请叔无习此事,恐其或伤女也。言其得众如此。(吕《纪》,段《解》)②

其中的"国人"、"叔(共叔段)"、"得众"等词,直接对应《序》文之"庄公"、"叔"和"得众"等。《遵大路》篇,《序》定其主旨为"思君子":

> 思君子也。庄公失道,君子去之,国人思望焉。③

《序》认为由于郑庄公失道寡助,君子离去,群众表达对君子的思念之情。但朱熹《诗传》却说此诗是一被抛弃的淫妇所作。《诗解》和《毛序》观点一致:

> 君子去其国,国人思而望之,于其循大路而去也,揽持其袪以留之,

---

① 宋·朱熹:《诗集传》,《朱子全书》本,上海:上海古籍出版社、安徽教育出版社,2002年,第370页。
② 宋·朱熹撰、束景南辑:《诗集解》,《朱子全书》本,上海:上海古籍出版社、安徽教育出版社,2002年,第187页。
③ 宋·朱熹:《诗集传》,《朱子全书》本,上海:上海古籍出版社、安徽教育出版社,2002年,第371页。

曰：无恶我而不留，故旧不可遽绝也。(吕《纪》,段《解》)①

其"君子去其国，国人思而望之……"文可证《解》《序》同论。《山有扶苏》篇，《毛序》曰：

> 刺忽也。所美非美然。②

《诗解》曰：

> 所美非美，所谓贤者佞，智者愚也。(吕《纪》,段《解》)③

可见，它不惟表示支持《序》的观点，而且还在为其找论据，显然是所谓的"曲为之说"。《褰裳》篇，《毛序》曰：

> 思见正也。狂童恣行，国人思大国之正己也。④

《诗解》曰：

> 所以然者，狂童之狂已甚而不可缓也。(吕《纪》,段《解》)⑤

《诗解》的"狂童之狂已甚而不可缓"显然是对《毛序》"狂童恣行"的注释。《扬之水》篇，《序》曰：

> 闵无臣也。君子闵忽之无忠臣良士，终以死亡，而作是诗也。⑥

---

① 宋·朱熹撰、束景南辑：《诗集解》，《朱子全书》本，上海：上海古籍出版社、安徽教育出版社，2002年，第190页。
② 宋·朱熹：《诗集传》，《朱子全书》本，上海：上海古籍出版社、安徽教育出版社，2002年，第371页。
③ 宋·朱熹撰、束景南辑：《诗集解》，《朱子全书》本，上海：上海古籍出版社、安徽教育出版社，2002年，第192页。
④ 宋·朱熹：《诗集传》，《朱子全书》本，上海：上海古籍出版社、安徽教育出版社，2002年，第372页。
⑤ 宋·朱熹撰、束景南辑：《诗集解》，《朱子全书》本，上海：上海古籍出版社、安徽教育出版社，2002年，第194页。
⑥ 宋·朱熹：《诗集传》，《朱子全书》本，上海：上海古籍出版社、安徽教育出版社，2002年，第372页。

《诗解》传疏"扬之水,不流束薪。终鲜兄弟,维予二人。无信人之言,人实不信"曰:

> 兄弟既不相容,所与亲者二人而已,然亦不能自保于谗间。此忽之所以亡也。(吕《纪》,段《解》)①

"忽之所以亡","忽"即郑忽,"忽之所以亡"即郑忽灭亡的原因,《诗解》显然在阐发《序》说的意思。《东门之杨》篇,《毛序》曰:

> 刺时也。婚姻失时,男女多违,亲迎女犹有不至者也。②

《诗解》传疏首章"东门之杨,其叶牂牂。昏以为期,明星煌煌"曰:

> 明星,启明星也。煌煌,大明貌。东门,盖此人亲迎之所,以其所见起兴,曰:东门之杨,则其叶牂牂矣,昏以为期,而明星煌煌矣。(段《解》)③

《诗传》曰:

> 此亦男女期会而有负约不至者,故因其所见以起兴也。④

《序》、《诗解》和《诗传》三者比较,可见《序》的关键词是"亲迎",《诗传》的关键词是"男女期会",《诗解》则见"东门,盖此人亲迎之所……昏以为期"文而没有"男女期会"之迹,故可明见《诗解》同于《序》说。

《诗解》直接透露出破《序》信息的仅有二篇,分别是《大车》和《子衿》。《大车》篇,《序》曰:

> 刺周大夫也。礼义陵迟,男女淫奔,故陈古以刺今大夫不能听男女

---

① 宋·朱熹撰、束景南辑:《诗集解》,《朱子全书》本,上海:上海古籍出版社、安徽教育出版社,2002年,第196页。
② 宋·朱熹:《诗集传》,《朱子全书》本,上海:上海古籍出版社、安徽教育出版社,2002年,第379页。
③ 宋·朱熹撰、束景南辑:《诗集解》,《朱子全书》本,上海:上海古籍出版社、安徽教育出版社,2002年,第234页。
④ 宋·朱熹:《诗集传》,《朱子全书》本,上海:上海古籍出版社、安徽教育出版社,2002年,第518页。

之讼焉。①

朱熹《诗传》曰：

> 周衰，大夫犹有能以刑政治其私邑者，故淫奔者畏而歌之如此。然其去《二南》之化则远矣。此可以观世变也。②

该诗主旨，朱熹《诗传》和《序》说的核心区别，在于前者主"畏大夫"，后者主"刺大夫"。《诗解》已明白地有"畏大夫"之说：

> 民之欲相奔者，畏其大夫，自以终身不得如其志也，故曰：生不得相奔以同室，庶几死得合葬以同穴而已。谓予不信，有如皦日，约誓之辞也。（吕《纪》，段《解》）③

因此我们认为，该篇为《诗解》破《序》说之例。《子衿》篇，《序》曰：

> 刺学校废也。乱世则学校不修焉。④

朱熹《诗传》和《序辨》都强调此诗为"淫奔之诗"，尤其《序辨》还激烈地批《序》曰：

> 其辞意儇薄，施之学校，尤不相似也。⑤

认为以轻佻的辞气描写学校，实在是不副其伦。《诗解》传疏"挑兮达兮，在城阙兮。一日不见，如三月兮"章曰：

---

① 宋·朱熹：《诗集传》，《朱子全书》本，上海：上海古籍出版社、安徽教育出版社，2002年，第369页。
② 宋·朱熹：《诗集传》，《朱子全书》本，上海：上海古籍出版社、安徽教育出版社，2002年，第467—468页。
③ 宋·朱熹撰，束景南辑：《诗集解》，《朱子全书》本，上海：上海古籍出版社、安徽教育出版社，2002年，第183页。
④ 宋·朱熹：《诗集传》，《朱子全书》本，上海：上海古籍出版社、安徽教育出版社，2002年，第372页。
⑤ 宋·朱熹：《诗集传》，《朱子全书》本，上海：上海古籍出版社、安徽教育出版社，2002年，第372页。

> 挑,轻儇跳跃之貌,达,放恣也。(严《缉》)①

依据朱熹的逻辑,"轻儇跳跃"、"放恣"等词的感情色彩,当不副于学校。可见,《诗解》于该诗已鲜明地破《毛序》而向《诗传》的方向发展了。

二、《诗解》于"淫奔之诗"倾向不明篇章

朱熹《诗解》于"淫奔之诗"倾向不明之篇又可分为两类:一类是《诗解》有文而倾向不明之篇,再是《诗解》无文之篇。要搞清这些倾向不明之篇的倾向,我们需根据其他资料作合理分析才可结论。

《诗解》有文而倾向不明之篇共十二篇,分别是《静女》、《木瓜》、《丘中有麻》、《将仲子》、《狡童》、《丰》、《风雨》、《野有蔓草》、《溱洧》、《东方之日》、《防有鹊巢》、《月出》等。而其文如《吕记》等可以作为我们判断《诗解》倾向的依据。《吕记》等所引之文又有两种情况:一是全文引用朱熹之说,二是断章引用。

全文引用者如《木瓜》篇:

> 投我以木瓜,而报之以琼琚,报之厚矣,而犹曰非敢以为报,姑欲长以为好而不忘尔。盖报人之施而曰如是报之足矣,则报者之情倦,而施者之德忘;惟其歉然常若无物可以报之,则报者之情,施者之德,两无穷也。(吕《纪》)②

而《序》说断该诗主旨为:

> 美齐桓公也。卫国有狄人之败,出处于漕。齐桓公救而封之,遗之车马器服焉。卫人思之,欲厚报之,而作是诗也。③

可见《吕记》所引《诗解》的长篇大论,显然都是在阐述《序》说之"厚报"意,而朱熹《诗传》的说法也仅是"疑亦男女相赠答之词"。"疑"之一字表明,即

---

① 宋·朱熹撰、束景南辑:《诗集解》,《朱子全书》本,上海:上海古籍出版社、安徽教育出版社,2002年,第196页。
② 宋·朱熹撰、束景南辑:《诗集解》,《朱子全书》本,上海:上海古籍出版社、安徽教育出版社,2002年,第175页。
③ 宋·朱熹:《诗集传》,《朱子全书》本,上海:上海古籍出版社、安徽教育出版社,2002年,第368页。

便朱熹《诗传》也尚未确定其为"淫奔之诗"。两个资料综合后可以推出，《诗解》于《木瓜》诗，尚未定为"淫奔之诗"。

朱熹曾经说过，吕祖谦虽然是主《序》派，但他说《诗经》也有破《序》之处，如《氓》篇就是少见的朱、吕均破《毛序》之篇。《毛序》定《氓》诗主旨为：

> 刺时也。宣公之时，礼义消亡，淫风大行，男女无别，遂相奔诱，华落色衰，复相弃背。或乃困而自悔，丧其妃偶，故序其事以风焉。美反正，刺淫泆也。①

朱熹《序辨》认为该诗"非刺诗"：

> 此非刺诗。宣公未有考。"故序其事"以下亦非是。其曰"美反正"者，尤无理。②

《诗传》认为该诗是一被抛弃的淫奔妇女表达追悔之意的诗篇：

> 此淫妇为人所弃，而自叙其事，以道其悔恨之意也。③

从吕祖谦《吕氏家塾读诗记》的观点看，他的说法合于《序辨》之说，因而可以判断《诗解》的主张已同于《诗传》：

> "美反正，刺淫泆"此两语烦赘，见弃而悔乃人情之常，何美之有？④

不难发现，吕祖谦所批评为"烦赘"的"美反正，刺淫泆"，正是朱熹《序辨》所批为"无理"的部分，由此可看出两人观点的一致。而吕祖谦和朱熹的一致，恰恰证明朱熹《诗解》已主张《氓》是"淫奔之诗"了。

---

① 宋·朱熹：《诗集传》，《朱子全书》本，上海：上海古籍出版社、安徽教育出版社，2002年，第367页。
② 宋·朱熹：《诗集传》，《朱子全书》本，上海：上海古籍出版社、安徽教育出版社，2002年，第367页。
③ 宋·朱熹：《诗集传》，《朱子全书》本，上海：上海古籍出版社、安徽教育出版社，2002年，第454页。
④ 宋·吕祖谦：《吕氏家塾读诗记》，文渊阁《四库全书》本，经部第73册《诗》类，台北：台湾商务印书馆影印版，1986年，第401—402页。

但大多数的断章引用则相反,因吕祖谦如此做的动机即在于取同弃异。如《静女》篇,吕氏所引"此女之美,又可悦怿,皆愿见之辞也"(吕《纪》)①。《诗传》判断该诗为"淫奔之诗"——"此淫奔期会之诗"后的文字:"言既得此物,而又悦怿此女之美也。"但吕祖谦弃前而取后,说明不同意朱熹前半部分之说,而这又证明了《诗解》已经主张此诗为"淫奔之诗"了。类似的情况还有《丘中有麻》、《将仲子》、《狡童》、《丰》、《风雨》、《野有蔓草》、《溱洧》、《东方之日》、《防有鹊巢》、《月出》等十篇,现将《吕记》断章取朱熹《诗解》之义的其余例子列表如下:

表 3.1

序号	篇名	《诗解》	《诗传》
1	丘中有麻	将其来施施,望之之辞也。(吕《纪》,段《解》)贻我佩玖,冀其有以赠己也。(吕《纪》,段《解》)	妇人望其所与私者而不来,故疑丘中有麻之处,复有与之私而留之者,今安得其施施然而来乎?之子,并指前二人也。贻我佩玖,冀其有一赠己也。
2	将仲子	虽知汝之言,诚可怀思,而父母之言,亦岂不可畏哉。(吕《纪》,段《解》)	此淫奔者之辞。
3	狡童	不与我食,犹不与我言也。(吕《纪》,段《解》)	此亦淫女见绝而戏其人之词。
4	丰	妇人既悔其始之不送而失此人也,则曰叔兮伯兮,岂无有驾车而迎我以行者乎。(吕《纪》,段《解》)	妇人既悔其始之不送而失此人也,则曰:"我之服饰既盛备矣,岂无驾车以迎我而偕行者乎?"
5	风雨	我得见此人,则我心之所思,岂不坦然而平哉。(吕《纪》,段《解》)	淫奔之女,言当此之时,见其所期之人而心悦也。
6	溱洧	士与女既相与戏谑,又以勺药为赠,所以结恩情之厚也。(吕《纪》,段《解》)	此诗淫奔者自叙之词。

---

① 宋·朱熹撰,束景南辑:《诗集解》,《朱子全书》本,上海:上海古籍出版社、安徽教育出版社,2002年,第156页。

续 表

序号	篇名	《诗解》	《诗传》
7	东方之日	履,随也。(吕《纪》、严《缉》、段《解》) 履,蹑也。言蹑我而相就也。(段《解》)	履,蹑。即,就也。言此女蹑我之迹而相就也。
8	防有鹊巢	侜张,欺诳也。忉忉,忧劳之貌。(吕《纪》、段《解》)	此男女之有私而忧或间之之词。故曰:防则有鹊巢矣,邛则有旨苕矣,今此何人,而侜张予之所美?使我忧之而至于忉忉乎?
9	月出	当月出之时,而思佼人之好,欲一见之,以舒窈纠之情而不可得,是以为之劳心悄然也。(吕《纪》、段《解》)	此亦男女相悦而相念之辞。言月出则皎然矣。佼人则僚然矣,安得见之而舒窈纠之情乎?是以为之劳心悄然也。

就吕祖谦《读诗记》引用朱熹《诗解》之说而言,如果说全文引用是证明《诗解》从《毛序》说,断章取义是证明《诗解》多破《序》说,那么吕完全不引《诗解》之篇,则是证明《诗解》的观点完全与自己及与《序》说绝不相同而没有引用价值。① 符合这种情况的诗共七篇,分别是《桑中》、《采葛》、《叔于田》、《有女同车》、《萚兮》、《东门之池》、《泽陂》。

综上所述,在朱熹所定二十八首淫奔之人所作的"淫奔之诗"中,《诗解》仍然从《序》说者仅有六篇,已经辨破《序》说者二十二篇,分别占总数的21%和79%。因此我们可以得出结论:在《诗解》以后,朱熹的"淫奔之诗"所涉及的篇数已经开始大多数确定,而他的"淫奔之诗"观点也已眉目清晰了。

第三节 《诗解》的《雅》诗学

朱熹的《雅》诗学于毛、郑有三大突破,一是发现正小《雅》为"上下通用"的"燕乐";再是认为变小《雅》中有错脱之篇;三是主张变小《雅》的部分

---

① 我们作这样的结论还基于两个事实,即但凡《吕记》未引《诗集解》之处,段《解》和严《辑》也都没有引用。不惟如此,《诗经》所有诗篇,束景南教授辑《诗集解》内容最少、没有内容的恰恰多是朱熹所主张的淫奔之诗的篇章。

诗篇是"劳者歌其事"之篇。

一、"上下通用"的"燕乐"之篇

在《诗解》中,朱熹《诗经》解释《雅》诗学的正小《雅》为"上下通用"的"燕乐"和变小《雅》的部分诗篇是"劳者歌唱其事"之篇的观点实际上已经确立,即突破一和突破三已经确立。

关于突破一,《诗解》于《鹿鸣》曰:

> 序以为燕群臣嘉宾之诗,而《燕礼》亦云:"工歌《鹿鸣》、《四牡》、《皇皇者华》。"即谓此也。《乡饮酒》用乐亦然。而《学记》言:"大学始教,《宵雅》肄三。"亦谓此三诗。然则又为上下通用之乐矣。岂本为燕群臣宾客而作,其后乃推而用之乡人也与?①

所谓"《序》以为"者,指《序》说的"燕群臣嘉宾也。既饮食之,又实币帛筐篚,以将其厚意,然后忠臣嘉宾得尽其心矣"。《诗解》据《仪礼》和《礼记》指出,《序》说没有谈到该诗及《四牡》和《皇皇者华》是"上下通用"的"燕乐"之诗。再,《诗解》认为《鱼丽》也是"上下通用"之乐歌:"此燕飨通用之乐歌。"《南有嘉鱼》也是这样:"此亦燕飨通用之乐。"并且,《诗解》还说《蓼萧》主旨并非《序》说所谓的"泽及四海",而是天子燕诸侯的乐歌:"诸侯朝于天子,天子与之饮燕,以示慈惠,故歌此诗。"对《彤弓》篇,《诗解》也已认为它是"天子燕诸侯"且合并"赏赐"之乐歌:"此天子燕有功诸侯,而赐以弓矢之乐歌也。"可见,在对正小《雅》诗篇的"上下通用"的"燕乐"之词的认识上,《诗解》与《诗传》已基本相同了。

二、"劳者歌"之篇

至于变小《雅》的"劳者歌其事"之篇,《诗解》述《鸿雁》末章"鸿雁于飞,哀鸣嗷嗷。维此哲人,谓我劬劳。维彼愚人,谓我宣骄"主旨曰:"之子以鸿雁哀鸣自比,而作此歌也。知者闻我歌,知其出于劬劳;不知者谓我闲暇而宣骄也。《韩诗》曰:'劳者歌其事。'"这里《诗解》完全同于《诗传》,标志着朱熹变《雅》的"劳者歌其事"思想也已经形成。

---

① 宋·朱熹撰、束景南辑:《诗集解》,《朱子全书》本,上海:上海古籍出版社、安徽教育出版社,2002年,第256页。

三、正小《雅》错脱于变小《雅》之篇

朱熹《诗传》明确认为变小《雅》中为错脱之诗者计十五篇,关于这个问题,束景南教授辑《诗解》中没有明确的信息,我认为导致这一现象的原因可能有二:一是朱熹在作《诗解》时还没有认识到这一问题;二是《诗解》已基本谈到,而吕祖谦、严粲和段昌武三人因不同意朱说而没有收录在其著作中。具体是两种情况的哪一种,我们还要据资料作合理的分析。依朱熹自言,《诗解》之于《序》,既有"曲为之说"者,也有"间为辨破"者。《诗解》文较之《诗传》文存在四种情况:一、《诗解》回护《序》说者;二、《诗解》辨破《序》说者;三、《诗解》文疑为吕、严、段断章引用者;四,吕、严、段无引《诗解》文者。

束景南教授辑《诗解》明示回护《毛序》说者有《楚茨》、《瞻彼洛矣》、《裳裳者华》和《车舝》四篇。其中《楚茨》之《序》曰:

> 刺幽王也。政烦赋重,田莱多荒,饥馑降丧,民卒流亡,祭祀不飨,故君子思古焉。①

朱熹《序辨》曰:

> 自此篇至《车舝》,凡十篇,似出一手,词气和平,称述详雅,无风刺之意。《序》以其在变《雅》中,故皆以为伤今思古之作。《诗》固有如此者,然不应十篇相属,而绝无一言以见其为衰世之意也。窃恐正《雅》之篇有错脱在此者耳,《序》皆失之。②

《诗传》认为这是一首"田祭"诗:"此诗述公卿有田禄者力于农事以奉其宗庙之祭。"而《诗解》却曰:

> 《郊特牲》曰:"诏妥尸。"盖祭祀筮族人之子为尸,既奠迎之,使处神坐,而拜以安之也。又惧其不敢饱也,使祝进而劝之食,所以侑之也。

---

① 宋·朱熹:《诗集传》,《朱子全书》本,上海:上海古籍出版社、安徽教育出版社,2002年,第387页。
② 宋·朱熹:《诗集传》,《朱子全书》本,上海:上海古籍出版社、安徽教育出版社,2002年,第387页。

(段《解》)①

《诗解》似乎是在证《毛序》之"祭祀不飨"。《瞻彼洛矣》之《毛序》曰：

> 刺幽王也。思古明王能爵命诸侯，赏善罚恶焉。②

朱熹《序辨》曰：

> 此《序》以"命服"为赏善，"六师"为罚恶，然非诗之本意也。③

该诗首章云："瞻彼洛矣，维水泱泱。君子至止，福禄如茨。韎韐有奭，以作六师。"《序辨》批《序》随文生说曰："以'命服'为赏善，'六师'为罚恶。"朱熹《诗传》则将此诗解释为诸侯赞美天子之诗：

> 此天子会诸侯于东都，以讲武事，而诸侯美天子之诗。言天子至此洛水之上，御戎服而起六师也。④

但《诗解》却曰：

> 言诸侯至此洛水之上，受崇赐之厚，而又帅天子之六师以讨有罪也。（吕《纪》段《解》）⑤

其说"帅天子之六师以讨有罪"者，即《序》"罚恶"意的阐发。又《裳裳者华》篇，《序》以为其主旨为：

---

① 宋·朱熹撰、束景南辑：《诗集解》，《朱子全书》本，上海：上海古籍出版社、安徽教育出版社，2002年，第323页。
② 宋·朱熹：《诗集传》，《朱子全书》本，上海：上海古籍出版社、安徽教育出版社，2002年，第388页。
③ 宋·朱熹：《诗集传》，《朱子全书》本，上海：上海古籍出版社、安徽教育出版社，2002年，第388页。
④ 宋·朱熹：《诗集传》，《朱子全书》本，上海：上海古籍出版社、安徽教育出版社，2002年，第629页。
⑤ 宋·朱熹撰、束景南辑：《诗集解》，《朱子全书》本，上海：上海古籍出版社、安徽教育出版社，2002年，第329页。

刺幽王也。古之仕者世禄，小人在位，则谗谄并进，弃贤者之类，绝功臣之世焉。①

朱熹《序辨》也认为该《序》犯了随文生说的毛病："此《序》只用'似之'二字生说。"②因《诗传》以为该诗为《瞻彼洛矣》的应答之篇："此天子美诸侯之辞，盖以答《瞻彼洛矣》也。"但《诗解》却曰：

> 此诗四章，皆美贤者之类，功臣之世，德誉文章威仪之盛，似其先人，以见不可废绝之意。盖周之先王，于国子弟，尽其教养之方，故其成就若此。虽更幽厉之衰，而不忘也。③

可见，《诗解》不但没有提到《诗传》所谓的"天子美诸侯"，而且还大力阐发《序》的"刺幽王"、"弃贤者"之说："此诗四章，皆美贤者之类……故其成就若此，虽更幽厉之衰，而不忘也。"《车舝》篇，《序》曰：

> 大夫刺幽王也。褒姒嫉妒，无道并进，谗巧败国，德泽不加于人，周人思得贤女以配君子，故作是诗也。④

朱熹《诗传》以为《序》不懂辞气，主张该诗是一首婚宴诗："此燕乐其新婚之诗。"⑤但朱《诗解》却传"虽无旨酒，式饮庶几。虽无嘉肴，式食庶几。虽无德与女，式歌且舞"曰：

> 旨、嘉，皆美也。言得贤女以配君子，则其喜如此，虽无旨酒佳肴美德以及宾客，然饮食歌舞有所不能自已。（吕《纪》，段《解》）⑥

---

① 宋·朱熹：《诗集传》，《朱子全书》本，上海：上海古籍出版社、安徽教育出版社，2002年，第388页。
② 宋·朱熹：《诗集传》，《朱子全书》本，上海：上海古籍出版社、安徽教育出版社，2002年，第388页。
③ 宋·朱熹撰、束景南辑：《诗集解》，《朱子全书》本，上海：上海古籍出版社、安徽教育出版社，2002年，第329页。
④ 宋·朱熹：《诗集传》，《朱子全书》本，上海：上海古籍出版社、安徽教育出版社，2002年，第388页。
⑤ 宋·朱熹：《诗集传》，《朱子全书》本，上海：上海古籍出版社、安徽教育出版社，2002年，第34页。
⑥ 宋·朱熹撰、束景南辑：《诗集解》，《朱子全书》本，上海：上海古籍出版社、安徽教育出版社，2002年，第334页。

所谓"得贤女以配君子"者,恰是《序》文"周人思得贤女以配君子"的响应。

《诗解》辨破《序》之篇仅有《桑扈》和《黍苗》二篇。其中《桑扈》之《毛序》曰:

> 刺幽王也。君臣上下,动无礼文焉。①

朱熹《诗传》以为该诗为天子燕诸侯之诗,其首章"交交桑扈,有莺其羽。君子乐胥,受天之祜"中的"君子"指"诸侯":

> 君子,指诸侯。……此亦天子燕诸侯之诗。言交交桑扈,则有莺其羽矣。君子乐胥,则受天之祜矣。颂祷之词也。②

《诗解》也同《诗传》一样,认为"君子"指"诸侯":

> 君子,诸侯也。(严《缉》)③

而详味《序》文,很难得出其中有君子指"诸侯"之意。《黍苗》篇,《毛序》曰:

> 刺幽王也。不能膏润天下,卿士不能行召伯之职焉。④

据时代和文义推测,《序》之"召伯"当指出周初成王时的召公奭,而朱熹认为该诗为赞美周宣王时的召(穆)公,《序辨》曰:"此宣王时美召穆公之诗,非刺幽王也。"⑤《诗传》说得更详细:

---

① 宋·朱熹:《诗集传》,《朱子全书》本,上海:上海古籍出版社、安徽教育出版社,2002年,第388页。
② 宋·朱熹:《诗集传》,《朱子全书》本,上海:上海古籍出版社、安徽教育出版社,2002年,第631页。
③ 宋·朱熹撰,束景南辑:《诗集解》,《朱子全书》本,上海:上海古籍出版社、安徽教育出版社,2002年,第331页。
④ 宋·朱熹:《诗集传》,《朱子全书》本,上海:上海古籍出版社、安徽教育出版社,2002年,第389页。
⑤ 宋·朱熹:《诗集传》,《朱子全书》本,上海:上海古籍出版社、安徽教育出版社,2002年,第389页。

> 宣王封申伯于谢,命召穆公往营城邑,故将徒役南行,而行者作此。言芃芃黍苗,则惟阴雨能膏之。悠悠南行,则惟召伯能劳之也。①

并传诗之"肃肃谢功,召伯营之。烈烈征师,召伯成之"章曰:

> 言召伯营谢邑,相其原隰之宜,通其水泉之利。此功既成,宣王之心则安也。②

《诗解》也将此章文中的"谢"理解为"谢邑":

> 谢功,谢邑之事也。(吕《纪》,严《缉》)③

而周初之时,中华大地尚无谢邑存在,故可断定《诗解》于此诗已辨破《序》说。

朱熹《诗解》被吕、严、段三人断章取义之篇有《信南山》、《甫田》和《大田》三篇,下以《甫田》为例辨析如下。《甫田》之《序》曰:

> 刺幽王也。君子伤今而思古焉。④

朱熹《序辨》以为《序》之说是由随文生说义的说解《诗》方法造成的:

> 此《序》专以"自古有年"一句生说,而不察其下文"今适南亩"以下亦未尝不有年也。⑤

所谓"自古有年"和"今适南亩",均出于该诗首章"倬彼甫田,岁取十千。我

---

① 宋·朱熹:《诗集传》,《朱子全书》本,上海:上海古籍出版社、安徽教育出版社,2002年,第645页。
② 宋·朱熹:《诗集传》,《朱子全书》本,上海:上海古籍出版社、安徽教育出版社,2002年,第645页。
③ 宋·朱熹撰、束景南辑:《诗集解》,《朱子全书》本,上海:上海古籍出版社、安徽教育出版社,2002年,第343页。
④ 宋·朱熹:《诗集传》,《朱子全书》本,上海:上海古籍出版社、安徽教育出版社,2002年,第387页。
⑤ 宋·朱熹:《诗集传》,《朱子全书》本,上海:上海古籍出版社、安徽教育出版社,2002年,第387—388页。

取其陈,食我农人。自古有年。今适南亩,或耘或耔。黍稷薿薿,攸介攸止,烝我髦士"。《序》由"自古有年"句得出此诗内容在于叙述古时的状况,而朱熹以为《序》只知其一不知其二,下"今适南亩"句,恰恰表明该诗内容为叙述当下之事。故《诗传》传述该章曰:

> 此诗述公卿有田禄者力于农事,以奉方社田祖之祭。故言于此大田,岁取万亩之入以为禄食。及其积之久而有余,则又存其新而散其旧,以食农人,补不足,助不给也。盖以自古有年,是以陈陈相因,所积如此。然其用之节,又合宜而有序如此。所以粟虽甚多,而无红腐而不可食之患也。又言自古既有年矣,今适南亩,农人方且或耘或耔,而其黍稷又已茂盛,则是又将复有年矣。故于其所美大止息之处,进我俊士而劳之也。①

可见,《诗传》先交代该诗主旨:"此诗述公卿有田禄者力于农事,以奉方社田祖之祭。"后再句句述说经文大意。其中"今适南亩,农人方且或耘或耔,而其黍稷又已茂盛,则是又将复有年矣。故其所美大止息之处"是经文"今适南亩,或耘或耔。黍稷薿薿,攸介攸止"的传疏之文。这段疏文恰恰是该诗内容为当下之事而非古代状况的凿证,但束景南教授辑《诗解》中恰恰就缺少了关于这几句经文的疏文:

> 取其陈以食农人,言积之久而有余,于是存其新,而散其旧,以补不足,助不给也。盖以自古有年,是以陈陈相因,所积如此。然其用之节,又合宜而有序如此,则无红腐而不可食之患矣。(吕《纪》,段《解》)②
> 进我俊士而劳之也。(吕《纪》,段《解》)③

《诗传》比《诗解》所多出的部分,逻辑上可有两种可能:一、《诗解》本来就没有这段文字;二、《诗解》本有,而吕、段二人因取义的需要而没有收录。我认为只能是第二种情况,因为朱熹《诗解》要么回护《序》说,要么将其辨破,不可能不作解释。又鉴于吕、段二人解《诗经》崇《序》的前提,我们有理

---

① 宋·朱熹:《诗集传》,《朱子全书》本,上海:上海古籍出版社、安徽教育出版社,2002年,第626页。
② 宋·朱熹撰、束景南辑:《诗集解》,《朱子全书》本,上海:上海古籍出版社、安徽教育出版社,2002年,第326页。
③ 宋·朱熹撰、束景南辑:《诗集解》,《朱子全书》本,上海:上海古籍出版社、安徽教育出版社,2002年,第326页。

由得出朱熹《诗解》已将此诗之《毛序》辨破的结论。加上《信南山》和《大田》二篇，被朱熹《诗传》解释为变小《雅》的错脱之诗十五篇中，为吕、段、严三人断章取义者计三篇。①

《诗解》无文是最后一种情况，共包括了《鸳鸯》、《頍弁》、《鱼藻》、《采菽》、《隰桑》和《瓠叶》六篇。我认为，束景南教授辑《诗解》之所以无文，只能说明原《诗解》对于吕、段、严三人来说无意可取，故可证明这六篇，《诗解》也将《序》说辨破了。

综上所述，在朱熹《诗传》中断为他类之诗错简于变小《雅》的十五篇诗歌中，在《诗解》中从《序》说者仅四篇，而辨破者已有十一篇之多。因此我们有理由认为，朱熹《雅》诗学关于变小《雅》的错脱思想，如果不是已经提出而没有被吕、段、严三人接受，至少也在酝酿中了。

总之，《诗解》成时，朱熹《雅》诗学的基本思想已经大致形成了。实际上，这一结论也适用于朱熹的整个《诗经》学思想。据束景南教授考证，《吕记》所引《诗解》内容已是朱熹淳熙四年的《诗解》定本："其淳熙四年序定之《诗解》，即是'第二次解者，虽存《毛序》，间为说破'。吕祖谦作《吕氏家塾读诗记》所引'朱氏说'，即引朱熹主《毛序》之《诗解》。"②但即便是《吕记》所引之《诗解》，也至少先后修订了三次："朱熹《诗解》于隆兴元年草成后，先后修订凡三次。"③故该本《诗解》，实质上已是朱熹《诗经》解释主《序》的最后时刻，也是黜《序》的前夜，因为他于次年(淳熙五年)即开始着手作《诗传》。朱熹作《诗传》，起因就是"不满于此书(《诗解》)未尽脱《毛序》窠臼，而决定重修也，则其作黜《毛序》之《诗集传》即从此始矣"④。所谓"未尽脱"也就是没有完全摆脱，换个角度说即多已摆脱。这与本文的结论恰好吻合。

第四节　从《遗说》看深化期《诗经》解释学

《诗传》是朱熹黜《序》的《诗经》解释学体系的定本之作，标志朱熹反《序》的《诗经》解释学思想的正式形成。《遗说》则是朱熹《诗经》学思想深化期的"真"而"全"的资料，表明朱熹在完成《诗传》以后他的《诗经》解释学思想有新的变化发展。《遗说》对《诗传》的深化和发展，既有章句训诂上

---

① 《信南山》和《大田》被断章取义的具体情况，请详《诗集解》和《诗集传》。
② 束景南：《朱熹年谱长编》，上海：华东师范大学出版社，2001年，第593页。
③ 束景南：《朱熹年谱长编》，上海：华东师范大学出版社，2001年，第592页。
④ 束景南：《朱熹年谱长编》，上海：华东师范大学出版社，2001年，第592页。

的,也有义理上的,而义理上的当然是理学的进一步强化。

一、章句训诂

《遗说》对《诗传》的深化发展,在章句训诂上的表现有训释字词、训释名物、语言表达(赋比兴)、章意篇旨等层面。

训释名物、训字释词

《遗说》的训释名物涉及训释动物、植物、生活用品等领域。训字释词的方法涉及音训和义训等。

1. 训释名物

《螽斯》篇的"螽斯",朱熹《诗传》原释曰:"螽斯,蝗属,长而青,角长股,能以股相切作声,一生九十九子。"针对质疑,朱熹仍坚持了名为"螽斯"观点:

> 时举因云:"螽斯是《春秋》所书之螽。窃疑'斯'字只是语辞,恐不可便把'螽斯'为名。"曰:"《诗》中固有以'斯'为语者,如'鹿斯之奔','湛湛露斯'之类是也。然《七月》诗乃云'斯螽动股',则恐'螽斯'即便是名也。"①

可见,此处朱熹采取了以《诗》证《诗》的方法。二《南》之诗的《麟之趾》和《驺虞》所涉及的两种动物"麟"和"驺"是否客观存在,《诗传》没有明示,只是一般性地作了解释,麟:"麕身,牛尾,马蹄,毛虫之长也。趾,足也。麟之足不践生草、不履生虫。"②"驺虞":"兽名,白虎黑文,不食生物者也。"但后来朱熹补充认为:两者不是客观存在。

> 钱木之问:"《麟趾》、《驺虞》之诗,莫是当时有此二物出来否?"曰:"不是,只是取以为比,云即此便是麟,便是驺虞。"③

"麟趾"、"驺虞",只是在修辞上用来指喻体的仁厚而已,传说中的麒麟是仁

---

① 宋·朱鉴:《诗传遗说》,文渊阁《四库全书》本,经部第75册《诗》类,台北:台湾商务印书馆影印版,1986年,第547页。
② 宋·朱熹:《诗集传》,《朱子全书》本,上海:上海古籍出版社、安徽教育出版社,2002年,第410页。
③ 宋·朱鉴:《诗传遗说》,文渊阁《四库全书》本,经部第75册《诗》类,台北:台湾商务印书馆影印版,1986年,第548页。

兽,是仁德的象征,在天下归仁时会出现以示祥瑞,这里的逻辑是,麒麟仁厚,麒麟之族——"麟趾"亦仁厚,"驺虞"的逻辑同于"麟趾"。《江有汜》篇的"江有汜",《诗传》仅释曰:"水决复入为汜。今江陵、汉阳、安复之间盖多有之。"①《遗说》补释曰:

> 江,大江也。夏,水名。或以为自江而别,以通于汉,还复入江,冬竭夏流,故谓之夏。而其入江处,今名夏口,即《诗》所谓"江有汜"也。②

可见,《诗传》中只是笼统地描述了现象,而上引中的夏水,则是"江有汜"所指的具体河流。《君子偕老》篇"象之揥也"句中的"揥",《诗传》仅释其用:"所以摘发也。"③后补释曰:

> 问:"《君子偕老》'象之揥也',字书云'揥,整髻钗也',是不?"答曰:"不识此物,姑依旧说。字书之说,亦与古注不殊也,或补脱中附之。"④

可见,朱熹接受了"揥"为"整髻钗"之说。《定之方中》篇的"景山与京"的"景山",《诗传》存两解,一是训"景"为"影":"测景以正方面也。"⑤再解"景"为山名。据《遗说》,朱熹《诗经》解释学的深化期主张"景"为"山名"说:

> 《定之方中》"景山与京",景山,乃山名,与《商颂》"陟彼景山"之景山同。⑥

---

① 宋·朱熹:《诗集传》,《朱子全书》本,上海:上海古籍出版社、安徽教育出版社,2002年,第417页。
② 宋·朱鉴:《诗传遗说》,文渊阁《四库全书》本,经部第75册《诗》类,台北:台湾商务印书馆影印版,1986年,第549页。
③ 宋·朱熹:《诗集传》,《朱子全书》本,上海:上海古籍出版社、安徽教育出版社,2002年,第443页。
④ 宋·朱鉴:《诗传遗说》,文渊阁《四库全书》本,经部第75册《诗》类,台北:台湾商务印书馆影印版,1986年,第553页。
⑤ 宋·朱熹:《诗集传》,《朱子全书》本,上海:上海古籍出版社、安徽教育出版社,2002年,第445页。
⑥ 宋·朱鉴:《诗传遗说》,文渊阁《四库全书》本,经部第75册《诗》类,台北:台湾商务印书馆影印版,1986年,第543—554页。

此处,朱熹又用了以《诗》证《诗》的方法。《斯干》诗的"载弄之瓦"句的"瓦",《诗传》只说是"纺砖"①,后更明确曰:

> 瓦,纺砖也。瓦,纺时所用之物。旧见人画《列女传》漆室,乃手执一物,如今银子样者。意其为纺砖也,然未可必。②

"纺砖"之物,朱熹的时代可能已不可见,故他举古画所见以解之。《大东》诗"东有启明,西有长庚"的"启明"和"长庚",《诗传》解曰:"启明、长庚,皆金星也。以其先日而出,故谓之启明。以其后日而入,故谓之长庚。盖金水二星,常附日行,而或先或后。但金大水小,故独以金星为言也。"③这里朱熹显然主张诗中的"启明"和"长庚"都是指金星,后来,他纠正了这一说法:

> "东有启明,西有长庚"。庚,续也。启明,金星。长庚,水星。金在日西,故日将出则东见;水在日东,故日将没则西见。④

这里朱熹显然认为启明星和长庚星不是同一颗星——金星,而是两颗星:启明是金星,长庚是水星。《采薇》篇"采薇采薇,薇亦刚止"句,《诗传》释为薇既长成后而刚:"既成而刚也。"⑤只是从性质上解释"薇",后他又从状态上描述曰:

> "采薇采薇,薇亦刚止","薇亦刚止",盖薇之生也挺直。⑥

2. 训字释词

深化期的朱熹对《诗经》训字释词所用的方法有音训和义训等。

---

① 宋·朱熹:《诗集传》,《朱子全书》本,上海:上海古籍出版社、安徽教育出版社,2002年,第582页。
② 宋·朱鉴:《诗传遗说》,文渊阁《四库全书》本,经部第75册《诗》类,台北:台湾商务印书馆影印版,1986年,第568页。
③ 宋·朱熹:《诗集传》,《朱子全书》本,上海:上海古籍出版社、安徽教育出版社,2002年,第614页。
④ 宋·朱鉴:《诗传遗说》,文渊阁《四库全书》本,经部第75册《诗》类,台北:台湾商务印书馆影印版,1986年,第569页。
⑤ 宋·朱熹:《诗集传》,《朱子全书》本,上海:上海古籍出版社、安徽教育出版社,2002年,第553页。
⑥ 宋·朱鉴:《诗传遗说》,文渊阁《四库全书》本,经部第75册《诗》类,台北:台湾商务印书馆影印版,1986年,第565页。

（1）音训

《棫朴》篇之"遐不作人"的"遐"字，朱熹《诗传》训作"何"字："遐，与何同。"①但他后来进一步说：

> "遐不作人"，古注并诸家皆作"远"字，甚无道理。《礼记注》训"胡"字最好。②

他批评了用"义训"将"遐"训为"远"的做法，而赞成用"声训"将其训为"胡"或"何"。另《维天之命》篇的"假以溢我"，《诗传》主张应从《左传》"何以恤我"并解释曰："'何'之为'假'，声之转也。'恤'之为'溢'，字之讹也。"后又曰：

> "假以溢我？"当从《左氏》，作"何以恤我"。"何"、"遐"通转而为"假"也。③

将两则资料结合来看，"遐"、"假"、"何"、"胡"在读音上是通转的。《假乐》篇之"假乐君子"，朱熹认为"假"当通"嘉"，用法上属于同音通假：

> 《中庸》："《诗》曰：'嘉乐君子……。'嘉，《诗》作假，当依此作嘉。"④

（2）义训

《樛木》篇"乐只君子"句的"君子"，《诗传》以为指"后妃"："自众妾而指后妃，犹言小君内子也。"⑤基于"君子"多指男性的认识，有人质疑《诗传》之说：

---

① 宋·朱熹：《诗集传》，《朱子全书》本，上海：上海古籍出版社、安徽教育出版社，2002年，第662页。
② 宋·朱鉴：《诗传遗说》，文渊阁《四库全书》本，经部第75册《诗》类，台北：台湾商务印书馆影印版，1986年，第577页。
③ 宋·黎靖德编、王星贤校点：《朱子语类》，北京：中华书局，1986年，第2138页。
④ 宋·朱鉴：《诗传遗说》，文渊阁《四库全书》本，经部第75册《诗》类，台北：台湾商务印书馆影印版，1986年，第578页。
⑤ 宋·朱熹：《诗集传》，《朱子全书》本，上海：上海古籍出版社、安徽教育出版社，2002年，第406页。

> 问:"《樛木诗》'乐只君子',作后妃,亦无害否?"曰:"以文义推,不得不作后妃。若作文王,恐太隔越了。某所著《诗传》,盖皆推寻其脉理,以平易求之,不敢用一毫私意。大抵古人道言语,自是不泥着。"①

朱熹立足于文意文理而坚持了己说。《南有嘉鱼》篇之"烝然汕汕"句的"汕"字,《诗传》解释曰:"汕,樔也,以薄汕鱼也。"②后来又解曰:

> 是以木叶捕鱼,今所谓鱼花园是也。③

《诗传》的解释显然很涩,后来的"今所谓鱼花园"以今释古,又很形象。

《遗说》中还保存了朱熹指出的《诗经》之异文的资料,如《车辇》的"辰彼硕女":

> 李子方问:"《列女传》引《诗》'辰彼硕女'作'展彼硕女'。"曰:"然。"且云:"向来煞寻得。"④

朱熹同意"辰彼硕女"和"展彼硕女"是异文之说。《绵》篇之"爰契我龟"句所指之事,《诗传》解释曰:"契,所以然火而灼龟者也。……或曰以刀刻龟甲,欲钻之处也。"⑤可见对"契"之义,朱熹两存其说。后朱熹又进而谈到:

> "爰契我龟",乃刀刻龟也。古人符契,亦是以刀刻木而合之。今之蛮洞,犹有此俗,有警急调发,便知日期,去处远近,亦契之意也。⑥

朱熹以今说古,明确了"契"之"刀刻"说而摒弃了"火灼"说,并涉及"契龟"在生活中的作用。

---

① 宋·黎靖德编、王星贤校点:《朱子语类》,北京:中华书局,1986年,第2098页。
② 宋·朱熹:《诗集传》,《朱子全书》本,上海:上海古籍出版社、安徽教育出版社,2002年,第559页。
③ 宋·朱鉴:《诗传遗说》,文渊阁《四库全书》本,经部第75册《诗》类,台北:台湾商务印书馆影印版,1986年,第566页。
④ 宋·朱鉴:《诗传遗说》,文渊阁《四库全书》本,经部第75册《诗》类,台北:台湾商务印书馆影印版,1986年,第570页。
⑤ 宋·朱熹:《诗集传》,《朱子全书》本,上海:上海古籍出版社、安徽教育出版社,2002年,第659页。
⑥ 宋·朱鉴:《诗传遗说》,文渊阁《四库全书》本,经部第75册《诗》类,台北:台湾商务印书馆影印版,1986年,第572—573页。

《谷风》篇的"昔育恐育鞫"句,《诗传》也存两义:"惟恐其生理穷尽,而及尔皆至于颠覆……张子曰:育恐,谓生于恐惧之中。育鞫,谓生于困穷之际。亦通。"①而深化期的朱熹又有关于此的讨论:

> 问:"'昔育恐育鞫',张子之说固善。然推之下文'及尔颠覆'之云,意不甚贯,不若前说为顺。"答曰:"姑存异义耳,然旧说亦不甚明白也。"②

面对质疑,朱熹坚持了两存其说的观点。《公刘》篇之"鞞琫容刀"句,《诗传》解释曰:"鞞,刀鞘也。琫,刀上饰也。容刀,容饰之刀也。或曰:容刀如言容臭,谓鞞琫之中容此刀耳。"③

> 《公刘》诗"鞞琫容刀",注云"容刀,如言容臭,言鞞琫之中,容此刀也"。容臭,如今香囊也。④

《诗传》显然也是两存其说。深化期的朱熹明确肯定后说,且解释"容臭"如当今所谓的香囊。《昊天有成命》诗"成王不敢康"句的"成王",《诗传》解作"周成王",而否定了《毛诗》"成王业"的解法。《诗传》的说法遭到质疑:

> 《昊天有成命》诗"成王不敢康",《诗传》皆断以为成王诗。某问:"《下武》言'成王之孚',如何?"曰:"这个且只得做武王说。"⑤

朱熹依文义将相同结构的《下武》篇句之"成王之孚"解为周"武王"⑥。《敬之》篇的"日就月将"句,《诗传》解作"将,进也……日有所就,月有所进"。⑦

---

① 宋·朱熹:《诗集传》,《朱子全书》本,上海:上海古籍出版社、安徽教育出版社,2002年,第432页。
② 宋·朱鉴:《诗传遗说》,文渊阁《四库全书》本,经部第75册《诗》类,台北:台湾商务印书馆影印版,1986年,第552页。
③ 宋·朱熹:《诗集传》,《朱子全书》本,上海:上海古籍出版社、安徽教育出版社,2002年,第684页。
④ 宋·朱鉴:《诗传遗说》,文渊阁《四库全书》本,经部第75册《诗》类,台北:台湾商务印书馆影印版,1986年,第578页。
⑤ 宋·黎靖德编、王星贤校点:《朱子语类》,北京:中华书局,1986年,第2138页。
⑥ 宋·朱熹:《诗集传》,《朱子全书》本,上海:上海古籍出版社、安徽教育出版社,2002年,第671页。
⑦ 宋·朱熹:《诗集传》,《朱子全书》本,上海:上海古籍出版社、安徽教育出版社,2002年,第737页。

后又云:

> "日就月将",是日成月长。就,成也;将,大也。①

可见,《诗传》没有解"就"字,而只解"将"为"进","日就月将"为"日有所就,月有所进"。《语类》则另解"就"为"成","将"为"大","日就月将"为"日成月长"。两相比较,"成"、"长"更加通俗易懂。

可见,《遗说》、《语类》所提供的朱熹深化期的《诗经》学的训诂资料,是对《诗传》原训的补充和说明,使得名物和词义更加明了、通俗易懂。

3. 语言表达和章义篇旨

在章句训诂上,《遗说》对《诗传》思想的发展,除训释名物和训字释词外,还有语言表达和章义篇旨层面。在语言表达上既有对《诗传》中某章赋、比、兴定位的解说和修正,还提出了《诗经》学上的"叙事诗"理论。

(1) 赋、比、兴之体

《葛覃》和《卷耳》两篇,朱熹《诗传》认为都是赋体,只不过《葛覃》篇是后妃叙述自己亲历亲为之事,而《卷耳》篇则是后妃"托言"(假设)自己所做之事。《卷耳》诗首章"采采卷耳,不盈顷筐。嗟我怀人,置彼周行",朱熹《诗传》曰:

> 赋也。后妃以君子不在而思念之,故赋此诗。托言方采卷耳,未满顷筐,而心适念其君子,故不能复采,而置之大道之旁也。②

同为赋体,一为己做,一为托言(假设)己做,自是有所不同。深化期的朱熹有关于此的讨论:

> 问:"《卷耳》与前篇《葛覃》同是赋体,又似略不同。盖《葛覃》直叙其所尝经历之事,《卷耳》则是托言也。"曰:"亦安知后妃之不自采卷耳?设便不曾经历,而自言我之所怀者如此,则亦是赋体也。"③

---

① 宋·黎靖德编、王星贤校点:《朱子语类》,北京:中华书局,1986年,第2139页。
② 宋·朱熹:《诗集传》,《朱子全书》本,上海:上海古籍出版社、安徽教育出版社,2002年,第405页。
③ 宋·朱鉴:《诗传遗说》,文渊阁《四库全书》本,经部第75册《诗》类,台北:台湾商务印书馆影印版,1986年,第546—547页。

朱熹认为后妃可以自采卷耳,退一步说,即使没有自采而是托言(假设),该诗仍是赋体。《兔罝》篇,朱熹《诗传》本以兴体定之,如于首章"肃肃兔罝,椓之丁丁。赳赳武夫,公侯干城"曰:

> 兴也。化行俗美,贤才众多,虽罝兔之野人,而其才之可用犹如此,故诗人因其所事以起兴而美之,而文王之德化之盛因可见矣。①

后他又调整为"兴之赋":

> 问:"《兔罝诗》作赋看,得否?"曰:"亦可作赋看。但其辞上下相应,恐当为兴。然亦是兴之赋。"②

朱熹《诗传》就诗之篇章比、兴的定位,人们理解起来难度很大,故质疑也很多。如其定《关雎》为兴、定《邶·柏舟》为比,就有人有疑问:

> 问:"《柏舟》诗'泛彼柏舟,亦泛其流',注作比义,看来与'关关雎鸠,在河之洲'亦无异,彼何以为兴?"曰:"他下面便说淑女,见得是因彼兴此。此诗才说柏舟,下面便无贴意,见得其意如此。"③

"泛彼柏舟,亦泛其流"和下四句"耿耿不寐,如有隐忧。微我无酒,以敖以游"的关系不是引出而是承接关系,故是比不是兴。还有《谷风》篇之四章"就其深矣,方之舟之;就其浅矣,泳之游之",朱熹《诗传》以为是兴体,而有人认为是比体:

> "《谷风》诗四章'就其深矣,方之舟之;就其浅矣,泳之游之',《集传》以为兴体,时举疑是比体,未知如何?"答曰:"若无下面四句,即是比,既有下四句,则只是兴矣。凡此类皆然,非独此章也。"④

---

① 宋·朱熹:《诗集传》,《朱子全书》本,上海:上海古籍出版社、安徽教育出版社,2002年,第407页。
② 宋·黎靖德编、王星贤校点:《朱子语类》,北京:中华书局,1986年,第2098页。
③ 宋·朱鉴:《诗传遗说》,文渊阁《四库全书》本,经部第75册《诗》类,台北:台湾商务印书馆影印版,1986年,第550页。
④ 宋·朱鉴:《诗传遗说》,文渊阁《四库全书》本,经部第75册《诗》类,台北:台湾商务印书馆影印版,1986年,第552页。

朱熹以为"就其深矣,方之舟之;就其浅矣,泳之游之"四句的作用在于引出"何有何亡,黾勉求之。凡民有丧,匍匐救之"四句,故是兴体而非比。《北门》诗,朱熹将首章定为比而次章、末章定为赋,一诗之中,体有不同,故有质疑:

> 问:"《北门诗》,只作赋说,如何?"曰:"当作赋而比。当时必因出北门而后作此诗,亦有比意思。"①

朱熹坚持此诗的比体而调整为赋而比,因为他认为"北门"象征了人的忧愁情感。《诗传》解释该诗首章"出自北门,忧心殷殷"句曰:"北门,背阳向阴。殷殷,忧也。"②"北门"之"阴"和"忧"情之"殷(阴)"恰恰是异质同构关系,故朱熹坚持了该诗的比体特质。朱熹对《北风》篇比体的认识,也符合格式塔理论:

> 问:"《北风》末章谓'莫赤匪狐,莫黑匪乌',狐与乌不知诗人以比何物?"曰:"不但指一物而言。当国将危乱时,凡所见者无非不好底景象也。"③

在人们的长期生活经验中,"赤狐"、"黑乌"都成了不好景象的代名词,所以在朱熹的解释视野里,它们被用来比(象征)国乱将危的情状。其实,朱熹也有自己怀疑《诗传》所定诗体的时候,如《园有桃》即是:

> 《园有桃》似比诗。④

而《诗传》原定该诗为兴体。
（2）"叙事诗"理论

朱熹后来在谈到《生民》篇时,提出了"叙事诗"理论:

---

① 宋·黎靖德编、王星贤校点:《朱子语类》,北京:中华书局,1986年,第2105页。
② 宋·朱熹:《诗集传》,《朱子全书》本,上海:上海古籍出版社、安徽教育出版社,2002年,第436页。
③ 宋·朱鉴:《诗传遗说》,文渊阁《四库全书》本,经部第75册《诗》类,台北:台湾商务印书馆影印版,1986年,第552—553页。
④ 宋·朱鉴:《诗传遗说》,文渊阁《四库全书》本,经部第75册《诗》类,台北:台湾商务印书馆影印版,1986年,第556页。

> 《生民》诗是叙事诗,只得恁地。盖是叙那事要尽。《下武》、《文王有声》等诗,却有反复歌咏底意思。①

朱熹在这里不但明确提出了"叙事诗"三字,而且还最早在《诗经》解释史上提出了"叙事诗"的理论思想。他在这里不但例举了《生民》篇作为"叙事诗"的代表,而且还表述了"叙事诗"的基本特征——"叙那事要尽"。所谓"叙那事要尽",即"叙事诗"理论上的完整故事情节的基本要求。

关于朱熹"叙事诗"的理论思想,《遗说》中还有其他资料,它在讨论《谷风》篇时曰:

> 看《诗》义理外,更好看他文章。且如《谷风》,他只是如此说出来,然而叙得事曲折先后,皆有次序。而今人费尽气力去做,尚做得不好。②

所谓"看《诗》义理外,更好看他文章",即主张接受者在对《诗》三百篇进行接受活动时,不光要求其"善",更要求其"美"。《谷风》篇的叙事技巧,就很有值得学习的美学价值。朱熹提出叙事技巧上的"曲折先后,皆有次序",也是他对"叙事诗"理论的贡献。

综而言之,朱熹对"叙事诗"理论的贡献有以下几点:一、明确提出"叙事诗"范畴;二、指出"叙事诗"的完整故事情节特质;三、提出了"叙事诗"要讲究叙述技巧如"曲折"而"有序"等。诗歌的本质在于抒情,"叙事诗"和"抒情诗"的区别仅在于后者是藉由诗的语言直接地将感情抒发表达出来,而前者则通过事件的叙述来委婉地表达情感,即将情感放置在事件的载体上。当下的"叙事"理论认为,事件由时间、场景和情节等要素构成,其核心的元素是情节。一般认为,事件的故事情节越曲折生动,该事件越是具有感人的力量,而能否将曲折生动的故事情节用高超的语言技巧表现出来,往往也是判断创作主体能力大小和作品价值高低的依据。这些关于"叙事诗"的理论思想,朱熹都已经涉及了。

(3) 章义篇旨

《采蘩》篇的主旨,朱熹《诗传》存两说:

---

① 宋·朱鉴:《诗传遗说》,文渊阁《四库全书》本,经部第 75 册《诗》类,台北:台湾商务印书馆影印版,1986 年,第 577 页。
② 宋·朱鉴:《诗传遗说》,文渊阁《四库全书》本,经部第 75 册《诗》类,台北:台湾商务印书馆影印版,1986 年,第 552 页。

> 南国诸侯被文王之化,诸侯夫人能尽诚敬以奉祭祀,而其家人叙其事以美之也。或曰蘩所以生蚕,盖古者后夫人有亲蚕之礼。此诗亦犹《周南》之有《葛覃》也。①

两说分别是:一、赞美诸侯夫人能"尽诚敬以奉祭";二、赞美后夫人能诚敬于"亲蚕之礼"。在深化期,朱熹有关于《采蘩》主旨两说的继续讨论:

> 陈埴问:"《采蘩》诗何故存两说?"曰:"如今不见得果是如何,且与两存,从来说蘩所以生蚕,可以供蚕事,何必抵死说,道只为奉祭祀,不为蚕事。"②

朱熹从诗的多义性出发,为自己的观点作了辩护。但质疑的声音还是存在:

> 问:"《采蘩》诗若只作祭事说,自是晓然;若作蚕事说,虽与《葛覃》同类,而恐实非也。《葛覃》是女功,《采蘩》是妇职,以为同类,亦无不可,何必以蚕事而后同耶?"曰:"此说亦姑存之而已。"③

朱熹的含糊其辞,证明了《诗传》在该诗主旨上两存其说是不够严密的。

综上所述,朱熹《诗经》解释的深化发展期,在章句训诂上的表现是多方面的,有对名物的进一步训释,也有对字词音义的进一步确定,有关于诗章赋、比、兴判断和章旨篇意的再探讨,也有关于诗歌理论的升华和提炼。

二、义理学

朱熹深化期的《诗经》学思想,不惟在章句训诂方面有所深化发展,且在义理上也不乏新说。如他继续把握《诗经》的诗歌本质,坚持以"情"解诗的原则,正式怀疑《风》诗正、变说。他不但怀疑变《风》,而且还怀疑正《风》说;不但怀疑前人陈说,且还怀疑《诗传》的己说。再者,朱熹深化期《诗经》学还继续强化《诗经》的理学色彩,从多层面、多角度解读《诗经》的理学

---

① 宋·朱熹:《诗集传》,《朱子全书》本,上海:上海古籍出版社、安徽教育出版社,2002 年,第 412 页。
② 宋·朱鉴:《诗传遗说》,文渊阁《四库全书》本,经部第 75 册《诗》类,台北:台湾商务印书馆影印版,1986 年,第 548 页。
③ 宋·朱鉴:《诗传遗说》,文渊阁《四库全书》本,经部第 75 册《诗》类,台北:台湾商务印书馆影印版,1986 年,第 548—549 页。

意蕴。

（一）疑正、变《风》说

朱熹正式怀疑正、变《风》说是在深化期，这是他继续坚持以"情"解《诗》的结果。关于《风》诗的正、变说，最早见于《诗大序》："至于王道衰，礼义废……而变《风》……作矣。"后人又附会《大序》之说，将变《风》具体到篇章。朱熹因没有确切证据证明其说之谬，故在《诗传》中采取了姑且从之的态度：

> 先儒旧说：《二南》二十五篇为正《风》……《邶》至《豳》十三国为变《风》……然正变之说，经无明文可考，今姑从之。①

朱熹认为《诗经》区别于其他经典的本质特征在于其抒情性，这一观点符合《诗经》的客观实际。正是以这一观点为出发点，朱熹深化期曾经怀疑自己一度从之的正、变《风》说。朱熹的疑正、变《风》说，最著者为疑变《风》之所终。

关于疑变《风》之所终，朱熹曰：

> 十五《国风》，次序恐未必有意，而先儒及近世诸先生皆言之，故《集传》中不敢提起，盖诡随非所安，而辨论非所敢也。②

可见，朱熹认为，十五《国风》的次序，不是《诗》三百篇初成时有意所作的安排。在这个前提下，正、变《风》的所有说法均可能是不科学的。但因他没有确切证据证明这一点，故自己也不敢作断然之说，尽管内心不安，《诗传》也只好三存变《风》所终之说。所谓三存其说，指除《诗传纲领》的十三变《风》说外，还有终于《陈风》的十变《风》说和终于《曹风》的十二变《风》说。

终于《陈风》的十变《风》说，朱熹采用的是吕祖谦的观点（详上文"朱熹引吕祖谦说考"）。朱熹的变《风》终于《陈风》说，观点是吕祖谦的，论据却是自己的。因朱熹立论的依据主要是所谓的内容关涉男女，而吕祖谦不认为变《风》中有所谓的内容"不正"即不止乎礼义的"淫奔之诗"。这说明朱熹支持变《风》终于《陈风》之说。

---

① 宋·朱熹：《诗集传》，《朱子全书》本，上海：上海古籍出版社、安徽教育出版社，2002年，第344—345页。
② 宋·朱鉴：《诗传遗说》，文渊阁《四库全书》本，经部第75册《诗》类，台北：台湾商务印书馆影印版，1986年，第548—549页。

终于《曹风》的十二《国风》说,则采用的是程子的观点(详上文"朱熹引程子说考")。程子以"复变"之理说《诗》,是他以己意说《诗》、以义理说《诗》的明证,朱熹录之于此,仅备一说,未置可否。但无论是终于《陈风》还是《曹风》,宋人都不主张将《豳风》入于变《风》,这也是宋人力反汉、唐《诗》说的一个表现。

主张《豳风》为变《风》者,汉、唐亦非毛、郑一派,《诗传》于《豳风》处就存有隋代大儒王通之说:

> 程元问于文中子曰:"敢问《豳风》何《风》也?"曰:"变《风》也。"元曰:"周公之际,亦有变《风》乎?"曰:"君臣相诮,其能正乎?成王终疑周公,则《风》遂变矣。非周公至诚,其孰卒正乎哉!"元曰:"居变《风》之末何也?"曰:"夷王以下,变《风》不复正矣。夫子盖伤之也,故终之以《豳风》,言变之可正也,惟周公能之,故系之以正。变而克正,危而克扶,始终不失其本,其惟周公乎?系之《豳》,远矣哉。"①

朱熹也没有对王通之说表态,亦仅留存而已。

可见,在《诗传》的时期,朱熹对《风》之正、变说的认识是含糊其辞、模棱两可的:三说并存,未置可否。实际上从上文可见,朱熹已经阴从吕祖谦观点,主张变《风》终于《陈风》。朱熹主张变《风》终于《陈风》的论据,主要是《陈》后之《风》不再有男女之诗,"淫奔之诗"。而变《风》中的所谓"淫奔之诗",今天看来,只不过是普通的爱情诗而已。朱熹之所以斥为"淫奔之诗",是因为在当时的道德规范下,其情不可原。而事实上,深化期的朱熹还以"情有可原"解释正、变《风》的某些诗,这一情况,也成为他怀疑正、变《风》说的理由。

(二) 以"情有可原"解诗,疑正《风》说

朱熹所谓正《风》,具体指二《南》二十五篇。之所以谓之"正",在于其内容上符合"发乎情,止乎礼义"的规范,符合乐不至于淫,哀不至于伤——性情之正的"忠厚"标准。但深化期,朱熹认识到这一判断显然不完全适用二《南》所有诗篇,是不科学的。《遗说》关于《殷其雷》的一则资料就表明了这一点:

---

① 宋·朱熹:《诗集传》,《朱子全书》本,上海:上海古籍出版社、安徽教育出版社,2002年,第541页。

问:"《殷其雷》,比《君子于役》之类,莫是宽缓和平,故入正《风》?"曰:"固然。但正、变《风》亦是后人如此分别,当时亦只是大约如此取之。圣人之言,在《春秋》、《易》、《书》无一字虚。至于《诗》,则发乎情,不同。"①

朱熹这里明确说:正、变《风》说是后人的观点,不是《诗》三百篇成时的原始思想,不符合其本来面貌。他这样说的前提就是《诗经》本质的抒情性。《召南》的《殷其雷》和《王风》的《君子于役》都是思妇诗,即表达对行役在外的丈夫强烈思念之情的诗篇:

殷其雷

殷其雷,在南山之阳。
何斯违斯,莫敢或遑。
振振君子,归哉归哉。
殷其雷,在南山之侧。
何斯违斯,莫敢遑息。
振振君子,归哉归哉。
殷其雷,在南山之下。
何斯违斯,莫或遑处。
振振君子,归哉归哉。

君子于役

君子于役,不知其期,曷至哉?
鸡栖于埘,日之夕矣,羊牛下来。
君子于役,如之何勿思。
君子于役,不日不月,曷其有佸?
鸡栖于桀,日之夕矣,羊牛下括。
君子于役,苟无饥渴。

而主题完全相同的两诗被别以正、变,只能说是人为之误。《摽有梅》诗,深化期的朱熹《诗经》解释学也认为于理不合,更无所谓"性情之正"或"忠厚"了:

---

① 宋·黎靖德编、王星贤校点:《朱子语类》,北京:中华书局,1986年,第2100页。

> 如《摽有梅》诗女子自言婚姻之意如此,看来自非正理,但人情亦自有如此者,不可不言。向见伯恭《丽泽》诗,有唐人女言兄嫂不以嫁之诗,亦自鄙俚可恶,后来思之,亦自是见得人之情处。为父母者,能于是而察之,则必使之及时矣。①

朱熹显然认为《摽有梅》诗不合乎"理",但他以"情"解之,认为合乎"人情"。"情"是"性"感于"物"而发,"性"无不善,而情有善有恶。"情"之善、恶主要和两个因素有关:一、"情感"主体即人的气质;二、"物"尤其是社会生活之"物"的善恶。人的气质之偏和"物"之恶均可导致"情"发之后不中节而失于"和"。故朱熹认为《摽有梅》诗的"情"失于"和",不合乎"理",源头在于"情"所感之"物"——诗作者的婚姻不得及时的不合情理。换个说法,朱熹认为诗作者在当婚配的年龄而没有被及时婚配,这种情况违背了"男大当婚,女大当嫁"的常理。正是因为诗作者没有及时婚配的违反常理在先,才有了《摽有梅》诗于"理"虽不合但却合乎人之常情的少女思春(婚配),故而诗作者这种违背"父母之命"婚嫁伦理的思春情感抒发是情有可原的。同时,朱熹又从《殷其雷》、《摽有梅》两诗也得出正《风》不正的结论。

如果说朱熹以情有可原解释正《风》之诗,推翻了自己关于二《南》均为思想内容纯正之诗观点的话,那么他也以同样的认识,批评了《诗大序》的变《风》"止乎礼义"说。② 如《式微》篇,朱熹《诗传》从《序》说,认为该诗主旨为"黎侯寓于魏,其臣劝以归":"旧说以为黎侯失国,而寓于卫,其臣劝之。"后来有人就该诗动机究竟是"劝"或"戒"请教朱熹:

> 陈埴问:"《式微》诗以为劝耶?戒耶?"曰:"亦不必如此看,只是随他当时所作之意如此,便与存在,也可以见得有羁旅狼狈之君如此,而方伯连帅无救恤之意。如今人多被'止乎礼义'一句泥了,只管去曲说。且要平心看诗人之意。如《北门》之诗只是说官卑禄薄,无可如何。"③

以朱熹之意,《式微》诗所表现的感情似乎非"劝"非"戒",而是"抱怨":一则抱怨黎侯;二则抱怨方伯连帅不施救恤。而以当时的道德标准衡量,这种

---

① 宋·朱鉴:《诗传遗说》,文渊阁《四库全书》本,经部第75册《诗》类,台北:台湾商务印书馆影印版,1986年,第549页。
② 被朱熹视为"淫奔之诗"的诗篇除外,因为它们是情不可原之作。
③ 宋·朱鉴:《诗传遗说》,文渊阁《四库全书》本,经部第75册《诗》类,台北:台湾商务印书馆影印版,1986年,第552页。

抱怨均不合乎"礼义"。故朱熹批评人们的泥于"礼义",而不注意求诗本义:"当时所作之意。"可见,朱熹一面认为黎臣的"抱怨"不合"礼义",一面又认为感发此情之"物"是黎侯的"羁旅狼狈"和方伯连帅的不施救恤,所以,"抱怨"之情,情有可原。同理,《北门》诗所抒发的过激之情也有可原。朱熹《诗传》认为,《北门》诗是一位贤者在生逢乱世、不得其志、官卑禄薄、生活贫窭的境遇下,所抒发的一种无可奈何的悲叹之情:"卫之贤者处乱世,事暗君,不得其志,故因出北门而赋以自比。又叹其贫窭,人莫知之,而归之于天也。"可见,朱熹认为《式微》、《北门》诗所抒发的不合礼义的过激之情,是诗人有感于自己所遭遇的不公正不合理的"物"所发,故其情虽过,却有可原。

可见,朱熹深化期,不但继续以"情"解《诗》,还以"情有可原"解释《诗经》中的某些表达过激情感的诗篇。正是因为《诗经》三百中既有情感过激的诗篇和他所谓的"淫奔之诗",故他正式怀疑前人和自己《诗传》中的正、变《风》说,结论是正、变《风》说不符合《诗》三百初成时的客观实在。

(三)理学

朱熹深化期的《诗经》学理学,涉及理学的诸多命题。鉴于后文将设专节讨论某些理学价值比较突出的诗篇,故本部分探讨的原则是在求全的前提下,对个别问题作深刻分析。

1.《淇奥》篇的修养工夫

《淇奥》诗是《卫风》之篇:

> 瞻彼淇奥,绿竹猗猗。有匪君子,如切如磋,如琢如磨。瑟兮僴兮,赫兮咺兮。有匪君子,终不可谖兮。
> 瞻彼淇奥,绿竹青青。有匪君子,充耳琇莹,会弁如星。瑟兮僴兮,赫兮咺兮。有匪君子,终不可谖兮。
> 瞻彼淇奥,绿竹如箦。有匪君子,如金如锡,如圭如璧。宽兮绰兮,猗重较兮。善戏谑兮,不为虐兮。

朱熹《诗传》以为该诗是赞美卫武公之德的篇章:"卫人美武公之德,而以绿竹始生之美盛,兴其学问自修之进益也。"①而深化期,朱熹进一步阐发出了该诗所内蕴的理学修养工夫。在朱熹看来,该诗是通过叙述卫武公道德修

---

① 宋·朱熹:《诗集传》,《朱子全书》本,上海:上海古籍出版社、安徽教育出版社,2002年,第450页。

养的过程来赞美卫武公之德的,故后来有弟子的理解受到他的称许:

> 问:"《淇奥》一篇,卫武公进德成德之序,始终可见。一章言切磋琢磨,则学问自修之功精密如此。二章言威仪服饰之盛,有诸中而形诸外者也。三章言如金锡圭璧则锻炼已精,温纯深粹,而德器成矣。前二章皆有'瑟、僩、赫、咺'之词,三章但言'宽、绰、戏、谑'而已。于此可见不事矜持,而周旋自然中礼之意。"曰:"说得甚善。"①

另外,《淇奥》诗首章"瞻彼淇奥,绿竹猗猗。有匪君子,如切如磋,如琢如磨,瑟兮僩兮,赫兮咺兮。有匪君子,终不可谖兮",曾被《大学》引用并解释曰:"如切如磋者,道学也;如琢如磨者,自修也;瑟兮僩兮,恂栗也;赫兮咺兮者,威仪也;有匪君子,终不可谖兮者,道德盛至善,民不能忘也。"朱熹曰:

> 切,以刀锯。琢,以椎凿。皆裁物使成形质也。磋,以鑢锡。磨,以沙石。皆治物使其滑泽也。治骨角者,既切而复磋之。治玉石者,既琢而复磨之。皆言其治之有绪,而益致其精也。瑟,严密之貌。僩,武毅之貌。赫咺,著盛大之貌。谖,忘也。道,言也;学,谓讲习讨论之事。自修者,省察克治之功。恂栗,战惧也。威,可畏也,仪,可象也。引《诗》而释之,以明"明明德"者之"止于至善"。道学自修,言其所以得之之由。恂栗威仪,言其德容表里之盛。卒乃指其实而叹美之也。②

这里,《淇奥》诗的意义不再仅仅是一个进德成德之序的问题。结合《大学》思想,朱熹从更深层面、理学的高度阐发了该诗所承载的意蕴,认为《大学》引该诗的动机在于说明"明德"既明,即达到"止于至善"境界;而"道学自修",则是达到"明德"、"至善"境界的修养方法和过程;"恂栗威仪"是"德"的内、外表现;最后是"明德"、"至善"对他人的感召作用。其中"道学自修",朱熹分解为"道学"和"自修",它们实是理学修养的两种途径——道问学和尊德性:道,言也;学,谓讲习讨论之事。自修者,省察克治之功。道问学是与人讲习讨论的向外工夫;尊德性则是反观内心克服私欲的向内工夫。

---

① 宋·朱鉴:《诗传遗说》,文渊阁《四库全书》本,经部第 75 册《诗》类,台北:台湾商务印书馆影印版,1986 年,第 553—554 页。
② 宋·朱鉴:《诗传遗说》,文渊阁《四库全书》本,经部第 75 册《诗》类,台北:台湾商务印书馆影印版,1986 年,第 554 页。

道问学是求知,尊德性要持敬,故它们又反映了朱熹主张理学修养上"知敬双修"的观点。而"切磋"和"琢磨"则是用具体器物的制作过程来比"道学"和"自修"的过程。朱熹又细致地讨论到了"切"和"磋"、"琢"和"磨"因其在器物制作中的先后次序不同,也分别被用来比修养的不同层次、阶段:

> "如切如磋,如琢如磨",前人说此诗不快畅,只东坡云:"磋者切之至,磨者琢之详,自粗以及精也。"①

"磋"是"切"的更高境界,"磨"是"琢"的更高境界。故朱熹解释《论语》之"子贡曰:'《诗经》云:"如切如磋,如琢如磨",其斯之谓与'"章曰:

> 不切则磋无所施,不琢则磨无所措。故学者虽不可安于小成,而不求造道之极致,亦不可骛于虚远,而不察切己之实也。②

这反映了朱熹在理学修养上的切己渐修工夫主张。至于"瑟、僴、赫、喧"的"恂栗威仪",是修养达于"明德"、"至善"后的内外表现——气象,而不再是修养工夫:

> 那不是做工夫处,是成就了气象。恁地穆穆文王,亦是气象也。③

朱熹认为,修养达于"明德"、"至善"后的"气象"可以有不同的内外表现,如卫文公的是"恂栗威仪",周文王的则是"穆穆"。

总之,深化期朱熹对《淇奥》篇的理学修养工夫解释认为:"切"和"琢"是工夫的低级阶段,"磋"和"磨"是工夫的高级阶段;"切磋"和"琢磨"又分别对应理学修养的"道问学"和"尊德性";"瑟僴"和"赫咺"又分别是"恂栗"和"威仪",是修养达于"明德"境界的内心和外在表现;"有匪君子,终不可谖"者,则是修养达于"明德"且行动"止于至善"后对他人所产生的感召和影响。这样一来,整篇《淇奥》诗都被朱熹理学化了。

---

① 宋·朱鉴:《诗传遗说》,文渊阁《四库全书》本,经部第75册《诗》类,台北:台湾商务印书馆影印版,1986年,第555页。
② 宋·朱鉴:《诗传遗说》,文渊阁《四库全书》本,经部第75册《诗》类,台北:台湾商务印书馆影印版,1986年,第555页。
③ 宋·朱鉴:《诗传遗说》,文渊阁《四库全书》本,经部第75册《诗》类,台北:台湾商务印书馆影印版,1986年,第555页。

2. 文王与"王道"

周文王和卫武公,都是朱熹深化期《诗经》学所解读出的"明德"之人,但《淇奥》篇仅局限于学术上的解读,而周文王却寄托着朱熹的"王道"理想。

(1)"明德"而"止于至善"

朱熹所谓"穆穆文王"句出《文王》诗四章,该句和下句"于缉熙敬止"也同为《大学》所引:

> 《大学》:《诗》云:"穆穆文王,於,缉熙敬止。"为人君止于仁,为人臣止于敬,为人子止于孝,为人父止于慈,与国人交止于信。①

朱熹《大学章句》解曰:

> 穆穆,深远之意。於,叹美辞。缉,继续也。熙,光明也。敬止,言其无不敬而安所止也。引此而言圣人之止无非至善。五者乃其目之大者也。学者于此究其精微之蕴,而又推类以尽其余,则于天下之事,皆有以知其所止而无疑矣。②

如果说《淇奥》的"如切如磋,如琢如磨……"章,朱熹重点在于讨论达到"至善"的修养工夫——道学和自修的话,那么他解释《大学》所引《文王》的"穆穆文王,於,缉熙敬止"文,则重在解释"至善"上。"止",《诗传》认为是个虚词,解为"语辞";而《大学章句》却解为动词:敬止,言其无不敬而安所止也。《大学》引此文,旨在说明像文王这样的至德之人,其行为自然地会止于至善。"至善"是伦理规范,对不同的角色有不同的要求,即所谓君仁、臣敬、子孝、父慈、友信等。人们认为,"知止"是《大学》的关键:

> 或言:"《大学》以知止为要。"曰:"如君便要止于仁,臣便要止于敬,子便止于孝,父便止于慈。若不知得,何缘到得那地位。只这便是至善处。"道夫问:"至善,是无过不及恰好处否?"曰:"只是这夹界上些子。如君止于仁,若依违牵制,懦而无断,便是过,便不是仁。臣能陈善

---

① 宋·朱鉴:《诗传遗说》,文渊阁《四库全书》本,经部第75册《诗》类,台北:台湾商务印书馆影印版,1986年,第571页。
② 宋·朱鉴:《诗传遗说》,文渊阁《四库全书》本,经部第75册《诗》类,台北:台湾商务印书馆影印版,1986年,第571页。

闭邪,便是敬;若有所畏惧,而不敢正君之失,便是过,便不是敬。"①

朱熹对"至善"的界定,看来还是"中",也即"无过不及恰好处"。"至善"在人伦之外的表现形式,朱熹认为还是不离"中"字——恰好底:

> 问:"至善,如君之仁,臣之敬,父之慈,子之孝者,固如此。就万物中细论之,则其类如何?"曰:"只恰好底便是。'坐如尸',便是坐恰好底;'立如齐',便是立恰好底。"②

"立"这一动作的至善表现是"如齐";"坐"的是"尸"。不难发现,《大学》的"为人君止于仁,为人臣……"只涉及"五伦"中的"三伦",故朱熹《章句》说"五者乃其目之大者也"。关于其具体内涵,朱熹曰:

> 大伦有五,此言其三,盖不止此。"究其精微之蕴",是就三者里面穷究其蕴;"推类以通其余",是就外面推广,如夫妇、兄弟之类。③

看来,"知止"不惟是《大学》的重要范畴,更是人生"大学"的重要内容。

(2)"明德"而"新民"

文王的"明德",不仅在于"止于至善",还在于其"新民"之功。《大学》又引《文王》"周虽旧邦,其命维新"文,朱熹《大学章句》解之曰:

> 言周国虽旧,至于文王,能新其德,以及于民,而始受天命也。④

朱熹意谓:

> "其命维新"是新民之极,和天命也新。⑤

这里朱熹所表达的是"文王之德"、"民德"以及"天命"三位一体的思想,其

---

① 宋·黎靖德编、王星贤校点:《朱子语类》,北京:中华书局,1986年,第319—320页。
② 宋·黎靖德编、王星贤校点:《朱子语类》,北京:中华书局,1986年,第320页。
③ 宋·黎靖德编、王星贤校点:《朱子语类》,北京:中华书局,1986年,第320页。
④ 宋·朱鉴:《诗传遗说》,文渊阁《四库全书》本,经部第75册《诗》类,台北:台湾商务印书馆影印版,1986年,第571页。
⑤ 宋·朱鉴:《诗传遗说》,文渊阁《四库全书》本,经部第75册《诗》类,台北:台湾商务印书馆影印版,1986年,第571页。

本在于文王之德：

> 问："横渠言《诗》、《书》，言'帝天之命，主于民心'。"曰："皆此理也，民心之所向，即天心之所存也。"①

毋庸讳言，朱熹要说的是天命即民心，民心所向即天命所归，民心归于有德，即天命归于有德，这就是周灭商而有天下的根本原因。《孟子》曾引《文王》诗的"商之孙子，其丽不亿。上帝既命，侯于周服"和"侯服于周，天命靡常。殷士肤敏，裸将于京"文，朱熹《孟子集注》解释曰：

> 《孟子》引此诗及孔子之言，以言文王之事。……言商之孙子众多，其数不但十万而已，上帝既命周以天下，则凡此商之孙子，皆臣服于周矣。所以然者，以天命不常，归于有德故也。是以商士之肤大而敏达者，皆执裸献之礼，助王祭事于周之京师也。②

可以说，朱熹的观点是：有"明德"者得民心，得民心者得天命，得天命者得天下。董仲舒引《假乐》诗"宜民宜人，受禄于天"，朱熹曾表赞意：

> 问"大德者必受命"。答曰："董仲舒《策》引'宜民宜人，受禄于天'之诗云：'为政而宜于民者，固当受禄于天。'其说甚好。"③

其实，朱熹反复讲文王，讲他的"明德"、"新民"、"知止"、"至善"、"天命"、"民心"，等等，最后只是要推广他的"王道"思想：

> 是谁当得文王之事？惟孟子识之，故七篇之中，所以告列国之君，莫非勉之以王道。④

---

① 宋·朱鉴：《诗传遗说》，文渊阁《四库全书》本，经部第 75 册《诗》类，台北：台湾商务印书馆影印版，1986 年，第 571 页。
② 宋·朱鉴：《诗传遗说》，文渊阁《四库全书》本，经部第 75 册《诗》类，台北：台湾商务印书馆影印版，1986 年，第 571—572 页。
③ 宋·朱鉴：《诗传遗说》，文渊阁《四库全书》本，经部第 75 册《诗》类，台北：台湾商务印书馆影印版，1986 年，第 578 页。
④ 宋·朱鉴：《诗传遗说》，文渊阁《四库全书》本，经部第 75 册《诗》类，台北：台湾商务印书馆影印版，1986 年，第 575 页。

"王道"、"霸道"的本质区别在于为政以"德"还是为政以"力"。朱熹认为，文王以己之"至善"之德而得天下之心进而得天下之政，是为政以"德"，故其"道"为"王道"。

（3）"明德"而"精神上合于天"

朱熹深化期《诗经》解释义理学还涉及其理学思想的其他领域。如《下武》篇就有"理气"论。《下武》诗有"三后在天"文，朱熹《诗传》解释为："在天，既没而其精神上与天合者也。"这一说法颇为费解，人死之后精神怎么"与天合"呢？深化期朱熹对此解以"理气"：

> 问："《下武》'三后在天'解云：'在天，言其既没而其精神上合于天。'此是如何？"曰："便是又有此'理'。"刘砺云："恐只是此理上合于天耳。"曰："既有此理，便有此气。"或曰："想是圣人禀德清明纯粹之气，故其死也，其气上合于天。"曰："也是。如此这事又微妙难说，要人自看得。世间道理，有正当易见者，又有变化无常不可窥测者，如此方看得这个道理活。"①

可见，朱熹解释"三后在天"由"神"而至于"精神"，最后又归结到所谓的"理气"论上。朱熹论理、气，主张理本气末，理体气用，理为形而上气为形而下；逻辑上理在气先事实上理不离气，理气相即，理在气中。关于文王没而精神上合于天的理解问题，朱熹答文"便是又有此'理'"，似乎是说理论上如此而事实不存在，但当有人以此求证于他时，他又答曰："既有此理，便有此气。"可见，之前的理解不符合朱熹原意，因为说"理"、"气"均合于天，而他的"气"是实。要理解朱熹的意思，还得回到"精神"上，说"精神"要先说"精"、"神"，说"神"要先说"鬼神"。朱熹认为"鬼神"属于"形而下"的"气"的范畴，他曰：

> 某就形而下说，毕竟就气处多，发出光彩便是神。②

"鬼神"属于"气"，因为"气"是实的，故有运动。具体讲，"气"之"屈"是"鬼"，"伸"是"神"：

---

① 宋·朱鉴：《诗传遗说》，文渊阁《四库全书》本，经部第75册《诗》类，台北：台湾商务印书馆影印版，1986年，第576页。
② 宋·黎靖德编、王星贤校点：《朱子语类》，北京：中华书局，1986年，第2422页。

> 以屈伸往来之气言之,则来者为神,去者为鬼。①

朱熹认为"神"是"气"之伸,是"气"外发的光彩。至于"精"与"神",朱熹曰:

> 神便在心里,凝在里面为精,发出光彩为神。②

"精"和"神"是同一个事物的两种状态。而"理"和"神"的关系,朱熹于《文集·答杜仁仲》曰:

> 神是理之发用而乘气以出入者。③

可见,朱熹所说的文王——圣人既死之后,精神上合于天,不是理论上的、虚的,而是"气"上的、实的。这和朱熹所理解的一般人的死不同。朱熹认为普通人之死是和万物之死一样,都是"气"的消散,散而不复聚,故人死后精神也消亡而不存,如大钧播物,一去便休,岂有散而复聚之气。

总之,朱熹的意思是,文王作为圣人,他死后,精神不像一般人那样消散,而是上与天合了。之所以会如此,他又回到神秘主义的路途上,认为这微妙难说。

综上可见,朱熹认为文王是"至德"的化身,是圣人。他的行为自然而然地"止于至善";天命民心归附于他,他的德政是古往今来"王道"的模范;他死后精气不散开,其"神"上合于天。有理由认为,朱熹对《诗经》中文王的深入解读,凝聚了他的政治理论,鉴于本文的论题,于此不再作具体展开。

(四) 其他理学命题

朱熹"理气"论,不光是适用于"精神"论的命题,而且还是适用于宇宙界、自然界和社会界的大理论,是他学术思想的基本理论。

1. "理气"论

《旱麓》篇的"鸢飞戾天,鱼跃于渊"两句,《诗传》本解为无实义而只用来兴起下两句的起兴之文:"兴也。言鸢之飞则戾于天矣,鱼之跃则出于渊

---

① 宋·黎靖德编、王星贤校点:《朱子语类》,北京:中华书局,1986年,第40页。
② 宋·黎靖德编、王星贤校点:《朱子语类》,北京:中华书局,1986年,第2422页。
③ 宋·朱熹:《晦庵先生朱文公集》,《朱子全书》本,上海:上海古籍出版社、安徽教育出版社,2002年,第3002页。

矣。岂弟君子,而不作人乎?言其必作人也。"①而《中庸》引此两句并云:"《诗》云:'鸢飞戾天,鱼跃于渊。'言其上下察也。"朱熹《中庸章句》解曰:

> 子思引此诗以明化育流行,上下昭著,莫非此理之用。②

朱熹认为天地万物的运动变化发展,都是"理"的作用和表现。他又具体解曰:

> 道之流行,发见于天地之间,无所不在。在上,则鸢之飞而戾于天者此也;在下,则鱼之跃而出于渊者此也。其在人,则日用之间人伦之际夫妇之所知所能,而圣人之所不知不能者,亦此也。③

自然界的鸢飞、鱼跃是"理"(道)的体现,社会人伦关系也是"理"(道)的体现。鸢飞、鱼跃,各有其"理"(道)——规律,人伦关系也有其规范,具体到兄弟之间,儒家要求兄"友"弟"恭"。

2. "爱有差等"和"天理人欲"论

如上所述,儒家认为人在社会生活中都应遵循必要的行为规范,因为这和鸢之所以能飞和鱼之所以能跃一样,是天理。但儒家同时又主张"爱有差等"。人作为个体的人生活在一个圈层之中,这个圈层是以人自体为中心的同心圆,不同的社会关系和圆心的距离远近不同,象征不同伦常关系的亲疏之别。《孟子·尽心上》曰:

> 君子之于物也,爱之而弗仁;于民也,仁之而弗亲。亲亲而仁民,仁民而爱物。④

亲亲、仁民、爱物,表述的即是爱有差等思想。而朱熹深化期的《诗经》解释学,更将爱有差等思想上升为"天理"的层次。《诗传》解《常棣》二章"脊令在原,兄弟急难。每有良朋,况也永叹"曰:

---

① 宋·朱熹:《诗集传》,《朱子全书》本,上海:上海古籍出版社、安徽教育出版社,2002年,第663页。
② 宋·朱鉴:《诗传遗说》,文渊阁《四库全书》本,经部第75册《诗》类,台北:台湾商务印书馆影印版,1986年,第574页。
③ 宋·朱鉴:《诗传遗说》,文渊阁《四库全书》本,经部第75册《诗》类,台北:台湾商务印书馆影印版,1986年,第574页。
④ 宋·孙奭:《孟子注疏》,《唐宋注疏十三经》本,北京:中华书局,1998年,第164页。

> 疏其所亲,而亲其所疏,此失其本心者也。故此诗反覆言朋友之不如兄弟,盖示之以亲疏之分……或曰:人之在难,朋友亦可以坐视欤?曰:每有良朋,况也永叹,则非不忧悯,但视兄弟急难而有差等耳。①

朱熹根据"爱有差等"思想,得出兄弟关系近于朋友关系的结论。

> 苏宜又问:"《常棣诗》,一章言兄弟之大略,二章言其死亡相收,三章言其患难相救,四章言不幸而兄弟有阋,犹能外御其侮,一节轻一节,而其所以著夫兄弟之义者愈重。到得丧乱既平,便谓兄弟不如友生,其'于所厚者薄'如此,则亦不足道也。六章、七章,就他逸乐时良心发处指出,谓酒食备而兄弟有不具,则无以共其乐;妻子合而兄弟有不翕,则无以久其乐。盖居患难则人情不期而相亲,故天理常易复;处逸乐则多为物欲所转移,故天理常隐而难寻。所以诗之卒章有'是究是图,亶其然乎'之句。反复玩味,真能使人孝友之心油然而生也。"曰:"所谓'生于忧患,死于安乐'。那二章,正是遏人欲而存天理,须是恁地看。"②

可见,朱熹进一步主张,兄弟之情亲于朋友之情,爱有差等,故是天理:居患难则人情不期而相亲,故天理常易复;反之则是人欲:处逸乐则多为物欲所转移,故天理常隐而难寻。时常注意维护爱有差等的生活准则,不为外物左右而有所背离,即"遏人欲而存天理"。

3. "仁"论

上文可见,朱熹显然是将"伦常"看作"天理",故他是主张"天人合一"的,因此他反对"天"、"人"分离。

朱熹在讨论《板》的"昊天曰明,及尔出王;昊天曰旦,及尔游衍"时,批评了"天"、"人"分离倾向,《诗传》曰:

> 张子曰:"天体物而不遗,犹仁体事而无不在也。'礼仪三百,威仪三千',无一事而非仁也。'昊天曰明,及尔出王。昊天曰旦,及尔游衍',无一物之不体也。"③

---

① 宋·朱熹:《诗集传》,《朱子全书》本,上海:上海古籍出版社、安徽教育出版社,2002 年,第 548 页。
② 宋·黎靖德编、王星贤校点:《朱子语类》,北京:中华书局,1986 年,第 2118 页。
③ 宋·朱熹:《诗集传》,《朱子全书》本,上海:上海古籍出版社、安徽教育出版社,2002 年,第 692 页。

可见朱熹《诗传》于此就"天人合一"说表达的并不清晰。其深化期又有补充之说：

"昨来所论'昊天曰明，及尔出王。昊天曰旦，及尔游衍'，此意莫只是言人之所以为人者，皆天之所为，故虽起居动作之顷，而所谓天者未尝不在也？"曰："公说'天体物而不遗'，既说得是；则所谓'仁体事而无不在'者，亦不过如此。今所以理会不透，只是以天与仁为有二也。"①

朱熹这里表达了他的"仁"学思想。关于"仁"，朱熹之前的儒家思想家多在社会人生界使用，其代表是孔子和孟子，而张载所谓"天体物而不移，犹仁体事而无不在"说，显然也是割裂"天"、"仁"。道家《老子》虽以"天"言"仁"，是说"天地不仁"，其五章云："天地不仁，以万物为刍狗。"②而朱熹此处批评"天与仁为有二"，表明他主张"天"、"仁"不二。实际上，朱熹主张天地有"仁"：

仁是天地之生气。③

朱熹不但主张天地有"仁"，还认为自然物也有"仁"，《车舝》篇，朱熹《诗传》认为是燕乐其新婚之诗，故传述该诗末章"高山仰止，景行行止。四牡骈骈，六辔如琴。觏尔新婚，以慰我心"曰：

兴也。高山则可仰，景行则可行。马服御良，则可以迎季女而慰我心也。此又举其始终而言也。《表记》曰："《小雅》曰：'高山仰止，景行行止。'子曰：'《诗》之好仁如此。乡道而行，中道而废，忘身之老也，不知年数之不足也。俛焉日有孳孳，毙而后已。'"④

"高山仰止，景行行止"本是诗人对迎亲时所见之景的描写，在该章中起到兴

---

① 宋·朱鉴：《诗传遗说》，文渊阁《四库全书》本，经部第 75 册《诗》类，台北：台湾商务印书馆影印版，1986 年，第 580 页。
② 朱谦之：《老子校释》，《新编诸子集成》本，北京：中华书局，1984 年，第 22 页。
③ 宋·黎靖德编、王星贤校点：《朱子语类》，北京：中华书局，1986 年，第 107 页。
④ 宋·朱熹：《诗集传》，《朱子全书》本，上海：上海古籍出版社、安徽教育出版社，2002 年，第 634—635 页。

起下文的作用,没有实在意义。孔子之说,也只是用比喻的手法说人应该在有生之年持之以恒地将"仁"作为修养追求的目标,而并未说山是"仁"或山有"仁",朱熹却认为山亦有"仁":

> 杨至问:"'高山仰止,景行行止',《礼记》引夫子之言曰'《诗》之好仁如此,乡道而行'云云,其意安在?"曰:"古人止恁地学将去,有时到了也不定,今日便算时日,讨功效。"又问:"《诗》之正意,'高山'、'景行'字当重看。夫子之言则'仰'字、'行'字当重看。"曰:"不是高山景行,又仰个甚么,又行个甚么,高山、景行便是那仁。"①

可见,朱熹此处之说既不同于他《诗传》的说法,也不是孔子的原意,而是己之新说:"高山"之所以值得仰视,"大道"之所以更适合行走,根本在于他们是"仁",有"仁"。总之,朱熹深化期的《诗经》学,阐发了他突破前人的"仁"学思想:人生有"仁",自然物有"仁",天地亦有"仁"。

综上可见,朱熹深化期《诗经》理学解释学,不但涉及面广,且有的问题谈论也很深刻。其中具体命题有"理气"论、"精神"论、"鬼神"论、"道体"论、"仁"论、"天理人欲"论、"爱有差等"论、"修养工夫"论、"天命民心"论、"明德"论、"至善"论、"伦常"论、"敬"论、"克己"论、"王道"论,等等。而其解释《淇奥》篇所挖掘出的"止于至善"的修养过程以及由《文王》等篇所发挥出的"王道"论,足证其探讨问题之深。

---

① 宋·朱鉴:《诗传遗说》,文渊阁《四库全书》本,经部第 75 册《诗》类,台北:台湾商务印书馆影印版,1986 年,第 570 页。

第四章 朱熹对汉唐旧《诗经》学的扬弃

所谓汉唐旧《诗经》学，这里指的是关于《诗》三百篇的汉代"毛传"、"郑笺"和唐代"孔疏"解释学，其解释内容引以生发的源头也即汉唐旧《诗经》学的代表是《毛序》。如上所述，朱熹的废黜汉唐《诗经》学所废黜的是汉唐的解释体系和基本思想，而对其中有价值的科学的东西，却是有继承和发扬的，也即他所采取的是扬与弃并存的态度。但限于《诗传》体例的简约而不简单，朱熹不可能对庞大的汉唐《诗经》学作完全逐条的批评与吸收，故其将焦点集中在了实为汉唐《诗经》学纲领的《毛序》上。当然，朱熹对《序》的扬弃，取与舍的内在依据还是其理学的精神。

朱熹认为，《毛序》说《诗》严重地背离了《诗》三百的原意，对后人造成了恶劣影响。他尖锐地指出《序》的危害："后之读者又袭其误，必欲锻炼罗织，文致其罪而不肯赦，徒欲以徇说诗者之缪，而不知其失是非之正，害义理之公，以乱圣经之本指，而坏学者之心术，故予不可以不辩。"①说其既不合事实，又不合义理，更不合《诗经》的本义，后代学人信其说，错上加错，谬误更大，故而《序》说害莫大焉。有鉴于此，他才"深辩之，以正人心，以诛贼党，意庶几乎《大序》所谓'正得失'者，而因以自附于《春秋》之义"②。如果朱熹的《诗经》学仅止于对诗篇诗歌抒情本体的文学性的回归，那么他自然不应给予其是非之正、义理之公的担待，更不应该使其具有正人心、诛贼党甚至赋予其内含《春秋》大义的价值，而这些只能用其理学的用心来理解。朱熹对《序》说的批判材料，主要在《序辨》中，小部分在《遗说》、《语类》中。

---

① 宋·朱熹：《诗集传》，《朱子全书》本，上海：上海古籍出版社、安徽教育出版社，2002年，第371页。
② 宋·朱熹：《诗集传》，《朱子全书》本，上海：上海古籍出版社、安徽教育出版社，2002年，第377页。

第一节　批《序》概述

《毛诗》各篇均有《序》，习惯上称为《毛序》，其中《关雎》之《序》篇幅较长，故谓之《大序》，余皆谓之《小序》。《关雎》之《序》(《大序》)其文如下：

《关雎》，后妃之德也。风之始也，所以风天下而正夫妇也。故用之乡人焉，用之邦国焉。风，风也，教也；风以动之，教以化之。

诗者，志之所之也。在心为志，发言为诗。情动于中，而形于言，言之不足，故嗟叹之。嗟叹之不足，故永歌之，永歌之不足，不知手之舞之，足之蹈之也。

情发于声，声成文，谓之音。治世之音，安以乐，其政和。乱世之音，怨以怒，其政乖。亡国之音，哀以思，其民困。故正得失，动天地，感鬼神，莫近于诗。先王以是经夫妇，成孝敬，厚人伦，美教化，移风俗。

故《诗》有六义焉：一曰风，二曰赋，三曰比，四曰兴，五曰雅，六曰颂。上以《风》化下，下以《风》刺上。主文而谲谏，言之者无罪，闻之者足以戒，故曰风。至于王道衰，礼义废，政教失，国异政，家殊俗，而变《风》、变《雅》作矣。国史明乎得失之迹，伤人伦之废，哀刑政之苛，吟咏情性，以风其上。达于事变，而怀其旧俗者也。故变《风》发乎情，止乎礼义。发乎情，民之性也。止乎礼义，先王之泽也。是以一国之事，系一人之本，谓之《风》。言天下之事，形四方之风，谓之《雅》。《雅》者，正也，言王政之所由废兴也。政有小大，故有《小雅》焉，有《大雅》焉。《颂》者，美盛德之形容，以其成功，告于神明者也。是谓四始，《诗》之至也。

然则《关雎》、《麟趾》之化，王者之《风》，故系之周公。南，言化自北而南也。《鹊巢》、《驺虞》之德，诸侯之《风》也，先王之所以教，故系之召公。《周南》、《召南》，正始之道，王化之基。是以《关雎》乐得淑女以配君子，忧在进贤，不淫其色；哀窈窕，思贤才，而无伤善之心焉。是《关雎》之义也。

就上引而言，朱熹《诗传》是把第一段和最后一段作为《关雎》之序，而其余的中间部分是针对全部《诗》三百篇的《大序》。《大序》对《诗》三百篇具有纲领性意义，因为它交代了诸如诗歌本质、诗乐舞关系、诗歌与现实政治生活的关系、《诗经》之"六义"和《诗经》之四始等《诗经》学上的重要命题，而《小序》因其存在这样那样的问题，历来为学者所争论、诟病。关于《小序》

的讨论,唐及唐前还多局限于作者问题上,到了宋代,《小序》的存、废成为争论的焦点,且形成了相互对立的阵营,双方各不相让,壁垒森严。朱熹作为黜《序》派的一员,他对《毛序》的批判包括了《大序》和《小序》。

一、《大序》有不满人意处

相对于对《小序》的废黜,朱熹仅指出了《大序》存在的若干问题且将其作为"纲领"看待,用他自己的话说即是有不满人意处。朱熹所指出的《大序》的不满人意处有以下若干,我们称之为对某些内容的分辨,如"是"所指之辨、"国史"之作辨、变《风》"止乎礼义"之辨、《风》《雅》《颂》以内容分辨等。

(一)"是"所指之辨

《大序》曰:"故正得失,动天地,感鬼神,莫近于诗。先王以是经夫妇,成孝敬,厚人伦,美教化,移风俗。"①这段话中的前者"正得失,动天地,感鬼神,莫近于诗"和后者"先王以是经夫妇,成孝敬,厚人伦,美教化,移风俗"是因果关系,又可以表述为:因为诗最具有"正得失,动天地,感鬼神"的功能,所以先王用它来达到"经夫妇,成孝敬,厚人伦,美教化,移风俗"的效果。可见,这里的"是"字逻辑上应包括所有的诗起码是《诗》三百篇的所有篇章,而所有的篇章当然包括所谓的变《风》,故而其下文指出变《风》也是"发乎情,止乎礼义"的。朱熹却认为"是"只用来指《诗经》中的正《风》、正《雅》、《颂》,而不包括变《风》、变《雅》:"'是',指《风》《雅》《颂》之正经。"②朱熹的这一观点来源于他对变《风》、变《雅》已不再是"中和"之音如前者中的"淫奔之诗"甚至是恶诗的判断,而其之所以为孔子选入《诗》以为教材,朱熹从诗歌的功用即用恶者可以惩创人的逸志来解释的。

(二)"国史"之作辨

《大序》曰:"国史明乎得失之迹,伤人伦之废,哀刑政之苛,吟咏情性,以风其上,达于事变而怀其旧俗也。"③朱熹质疑并辨曰:

> 诗之作,或出于公卿大夫,或出于匹夫匹妇,盖非一人,而《序》以为专出于国史,则误矣。说者欲盖其失,乃云国史紬绎诗人之情性而歌咏

---

① 宋·朱熹:《诗集传》,《朱子全书》本,上海:上海古籍出版社、安徽教育出版社,2002年,第377页。
② 宋·朱熹:《诗集传》,《朱子全书》本,上海:上海古籍出版社、安徽教育出版社,2002年,第343页。
③ 宋·朱熹:《诗集传》,《朱子全书》本,上海:上海古籍出版社、安徽教育出版社,2002年,第345页。

之,以风其上,则不唯文理不通,而考之《周礼》,大史之属掌书而不掌诗,其诵诗以谏,乃太师之属,瞽蒙之职也。故《春秋传》曰:"史为书,瞽为诗。"说者之云,两失之矣。①

朱熹从《诗经》诗篇的创作主体和"国史"的职能两方面论证了"国史"说之失。从前者看,他认为《风》诗作为里巷歌谣,民间诗歌,它们的创作主体是所谓的匹夫匹妇,下层群众;《雅》、《颂》诗篇作为朝廷宗庙之音,它们的创作主体是公卿大夫。故而《风》、《雅》、《颂》的作者都不会是《大序》说的"国史"一人或一类人。从"国史"的职能来看,据《周礼》、《春秋》等史书,掌管诗的是"太师"而非《大序》所谓的"国史","国史"所执掌的为"书"而非"诗"。

(三)变《风》"止乎礼义"之辨

《大序》曰:"变《风》发乎情,止乎礼义。"朱熹《诗传》曰:

> 此言亦其大概有如此者,其放逸而不止乎礼义者,固已多矣。②

朱熹显然不同意《大序》之说,一个"多"字,足见朱熹的态度。他还具体到篇章曰:

> 《诗》大纲有止乎礼义者,如《柏舟》等诗是也,若《桑中》之类,如何唤做止乎礼义。③

《柏舟》是《邶风》之篇,此诗朱熹解释为妇怨诗:"妇人不得于其夫,故以柏舟自比。言以柏为舟,坚致牢实,而不以乘载,无所依薄,但泛然于水中而已。"④但却仅止于"怨"而没有进一步过激举动,故其为"止乎礼义"之诗。《桑中》是《鄘风》之篇,朱熹认为该诗是走向了淫邀艳约的"淫奔之诗":"卫俗淫乱,世族在位,相窃妻妾,故此人自言将采唐于沬,而与其所思之人,相期会迎送如此。"⑤在理学家朱熹的眼中,"淫奔之诗"理所当然地是不"止乎

---

① 宋·朱熹:《诗集传》,《朱子全书》本,上海:上海古籍出版社、安徽教育出版社,2002年,第345页。
② 宋·朱熹:《诗集传》,《朱子全书》本,上海:上海古籍出版社、安徽教育出版社,2002年,第345页。
③ 宋·朱鉴:《诗传遗说》,文渊阁《四库全书》本,经部第75册《诗》类,台北:台湾商务印书馆影印版,1986年,第525页。
④ 宋·朱熹:《诗集传》,《朱子全书》本,上海:上海古籍出版社、安徽教育出版社,2002年,第422页。
⑤ 宋·朱熹:《诗集传》,《朱子全书》本,上海:上海古籍出版社、安徽教育出版社,2002年,第444页。

礼义"的。现录两诗如下：

邶风·柏舟

泛彼柏舟，亦泛其流。耿耿不寐，如有隐忧。微我无酒，以敖以游。
我心匪鉴，不可以茹。亦有兄弟，不可以据。薄言往诉，逢彼之怒。
我心匪石，不可转也。我心匪席，不可卷也。威仪棣棣，不可选也。
忧心悄悄，愠于群小。觏闵既多，受侮不少。静言思之，寤辟有摽。
日居月诸，胡迭而微。心之忧矣，如匪浣衣。静言思之，不能奋飞。

鄘风·桑中

爰采唐矣，沬之乡矣。云谁之思？美孟姜矣。期我乎桑中，要我乎上宫，送我乎淇之上矣。

爰采麦矣，沬之北矣。云谁之思？美孟弋矣。期我乎桑中，要我乎上宫，送我乎淇之上矣。

爰采葑矣，沬之东矣。云谁之思？美孟庸矣。期我乎桑中，要我乎上宫，送我乎淇之上矣。

又说：

> 变《风》"止乎礼义"，如《泉水》、《载驰》固"止乎礼义"，如《桑中》有甚礼义，《大序》只是拣好底说，亦未尽。①

朱熹还说《桑中》篇的"淫奔之诗"性质和《邶风》的《泉水》和《鄘风》的《载驰》等"止乎礼义"的相比，也非"止乎礼义"之诗。《泉水》是一"卫女嫁于诸侯，父母终，思归宁而不得"②的咏叹，思念父母是人之常情，既嫁而不得归宁是礼教的要求，这里《泉水》无疑是"发乎情，止乎礼义"之篇。《载驰》为许穆夫人所作，许穆夫人"闵卫之亡，驰驱而归，将以唁卫侯于漕邑。未至，而许之大夫有奔走跋涉而来者，夫人知其必将以不可归之义来告，故心以为忧也。既而终不果归，乃作是诗，以自言其意"③。许穆夫人出于人之

---

① 宋·朱鉴：《诗传遗说》，文渊阁《四库全书》本，经部第 75 册《诗》类，台北：台湾商务印书馆影印版，1986 年，第 525 页。
② 宋·朱熹：《诗集传》，《朱子全书》本，上海：上海古籍出版社、安徽教育出版社，2002 年，第 435 页。
③ 宋·朱熹：《诗集传》，《朱子全书》本，上海：上海古籍出版社、安徽教育出版社，2002 年，第 449 页。

常情前往吊唁自己的母国而终究因为礼义的局限未果,当然也是"发乎情,止乎礼义"之篇。

(四)《风》、《雅》、《颂》以内容分辨

《大序》曰:"是以一国之事,系一人之本,谓之《风》;言天下之事,形四方之风,谓之《雅》。《雅》者,正也,言王政之所由废兴也。政有大小,故有小《雅》焉。《颂》者,美盛德之形容,以其成功告于神明者也。"相对于《大序》的以诗歌内容的不同来划分诗类,朱熹是以声乐来分类的。《诗传纲领》曰:"《风》、《雅》、《颂》者,声乐部分之名也。"《风》、《雅》、《颂》只是声乐的类型,声乐的名称。所以十五《国风》,就是十五种声乐的类型,名称;大、小《雅》,也分别是两种音乐的名称。故而他说:

> 诗,古之乐也,亦如今之歌曲,音各不同:卫有卫音,鄘有鄘音,邶有邶音。故《诗》有鄘音者系之《鄘》,有邶音者系之《邶》。若《大雅》、《小雅》,则亦如今之商调、宫调,作歌曲者,亦按其腔调而作尔。《大雅》、《小雅》亦古作乐之体格,按《大雅》体格作《大雅》,按《小雅》体格作《小雅》;非是做成诗后,旋相度其辞目为《大雅》、《小雅》也。①

因此朱熹认为,《诗经》三百篇的创作是一个倚声填词的过程。

鉴于《大序》也有以上四点不足,所以朱熹说它也有令人不满之处:"《大序》好处多,然亦有不满人意处。"②但相对于《小序》却要好得多:"《小序》汉儒所作,有可信处绝少。"③

二、《小序》全不可信

到了宋代,毛、郑《诗经》学受到人们的巨大质疑。朱熹前的代表人物有欧阳修、苏辙和郑樵等,尤其是苏辙和郑樵,批判焦点就集中在《小序》上。欧阳修《诗本义·序问》认为《大序》作者不是子夏:"非子夏之作,则可知也。"④至于苏辙,他不但疑《诗序》为子夏作,而且对于《小序》也采取仅存上句、余皆尽删的态度和行为。后至南宋郑樵,更不遗余力地诋斥《小序》。

朱熹对《小序》的认识,经历了一个由尊到废的过程。他批评《小序》时先从作者入手。他否定《小序》为圣人作的观点:"《诗序》汉儒所作,有可信处

---

① 宋·黎靖德编、王星贤校点:《朱子语类》,北京:中华书局,1986年,第2066页。
② 宋·黎靖德编、王星贤校点:《朱子语类》,北京:中华书局,1986年,第2067页。
③ 宋·黎靖德编、王星贤校点:《朱子语类》,北京:中华书局,1986年,第2067页。
④ 宋·欧阳修:《诗本义》,《四部丛刊》本,上海涵芬楼影宋本,第12页。

绝少。"①他推测："《诗小序》或是后汉卫宏作。"②因为"《儒林传》分明说道是卫宏作。"③又进一步判曰："熹又看得不是卫宏一手,多是两三手合成一《序》。"④关于《小序》的作者,欧阳修和苏辙已经否定了"子夏"说。朱熹先认为是汉儒,进而认为是东汉卫宏,最后认为每首诗之《序》的作者不止一人,而大多是两三人。《小序》的作者不是圣人而是汉代人,也是朱熹废除《序》的理由之一。

内容的谬戾,是朱熹废除《小序》的直接理由。他说:

> 《小序》如《硕人》、《定之方中》等见于《左传》者自可无疑,若其他刺诗无所据,多是世儒将他谥号不美者挨就立名尔。今只考一篇见是如此,故其他皆不敢信。且如苏公刺暴公,固是姓暴者,万一不见得是暴公,则惟暴之云者,只作一个狂暴底人说亦可。又如《将仲子》,如何便见得是祭仲。⑤

这里朱熹指出,导致小《序》内容谬戾不合诗义的原因在于《序》作者的不负责任、牵强附会以说《诗》。其具体表现有多种:为了附会美刺,便强将谥号相合的君主拉来做美刺的对象是一种;见诗中的某一人,名同历史上的某一人,就判断此诗即是有关此历史人物的又是一种。

总之,朱熹解《诗》,基于小《序》作者的芜杂、说诗方法的荒唐和内容的谬戾,故在《诗传》最后定稿时废黜了小《序》。但为了使人更详细地了解小《序》的谬戾之处,朱熹还作了《序辨》一卷,附在《诗传》后。

朱熹对《毛序》的批判,集中表现在他的《序辨》中。朱熹认为造成《毛序》内容谬戾的原因,既有《毛序》作者主观上的,也有客观上的;既有共性的,也有个性的;既有认识论上的,也有方法论上的。作者主观上的原因,表现之一在作者不一上,即使同一诗篇的《序》文,也多有出于不同的作者之手者,不同的作者因个体情况不同,认识不同,故观点也就不同。客观方面,朱

---

① 宋·朱鉴:《诗传遗说》,文渊阁《四库全书》本,经部第 75 册《诗》类,台北:台湾商务印书馆影印版,1986 年,第 523 页。
② 宋·朱鉴:《诗传遗说》,文渊阁《四库全书》本,经部第 75 册《诗》类,台北:台湾商务印书馆影印版,1986 年,第 570 页。
③ 宋·朱鉴:《诗传遗说》,文渊阁《四库全书》本,经部第 75 册《诗》类,台北:台湾商务印书馆影印版,1986 年,第 522 页。
④ 宋·朱鉴:《诗传遗说》,文渊阁《四库全书》本,经部第 75 册《诗》类,台北:台湾商务印书馆影印版,1986 年,第 522 页。
⑤ 宋·朱鉴:《诗传遗说》,文渊阁《四库全书》本,经部第 75 册《诗》类,台北:台湾商务印书馆影印版,1986 年,第 525 页。

熹认为《毛序》已经是汉代的作品,距离诗歌产生的时代已有数百甚至上千年的历史。客观的社会生活、文化生活状况及人的思维方式都已经发生了很大的变化,因此要求人们原汁原味地还原诗歌的本来面目,是一件很难做到的事情。作为生活在同一汉代的《序》作者,他们固然在对一些基本问题的看法上会有共同之处,如对诗歌美刺政教功能的认识就是这样。但作为不同的个体,个性的解读也是必然存在的现象。细分开来,朱熹指出造成《毛序》内容谬戾的认识论原因有二:不明于诗和不通于理。方法论上的原因有三:一、随文生义;二、强就美刺;三、以史说诗。

当然,朱熹攻小《序》辨小《序》,甚至到最后《诗传》的废小《序》的根本点,还是在于小《序》的美刺体系上。因为朱熹从自己的理学美学观出发,整体上对《诗》三百篇的主张是一个"乐而不淫,哀而不伤",即使刺也不违背温柔敦厚的"中和"要求。但是限于行文的体例,这里讨论朱熹《序》说的时候不再以他的这一理学美学主张为展开文字的理路,而是将这一点散落在不同的内容中。

第二节　致《序》谬戾之因一:作者的认识论

朱熹《序辨》认为《毛序》谬戾原因之一是由作者的认识论造成的,其中既有他们对诗歌的把握上出了问题造成的,也有他们对人情物理不通造成的。前者,又包括诗歌的内部元素和外部元素,其中内部元素又有内容和形式之分。借用我国古代文论中的概念,形式被称作"文",包含词意、辞气、诗体、文理等;内容被称为"质",指诗歌所内蕴的思想感情,朱熹称为诗意。关于文学创作上"文"与"质"的关系即内容与形式的关系问题,汉代的扬雄主张"文质相副"说①。"文"与"质"两者任何一方都不能偏废,两者的完美结

---

① "文质"说是中国古代文学思想上的重要理论范畴,现在关于文学上的"文质"说起于何时何人,大致有二说:一说起于孔子,这是各种文学批评史著作的流行说法;二说起于刘勰,认为他是"首先把'文'和'质'这对概念运用于文学领域的理论家"。这两种说法都忽视了扬雄在哲学和文学上的贡献,第一个提出文学上的"文质相副"说的应是扬雄。在扬雄之前,孔子等人的文质之说并非文学理论;在扬雄之后,刘勰提出的文质说,已是继承扬雄等人的文学思想而加以集大成的发展。扬雄在前人思想成果和当时文学发展的基础上首先提出了系统的"文质相副"说。他的"文质"说受到道家的影响,其基本看法是质决定文,文表现质,质待文而成,文附质而行,要求文质相副。他说的"质"包含了"情"、"道"、"事"三个方面。扬雄之时虽然辞赋已成为独立的文学形式,但文学思想尚未能从整个学术中分离出来,成为独立的理论。扬雄的文质说,往往将学术作品和文学作品不分,而忽视了对文学本身特点的分析,这是他的时代造成的一个缺陷;但学术和文学上的文质之说由扬雄首先提出,却不容抹煞。

合才是最上乘的作品。在朱熹看来,作为批评者,《序》作者不仅不懂"文质相副",而且不懂"文"与"质"的构成因素而割裂"文"、"质",是不明文质。后者,朱熹从诗歌外部即《序》作者的人情物理知识着眼,指出其有不知物理、不得事理、不了伦理等三个层面。

一、不明文质

《小序》不明文质,即朱熹在《序辨》中所指出的《小序》作者不懂诗歌的形式和内容及其构成因素。细分开来包括:不达词意,不知辞气,不懂诗体,不通文理,不明诗意等方面。

(一) 不达词意

词意,指诗中某词之意。汉语词语本来就有一词多义的现象,再加上它所存在的语境不同,生活中的使用环境不同,意义更加丰富多彩。朱熹所认为的小《序》作者的不达词意,主要是指他们没有根据词语在诗歌中的语境,准确把握词意。如《野有死麕序》:"恶无礼也。天下大乱,强暴相陵,遂成淫风。被文王之化,虽当乱世,犹恶无礼也。"①将"无礼"理解为"无聘币之礼"就是不达词意:"所谓'无礼'者,言淫乱之非礼耳,不谓无聘币之礼也。"②《毛序》解"非"为"没有",朱熹认为应解为"不合"。

朱熹认为《桧风·匪风》的小《序》之失也是由于不知词意使然。《匪风》之《序》曰:

思周道也。国小政乱,忧及祸难,而思周道也。③

朱熹《序辨》曰:

诗言"周道",但谓适周之路,如《四牡》所谓"周道逶迟"耳。《序》言"思周道"者,盖不达此意也。④

---

① 宋·朱熹:《诗集传》,《朱子全书》本,上海:上海古籍出版社、安徽教育出版社,2002年,第360页。
② 宋·朱熹:《诗集传》,《朱子全书》本,上海:上海古籍出版社、安徽教育出版社,2002年,第360页。
③ 宋·朱熹:《诗集传》,《朱子全书》本,上海:上海古籍出版社、安徽教育出版社,2002年,第380页。
④ 宋·朱熹:《诗集传》,《朱子全书》本,上海:上海古籍出版社、安徽教育出版社,2002年,第380页。

结合诗文,该诗首章"顾瞻周道,中心怛兮"中有"周道"一词。朱熹认为"道"字应该用它的具体意,即"道路"之"道",因此他说:"诗言'周道',但谓适周之路。"《诗传》也解"周道"为"适周之路",即通往周王室所在地的道路。他认为这首诗是一位贤人看到通达周室所在地的道路,感叹周室衰微所作的一首感伤诗。而《毛序》显然把"道"理解成了抽象意义的治国之道,认为《匪风》诗是一首诗人因为桧国国小,政局混乱,担心遭遇祸难而思及周的治国之道所作的诗歌。朱熹认为《序》说所犯的错误,正是脱离语境而解词所造成的不达词意的错误。

朱熹认为《小雅·皇皇者华》之《序》也有不达词意之失。《序》曰:

> 君遣使臣也。送之以礼乐,言远而有光华也。①

《序辨》曰:

> 诗所谓"华"者,草木之华,非光华也。②

"华"有"光华"和草木之"华(花)"两个义项,朱熹认为此诗之"华",其意应为后者,指自然界草木所开的花。诗首章"皇皇者华,于彼原隰。駪駪征夫,每怀靡及",朱熹《诗传》认为其体为"兴":用湿润的原野上所盛开的光鲜的草木之华(花)这一物象兴起下文"駪駪征夫,每怀靡及",比较符合《诗》三百的常体,也符合诗歌的创作规律。而《序》文"君遣使臣也,送之以礼乐,言远而有光华也"的"光华"说,不仅不符合诗歌的逻辑,其义也不明了。

再如《破斧》诗"既破我斧,又缺我斨。周公东征,四国是皇"的"四国"一词,《序》认为是具体指叛乱反对周公的管、蔡、奄、商四个国家:"周大夫以恶四国焉。"③朱熹则依据诗文认为,"四国"的"四"是"四方"义,大意是指四方天下之国,《诗传》曰:"四国,四方之国也。"④因此《序辨》批评《序》

---

① 宋·朱熹:《诗集传》,《朱子全书》本,上海:上海古籍出版社、安徽教育出版社,2002 年,第 382 页。
② 宋·朱熹:《诗集传》,《朱子全书》本,上海:上海古籍出版社、安徽教育出版社,2002 年,第 382 页。
③ 宋·朱熹:《诗集传》,《朱子全书》本,上海:上海古籍出版社、安徽教育出版社,2002 年,第 381 页。
④ 宋·朱熹:《诗集传》,《朱子全书》本,上海:上海古籍出版社、安徽教育出版社,2002 年,第 538 页。

道："《序》说以为管、蔡、商、奄，尤无理也。"①复如《灵台》诗的"灵"字，《毛序》解释为"有灵德"："文王受命，而民乐其有灵德，以及鸟兽昆虫焉。"②诗文是这样的："经始灵台，经之营之。庶民攻之，不日成之。"如果将"灵台"翻译称"有灵德的台"，显然于理不符。朱熹将"灵"解释为"神灵"，《诗传》曰："灵台，文王所作，谓之灵者，言其倏然而成，如神灵之所为也。"③所以《序辨》批评《毛序》的"灵德"说"非命名之本义"④。还有《頍弁》篇，《序》由"死丧无日，无几相见"中的"死丧无日"阐发出"孤危将亡"意："诸公刺幽王……孤危将亡。"⑤而不知道这是一首关涉宴会主题的诗篇。而"死丧无日"，在这里用的不是本义，而是它的生活中的意义，是宴会时所使用的劝人饮酒的话语，大致相当于"对酒当歌，人生几何"意。所以朱熹《序辨》批评《序》文曰："《序》见诗言'死丧无日'，便谓'孤危将亡'，不知古人劝人燕乐多为此言，如'逝者其耋'、'他人是保'之类。且汉魏以来《乐府》犹多如此，如'少壮几时'、'人生几何'之类是也。"⑥

（二）不知辞气

辞气，指诗歌中的文辞所呈现的气质风格，它是诗人思想感情格调的外化。诗人有什么样的思想感情格调，诗歌的文辞就有什么样的气质风格。诗人的思想感情格调是体、是本，辞气是用、是末，诗人思想感情格调派生了辞气。故而当诗人思想感情高亢激越时，诗歌辞气也表现出高亢激越的风格；诗人感情温柔敦厚，辞气也温柔敦厚；诗人孱弱卑下，辞气也会如此。

作为一文艺理论家，朱熹主张《关雎》辞气的"乐而不淫，哀而不伤"的温柔敦厚中和美风格，就来源于诗人的性情之正：

问："《关雎》乐而不淫，哀而不伤，是诗人之性情如此，抑诗之词意

---

① 宋·朱熹：《诗集传》，《朱子全书》本，上海：上海古籍出版社、安徽教育出版社，2002年，第381页。
② 宋·朱熹：《诗集传》，《朱子全书》本，上海：上海古籍出版社、安徽教育出版社，2002年，第392页。
③ 宋·朱熹：《诗集传》，《朱子全书》本，上海：上海古籍出版社、安徽教育出版社，2002年，第670页。
④ 宋·朱熹：《诗集传》，《朱子全书》本，上海：上海古籍出版社、安徽教育出版社，2002年，第392页。
⑤ 宋·朱熹：《诗集传》，《朱子全书》本，上海：上海古籍出版社、安徽教育出版社，2002年，第388页。
⑥ 宋·朱熹：《诗集传》，《朱子全书》本，上海：上海古籍出版社、安徽教育出版社，2002年，第388页。

如此。"曰:"也是有那情性,方有那词气。"①

那么,自然地、准确地把握诗歌的辞气也是准确把握诗义的重要环节。因而朱熹认为《序》文的谬戾,也和作者们的不知辞气有关。

《邶·柏舟》诗,《序》认为是刺卫顷公之诗,具体刺他亲小人、远仁人:"言仁而不遇也。卫顷公之时,仁人不遇,小人在侧。"②朱熹则从这首诗的辞气柔顺卑弱出发,认为不是刺诗,而是一首妇女失去丈夫的宠爱,表达自己隐忧的诗篇,《诗传》曰:"妇人不得于其夫,故以柏舟自比……故其隐忧之深如此……今考其辞气卑顺柔弱。"③《序辨》也批评《序》曰:"且如柏舟,不知其出于妇人,而以为男子……此则失矣。"④人的性情和性别有关,而性情又直接决定诗歌的辞气,《序》将《柏舟》诗定为刺诗,正是由于不知该诗是出于妇人之手的柔顺卑弱辞气造成的。

《风雨》诗,《毛序》认为是一首所谓的怀念君子即使生当乱世也不改变其高尚节操的诗篇:"思君子也。乱世则思君子不改其度焉。"⑤《序辨》从这首诗辞气的轻佻狎昵出发,否定了《序》的"思君子"说:"考诗之词,轻佻狎昵,非思贤之意也。"⑥而认为这是一首"淫奔之诗"。《诗传》于首章"风雨凄凄,鸡鸣喈喈,既见君子。云胡不夷"曰:"淫奔之女,言当此之时,见其所期之人而心悦也。"⑦一对热恋中的青年恋人相见后,他们有的只是欢喜而不会是深沉的思念。

另外《毛序》定《子衿》诗为一首刺乱世学校不修的诗。⑧朱熹则认为这

---

① 宋·朱鉴:《诗传遗说》,文渊阁《四库全书》本,经部第 75 册《诗》类,台北:台湾商务印书馆影印版,1986 年,第 544 页。
② 宋·朱熹:《诗集传》,《朱子全书》本,上海:上海古籍出版社、安徽教育出版社,2002 年,第 361 页。
③ 宋·朱熹:《诗集传》,《朱子全书》本,上海:上海古籍出版社、安徽教育出版社,2002 年,第 422—423 页。
④ 宋·朱熹:《诗集传》,《朱子全书》本,上海:上海古籍出版社、安徽教育出版社,2002 年,第 361 页。
⑤ 宋·朱熹:《诗集传》,《朱子全书》本,上海:上海古籍出版社、安徽教育出版社,2002 年,第 372 页。
⑥ 宋·朱熹:《诗集传》,《朱子全书》本,上海:上海古籍出版社、安徽教育出版社,2002 年,第 372 页。
⑦ 宋·朱熹:《诗集传》,《朱子全书》本,上海:上海古籍出版社、安徽教育出版社,2002 年,第 478 页。
⑧ 宋·朱熹:《诗集传》,《朱子全书》本,上海:上海古籍出版社、安徽教育出版社,2002 年,第 372 页。

首诗和《风雨》一样,也是一首淫诗,《诗传》曰:"此亦淫奔之诗。"①《序辨》给出的理由是该诗"僮薄"的辞气:"疑同上篇,盖其辞意僮薄,施之学校,尤不相似也。"②《王风·丘中有麻》也是这样,《序》认为这是一首国人思念被放逐的贤人的诗:"思贤也。庄王不明,贤人放逐,国人思之,而作是诗也。"③《序辨》认为这也是一首涉奔诗:"此亦淫奔者之词。"④判断的依据同样是辞气,它表述为"语意":"语意不庄,非望贤之意。"⑤

如果说因为《序》作者的不知辞气,导致他们将有着柔顺卑弱辞气,表达忧虑情感的《邶·柏舟》;将有着轻佻狎昵、僮薄辞气、表达欢喜缠绵情感的《风雨》和《子衿》诗;将有着不庄重的辞气、表达向往、焦虑情感的《丘中有麻》,都判为了所谓的讽刺诗或思贤诗。那么朱熹认为,他们还有将"和平"辞气的诗篇,判为讽刺诗的例子,这就是《楚茨》、《信南山》、《甫田》、《大田》、《瞻彼洛矣》、《裳裳者华》、《桑扈》、《鸳鸯》、《頍弁》、《车舝》、《鱼藻》、《采菽》等十二篇。所有这些篇章,《毛序》一概定为是刺周幽王之诗,如《楚茨》篇,《毛序》曰:

> 刺幽王也。政烦赋重,田莱多荒,饥馑降丧,民卒流亡,祭祀不飨,故君子思古焉。⑥

《序辨》批评曰:

> 自此篇至《车舝》,凡十篇,似出一手,词气和平,称述详雅,无风刺之意。……《序》皆失之。⑦

---

① 宋·朱熹:《诗集传》,《朱子全书》本,上海:上海古籍出版社、安徽教育出版社,2002年,第478页。
② 宋·朱熹:《诗集传》,《朱子全书》本,上海:上海古籍出版社、安徽教育出版社,2002年,第372页。
③ 宋·朱熹:《诗集传》,《朱子全书》本,上海:上海古籍出版社、安徽教育出版社,2002年,第369页。
④ 宋·朱熹:《诗集传》,《朱子全书》本,上海:上海古籍出版社、安徽教育出版社,2002年,第369页。
⑤ 宋·朱熹:《诗集传》,《朱子全书》本,上海:上海古籍出版社、安徽教育出版社,2002年,第369页。
⑥ 宋·朱熹:《诗集传》,《朱子全书》本,上海:上海古籍出版社、安徽教育出版社,2002年,第387页。
⑦ 宋·朱熹:《诗集传》,《朱子全书》本,上海:上海古籍出版社、安徽教育出版社,2002年,第387页。

此处朱熹所说的十篇,是指除《鱼藻》和《采菽》外的十篇。《序辨》对这两篇的《毛序》有曰:"此诗《序》与《楚茨》等篇相类。"①因此符合这类情况的诗篇统共十二篇。

(三) 不懂诗体

诗体,朱熹所指的是《诗经》三百篇的三种表现手法——赋、比、兴。关于他所主张的三者的内涵,详见"六义"说节。《序辨》认为,不懂诗体即《毛序》作者不懂得赋、比、兴,也是它内容谬戾的一个认识论上的原因。其中所涉及的诗歌共三篇,一篇比体,两篇兴体。

朱熹认为,《序》作者不懂比体,导致其内容谬戾的是《周南·螽斯》篇。《毛序》主张,《螽斯》篇是一首赞美后妃像螽斯一样有不妒忌之德,故而她也像螽斯一样子孙众多的诗:"后妃子孙众多也。言若螽斯不妒忌,则子孙众多也。"②朱熹认为《毛序》的螽斯"不妒忌"说是荒唐的,而这一荒唐的认识是由于作者们不懂得此诗的比体造成的。作为物类,螽斯有群处和集和卵育蕃多的现象;而作为人类的后妃,她也能把众妾团结在自己周围并且子孙众多。但这一相同现象的内在决定本质却不同,其中螽斯是由本能决定的,而后妃却是经过修养而成的不妒忌之德所决定的。因此不妒忌是后妃的品德,但螽斯却没有。朱熹的意思是,此诗之体是比体,用螽斯的群处和子孙众多,来比后妃因为有不妒忌的品德,所以能团结众妾且子孙众多。《序辨》曰:"螽斯聚处和一而卵育蕃多,故以为不妒忌则子孙众多之比。《序》者不达此诗之体,故遂以不妒忌者归之螽斯,其亦误矣。"③

如果说《螽斯》的小《序》之失,是因为《序》作者不懂得"比"体,那么《无将大车》和《行苇》的《序》之失,却是由于《序》作者不懂"兴"体造成的。《序》认为《无将大车》是一首大夫后悔扶助小人的诗歌:"大夫悔将小人也。"④结合诗文首章"无将大车,祇自尘兮。无思百忧,祇自疧兮","将"是动词,意为"扶助"或"扶进"⑤。《序》说"将大车"是"将小人",则是以此诗

---

① 宋·朱熹:《诗集传》,《朱子全书》本,上海:上海古籍出版社、安徽教育出版社,2002年,第389页。
② 宋·朱熹:《诗集传》,《朱子全书》本,上海:上海古籍出版社、安徽教育出版社,2002年,第357页。
③ 宋·朱熹:《诗集传》,《朱子全书》本,上海:上海古籍出版社、安徽教育出版社,2002年,第357页。
④ 宋·朱熹:《诗集传》,《朱子全书》本,上海:上海古籍出版社、安徽教育出版社,2002年,第387页。
⑤ 宋·朱熹:《诗集传》,《朱子全书》本,上海:上海古籍出版社、安徽教育出版社,2002年,第618页。

为"比"体。若如此,则下两句"无思百忧,祇自疧兮"则难以措置。朱熹认为此诗是"兴"体,前两句"无将大车,祇自尘兮"作为物象,旨在兴起后两句,如此则该诗措意的重点在后两句。这样一来,诗旨也从《毛序》主张的"大夫悔将小人"变为"行役劳苦忧思"。《行苇》诗之《序》曰:"忠厚也。周家忠厚,仁及草木。"①朱熹认为《毛序》说"周家忠厚,仁及草木",是由于《序》作者不知此诗的"兴"体,自诗中"敦彼行苇,牛羊勿践履"随文生义而来。而这两句的作用,只是和下两句"方苞方体,维叶泥泥"一起作为物象,兴起下四句"戚戚兄弟,莫远具尔。或肆之筵,或授之几",所以《序辨》批评《序》曰:"说者不知比兴之体……但见'勿践'、'行苇',便谓'仁及草木'……随文生义,无复伦理。"②后又曰:"《行苇序》尤可笑!第一章只是起兴,何与仁及草木?'以祈黄耇'是愿颂之词,如今人举酒称寿底言语。只见有'祈'字,便说是乞言。"③

(四)不通文理

《序辨》所指出的《序》不通文理的例证之一,是《关雎序》将《论语》的"乐而不淫,哀而不伤"诠为"乐得淑女,以配君子,忧在进贤,不淫其色,哀窈窕,思贤才,而无伤善之心"④四事:"《序》者乃析哀、乐、淫、伤各为一事而不相须,则已失其旨矣。至以伤为伤善之心,则又失其大旨,而全无文理也。"⑤《序》解"乐"为"乐得淑女","不淫"为"不淫其色","哀"为"哀窈窕","不伤"为"无伤善之心",不仅支离破碎,而且于理不通,不合逻辑,不知所云。尤其"不淫其色"一句不知何意。"哀窈窕"更是不合逻辑,因为从感情色彩着眼,"窈窕"是褒义词。所以朱熹批评它是"各为一事而不相须"——四种没有关联的说法,是"失旨"的,而"无伤善之心"说是更大的谬误——全无文理。朱熹从文理出发,将"淫"理解为过度快乐,"伤"理解为过度哀痛,"而"看作一"连词",意同"却"字,则"乐而不淫,哀而不伤"意为:快乐却不过度快乐,哀痛却不过度哀痛。实际上他主张的是感情的适度、中和:"淫者,乐之过,伤者,哀之过。独为是诗者得其性情之正,是以哀

---

① 宋·朱熹:《诗集传》,《朱子全书》本,上海:上海古籍出版社、安徽教育出版社,2002年,第392页。
② 宋·朱熹:《诗集传》,《朱子全书》本,上海:上海古籍出版社、安徽教育出版社,2002年,第392页。
③ 宋·黎靖德编、王星贤校点:《朱子语类》,北京:中华书局,1986年,第2127—2128页。
④ 宋·朱熹:《诗集传》,《朱子全书》本,上海:上海古籍出版社、安徽教育出版社,2002年,第356页。
⑤ 宋·朱熹:《诗集传》,《朱子全书》本,上海:上海古籍出版社、安徽教育出版社,2002年,第356页。

乐中节,而不至于过耳。"①此处朱熹所指出的《序》作者的不通文理,主要是没有搞懂"而"字的用法。

朱熹又指出,《卷耳序》的不通文理表现在它不明文章应前后照应的逻辑。《卷耳》诗云:

采采卷耳,不盈顷筐。嗟我怀人,寘彼周行。
陟彼崔嵬,我马虺隤。我姑酌彼金罍,维以不永怀。
陟彼高冈,我马玄黄。我姑酌彼兕觥,维以不永伤。
陟彼砠矣,我马瘏矣,我仆痡矣,云何吁矣。

《毛序》认为此诗内容是在赞美后妃尽心尽力辅佐文王的品德,具体表现为访求贤才,考察官吏,体恤臣下,等等:"后妃之志也。又当辅佐君子,求贤审官,知臣下之勤劳。内有进贤之志,而无险詖私谒之心,朝夕思念,至于忧勤也。"②朱熹《序辨》从文章前后照应之理出发,认为《毛序》说为傅会之说:"此诗之《序》,首句得之,余皆傅会之凿说……首章之'我'独为后妃,而章之'我'皆为使臣,首尾衡决不相承应,亦非文字之体也。"③依《毛序》之说,首章采卷耳的"我"指后妃,后妃体恤臣下,则下三章骑病马上高岗的"我"当指"臣下"。一篇之中,"我"有两代,于文理显然不符,所以朱熹批评《毛序》说是"首尾决不相应","非文字之体"。

(五) 不明诗旨

朱熹认为,由于《序》作者不明了诗的主旨导致解说的谬戾也是认识论的一个方面。归纳起来,朱熹指出《序》不明诗旨的情况主要有三大表现:一、不明二《南》诗篇归美文王主旨;二、没有认识到诗中所表达的男女情感主题;三、不明美而判为刺。

1. 不明二《南》诗篇归美文王的主旨

朱熹认为《序》不明二《南》诗的归美文王是其重大过失。《序辨》辨《关雎序》④曰:"其诗虽若专美太姒,而实以深见文王之德。《序》者独见其词,

---

① 宋·朱熹:《诗集传》,《朱子全书》本,上海:上海古籍出版社、安徽教育出版社,2002 年,第 356 页。
② 宋·朱熹:《诗集传》,《朱子全书》本,上海:上海古籍出版社、安徽教育出版社,2002 年,第 357 页。
③ 宋·朱熹:《诗集传》,《朱子全书》本,上海:上海古籍出版社、安徽教育出版社,2002 年,第 357 页。
④ 小序曰:"后妃之德也。《风》之始也,所以风天下而正夫妇也。"

而不察其意,遂壹以后妃为主,而不复知有文王,是固已失之矣。"①这里朱熹明确指出,《关雎序》认为该诗主旨在赞美后妃之德而不是文王之德,是基于对文字表面意认识而不是深察诗旨的结论,这在《序》说二《南》中是普遍的现象。如《桃夭序》云:

>后妃之所致也。不妒忌,则男女以正,婚姻以时,国无鳏民也。②

《序辨》曰:

>《序》首句非是……盖此以下诸诗,皆言文王风化之盛,由家及国之事。而《序》者失之,皆以为后妃之所致,既非所以正男女之位,而于此诗又专以为不妒忌之功,则其意愈狭,而说愈疏矣。③

该辨有三层意义:一、"首句非是"的首句,即指"后妃之所致"一句,正确的说法应该是"文王之所致";二、符合"首句非是"结论的"是"包括该诗及以下数首的一组诗;三、《毛序》错误的原因在于它的不通伦理。所谓"不通伦理",首先,从纲常上讲,不符合夫为妻纲的原则;其次,不符合儒家伦理的修齐治平学说。二《南》诗的主要内容就是在讲文王的修身齐家治国平天下之事。

现将除《关雎》和《桃夭》外,朱熹《序辨》、《诗传》中将《序》不明二《南》归美文王主旨的诗篇列表如下:

表 4.1

序号	篇名	《序》	《诗传》	《序辨》	备 注
1	兔罝	后妃之化也。《关雎》之化行,则莫不好德,贤人众多也。	化行俗美,贤才众多,虽置兔之野人,而其才之可用犹如此,故诗人因其所事以起兴而美之,而文王之德化之盛因可见矣。	此《序》首句非是,而所谓"莫不好德,贤人众多"者得之。	1. "文王"说在《诗传》中。 2. 《序》误为"后妃"说。

---

① 宋·朱熹:《诗集传》,《朱子全书》本,上海:上海古籍出版社、安徽教育出版社,2002年,第355页。
② 宋·朱熹:《诗集传》,《朱子全书》本,上海:上海古籍出版社、安徽教育出版社,2002年,第358页。
③ 宋·朱熹:《诗集传》,《朱子全书》本,上海:上海古籍出版社、安徽教育出版社,2002年,第358页。

续　表

序号	篇名	《序》	《诗传》	《序辨》	备注
2	麟趾	《关雎》之应也。《关雎》之化行，则天子无犯非礼，虽衰世之公子，皆信厚如麟趾之时也。	文王后妃修德于身，而子孙宗族皆化于善，故诗人以麟之趾兴公之子。	"之时"二字当删。	1. "文王"说在《诗传》中。 2. 《序》误为"后妃"说。
3	鹊巢	夫人之德也。国君积行累功，以致爵位，夫人起家而居有之，德如鸤鸠，乃可以配焉。	南国诸侯被文王之化，能正心修身以齐其家；其女子亦被后妃之化，而有专静纯一之德，故嫁于诸侯，而其家人美之："维鹊有巢，则鸠来居之，是以之子于归，而百两迎之也。"此诗之意，犹周南之有《关雎》也。	文王之时，《关雎》之化行于闺门之内，而诸侯蒙化以成德者，其道亦始于家人，故其夫人之德如是，而诗人美之也。不言所美之人者，世远而不可知也。	《序》误为"夫人"说。
4	采蘩	夫人不失职也。夫人可以奉祭祀，则不失职矣。	南国诸侯被文王之化，诸侯夫人能尽诚敬以奉祭，而其家人叙其事以美之也。或曰：蘩，所以生蚕。盖古者后夫人有亲蚕之礼，此诗犹《周南》之有《葛覃》也。		1. "文王"说在《诗传》中。 2. 《序》误为"夫人"说。
5	草虫	大夫妻能以礼自防也。喓喓草虫，趯趯阜螽。未见君子，忧心忡忡。亦既见止，亦既觏止，我心则降。	南国被文王之化，诸侯大夫行役在外，其妻独居，感时物之变而思其君子如此。亦若周南之《卷耳》也。	此恐亦是夫人之诗，而未见以礼自防之意。	1. "文王"说在《诗传》中。 2. 《序》误为"大夫妻"说。
6	采蘋	大夫妻能遵循法度也。能循法度，则可以承先祖共祭祀矣。	南国被文王之化，大夫妻能奉祭祀，而其家人叙其事以美之也。		1. "文王"说在《诗传》中。 2. 《序》误为"大夫妻"说。

续　表

序号	篇名	《序》	《诗传》	《序辨》	备注
7	甘棠	美召伯也。召伯之教，明于南国。	召伯循行南国，以布文王之政，或舍甘棠之下，其后人思其德，故爱其树而不忍伤也。		1. "文王"说在《诗传》中。2.《序》误为"召伯"说。
8	行露	召伯听颂也。衰乱之俗微，贞信之教兴，强暴之男，不能侵凌贞女也。女子自述己志。	南国之人遵召伯之教，服文王之化，有以革其前日淫乱之俗，故女子能以礼自守，而不为强暴所污者，自述己事，作此诗以绝其人。		1. "文王"说在《诗传》中。2.《序》误为"召伯"说。
9	殷其雷	劝以义也。召南大夫远行从政，不遑宁处，其室家能闵其勤劳，劝以义也。	南国被文王之化，妇人以其君子从役在外而思念之，故作此诗。	此诗无劝以义之意。	1. "文王"说在《诗传》中。2.《序》误为"大夫妻"说。

　　上表所列二《南》之篇，是朱熹认为《序》作者因为不明诗旨，错将赞美文王之诗归于赞美他人的篇章。其所归美之人，又有后妃、夫人、大夫妻和召伯之别。其中归美后妃的有《关雎》、《桃夭》、《兔罝》和《麟趾》四篇，归美夫人的有《鹊巢》和《采蘩》两篇，归美大夫妻的有《草虫》、《采蘋》和《殷其雷》三篇，归美召伯的有《甘棠》和《行露》两篇。

　　2. 不明诗之男女情感主题

　　除了由于《序》作者不明二《南》诗的主旨在于赞美文王而导致《序》的谬戾外，再就是他们错误地将《诗》三百中关涉男女情感之诗理解成了以刺为主要创作动机的诗篇，这种情况相对于第一类来说，数量更庞大，负面影响也更大。

　　我们根据男女感情之诗的不同情况，将其分为涉奔诗、弃妇诗、思妇诗、相悦诗和婚姻诗五种来分析。其中的涉奔诗，是指涉及表现当时青年男女自由恋爱结合的诗。在今天看来，这些诗歌其实是非常正当的爱情诗，但在中国古代，没经过规定的程序而自由结合的现象被视为淫奔。朱熹则把《诗经》中的这类爱情的歌唱称为"淫奔之诗"。这类诗因为表现美丽的爱情，所以大多感情基调欢喜、快乐、骄傲、奔放，同时还不乏焦虑和执着。在古代男女道德的背景下,"弃妇"现象只能是悲剧,而弃妇诗所表达的情感要么悔恨,要么绝望,再者就是自我安慰的、虚荣而表面的傲慢。思妇诗的感情基调多哀婉、凄凉,充满期待。相悦诗和婚姻诗所表达的情感自然有欢天喜地的色彩。这些有关男女感情的诗歌,无论其中的哪一类,都绝少有讽刺诗所应该有的怨怼和愤怒。可是,《序》作者们却将其中的绝大多数诗篇都解读成了怨刺诗,难怪朱熹《序辨》要用"误甚"、"尤无理"和"无情理"等感情色彩非常强烈的语汇,来批评他们的不明诗意了。下面我们也通过列表的方式,来直观地观察分析朱熹批评《序》对《诗经》中男女感情诗的谬戾解读状况。

表4.2

序号	篇名	《序》	《诗传》	《序辨》	备注
1	雄雉	刺卫宣公也。淫乱不恤国事,军旅数起,大夫久役,男女怨旷,国人患之,而作是诗。	妇人以其君子从役在外,故言雄雉之飞舒缓自得如此,而我之所思者,乃从役于外,而自遗阻隔也。	《序》所谓"大夫久役,男女怨旷"者得之。但未有以见其为宣公之时,与"淫乱不恤国事"之意耳。兼此诗亦妇人作,非国人之所为也。	1.《诗解》曰:"此诗皆女怨之辞。"(吕《纪》段《解》) 2. 女怨诗,《毛序》解为刺诗。
2	谷风	刺夫妇失道也。卫人化其上,淫于新婚而弃其旧室,夫妇离绝,国俗伤败焉。	妇人为夫所弃,故作此诗以叙其悲怨之情。	亦未有见以化其上之意。	弃妇诗,《序》解为刺诗。
3	静女	刺时也。卫君无道,夫人无德。	此淫奔期会之诗也。	此《序》全然不似诗意。	涉奔诗,《序》解为刺诗。
4	桑中	刺奔也。卫之公室淫乱,男女相奔,至于世族,在位相窃妻妾,期于幽远,政散民流而不可止。	卫俗淫乱,世族在位,相窃妻妾,故此人自言将采唐于沫,而与其所思之人,相期会迎送如此也。	此诗乃淫奔者所自作。《序》首句以为刺奔,误矣。	涉奔诗,《序》解为刺诗。

续 表

序号	篇名	《序》	《诗传》	《序辨》	备注
5	氓	刺时也。宣公之时,礼义消亡,淫风大行,男女无别,遂相奔诱。华落色衰,复相弃背,或乃困而自悔,丧其妃偶,故序其事以风焉。美反正,刺淫泆也。	此淫妇为人所弃,而自叙其事,以道其悔恨之意也。	此非刺诗。宣公未有考。"故序其事"之下亦非是。其曰"美反正"者,尤无理。	弃妇诗,《序》解为刺诗。
6	木瓜	美齐桓公也。卫国有狄人之败,出处于漕。齐桓公救而封之,遗其车马器服焉。卫人思之,欲厚报之,而作是诗也。	言人有赠我以微物,我当报之以重宝,而犹未足以为报也,但欲望其长以为好而不忘耳。疑亦男女相赠答之词,如《静女》之类。	说见本篇。	涉奔诗,《序》解为美诗。
7	君子于役	刺平王也。君子行役无期度,大夫思其危难,以风焉。	君子,妇人目其夫之辞。……大夫久役于外,其室家思而赋之。	此国人行役,而室家念之之辞。《序》说误矣。其曰"刺平王",亦未有考。	思妇诗,《毛序》解为刺诗。
8	君子阳阳	《序》:闵周也。君子遭乱,相召为禄仕,全身远害而已矣。	此诗疑亦前篇妇人所作。盖其夫既归,不以行役为劳,而安于贫贱以自乐,其家人又识其意而深叹美之,皆可谓贤矣。岂非先王之泽哉!或曰,《毛序》说亦通。宜更详之。	说同上篇。	1. 上篇即《君子于役》。2. 思妇诗,《序》解为闵诗。
9	采葛	惧谗也。	采葛所以为绤纻,盖淫奔者托以行也。故因以指其人,而言思念之深,未久而似久也。	此"淫奔之诗",其篇与《大车》相属,其事与采唐、采葑、采麦相似,其词与《郑·子衿》正同,《序》说误矣。	涉奔诗,《序》解为惧诗。

续　表

序号	篇名	《序》	《诗传》	《序辨》	备注
10	大车	刺周大夫也。礼义陵迟，男女淫奔，故陈古以刺今，大夫不能听男女之讼焉。	民之欲相奔者，畏其大夫，自以终身不得如其志也……约誓之辞也。	非刺大夫之诗，乃畏大夫之诗。	涉奔诗，《序》解为刺诗。
11	丘中有麻	思贤也。庄王不明，贤人放逐，国人思之，而作是诗也。	妇人望其所与私者而不来，故疑丘中有麻之处，复有与之私而留之者，今安得施施然而来乎？	此亦淫奔者之词，其篇上属《大车》，而语意不庄，非望贤之意，《序》亦误矣。	涉奔诗，《序》解为思诗。
12	将仲子	刺庄公也。不胜其母以害其弟，弟叔失于道，而公弗制，祭仲谏，而公弗听，小不忍以致大乱也。	莆田郑氏曰：此淫奔之辞。	事见《春秋传》，然莆田郑氏谓此实"淫奔之诗"，无与于庄公、叔段之事，《序》盖失之，而说者又从而巧为之说，以实其事，误亦甚矣。今从此说。	涉奔诗，《序》解为刺诗。
13	叔于田	刺庄公也。叔处于京，缮甲治兵以出于田，国人说而归之。	段不义而得众，国人爱之，故作此诗。……或疑此亦民间男女相说之词也。	此诗恐其民间男女相说之词耳。	相悦诗，《序》解为刺诗。
14	遵大路	思君子也。庄公失道，君子去之，国人思望焉。	淫妇为人所弃，故于其去也，揽其袪而留之曰：子无恶我而不留，故旧不可遽绝也。宋玉《赋》有"遵大路兮，揽子袪兮"之句，亦男女相说之词也。	此亦淫乱之诗，《序》说误矣。	弃妇诗，《序》解为思诗。
15	有女同车	刺忽也。郑人刺忽之不昏于齐。太子忽尝有功于齐，齐侯请妻之。齐女贤而不取，卒以无大国之助，至于见逐，故国人刺之。	此疑亦"淫奔之诗"。	略	涉奔诗，《序》解为刺诗。

续 表

序号	篇名	《序》	《诗传》	《序辨》	备注
16	山有扶苏	刺忽也。所美非美然。	淫女戏其所私者曰：山则有扶苏矣，隰有荷华矣，今不见子都，而见此狂人，何哉？	此下四诗及《扬之水》，皆男女戏谑之词。《序》之者不得其说，而例以为刺忽，殊无情理。	涉奔诗，《序》解为刺诗。
17	萚兮	刺忽也。君弱臣强，不倡而和也。	此淫女之词。	见上。	1.《山有扶苏》之辨。2. 涉奔诗，《序》解为刺诗。
18	狡童	刺忽也。不能与贤人图事，权臣擅命也。	此亦淫女见绝而戏其人之词。	略	弃妇诗，《序》解为刺诗。
19	褰裳	思见正也。狂童恣行，国人思大国之正己也。	淫女语其所私者……亦谑之之辞。	此《序》之失，盖本于子大叔、韩宣子之言，而不察其断章取义之一耳。	涉奔诗，《序》解为思诗。
20	丰	刺乱也。婚姻之道缺，阳倡而阴不和，男行而女不随。	丰，丰满也。巷，门外也。妇人所见之男子已俟乎巷，而妇人以有异志不从，既则悔之，而作是诗也。	此"淫奔之诗"，《序》说误矣。	涉奔诗，《序》解为刺诗。
21	风雨	思君子也。乱世则思君子不改其度焉。	淫奔之女，言当此之时，见其所期之人而心悦也。	《序》意甚美，然考诗之词，轻佻狎昵，非思贤之意也。	涉奔诗，《序》解为思诗。
22	子衿	刺学校也。乱世则学校不修焉。	赋也。此亦"淫奔之诗"。	疑同上篇，盖其辞意儇薄，施之学校，尤不相也。	1. 上篇即《风雨》。2. 涉奔诗，《毛序》解为刺诗。

续　表

序号	篇名	《序》	《诗传》	《序辨》	备注
23	扬之水	闵无臣也。君子闵无忠臣良士，终以死亡，而作是诗也。	淫者相谓……。	此男女要结之词，《序》说误也。	涉奔诗，《毛序》解为闵诗。
24	野有蔓草	思遇时也。君之泽不下流，民穷于兵革，男女失时，思不期而会焉。	男女相遇于野田草露之间，故赋其所在以起兴。言野有蔓草，则零露溥矣。有美一人，则清扬婉矣。邂逅相遇，则得以适我愿矣。	东莱吕氏曰："'君之泽不下流'，乃讲师见'零露'之语，从而附益之。"	涉奔诗。《序》解为思诗。
25	溱洧	刺乱也。兵革不息，男女相弃，淫风大行，莫之能救也。	此诗淫奔者自叙之词。	郑俗淫乱，乃其风声气习流传已久，不为'兵革不息，男女相弃'而后然也。	涉奔诗，《序》解为刺诗。
26	东门之池	疾其君之淫昏，而思贤女以配君子也。	此亦男女会遇之词。盖因会遇之地、所见之物，以起兴也。	此"淫奔之诗"，《序》说盖误。	涉奔诗，《序》解为刺（疾）诗。
27	东门之杨	刺时也。婚姻失时，男女多违亲迎，女犹有不至者也。	此亦男女期会而有负约不至者。	同上。	1. 上即《东门之池》。 2. 涉奔诗，《毛序》解为刺诗。
28	月出	刺好色也。在位不好德，而说美色焉。	此亦男女相悦而相念之辞。	此不得为刺诗。	相悦诗，《序》解为刺诗。
29	泽陂	刺时也。言灵公君臣淫乎其国，男女相说，忧思感伤焉。	此诗大旨与《月出》相类。		相悦诗，《序》解为刺诗。
30	东方之日	刺衰也。君臣失道，男女淫奔，不能以礼化也。	履，蹑。即，就也。言此女蹑我之迹而相就也。	此男女淫奔者所自作，非有刺也。其曰"君臣失道"者，尤无所谓。	涉奔诗，《序》解为刺诗。

续 表

序号	篇名	《序》	《诗传》	《序辨》	备注
31	绸缪	刺晋乱也。国乱则婚姻不得其时焉。	国乱民贫,男女有失其时,而后得遂其婚姻之礼者。……喜之甚而自庆之词也。	此但为婚姻者相得而喜之词,未必为刺晋国之乱也。	婚姻诗,《序》解为刺诗。
32	车舝	大夫刺幽王也。褒姒嫉妒,无道并进,谗言巧败国,德泽不加于民,周人思得贤女以配君子,故作是诗也。	此燕乐其新婚之诗。故言间关然设此车辖者,盖思彼娈然之季女,故乘此车往而迎之也。非饿也,非渴也,望其德音来括,而心如饥渴耳。虽无他人,亦将燕饮以相喜乐也。	以上十篇并已见《楚茨》篇。	1. 对《楚茨》之《毛序》,朱熹《序辨》曰:"自此篇至《车舝》,凡十篇,似出一手,词气和平,称述详雅,无风刺之意。《毛序》以其在《变雅》中,故皆以为伤今思古之作。《诗经》固有如此者,然不应十篇相属,而绝无一言以见其为衰世之意也。窃恐《正雅》之篇有错脱在此耳,《序》皆失之。" 2. 婚姻诗,《毛序》解为刺诗。
33	采绿	刺怨旷也。幽王之时,多怨旷者也。	妇人思其君子……	此诗怨旷者所自作,非人刺之,亦非怨旷者有所刺于上也。	女怨诗,《序》解为刺诗。

上表搜集了二《南》之外《诗》三百篇中几乎所有的被朱熹解读为关涉男女感情之诗三十三篇。其中有涉奔诗二十篇,分别是《静女》、《桑中》、《木瓜》、《采葛》、《大车》、《丘中有麻》、《将仲子》、《有女同车》、《山有扶苏》、《萚兮》、《褰裳》、《丰》、《风雨》、《子衿》、《扬之水》、《野有蔓草》、《溱洧》、《东门之池》、《东门之杨》、《东方之日》等;弃妇诗四篇,分别是《谷

风》、《氓》、《遵大路》和《狡童》;思妇诗二篇,分别是:《君子于役》和《君子阳阳》;相悦诗三篇,分别是:《叔于田》、《月出》和《泽陂》;婚姻诗二篇:《绸缪》和《车舝》;女怨诗二篇,分别是《雄雉》和《采绿》。在这三十三首男女感情诗中,被《毛序》看作刺诗的就有二十四首,占其中的73%,可见它的谬戾程度。

被《毛序》看作思诗、闵诗、惧诗和美诗的诗篇,是否接近朱熹所认为的诗本意呢?

被《序》看作思诗的五首诗歌分别是:《丘中有麻》、《遵大路》、《褰裳》、《风雨》和《野有蔓草》。《丘中有麻序》曰:"思贤也。庄王不明,贤人放逐,国人思之,而作是诗也。"《序辨》认为它不是所谓思贤诗,而是一首涉奔诗:"此亦淫奔者之词。"《遵大路》一篇,《序辨》判为涉及淫乱之诗:"此亦淫乱之诗。"《诗传》说它是一首被抛弃的所谓淫妇所作的诗:"淫妇为人所弃,故于其去也,揽其袂而留之曰:子无恶我而不留,故旧不可遽绝也。"是为一首弃妇诗,表达的是一种强烈的无奈、绝望的情感,而《序》却认为这是一首思念君子之诗。从情感的表现来看,沉沉的思念之情和激烈的绝望之情之间的差距是很大的,可见《序》的谬戾,无怪乎《序辨》论曰:"《序》说误矣!"《褰裳》,朱熹认为是一个女孩戏弄她男朋友的诗,根本不关涉什么"思大国正己"的意思,《序》作者之所以会如此,可能是基于他的断章取义。可见,朱熹认为,《序》作者将涉及男女感情的诗读为思念之诗,也是远离事实的谬误。《风雨》诗,《序》以为是思诗,朱熹以辞气断为淫诗。《野有蔓草》篇《序》认为是白日梦的意淫诗,朱熹却认为诗的内容是描写男女欢会。

被《序》断为闵诗的两篇分别是《君子阳阳》和《扬之水》。朱熹认为这两首都是描写男女相得甚欢之诗,干悲悯何事?所以他曰:"《序》说误矣。"被《毛序》断为表达惧怕情感的《采葛》诗,朱熹却断为涉淫诗。实际上,《采葛》是一首表现热恋中情人强烈思念感情的诗篇:"彼采葛兮,一日不见,如三月兮!"有这么强烈的情感,还会怕谁?所以朱熹说:"《序》说误矣。"至于那首被《毛序》定为赞美齐桓公的《木瓜》诗,朱熹却认为它和《静女》一样,是一首淫奔期会之诗。

3. 不明"美"而判为"刺"

朱熹《序辨》指出《序》作者不明诗意的突出表现还有一种,就是颠倒美刺。颠倒美刺又分成两种情况,这两种情况都和所谓的《诗》三百类型——《风》、《雅》有关。基于变《风》、《雅》中不应有美诗的前提,《序》作者将其中的美诗全说成刺诗。

朱熹认为,《郑风·羔裘》的内容本来是赞美能履行责任于生死之际的大夫,《诗传》于诗之首章"羔裘如濡,洵直且侯。彼其之子,舍命不渝"曰:"赋也。言此羔裘润泽,毛顺而美。彼服此者,当生死之际,又能以身居其所受之理而不可夺。盖其美大夫之词。然不知其所指矣。"①但具体赞美的是谁却已难考证。而《序》却认为该诗是讽刺朝廷的诗:"刺朝也。言古之君子,以风其朝焉。"②《序》定它是刺诗,所用的方法是"言古以刺今"③。而朱熹《序辨》辨之曰:

> 《序》以变《风》不应有美,故以此为言古以刺今之诗。今详诗意,恐未必然。且当时郑之大夫子皮、子产之徒,岂无可以当此诗者?但今不可考耳。④

朱熹《序辨》的内容有几点值得留意:一、不支持《序》的刺诗说;二、指出《序》的出发点是变《风》中不应有赞美内容的诗——变《风》不应有美;三、认为该诗可能是赞美郑国的大夫子皮或子产的,但又不能确定。

朱熹《序辨》还认为,变《风》中《毛序》以美为刺的还有《卫·考槃》、《魏·伐檀》和《曹风·鸤鸠》篇。其中《考槃》,朱熹《序辨》认为是一首美贤者之诗,而《毛序》以为是刺诗。《毛序》曰:

> 刺庄公也。不能继先公之业,使贤者退而处穷。⑤

朱熹《序辨》:

> 此为美贤者穷处而能安其乐之诗,文意甚明。然诗文未有见弃于君之意,则亦不得为刺庄公矣。⑥

---

① 宋·朱熹:《诗集传》,《朱子全书》本,上海:上海古籍出版社、安徽教育出版社,2002年,第473页。
② 宋·朱熹:《诗集传》,《朱子全书》本,上海:上海古籍出版社、安徽教育出版社,2002年,第370页。
③ 宋·朱熹:《诗集传》,《朱子全书》本,上海:上海古籍出版社、安徽教育出版社,2002年,第370页。
④ 宋·朱熹:《诗集传》,《朱子全书》本,上海:上海古籍出版社、安徽教育出版社,2002年,第370—371页。
⑤ 宋·朱熹:《诗集传》,《朱子全书》本,上海:上海古籍出版社、安徽教育出版社,2002年,第367页。
⑥ 宋·朱熹:《诗集传》,《朱子全书》本,上海:上海古籍出版社、安徽教育出版社,2002年,第367页。

《序》以《伐檀》为刺贪诗："刺贪也。在位贪鄙，无功而受禄，君子不得进仕尔。"①朱熹《序辨》批评《毛序》"失旨"，而以之为专美君子诗："此诗专美君子之不素餐，《毛序》言'刺贪'，失其旨矣。"②《鸤鸠序》曰："刺不壹也。在位无君子，用心不壹也。"《序辨》直说曰："此美诗，非刺诗。"③

《序辨》进一步指出《毛序》不明诗意，以"美"为"刺"者情况还有变《雅》中的《楚茨》等十来篇（详见"不知辞气"节），《楚茨序》曰：

> 刺幽王也。政烦赋重，田莱多荒，饥馑降丧，民卒流亡，祭祀不飨，故君子思古焉。④

朱熹《序辨》认为该诗内容同于正《雅》，动机在美：

> 自此篇至《车舝》，凡十篇，似出一手，词气和平，称述详雅，无风刺之意。《序》以其在变《雅》中，故皆以为伤今思古之作。《诗》固有如此者，然不应十篇相属，而绝无一言以见其为衰世之意也。窃恐正《雅》之篇有错脱在此耳，《序》皆失之。⑤

可见，朱熹批评了《毛序》作者操弄"言古刺今"、"以美为刺"，且依例判为刺幽王而不明《楚茨》等连续十来篇都是体同正《雅》的美诗。如《大田》的内容，朱熹《诗传》认为是农夫颂美其上，《瞻彼洛矣》是诸侯美天子，《裳裳者华》是天子美诸侯，《黍苗》是宣王时美召穆公，《隰桑》是喜见君子等。

除以上情况外，《序》不明诗意而导致内容谬戾的还有以下例子。如《唐·有杕之杜》篇，《序》认为是刺晋武公的寡特而不求贤以辅佐自己的诗："刺晋武公也。武公寡特，兼起宗族，而不求贤以自辅焉。"⑥朱熹《序辨》

---

① 宋·朱熹：《诗集传》，《朱子全书》本，上海：上海古籍出版社、安徽教育出版社，2002年，第375页。
② 宋·朱熹：《诗集传》，《朱子全书》本，上海：上海古籍出版社、安徽教育出版社，2002年，第375页。
③ 宋·朱熹：《诗集传》，《朱子全书》本，上海：上海古籍出版社、安徽教育出版社，2002年，第380页。
④ 宋·朱熹：《诗集传》，《朱子全书》本，上海：上海古籍出版社、安徽教育出版社，2002年，第387页。
⑤ 宋·朱熹：《诗集传》，《朱子全书》本，上海：上海古籍出版社、安徽教育出版社，2002年，第387页。
⑥ 宋·朱熹：《诗集传》，《朱子全书》本，上海：上海古籍出版社、安徽教育出版社，2002年，第377页。

认为《序》说"全非诗意",《诗传》则认为这是一首好贤而又担心自己的条件不足以把贤才召来的诗:"此人好贤而恐不足以致之。"①再如朱熹《序辨》认为《衡门》的内容是隐者言志之诗:"贤者自乐而无求之意。"②而《序》却断为"诱僖公":"诱僖公也。愿而无立志,故作是诗,以诱掖其君也。"③又如《小雅·菁菁者莪》篇,《诗传》以为是"燕饮宾客之诗"④,而《序》却认为是关于教育人才的诗:"乐育才也。君子能长育人才,则天下喜乐之矣。"⑤《序辨》批评曰:"此《序》全失诗意。"⑥朱熹《序辨》还批判了《序》的将诗意为兄弟畏祸相互告诫的《小宛》判为刺幽王之诗。

总之,朱熹认为《序》解释《诗经》认识论上的错误在诗歌内部因素上的表现,既有形式即"文"方面的,又有内容即"质"方面的,但更多的是表现在不懂内容和形式的相辅相得——"文质相副"的要求。

二、不通于理

朱熹《序辨》所指出的《序》不通于理的"理",包括物理、事理、伦理等。

(一)不通物理、事理

物理,指人外自然界的常理、规律和法则。事理指事件的逻辑。

朱熹认为《序》作者不通物理的例子不多,仅有《螽斯序》一篇,朱熹认为螽斯作为无意识的自然物,不会像人类一样有所谓的不妒忌品德,因而《序》作者"螽斯不妒忌"说是不通物理的荒唐说法(详见上文"不通诗体"节)。

关于《毛序》作者的不通事理即事件的逻辑,朱熹《序辨》曾在辨《葛覃》时指出过。《葛覃序》曰:

> 后妃之本也。后妃在父母家,则志在于女功之事,躬俭节用,服浣

---

① 宋·朱熹:《诗集传》,《朱子全书》本,上海:上海古籍出版社、安徽教育出版社,2002年,第377页。
② 宋·朱熹:《诗集传》,《朱子全书》本,上海:上海古籍出版社、安徽教育出版社,2002年,第379页。
③ 宋·朱熹:《诗集传》,《朱子全书》本,上海:上海古籍出版社、安徽教育出版社,2002年,第566页。
④ 宋·朱熹:《诗集传》,《朱子全书》本,上海:上海古籍出版社、安徽教育出版社,2002年,第355页。
⑤ 宋·朱熹:《诗集传》,《朱子全书》本,上海:上海古籍出版社、安徽教育出版社,2002年,第384页。
⑥ 宋·朱熹:《诗集传》,《朱子全书》本,上海:上海古籍出版社、安徽教育出版社,2002年,第384页。

濯之衣，尊敬师傅，则可以归安父母，化天下以妇道也。①

朱熹《序辨》曰：

> 此诗之《序》，首尾皆是，但其所谓"在父母家"者一句为未安。盖若谓未嫁之时，即诗中不应遽以归宁父母为言，况未嫁之时，自当服勤女功，不足称述以为盛美。若谓归宁之时，即诗中先言刈葛，而后言归宁，亦不相合。且不常为之于平居之日，而暂为之于归宁之时，亦岂所谓庸行之谨哉！《序》之浅拙，大率类此。②

朱熹认为《序》的"在父母家"一句不合事理。后妃在父母家只能有两种情况：一种是未嫁之时，一种是归宁之时。如果是前者，则和诗中的归宁父母的说法矛盾——尚且未嫁，何来归宁？况且未嫁之时勤于女工，于理当然，无足赞美。后者更不合于诗意，从诗意看，此诗应是为归宁做准备情况的描写。因此朱熹认为《序》文"在父母家"句不合逻辑，《序》作者不通事理。《郑·有女同车》篇，《序》以为是国人刺郑国的太子忽之诗，理由是忽拒绝娶齐侯之女，没有搞好和大国——齐国的关系，致使国家有事时没有大国的援助，故被臣下所驱逐："刺忽也。郑人刺忽之不昏于齐。太子忽尝有功于齐，齐侯请妻之齐女。贤而不取，卒以无大国之助，至于见逐，故国人刺之。"③《诗传》认为这是一首涉淫诗："此疑亦'淫奔之诗'。"④并于《序辨》中采用以子之矛攻子之盾法，证明《序》说的不合事理：

> 据《春秋传》，齐侯欲以文姜妻郑太子忽，忽辞。人问其故，忽曰："人各有耦，齐大，非吾耦也。《诗》曰'自求多福'，在我而已，大国何为？"其后北戎侵齐，郑伯使忽帅师救之，败戎师。齐侯又请妻之。忽曰："无事于齐，吾犹不敢，今以君命奔齐之急，而授室以归，是以师婚也。民其谓我何？"遂辞诸郑伯。祭仲谓忽曰："君多内宠，子无大援，将

---

① 宋·朱熹：《诗集传》，《朱子全书》本，上海：上海古籍出版社、安徽教育出版社，2002年，第357页。
② 宋·朱熹：《诗集传》，《朱子全书》本，上海：上海古籍出版社、安徽教育出版社，2002年，第357页。
③ 宋·朱熹：《诗集传》，《朱子全书》本，上海：上海古籍出版社、安徽教育出版社，2002年，第371页。
④ 宋·朱熹：《诗集传》，《朱子全书》本，上海：上海古籍出版社、安徽教育出版社，2002年，第475页。

不立。"忽又不听。及即位,遂为祭仲所逐。此《序》文所据以为说者也。……假如其说,则忽之辞婚未为不正而可刺,至其失国,则又特以势孤援寡不能自定,亦未有可刺之罪也。《序》乃以为国人作诗以刺之,其亦误矣。①

从以上资料可见,郑忽是一个诚实敦厚、因循守旧得近乎迂腐的人,他的品质决定了他在政治上的必然失败。于事理上讲,这种人只能引起人们无限的同情,而不应是讽刺的对象。朱熹从史书《春秋左传》中找出依据,指出郑忽的辞婚是正当的行为,失国是因为他孤立无援所致,但这些都不应是"可刺之罪"。所以他批评《序》说:"《序》乃以为国人作诗以刺之,其亦误矣。"《大雅·韩奕》诗,《序》断其主旨为赞美周宣王:"美宣王也。能赐命诸侯。"②朱熹认为《序》作者不通事理到浅陋的程度:"'能赐命诸侯',则尤浅陋无理矣。既为天子,赐命诸侯自其常事,春秋战国之时犹能行之者,亦何足为美哉!"③"赐命诸侯"是天子的职责、常事,即使在礼崩乐坏的春秋战国时期还可见到,所以朱熹不无情绪地说:"何足为美哉!"并重批《序》"尤浅陋无理"。

(二)不辨伦理

伦理即社会伦理,是处理人与人之间关系应该遵循的行为准则。朱熹认为《毛序》作者的不辨伦理也是造成其谬戾的一个原因。

《卷耳》篇,《序》认为是有关后妃体恤臣下的诗(详见上文"不明文理"节)。朱熹《诗传》认为这首诗根本不关臣下的事,它是后妃所作的怀念在外的文王的诗,而诗文"嗟我怀人"中的"人"是指文王:"人,盖谓文王也……后妃以君子不在而思念之,故赋此诗。"④后妃作为妻子怀念自己的丈夫,理所当然。而依照《序》意,这个"人"字当指"臣下",而后妃怀念臣下则显然于理不通。所以朱熹指出:"后妃虽知臣下之勤劳而忧之,然曰'嗟我怀人',则其言亲昵,非后妃之所得施于使臣者矣。"后妃亲昵地称臣下为自己所怀念的人,显然不合于君臣伦理。

---

① 宋·朱熹:《诗集传》,《朱子全书》本,上海:上海古籍出版社、安徽教育出版社,2002年,第371页。
② 宋·朱熹:《诗集传》,《朱子全书》本,上海:上海古籍出版社、安徽教育出版社,2002年,第394页。
③ 宋·朱熹:《诗集传》,《朱子全书》本,上海:上海古籍出版社、安徽教育出版社,2002年,第394页。
④ 宋·朱熹:《诗集传》,《朱子全书》本,上海:上海古籍出版社、安徽教育出版社,2002年,第405页。

《卫》的《击鼓》和《郑》的《狡童》之《序》,反映了《序》作者对伦理范畴辨别不清的情况。《毛序》认为《击鼓》是一首国人埋怨州吁"勇而无礼"的诗:"怨州吁也。卫州吁用兵暴乱,使公孙文仲将而平陈与宋。国人怨其勇而无礼也。"①朱熹以《左传》为依据,认为州吁是一禽兽不如、无父无君、大逆不道,应遭大力挞伐、大刺特刺的篡弑之贼,已经无所谓"勇而无礼"了:"州吁篡弑之贼,此《序》但讥其勇而无礼,固为浅陋……盖君臣之义不明于天下久矣!"②不辨基本的伦理范畴,是为浅陋。如前所述,郑忽是一敦厚、迂腐之人,于理不应为《诗经》刺的对象。而《狡童序》仍然认为该诗为刺忽之诗:"刺忽也。不能与贤人图事,权臣擅命也。"③朱熹《序辨》不但认为此《序》不合事理,且认为其也不辨君臣之理:

> 昭公尝为郑国之君,而不幸失国,非有大恶,使其民疾如寇仇也。况方刺其"不能与贤人图事,权臣擅命",则是公犹在位也,岂可忘其君臣之分,而遽以狡童目之邪?且昭公之为人,柔懦疏阔,不可谓狡,即位之时,年已壮大,不可谓童。以是名之,殊不相似。④

刺在位的不当刺之君且以狡童看待,是为不明君臣之分,不辨君臣之礼;名"柔懦疏阔"为"狡",是为不辨伦理范畴;名"年已壮大"之人为"童",更是不值一辨的无知行为。

如果说由于不辨伦理,《狡童》篇之《序》的作者将诗的主旨判为了刺不当刺之人的话,那么朱熹《序辨》认为,由于同样的原因,它又将《唐·无衣》篇的主旨判为美不当美之人。《唐·无衣》的《序》曰:

> 美晋武公也,武公始并晋国,其大夫为之请命乎天子之使,而作是诗也。⑤

---

① 宋·朱熹:《诗集传》,《朱子全书》本,上海:上海古籍出版社、安徽教育出版社,2002 年,第 364 页。
② 宋·朱熹:《诗集传》,《朱子全书》本,上海:上海古籍出版社、安徽教育出版社,2002 年,第 364 页。
③ 宋·朱熹:《诗集传》,《朱子全书》本,上海:上海古籍出版社、安徽教育出版社,2002 年,第 372 页。
④ 宋·朱熹:《诗集传》,《朱子全书》本,上海:上海古籍出版社、安徽教育出版社,2002 年,第 372 页。
⑤ 宋·朱熹:《诗集传》,《朱子全书》本,上海:上海古籍出版社、安徽教育出版社,2002 年,第 377 页。

朱熹《序辨》曰：

> 此诗若非武公自作，以述其赂王请命之意，则诗人所作，以著其事，而阴刺之耳。《序》乃以为美之，失其旨矣。且武公弑君篡国，大逆不道，乃王法之所必诛而不赦者，虽曰尚知王命之重，而能请之以自安，是亦御人于白昼大都之中，而自知其罪之甚重，则分薄赃饵贪吏，以求私有其重宝而免于刑戮，是乃猾贼之尤耳。以是为美，吾恐其奖奸诲盗，而非所以为教也。《小序》之陋固多，然其颠倒顺逆，乱伦悖理，未有如此之甚者。①

历史上的卫武公，是一大逆不道之人，此诗以"阴刺"之体刺之，而《序》不辨君臣之理，却认为是美诗。所以朱熹严厉地批评此《序》"颠倒顺逆，乱伦悖理"，是《序》中"陋"之尤者。

《大雅·抑序》定《抑》诗的主旨为卫武公刺厉王。朱熹《序辨》认为《序》说不合乎伦理处有："夫曰刺厉王之所以为失者……诗以'小子'目其君，而'尔''汝'之，无人臣之礼，与其所谓'敬威仪'、'慎出话'者自相背戾……厉王无道，贪虐为甚，诗不以此箴其膏肓，而从以威仪词令为谆切之戒，缓急失宜……诗词倨慢，虽仁厚之君有所不能容者，厉王之暴，何以堪之？"②朱熹认为，按照常理，臣子不得将君主看作"小子"，更不可以"尔"、"汝"称呼君主；讽刺无道贪虐之君，应该诚恳地直指问题的核心；讽刺暴虐之君，语气不可傲慢。《抑》诗则刚好违反了这些常理，故而此诗非刺厉王。

总之，《序》不辨于理，表现为不辨物理、事理和伦理。其中不辨伦理又多表现为不辨君臣之理。

综上所述，朱熹《序辨》认为《序》认识论上的错误，归纳起来表现为不明"文质"和不辨于理两大类。其中不明"文质"又进而呈现为割裂"文"、"质"，甚至不明"文"、"质"的具体构成要素如词意、辞气、诗体、文理和文意等。不辨于理的"理"有物理、事理和伦理。

---

① 宋·朱熹：《诗集传》，《朱子全书》本，上海：上海古籍出版社、安徽教育出版社，2002年，第377页。
② 宋·朱熹：《诗集传》，《朱子全书》本，上海：上海古籍出版社、安徽教育出版社，2002年，第393页。

第三节 致《序》谬戾之因二：作者的方法论

朱熹《序辨》认为造成《序》谬说的原因，不仅有认识论上的，还有方法论上的。方法论上的原因具体有：强就美刺；傅会书史和依托名谥；随文生义。

一、强就美刺

朱熹于《邶·柏舟·序辨》曰："其为说，必使《诗》无一篇不为美刺时君国政而作，故已不切于性情之自然。"①《诗》三百篇的思想内容、创作动机和感情色彩本来是丰富多彩的，即以朱熹的里巷之音、朝廷之音和宗庙之音的三分法来看也是这样。然而，《毛序》以美刺说诗，认为《诗》三百篇非美即刺，由此致使许多不关美、刺的诗篇被它强就美、刺，甚至强美为刺，严重背离诗歌的本义，朱熹认为危害极大。强就男女感情诗以为刺诗和强美为刺上文已详细涉及，下面重点讨论朱熹《序辨》所指出的《序》将其他创作动机和感情色彩的诗强就美刺的情况。

朱熹《序辨》认为《凯风》是一首自责诗，《序》却以为是美诗：

美孝子也。卫之淫风流行，虽有七子之母，犹不能安其室。故美七子能尽其孝道，以慰其母心，而成其志尔。②

朱熹《序辨》曰：

此乃七子自责之辞，非美七子之作也。③

《园有桃》，朱熹《诗传》认为是一首表达忧愁情感的诗："诗人忧愁其国家小

---

① 宋·朱熹：《诗集传》，《朱子全书》本，上海：上海古籍出版社、安徽教育出版社，2002 年，第 361 页。
② 宋·朱熹：《诗集传》，《朱子全书》本，上海：上海古籍出版社、安徽教育出版社，2002 年，第 362 页。
③ 宋·朱熹：《诗集传》，《朱子全书》本，上海：上海古籍出版社、安徽教育出版社，2002 年，第 362 页。

而无政治,故作是诗。"①《序》却以为是刺诗:

> 刺时也。大夫忧其君,国小而迫,而俭以啬,不能用其民,而无德教,日以侵削,故作是诗也。②

朱熹《序辨》曰:

> "国小而迫","日以侵削"者得之,余非是。③

《唐·杕杜》,朱熹《序辨》以为是一自叹之诗,《序》却以为是刺诗:

> 刺时也。君不能亲其宗族,骨肉离散,独居而无兄弟,将为沃所并尔。④

朱熹《序辨》曰:

> 此乃人无兄弟而自叹之词,未必如《序》之所说也。⑤

朱熹认为,强就美刺是《毛序》解《诗》所用的最主要的方法之一。

二、傅会书史和依托名谥

朱熹于《邶·柏舟·序辨》曰:"为《序》者……不知其时者,必强以为某王某公之时,不知其人者,必强以为某甲某乙之事。于是傅会书史,依托名谥,凿空妄语……凡《序》之失,以此推之,十得八九矣。"这里,朱熹指出了《毛序》说《诗》的又一重要方法:傅会书史、依托名谥。这一方法又表现为

---

① 宋·朱熹:《诗集传》,《朱子全书》本,上海:上海古籍出版社、安徽教育出版社,2002年,第492页。
② 宋·朱熹:《诗集传》,《朱子全书》本,上海:上海古籍出版社、安徽教育出版社,2002年,第375页。
③ 宋·朱熹:《诗集传》,《朱子全书》本,上海:上海古籍出版社、安徽教育出版社,2002年,第375页。
④ 宋·朱熹:《诗集传》,《朱子全书》本,上海:上海古籍出版社、安徽教育出版社,2002年,第376页。
⑤ 宋·朱熹:《诗集传》,《朱子全书》本,上海:上海古籍出版社、安徽教育出版社,2002年,第376页。

傅会书史、依托名谥、傅会书史且依托名谥三种。

（一）傅会书史

傅会书史，指只傅会书史而没有结合依托名谥之《序》。

《君子偕老》篇，《序》判为刺卫夫人淫乱之诗："刺卫夫人也。夫人淫乱，失事君子之道，故陈人君之德，服饰之盛，宜与君子偕老也。"①朱熹《序辨》批评《序》说傅会书史："公子顽事见《春秋传》，但此诗所以作，无可考。"②指出它所傅会的是《春秋左传》所载的关于卫公子顽的事件。《兔爰》诗，《序》认为是闵周之作："闵周也。桓王失信，诸侯背叛，构怨连祸，王师伤败，君子不乐其生焉。"③朱熹《序辨》也批评了《序》的傅会书史："'君子不乐其生'一句得之，余皆衍说。其指桓王，盖据《春秋传》郑伯不朝，王以诸侯伐郑，郑伯御之，王卒大败，祝聃射中王肩之事。然未有以见此诗以为是而作也。"④指出它傅会的是《春秋左传》所载郑伯大败周桓王所率领的伐郑之师的历史事件。《将仲子》诗，朱熹认为是淫奔诗，而《序》认为是刺庄公迫害其弟共叔段的诗，朱熹《序辨》指出此《毛序》所傅会的是《春秋左传》的相关记载。《有女同车》篇，《序》认为是刺忽，朱熹《序辨》认为它是傅会《春秋左传》所载郑忽两次拒绝娶齐女为妻，后被臣下驱逐的历史事件。《褰裳》诗，朱熹《序辨》认为傅会于子大叔和韩宣子之言。《出其东门》诗，《序》以为是闵乱之诗，朱熹《序辨》认为它所傅会的也是《春秋左传》所记载的相关事件。朱熹认为《序》关于《墓门》诗的"刺陈佗"说，也傅会了《左传》。《候人》诗，《序》曰："刺近小人也。共公远君子而好近小人焉。"⑤朱熹《序辨》指出该《毛序》傅会了《春秋左传》所记载的晋侯入曹事："此诗但以'三百赤芾'合于《左氏》所记晋侯入曹之事，《序》遂以为共公。未知然否。"⑥

可见，朱熹《序辨》所指出的《序》说傅会书史的情况，其所傅会的多是

---

① 宋·朱熹：《诗集传》，《朱子全书》本，上海：上海古籍出版社、安徽教育出版社，2002年，第364页。
② 宋·朱熹：《诗集传》，《朱子全书》本，上海：上海古籍出版社、安徽教育出版社，2002年，第364页。
③ 宋·朱熹：《诗集传》，《朱子全书》本，上海：上海古籍出版社、安徽教育出版社，2002年，第369页。
④ 宋·朱熹：《诗集传》，《朱子全书》本，上海：上海古籍出版社、安徽教育出版社，2002年，第369页。
⑤ 宋·朱熹：《诗集传》，《朱子全书》本，上海：上海古籍出版社、安徽教育出版社，2002年，第380页。
⑥ 宋·朱熹：《诗集传》，《朱子全书》本，上海：上海古籍出版社、安徽教育出版社，2002年，第380页。

《春秋左传》等史书及其中的历史事件。

（二）依托名谥

此节专门考察朱熹指出的依托名谥的《序》说。

《齐·甫田》诗,朱熹以为《序》依托了齐襄公之谥。《序》曰:"大夫刺襄公也。无礼义而求大功,不修德而求诸侯,志大心劳,所以求者非其道也。"①《序辨》曰:"未见其为襄公之诗。"②《晨风》诗,朱熹指出《序》依托了秦康公之谥:"刺康公也。忘穆公之业,始弃其贤臣焉。"《序辨》曰:"此妇人念其君子之词,《序》说误也。"③《唐风·蟋蟀》诗,《序》以为是刺晋僖公之诗:"刺晋僖公也。"④朱熹《序辨》指出,《序》依托了晋僖公之谥:"所谓'刺僖公'者,盖特以谥得之。"⑤《宛丘》诗,《序》以为是刺陈幽公之诗:"刺幽公也。荒淫昏乱,游荡无度焉。"⑥朱熹《序辨》认为《序》依托了陈幽公之谥:"陈国小,无事实,幽公但以谥恶,故得'游荡无度'之诗,未敢信也。"⑦《东门之枌》同于《宛丘》。《衡门》诗,《序》以为是诱进陈僖公之诗:"诱僖公也。愿而无立志,故作是诗,以诱掖其君也。"⑧朱熹《序辨》以为该诗本义为贤者独乐之诗:"僖者,小心畏忌之名,故以为'愿而无立志'而配以此诗,不知其为贤者自乐而无求之意也。"⑨《序》傅会了陈僖公的谥号。《防有鹊巢》诗,《序》认为事关陈宣公:"忧谗贼也。宣公多信谗,君子忧惧焉。"⑩朱

---

① 宋·朱熹:《诗集传》,《朱子全书》本,上海:上海古籍出版社、安徽教育出版社,2002年,第374页。
② 宋·朱熹:《诗集传》,《朱子全书》本,上海:上海古籍出版社、安徽教育出版社,2002年,第374页。
③ 宋·朱熹:《诗集传》,《朱子全书》本,上海:上海古籍出版社、安徽教育出版社,2002年,第378页。
④ 宋·朱熹:《诗集传》,《朱子全书》本,上海:上海古籍出版社、安徽教育出版社,2002年,第375页。
⑤ 宋·朱熹:《诗集传》,《朱子全书》本,上海:上海古籍出版社、安徽教育出版社,2002年,第376页。
⑥ 宋·朱熹:《诗集传》,《朱子全书》本,上海:上海古籍出版社、安徽教育出版社,2002年,第378页。
⑦ 宋·朱熹:《诗集传》,《朱子全书》本,上海:上海古籍出版社、安徽教育出版社,2002年,第378—379页。
⑧ 宋·朱熹:《诗集传》,《朱子全书》本,上海:上海古籍出版社、安徽教育出版社,2002年,第379页。
⑨ 宋·朱熹:《诗集传》,《朱子全书》本,上海:上海古籍出版社、安徽教育出版社,2002年,第379页。
⑩ 宋·朱熹:《诗集传》,《朱子全书》本,上海:上海古籍出版社、安徽教育出版社,2002年,第379页。

熹《序辨》认为"此非刺其君之诗"①,该诗既不是刺君之诗,更不会是刺宣公之诗。此外,朱熹《诗传》断为依托名谥的《序》说还有《蜉蝣》、《蒹葭》,等等。

(三)傅会书史且依托名谥

傅会书史且依托名谥,指既傅会书史同时又依托名谥,即两者结合之《序》说。

《柏舟》诗,《毛序》以为是刺卫顷公之诗:"言仁而不遇也。卫顷公之时,仁人不遇,小人在侧。"②朱熹认为这是一首不得于其夫的妇女所作之诗,《序辨》批判了《序》的傅会书史和依托名谥的说《诗》法:"《史记》所书,庄桓以上,卫之诸君,事皆无可考者,谥亦无甚恶者,独顷公有赂王请命之事,其谥有为'甄心动惧'之名。"③可见,《序》所傅会之书为《史记》,所依托的是卫顷公的谥号。《小弁》诗,《序》以为是刺周幽王之诗:"幽王也。大子之傅作焉。"④朱熹《序辨》曰:"此诗明白为放子之作无疑,但未有以见其必为宜臼耳。《序》又以为宜臼之傅,犹不知其所据也。"⑤指出《序》傅会的是周幽王宠信褒姒、放逐太子宜臼的历史事件,依托的是周幽王的谥号。两者结合的情况在《序》中并不占多数。

朱熹曾经指出,《序》说《诗》三百篇,傅会书史依托名谥者有十之八九,鉴于和上文互见的需要,此处仅选择代表性的若干篇作述说,以期达于管中窥豹之效。

三、随文生义

朱熹批评《毛序》解释《诗经》的随文生义法,出于《行苇·序辨》中:"但见'介尔景福',便谓'称其福禄',随文生义。"⑥朱熹所说的"随文生义",类似于我们平常说的断章取义,只不过详辨起来,朱熹的"随文生义"之

---

① 宋·朱熹:《诗集传》,《朱子全书》本,上海:上海古籍出版社、安徽教育出版社,2002 年,第 379 页。
② 宋·朱熹:《诗集传》,《朱子全书》本,上海:上海古籍出版社、安徽教育出版社,2002 年,第 361 页。
③ 宋·朱熹:《诗集传》,《朱子全书》本,上海:上海古籍出版社、安徽教育出版社,2002 年,第 361 页。
④ 宋·朱熹:《诗集传》,《朱子全书》本,上海:上海古籍出版社、安徽教育出版社,2002 年,第 386 页。
⑤ 宋·朱熹:《诗集传》,《朱子全书》本,上海:上海古籍出版社、安徽教育出版社,2002 年,第 386 页。
⑥ 宋·朱熹:《诗集传》,《朱子全书》本,上海:上海古籍出版社、安徽教育出版社,2002 年,第 392 页。

"文",多是一两个字、一个词或一句话,且所生之义和诗本义无关。朱熹指出,《行苇》之《毛序》完全不符合诗的本义,纯粹是由若干词句随文生义而来:

> 忠厚也。周家忠厚,仁及草木,故能内睦九族,外尊事黄耇,养老乞言,以成其福禄焉。①

朱熹《诗传》认为这是一首宴饮之诗(详上文"不懂诗体"节),故《序辨》曰:

> 但见"勿践"、"行苇",便谓"仁及草木"。但见"戚戚兄弟",便谓"亲睦九祖"。但见"黄耇台背",便谓"养老"。但见"以祈黄耇",便谓"祈言"。但见"介尔景福",便谓"称其福禄"。随文生义,无复伦理。诸《序》之中,此失尤甚,览者详之。②

可见一"序"之中,《序》随文生义共有五处之多,难怪朱熹将其定为所有诗篇的《序》中用此法之尤甚者。

朱熹《序辨》指出《毛序》用随文生法说《诗》者还有很多,详下表。

表 4.3

序号	篇名	《序》	《序辨》	备注
1	汉广	德广所及也。文王之道被于南国,美化行于江汉之域,无思犯礼,求而不可得也。	此诗以篇内有"汉之广矣"一句得名,而《序》者谬误,以'德广所及'为言,失之远矣……	以"句"生说。
2	羔羊	《鹊巢》之功也。召南之国化文王之政,在位皆节俭正直,德如羔羊也。	此《序》得之,但"德如羔羊"一句为衍说。	以"句"生说。
3	旄丘	责卫伯也。狄人迫逐黎侯,黎侯寓于卫,卫不能修方伯连帅之职,黎之臣子责于卫也。	《序》见诗有"伯兮"二字而以为责卫伯之辞,误矣……	以"字"生说。

---

① 宋·朱熹:《诗集传》,《朱子全书》本,上海:上海古籍出版社、安徽教育出版社,2002年,第392页。
② 宋·朱熹:《诗集传》,《朱子全书》本,上海:上海古籍出版社、安徽教育出版社,2002年,第392页。

续　表

序号	篇名	《序》	《序辨》	备注
4	有女同车	刺忽也。郑人刺忽之不昏于齐。太子忽尝有功于齐,齐侯请妻之。齐女贤而不取,卒以无大国之助,至于见逐,故国人刺之。	据《春秋传》,齐侯欲以文姜妻郑太子忽,忽辞。……此诗未必为忽而作,《序》者但见"孟姜"二字,遂指以为齐女,而附之于忽耳。假如其说,则忽之辞婚未为不正而可刺,至其失国,则又特以势孤援寡不能自定,亦未有可刺之罪也。《序》乃以为国人作诗以刺之,其亦误矣……	以"字"生说。
5	伯兮	刺时也。言君子行役,为王前驱,过时而不返焉。	旧说以诗有"为王前驱"之文,遂以此为《春秋》所书从王伐郑之事,然诗文又言"自伯之东",则郑在卫西,不得为此行矣。《序》言"为王前驱",盖用诗文,然似未识其文意也。	以"句"生说。
6	野有蔓草	思遇时也。君之泽不下流,民穷于兵革,男女失时,思不期而会焉。	东莱吕氏曰:"'君之泽不下流',乃讲师见'零露'之语,从而附益之。"	以"词"生说。
7	渭阳	康公念母也。康公之母,晋献公之女。文公遭骊姬之难未反,而秦姬卒。穆公纳文公,康公始为太子,赠送文公于渭之阳,念母之不见也。"我见舅氏,如母存焉。"及其即位,而作是诗也。	此《序》得之……及其即位,而作是诗,盖亦但见首句云"康公",而下云"始为太子",故生此说。其浅暗拘滞大率如此。	以"句"生说。
8	蓼萧	泽及四海也。	《序》不知此为燕诸侯之诗,但见"零露"之云,即以为泽及四海,其失与《野有蔓草》同。臆说浅妄类如此云。	以"词"生说。
9	甫田	刺幽王也。君子伤今而失古焉。	此序专以"自古有年"一句生说,而不察其下文"今失南亩"以下亦未尝不有年也。	以"句"生说。
10	大田	刺幽王也。言矜寡不能自存也焉。	此《序》专以"寡妇之利"一句生说。	以"句"生说。

续 表

序号	篇名	《序》	《序辨》	备注
11	瞻彼洛矣	刺幽王也。思古明王能爵命诸侯,赏善罚恶焉。	此《序》以"命服"为赏善,"六师"为罚恶,然非诗之本意也。	以"词"生说。
12	裳裳者华	刺幽王也。古之仕者世禄,小人在位,则谗谄并进,弃贤者之类,绝功臣之世焉。	此《序》只用"似之"二字生说。	以"字"生说。
13	桑扈	刺幽王也。君臣上下动无礼文焉。	此《序》只用"彼交匪敖"一句生说。	以"句"生说。
14	荡	召穆公伤周室大坏也。厉王无道,天下荡荡,无纲纪文章,故作是诗也。	苏氏曰:"《荡》之名篇,以首句有'荡荡上帝'耳,《序》说云云非诗之本意也。"	以"句"生说。
15	昊天有成命	郊祀天地也。	……《序》又以此诗篇首有"昊天"二字,遂定以为郊祀天地之诗……	以"字"生说。

上表可见,《序》随文生说的诗篇有十五篇之多,其中以一句话生义者最多,有八篇,其次为以字生义者四篇,最后是以词生义者三篇。

附:

《序辨》体例义例

《序辨》的体例,大致有以下若干情况。

(一)《序辨》是针对《序》的辨说,辨说之文随附于《诗经》三百篇每篇的序文之下,如《葛覃》篇:

> 《葛覃》,后妃之本也。后妃在父母家,则志在于女工之事,躬俭节用,浣濯之衣,尊敬师傅,则可以归安父母,化天下以妇道也。此诗之《序》,首尾皆是,但其所谓"在父母家"者一句为未安。盖所谓未嫁之时,即诗中不应遽以归宁父母为言,况未嫁之时自当服勤女功,不足称述以为盛美。若谓归宁之时,即诗中先言刈葛,而后言归宁,亦不相合。且不常为之于平居之日,而暂为之于归宁之时,亦其所谓庸行之谨哉!《序》之浅拙,大率类此。

（二）对《序》的内容，朱熹认为基本合于诗意，《序辨》不作辨说之文，但仍将《毛序》文列出，如《芣苢》篇：

《芣苢》，后妃之美也。和平则夫人乐有子矣。

这种情况他在《樛木》篇辨说文中有交代：

《樛木》，后妃逮下也。言能逮下而无嫉妒之心焉。此《序》稍平，后不注者放此。

（三）对于《序》文合于诗意的，朱熹有"此《序》得之"或"此《序》的诗意"等文附于《序》文后，如《猗嗟》篇：

《猗嗟》，刺鲁庄公也。齐人伤鲁庄公有威仪技艺，然而不能以礼防闲其母，失子之道，人以为齐侯之子焉。此《序》得之。

（四）对那些《序辨》的内容需要征引他书或他人之说等，而《诗传》又已经有相同内容的不必重复的，则将"……说已经见本篇"文，附于《序》文后，如《雨无正》篇：

《雨无正》，大夫刺幽王也。雨自上下中也。众多如雨，而非所以为政也。此《序》尤无理，欧阳修、刘氏说已见本篇。

（五）朱熹对那些他既不支持《序》观点，而自己也不能解出主旨的诗篇，作"……当阙"文置于《序》文后，如《芄兰》篇：

《芄兰》，刺惠公也。骄而无礼，大夫刺之。此诗不可考，当阙。

（六）对那些大致同意《序》的观点而又有些许疑虑的，朱熹用"此《毛序》疑得之"文，附于《毛序》文后，如《淇奥》篇：

《淇奥》，美武公之德也。有文章，又能听其规谏，以礼自防，故能入相于周，美而作是诗也。此《序》疑得之。

（七）对连续若干篇《序辨》文应相同的,朱熹有两种处理方式,一种方式是在下篇用"同上"或"见上"文,附于《毛序》文后,如《东门之枌》和上篇《宛丘》之辨同,则:

> 《东门之枌》,疾乱也。幽公淫荒,风化之所行,男女弃其旧业,亟会于道路,歌舞于市井尔。同上。

还有一种方式是在第一篇下即将意思给出,如《鸿雁》以下多篇,《序》以例判为关涉周宣王之诗,朱熹不以为然:

> 鸿雁,美宣王也。万民离散,不安其居,而能劳来还定安集之,至于矜寡,无不得其所焉。此以下时世多不可考。

（八）朱熹虽然不能断定诗意,但他却能断定《序》意不合诗意的,他也明确地把观点亮出来,放置在《序》文之后,如《蒹葭》篇:

> 《蒹葭》,刺襄公也。未能用周礼,将无以固其国焉。此诗未详所谓,然《序》说之凿,则必不然矣。

朱熹《序辨》的体例和义例,大致不外乎上附示例的八种情况。

第四节　《序辨》从、弃《序》考

朱熹说小《序》全不可信,贻害后人,因此《诗传》黜《序》解《诗》。关于朱熹对《序》态度上的从与弃情况,历来存在两种不同的观点。一种观点认为他阳弃阴从,如清人姚际恒和现代学者郑振铎。姚认为朱熹《诗传》于《序》"时复阳违之而阴从之"[①],阳受加阴从者有十之七八;郑振铎说:"朱熹的《诗传》……最大的坏就是因袭《毛序》的地方太多……除了朱熹认《国风》的'风'字应作'风谣'解,认《郑风》的淫诗与《序》大相违背外,其余的许多见解都是被《诗序》所范围而不能脱身跳出。"[②]可见郑振铎认为除淫诗

---

① 清·姚际恒:《诗经通论》,北京:中华书局,1958年,第25页。
② 顾颉刚:《古史辨》(册3),上海:上海古籍出版社,1982年,第386页。

外,朱熹所解《诗经》的主旨,都在《序》的范围内。果如郑说,则从者多达十之九矣！今人莫砺锋详细比对《诗传》和《毛序》后认为,朱熹从《序》说者仅有八十二首,占总数的 27%。①

莫砺锋说和姚、郑之说相较,两者的说法差别很大。莫砺锋的研究方法值得商榷,因为他失用了一重要资料——《序辨》。本文比对《序》和朱熹《序辨》,结合《诗传》,力求最客观地把朱熹对《序》的态度呈现出来。我们把朱熹的态度分为"从"和"弃"两方面:"从"又具体为"全从"和"基本从";"弃"则分为"全弃"和"基本弃"。

一、从《序》之篇

朱熹《序辨》说《诗经》从《序》之篇者又分为两种情况,一为完全从《序》说者,二为基本从《序》说者。完全从《序》说者,指对《序》的说法几乎没有异议的情况;基本从《序》说者,指对《序》说在大致同意的前提下,于其中的细微之处、组成部分有不同看法。两种情况的共同之处,都可以看作朱熹对《序》说持"从"的态度。其实朱熹自己也是这样分的,如《邶·柏舟》篇,《序辨》曰:"故凡《序》,唯诗文明白直指其事,如《甘棠》、《定中》、《南山》、《株林》之属,若证验的切见于书史,如《载驰》、《硕人》、《清人》、《黄鸟》之类,决为可无疑者。其次则词旨大概可知必为某事,而不可知其的为某时某人者,当多有之。若为《序》者,姑以其意推寻探索,依约而言,则虽有所不知,亦不害其为不自欺,虽有未当,人亦当恕其所不及。"②此即《序辨》从《序》说的两种情况:的切见于书史决不可疑者他完全接受;以诗意推知时代和人物者他基本接受。

（一）全从《序》之篇

朱熹说《诗经》,完全从《序》说者二十二篇。

这些诗篇,朱熹《序辨》态度明确,不存疑义。他的具体的表述方式有三:一、不作《辨》文。这种情况《序辨》辨《樛木》之《序》时有交代:"此《序》稍平,后不注者仿此。"③二、用表肯定的判断词表达从《序》之意,如"不误"、"得之"、"最为有据"、"有理"等。三、指出《诗传》已给出了依据。符合第一种类情况者除《樛木》外,还有《芣苢》、《汝坟》、《采蘩》、《采蘋》、

---

① 莫砺锋:《朱熹文学研究》,南京:南京大学出版社,2000 年,第 217 页。
② 宋·朱熹:《诗集传》,《朱子全书》本,上海:上海古籍出版社、安徽教育出版社,2002 年,第 361 页。
③ 宋·朱熹:《诗集传》,《朱子全书》本,上海:上海古籍出版社、安徽教育出版社,2002 年,第 357 页。

《甘棠》、《行露》、《小星》、《泉水》、《北门》、《新台》等篇。第二种情况,作出判断的依据有三:一、经文明白;二、史书作证;三、合乎于理。经文明白,如《唐风·扬之水》篇,《序辨》曰:"诗文明白,《序》说不误。"①《大雅·桑柔》篇《序辨》是以史书作证的例子:"《序》与《春秋传》合。"②《卫·硕人》篇,《序辨》也有"此《序》据《春秋传》得之"③之文,《豳·鸱鸮》篇,《序辨》也有:"此《序》以《金縢》为文,最有据。"④也有经文明白和史书佐证两结合的,《载驰》篇,《诗辨》就曰:"此亦经明白而《序》不误者。又有《春秋传》可证。"⑤也有不给依据直接判断的,如《齐风·猗嗟》篇《序辨》就是:"此《序》得之。"⑥第三种情况是《卫·新台》和《二子乘舟》篇。总之,从朱熹这些辨文中,可以明确得出他"全从"《序》说的态度。其中第二种类情况详下表。

表4.4

篇名	《序》	《序辨》
载驰	许穆夫人作也。闵其宗国颠覆,自伤不能救也。卫懿公为狄人所灭,国人分散,露于漕邑。许穆夫人闵卫之亡,伤许之小,力不能救,思归唁其兄,又义不得,故赋是诗也。	此亦经明白而《序》不误者。又有《春秋传》可证。
硕人	闵庄姜也。庄公惑于嬖妾,使骄上僭。庄姜贤而不答,终以无子,国人闵而忧之。	此《序》据《春秋传》得之。
东门之墠	刺乱也。男女有不待礼而相奔者也。	此《序》得之。
猗嗟	刺鲁庄公也。齐人伤鲁庄公有威仪技艺,然而不能以礼防闲其母,失子之道,人以为齐侯之子焉。	此《序》得之。

① 宋·朱熹:《诗集传》,《朱子全书》本,上海:上海古籍出版社、安徽教育出版社,2002年,第376页。
② 宋·朱熹:《诗集传》,《朱子全书》本,上海:上海古籍出版社、安徽教育出版社,2002年,第394页。
③ 宋·朱熹:《诗集传》,《朱子全书》本,上海:上海古籍出版社、安徽教育出版社,2002年,第367页。
④ 宋·朱熹:《诗集传》,《朱子全书》本,上海:上海古籍出版社、安徽教育出版社,2002年,第381页。
⑤ 宋·朱熹:《诗集传》,《朱子全书》本,上海:上海古籍出版社、安徽教育出版社,2002年,第366页。
⑥ 宋·朱熹:《诗集传》,《朱子全书》本,上海:上海古籍出版社、安徽教育出版社,2002年,第374页。

续　表

篇名	《序》	《序辨》
扬之水	刺晋献公也。昭公分国以封沃,沃盛强,昭公微弱,国人将叛而归沃焉。	诗文明白,《序》说不误。
黄鸟	哀三良也。国人刺穆公以人从死,而作是诗也。	此《序》最为有据。
株林	刺灵公也。淫乎夏姬,驱驰而往,朝夕不休息焉。	《陈》风独此篇最有据。
鸱鸮	周公救乱也。成王未知周公之志,公乃为诗以遗王,名之曰鸱鸮焉。	此《序》以《金縢》为文,最有据。
桑柔	芮伯刺厉王也。	《序》与《春秋传》合。
云汉	仍叔美宣王也。宣王承厉王之烈,内有拨乱之志,遇灾而惧,侧身修行,欲销去之,天下喜于王化复行,百姓见忧,故作是诗也。	此《序》有理。

从诗体即类型看,朱熹《序辨》"全从"《序》说者多分布在《国风》(十九篇)尤其二《南》(共二十五篇)中(八篇),这一点说明朱熹在二《南》学上和《序》多有相合之处。朱熹二《南》学的突出特点之一在于,他将二《南》和儒家修身齐家治国平天下的《大学》之学结合起来。而在《大学》的修齐治平序列中,齐家又是上引下联的重要一环。《序》又多将二《南》之篇解释为表现后妃之德之诗,并在某些篇章中推本文王之化,如《汝坟》篇的《序》曰:"道化行也。文王之化行于汝坟之国,妇人能闵其君子,犹勉其以正也。"朱熹恰恰认为,后妃之德,其本也在文王之化。这就是朱熹《序辨》从二《南》篇之《序》多的根本原因。至于其他诗体,比例要小得多,正如上文所述,只有那些《序》文完全符合诗文或者有史书资料作证者,朱熹才会采取从之的态度,具体详下表。

表 4.5

诗体	体篇序号	序号	篇名
二《南》	1	1	樛木
	2	2	苤苢
	3	3	汝坟
	4	4	采蘩
	5	5	采蘋
	6	6	甘棠
	7	7	行露
	8	8	小星

续 表

诗体	体篇序号	序号	篇名
他《风》	1	9	泉水
	2	10	北门
	3	11	新台
	4	12	二子乘舟
	5	13	载驰
	6	14	硕人
	7	15	东门之墠
	8	16	猗嗟
	9	17	扬之水
	10	18	黄鸟
	11	19	株林
	12	20	鸱鸮
二《雅》	1	21	桑柔
	2	22	云汉

可见，朱熹《序辨》完全从《序》说者占《诗经》三百篇的仅8%。

（二）基本从《序》之篇

经过考察，朱熹《序辨》基本从《序》说者计一百二十二篇。所谓基本从《序》说者，指《序辨》总体上对《序》说持肯定态度，只对它的某些说法表示怀疑或否定的情况。

朱熹《序辨》于《序》说"基本从"的情况，又有四种类型。一种是他明确《序》说基本符合诗文本义的同时，又指出其细节上的不足；再是他没有确切证据证明《序》说不合诗意，采取了"姑从之"的态度；三是基本同意《序》说，但《序辨》无文，而在《诗传》中有相关之说，但又不是完全支持《序》意；四是《序辨》怀疑《序》的局部说法而不否定其整体观点或用疑问的语气表达从《序》的倾向。

第一种类情况，如《召南·羔羊》之篇，《序》曰："《鹊巢》之功也。召南之国化文王之政，在位皆节俭正直，德如羔羊也。"[1]《序辨》曰："此《序》得

---

[1] 宋·朱熹：《诗集传》，《朱子全书》本，上海：上海古籍出版社、安徽教育出版社，2002年，第359页。

之,但'德如羔羊'一句为衍说。"①代表性篇章详见下表。

表 4.6

序号	篇名	《序》	《序辨》	备注
1	葛覃	后妃之本也。后妃在父母家,则志在于女工之事,躬俭节用,服浣濯之衣,尊敬师傅,则可以归安父母,化天下以妇道也。	此诗之《序》,首尾皆是,但其所谓"在父母家"者一句为未安。	此诗后妃所自作,故无赞美之词……《序》以为后妃之本,庶几近之。(《诗传》)
2	汉广	德广所及也。文王之道被于南国,美化行于江汉之域,无思犯礼,求而不可得也。	此诗以篇内有"汉之广矣"一句得名,而《序》者谬误,以"德广所及"为言,失之远矣。然其下文复得诗意,而所谓文王之化者尤可以正前篇之误。	
3	摽有梅	男女及时也。召南之国被文王之化,男女得以及时也。	此《序》末句未安。	
4	江有汜	美媵也。勤而无怨,嫡能悔过也。文王之时,江沱之间,有嫡不以其媵备数,媵遇劳而无怨,嫡亦自悔也。	诗中未见勤劳无怨之意。	
5	野有死麕	恶无礼也。天下大乱,强暴相陵,遂成淫风。被文王之化,虽当乱世,犹恶无礼也。	此《序》得之,但所谓"无礼"者,言淫乱之非礼耳,不谓无聘币之礼也。	
6	简兮	刺不用贤也。卫之贤者仕于伶官,皆可以承事王者也。	此《序》略得诗意,而词不足以达之。	1. 贤者不得志,而仕于伶官,有轻世肆志之心焉,故其言如此。若自誉而实自嘲。(《诗传》) 2. 基本从。

---

① 宋·朱熹:《诗集传》,《朱子全书》本,上海:上海古籍出版社、安徽教育出版社,2002 年,第 359 页。

续　表

序号	篇名	《序》	《序辨》	备注
7	鸡鸣	思贤妃也。哀公荒淫怠慢,故陈贤妃贞女,夙夜警戒相成之道焉。	此《序》得之,但哀公未有所考,岂亦以谥恶而得之与?	
8	鸨羽	刺时也。昭公之后大乱五世,君子下从征役,不得养其父母,而作是诗也。	《序》意得之,但其时世则未可知。	
9	鹿鸣	燕群臣嘉宾也。既饮食之,又实币帛筐篚,以将其厚意,然后忠臣嘉宾得尽其心矣。	《序》的诗意,但未尽其用耳。其说已见本篇。	此燕飨宾客之诗也。
10	白华	周人刺幽后也。幽王娶申女以为后,又得褒姒,而黜申后。故下国化之,以妾为妻,以孽代宗,而王弗能治,周人为之作是诗也。	此事有据,《序》盖得之。但幽后字误,当为"申后刺幽王也"。"下国化之"以下皆衍说耳。	
11	泂酌	召康公戒成王也。言皇天亲有德,飨有道也。	《序》无大失,然语意亦疏。	
12	玄鸟	祀高宗也。	诗有"武丁孙子"之句,故《序》得以为据,虽未必然,然必是高宗之后之诗矣。	

可见,朱熹通过这种方式传达出的他基本从《序》说的态度,是非常明确的。

朱熹以"姑从之"的态度从《序》说的有《绿衣》、《鄘·柏舟》和《缁衣》等篇。《绿衣》之《序》曰:"卫庄姜伤己也。妾上僭,夫人失位,而作是诗也。"①朱熹《序辨》曰:"此诗下至《终风》四篇,《序》皆以为庄姜之诗,今姑从之。"②《鄘·柏舟》之《序》曰:"共姜自誓也。卫世子共伯早死,其妻守义,父母欲夺而嫁之,誓而弗许,故作是诗以绝之。"③朱熹《序辨》曰:"此事

---

① 宋·朱熹:《诗集传》,《朱子全书》本,上海:上海古籍出版社、安徽教育出版社,2002年,第363页。
② 宋·朱熹:《诗集传》,《朱子全书》本,上海:上海古籍出版社、安徽教育出版社,2002年,第363页。
③ 宋·朱熹:《诗集传》,《朱子全书》本,上海:上海古籍出版社、安徽教育出版社,2002年,第363页。

无所见于他书,《序》者或有所传,今姑从之。"①《郑·缁衣》之《序》曰:"美武公也。父子并为周司徒,善于其职,国人宜之,故美其德,以明有国善善之功焉。"②朱熹《序辨》曰:"此未有据,今姑从之。"③朱熹之所以从之,是因为自己没有证据证明对方的不足,故不得已而从之。

　　第三种情况容易和全从《序》说的同是《序辨》无辨别之文的情况混淆。基本从之而虽无辨文,但《诗传》有少许别于《序》文之处。如《魏·葛屦》篇,《序》曰:"刺褊也。魏地狭隘,其民机巧趋利,其君俭啬褊急,而无德以将之。"④朱熹《序辨》无文,《诗传》曰:"魏地狭隘,其俗俭啬而褊急,故以葛屦履霜起兴,而刺其使女缝裳,又使治其要襋而遂服之也。此诗疑即缝裳之女所作。"⑤《序》说意谓,魏地域狭窄,民德机巧趋利,君德俭啬褊急,不能扶助其民。朱熹《诗传》除却未明言此诗关涉君主外,其意全同于《序》说。"从"《序》和"基本从"《序》两者尽管有些许差别,但都属从《序》的大格局,并无本质区别,故本节略谈此类情况。

　　第四种情况即怀疑局部但不否定整体。怀疑局部,《序辨》用了"未必"一词,如《魏·汾沮洳》篇,《序》曰:"刺俭也。其君俭以能勤,刺不得礼也。"⑥朱熹《序辨》曰:"此未必为其君而作。"⑦即不见得是刺其君的,却支持《序》关于此诗主旨在于刺俭不中礼之说,《诗传》曰:"此亦刺俭不中礼之诗。"⑧再如《唐·椒聊》,《序》曰:"刺晋昭公也。君子见沃之强盛,能修其政,知其蕃衍盛大,子孙将有晋国焉。"⑨尽管朱熹《序辨》认为"此诗未见其

---

① 宋·朱熹:《诗集传》,《朱子全书》本,上海:上海古籍出版社、安徽教育出版社,2002 年,第 363 页。
② 宋·朱熹:《诗集传》,《朱子全书》本,上海:上海古籍出版社、安徽教育出版社,2002 年,第 370 页。
③ 宋·朱熹:《诗集传》,《朱子全书》本,上海:上海古籍出版社、安徽教育出版社,2002 年,第 370 页。
④ 宋·朱熹:《诗集传》,《朱子全书》本,上海:上海古籍出版社、安徽教育出版社,2002 年,第 357 页。
⑤ 宋·朱熹:《诗集传》,《朱子全书》本,上海:上海古籍出版社、安徽教育出版社,2002 年,第 491 页。
⑥ 宋·朱熹:《诗集传》,《朱子全书》本,上海:上海古籍出版社、安徽教育出版社,2002 年,第 375 页。
⑦ 宋·朱熹:《诗集传》,《朱子全书》本,上海:上海古籍出版社、安徽教育出版社,2002 年,第 375 页。
⑧ 宋·朱熹:《诗集传》,《朱子全书》本,上海:上海古籍出版社、安徽教育出版社,2002 年,第 491 页。
⑨ 宋·朱熹:《诗集传》,《朱子全书》本,上海:上海古籍出版社、安徽教育出版社,2002 年,第 376 页。

必为沃而作也。"①但《诗传》却用了默认《序》说的语气:"此不知其所指,《序》亦以为沃也。"②《采薇》诗,《序》以为是文王"遣戍役"之诗:"遣戍役也。文王之时,西有昆夷之患,北有猃狁之难,以天子之命,命将率,遣戍役,以守卫中国,故歌《采薇》以遣之。"③朱熹《序辨》虽认为其未必为文王诗,但《诗传》却支持了此诗的基本内容——"遣戍役"之诗:"此遣戍役之诗。"④《常武》诗,《序》曰:"召穆公美宣王也。有常德以立武事,因以为戒然。"⑤朱熹《序辨》于《序》说认为:"所解名篇之意,未知其果然否,然于理亦通。"⑥先是怀疑,后则认可,说"于理亦通"。朱熹《序辨》还用疑问语气表达了大致认可的倾向,如《曹·候人》,《序》道:"刺近小人也。共公远君子而好近小人焉。"⑦《序辨》曰:"此诗但以'三百赤芾'合于《左氏》所记晋侯入曹之事,《序》遂以为共公。未知然否?"⑧不难看出,朱熹似乎也接受了《序》说。

总之,朱熹《序辨》基本从《序》的情况相对比较复杂,且涉及篇章较多,逐篇辨析工作量大且没有必要,故将其篇及所分布的诗类列表如下。

表4.7

诗体	体篇序号	序号	篇名
二《南》	1	1	葛覃
	2	2	螽斯
	3	3	汉广
	4	4	鹊巢

---

① 宋·朱熹:《诗集传》,《朱子全书》本,上海:上海古籍出版社、安徽教育出版社,2002年,第376页。
② 宋·朱熹:《诗集传》,《朱子全书》本,上海:上海古籍出版社、安徽教育出版社,2002年,第500页。
③ 宋·朱熹:《诗集传》,《朱子全书》本,上海:上海古籍出版社、安徽教育出版社,2002年,第382页。
④ 宋·朱熹:《诗集传》,《朱子全书》本,上海:上海古籍出版社、安徽教育出版社,2002年,第552页。
⑤ 宋·朱熹:《诗集传》,《朱子全书》本,上海:上海古籍出版社、安徽教育出版社,2002年,第394页。
⑥ 宋·朱熹:《诗集传》,《朱子全书》本,上海:上海古籍出版社、安徽教育出版社,2002年,第394页。
⑦ 宋·朱熹:《诗集传》,《朱子全书》本,上海:上海古籍出版社、安徽教育出版社,2002年,第380页。
⑧ 宋·朱熹:《诗集传》,《朱子全书》本,上海:上海古籍出版社、安徽教育出版社,2002年,第380页。

续　表

诗体	体篇序号	序号	篇名
二《南》	5	5	羔羊
	6	6	摽有梅
	7	7	江有汜
	8	8	野有死麕
	9	9	何彼襛矣
	10	10	驺虞
他《风》	1	11	绿衣
	2	12	燕燕
	3	13	日月
	4	14	凯风
	5	15	匏有苦叶
	6	16	简兮
	7	17	柏舟
	8	18	墙有茨
	9	19	君子偕老
	10	20	鹑之奔奔
	11	21	定之方中
	12	22	蝃蝀
	13	23	相鼠
	14	24	干旄
	15	25	淇奥
	16	26	竹竿
	17	27	河广
	18	28	黍离
	19	29	扬之水
	20	30	中谷有蓷
	21	31	缁衣
	22	32	清人
	23	33	鸡鸣

续　表

诗体	体篇序号	序号	篇名
他《风》	24	34	还
	25	35	著
	26	36	东方未明
	27	37	南山
	28	38	甫田
	29	39	敝笱
	30	40	载驱
	31	41	葛屦
	32	42	汾沮洳
	33	43	园有桃
	34	44	陟岵
	35	45	椒聊
	36	46	鸨羽
	37	47	小戎
	38	48	终南
	39	49	渭阳
	40	50	权舆
	41	51	羔裘
	42	52	素冠
	43	53	蜉蝣
	44	54	候人
	45	55	七月
	46	56	狼跋
小《雅》	1	57	鹿鸣
	2	58	四牡
	3	59	皇皇者华
	4	60	常棣
	5	61	伐木
	6	62	天保

续　表

诗体	体篇序号	序号	篇名
小《雅》	7	63	采薇
	8	64	出车
	9	65	杕杜
	10	66	南有嘉鱼
	11	67	南山有台
	12	68	湛露
	13	69	彤弓
	14	70	六月
	15	71	采芑
	16	72	车攻
	17	73	斯干
	18	74	无羊
	19	75	正月
	20	76	十月之交
	21	77	巧言
	22	78	巷伯
	23	79	蓼莪
	24	80	大东
	25	81	北山
	26	82	小明
	27	83	鼓钟
	28	84	青蝇
	29	85	角弓
	30	86	菀柳
	31	87	白华
	32	88	渐渐之石
	33	89	苕之华
	34	90	何草不黄

续　表

诗体	体篇序号	序号	篇名
大《雅》	1	91	文王
	2	92	绵
	3	93	思齐
	4	94	皇矣
	5	95	下武
	6	96	文王有声
	7	97	生民
	8	98	公刘
	9	99	泂酌
	10	100	崧高
	11	101	烝民
	12	102	韩奕
	13	103	江汉
	14	104	常武
三《颂》	1	105	清庙
	2	106	维天之命
	3	107	维清
	4	108	烈文
	5	109	天作
	6	110	我将
	7	111	时迈
	8	112	思文
	9	113	振鹭
	10	114	有瞽
	11	115	潜
	12	116	有客
	13	117	武
	14	118	闵予小子
	15	119	访落

诗体	体篇序号	序号	篇名
三《颂》	16	120	敬之
	17	121	小毖
	18	122	那
	19	123	玄鸟
	20	124	殷武

可见,朱熹《序辨》基本从《毛序》之篇计一百二十四篇。"从"和"基本从"两者之和为一百四十六篇,即为朱熹《诗经》解释从《序》篇之数,占从篇数的47%而直逼半数。可见,朱熹从《序》之说者,既不像姚际恒和郑振铎说的那样多,也不是莫砺锋说的八十二首占27%。窃意两方之失,前者可能是缺乏具体统计的整体观感之言;后者也许是没有使用《序辨》这一重要材料而产生了误差。

二、弃《序》之篇

这里所说的弃《毛序》之篇,指的是朱熹《序辨》中表态不从《毛序》之篇,而非指整体而言。就整体而言,他的《诗传》是废《序》解《诗》的。同于从《毛序》,弃《毛序》之篇也有"全弃"和"基本弃"两种情况。

(一) 全弃《序》之篇

所谓"全弃"《序》之篇,即那些朱熹明确无误地表达了态度的篇章。如《召南·草虫》篇,《毛序》以之为大夫妻以礼自防之诗:"大夫妻能以礼自防也。"①朱熹认为其既非关涉大夫妻之诗,也没有以礼自防之意:"此恐亦是夫人之诗,而未见以礼自防之意。"②将《毛序》的主、从意义都否定,表明了弃此《序》的态度。而《序辨》表达弃《毛序》态度的文本呈现更多地还是用有确定意义的语汇显现直接观点的表达,如"失之"、"误"、"大误"、"凿"、"全然不"、"不合理"、"不合情理"等。

如《邶·柏舟》篇,《毛序》以为是关涉卫顷公亲小人远仁人之诗:"言仁而

---

① 宋·朱熹:《诗集传》,《朱子全书》本,上海:上海古籍出版社、安徽教育出版社,2002年,第359页。
② 宋·朱熹:《诗集传》,《朱子全书》本,上海:上海古籍出版社、安徽教育出版社,2002年,第359页。

不遇也。卫顷公之时,仁人不遇,小人在侧。"①朱熹《序辨》认为此诗为一不关仁人的妇人之诗并用"失之"语汇批评《毛序》曰:"且如《柏舟》,不知其出于妇人,而以为男子;不知其不得于夫,而以为不遇于君,此则失矣。"②朱熹《序辨》中更多出现的是"误"字,统计下来,有二十余篇之多。从诗体上说,多存在于二《南》外的《国风》之中。从内容上看,多是对关涉男女情感之诗的判断。

表4.8

序号	篇名	《序》	《序辨》
1	终风	卫庄姜伤己也。遭州吁之暴,见侮慢而不能正也。	详味此诗,有夫妇之情,无母子之意,若果庄姜之诗,则亦当在庄公之世,而列于《燕燕》之前,《序》说误矣。
2	桑中	刺奔也。卫之公室淫乱,男女相奔,至于世族,在位相窃妻妾,期于幽远,政散民流而不可止。	此诗乃淫奔者所自作。《序》首句以为刺奔,误矣。其下云云者,乃复得于《乐记》之说,已略见本篇矣。
3	君子于役	刺平王也。君子行役无期度,大夫思其危难,以风焉。	此国人行役,而室家念之之辞。《序》说误矣。其曰"刺平王",亦未有考。
4	采葛	惧谗也。	此"淫奔之诗",其篇与《大车》相属,其事与采唐、采葑、采麦相似,其词与《郑·子衿》正同,《序》说误矣。
5	丘中有麻	思贤也。庄王不明,贤人放逐,国人思之,而作是诗也。	此亦淫奔者之词,其篇上属《大车》,而语意不庄,非望贤之意,《序》亦误矣。
6	将仲子	刺庄公也。不胜其母以害其弟,弟叔失于道,而公弗制,祭仲谏,而公弗听,小不忍以致大乱也。	事见《春秋传》,然莆田郑氏谓此实"淫奔之诗",无与于庄公、叔段之事,《序》盖失之,而说者又从而巧为之说,以实其事,误亦甚矣。今从此说。

① 宋·朱熹:《诗集传》,《朱子全书》本,上海:上海古籍出版社、安徽教育出版社,2002年,第361页。
② 宋·朱熹:《诗集传》,《朱子全书》本,上海:上海古籍出版社、安徽教育出版社,2002年,第361页。

续 表

序号	篇名	《序》	《序辨》
7	遵大路	思君子也。庄公失道,君子去之,国人思望焉。	此亦淫乱之诗,《序》说误矣。
8	丰	刺乱也。婚姻之道缺,阳倡而阴不和,男行而女不随。	此"淫奔之诗",《序》说误矣。
9	扬之水	闵无臣也。君子闵之无忠臣良士,终以死亡,而作是诗也。	此男女要结之词,《序》说误也。
10	出其东门	闵乱也。公子五争,兵革不息,男女相弃,民人思保其室家焉。	五争事见《春秋传》,然非此之谓也,此乃恶淫奔者之词,《序》误。
11	晨风	刺康公也。忘穆公之业,始弃其贤臣焉。	此妇人念其君子之词,《序》说误也。
12	隰有苌楚	疾恣也。国人疾其君之淫恣,而思无情欲者也。	此《序》之误,说见本篇。
13	无将大车	大夫悔将小人也。	此《序》之误,由不知兴体,而误以为比也。
14	宾之初筵	卫武公刺时也。幽王荒废,媟慢小人,饮酒无度,天下化之,君臣上下沉湎淫液。武公既入,而作是诗也。	《韩诗》说见本篇,此《序》误矣。
15	棫朴	文王能官人也。	《序》误。
16	旱麓	受祖也。周之先祖,世修后稷、公刘之业,大王、王季,申以百福干禄焉。	《序》大误,其曰"百福干禄"者尤为无理。
17	执竞	祀武王也。	此诗并及成康,则《序》说误矣。其说已具于《昊天有成命》之篇。苏氏以周之"奄有四方"不自之时,因从《序》之说,此亦以辞害意之失。《皇矣》之诗于"王季"章中盖已有此句矣,又岂可以其太蚤而别为之说耶?诗人之言,或先或后,要不失为周有天下之意耳。
18	臣工	诸侯助祭,遣于庙也。	《序》误。

续 表

序号	篇名	《序》	《序辨》
19	噫嘻	春夏祈谷于上帝也。	《序》误。
20	丰年	秋冬报也。	《序》误。
21	丝衣	绎宾尸也。高子曰："灵星之尸也。"	《序》误,高子尤误。

《序辨》还用"凿"字语汇来表达"全弃"《序》的态度。如《秦·蒹葭》篇,《序》谓刺秦襄公:"刺襄公也。未能用周礼,将无以固其国焉。"①朱熹《序辨》以"凿"断之:"此诗未详所谓,然《序》说之凿,则必不然矣。"②《小雅·鸳鸯》篇,《序》谓刺周幽王:"刺幽王也。思古明王,交于万物有道,自奉养有节焉。"③朱熹用"穿凿"断之:"此《序》穿凿,尤其无理。"④总之,和"误"一样,"凿"字也是一表完全否定的语汇。此外,如《静女》篇,《序》认为是刺诗:"刺时也。卫君无道,夫人无德。"⑤朱熹《诗传》认为是淫奔期会之诗,《序辨》用"全然不似诗意"断之:"此《序》全然不似诗意。"⑥《山有扶苏》等五篇涉淫诗,《序辨》则用"殊无情理"断《序》之说。《序》曰:"刺忽也。所美非美然。"⑦《序辨》曰:"此下四诗及《扬之水》,皆男女戏谑之词。《序》之者不得其说,而例以为刺忽,殊无情理。"⑧朱熹《序辨》弃《序》说者还有一大类,即由于《序》作者不通辞气,强美为刺,以陈古刺今失古说之的情况,统计下来有十几篇之多。这种情况除上文已列述的《楚茨》等十二篇外,还有《女曰鸡鸣》篇。《女曰鸡鸣》篇,《序》曰:"刺不说德也。陈古义以刺今不说

---

① 宋·朱熹:《诗集传》,《朱子全书》本,上海:上海古籍出版社、安徽教育出版社,2002年,第379页。
② 宋·朱熹:《诗集传》,《朱子全书》本,上海:上海古籍出版社、安徽教育出版社,2002年,第379页。
③ 宋·朱熹:《诗集传》,《朱子全书》本,上海:上海古籍出版社、安徽教育出版社,2002年,第388页。
④ 宋·朱熹:《诗集传》,《朱子全书》本,上海:上海古籍出版社、安徽教育出版社,2002年,第388页。
⑤ 宋·朱熹:《诗集传》,《朱子全书》本,上海:上海古籍出版社、安徽教育出版社,2002年,第364页。
⑥ 宋·朱熹:《诗集传》,《朱子全书》本,上海:上海古籍出版社、安徽教育出版社,2002年,第364页。
⑦ 宋·朱熹:《诗集传》,《朱子全书》本,上海:上海古籍出版社、安徽教育出版社,2002年,第364页。
⑧ 宋·朱熹:《诗集传》,《朱子全书》本,上海:上海古籍出版社、安徽教育出版社,2002年,第364页。

德而好色也。"①朱熹《序辨》曰:"此亦未有以见其陈古刺今之意。"②

总之,朱熹《序辨》"全弃"《序》说之篇,他的言说方式是明确的、肯定的。现将篇目列于下表。

表4.9

诗体	体篇序号	序号	篇名
《国风》	1	1	草虫
	2	2	柏舟
	3	3	终风
	4	4	静女
	5	5	桑中
	6	6	君子于役
	7	7	采葛
	8	8	丘中有麻
	9	9	将仲子
	10	10	羔裘
	11	11	遵大路
	12	12	女曰鸡鸣
	13	13	山有扶苏
	14	14	萚兮
	15	15	狡童
	16	16	褰裳
	17	17	丰
	18	18	子衿
	19	19	扬之水
	20	20	出其东门
	21	21	十亩之间
	22	22	伐檀

---

① 宋·朱熹:《诗集传》,《朱子全书》本,上海:上海古籍出版社、安徽教育出版社,2002年,第371页。
② 宋·朱熹:《诗集传》,《朱子全书》本,上海:上海古籍出版社、安徽教育出版社,2002年,第371页。

续 表

诗体	体篇序号	序号	篇名
《国风》	23	23	有杕之杜
	24	24	蒹葭
	25	25	晨风
	26	26	无衣
	27	27	隰有苌楚
	28	28	伐柯
	29	29	九罭
小《雅》	1	30	南陔(今佚)
	2	31	白华(今佚)
	3	32	华黍(今佚)
	4	33	由庚(今佚)
	5	34	崇丘(今佚)
	6	35	由仪(今佚)
	7	36	蓼萧
	8	37	菁菁者莪
	9	38	小宛
	10	39	何人斯
	11	40	无将大车
	12	41	楚茨
	13	42	信南山
	14	43	甫田
	15	44	大田
	16	45	瞻彼洛矣
	17	46	裳裳者华
	18	47	桑扈
	19	48	鸳鸯
	20	49	頍弁
	21	50	车舝
	22	51	宾之初筵

续　表

诗体	体篇序号	序号	篇名
小《雅》	23	52	鱼藻
	24	53	采菽
	25	54	都人士
	26	55	采绿
	27	56	黍苗
	28	57	隰桑
	29	58	绵蛮
	30	59	瓠叶
大《雅》	1	60	棫朴
	2	61	旱麓
	3	62	灵台
	4	63	行苇
	5	64	既醉
	6	65	凫鹥
	7	66	假乐
	8	67	荡
	9	68	召旻
三《颂》	1	69	昊天有成命
	2	70	执竞
	3	71	臣工
	4	72	噫嘻
	5	73	丰年
	6	74	丝衣
	7	75	酌
	8	76	駉
		77	有駜
		78	泮水
		79	閟宫
		80	烈祖

从诗体看,朱熹《序辨》明确表态弃置《序》说之诗,多分布在《风》、《雅》之中。其中绝大多数在变《风》和变《雅》中。从诗内容看,变《风》之诗多有涉及男女情感之诗;变《雅》之诗,多是由于《序》作者不明诗的辞气、强美为刺造成的,《楚茨》等十余篇诗可为代表。

(二)基本弃《序》之篇

朱熹《序辨》基本弃《毛序》说者,指那些尽管在具体说法上有些可取之处,但基本面上已经错了的篇章。下以《关雎》之《毛序》为例:

> 后妃之德也。《风》之始也,所以风天下而正夫妇也,故用之乡人焉,用之邦国焉。风,风也,教也,风以动之,教以化之。然则《关雎》、《麟趾》之化,王者之风,故系之周公。南,言化自北而南也。《鹊巢》、《驺虞》之德,诸侯之风也,先王之所以教,故系之召公。《周南》、《召南》,正始之道,王化之基。是以《关雎》乐得淑女以配君子,忧在进贤,不淫其色,哀窈窕,思贤才,而无伤善之心焉。是《关雎》之义也。①

因为此《序》较长,朱熹《序辨》将其分为若干部分来辨说。第一部分是"后妃之德"辨:

> 后妃,文王之妃大姒也。天子之后曰妃。近世诸儒多辨文王未尝称王,则大姒亦未尝称后,《序》者盖追称之,亦未害也。但其诗虽若专美大姒,而实以深见文王之德。《序》者徒见其词,而不察其意,遂壹以后妃为主,而不复知有文王,是固已失之矣。至于化行国中,三分天下,亦皆以为后妃之所致,则是礼乐征伐皆出于妇人之手,而文王者徒拥虚器以为寄生之君也,其失甚矣。②

可见,朱熹对称文王之妻太姒为后妃不持异议,但认为《序》说此诗主旨为赞美后妃的高尚品德错了:"其失甚也。"他立论的出发点是此诗本质上的赞美文王,赞美文王修齐治平的"大学"功夫。而对下文"所以风天下而正夫妇也。故用之乡人焉,用之邦国焉……《周南》、《召南》,正始之道,王化之基"部分,朱熹进行了正面阐发。最后,朱熹《序辨》又严正批辨了《序》的"《关

---

① 宋·朱熹:《诗集传》,《朱子全书》本,上海:上海古籍出版社、安徽教育出版社,2002年,第355—356页。
② 宋·朱熹:《诗集传》,《朱子全书》本,上海:上海古籍出版社、安徽教育出版社,2002年,第355页。

雎》之义"说:"是以《关雎》乐得淑女,以配君子,忧在进贤,不淫其色,哀窈窕,思贤才,而无伤善之心焉,是《关雎》之义也。"认为这一节不惟"失其大旨",而且"全无文理"。可见,朱熹认为,尽管《毛序》说有些可取之处,但它的诗之本旨上有问题,则根本已错,整体也错。所以这种情况,我们认为朱熹是持基本弃之的态度的。

朱熹《序辨》对《序》的态度符合"基本弃"这一栏的,我们统计下来,也有八十余篇。

表 4.10

诗体	体篇序号	序号	篇名
二《南》	1	1	关雎
	2	2	卷耳
	3	3	桃夭
	4	4	兔罝
	5	5	麟之趾
	6	6	殷其雷
他《风》	1	7	击鼓
	2	8	雄雉
	3	9	谷风
	4	10	式微
	5	11	旄丘
	6	12	北风
	7	13	考盘
	8	14	氓
	9	15	伯兮
	10	16	有狐
	11	17	木瓜
	12	18	君子阳阳
	13	19	兔爰
	14	20	葛藟
	15	21	大车
	16	22	叔于田

续 表

诗体	体篇序号	序号	篇名
他《风》	17	23	大叔于田
	18	24	有女同车
	19	25	风雨
	20	26	野有蔓草
	21	27	溱洧
	22	28	东方之日
	23	29	卢令
	24	30	硕鼠
	25	31	蟋蟀
	26	32	山有枢
	27	33	绸缪
	28	34	杕杜
	29	35	羔裘
	30	36	无衣
	31	37	葛生
	32	38	采苓
	33	39	车邻
	34	40	驷驖
	35	41	宛丘
	36	42	东门之枌
	37	43	衡门
	38	44	东门之池
	39	45	东门之杨
	40	46	墓门
	41	47	防有鹊巢
	42	48	月出
	43	49	泽陂
	44	50	匪风
	45	51	鸤鸠

续　表

诗体	体篇序号	序号	篇名
他《风》	46	52	下泉
	47	53	东山
	48	54	破斧
小《雅》	1	55	鱼丽
	2	56	南有嘉鱼
	3	57	南山有台
	4	58	吉日
	5	59	鸿雁
	6	60	庭燎
	7	61	沔水
	8	62	鹤鸣
	9	63	祈父
	10	64	白驹
	11	65	黄鸟
	12	66	我行其野
	13	67	小旻
	14	68	小弁
	15	69	谷风
	16	70	四月
大《雅》	1	71	大明
	2	72	卷阿
	3	73	民劳
	4	74	板
	5	75	抑
三《颂》	1	76	雝
	2	77	载见
	3	78	载芟
	4	79	良耜
	5	80	桓

续表

诗体	体篇序号	序号	篇名
三《颂》	6	81	赉
	7	82	般
	8	83	长发

朱辨《毛序》明确表达"全弃"和"基本弃"态度者,都属于被他废弃之《序》,两者相加,约一百六十三篇,占总篇数的53%,半数强些。

朱熹以为《毛序》不合诗义,全不可信而废弃之,故其说《诗经》最后定稿的《诗传》不列《毛序》。后代学人,有认为他的弃《毛序》是阳弃而阴从者,认为其《诗传》十之六七甚至十之八九还是在因袭《毛序》之说。也有相反的观点,认为其从《毛序》说者仅二成多。而我们的统计结果和两者都大相径庭:从者近半,弃者过半。这似乎也不合于朱熹《诗传》的弃《序》说《诗》和《小序》"全不可信"观点。实际上,我们的分析,符合"全不可信"观点,因为:《毛序》完全吻合诗义而完全从《毛序》的只有22篇而已,剩余者即使基本从之,朱熹也不同程度地辨别出了它们的不足甚至错误;再者,朱熹解释《诗经》,确实废弃了《毛序》,这是对《毛序》解经体系与解经方法的否定,并不是对具体诗篇《诗序》之说的否定。关于这一点束景南教授说:"(朱熹)对《毛序》的破却并不是全盘推倒,他否定的是《毛序》的说《诗经》体系及其方法,并不是《毛序》对所有三百篇诗的具体解说。"[1]朱熹自己也在《序辨·序》中交代道:"然犹以其所从来远,其间容或真有传授证验而不可废者,故既颇采以附《诗传》中。"[2]

有破有立,朱熹批判抛弃了《毛序》《诗经》解释的思想和方法,但他自己的思想方法又怎样呢?

---

[1] 束景南:《朱子大传》,北京:商务印书馆,2003年,第799页。
[2] 宋·朱熹:《诗集传》,《朱子全书》本,上海:上海古籍出版社、安徽教育出版社,2002年,第353页。

第五章　朱熹对《诗经》学传统问题的新诠

第一节　"兴善惩逸"的"思无邪"说

一、"思无邪"——性情正

朱熹以前,人们解释"思无邪",多是指《诗经》三百篇的思想内容纯正。朱熹不支持这一说法,他认为"只是'思无邪'一句好,不是一部《诗》皆'思无邪'"①,主张《诗》三百篇的思想内容是有善有恶,善恶兼具。"思无邪"则是诗歌对接受者的效果:内容善者感发善心、恶者惩创了恶念,最终心灵净化、性情归正。

"思无邪"一语本出《诗经·鲁颂·駉》篇之四章:"駉駉牡马,在坰之野。薄言駉者,有驈有騜,有驔有鱼,以车祛祛。思无邪,思马斯徂。"本意只是用来说马。孔子《论语·为政》借用来评判《诗经》的篇章曰:"《诗》三百,一言以蔽之,曰:思无邪。"②关于"思无邪",包咸仅解为"归于正"而没有再作进一步的阐发,进一步的阐发是由邢昺完成的:"《诗》之为体,论功颂德,止僻防邪,大抵皆归于正,故此一句可以当之也。"③邢的解释可以这样理解,《诗经》有"论功颂德"的内容和"止僻防邪"的作用,此两点要求它的思想内容大致上是纯正的。《诗解序》谈到孔子删《诗》时云:"其善不足以为法,恶不足以为戒者,则亦刊而去之,以从简约,示久远,使夫学者即是而有以考其得失,善者思之,而恶者改焉。"④可见,朱熹不但认为孔子删《诗》善

---

① 宋·黎靖德编、王星贤校点:《朱子语类》,北京:中华书局,1986年,第2065页。
② 宋·邢昺:《论语注疏》,《唐宋注疏十三经》本,北京:中华书局,1998年,第13页。
③ 宋·邢昺:《论语注疏》,《唐宋注疏十三经》本,北京:中华书局,1998年,第13页。
④ 宋·朱熹撰、束景南辑:《诗集解》,《朱子全书》本,上海:上海古籍出版社、安徽教育出版社,2002年,第103页。

恶俱存,且认为存诗的标准是善足以法,恶足以戒。"足",是对诗篇内容的价值判断,即要求内容"善"的诗歌在感发善心上,内容"恶"的诗歌在惩恶逸志上,要具备很高的价值:善要足够善,恶要足够恶。故《诗传纲领》将"思无邪"作了新解:"凡《诗》之言善者,可以感人之善心;恶者,可以惩创人之逸志,其用归于使人得其性情之正而已。然其言微婉,且或各因一事而发,求其直指全体而言,则未有若'思无邪'之切者。故夫子言《诗》三百篇,而惟此一言足以尽其义。"①《诗传》于《鲁颂·駉》篇也说:"孔子曰:'《诗三百》,一言以蔽之,曰思无邪。'盖《诗》之美恶不同,或劝或惩,皆有以使人得其情性之正……学者诚能深味其言,而审于念虑之间,必使无所思而不出于正。"②朱熹的《论语集注》也有内容相同之说:"凡《诗》之言,善者可以感发人之善心,恶者可以惩创人之逸志,其用使人得其情性之正而已。"③朱熹不认为《诗经》三百篇的思想内容都是纯正的,而是有美(善)有恶的,美(善)者主于鼓励,恶者主于惩戒,但两者的共同处都是要使得读《诗经》者收到"情性之正"的效果。朱熹要求弟子能深刻地从这一层面理解孔子"思无邪"意,则自己的情思一定能够不脱离正确的轨道。朱熹又反复申说道:"凡《诗》之言,善者可以感人之善心,恶者可以惩创人之逸志,其用归于使人得其性情之正而已。""无邪"并非是指《诗经》三百篇之"体"(内容)"无邪",而是指其"用"之"无邪"。

朱熹的诗人"有邪"观点,是基于《诗》三百篇内容"有邪"而立论的:"或曰:'先儒以三百篇之义皆"思无邪"。'曰:'如伯恭之说亦是如此……说三百篇之诗都如此……只用他这一说,便瞎却一部诗眼。'"④他激烈地批评了吕祖谦等主张《诗》三百篇皆思想内容纯正的观点。对《诗》三百篇思想内容上的邪、正,朱熹大致认为,正《风》、《雅》和《颂》诗中都是"无邪"的诗篇,而变《风》《雅》中存在部分有"邪"的诗歌。人多言作诗者思皆出于无邪,此非也。如《颂》之类固无邪,若变《风》变《雅》,亦有淫邪处。⑤ 朱熹还认为《诗经》中有淫乱的《风》诗:"旧说似不通,中间如许多淫乱之《风》,如

---

① 宋·朱熹:《诗集传》,《朱子全书》本,上海:上海古籍出版社、安徽教育出版社,2002年,第347页。
② 宋·朱熹:《诗集传》,《朱子全书》本,上海:上海古籍出版社、安徽教育出版社,2002年,第744页。
③ 宋·朱熹:《四书集注》,南京:凤凰出版社,2005年,第55页。
④ 宋·朱鉴:《诗传遗说》,文渊阁《四库全书》本,经部第75册《诗》类,台北:台湾商务印书馆影印版,1986年,第538页。
⑤ 宋·朱鉴:《诗传遗说》,文渊阁《四库全书》本,经部第75册《诗》类,台北:台湾商务印书馆影印版,1986年,第539页。

何要'思无邪'得……只怕他当时大约说许多中格诗,却不指许多淫乱底说。"①基于《诗经》三百篇内容有善有恶的观点,他批评了前人的诗人"思无邪"说:"前辈多就诗人上说……熹疑不然。不知教诗人如何得'思无邪'?谓如文王之诗,称颂盛德盛美处,皆吾所当法;如言邪僻失道之人,皆吾所当戒,是使读诗者求无邪思。分而言之,三百篇各是一个思无邪,合三百篇而言,总是一个思无邪。"②由此,朱熹将"思无邪"做了两个层面的理解:一是从总体上来说,它是对《诗》三百篇的概括性说法;二是具体到每个诗篇,又有其各自的"兴善惩恶"的表现。也就是说,"思无邪"既有适用整个三百篇的共性意义,也有适用单个诗篇的个性价值,是共性与个性的统一。所以"思无邪"既不是所谓的诗人"思无邪",也不是所有三百篇的内容都"无邪"。在《诗经》中,称颂文王"盛德盛美"的诗篇是可以为法的思想内容纯正的"无邪"之诗,而那些有关"邪僻失道之人"的篇章,却是应当戒惕的思想内容不正的"有邪"之诗。因此朱熹又说:"看诗大体要得无邪。盖三百篇中善可为法,恶可为戒耳!不是言作诗者皆无邪思也。"③

总而言之,朱熹认为,《诗经》三百篇,就其内容而言,既有思想内容纯正者(善者),也有不纯正者(恶者),"思无邪"是《诗》三百篇的内容对读《诗经》者的作用——"兴善惩恶"。所以,"思无邪"非指诗之体,而是诗之用。朱熹的"兴善惩恶"的"思无邪"说,既否定了诗人"思无邪",也否定了《诗经》三百篇的思想内容"无邪",对于前人成说无疑具有颠覆性。

二、"思无邪"与"诚"

如果说朱熹将"思无邪"解释为《诗》三百篇内容的善恶兼具,其旨归在于对接受者达成的兴善惩逸效用,还没有脱离诗篇仍未出文学之门墙的话,那《论语集注》却是从理学的角度挖掘了"思无邪"的内蕴价值,即用"诚"和"毋不敬"来解释"思无邪"。

朱熹引程子和范祖禹语曰:"程子曰:'"思无邪"者,诚也。'范氏曰:'学者务必知要,知要则能守约,守约则足以尽博矣。经礼三千,曲礼三千,亦可以一言以蔽之,曰"毋不敬"。'"④这里把《诗经》的"思无邪"和《中庸》的

---

① 宋·朱鉴:《诗传遗说》,文渊阁《四库全书》本,经部第75册《诗》类,台北:台湾商务印书馆影印版,1986年,第539页。
② 宋·朱鉴:《诗传遗说》,文渊阁《四库全书》本,经部第75册《诗》类,台北:台湾商务印书馆影印版,1986年,第537页。
③ 宋·朱鉴:《诗传遗说》,文渊阁《四库全书》本,经部第75册《诗》类,台北:台湾商务印书馆影印版,1986年,第538页。
④ 宋·朱熹:《四书集注》,南京:凤凰出版社,2005年,第55页。

"诚"以及《礼》的"毋不敬"思想联系了起来,但没有作具体深入的阐发。有人就把《诗经》之"思无邪"和《礼》之"毋不敬"联系起来向朱熹发问:"《诗》说'思无邪'与《曲礼》说'毋不敬'意同否?"曰:"'毋不敬'正是用功处,所谓正心、诚意也。'思无邪',思至此自然无邪,功深力到处,所谓心正、意诚。若学者当求无邪思而于正心、诚意处着力,然不先致知,则正心、诚意之功何施?所谓'敬'者,何处顿放?今人守得一个'敬'字,全不去择义,所以应事接物皆颠倒了。"①朱熹显然认为,在《大学》之学人格修养的正心、诚意、格物、致知的路序上,"思无邪"和"毋不敬"以及"诚"三者,共同有正心、诚意层面的意义。换句话说,在正心、诚意的维度,三者的意思是一样的。所以他对"思无邪"与"诚"又云:"'诚'是在思上发出,诗人之思,皆性情也,性情本出于正,岂有假伪得来底?'思'便是性情,'无邪'便是正,以此观之,《诗》三百篇皆欲人出于情性之正。"②

"诚"是儒家思想具有本体论地位的范畴。《礼记·中庸》把"诚"看作万事万物的根本属性、存在依据,文曰"天之道"、"物之终始,不诚无物",并称其为为人的根本:"诚之者人之道也。"《孟子》也有内容完全相同的表述,在"诚"作为万物属性上,《离娄上》曰:"是故诚者天之道也,思诚者人之道。"在"诚"为人之为人的根本上,《尽心上》曰:"反身而诚,乐莫大焉。"《荀子》也继承《孟子》衣钵,《不苟》曰:"君子养心莫善于诚,致诚则无它事矣。"唐李翱以复性为"诚"。北宋周敦颐则建立了"诚"作为人格修养的最高境界的哲学逻辑,其《通书》曰:"诚者,圣人之本,大哉乾元,万物资始,诚之源也。"认为"诚"本源于"乾元",为人格修养最高境界"圣人"所具有,它不是高高在上可望不可即的神圣之物,通过"惩忿窒欲,迁善改过"完全可以达到。朱熹则将其和其哲学的核心范畴,万事万物最终依据的"天理"结合起来,其《中庸集注》曰:"诚者,真实无妄之谓,天理之本然也。"

"毋不敬"是"敬"的意思,本出《礼记·曲礼》,用今人的解释,它是"一个人的精神的凝敛与集中"③。和对"诚"的一以贯之不同,程朱之前,并没有儒家思想家关注到"敬"。朱熹在程颢之后对它展开阐发,赋予它人格修养上的向内关照方法义,使它在理学范畴序列中占有重要地位。就"敬"和

---

① 宋·朱鉴:《诗传遗说》,文渊阁《四库全书》本,经部第75册《诗》类,台北:台湾商务印书馆影印版,1986年,第537页。
② 宋·朱鉴:《诗传遗说》,文渊阁《四库全书》本,经部第75册《诗》类,台北:台湾商务印书馆影印版,1986年,第538页。
③ 徐复观:《徐复观新儒学论著辑要:中国人文精神之阐扬》,北京:中国广播大学出版社,1996年,第57—58页。

"思无邪"的关系来说,思想史首先将两者并提也是程颢。有关于此,朱熹《近思录》卷四有录:"'思无邪','毋不敬',只此二句,循而行之,安得有差?"不难发现,程颢之说仅此一句,未免过于简约,朱熹则明确将其定位为人格修养功夫。关于朱熹的定位,《近思录》卷四有:"圣人修己以敬,以安百姓,笃恭而天下平。"同样是在《近思录》卷四,朱熹更进一层阐说了"敬"的向内性即内心修养功夫:"敬以直内,仁也。"并举例曰:"如人到神祠中致敬时,其心收敛,更着不得毫发事。"为了将其"敬"的思想展示于人,他还专门有《敬斋箴》以示其思想的具体落实:

正其衣冠,尊其瞻视。潜心以居,对越上帝。
足容必重,手容必恭。择地而蹈,折旋蚁封。
出门如宾,承事如祭。战战兢兢,罔敢或易。
守口如瓶,防意如城。洞洞属属,罔敢或轻。
不东以西,不南以北。当事而存,靡他其适。
弗贰以二,弗叁以三。惟精惟一,万变是监。
从事于斯,是曰持敬。动静无违,表里交正。
须臾有间,私欲万端。不火而热,不冰而寒。
毫厘有差,天壤易处。三纲既沦,九法亦斁。
于乎小子,念哉敬哉。墨卿司戒,敢告灵台。

朱熹以"诚"解释"思无邪",无疑已经将"思无邪"纳入到了其理学的体系甚至提升到本体的高度,又将"思无邪"和"毋不敬"互释,则使前者也同时有了理学人格修养的价值。和两者而言之,"思无邪"则兼具了修养的过程而达修养的目的境界两层意思。由于"思无邪"是《诗》三百篇的属性,则《诗》三百篇理所当然也被提升到了其理学的高度上。

第二节 "情性"说

《诗》甚至诗歌本体的"性情"说,是中国诗学一以贯之的理论,尽管朱熹批评《毛序》,但这一说法的破题提出,确然是《大序》的功劳。《大序》也仅说《诗》三百篇是"吟咏情性"之作而不及于三百篇以外的诗,在当时的哲学视域内,也不可能对"性"和"情"分而析之。后来的理论家尽管将"性情"说扩展到其他诗歌甚至其他文学作品中,如六朝刘勰《文心雕龙·情采》的

"文质附于性情",钟嵘《诗品序》的"摇荡性情",皎然《诗式》的"但见性情",和朱熹同时的吕祖谦也有"诗者,人之性情而已"之说,但均依然没有"性情"的哲学分析。对"性情"说进行哲学分析的是朱熹,一方面他以理学的体、用逻辑分"性情"为"性"、"情"而析之,另一方面还将其和"思无邪"等说结合起来。

"发乎情"语出《大序》的"变《风》,发乎情"句,本为用来说明《诗》三百篇中的变《风》的。从上文朱熹"思无邪"说可见,他主张"发乎情"的不止是变《风》,《诗》三百篇皆然。在中国文学思想史上,六朝刘勰已经将《诗》之"情"本体和"思无邪"为诗之用的思想结合起来考察了。《文心雕龙·明诗》曰:"诗者,持也,持人情性。三百之蔽,义归无邪。"①所谓"三百之蔽,义归无邪"者,结合"诗者,持也,持人情性"后,意义发生了很大改变。根据句子结构分析,"持人情性"之"人",当为读诗者无疑,这样一来,所谓"三百之蔽,义归无邪"者,顺理成章地该是读诗者读诗后所收到的思想无邪之效果。从这一点看,刘勰和朱熹的观点是一致的,只不过相形之下,刘勰之说是纲领性的概括,朱熹观点是成体系的论述而已。再者,刘勰也没有提出《诗》三百篇的内容有善有恶观点。关于《诗经》的抒情性,先秦以降直到《毛诗》之《大序》,还是很受重视的,只是汉代《诗》被经学化之后,才被相当地淡化。到了宋代,《诗经》之"情"本体又重为欧阳修、苏辙等重视。朱熹在欧、苏的基础上,建立了系统的《诗》三百"情性"说体系。在《诗解纲领》和《诗传纲领》中,朱熹解《大序》之"情动于中而形于言"时曰:"情者,性之感于物而动者也。喜、怒、哀、惧、爱、恶、欲,谓之七情。"②朱熹这里将"情"说成是"性"的派生者,"性"是第一性的,"情"是第二性的,性是体,情是用。《诗解纲领》释《大序》之"发乎情,民之性"之"情"时也持同样说法:"情者,性之动。"可见朱熹认为,《诗》三百篇的最高本体是"性"。但在谈到《诗》三百篇本体的时候,他往往又表述为"情性"或"性情"。朱熹《诗经》解释的"性情"本体思想是对前人之说的继承与发展。如他曾曰:"程子曰:'兴于诗者。吟咏情性'。"③"张子曰:'……诗人之情性,温厚平易老成。'"④刘勰《文心雕龙·情采》也曰:"诗人篇什,为情而造文……盖《风》、《雅》之兴,志

---

① 范文澜:《文心雕龙注》,北京:人民文学出版社,1958年,第65页。
② 宋·朱熹撰,束景南辑:《诗集解》,《朱子全书》本,上海:上海古籍出版社、安徽教育出版社,2002年,第111页。
③ 宋·朱熹:《诗集传》,《朱子全书》本,上海:上海古籍出版社、安徽教育出版社,2002年,第348页。
④ 宋·朱熹:《诗集传》,《朱子全书》本,上海:上海古籍出版社、安徽教育出版社,2002年,第348页。

思蓄愤,而吟咏性情以讽其上,此为情而造文也。"①可见,刘勰不仅注意到了《诗经》的"情"本体,还将其作为"为情造文"的典范。朱熹自己关于《诗》三百"情性"本体的论述也很多,如《论语集注》区别《诗经》与《书》、《礼》不同曰:"《诗》以理情性,《书》以道政事,《礼》以谨节文。"②再如:"《诗》本性情,有邪有正。"③他在和学生的问答中也有关于此的论述,有学生问:"《诗》是吟咏性情,读《诗》者便当以此求之否?"④朱熹干脆地答曰:"然。"⑤实质上,"性(理)"在朱熹的思想体系中是处于核心位置的范畴,从他的宇宙生成论上说,"性(理)"是万物的本体,当然也就逻辑地是诗歌(包括《诗经》在内)的本体。朱熹的可贵之处,就是他更强调了《诗经》作为文学著作,其本质上不同于其他经典的地方——"情"本体。这不仅表现在他表述上将"性"、"情"并提为"性情",更表现在他多次直接把《诗经》之本体略"性"而表述为"情"。如他在《诗传纲领》中解说《论语》之"兴于《诗》"时曰:"兴,起也。诗本人情,其言易晓,而讽咏之间,优柔浸渍,又有以感人而入于其心。"⑥又《论语集注》疏"诵《诗》三百,授之以政,不达;使于四方,不能专对,虽多亦奚以为"时也有"《诗》本人情"⑦之说;《精舍朋友杂记》也有"《诗》曲尽人情"⑧之说;再如朱熹和张敬夫的一次辩论中也以《诗经》之"情"本体作为论据,张敬夫《论语说》认为:"《诗》三百。其言皆出于恻怛之公心,非有它也。"朱熹驳之曰:"《诗》发于人情,似无'有它'之嫌,若有所嫌,亦须指言何事,不可但以'有它'二字概之也。"⑨

由上可见,朱熹已把诗(《诗经》)的本体提到了"人性"高度,旗帜鲜明地标举《诗经》之"情"本体,并将其作为《诗经》区别于儒家其他经典的本质

---

① 范文澜:《文心雕龙注》,北京:人民文学出版社,1958年,第538页。
② 宋·朱鉴:《诗传遗说》,文渊阁《四库全书》本,经部第75册《诗》类,台北:台湾商务印书馆影印版,1986年,第501—502页。
③ 宋·朱鉴:《诗传遗说》,文渊阁《四库全书》本,经部第75册《诗》类,台北:台湾商务印书馆影印版,1986年,第502页。
④ 宋·黎靖德编、王星贤校点:《朱子语类》,北京:中华书局,1986年,第2460页。
⑤ 宋·黎靖德编、王星贤校点:《朱子语类》,北京:中华书局,1986年,第2460页。
⑥ 宋·朱熹:《诗集传》,《朱子全书》本,上海:上海古籍出版社、安徽教育出版社,2002年,第346—347页。
⑦ 宋·朱鉴:《诗传遗说》,文渊阁《四库全书》本,经部第75册《诗》类,台北:台湾商务印书馆影印版,1986年,第502页。
⑧ 宋·朱鉴:《诗传遗说》,文渊阁《四库全书》本,经部第75册《诗》类,台北:台湾商务印书馆影印版,1986年,第512页。
⑨ 宋·朱熹:《晦庵先生朱文公集》,《朱子全书》本,上海:上海古籍出版社、安徽教育出版社,2002年,第1361页。

特征,这一点是具有重要意义的。朱熹"思无邪"为"情性正",但"情性正"并非《诗》三百篇和诗人的"情性正",而是读《诗》者读《诗》后思想(情性)归正。他不同意《大序》的仅变《风》"发乎情"说,提出了整个《诗》三百篇皆"发乎情"的观点。鉴于这些内容,可说朱熹已建立了自己的《诗》三百的"情性"说体系。

第三节 感发之"兴"说

朱熹的"思无邪"既不是指诗人思想(情性)正,也不是《诗》三百篇的思想内容"无邪",而是指读《诗》者读《诗》受到影响后的思想(情性)归于正。之所以如此,是因为《诗》三百篇作为诗歌,它们的"情性"本质和它们思想内容上善、恶兼具的特性,决定了它们对读《诗》者的善心和逸志产生感发和惩创的作用:善者可以感发人之善心,恶者可以惩创人之逸志。而这种"情"、"感"特点,恰恰是《诗经》区别于其他儒家经典的地方。在朱熹的话语体系中,"感发善心"和"惩创逸志"又被表述为"感发志意"。这是他在诠释"诗可以兴"时提出来的,因而"思无邪"的"感发"和"惩创",就是此处的"兴"。朱熹事实上把"兴"说和"思无邪"说以及他的接受理论结合在一起,发展成为一个完整的"兴"学体系。

一、"兴"与"思无邪"

《诗》之"兴"学本原《论语》,其言及"兴"之处有二:一是《泰伯》篇在谈到人格修养的顺序时孔子认为首先要"兴于《诗》";再是《阳货》篇的"《诗》可以兴"。在《论语集注》中,朱熹注《诗》可以兴"为"感发志意",以后他在不同的语境中又有许多相关的阐述,如解释《论语》中孔子之所以问孔鲤"学《诗》乎"是因为"《诗》是吟咏性情,感发人之善心"的。所以"感发意志"之"兴"又与"思无邪"有着直接的联系。

《诗传纲领》释"兴于《诗》"曰:"兴,起也。诗本人情,其言易晓,而讽咏之间,优柔浸渍,又有以感人而入于其心。故诵而习焉,则其或邪或正,或劝或惩,皆有以使人志意油然兴起于善,而自不能已也。"①可见,朱熹"感发志意"的"兴"说,是以他的"思无邪"说为根基的:《诗经》是吟咏情性的,所以

---

① 宋·朱熹:《诗集传》,《朱子全书》本,上海:上海古籍出版社、安徽教育出版社,2002年,第346—347页。

它具有感动人心的力量。又因为它的内容有邪有正,所以它既能感发人的善心,也能惩创人的逸志,这种感发志意即"兴"。又说:"兴,起也。诗本性情,有邪有正,其为言说既易知;而吟咏之间抑扬反复,其感人又易入。故学者之初,所以兴起其好善恶恶之心而不能自已者,必于是而得之。"①《诗传纲领》与《论语集注》两者意旨相同而表述略异:《诗经》是诗人直接抒发自己感情的,用道德标准衡量,难免有正、邪之别。又因为《诗经》本质上的抒情性,故而《诗经》具有很强的感染力,所以易入读者之心,迅速产生"感发志意"的功效。朱熹甚至更明了地说:"读《诗》,见其不美者,令人羞恶;见其美者,令人兴起。"②朱熹还在和他《经》的比较中发展自己对《诗经》之"兴"的认识。如他说:"圣人教人自《诗》、礼起。如鲤趋过庭,曰:'"学《诗》乎?"、"学礼乎?"'《诗》是吟咏性情,感发人之善心;礼使人知得个定分。"③孔子主张他的儿子孔鲤学《诗》学礼,但《诗》与礼又有着本质上的不同,朱熹认为:《诗经》本质上是抒发情感的,其作用在"思无邪";而礼则是显示区别的,他解释说:"诗较感发人,故在先;礼则难执守,须是常常执守得乐。"④朱熹又曰:"善可为法,恶可为戒,不特《诗》也,他书皆然。古人独以为'兴于诗'者,《诗》便有感发人底意思。"⑤"劝善戒恶"是经典作用的共同之处,《诗经》区别于其他经典的地方,就在于它的"感发"之"兴"上。总之,朱熹指出"思无邪"和"感发志意"之"兴"的关系,是过程与结果的关系,也即读《诗》者在读《诗》的过程中,有感于诗篇所包蕴的"情性",自己的善心和逸志(志意)受到感发或惩创后形成了思想纯正的"无邪"效果。

还有,朱熹还将"感发"之"兴"和"六义"之兴区别开来,"六义"之说首出《毛序》,下文将专论。而朱熹的"先言他物而引起所咏之辞"的表述,实已将其看作诗歌创作手法之一。"六义"之"兴"对《诗》言,"感发"之"兴"对读《诗》者言。今天看来,朱熹的分辨是科学可取的。但在他之前,这一问题确然是一笔糊涂账,在他以后,朱熹之说也没能引起足够重视。有关于

---

① 宋·朱鉴:《诗传遗说》,文渊阁《四库全书》本,经部第75册《诗》类,台北:台湾商务印书馆影印版,1986年,第502页。
② 宋·朱鉴:《诗传遗说》,文渊阁《四库全书》本,经部第75册《诗》类,台北:台湾商务印书馆影印版,1986年,第505页。
③ 宋·朱鉴:《诗传遗说》,文渊阁《四库全书》本,经部第75册《诗》类,台北:台湾商务印书馆影印版,1986年,第503页。
④ 宋·朱鉴:《诗传遗说》,文渊阁《四库全书》本,经部第75册《诗》类,台北:台湾商务印书馆影印版,1986年,第504页。
⑤ 宋·黎靖德编、王星贤校点:《朱子语类》,北京:中华书局,1986年,第2084页。

此,如清人刘宝楠的《论语正义》的材料可证,其文有:"《周官·大师》:'教六诗:曰风,曰赋,曰比,曰兴,曰雅,曰颂。'《注》:'赋之言铺,直铺陈今之政教善恶;比,见今之失,不敢斥言,取比类以言之;兴,见今之美,嫌于媚谀,取善事以喻劝之。郑司农云:"比者,比方于物也;兴者,托事于物。"'案:先郑解'比'、'兴'就物言,后郑就事言,互相足也。'赋'、'比'之义皆包于'兴',故夫子止言'兴'。……此《注》言'引譬'者,谓譬喻于物也。……言'联类'者,意中兼有赋比也。"①孔安国的"引譬联类",明显是将"兴"作为一种创作方法理解的,这与朱熹"感发"说不同。二郑和刘宝楠将"兴"和作为创作方法的"赋"、"比",甚至"六义"、"六诗"混为一谈,更和朱熹的观点大相径庭。当然,我们今天的文学理论已将两者辨析清楚,这从读音的汉语拼音调值上可以看得出来,"诗可以兴"之兴读为兴,去声;"六义"之兴读为兴,阴平。

二、"兴"与"涵泳"

如上所述,朱熹《诗经》学的"思无邪"非诗作者思想纯正,亦非诗歌内容思想纯正,而是诗歌于读诗者即接受者达成的思想内容纯正之效,但接受者的"思无邪"则须取道"兴"之一途。朱熹《诗经》学亦并未仅止于此,它还就"兴"之来临作了进一步探讨,那就是"涵泳":"《诗》……须是沉潜讽诵,玩味义理,咀嚼滋味,方有所益……古人说'《诗》可以兴',须是读了有兴起处,方是读《诗》。若不能兴起,便不是读《诗》。"②

朱熹关于"涵泳"的文字表述有:"看《诗》不须着意去里面分解,但是平平地涵泳自好。歌咏之际,深足以养人情性。"③"平平地涵泳"的"平平",意指读《诗》时不要有先在的功利心胸。在朱熹的话语体系中,"涵泳"又作"吟咏"、"熟读"等,即反复地去读。一首诗要"须是先将那诗吟咏四五十遍了,方可看注,看了又吟咏三四十遍,便意思自然融液浃洽,方有见处"④,两个四五十遍就是上百遍了。《诗经》要熟读,且平平地熟读,才能不期然而然地会有"感发"之"兴"的降临,他借助张载、谢良佐和程子观点以立说:"张子曰:'置心平易,然后可以言《诗》。涵咏从容,则忽

---

① 清·刘宝楠:《论语正义》,北京:中华书局,1990年,第690页。
② 宋·黎靖德编、王星贤校点:《朱子语类》,北京:中华书局,1986年,第2086页。
③ 宋·朱鉴:《诗传遗说》,文渊阁《四库全书》本,经部第75册《诗》类,台北:台湾商务印书馆影印版,1986年,第510页。
④ 宋·朱鉴:《诗传遗说》,文渊阁《四库全书》本,经部第75册《诗》类,台北:台湾商务印书馆影印版,1986年,第510页。

不自知而自解颐矣。'"①"谢氏曰:'学《诗》须先识"六义"体面而讽咏以得之。'"②"明道先生善言《诗》,未尝章解句释,但优游玩味,吟哦上下,便使人有得处。如曰'瞻彼日月,悠悠我思。道之云远,曷云能来',思之切矣;'百尔君子,不知德行。不忮不求,何用不臧',归于正也。"③"置心平易"即不要有先入之见的"虚静"审美心胸,朱熹形象地表述为"虚心平气"、"心光荡荡地"、"虚心"等;"涵咏",说白了就是"数读"即反复无数次地读,朱熹在不同的语境中还表述为"反复熟读"、"讽诵"、"熟读涵泳"、"讴吟讽诵"、"沉潜讽诵"、"吟咏讽诵"、"熟看"、"玩索涵泳"、"熟读玩味"、"熟读涵味",等等。但朱熹的先入之见既包括自己的先入之见,也包括前人的已有成见如毛郑之说,他曰:"今欲观《诗》,不若且置《小序》及旧说,只将元诗虚心熟读,徐徐玩味。候仿佛见个诗人本意,却从此推寻将去,方有感发。"④他非常重视"涵泳"在《诗》三百篇接受上的作用,故他于此反复强调:"《诗》可以兴,须是反复熟读,使书与心相乳入,自然有感发处。"⑤"大凡读书,多在讽诵中见义理,况《诗》又全在讽诵之功。"⑥又曰:"读《诗》惟是讽诵之功,上蔡亦云:'《诗》须是讴吟讽诵以得之。'"⑦

"涵泳"既是朱熹《诗》学之主张,亦为其忠实之实践,他回忆自己读《诗》经历曰:"熹旧时读书,也只先去看许多注解,少间却被惑乱,后来读至半了,却只将《诗》来讽诵至四五十过,已渐渐得诗之意,却去看注解,便觉减了五分以上工夫。更从而讽诵四五十过,则胸中豁然矣!"⑧朱熹不但自己身体力行于"涵泳",还以此要求其生徒,如有:"须是熟读了,文义都晓得了,却涵泳读取百来遍,方见得那好处,那好处方出,方见得精怪。见公每日

---

① 宋·朱熹:《诗集传》,《朱子全书》本,上海:上海古籍出版社、安徽教育出版社,2002年,第349页。
② 宋·朱熹:《诗集传》,《朱子全书》本,上海:上海古籍出版社、安徽教育出版社,2002年,第349页。
③ 宋·朱熹:《诗集传》,《朱子全书》本,上海:上海古籍出版社、安徽教育出版社,2002年,第349页。
④ 宋·黎靖德编、王星贤校点:《朱子语类》,北京:中华书局,1986年,第2085页。
⑤ 宋·朱鉴:《诗传遗说》,文渊阁《四库全书》本,经部第75册《诗》类,台北:台湾商务印书馆影印版,1986年,第505页。
⑥ 宋·朱鉴:《诗传遗说》,文渊阁《四库全书》本,经部第75册《诗》类,台北:台湾商务印书馆影印版,1986年,第505页。
⑦ 宋·朱鉴:《诗传遗说》,文渊阁《四库全书》本,经部第75册《诗》类,台北:台湾商务印书馆影印版,1986年,第505页。
⑧ 宋·朱鉴:《诗传遗说》,文渊阁《四库全书》本,经部第75册《诗》类,台北:台湾商务印书馆影印版,1986年,第506页。

说得来干燥,元来不曾熟读。若读到精熟时,意思自说不得。"①又有:"玩索涵泳,方有所得。若便要立议论,往往里面曲折,其实未晓,只仿佛见得,便自虚说耳,恐不济事。"②还有:"读《诗》全在讽咏得熟,则六义将自分明。须使篇篇有个下落,始得。且如子善向看《易传》,往往毕竟不曾熟。如此,则何缘会浃洽。"③对于没有认真实践"涵泳"且以"资性鲁钝,全记不起"④的生徒潘时举,朱熹则施以苛责:"只是贪多,故记不得。福州陈止之极鲁钝,每读书,只读五十字,必三二百遍而后能熟;精习读去,后来却赴贤良。要知人只是不会耐苦耳。凡学者要须做得人难做底事,方好。若见做不得,便不去做,要任其自然,何缘做得事成?切宜勉之!"⑤对于仅以"一二遍"浅显理解"涵泳"的生徒,朱熹耐心解释曰:"《诗》且逐篇旋读,方能旋通训诂,岂有不读而自能尽通训诂之理乎?读之多,玩之久,方能渐有感发,岂有读一二遍而便有感发之理乎?"⑥

总之,"涵泳"是朱熹读《诗》达成"兴"之效果的途径,接受者不要受包括自己与前人的先入之见干扰,以"虚静"的审美心胸,反复地熟读三百篇的元文本是其所含之义。其又可谓朱熹《诗经》解释学的法宝,不惟自己身体力行,还以此严格要求其生徒,无怪后世沈德潜《说诗晬语》不无感叹地评价曰:"朱子云:'讽咏以昌之,涵濡以体之。'真得读诗趣味。"⑦

第四节 "六义"说

朱熹《诗经》解释学极重"六义",他曾曰:"读《诗》须得他'六义'之体。"⑧以其为《诗经》学纲领:"诵《诗》者先辨乎此,则三百篇者若网在纲,

---

① 宋·朱鉴:《诗传遗说》,文渊阁《四库全书》本,经部第75册《诗》类,台北:台湾商务印书馆影印版,1986年,第507页。
② 宋·朱鉴:《诗传遗说》,文渊阁《四库全书》本,经部第75册《诗》类,台北:台湾商务印书馆影印版,1986年,第510页。
③ 宋·黎靖德编、王星贤校点:《朱子语类》,北京:中华书局,1986年,第2088页。
④ 宋·黎靖德编、王星贤校点:《朱子语类》,北京:中华书局,1986年,第2088页。
⑤ 宋·黎靖德编、王星贤校点:《朱子语类》,北京:中华书局,1986年,第2079页。
⑥ 宋·朱鉴:《诗传遗说》,文渊阁《四库全书》本,经部第75册《诗》类,台北:台湾商务印书馆影印版,1986年,第509—510页。
⑦ 清·沈德潜:《说诗晬语》,北京:人民文学出版社,1979年,第187页。
⑧ 宋·朱鉴:《诗传遗说》,文渊阁《四库全书》本,经部第75册《诗》类,台北:台湾商务印书馆影印版,1986年,第532页。

有条而不紊矣!"①《诗》之"六义",文出《毛序》:"故《诗》有'六义'焉:'一曰风,二曰赋,三曰比,四曰兴,五曰雅,六曰颂。'"而《周礼》在次序全同的情况下称"六诗":大师……教六诗:曰风、曰赋、曰比、曰兴、曰雅、曰颂。以六德为之本,以六律为之音。② 显然,《周礼》"六诗"是承载道德内涵并结合音乐用来教育人的"诗"的六种类型,《毛序》却将之专用于《诗经》而改称"六义"。但《毛序》在释"六义"时,却只阐发了风、雅、颂之义,但对赋、比、兴却未作阐述,且其解释并未按文本顺序。汉代《诗经》学者尽管补充阐发了赋、比、兴,但思想上还是走《毛序》政治教化的路子。随后,六朝刘勰、钟嵘等尽管注意到了赋、比、兴的文学价值,但并没有形成完整的理论体系。唐孔颖达于史上较早推出"三体三用"的"六义"说。到了朱熹,他继承了前人尤其是孔颖达的成果而构建了"六义"说体系。

一、三经三纬

对于《诗经》之"六义",朱熹持"三经三纬"说。

《诗传》注释《诗大序》的"六义"说云:"此一条本出于《周礼》大师之官,盖《三百篇》之纲领管辖也。《风》、《雅》、《颂》者,声乐部分之名也。《风》则十五《国风》。《雅》则《大小雅》。《颂》则《三颂》也。赋、比、兴,则所以制作《风》、《雅》、《颂》之体也。赋者,直陈其事,如《葛覃》、《卷耳》之类是也。比者,以彼状此,如《螽斯》、《绿衣》之类是也。兴者,托物兴辞,如《关雎》、《兔罝》之类是也。盖众作虽多,而其声音之节,制作之体,不外乎此。故大师之教国子,必使之以是六者三经而三纬之,则凡《诗》之节奏指归,皆将不待讲说而直可吟咏得之矣。六者之序,以其篇次,《风》固为先,而风则有赋比兴矣,故三者次之,而《雅》《颂》又次之,盖亦以是三者为之也。然比兴之中,《螽斯》专于比,而《绿衣》兼于兴,《兔罝》专于兴,而《关雎》兼于比。此其例中又自有不同者,学者亦不可以不知也。"③朱熹这里提到了"三经三纬"说,它们所指的就是《风》《雅》《颂》和赋比兴,但他却没有明确给出它们的对应关系。这一问题在后来和学生的答问中得到解决:"三经是赋比兴,是做诗底骨子,无诗不有,才无,则不成诗。盖不是赋便是比,不是比便是兴。如《风》、《雅》、《颂》,却是里面横串底,都有赋、比、

---

① 宋·朱鉴:《诗传遗说》,文渊阁《四库全书》本,经部第75册《诗》类,台北:台湾商务印书馆影印版,1986年,第536页。
② 唐·贾公彦:《周礼注疏》,《唐宋注疏十三经》本,北京:中华书局,1998年,第228页。
③ 宋·朱熹:《诗集传》,《朱子全书》本,上海:上海古籍出版社、安徽教育出版社,2002年,第344页。

兴,故谓之三纬。"①"三经"指赋比兴,朱熹认为,它们是《诗》三百的三种创作方法。"三纬"指《风》、《雅》、《颂》,即《诗》三百的三种类型:《风》即十五《国风》,《雅》即大《雅》和小《雅》,《颂》即《周颂》、《鲁颂》和《商颂》等三《颂》。朱熹还定义了赋比兴,并举《诗经》中的具体篇章作了例证。他还给出了《诗大序》"六义"的排序理由:因为三纬《风》序第一,而《风》诗的创作,取由三经的方法,所以《风》后即赋、比、兴,次则《雅》、《颂》。朱熹的观点显然是受孔颖达的影响,因孔颖达曾就"六义"提出过"三体三用"说。有关于此,孔颖达曰:"风、雅、颂者,诗篇之异体;赋、比、兴者,诗文之异辞耳。大小不同,而得并为'六义'者,赋比兴是诗之所用,风、雅、颂是诗之成形,用彼三事,成此三事,是故同称为义。"②可见,孔颖达的"三体",即朱熹的"三纬",指《风》、《雅》、《颂》;孔颖达的"三用",即朱熹的"三经",指赋、比、兴。至于在"六义"的排序理由上,朱熹和孔颖达也没有质的差别,孔颖达说:"'六义'次第如此者,以诗之四始,以风为先,故曰风。风之所用,以赋比兴为之辞,故于风之下即次赋比兴,然后次以雅、颂。雅、颂亦以赋比兴为之,既见赋比兴于风之下,明雅、颂亦同之……赋比兴如此次者,言事之道,直陈为正,故《诗》多赋在比、兴之先。比之与兴,虽同是附托外物,比显而兴隐,故比居兴先也。《毛传》特言兴也,为其理隐故也。"③只不过两者相较,朱说较为简明而已。

可见,朱熹关于"六义"的"三经三纬"说,是将赋、比、兴看作了《诗经》三百篇诗歌的创作方法,《风》、《雅》、《颂》看作了《诗》三百的三种类型、体式。

二、《风》《雅》《颂》

朱熹视《风》、《雅》、《颂》为"六义"之三纬,《诗》三百篇体式,而他的解释发展于先儒有别于先儒的地方在于"《风》《雅》正、变"说以及三者别以音乐的观点。

《诗经》的"《风》《雅》正、变"说,最早也出于《诗大序》:"至于王道衰,礼义废,政教失,国异政,家殊俗,而变《风》变《雅》作矣。"有变《风》变《雅》,则当有正《风》正《雅》。遗憾的是,《诗大序》既没有提到正《风》、《雅》,也没有具体给出《诗》三百中哪些篇章是正《风》、《雅》,哪些篇章是

---

① 宋·朱鉴:《诗传遗说》,文渊阁《四库全书》本,经部第75册《诗》类,台北:台湾商务印书馆影印版,1986年,第533页。
② 唐·孔颖达:《毛诗注疏》,《唐宋注疏十三经》本,北京:中华书局,1998年,第13—14页。
③ 唐·孔颖达:《毛诗注疏》,《唐宋注疏十三经》本,北京:中华书局,1998年,第13页。

变《风》、《雅》。朱熹论到"《风》《雅》正、变"说时,采用了先儒旧说:"《二南》二十五篇为正《风》,《鹿鸣》至《菁莪》二十二篇为正《小雅》,《文王》至《卷阿》十八篇为正《大雅》。皆文、武、成王时诗,周公所定乐歌之词。《邶》至《豳》十三国为变《风》,《六月》至《何草不黄》五十八篇为变《小雅》,《民劳》至《召旻》十三篇为变《大雅》,皆康召以后所作,故其为说如此……然正变之说,经无明文可考,今姑从之。"①可见,朱熹接受了前人的《诗经》中存在变《风》变《雅》观点。但他却不同意《大序》变《风》"止乎礼义"的说法,认为其中"放逸而不止乎礼义者,固已多矣"。变《风》甚至整个《诗》三百篇中,不"止乎礼义"者应该有很多,这一点和朱熹的"思无邪"说有关。再者,朱熹论《诗经》"《风》《雅》正、变"说,也不像前人那样仅以诗篇的创作时代为依据,而是就诗歌的产生地域、创作主体、时事治乱、风格特点等作了综合考察:"凡《诗》之所谓'风'者,多出于里巷歌谣之作,所谓男女相与咏歌,各言其情者也。惟《周南》、《召南》亲被文王之化以成德,而人皆有以得其性情之正,故其发于言者,乐而不遇于淫,哀而不及于伤,是以二篇独为《风》之正经。自《邶》而下,则其国之治乱不同,人之贤否亦异,其所感而发者,有邪正是非之不齐,而所谓先王之'风'者,于此焉变矣。若夫《雅》、《颂》之篇,则皆成周之世朝廷郊庙歌乐之词,其语和而壮,其义宽而密,其作者往往圣人之徒,故所以为万世法程而不可易者也。至于《雅》之变者,亦皆一时贤人君子闵世病俗之所为,而圣人取之,其忠厚恻怛之心,陈善闭邪之意,尤非后世能言之士所能及之。"②这里朱熹认为,产生地域多在民间里巷、创作主体多为普通群众的是《风》诗。其中被文王之化后的诗歌,风格表现为"乐而不淫,哀而不伤"的"温柔敦厚"特点的是正《风》——二《南》;因社会时事治乱的不同,创作主体的德性参差不齐,风格也多有淫乱而不"止乎礼义"的,为《邶风》以下的其他十三《国风》——变《风》。至于朝廷郊庙的篇章,创作主体要么是圣人之徒,要么是贤人君子,诗歌风格表现为"语和而壮、义宽而密"的,是《雅》、《颂》之篇。故而朱熹论"中声之所止"说:"只是正《风》、《雅》、《颂》是中声,那变《风》不是。"③

朱熹还以音乐来区别《风》、《雅》、《颂》。《诗解》曰:"《风》、《雅》、

---

① 宋·朱熹:《诗集传》,《朱子全书》本,上海:上海古籍出版社、安徽教育出版社,2002年,第344—345页。
② 宋·朱熹撰,束景南辑:《诗集解》,《朱子全书》本,上海:上海古籍出版社、安徽教育出版社,2002年,第104页。
③ 宋·朱鉴:《诗传遗说》,文渊阁《四库全书》本,经部第75册《诗》类,台北:台湾商务印书馆影印版,1986年,第535页。

《颂》者,声乐部分之名也。"①又:"《风》、《雅》、《颂》乃是乐章之腔调也,如言仲吕调、大石调、越调之类是也。"②还曰:"诗,古之乐也,亦如今人之歌曲,音各不同:卫有卫音,鄘有鄘音,邶有邶音。故诗有鄘音者系之《鄘》,有邶音者系之《邶》。若《大雅》、《小雅》,则亦如今之商调、宫调,作歌曲者,亦按其腔调而作尔。《大雅》、《小雅》亦古作乐之体格,按《大雅》体格作《大雅》,按《小雅》体格作《小雅》;非是做成诗后,旋相度其辞目为《大雅》、《小雅》也。"③依朱熹的观点,早期的诗歌和音乐是一体的,《诗》三百的《风》、《雅》、《颂》,实际上是音乐的名称。那么《诗》文和风、雅、颂的关系,非常类似于朱熹时代的词和词牌的关系,而在宋代,某个词牌的音乐调类是固定的。换一种说法,朱熹认为,诗和《风》、《雅》、《颂》的关系,是倚声填词的关系而不是相反。至于大、小《雅》之所以分,也是因为它们的乐调不同。

朱熹关于"六义"的"三纬"《风》、《雅》、《颂》思想,可以用他后出于《诗传》的《楚辞集注》的说法作结:"《风》则闾巷风土男女情思之词,《雅》则朝会燕享公卿大夫之作,《颂》则鬼神宗庙祭祀歌舞之乐,其所以分者,皆以其篇章节奏之异而别之也。"④

三、赋比兴

赋、比、兴作为朱熹"六义""三经三纬"说的"三经",是诗歌创作的三种表现手法。《楚辞集注》云:"'赋'则直陈其事,'比'则取物为比,'兴'则托物兴词,其所以分者,又以其属辞命义之不同而别之也。"⑤所谓"属辞命义",即斟酌文辞,布局文义,而斟酌文辞,布局文义的过程,就是诗歌创作的过程。而赋、比、兴作为表现手法的观点,史上是有线索可寻的。其中"赋"即铺陈,即直接描写,关于它的争议较少,而比、兴的情况则相对复杂得多。朱熹在"赋"上,和之前的观点没有什么明显差别。而他最有价值的地方,是对"兴"的看法,而他关于"兴"的理解,又是在和"比"一起且尽量将两者区别开来的努力中进行的。因此,这里我们也将其"兴"说作为重点,来分析朱

---

① 宋·朱熹撰、束景南辑:《诗集解》,《朱子全书》本,上海:上海古籍出版社、安徽教育出版社,2002年,第113页。
② 宋·朱鉴:《诗传遗说》,文渊阁《四库全书》本,经部第75册《诗》类,台北:台湾商务印书馆影印版,1986年,第535页。
③ 宋·黎靖德编、王星贤校点:《朱子语类》北京:中华书局,1986年,第2066页。
④ 宋·朱熹:《楚辞集注》,《朱子全书》本,上海:上海古籍出版社、安徽教育出版社,2002年,第20页。
⑤ 宋·朱熹:《楚辞集注》,《朱子全书》本,上海:上海古籍出版社、安徽教育出版社,2002年,第20页。

熹的赋、比、兴思想。

(一) 史上的"比兴"说

历史上首先将"兴"作为表现手法看待的人是毛亨,他传《诗经》独标"兴"体:"毛公述传,独标兴体。"①郑众是历史上最早定义"比兴"的学者:"比者,比方于物也;兴者,托事于物。"②照他所说,比、兴都约略包于今所谓比喻中。可见,郑众也是将"比兴"作为诗歌表现手法看待的。东汉末的郑玄也曾注"比兴":"比,见今之失,不敢斥言,取比类以言之;兴,见今之美,嫌于媚谀,取善事以喻劝之。"③显然,郑玄的以比、兴比附政教美刺与实不符,且较郑众是一倒退,故历来多受诟病。孔颖达就曰:"'兴'云'见今之美,取善事以劝之',谓美诗之兴也。其实,美刺俱有比、兴者也。"④西晋挚虞《文章流别论》曰:"比者,喻类之言也;兴者,有感之辞也。"⑤也是从创作的角度来理解比、兴。南朝齐梁刘勰《文心雕龙·比兴》篇,对"兴"体探讨颇为深刻:"《诗》文弘奥,包韫'六义',毛公述传,独标兴体;岂不以风通而赋同,比显而兴隐哉?故比者,附也;兴者,起也。附理者切类以指事,起情者依微以拟议。起情故兴体以立,附理故比例以生。比则畜愤以斥言,兴则环譬以托讽。"⑥这里刘勰对比比、兴以成文,两者相较:兴隐比显;兴者以起情,比者以附理;兴是通过委婉譬喻寄托讽谏的方法,比是郁愤蓄积而申斥的手段。总之,刘勰也认为"比兴"是创作方法。和刘勰同时稍晚的钟嵘关于"比兴"的观点,在继承先前表现手法思想基础上,更突出了其美学意义的发掘。同时他也在文学思想史上较早地提出了诗之"三义"说:"故诗有三义焉:一曰兴,二曰比,三曰赋。文已尽而意有余,兴也;因物喻志,比也;直书其事,寓言写物,赋也。宏斯三义,酌而用之……若专用比兴,患在意深,意深则词踬。"⑦分析后不难看出,钟嵘不但首先提出别于"六义"的"三义"说,且明确将其定位为创作方法。其"三义"排序也不同于流行的"赋、比、兴"而为"兴、比、赋",可见其对"兴"的重视。再有,其"三义"不仅是《诗经》学上的,还适用于整体上的诗歌创作。最后,其关于"兴"特征的"文已尽而意有余"和"意深"等描述,对中国美学史上的"意境"思想又有着突出重要的意义。总之,钟嵘的"兴"学思想,好多方面已经突破了《诗经》学的

---

① 范文澜:《文心雕龙注》,北京:人民文学出版社,1958年,第601页。
② 唐·贾公彦:《周礼注疏》,《唐宋注疏十三经》本,北京:中华书局,1998年,第228页。
③ 唐·孔颖达:《毛诗注疏》,《唐宋注疏十三经》本,北京:中华书局,1998年,第13页。
④ 唐·孔颖达:《毛诗注疏》,《唐宋注疏十三经》本,北京:中华书局,1998年,第13页。
⑤ 明·张溥:《汉魏六朝百三名家集》,南京:江苏古籍出版社,2002年,第630页。
⑥ 范文澜:《文心雕龙注》,北京:人民文学出版社,1958年,第601页。
⑦ 梁·钟嵘:《诗品》,清·何文焕《历代诗话》本,北京:中华书局,1981年,第3页。

藩篱而呈现了清新的气象。至唐孔颖达,尽管他也标举"赋、比、兴""三义",但却又将其拉入《诗经》学"六义"说的规范之中。

(二)兴者起也

《说文》曰:"兴者,起也。"朱熹认为,表现手法之"兴"的本质功能,即在于由上句引出下句。至于上句有无意义,和下句的意义有无关联,是次要的问题。换句话说,诗文之体,上句只要是用来引出下句的就是"兴"。上句可以有意义,也可以没有意义,两句意义上可以有关联,也可以没有关联。显然没有前人附"兴"以政教、美学的色彩。关于"兴"的定义,朱熹曰:

"兴者,先言他物而引起所咏之辞。"(段《解》)①

而《诗传纲领》又曰:

"兴者,托物兴辞。"②

这显然大大异于史上旧说的附会政教美刺、注重审美意蕴等,所以朱熹解释说:

觉旧说费力,失本指。如兴体不一,或借眼前物事说将起,或别自将一物说起,大抵只是将三四句引起,如唐时尚有此等诗体。如"青青河畔草","青青水中蒲",皆是别借此物,兴起其辞,非必有感有见于此物也。有将物之无,兴起自家之所有;将物之有,兴起自家之所无。③

朱熹认为毛、郑旧说不符合"兴"的本来意旨,因它的本指就是用物象来引出下文,无关政教。关于这个"物象",朱熹描述为:可以是"眼前"的,也可以是别的;可以是看到的,也可以是没看到的,可以是感觉到的,也可以是没感觉到的。

(三)兴与比

比、兴之区别与联系的问题,也是朱熹要着力解决的大问题:

---

① 宋·朱熹撰、束景南辑:《诗集解》,《朱子全书》本,上海:上海古籍出版社、安徽教育出版社,2002年,第117页。
② 宋·朱熹:《诗集传》,《朱子全书》本,上海:上海古籍出版社、安徽教育出版社,2002年,第344页。
③ 宋·黎靖德编、王星贤校点:《朱子语类》,北京:中华书局,1986年,第2070—2071页。

> 说出那物事来是兴,不说出那物事是比。如"南有乔木",只是说个"汉有游女";"奕奕寝庙,君子作之",只说个"他人有心,予忖度之";《关雎》亦然,皆是兴体。比底只是从头比下来,不说破。兴、比相近,却不同。①

朱熹认为,"兴"、"比"的最大区别在于"兴"所引起的对象在文中出现,而"比"的对象在文中不出现。正如他的例证那样,"南有乔木"所"兴"的对象"汉有游女"和"奕奕寝庙,君子作之"所引起的对象"他人有心,予忖度之"就是。所以朱熹还说:

> 比是一物比一物,而所指之事常在言外。兴是借彼一物以引起此事,而其事常在下句。但比意虽切而却浅,兴意虽阔而味长。②

"兴"和"比"美学上的区别是前者"阔而味长",后者"切而味浅",也即前人所说的"比显而兴隐"。但朱熹认为也并非绝对如此:

> 也有兴而不甚深远者,比而深远者,又系人之高下,有做得好底,有拙底。③

诗人才能的高下,才是决定"兴"、"比"美学价值的关键。此处可见朱熹的辩证思想。

又有

> 问:"《诗》中说兴处,多近比。"曰:"然。如《关雎》、《麟趾》相似,皆是兴而兼比。然虽近比,其体却只是兴。且如'关关雎鸠'本是兴起,到得下面说'窈窕淑女',此方是入题说那实事。盖兴是以一个物事贴一个物事说,上文兴而起,下文便接说实事。如'麟之趾',下文便接着'振振公子',一个对一个说。盖公本是个好底人,子也好,孙也好,族人也好。譬如麟趾也好,定也好,角也好。及比,则却不入题了。如比那一物说,便是说实事。如'螽斯羽诜诜兮,宜尔子孙振振兮'!'螽斯

---

① 宋·黎靖德编、王星贤校点:《朱子语类》,北京:中华书局,1986 年,第 2069 页。
② 宋·黎靖德编、王星贤校点:《朱子语类》,北京:中华书局,1986 年,第 2069—2070 页。
③ 宋·黎靖德编、王星贤校点:《朱子语类》,北京:中华书局,1986 年,第 2069 页。

羽'一句,便是说那人了,下面'宜尔子孙',依旧是就'螽斯羽'上说,更不用说实事,此所以谓之比。大率《诗》中比、兴皆类此。"①

这里朱熹指出,尽管《关雎》、《麟趾》二诗既具备"兴"的特征,也具备"比"的特征,但朱熹认为它们本质上还是"兴"体,是兼有"比"的"兴"体。而纯粹"比"体的代表是《螽斯》篇,朱熹认为此篇的主旨,是赞美后妃多子而不妒忌。但诗文中,后妃即"比"的对象并没有出现,而是通篇在写螽斯。

朱熹还将比、兴进行了分类。他认为,

> 比方有两例:有继所比而言其事者,有全不言其事者。兴亦有两例:有取所兴为义者,则以上句形容下句之情思,下句指言上句之事实;有全不取其义者,则但取一二字而已。要之,上句常虚,下句常实,则同也。(段《解》,吕《纪》)②

又曰:

> 兴有二义,有一样全无义理。③

朱熹是学术史上最早为"比"、"兴"分类的思想家:"兴"有两类,"比"也有两类。"兴"的两类,一类是上句和下句意思上全无关联的,朱熹述为"无义理",可称为"无义之兴",如《召南·小星》的首章"嘒彼小星,三五在东。肃肃宵征,寔命不同",朱熹就认是"无义之兴":"众妾进御于君,不敢当夕,见星而往,见星而还,因所见以起兴。"可见,上句的作用仅仅在于引出下句而已;一类为意思有关联的,朱熹述为"形容下句之情思",可称为"有义之兴",如《周南·汉广》首章"南有乔木,不可休息。汉有游女,布可求思",朱熹认为此是上两句兴起下两句,而上两句意的乔木不可休和下两句意的游女不可求,其意思上是有异质同构的关系,是为"有义之兴"。和"兴"有两个部分,两种类型一样,朱熹认为"比"也由两个元素构成,我们姑且称其为"本义"和"比义"。在诗文中,"比"的"比义"是不出现的,而"比义"不出现,并不代表和"比义"相关的内容不出现,他认为,和"比义"相关的内容可

---

① 宋·黎靖德编、王星贤校点:《朱子语类》,北京:中华书局,1986 年,第 2069 页。
② 宋·朱熹撰、束景南辑:《诗集解》,《朱子全书》本,上海:上海古籍出版社、安徽教育出版社,2002 年,第 112—113 页。
③ 宋·黎靖德编、王星贤校点:《朱子语类》,北京:中华书局,1986 年,第 2124 页。

以出现,也可以不出现,这就是"比"的两种类型,我们权且称之为"现事之比"和"隐事之比"。《螽斯》就是一典型的"比义"不出现在诗文中的"隐事之比"。关于"现事之比",还以《汉广》篇首章文"汉有游女,不可求思。汉之广矣,不可泳思。江之永矣,不可方思"为例,朱熹认为它是以江、汉的不可泳不可方,比前句的游女不可求,是为"现事之比"。

具体到某诗章创作手法上的赋、比、兴,朱熹认为既有专于一体的情况,也常常存在身兼多体的情况:

然比兴之中,《螽斯》专于比,而《绿衣》兼于兴,《兔罝》专于兴,而《关雎》兼于比。此其例中,又自有不同也。(段《解》)①

这一情况在《诗传》文本中有大量的呈现,此不详述。

分《诗经》之"六义"为"风、雅、颂"和"赋、比、兴"两组,较早的是唐代孔颖达,他的"三体三用"说已开了朱熹"三经三纬"说的先声。而朱熹"三经三纬"说以其较为完备的体系性,对后代的影响更大。

第五节 "赓和诗"说

"赓"者续也,"和"者应和,"赓和"即续用他人原韵或题意唱和,又表述为次韵、酬唱、应答等,是中国为诗(包括词等)之一类。《诗经》学史上首先引入"赓和"之说的是程子,他解《关雎》曰:"诗者,言之述也。言之不足而长言之,咏歌之,所由兴也。其发于诚感之深,至于不知手之舞,足之蹈,故其入于人也亦深,至可以动天地,感鬼神。虞之君臣,迭相赓和,始见于《书》。夏、商之世,虽有作者,其传鲜矣。"②但程子所言之君臣"赓和",指《虞书》所载的舜和皋陶的君臣相互唱和之诗"舜歌曰:'股肱喜哉,元首起哉,百工熙哉。'皋陶曰:'元首明哉,股肱良哉,庶事康哉。元首丛脞哉!股肱惰哉!万事堕哉'",而不是说《诗经》中有"赓和"之诗,因此历史上最早提出《诗经》的"赓和诗"说的,恐怕还是朱熹。

《诗经》的"赓和诗"说,毛郑没有涉及,故朱熹批曰:

---

① 宋·朱熹撰、束景南辑:《诗集解》,《朱子全书》本,上海:上海古籍出版社、安徽教育出版社,2002年,第113页。
② 宋·程颢、程颐:《二程集》,北京:中华书局,1981年,第1046页。

诗人当时多有唱和之词，如是者有十数篇，《序》中都说从别处去。且如《蟋蟀》一篇，本其风俗勤俭，其民终岁勤劳，不得少休，及岁之暮，方且相与燕乐；而又遽相戒曰："日月其除，无已太康。"盖谓今虽不可以为乐，然不已过于乐乎！其忧深思远故如此。至《山有枢》一诗，特以和答其意而解其忧尔，故说山则有枢矣，隰则有榆矣。子有衣裳，弗曳弗娄；子有车马，弗驰弗驱。一旦宛然以死，则他人藉之以为乐尔，所以解劝他及时而乐也。……若《鱼藻》，则天子燕诸侯，而诸侯美天子之诗也。《采菽》，则天子所以答《鱼藻》也。至《鹿鸣》，则燕享宾客也。……《四牡》，则劳使臣也。……《皇皇者华》，则遣使臣之诗也；《棠棣》，则燕兄弟之诗也。……《伐木》，则燕朋友故旧之诗也。人君以《鹿鸣》而下五诗燕其臣，故臣受君之赐者，则歌《天保》之诗答其上。……《既醉》，则父兄所以答《行苇》之诗也；《凫鹥》，则祭之明日绎而宾尸之诗也。古者宗庙之祭皆有尸，既祭之明日，则燀其祭食，以燕为尸之人，故有此诗。《假乐》则公尸之所以答《凫鹥》也。①

又曰：

《诗》中数处皆应答之诗，如《天保》乃为《鹿鸣》之唱答，《行苇》与《既醉》为唱答，《蟋蟀》与《山有枢》为唱答。唐自是晋未改号时国名，自序者以为刺僖公，便牵合谓此晋也，而谓之唐，乃有尧之遗风。本意岂因此而谓之唐？是皆凿说。但《唐风》自是尚有勤俭之意，作诗者是一个不敢放怀底人，说"今我不乐，日月其除"，便又说"无已太康，职思其居"。到《山有枢》是答者，便谓"子有衣裳，弗曳弗娄，宛其死矣，他人是愉"！"子有钟鼓，弗鼓弗考，宛其死矣，他人是保"！这是答他不能享些快活，徒恁地苦涩。②

朱熹发现某些诗篇，前后相属，意脉相连，实为后世所谓的"赓和"之诗，如上引中他重点分析的《唐风》中的《蟋蟀》、《山有枢》即是，而在朱熹的话语体系中，又将"赓和"表述为"唱和"、"应答"、"唱答"、"和答"等。

朱熹《诗传》认为《蟋蟀》诗表达了作者"忧深思远"的情怀，表现在于，

---

① 宋·黎靖德编、王星贤校点：《朱子语类》，北京：中华书局，1986年，第2073—2074页。
② 宋·黎靖德编、王星贤校点：《朱子语类》，北京：中华书局，1986年，第2076—2077页。

此诗先"主乐"后"戒乐":"今虽不可以不为乐,然不宜过于乐乎？盖亦顾念其职之所居者,使其虽好乐而无荒,若彼良士之长虑却顾焉,则可以不至于危亡也。"可见,所谓"戒乐",即不可过于乐也。而朱熹认为《山有枢》作者高扬生命意识表达了生命之忧,正是要人们"及时行乐"。两者即具诗篇相继、诗意相连的特点,因此朱熹判此两诗为相互应答的唱和之诗。《山有枢》篇,《诗传》曰:"此诗盖以答前篇之意而解其忧。"而《序辨》曰:"此诗盖以答《蟋蟀》之意而宽其忧。"后学黄升卿所录朱熹的一则谈话,也证明了他主张此两诗为应答之诗的观点:"《蟋蟀》自做起底诗,《山有枢》自做到底诗。"① 所谓一起一到者,即前唱后和也。此外,他还谈到《诗经》中其他的"赓和诗":《天保》与《鹿鸣》、《行苇》与《既醉》、《鱼藻》与《采菽》、《凫鹥》与《假乐》四组应答诗。

除以上五组外,朱熹《诗传》所判的"赓和诗"还有《豳》之《东山》和《破斧》,《小雅》之《甫田》和《大田》,《瞻彼洛矣》和《裳裳者华》等三组,而所有这些,朱熹都是在辨《毛序》的过程中得出的结论。《东山》诗,《序》认为是大夫美周公之诗:"周公东征,三年而归,劳归士,大夫美之,故作是诗也。"朱熹《序辨》不同意其说而认为此诗为周公所作:"此周公劳归士之词,非大夫美之而作也。"②《诗传》亦曰:"周公……作此诗以劳归士。"③《破斧》诗,《序》认为:"美周公也。周大夫以恶四国焉。"朱熹《序辨》曰:"此归士美周公之言,非大夫恶四国之诗也。"④《诗传》则定此诗为答上篇《东山》之诗:"从军之士以前篇周公劳己之勤,故言此以答其意。"⑤又曰:"《破斧》诗……是答《东山》之诗。"⑥《甫田》诗,朱熹《诗传》认为是"公卿有田禄者"惠农之诗:"此诗述公卿有田禄者力于农事,以奉方社田祖之祭。"⑦《大田》,朱熹《诗传》认为是农夫答颂公卿之诗:"此诗为农夫之词,以颂美其上,若

---

① 宋·黎靖德编、王星贤校点:《朱子语类》,北京:中华书局,1986年,第2111页。
② 宋·朱熹:《诗集传》,《朱子全书》本,上海:上海古籍出版社、安徽教育出版社,2002年,第381页。
③ 宋·朱熹:《诗集传》,《朱子全书》本,上海:上海古籍出版社、安徽教育出版社,2002年,第536页。
④ 宋·朱熹:《诗集传》,《朱子全书》本,上海:上海古籍出版社、安徽教育出版社,2002年,第381页。
⑤ 宋·朱熹:《诗集传》,《朱子全书》本,上海:上海古籍出版社、安徽教育出版社,2002年,第538页。
⑥ 宋·朱鉴:《诗传遗说》,文渊阁《四库全书》本,经部第75册《诗》类,台北:台湾商务印书馆影印版,1986年,第559页。
⑦ 宋·朱熹:《诗集传》,《朱子全书》本,上海:上海古籍出版社、安徽教育出版社,2002年,第626页。

以答前篇之意也。"①《瞻彼洛矣》，朱熹认为是诸侯美天子之诗，《诗传》曰："此天子会诸侯于东都，以讲武事，而诸侯美天子之诗。"②《裳裳者华》，《诗传》曰："此天子美诸侯之辞，盖以答《瞻彼洛矣》也。"③后又曰："《诗经》多有酬酢应答之篇。《瞻彼洛矣》，是臣归美其君，君子指君也。当时朝会于洛水之上，而臣祝其君如此。《裳裳者华》又是君报其臣。"④

依朱熹的理解，《诗》三百篇中和《蟋蟀》、《山有枢》同样的唱和之诗共有八组。这一见解确实是空前的思路，是整个《诗经》学思想研究史上的新成就。难怪陈子展在谈到《山有枢》时以激赏的口吻说："最妙的是朱熹《诗传》，好像以为前篇和这篇好是两个诗人互相赠答的诗。他说：'此诗盖亦答前篇之意而解其忧……'他的门人辅广说：'以此为答前篇之意而宽其忧，则句句有着落，有意味。此义盖自先生发之。然亦因《天保》为报上之诗，故并《既醉》、《假乐》诸篇皆得其正也。'（《传说汇纂》引）这真是他们师弟子的一种创建！"⑤

第六节 "雅郑"、"邪正"之辨

朱熹的"雅郑"、"邪正"之辨，实际上辨的是吕祖谦之说。它是两人在《诗经》解释上的主要分歧，也是"尊《序》"和"黜《序》"主张矛盾冲突的焦点所在。

朱熹的"雅郑"、"邪正"之辨，是针对吕祖谦在《吕氏家塾读诗记》中就《桑中》篇发表的高论而提出来的，《吕氏家塾读诗记》于《桑中》篇曰：

《桑中》、《溱洧》诸篇，几于劝矣，夫子取之，何也？曰："《诗》之体不同，有直刺之者，《新台》之类是也；有微讽之者，《君子偕老》之类是也；有铺陈其事、不加一辞而意自见者，此类是也。"或曰："后世狭邪之

---

① 宋·朱熹：《诗集传》，《朱子全书》本，上海：上海古籍出版社、安徽教育出版社，2002年，第628页。
② 宋·朱熹：《诗集传》，《朱子全书》本，上海：上海古籍出版社、安徽教育出版社，2002年，第629页。
③ 宋·朱熹：《诗集传》，《朱子全书》本，上海：上海古籍出版社、安徽教育出版社，2002年，第630页。
④ 宋·朱鉴：《诗传遗说》，文渊阁《四库全书》本，经部第75册《诗》类，台北：台湾商务印书馆影印版，1986年，第570页。
⑤ 陈子展：《诗三百解题》，上海：复旦大学出版社，2001年，第422—423页。

乐府,冒之以此诗之《叙》,岂不可乎?"曰:"仲尼谓'《诗三百》,一言以蔽之,曰思无邪',诗人以无邪之思作之,学者亦以无邪之思观之,闵惜惩创之意,隐然自见于言外矣。"或曰:"《乐记》所谓桑间濮上之音,安知非即此篇乎?"曰:"《诗》,雅乐也,祭祀朝聘之所用也;桑间、濮上之音,郑、卫之乐也,世俗之所用也。雅、郑不同部,其来尚矣。战国之际,魏文侯与子夏言古乐、新乐,齐宣王与孟子言古乐、今乐,盖皆别而言之。虽今之世,太常、教坊各有司局,初不相乱,况上而春秋之世,宁有编郑、卫乐曲于雅音中之理乎?《桑中》、《溱洧》诸篇,作于周道之衰,其声虽已降于烦促,而犹止于中声,荀卿独能知之;其辞虽近于讽一劝百,然犹止于礼义,《大叙》独能知之,仲尼录之于经,所以谨世变之始也。借使仲尼之前,雅、郑果尝庞杂,自卫反鲁正乐之时所当正者,无大于此矣。唐明皇令胡部与郑、卫之声合奏,谈俗乐者尚非之,曾谓仲尼反使雅、郑合奏乎?《论语》答颜子之问,乃孔子治天下之大纲也,于郑声亟欲放之,岂有删诗示万世反收郑声以备六艺乎?"①

吕祖谦基于要维护《毛序》的权威,认为包括《桑中》篇在内的《诗》三百篇都是思想内容纯正的诗篇,《诗经》中的《郑风》不是所谓的"郑声"。论证方法主要是推理法和征引法。论据主要是诗体和孔子的说法。《桑中》、《溱洧》之诗,内容显然是描写男女约会,用古代的观点看是淫邀艳约。但吕祖谦认为此诗的创作动机不在于表现这一内容,而是作者的一种讽刺手法,可以称为"似劝实刺"。他还提出了"雅、郑不同部"的观点。

朱熹基于求《诗》本义,重建新《诗经》学体系的动机,认为《桑中》篇是"淫奔之诗",《郑风》即"郑声"。以此为出发点,他的《读吕氏诗记桑中篇》逐条批驳了吕氏之说:

> 诗体不同。固有铺陈其事不加一词而意自见者,然必其事之犹可言者,若《清人》之诗是也。至于《桑中》、《溱洧》之篇,则雅人庄士有难言之者矣。孔子之称"思无邪"也,以为《诗》三百篇,劝善惩恶,虽其要归无不出于正,然未有若此言之约而尽者耳,非以作诗之人所思皆无邪也。今必曰彼以无邪之思,铺陈淫乱之事而悯惜惩创之意自见于言外,则曷若曰彼虽以有邪之思作之,而我以无邪之思读之,则彼之自状其丑

---

① 宋·吕祖谦:《吕氏家塾读诗记》,文渊阁《四库全书》本,经部第73册《诗》类,台湾商务印书馆影印版,1986年,第390页。

者,乃所以为吾警惧惩创之资耶?而况曲为训说而求其无邪于彼,不若反而得之于我之易也。巧为辨说而归其无邪于彼,不若反而责之于我之切也。

若夫《雅》也、《郑》也、《卫》也,求之诸篇,固各有其目矣:《雅》则《大雅》《小雅》若干篇是也,《郑》则《郑风》若干篇是也,《卫》则《邶鄘卫风》若干篇是也。是则自卫反鲁以来未之有改。而《风》《雅》之篇,说者又有正、变之别焉。至于《桑中·小序》"政散民流而不可止"之文与《乐记》合,则是诗之为桑间又不为无所据者。今必曰三百篇皆雅,而大、小《雅》不独为雅,《郑风》不为《郑》,邶、鄘、卫之风不为《卫》,《桑中》不为桑间亡国之音,则其篇帙混乱,邪正错糅,非复孔子之旧矣。夫二《南》正《风》,房中之乐也,乡乐也;二《雅》之正,朝廷之乐也;商、周之《颂》,宗庙之乐也。是或见于《序》义,或出于传记,皆有可考。至于变雅则固已无施于事,而变风又特里巷之歌谣,其领在乐官者,以为可以识时变,观土风,而贤于四夷之乐耳。今必曰三百篇者皆祭祀朝聘之所用,则未知《桑中》、《溱洧》之属,当以荐何等之鬼神,接何等之宾客耶?盖古者天子巡守,命太师陈诗以观民风,固不问其美恶而悉陈以观也。既已陈之,固不问其美恶而悉存以训也。然其与先王《雅》、《颂》之正,篇帙不同,施用亦异,如前所陈,则固不嫌于庞杂矣。今于《雅》、《郑》之实察之既不详,于庞杂之名畏之又太甚,顾乃引夫浮放之鄙词,而文以风刺之美说,必欲强而置诸先王《雅》、《颂》之列,是乃反为庞杂之甚而不自知也。夫以胡部与《郑》、《卫》合奏犹曰不可,而况强以《桑中》、《溱洧》为雅乐,又欲合于《鹿鸣》、《文王》、《清庙》之什而奏之宗庙之中、朝廷之上乎?其以二诗为犹止于中声者,太史公所谓孔子皆弦歌之,以求合于《韶》、《武》之音,其误盖亦如此。然古乐既亡,无所考正,则吾不敢必为之说,独以其理与其词推之,有以知其必不然耳。

又以为近于劝百讽一而止乎礼义,则又信《大序》之过者。夫《子虚》、《上林》,侈矣,然自"天子茫然而思"以下,犹实有所谓讽也。《汉广》知不可而不求,《大车》有所畏而不敢,则犹有所谓礼义之止也;若《桑中》、《溱洧》,则吾不知其何词之讽,而何礼义之止乎!若曰孔子尝欲放郑声矣,不当于此又收之以备《六籍》也。此则曾南丰于《战国策》,刘元城于三不足之论,皆尝言之,又岂俟吾言而后白也哉!

大抵吾说之病不过得罪于桑间、洧外之人,而其力犹足以完先王之乐。彼说而善,则二诗之幸甚矣。抑其于《溱洧》而取范氏之说,则又似以放郑者,岂理之自然固有不可夺耶?因读《桑中》之说,而惜前论之不及竟,又痛伯恭之不可作也,因书其后以为使伯恭生而闻此,虽未必遽以为然,亦当为我迥然而一笑也。呜呼悲夫!①

针对吕的"似劝实刺"的讽刺之说,朱熹从创作主体出发,认为诗人不可能将亲眼见到的丑事不加任何评论地铺叙出来。因此《桑中》、《溱洧》等诗不是诗人的讽刺之作,而是淫奔者的写实之作。针对吕解"思无邪"为创作主体的"思无邪",朱熹主张应该理解为接受主体的"思无邪"。针对吕的"放郑声"和"雅、郑不同部"说,朱熹认为孔子所放的是"郑声"的音乐部分,而存于《诗经》的是乐词——诗。雅、郑同部,是《诗经》的事实存在。朱熹《诗传》曰:

《乐记》曰:"郑卫之音,乱世之音也,比于慢矣。桑间濮上之音,亡国之音也。其政散,其民流,诬上行私而不可止也。"按"桑间"即此篇,故《小序》亦用《乐记》之语。②

朱熹利用《序》说的"政散民流"作为其"雅郑"、"邪正"之辨的证据,但对其基本的"刺奔"说则持批判态度。《序》定《桑中》篇主旨曰:"刺奔也。卫之公室淫乱,男女相奔,至于世族,在位相窃妻妾,期于幽远,政散民流而不可止。"朱熹《序辨》既是辨《序》,更是辨吕祖谦:

此诗乃淫奔者所自作。《序》之首句以为刺奔,误矣。其下云云者,乃复得之《乐记》之说,已略见本篇矣。而或者以为刺诗之体,固有铺陈其事,不加一辞,而闵惜惩创之意自见于言外者,此类是也。岂必谯让质责,然后为刺也哉!此说不然。夫诗之为刺,固有不加一辞而意自见者,《清人》、《猗嗟》之属是已。然尝试翫之,则其赋之人又在所赋之外,而词意之间又有宾主之分也。岂有将欲刺人之恶,乃反自为彼人之言,以陷其身于所刺之中,而不自知也哉!其必不然也明矣。又况此等之人,安于为恶,其于此等之诗,计其平日固已自其口出而无惭矣,又何

---

① 宋·朱熹:《晦庵先生朱文公集》,《朱子全书》本,上海:上海古籍出版社、安徽教育出版社,2002年,第3371—3373页。
② 宋·朱熹:《诗集传》,《朱子全书》本,上海:上海古籍出版社、安徽教育出版社,2002年,第444页。

待吾之铺陈而后始知其所以为之如此,亦岂畏吾之闵惜而遂幡然遽有所惩创之心邪?以是为刺,不唯无益,殆恐不免于鼓之舞之,而反以劝其恶也。或者又曰:《诗》三百篇,皆雅乐也,祭祀超聘之所用也。桑间、濮上之音,郑、卫之音也,世俗之所用也。《雅》、《郑》不同部,其来尚矣。且夫子答颜渊之问,于郑声亟欲放而绝之,岂其删诗乃录淫奔者之词,而使之合奏乎雅乐之中乎?亦不然也。《雅》者,二《雅》是也。《郑》者,《缁衣》以下二十一篇是也。《卫》者,《邶鄘卫》三十九篇是也。桑间,《卫》之一篇《桑中》之诗是也。《二南》、《雅》、《颂》,祭祀朝聘之所用也。《郑》、《卫》、桑、濮,里巷狭邪之所歌也。夫子之于《郑》、《卫》,盖深绝其声于乐以为法,而严立其词于诗以为戒。如圣人固不语乱,而《春秋》所记无非乱臣贼子之事,盖不如是无以见当时风俗事世变之实,……而文之以《雅》乐之名,又欲从而奏之宗庙之中、朝廷之上,则未知其将以荐之何等之鬼神,用之何等之宾客,而于圣人为邦之法,又岂不为阳守而阴叛之耶?其亦误矣。曰:然则《大序》所谓"止乎礼义",夫子所谓"思无邪"者,又何谓也?曰:《大序》指《柏舟》、《绿衣》、《泉水》、《竹竿》之属而言,以为多出于此耳,非谓篇篇皆然,而《桑中》之类亦"止乎礼义"也。夫子之言,正为其有邪正美恶之杂,故特言此,以明其皆可以惩恶劝善,而使人得性情之正耳,非以《桑中》之类亦以无邪之思作之也。曰:荀卿所谓《诗》者中声之所止,太史公亦谓《三百篇》者,夫子皆弦歌之,以求合于《韶》、《武》之音,何邪?曰:荀卿之言固为正经而发,若史迁之说,则恐亦未足为据也,岂有哇淫之曲而可以强合于《韶》、《武》之音也耶!①

和《读吕记桑中篇》比较,朱熹于《序辨》中进一步明确了"雅郑"、"邪正"之辨的若干细节问题。如作者问题,《读吕》中仅辨到此诗不可能是诗人作,《序辨》则明确了此诗作者是淫奔者。这样一来,吕的刺诗之体说就站不住脚了,因为作者将自己作为讽刺的对象是不合逻辑的。针对自己《读吕》中的"放郑声"(音乐)留"郑辞"说,《辨》进而以《春秋》之法作旁证:"《春秋》所记无非乱臣贼子之事。"关于"雅、郑同部"问题,在《读吕》中他只谈到《诗经》的《郑风》即"郑",大、小《雅》即"雅"等,此《辨》则进而具体到篇目及篇数:"《雅》者,《二雅》是也。《郑》者,《缁衣》以下二十一篇是也。《卫》者,

---

① 宋·朱熹:《诗集传》,《朱子全书》本,上海:上海古籍出版社、安徽教育出版社,2002年,第364—366页。

《邶鄘卫》三十九篇是也。桑间，《卫》之一篇《桑中》之诗是也。"至于荀子和司马迁之说，朱熹认为：荀子之说为"正经而发"，史迁之说不足为据。

总之，朱熹辨正"雅、郑"、"邪、正"为"雅"即《诗经》的大、小《雅》，"郑卫之音"即《诗经》中的《郑风》和邶、鄘、卫等三卫之《风》。"邪"指《诗经》的某些篇章如《郑风》的《桑中》、《溱洧》等诗的作者和诗歌的思想内容不健康；"正"指《诗经》内容"善"的诗篇能感发读者的善心，"恶"者能惩创读者的逸志，最终达成读者的思想归之于正的效果。

第七节 "叶韵"说

正如上文所言，朱熹解《诗》，音韵、章句训诂和义理并重，而头一项就是音韵。他注音既用反切法和直音法，又开创性地使用了叶音法。较于前两者，叶音的主要使命即在于《诗经》的韵律上。

诗的押韵，是诗歌的重要特点。但它又可以根据自在和自觉的不同，分成两个时期。诗歌创作的自觉用韵是伴随六朝声律说的兴起而出现的，之前的用韵，是不自觉的自然现象。正如刘勰所说："夫音律所始，本于人声者也。声合宫商，肇自血气。"①人的自然决定了韵律的自然。具体到《诗经》，钟嵘《诗品序》认为因其是乐词，故本来就是自然合韵的："古曰《诗》、《颂》，皆被之金竹，故非调五音，无以谐会。若'置酒高堂上'、'明月照高楼'，为韵之首。故三祖之词，文或不工，而韵入歌唱。此重音韵之义也，与世之言宫商异矣。今既不被管弦，亦何取于声律耶？"②正因《诗》、《颂》和曹植等人的创作合乎自然的韵律，故为诗歌中的典范。钟嵘据此批评了当下人们认为的诗歌创作上的声律行为。但也许是诗歌创作上的自觉韵律更符合诗歌发展的趋势，声韵问题并没有因为钟嵘等的批评而有所收敛，反而分得越来越细密，要求越来越严格，《切韵》之后又有《唐韵》和宋的《广韵》。故就像唐诗宋词不合于今天"普通话"的韵律一样，《诗经》三百中的诗篇，不合于宋人用韵习惯的情况也出现了。而朱熹作为一治学严谨之人，他没有选择放弃《诗经》的韵律，因此朱熹解《诗经》提出了"叶韵"说。他也认为《诗经》的叶韵是人和音乐的自然共同决定的自然现象，他的"与天通"、"本乐章"等表述即是明证，而今人读《诗经》认为不合韵律，原因在于"古人韵宽，

---

① 范文澜：《文心雕龙注》，北京：人民文学出版社，1958 年，第 552 页。
② 梁·钟嵘：《诗品》，清·何文焕《历代诗话》本，北京：中华书局，1981 年，第 5 页。

后人分得密":

> 问:"先生说《诗》,率皆叶韵,得非《诗》本乐章,播诸声诗,自然叶韵,方谐律吕,其音节本如是耶?"曰:"固是如此。然古人文章亦多是叶韵。"因举《王制》及《老子》叶韵处数段。又曰:"《周颂》多不叶韵,疑自有和底篇相叶。'《清庙》之瑟,朱弦而疏越,一唱而三叹',叹,即和声也。"①
>
> 诗之音韵,是自然如此,这个与天通。古人音韵宽,后人分得密后,隔开了。《离骚注》中发两个例在前:"朕皇考曰伯庸。""庚寅吾以降。""又重之以修能。""纫秋兰以为佩。"后人不晓,却谓只此两韵如此。②
>
> 因言:"古之谣谚皆押韵,如《夏谚》之类。散文亦有押韵者,如《曲礼》'安民哉'叶音'兹',则与上面'思、辞'二字叶矣。又如'将上堂,声必扬;将入户,视必下','下'叶音'护'。《礼运》、《孔子闲居》亦多押韵。《庄子》中尤多。至于《易·象辞》,皆韵语也。"③

朱熹高于刘勰和钟嵘之处,在于他还认识到古代的谣谚、散文也注重韵律的情况。他说《夏谚》,《礼记》的《王制》篇、《礼运》篇和《孔子闲居》篇,《老子》、《庄子》等书的某些段落,《易·系辞》等都是叶韵的例子。并据《礼记》的"《清庙》之瑟,朱弦而疏越,一唱而三叹"文认为,尽管《周颂》之篇多不叶韵,但其文应该有相叶韵的赓和之篇。朱熹还举了《离骚》的叶韵例子。因此他认为,对《诗经》的叶韵要具体分析:

> 叶韵,恐当以头一韵为准。且如"华"字叶音"敷",如"有女同车"是第一句,则第二句"颜如舜华,"当读作"敷"字,然后与下文"佩玉琼琚","洵美且都",皆叶。至如"何彼秾矣,唐棣之华",是第一韵,则当以本音读,而下文"王姬之车"却当作尺奢反,如此方是。……然《楚辞》"纷吾既有此内美兮,又重之以修能","能"音"耐",然后下文"纫秋兰以为佩"叶。若"能"字只从本音,则"佩"字遂无音。如此,则又未可以头一韵为定也。④

---

① 宋·黎靖德编、王星贤校点:《朱子语类》,北京:中华书局,1986年,第2079页。
② 宋·黎靖德编、王星贤校点:《朱子语类》,北京:中华书局,1986年,第2079页。
③ 宋·黎靖德编、王星贤校点:《朱子语类》,北京:中华书局,1986年,第2081页。
④ 宋·黎靖德编、王星贤校点:《朱子语类》,北京:中华书局,1986年,第2079—2080页。

《诗经》中叶韵,既有以"头一韵"为准者,也有其他情况存在。

朱熹的"叶韵"说受到过吴棫(才老)的影响,也受到过地方方言的启发。关于吴才老的"叶韵"说的依据问题,朱熹说:"他皆有据。泉州有其书,每一字多者引十几证,少者亦两三证。他说元初更多,后删去,姑存此耳。然犹有未尽。"① 关于方言依据,朱熹说:"如今说在方言,亦自有音韵与古合处。"②

综上所述,朱熹的"叶韵"说是他力求全面解释《诗》三百篇的用韵所采用的方法,从理论上说,"叶韵"合乎诗经的自然韵律的客观实际。朱熹的"叶韵"说,不是主观地自我杜撰,而是本于《诗》三百篇本身的用韵实际情况。据今人研究,朱熹《诗传》中的 1 360 例叶韵,正确率达到 82%,失误率仅 18%。③ 故而我们认为,对朱熹《诗经》解释上的"叶韵"说全盘否定或是侮辱谩骂,都是不科学不负责任的行为。

---

① 宋·黎靖德编、王星贤校点:《朱子语类》,北京:中华书局,1986 年,第 2080—2081 页。
② 宋·黎靖德编、王星贤校点:《朱子语类》,北京:中华书局,1986 年,第 2081 页。
③ 陈广忠:《朱熹诗集传叶音考辨》,《安徽大学学报(哲学社会科学版)》1999 年,第 2 期。

第六章 二《南》正《风》诗学

第一节 周文王王道政化的里巷歌谣

关于朱熹的二《南》学术,莫砺锋先生强调了其文学价值,说《诗传》"使《诗经》学迈出了从经学走向文学的第一步"①,束景南先生则强调了其理学意义,说朱熹"建立了一个理学化的《二南》解说体系"②。其实,两位先生各侧重了一面,本书认为,朱熹使《诗经》学从经学走向文学的目的,是为了让其走向理学,他的把二《南》诗篇解说成周文王王道政化的里巷歌谣,实质是理学统帅文学的理学、文学二元一体解释学。

一、前学渊源

朱熹理学、文学二元一体的二《南》解释学前学渊源可以追溯到孔子。孔子一面说"人而不为《周南》、《召南》,其犹正墙面而立"(《论语·阳货》),一面又说"《关雎》乐而不淫,哀而不伤"(《论语·八佾》)。"乐"与"哀"均是情感的一种,可见,孔子并没有否定二《南》诗篇的抒情性,而是主张其情感抒发符合"中和"③之音要求,这一点为上博简《孔子诗论》所旁证,如第十简有:"《关雎》以色喻于礼。"④"色"可解为"情","以色喻于礼"意为寓"情"于"礼",也即"情""礼"之"和",即"中和"之义。但是,这里的孔子之说埋下了一个巨大的历史"隐患",即《关雎》能否代表二《南》的问题:如果能,则二《南》二十五篇都是"中和"之音,如果不能,则问题会走向复杂化。实际上,能与不能的问题并没有为《大序》所注意,总之,它的歪曲解释

---

① 莫砺锋:《从经学走向文学:朱熹"淫诗"说的实质》,《文学评论》2001 年,第 2 期。
② 束景南:《朱子大传》,北京:商务印书馆,2003 年,第 534 页。
③ "中和"之音作为文学美学的概念,其哲学依据是儒家《中庸》的"中和"思想。《中庸》曰:"喜怒哀乐之未发,谓之中;发而皆中节,谓之和。"
④ 陈桐生:《孔子诗论研究》,北京:中华书局,2004 年,第 297 页。

遮蔽了孔子论二《南》的文学性达千年之久。

《毛诗序》对孔子二《南》文学性主张的遮蔽,一则表现为它否定二《南》诗篇的抒情性,认为"发乎情"的仅是变《风》;再则表现在它对"《关雎》乐而不淫,哀而不伤"的歪曲解释上:"《关雎》乐得淑女,以配君子,忧在进贤,不淫其色;哀窈窕,思贤才,而无伤善之心焉。是《关雎》之义也。"相对于对"乐而不淫,哀而不伤"的歪曲,"面墙而立"说却为《大序》所发挥,它曰:"《关雎》、《麟趾》之化,王者之风,故系之周公。……《鹊巢》《驺虞》之德,诸侯之风也,先王之所以教,故系之召公。《周南》《召南》,正始之道,王化之基。"孔子的"面墙而立"强调的仅仅是二《南》于社会生活的重要性,并没有和先王、周公召公等联系起来,将之提到"正始之道,王化之基"的社会政治高度,由此可见,《大序》的二《南》学,也是基于自己视阈的解释学。"乐而不淫,哀而不伤",如上所述,孔子是说《关雎》这首诗的情感特色是乐、哀适度,符合"中和"美的标准、"过犹不及"的"中庸"思想。令人匪夷所思的是,《大序》竟将"乐"、"淫"、"哀"、"伤"肢解而做了歪曲的解释。对《大序》的歪曲解释,后来学者如马融等又多不加辨别,并给二《南》套上新伦理规范——"三纲"的枷锁:"《周南》、《召南》,《国风》之始,乐得淑女,以配君子。三纲之首,王教之端。故人而不为,如向墙而立。"①

赋予二《南》诗篇以周文王王道教化的承载,《毛序》尽管有例但却不占主流。史上首倡二《南》诗篇文王王道教化主题的是曾巩,朱熹《诗传》引其语曰:"古之君子未尝不以身化也,故家人之义归于反身,《二南》之业本于文王,岂自外至哉!……盖本于文王之躬化。"②朱熹文王王道政化的二《南》解释,是借鉴了曾巩之说,发明了孔子"中和"解释的文学性的一元,援入理学一元,建构的一个文学、理学二元一体的解释学体系。这一体系具体又表现在以下若干方面。

二、作者的社会地位和诗篇内容的抒情

朱熹之前,以《毛序》为代表的主流观点认为"发乎情"的是变《风》,二《南》诗篇作为正《风》,是圣人周公所作以之承担"正始之道,王化之基"任务的内容严肃的文本,不涉及情感抒发问题。朱熹则认为二《南》和其他十三《国风》一样,也是低社会地位的人们抒发感情的里巷歌谣:"凡《诗》之所

---

① 宋·邢昺:《论语注疏》,《唐宋注疏十三经》本,北京:中华书局,1998年,第114页。
② 宋·朱熹:《诗集传》,《朱子全书》本,上海:上海古籍出版社、安徽教育出版社,2002年,第355页。

谓《风》者,多出于里巷歌谣之作,所谓男女相与咏歌,各言其情者也。"①这一革命性论断,历史性地实现了二《南》诗篇文学性的回归,却也意味着他要对某些基本问题,如诗篇的作者和诗歌内容等重新给以文学性的说法。

第一,二《南》诗篇的作者问题。朱熹对二《南》诗篇抒情里巷歌谣的定位,直接否定了《关雎》作者为周公的前说。朱熹之前二《南》诗篇的作者,主流的观点认为是周公,持此说者包括理学先驱程子:"程先生必要说是周公作以教人,不知是如何?某不敢从。"②朱熹基于诗篇描写后妃辗转反侧、琴瑟钟鼓生活的内容,判定其作者要同时具备两个条件:一、社会地位较低;二、熟悉后妃的生活情状,故而,"宫中人"③是合逻辑的结论。下面通过列表形式来考察朱熹《诗传》中的二《南》诗篇的作者身份情况。

表 6.1

诗　类	序　号	篇　名	作　　者
周南	1	关雎	宫中之人
	2	葛覃	后妃
	3	卷耳	后妃
	4	樛木	众妾
	5	螽斯	众妾
	6	桃夭	诗人
	7	兔罝	诗人
	8	芣苢	妇人
	9	汉广	无礼之男
	10	汝坟	妇人
	11	麟之趾	诗人
召南	1	鹊巢	诸侯家人
	2	采蘩	诸侯家人
	3	草虫	诸侯大夫妻
	4	采蘋	诸侯大夫家人

---

① 宋·朱熹:《诗集传》,《朱子全书》本,上海:上海古籍出版社、安徽教育出版社,2002 年,第 351 页。
② 宋·黎靖德编、王星贤校点:《朱子语类》,北京:中华书局,1986 年,第 2067 页。
③ 宋·朱鉴:《诗传遗说》,文渊阁《四库全书》本,经部第 75 册,台北:台湾商务印书馆 1986 年影印版,第 544 页。

续 表

诗 类	序 号	篇 名	作 者
召南	5	甘棠	后人
	6	行露	女子
	7	羔羊	诗人
	8	殷其雷	妇人
	9	摽有梅	女子
	10	小星	众妾
	11	江有汜	嫡(自悔)
	12	野有死麕	诗人
	13	何彼襛矣	未详
	14	驺虞	诗人

上表可见,二《南》二十五篇的作者,除《葛覃》《卷耳》为后妃,《草虫》为大夫妻外,其余二十二篇都是低社会地位者:文王、诸侯、大夫的妾媵和家人;民间诗人。可以说,二《南》诗篇作者的低社会地位性,既是朱熹里巷歌谣定位的结论,同时它又支持二《南》诗篇内容的抒情性。

第二,诗篇内容的抒情性。除作者身份的低社会地位性外,朱熹二《南》解释文学元还涵摄着诗篇内容的抒情性。为了论述方便,这里将《诗传》中的二《南》诗篇所抒发的情感分为美叹之情、和乐之情、男女之情等三类。具体看来,抒发美叹之情的有《关雎》、《樛木》、《螽斯》、《桃夭》、《兔罝》、《麟之趾》、《鹊巢》、《采蘩》、《采蘋》、《甘棠》、《羔羊》、《小星》、《江有汜》、《何彼襛矣》、《驺虞》等,美叹的对象有后妃、猎人、公子、诸侯夫人、召伯、大夫、嫡、王姬等,美叹的内容有妇女的贤内助的妇道,政府官员(召伯、大夫)勤于政化、节俭正直之德,民间女子的贤惠之德,以及人尽其才(罝兔的猎人为国家栋梁)、人与自然和谐相处的美好景象等。抒发和乐之情的有《葛覃》、《苤苢》两篇:《葛覃》篇是后妃既成絺绤而赋其事,追叙初夏之时,葛叶方盛,而有黄鸟鸣于其上的内心和乐之情的表达;《苤苢》篇是妇人抒发的在化行俗美、家室和平的社会背景下,相与采苤苢的和乐之情。抒发男女情感的诗篇共八首,又可细分为思妇、抗强暴、单相思、思春等主题:其中思妇主题的有《卷耳》、《汝坟》、《草虫》、《殷其雷》四篇,抗强暴主题的有《行露》和《野有死麕》两篇,《汉广》是单相思的主题,《摽有梅》则是一首思春诗。

三、解释中赋、比、兴表现手法的运用

赋、比、兴是诗类还是诗歌的表现手法,史上争论由来已久,朱熹主文学表现手法说,其《楚辞集注》云:"赋则直陈其事,比则取物为比,兴则托物兴词。其所以分者,又以其属辞命义之不同而别之也。"①所谓"属辞命义",即斟酌文辞布局文义的诗歌创作过程。《楚辞》外,朱熹还把作为文学表现手法的赋、比、兴用于二《南》的解释中,具体是用在总体讨论赋、比、兴,以及讨论比、兴的关系中。

首先,总论赋、比、兴诗歌表现手法性质,朱熹主要是结合二《南》诗篇进行的。《诗传纲领》曰:"赋者,直陈其事,如《葛覃》、《卷耳》之类是也。比者,以彼状此,如《螽斯》、《绿衣》之类是也。兴者,托物兴词,如《关雎》、《兔罝》之类是也。盖众作虽多,而其声音之节,制作之体,不外乎此。"②"赋者,直陈其事"、"比者,以彼状此"、"兴者,托物兴词"是关于三者的描述性定义,"众作虽多,而其声音之节,制作之体,不外乎此"是对三者诗歌表现手法性质的定位,而《葛覃》、《卷耳》、《螽斯》、《绿衣》、《关雎》、《兔罝》等,则是证明三者定义、定位的具体例子。六篇例证,五篇出于二《南》,说明我们说朱熹总论赋、比、兴及其文学表现手法性是结合二《南》相关诗篇进行是完全站得住脚的。当然,这也有力地支持了朱熹二《南》诗篇解释的文学性一元。

其次,朱熹在论述比、兴区别与联系时也结合了二《南》诗篇。他说:"说出那物事来是兴,不说出那物事来是比。如'南有乔木',只是说个'汉有游女'……《关雎》亦然,皆是兴体。比底只是个从头比下来,不说破。兴、比相近,却不同。"③朱熹认为,"兴"、"比"的最大区别在于"兴"所引起的对象在文中出现,而"比"的对象在文中不出现,他所用的例证"南有乔木"、"汉有游女"出自二《南》的《汉广》诗。有学生向朱熹请教:"'《诗》中说兴处,多近比。'曰:'然。如《关雎》、《麟趾》相似,皆是兴而兼比。然虽近比,其体却只是兴。……盖兴是以一个物事贴一个物事说,上文兴而起,下文便接说实事。……如比那一物说,便是说实事。如:"螽斯羽诜诜兮,宜尔子孙振振兮!""螽斯羽"一句,便是说那人了,下面"宜尔子孙",依旧是就

---

① 宋·朱熹:《楚辞集注》,《朱子全书》本,上海:上海古籍出版社、安徽教育出版社,2002年,第20页。
② 宋·朱熹:《诗集传》,《朱子全书》本,上海:上海古籍出版社、安徽教育出版社,2002年,第344页。
③ 宋·黎靖德编、王星贤校点:《朱子语类》,北京:中华书局,1986年,第2069页。

"螽斯羽"上说,更不用说实事,此所以谓之比。大率《诗经》中比、兴皆类此。'"①这里朱熹向学生解释比、兴区别所用到有代表性的三篇例证——《关雎》《麟趾》《螽斯》,都是二《南》的诗篇。

其实,朱熹运用赋、比、兴解释二《南》具有一体两面性:一方面,他是在借助二《南》诗篇,展开他的赋、比、兴的文学表现手法属性的论证;同时,二《南》诗篇创作上赋、比、兴手法的运用,恰恰也证明了自身的文学性。

四、篇篇冠以"文王之化"

在朱熹学术中,他的理想社会是王道的社会,周文王则代表着他王道社会的理想君主。他曾说:"是谁当得文王之事?惟孟子识之,故七篇之中,所以告列国之君,莫非勉之以王道。"②朱熹的这一思想体现在其二《南》解释学中,就是篇篇冠以"文王之化"的主题,有二《南》之业本于文王的说法。

有鉴于此,朱熹针对《毛序》将《关雎》诗旨说成赞美后妃之德,做了近乎尖刻的严肃批评:

> 其诗虽若专美太姒,而实以深见文王之德。序者独见其词,而不察其意,遂壹以后妃为主,而不复知有文王,是固已失之矣。至于化行国中,三分天下,亦皆以为后妃之所致,则是礼乐征伐皆出于妇人之手,而文王者徒拥虚器以为寄生之君也,其失甚矣。③

其批评的论据有二:一是其以辞害意,见表蔽里,未有读出诗篇是通过赞美后妃来深见文王之德的用意;二是从政教事功角度指出,《毛序》没有看到文王相对于后妃的根本性。实际上,就二《南》解释来说,朱熹批评《毛序》未有读出《关雎》文王王道政化主题具有纲领意义,因为他不但几乎将诗篇主题篇篇定位为文王王道政化,而且对具体诗篇的《毛序》,以文王政化为内容者则从之,否则则纠正之。如《桃夭》篇的《序》为"后妃之所致也"④,朱熹《序辨》纠正曰:"《序》首句非是……盖此……诗……言文王风化之盛,由

---

① 宋·黎靖德编、王星贤校点:《朱子语类》,北京:中华书局,1986年,第2069页。
② 宋·朱鉴:《诗传遗说》,文渊阁《四库全书》本经部第75册,台北:台湾商务印书馆1986年影印版,第575页。
③ 宋·朱熹:《诗集传》,《朱子全书》本,上海:上海古籍出版社、安徽教育出版社,2002年,第355页。
④ 宋·朱熹:《诗集传》,《朱子全书》本,上海:上海古籍出版社、安徽教育出版社,2002年,第358页。

家及国之事。《序》者失之,皆以为后妃之所致。"①相反,对那些《序》说为"文王之化"者,朱熹则采取了支持的态度,此从略。

总之,朱熹主张二《南》之诗体现文王王道政化,《诗传》则将之篇篇冠以"文王之化"的主题。具体情况详下表。

表6.2

诗类	序号	篇名	《诗传》
周南	1	关雎	周之文王有圣德,又得圣女姒氏以为之配……
	2	葛覃	后妃既成絺绤,而赋其事,追叙初夏之时,葛叶方盛,而有黄鸟鸣于其上也。
	3	卷耳	后妃所自作,可以见其贞静专一之至。
	4	樛木	后妃能逮下而无妒忌之心。
	5	螽斯	后妃不妒忌而子孙众多。
	6	桃夭	文王之化自家而国,男女以正,婚姻以时。
	7	兔罝	文王德化之盛因可见矣。
	8	芣苢	化行俗美,家室和平,妇人无事。
	9	汉广	文王之化,自近而远。
	10	汝坟	汝旁之国亦先被文王之化者。
	11	麟之趾	文王后妃德修于身,子孙公族皆化于善。
召南	1	鹊巢	南国诸侯被文王之化。
	2	采蘩	南国被文王之化。
	3	草虫	南国被文王之化。
	4	采蘋	南国被文王之化。
	5	甘棠	召伯循行南国,以布文王之政。
	6	行露	南国之人遵召伯之教,服文王之化。
	7	羔羊	南国被文王之政。
	8	殷其雷	南国被文王之化。
	9	摽有梅	南国被文王之化。
	10	小星	南国夫人承后妃之化。
	11	江有汜	嫡被后妃夫人之化。

---

① 宋·朱熹:《诗集传》,《朱子全书》本,上海:上海古籍出版社、安徽教育出版社,2002年,第358页。

续 表

诗类	序号	篇名	《诗传》
召南	12	野有死麕	南国被文王之化。
	13	何彼襛矣	文王、太姒之教久而不衰,亦可见矣。
	14	驺虞	南国诸侯承文王之化。

依上表所示：二《南》二十五篇，《诗传》直接断以"文王之化"的有十八篇，由《关雎》到《螽斯》的五篇尽管只说是后妃之德，但依据儒家《大学》之学的修齐治平顺序，文王教化首先从自己的夫人开始，这样一来，后妃之德，自然体现的是文王之化；《小星》、《江有汜》尽管也没有说是文王之化，但其所谓后妃之化，逆推上去，其本也是文王之化。故而，完全可以说，《诗传》的二《南》解释，是篇篇冠以"文王之化"的。

清代学者崔述不同意朱熹的二《南》是文王王道政化诗篇的观点，他认为二《南》并非周文王、周武王时代的诗歌，因为周公、召公在周成王时才分陕而治，分陕以后才各采风谣以入乐章，且其后人亦各率旧职而采其风。① 笔者认为，完全否定二《南》诗篇和周文王王道政化的关系显然不符合诗篇的整体风格，但篇篇冠以"文王之化"，也是模式化僵化的表现。

五、文王王道的新民之功

朱熹在强调二《南》诗篇文化王道政化主题的同时，还将其《大学》政治伦理学的内容的身修家齐国治天下平等融入诗篇的解释中。他解释"家齐而后国治，国治而后天下平"曰："齐家以下新民之事也。"② 解释《大学》引《文王》"其命维新"文曰："文王能新其德以及于民。"③ 综合两者，朱熹的意思是说，周文王能新其德，并推行王道而以其德新民，实现家齐、国治、天下平的新民之功。朱熹把这一思想用于二《南》诗篇的解释，认为二《南》诗篇是文王新民之功的体现。

首先，朱熹将家齐、国治、天下平等和具体诗篇结合，即具体诗篇分别体现着这些内容。《诗传》解《周南》曰："此篇首五诗，皆言后妃之德，《关雎》举其全体言也，《葛覃》、《卷耳》言其志行之在己，《樛木》、《螽斯》美其德惠

---

① 清·崔述：《读风偶识》，《丛书集成初编》本，北京：中华书局1984年，第11—12页。
② 宋·朱熹：《四书集注》，南京：凤凰出版社，2005年，第5页。
③ 宋·朱鉴：《诗传遗说》，文渊阁《四库全书》本，经部第75册《诗》类，台北：台湾商务印书馆影印版，1986年，第571页。

之及人,皆指一事而言也。其辞虽主于后妃,然其实则皆所以著文王之修身齐家之效也。至《桃夭》、《兔罝》、《芣苢》,则家齐而国治之效也。《汉广》、《汝坟》,则以南国之诗附焉,而见天下已有可平之渐矣。"朱熹认为《周南》的前五篇《关雎》、《葛覃》、《卷耳》、《樛木》、《螽斯》,是文王家齐的体现,所谓家齐,指后妃承文王之化,其德合乎后妃之道;《桃夭》、《兔罝》、《芣苢》三首诗涉及的都是普通百姓生活,是文王家齐国治的体现。《汉广》、《汝坟》则是天下平的体现。

其次,朱熹认为,文王王道新民之功的更高境界是其民皞皞的天性自然。《诗传》有:"《甘棠》以下……其辞惟无及于文王者,然文王明德新民之功,至是而其所施者溥矣,抑所谓其民皞皞而不知为之者与?"①其中的"其民皞皞而不知为之者"语出自《孟子·尽心上》:"王者之民,皞皞如也。杀之而不怨,利之而不庸,民日迁善而不知为之者。"朱熹解释这段话曰:"皞皞,广大自得之貌。程子曰:'耕田凿井,帝力何有于我?② 如天之自然,乃王者之政。'杨氏曰:'若王者则如天,亦不令人喜,亦不令人怒。'此所谓皞皞如也。"③王道政治,因民之性,顺其自然,人民自然本然地生活着,没有意识到王者的存在,是传统儒家认为的王道的更高境界,朱熹以之解释《甘棠》以下诗篇的"辞惟无及于文王",认为它们是文王王道已经达到这一境界的表现。

最后,朱熹认为文王王道新民的最高境界是人与自然(禽兽草木)的和谐相处。《诗传》解释《驺虞》篇曰:"南国诸侯承文王之化,修身齐家以治其国,而其仁民之余恩又有以及于庶类,故其春田之际,草木茂盛,禽兽之多,至于如此。"④"仁民之余恩又有以及于庶类"其实是儒家传统的"仁民爱物"思想,《孟子·尽心上》有"君子仁民而爱物"⑤的表述,这里"君子"可指文王,"仁民"可解释为以"仁""新民","物",朱熹解释为"禽兽草木"⑥。由此完全可以认为,朱熹二《南》解释学的文王王道新民,还理应类推而包含"爱物"之义。这样一来,"春田之际,草木茂盛,禽兽之多,至于如此"则是人与自然的和谐生态状况的描述。不难看出,朱熹这里已经用王道新民之功的最高

---

① 宋·朱熹:《诗集传》,《朱子全书》本,上海:上海古籍出版社、安徽教育出版社,2002年,第420页。
② 宋·朱熹:《四书集注》,南京:凤凰出版社,2005年,第373页。
③ 宋·朱熹:《四书集注》,南京:凤凰出版社,2005年,第373页。
④ 宋·朱熹:《诗集传》,《朱子全书》本,上海:上海古籍出版社、安徽教育出版社,2002年,第420页。
⑤ 宋·朱熹:《四书集注》,南京:凤凰出版社,2005年,第384页。
⑥ 宋·朱熹:《四书集注》,南京:凤凰出版社,2005年,第384页。

境界——人与自然(包括禽兽草木)的和谐相处,来解释二《南》诗篇了。

六、文学、理学二元一体的矛盾性

朱熹一面说二《南》是男女抒情的里巷歌谣,一面又以文王王道新民之功的歌咏解释之,那么要同时满足两者,二《南》诗篇则均为"发乎情,止乎礼"的"中和"之音:"惟《周南》、《召南》亲被文王之化以成德,而人皆有以得其性情之正,故其发于言者,乐而不遇于淫,哀而不及于伤。"①"《周南》、《召南》……乐而不遇于淫,哀而不及于伤"文表明,朱熹显然认为《关雎》能够代表二《南》。再结合朱熹对二《南》诗篇内容抒情性的解释,表达美叹之情、和乐之情者是"中和"之音是没问题的,倒是那些男女情感之诗,则未必就是"止乎礼"的。正因如此,朱熹面对质疑才有难以自圆其说的尴尬,他的尴尬则又恰恰暴露了其二《南》解释学文学、理学二元一体的矛盾。

以文学的视角看,二《南》中的某些诗篇如《汉广》、《行露》无疑是爱情诗,《汝坟》则是思妇诗,三者显然不合于朱熹文王王道政化"中和"之音的标尺,故他对自己的牵强附会含糊其辞曰:"《汉广》游女,求而不可得。《行露》之男,不能侵陵正女。岂当时妇人蒙化,而男子则非? 亦是偶有此样诗,说得一边。"②以至于有人问:"文王时,纣在河北,政化只行于江汉?"(朱熹只好)曰:"然。西方亦有狎狁。"③《汝坟》作为思妇诗,其中"王室如毁"等句,无疑是怨愤之词。但正因此诗存于二《南》之中,朱熹也只好依例将其断为"中和"之音。由于自己已经是在附会,故而朱熹对附会有加的陈君举的《汉广》、《汝坟》解释只好说:"君举《诗》言,《汝坟》是已被文王之化者;《江汉》是闻文王之化而未被其泽者。却有意思。"④一句"却有意思",道出了他自作牢笼的无奈。

如果说朱熹对《汉广》、《行露》、《汝坟》还可以含糊其辞的话,那么断《摽有梅》这首少女思春诗为"中和"之音,朱熹就必须给出说法了。面对"女子自赋之辞,则不足以为《风》之正经"⑤之说,朱熹开始还在坚持其为"中和"之音观点:"女子自作,亦不害,盖里巷之诗但如此已为不失正矣。"⑥

---

① 宋·朱熹:《诗集传》,《朱子全书》本,上海:上海古籍出版社、安徽教育出版社,2002年,第351页。
② 宋·黎靖德编、王星贤校点:《朱子语类》,北京:中华书局,1986年,第2099页。
③ 宋·黎靖德编、王星贤校点:《朱子语类》,北京:中华书局,1986年,第2098页。
④ 宋·黎靖德编、王星贤校点:《朱子语类》,北京:中华书局,1986年,第2099页。
⑤ 宋·朱熹:《晦庵先生朱文公集》,《朱子全书》本,上海古籍出版社、安徽教育出版社,2002年,第2308页。
⑥ 宋·朱熹:《晦庵先生朱文公集》,《朱子全书》本,上海古籍出版社、安徽教育出版社,2002年,第2312页。

后来，当更强大的质疑声袭来时，他的观点也在改变：

> 问："《摽有梅》何以入于正《风》？"曰："此乃当文王与纣之世，方变恶入善，未可全责备。"①

"未可全责备"一语，说明朱熹已经承认了《摽有梅》不符合"中和"之音的标准，给出的说法是文王王道政化初行而未有深入。又：

> 问："《摽有梅》之诗……如此急迫，何耶？"曰："此亦是人之情。尝见晋、宋间有怨父母之诗。"②

道学家能用体谅性姿态——"人之常情"理解少女怀春，也是难能可贵的了。正如陈子展先生所评论的那样："在《朱子语录》中，以为这诗出自里巷歌谣，女子自作。道学先生谈两性关系也偶然有近情理处。"③最后，朱熹终于承认了《摽有梅》不是"中和"之音："《摽有梅》诗女子自言婚姻之意如此，看来自非正理，但人情亦自有如此者。"④承认了《摽有梅》诗不是"中和"之音，就等于承认了自己二《南》学术文学、理学二元一体的矛盾性，这也证明他的二《南》学术也是关于二《南》诗篇的解释学。

综上所述：朱熹关于二《南》诗篇主旨的整体定位是文王王道政化的里巷歌谣；里巷歌谣体现着其二《南》解释上的文学本体，文王政化则体现着其理学本体，故朱熹的二《南》解释学内蕴着文学、理学本体的二元一体特质；二《南》诗篇作为诗歌的能指的多样性，决定了二元本体一体具有合理性，但两者的冲突却从另一面表明两者的矛盾性。

第二节 《关雎》解释学

一、《关雎》诗旨

在朱熹之前，思想家们对《关雎》诗旨的认识，大致有四种观点。

---

① 宋·黎靖德、王星贤校点：《朱子语类》，北京：中华书局，1986年，第2100页。
② 宋·黎靖德编、王星贤校点：《朱子语类》，北京：中华书局，1986年，第2101页。
③ 陈子展：《诗三百解题》，上海：复旦大学出版社，2001年，第67页。
④ 宋·朱鉴：《诗传遗说》，文渊阁《四库全书》本，经部第75册《诗》类，台北：台湾商务印书馆影印版，1986年，第549页。

一是孔子"乐而不淫,哀而不伤"说。关于"乐而不淫,哀而不伤"之意,孔安国谓言其"和"。① "和"必两者之"和",是哪两者?孔安国未有明言。但上博简《孔子诗论》却明示为"情礼(理)之和":"《关雎》之改……盖曰终而皆贤于其初者也。"(第十简)"《关雎》以色喻于礼。"(第十简)"情,爱也。《关雎》之改,则其思益矣。"(第十一简)"……好,反纳于礼,不亦能改乎。"(第十二简)"其四章则愉矣!以琴瑟之悦,凝好色之愿,以钟鼓之乐。"(第十四简)②所谓"情爱之改"、"以色喻于礼"和"反纳于礼"者,显为"情礼(理)之和"之谓也。

二是汉代的"刺诗"说。如司马迁曰:"周道缺,诗人本之衽席,《关雎》作。"③王充曰:"周衰而诗作,盖康王时也,康王德缺于房,大臣刺晏,故诗作。"④持此观点的还有扬雄等。

三是《序》的"后妃之德"说:"《关雎》,后妃之德也……《关雎》乐得淑女,以配君子,忧在进贤,不淫其色,哀窈窕,思贤才,而无伤善之心焉,是《关雎》之义也。"若果如其言,诗之主人公当为后妃,淑女当为贤才。

四是匡衡的后妃"性情之正"说。他的观点为朱熹所认可和征引。《诗解》在注疏诗之首章就引用匡衡说:"汉匡衡曰:'窈窕淑女,君子好逑。言能至其贞淑,不贰其操,情欲之感,无介乎容仪宴私之意,不行于动静,夫然后可以配至尊而为宗庙主。此纲纪之首,王教之端也。'可谓善说诗矣。"(段《解》)⑤《诗传》更于《关雎》结处引匡衡语道:"康衡曰:'妃匹之际,生民之始,万福之原。婚姻之礼正,然后品物遂而天命全。孔子论《诗》以《关雎》为始。言太上者民之父母,后夫人之行,不侔乎天地,则无以奉神灵之统,而理万物之宜。自上世以来,三代兴废,未有不由此者也。'"⑥

以上为汉唐关于《关雎》诗旨的不同说法。宋代开《诗经》新说风气之先的欧阳修的观点则是:

为《关雎》之说者,既差其时世,至于大义,亦已失之。盖《关雎》之

---

① 宋·邢昺:《论语注疏》,《唐宋注疏十三经》本,北京:中华书局,1998年,第13页。
② 转引自陈桐生:《孔子诗论研究》,北京:中华书局,2004年,第297页。
③ 汉·司马迁:《史记》,北京:中华书局,1959年,第509页。
④ 北京大学历史系《论衡》注释小组:《论衡注释》,北京:中华书局,1979年,第722页。
⑤ 宋·朱熹撰、束景南辑:《诗集解》,《朱子全书》本,上海:上海古籍出版社、安徽教育出版社,2002年,第117页。
⑥ 宋·朱熹:《诗集传》,《朱子全书》本,上海:上海古籍出版社、安徽教育出版社,2002年,第403—404页。

作,本以雎鸠比后妃之德。故上言雎鸠在河洲之上,关关然雄雌和鸣;下言淑女以配君子,以述文王太姒为好匹,如雎鸠雄雌之和谐尔。毛、郑则不然,谓诗所斥淑女者非太姒也,是太姒有不妒忌之行,而幽闺深宫之善女皆得进御于文王。所谓淑女者,是三夫人九嫔御以下众宫人尔。然则上言雎鸠,方取物以为比兴,而下言淑女自是三夫人九嫔御以下,则终篇更无一语以及太姒。……《关雎》,周衰之作也。太史公曰:"周道缺而《关雎》作。"盖思古以刺今之诗也。谓此淑女配于君子,不淫其色而能与其左右勤其职事,则可以琴瑟钟鼓友乐之尔,皆所以刺时之不然。先勤其职而后乐,故曰《关雎》乐而不淫;其思古以刺今,而言不迫切,故曰哀而不伤。①

可见,欧阳修继承汉代"刺诗"说而将诗的创作时间推后,得出此诗创作动机为"思古以刺今"的结论。朱熹既有对他的继承,也有对他的扬弃。继承的是他对《关雎》大义的理解,扬弃的是他的创作动机上的"思古以刺今"说。

总体上,朱熹于《关雎》之主旨继承了孔子的"情理之和"说而发扬光大之,批驳了汉代学者的"刺诗"说,辨正了《毛序》的"后妃之德"说,采纳了匡衡的观点。具体表现在以下若干方面。

其一,朱熹驳斥了《关雎》为伤乱之诗的观点。《序辨》云:

或曰,先儒多以周道衰,诗人本诸衽席,而《关雎》作。故扬雄以周康之时《关雎》作,为伤始乱。杜钦亦曰:"佩玉宴鸣,《关雎》叹之。"说者以为古者后夫人鸡鸣佩玉去君所,周康后不然,故诗人叹而伤之。此《鲁诗》说也,与毛异矣。但以哀而不伤之意推之,恐其有此理也。曰,此不可知矣。但《仪礼》以《关雎》为乡乐,又为房中之乐,则是周公制作之时,已有此诗矣,若如《鲁》说,则《仪礼》不得为周公之书。《仪礼》不为周公之书,则周之盛时,乃无乡射、燕饮、房中之乐,而必有待乎后世之刺诗也,其不然也明矣。且为人子孙,乃无故播其祖先之失于天下,如此而尚可为风化之首乎?②

可见,朱熹的论据有三:一、证之以诗,《关雎》诗文气具有哀而不伤的温柔

---

① 宋·欧阳修:《诗本义》,《四部丛刊》本,上海涵芬楼影宋本,卷一,第1页。
② 宋·朱熹:《诗集传》,《朱子全书》本,上海:上海古籍出版社、安徽教育出版社,2002年,第356—357页。

敦厚风格，故不为伤感之诗；二、证之以史，《仪礼》中已有《关雎》之名，而《仪礼》成书在周康王之前，则《关雎》的创作时间亦当在周康王之前，所以它不会是康王时诗；三、驳之以理，此处之理为生活中的通常之理：要人们将自己祖先的丑陋之事公之于众尚且不合常理，所以更不至于通过《诗经》这部传之千秋万代的经典将丑事传于后世。基于以上三方面的原因朱熹认为，《关雎》为"伤乱之诗"说是站不住脚的。

其二，对"后妃之德"的辨说。美后妃之德是《序》对《关雎》主旨的认识，朱熹认为此诗更应是美文王之德（详见上文）。

其三，朱熹指出《序》的"是以《关雎》乐得淑女，以配君子，忧在进贤，不淫其色，哀窈窕，思贤才，而无伤善之心焉，是《关雎》之义"的说法是错误的。《序辨》曰：

> 孔子尝言"《关雎》乐而不淫，哀而不伤"。盖淫者，乐之过；伤者，哀之过。独为是诗者得其性情之正，是以哀乐中节，而不至于过耳。而《序》者乃析哀乐、淫伤各为一事而不相须，则已失其旨矣。至以伤为伤善之心，则又大失其旨，而全无文理也。①

从语意学的角度看，朱熹的解释无疑是正确的，也符合儒家自孔子起就已主张的中和思想。而《毛序》所谓"乐"者"乐得淑女"，"淫"者"不淫其色"，"哀"者"哀窈窕"，"伤"者"无伤善之心"云者，实在可谓是荒唐的附会之说。但就是这样低水平的错误，在历史上还被当作经典之说存在了上千年，就连朱熹所推崇的程明道也没有将其识破：

> 诸生讲"《关雎》乐而不淫，哀而不伤"，有引明道之说为证者。先生曰："明道言'哀窈窕，思贤才，而无伤善之心焉'，此言'无伤善'与所谓'哀而不伤'者如何？"对曰："为其相似，故明道举以为证。"曰："不然，'无伤善'与'哀而不伤'两般，'乐而不淫，哀而不伤'，只是言哀乐中事，谓'不伤'为'无伤善之心'则非矣。"②

"哀而不伤"只是言"哀情"不至于"伤感"的程度而强调一个适中，哪里沾上

---

① 宋·朱熹：《诗集传》，《朱子全书》本，上海：上海古籍出版社、安徽教育出版社，2002年，第356页。
② 宋·朱鉴：《诗传遗说》，文渊阁《四库全书》本，经部第75册《诗》类，台北：台湾商务印书馆影印版，1986年，第544页。

"无伤善之心"的边。

总之,关于《关雎》之诗旨,朱熹对前贤的观点进行了驳斥、辨正,建立了自己的思想:《关雎》不是伤乱的讽刺之诗,而是动机主于称美之诗;也不仅是称美"后妃之德"之诗,其本更在于称美"文王之化";所谓"乐而不淫,哀而不伤"者,其意并不是《毛序》的判为四事的说法,而是谓此诗是符合"温柔敦厚"的"中和"之美标准的典范之作。

二、《关雎》讨论之其他

朱熹关于《关雎》的讨论,是广泛而全方位的。除诗旨外还涉及:孔子论《关雎》"乐而不淫,哀而不伤"的问题,《关雎》一诗的作者问题,《关雎》篇的训诂名物如"雎鸠"的新见等。

朱熹对孔子的"《关雎》,乐而不淫,哀而不伤"的理解无疑是正确的,他对自己的这一观点作了反复解释:

> 淫者,乐之过而失其正者也;伤者,哀之过而害于和者也。《关雎》之诗,言后妃之德,宜配君子,求之未得,则不能无寤寐反侧之忧;求而得之,则宜其有琴瑟钟鼓之乐。盖其忧虽深,而不害于和,其乐虽盛,而不失其正。故夫子称之如此,欲学者玩其辞,审其音,而有以识其性情之正也。①

朱熹是以《关雎》诗的内容来解释他的观点的。从心理学上说,人在所追求的目的未达到时,会产生忧的情感,目的达到后会产生乐的情感。这是人的一种正常心理反应,一般来说,对人的身心是没有伤害的。但人们如果不对"忧"、"乐"等情感加以理性的调节和控制而任由其发展到过分的程度,则是有害而不可取的。具体到文学作品样式的诗歌,如果它的情感因素过分,那么它还将对读者产生不利的影响。朱熹认为,《关雎》篇的情感因素恰恰是控制得比较好的,并要求读者在接受的时候注意领略。有人问:

> "《关雎》乐而不淫,哀而不伤,是诗人之性情如此,抑诗之词意如此。"曰:"也是有那情性,方有那词气。"②

---

① 宋·朱鉴:《诗传遗说》,文渊阁《四库全书》本,经部第75册《诗》类,台北:台湾商务印书馆影印版,1986年,第543页。
② 宋·朱鉴:《诗传遗说》,文渊阁《四库全书》本,经部第75册《诗》类,台北:台湾商务印书馆影印版,1986年,第544页。

还有问:

> 《关雎》乐而不淫,哀而不伤,曰:"此言作诗之人乐不淫哀不伤也。"因问此诗是何人作。曰:"看来恐是宫中人作。"①

朱熹解释"乐而不淫,哀而不伤"说时表达了他文学思想上的"词意"即"诗人性情"的文学观点,也类似于文艺理论上的"风格即人"思想。他还指出了《关雎》的作者,认为是"宫中人"。

《关雎》篇的作者,也是历来争论不休的问题。朱熹不但认为是"宫中人",且更明确说是其中的"妾媵",而不是有人所主张的"周公"。

> "程子云是周公作,是否?"曰:"也未见得是。"②
> 《关雎》之诗,看得来是妾媵做,所以形容得寤寐反侧之事,外人做不到此。③
> 凡言风者,皆民间歌谣,采诗者得之,而圣人因以为乐,以见风化流行,沦肌浃髓,而发于声气者如此。其谓之风,正以其自然而然,如风之动物而成声耳。如《关雎》之诗,正是当时之人被文王、太姒德化之深,心胆肺肠一时换了,自然不觉形于歌咏如此。故当作乐之时,列为篇首,以见一时之盛,为万世之法,尤是感人妙处。若云周公所作,即《国风》、《雅》、《颂》无一篇是出于民言,只与后世差官撰乐章相似,都无些子自然发见活底意思,亦何以致移风易俗之效耶?④

朱熹认为《关雎》诗不是周公作的依据,是他的对《风》诗的基本看法——《风》诗是民间歌谣的认识。《关雎》作为《风》诗也不例外,所以他的作者只能是下层群众而不会是圣人。但作为描写后妃辗转反侧的情状、琴瑟钟鼓的生活的诗篇,若说是出自没有相关生活经历的普通下层群众,却是不符合逻辑的。因此它最有可能的作者必然同时具备两个条件:一、下层

---

① 宋·朱鉴:《诗传遗说》,文渊阁《四库全书》本,经部第75册《诗》类,台北:台湾商务印书馆影印版,1986年,第544页。
② 宋·朱鉴:《诗传遗说》,文渊阁《四库全书》本,经部第75册《诗》类,台北:台湾商务印书馆影印版,1986年,第544页。
③ 宋·朱鉴:《诗传遗说》,文渊阁《四库全书》本,经部第75册《诗》类,台北:台湾商务印书馆影印版,1986年,第544页。
④ 宋·朱熹:《晦庵先生朱文公集》,《朱子全书》本,上海:上海古籍出版社、安徽教育出版社,2002年,第2308—2312页。

群众;二、熟悉后妃的生活状况。这就是朱熹认为《关雎》诗的作者是妾媵的逻辑。

朱熹对《关雎》名物的认识,也有异乎前人之处,这来源于他对训诂名物的重视上。正如他在《文集》中所表达的:

> 或读《关雎》,问其训诂名物,皆不能言,便说"乐而不淫,哀而不伤"云云者。余告之曰:"若如此读《诗》,则只消此八字,更添'思无邪'三字成十一字后,便无话可说,三百五篇皆成渣滓矣。"①

由此可见朱熹对训诂名物的重视。而他对"雎鸠"的新解就是他重视名物训诂的一例:

> 雎鸠,毛氏以为挚而有别,一家作猛挚说,谓雎鸠是鹗之属。鹗自是沉挚之物,恐无和乐之意。盖挚与至同,言其情意相与深至,而未尝狎,便见其乐而不淫之意。此是兴诗,兴,起也,引物以起吾意,如雎鸠之挚而有别之物。荇菜是洁静和柔之物,引此起兴,犹不甚远。②

这里朱熹从"兴"体之特质的角度着眼,指出雎鸠为猛挚之说不合诗意。又:

> 古说关雎为王雎,挚而有别,居水中,善捕鱼,说得来可畏,当是鹰鹘之类,做得吕武气象,恐后妃不然。熹见得人说,淮上一般水禽名王雎,虽有两个相随,然相离每远,此说却与《列女传》所引义合。③

"雎鸠"为"王雎"说,朱熹认为也不合诗意,因此他提出了"淮上王雎"说:

> 王雎,尝见淮上人说,淮上有之,状如此间之鸠,差小而长,常是雌雄二个不相失。虽然二个不相失,亦不曾相近,而立处须是隔丈来地,

---

① 宋·朱鉴:《诗传遗说》,文渊阁《四库全书》本,经部第75册《诗》类,台北:台湾商务印书馆影印版,1986年,第545—546页。
② 宋·朱鉴:《诗传遗说》,文渊阁《四库全书》本,经部第75册《诗》类,台北:台湾商务印书馆影印版,1986年,第545页。
③ 宋·朱鉴:《诗传遗说》,文渊阁《四库全书》本,经部第75册《诗》类,台北:台湾商务印书馆影印版,1986年,第545页。

所谓挚而有别是也,人未尝见其匹居而乘处。乘处,谓四个同处也。只是二个相随,既不失其偶,又未尝近而相狎,所以为贵也。①

朱熹从"兴"体的象征特性出发,认为勇猛的鹗之属和善捕鱼的鹰鹘之属的"雎鸠",都和诗的和乐风格以及后妃的淑女形象不合。而"淮上王雎"挚而有别,两两相随而不相互轻薄戏谑,比较能对应于后妃淑女的高贵气质,因此他提出了"雎鸠"为"淮上王雎"说。

综上所述,朱熹关于《关雎》的讨论,除其诗之主旨外,还讨论了孔子所谓"乐而不淫,哀而不伤",认为其不是如《毛序》所判为四事的"乐得淑女,以配君子,忧在进贤,不淫其色;哀窈窕,思贤才,而无伤善之心",而是旨在表达"性情之正"的思想。所谓"性情之正"者,首先是作者"性情之正",然后才是词意的"性情之正"。关于作者,朱熹认为既不是所谓的民间诗人,也不是所谓的圣人周公,而是对宫中生活较为熟悉的"宫中人"——妾媵。另外朱熹关于"雎鸠"之辨,其出发点也是"性情之正"。

---

① 宋·朱鉴:《诗传遗说》,文渊阁《四库全书》本,经部第 75 册《诗》类,台北:台湾商务印书馆影印版,1986 年,第 545 页。

第七章 《风》诗学

《诗大序》的《风》诗学是汉唐《风》诗学的纲领,朱熹对其说有从有弃,而整体上主张"里巷歌谣"说。

以《诗大序》为代表的汉唐《风》诗学有以下几个突出观点:一、《风》诗是政治教化和下情上达的工具,因其曰:"先王以是经夫妇,成孝敬,厚人伦,美教化,移风俗。"又曰:"上以风化下,下以风刺上。"二、《风》诗的语言风格讲究文饰,含蓄委婉:"主文而谲谏。"三、《风》诗有正、变之分,其中变《风》是乱世的产物,它曰:"王道衰,礼义废,政教失,国异政,家殊俗,而变《风》作矣!"四、《风》诗的作者是"国史":"国史明乎得失之迹,伤人伦之废,哀刑政之苛,吟咏情性,以风其上。"其中主要蕴涵了哀伤的情感。五、变《风》有"发乎情,止乎礼义"的特点。当然,这些观点又是有着内在联系的整体。

朱熹认为《诗经》中的《风》诗是里巷歌谣,它的创作主体是民间诗人,创作动机是抒发一时的感受,创作契机是他们身边正在经历的社会生活。生活有好有坏,生活事件有悲欢也有离合,有严肃也有戏谑,有规范也有突破,其价值评判有正有负。再加上诗人本身的素质有高也有低,品质有高尚也有低劣,所以他们的生活感受有高兴、有愤怒、有哀伤、有欢喜、有厌恶……。故而《大序》的作者"国史"说,变《风》"止乎礼义"说,朱熹都是反对的。他早在《诗集传序》里就明确主张《风》诗"里巷歌谣"说:

> 凡《诗》之所谓《风》者,多出于里巷歌谣之作,所谓男女相与咏歌,各言其情者也。惟《周南》、《召南》,亲被文王之化以成德,而人皆有以得其性情之正,故其发于言者,乐而不过于淫,哀而不及于伤,是以二篇独为风诗之正经。自《邶》而下,则其国之治乱不同,人之贤否亦异,其所感而发者,有邪正是非之不齐,而所谓先王之风者,于此焉变矣。①

---

① 宋·朱熹:《诗集传》,《朱子全书》本,上海:上海古籍出版社、安徽教育出版社,2002年,第351页。

"里巷歌谣"说是朱熹《风》诗学的核心思想,以它为中心派生出了一系列观点,共同构成了他的《风》诗学体系。

因为《风》诗是里巷歌谣,所以它的吟咏要符合民谣的声调。故朱熹认为十五《国风》的分类依据自然是十五个地区的民谣声调,而不是《大序》说的"一国之事"、"一人之本":"《风》……者,声乐部分之名也。《风》则十五《国风》。"①他又曰:"诗,古之乐也,亦如今人之歌曲,音各不同:卫有卫音,鄘有鄘音,邶有邶音。故诗有鄘音者系之《鄘》,有邶音者系之《邶》。若《大雅》、《小雅》,则亦如今之商调、宫调,作歌曲者,亦按其腔调而作尔。"②这是朱熹《风》诗学的地域风格观点。同时他又认为地域风格的形成,受许多复杂因素如地理环境、民性民情、在上者的提倡等的影响。

正因为《风》诗多是里巷歌谣,所以它们的创作主体不可能是"国史",也不会是一个人或一类人,而只能是身份各别的一群民间诗人:"诗之作……出于匹夫匹妇,盖非一人,而《序》以为专出于国史,则误矣。"③又曰:"《风》多出于在下之人。"④这是朱熹的《风》诗创作主体多样性观点。

正因为是里巷歌谣,故变《风》"发乎情",却不见得都"止乎礼义"。朱熹认为"其放逸而不止乎礼义者,固已多矣"。又曰:"《国风》乃采诗,有采之民间,以见四方民情之美恶……若变《风》,又多是淫乱之诗。"⑤这是朱熹《风》诗学的内容多样性观点。

第一节 地域风格理论

一、各别的地域风格

朱熹《诗传·秦·无衣》解曰:"秦人之俗,大抵尚气概,先勇力,忘生轻死,故其见于诗如此。然本其初而论之,岐丰之地,文王用之以兴《二南》之化,如彼其忠且厚也。秦人用之未几,而一变其俗至于如此,则已悍

---

① 宋·朱熹:《诗集传》,《朱子全书》本,上海:上海古籍出版社、安徽教育出版社,2002年,第344页。
② 宋·黎靖德编、王星贤校点:《朱子语类》,北京:中华书局,1986年,第2066页。
③ 宋·朱熹:《诗集传》,《朱子全书》本,上海:上海古籍出版社、安徽教育出版社,2002年,第345页。
④ 宋·黎靖德编、王星贤校点:《朱子语类》,北京:中华书局,1986年,第2066页。
⑤ 宋·黎靖德编、王星贤校点:《朱子语类》,北京:中华书局,1986年,第2067页。

然有招八州而朝同列之气矣。何哉？雍州土厚水深，其民厚重质直，无郑卫骄惰淫靡之习。以善导之，则易以兴起而笃于仁义；以猛驱之，则其强毅果敢之资，亦足以强兵力农，而成富强之业，非山东诸国所及也。"①以现代文艺学观点看，这段文字涉及了诗歌思想风格及其影响因素问题。所谓"文王……兴二南之化，如彼其忠且厚"者，即二《南》有着思想风格上的"忠厚"特点；"秦人用之……见于诗者，大抵尚气概，先勇力"者，即《秦风》有着"尚气概，先勇力"的特点。这些诗歌思想风格特点又受其所产生的地理环境和在上者之好倡等因素的影响。所谓"忠厚"、"尚气概，先勇力"、"淫靡"云者，实指诗之思想风格而言。事实上，《诗》之十五《国风》，本身就有以风格分类的倾向。而在朱熹的解释视野中，却又有诸多异于旧说的新意味。

"忠厚"，乃朱熹对二《南》思想风格的总概括，类于此的还有孔子"乐而不淫，哀而不伤"②说。尽管孔说是针对《关雎》而发，但却实为关于二《南》的总评价。而朱熹解曰："孔子尝言'《关雎》乐而不淫，哀而不伤'。盖淫者，乐之过；伤者，哀之过。独为是诗者得其性情之正，是以哀乐中节，而不至于过耳。"③依他的理解，乐与淫，哀与伤是有内在逻辑关系的情感元素：淫者，乐之过，伤者，哀之过。"乐而不淫，哀而不伤"者，意指"哀乐中节，不至于过"的情感状态，即所谓"性情之正"，也即所谓"忠厚"，也即二《南》之诗所有篇章的整体思想风格。

朱熹认为，同为岐丰之地、岐丰之民，岐丰之诗，在上的好倡者由周人更替为秦人，诗之风格也由主"忠厚"变为"尚气先勇"。数世以来，秦人和西戎、犬戎的战争就像吃饭一样平常。而《秦风》篇十，直接描写军事行动者有三：《驷驖》，《小戎》和《无衣》。"驷驖"者，四马皆黑色如铁也。朱熹判此诗主旨为赞美秦国在上者的狩猎行动。④而在古代，狩猎本来就是军事训练，军事演习。军事行动受到人们的赞美，可见秦人对战争的态度。至于《小戎》，朱熹认为即使妇人对战争也是支持的，足见秦人"尚气先勇"的普及程度："襄公上承天子之命，率其国人往而征之，故其从役者之家人先夸车甲之盛如此，而后及其私情。盖以义兴师，则虽妇人亦知勇于赴敌，而无所

---

① 宋·朱熹：《诗集传》，《朱子全书》本，上海：上海古籍出版社、安徽教育出版社，2002年，第513页。
② 清·刘宝楠：《论语正义》，《十三经清人注疏》本，北京：中华书局，1990年，第116页。
③ 宋·朱熹：《诗集传》，《朱子全书》本，上海：上海古籍出版社、安徽教育出版社，2002年，第356页。
④ 宋·朱熹：《诗集传》，《朱子全书》本，上海：上海古籍出版社、安徽教育出版社，2002年，第506页。

怨矣。"①《无衣》主旨,《毛序》定为"刺君好战",而朱熹则认为此诗表现了秦人的"乐于战斗",《诗传》曰:"秦俗强悍,乐于战斗,故其人平居而相谓曰:岂以子之无衣,而与子同袍乎! 盖以王于兴师,则将修我戈矛,而与子同仇也。其欢爱之心,足以相死如此。"②民众的赞美狩猎、妇人的勇于赴敌和战士的乐于战斗、视死如归,是《秦风》思想内容上"尚气先勇"风格的有力体现,这在十五《国风》中是绝无仅有的。

至于郑、卫的淫靡,朱熹《诗传》于《郑风》结处有论:"《郑》、《卫》之乐,皆为淫声。然以《诗》考之,《卫诗》三十有九,而淫奔之诗才四之一。《郑诗》二十有一,而淫奔之诗已不翅七之五。《卫》犹为男女相悦之词,而《郑》皆为女惑男之语。卫人犹多刺讥惩创之意,而郑人几于荡然无复羞愧悔悟之萌。是则郑声之淫,有甚于卫矣。故夫子论为邦,独以郑声为戒,而不及卫,盖举重而言,固自有次第也。《诗》可以观,岂不信哉!"③朱熹此处谈到郑、卫之《风》的淫靡时,简直斥为"淫声"了。此外,他还将郑、卫作较认为,《郑风》"淫"者不但篇章多于《卫》,且程度高于《卫》,影响也大于《卫》。

除周诗(二《南》)之"忠厚"、秦之"尚气先勇"和郑卫之"淫靡"外,朱熹《诗》之内容风格论还涉及《王风》的"忧时"、"思妇"、"奔女",《陈风》的"歌舞"、"男女",《魏风》、《唐风》的"勤俭质朴,忧深思远"等。如《王风》十篇,朱熹断为"忧时"者四篇,"思妇"者三篇,"淫奔"者三篇;《陈风》十篇,断为有关"歌舞"者两篇,有关"男女"者七篇;至于《魏风》、《唐风》,朱熹认为其思想风格特别之处是其篇章多涉"勤俭质朴,忧深思远"的主题。总之一句话,在朱熹的解释视野里,十五《国风》思想内容,一反《毛序》所代表的汉唐旧说所主张的非"美"即"刺"说,而呈现着多样化的风格特点。限于篇幅,不再详列。而朱熹之贡献,却不仅在于展示了这些风格,还在于形成了完整的思想风格理论体系,如:对影响诗歌思想风格的不同因素的揭橥。

二、地理环境与诗歌风格

朱熹认为,诗歌风格的形成,和其所处的地理环境以及和地理环境相关

---

① 宋·朱熹:《诗集传》,《朱子全书》本,上海:上海古籍出版社、安徽教育出版社,2002 年,第 508 页。
② 宋·朱熹:《诗集传》,《朱子全书》本,上海:上海古籍出版社、安徽教育出版社,2002 年,第 512 页。
③ 宋·朱熹:《诗传》,《朱子全书》本,上海:上海古籍出版社、安徽教育出版社,2002 年,第 481 页。

的民性民情密切相关。如上引周诗(二《南》)之"忠厚"、秦之"尚气先勇"风格,和"岐丰之地"土厚水深,民性民情的敦重质直关系就是这样。关于地理环境和民性民情之关系,早在春秋时期的《管子·水地》篇就有精到的论述:"地者,万物之本原,诸生之根菀也。美恶贤不肖愚俊之所生也。……水者何也?万物之本原也,诸生之宗室也,美、恶、贤、不肖、愚、俊之所产也。何以知其然也?夫齐之水,道躁而复,故其民贪粗而好勇。楚之水,淖弱而清,故其民轻果而贼。越之水,浊重而洎,故其民愚疾而垢。秦之水泔最而稽,淤滞而杂,故其民贪戾,罔而好事。齐晋之水,枯旱而运,淤滞而杂,故其民谄谀葆诈,巧佞而好利。燕之水,萃下而弱,沈滞而杂,故其民愚戆而好贞,轻疾而易死。宋之水,轻劲而清,故其民闲易而好正。"①管子认为土、水是万物(当然包括民性民情)产生的根源和土壤,齐、楚、越、晋、秦、燕、宋等列国之民性民情,分别和其国所处之地理环境有着因与果的关系。这显然是朱熹观点的先声。

所谓"岐丰之地",其址在古《禹贡》雍州之境(今陕西省和甘肃省一部分)。《诗》十五《国风》属于"岐丰之地"者主要有《周南》和《秦风》,正如朱熹《诗集传》所言:"周,国名……本在《禹贡》雍州境内岐山之阳。"②"秦,国名。其地在《禹贡》雍州之域。"③朱熹还交代了周、秦以"岐丰之地"立国的来历。至于周,还要从豳说起:"豳,国名,在《禹贡》雍州岐山之北,原隰之野。"④如上所述,朱熹认为,一个地区诗歌风格的形成,受多个方面因素包括地理环境及其所影响的民性民情的影响。这样一来,同处"岐丰之地"的周、秦诗歌的风格特点,就受影响于其"土厚水深"的地理环境以及由这一环境所影响的"敦重质直"的民性民情。

朱熹还认为不同于周、秦"敦重质直"的民性民情的郑卫淫靡之习及其诗风,地理环境也是其形成的重要影响因素:"邶、鄘、卫,三国名。在《禹贡》冀州,西阻太行,北逾衡漳,东南跨河,以及兖州桑土之野。及商之季,而纣都焉。武王克商,分自纣城,朝歌而北谓之邶,南谓之鄘,东谓之卫,以封诸侯。邶、鄘不详其始封,卫则武王弟康叔之国也。卫本都河北,朝歌之东,淇水之北,百泉之南。其后不知何时并得邶、鄘之地。至懿公为狄所灭。戴

---

① 周·管仲:《管子》,《二十二子》本,上海:上海古籍出版社,1986年,第147—149页。
② 宋·朱熹:《诗集传》,《朱子全书》本,上海:上海古籍出版社、安徽教育出版社,2002年,第401页。
③ 宋·朱熹:《诗集传》,《朱子全书》本,上海:上海古籍出版社、安徽教育出版社,2002年,第505页。
④ 宋·朱熹:《诗集传》,《朱子全书》本,上海:上海古籍出版社、安徽教育出版社,2002年,第529页。

公东徙渡河,野处漕邑。文公又徙居于楚丘。"①显然,不同于周、秦所处的古《禹贡》雍州之境,卫地所处当在古《禹贡》冀州之境(今河南省北部和河北省南部各一部分)。而其地理环境也非以"土厚水深"为特点,而是地滨大河,其地土薄、平下、肥饶。朱熹认为,这样的地理环境所影响的民性民情,也异于周、秦之民的敦重质直:"卫国地滨大河,其地土薄,故其人气轻浮;其地平下,故其人质柔弱;其地肥饶,不费耕耨,故其人心怠惰。其人情性如此,则其声音亦淫靡。故闻其乐,使人懈慢而有邪僻之心也。《郑诗》放此。"②可见,卫地地滨大河,其地土薄、平下、肥饶的地理环境导致了卫人轻浮、柔弱、怠惰之性情(也即上文所谓"淫靡之习")。朱熹所谓"《郑诗》放此"者,即《郑诗》地理环境、民质民性与《卫风》略同。关于《郑诗》,朱熹《诗传》曰:"郑,邑名,本在西都畿内咸林之地。宣王以封其弟友为采地。后为幽王司徒,而死于犬戎之难,是为桓公。其子武公掘突定平王于东都,亦为司徒。又得虢、桧之地,乃徙其封而施旧号于新邑,是为新郑。……新郑即今郑州是也。其封域山川,详见《桧风》。"③原来所谓"郑"地有先后旧新二"郑"地,《诗》之十五《国风》之一之"郑",为后出之新"郑"(今河南郑州及其周围地区)地之诗歌。而有关于新郑之地理环境,朱熹《诗传》详于《桧风》中:"桧,国名,高辛氏火正祝融氏之墟,在《禹贡》豫州外方之北,荥、波之南,居溱洧之间。其君妘姓,祝融之后。周衰,为郑桓公所灭而迁国焉。"④从地理位置看,郑地北毗三卫,其域包荥、波、溱、洧等水。卫地土薄、平下、肥饶等特点同样适用于郑,难怪人们将郑、卫合称,而其民性,朱熹同样断为轻浮、柔弱、怠惰的淫靡之习。可见,朱熹认为周、秦之"土厚水深"的地理环境导致了周、秦之民的"敦重质直"之民性民情及相关的诗歌风格;卫、郑之"滨水,其地土薄、平下、肥饶"导致了卫、郑之民的轻浮、柔弱、怠惰的淫靡之习及相关的诗歌风格。

朱熹又认为,魏、唐之民的"勤俭质朴,忧深思远"之德及其在诗歌中所表现出的风格,受其地狭隘、土瘠的地理环境因素的影响:"魏,国名,本舜、禹故都,在《禹贡》冀州雷首之北,析城之西,南枕河曲,北涉汾水。其地狭

---

① 宋·朱熹:《诗集传》,《朱子全书》本,上海:上海古籍出版社、安徽教育出版社,2002年,第422页。
② 宋·朱熹:《诗集传》,《朱子全书》本,上海:上海古籍出版社、安徽教育出版社,2002年,第460页。
③ 宋·朱熹:《诗集传》,《朱子全书》本,上海:上海古籍出版社、安徽教育出版社,2002年,第469页。
④ 宋·朱熹:《诗集传》,《朱子全书》本,上海:上海古籍出版社、安徽教育出版社,2002年,第522页。

隘,而民贫俗俭,盖有圣贤之遗风焉。周初以封同姓,后为晋献公所灭而取其地。"①"唐,国名,本帝尧旧都,在《禹贡》冀州之域,太行、恒山之西,太原、太岳之野……南有晋水。至……燮乃改国号曰晋。后徙曲沃,又徙居绛。其地土瘠民贫,勤俭质朴,忧深思远,有尧之遗风。"②实际上,在西方学者那里,也有比较成熟的民性民情和地理环境关系的观点,如孟德斯鸠就说过:"地理环境,尤其是气候、土壤等,和人民的性格、感情有关系。"③诗者吟咏情性,不同的民性民情,自然会在相应的诗歌中表现出来。那么,依朱熹的观点,其逻辑的结论是:二《南》、《秦》、《卫》、《郑》、《魏》、《唐》等诗以至于他《风》所独具的思想风格,都是其所处地理环境所影响的民性民情在诗歌中自然流露的结果。这就是从内容上看,何以二《南》之诗多涉仁义,《秦》诗多关强毅果敢,《卫》、《郑》之诗多及男女情爱,《魏》、《唐》之诗多有勤俭忧思之所由出了。

由上可见,我们实际上可以把上列六国从地理环境的相同和相近上分为三组:二《南》、《秦》、《卫》、《郑》、《魏》、《唐》。如果说后二组在地理环境、民质民性民情以及诗歌内容风格上大致相同的话,那么前一组即二《南》和《秦》,却在地理环境相同的基础上,有着民性民情和诗歌风格上的差异(尽管两者的差异处有着共同的地理环境因素),何以会如此呢?朱熹认为,相同地理环境下周、秦民民性民情和诗歌思想风格的不同,原于二国在上者的好倡不同,也就是说:政治环境变化后不同的在上者的好倡,是诗歌思想风格形成的又一重要因素。

三、在上者好倡与诗歌风格

朱熹认为,一地民性民情与诗歌风格,和在上者的好倡关系很大。相同的地理环境,在不同的在上者的好倡下,可有不同的诗歌思想风格。如,同为天性敦重质直的岐丰之民:周之文王以善导之,则民兴起仁义之性,其二《南》之诗也有着思想内容上的忠厚之风;秦人以猛驱之,则民兴起强毅果敢之性,其《秦风》亦呈对应的尚气概、先勇力之风格。当然,在上者的好倡和文学风格之关系,早于朱熹数百年的南朝齐、梁文学理论家刘勰已有系统的论述,如他将建安文学的繁荣和当时政治上处于领导地位的曹氏父子的好

---

① 宋·朱熹:《诗集传》,《朱子全书》本,上海:上海古籍出版社、安徽教育出版社,2002年,第490—491页。
② 宋·朱熹:《诗集传》,《朱子全书》本,上海:上海古籍出版社、安徽教育出版社,2002年,第497页。
③ [法]孟德斯鸠著、张雁深译:《论法的精神》,北京:商务印书馆,1961年,第22页。

倡联系起来,《文心雕龙·时序》曰:"魏武以相王之尊,雅爱诗章;文帝以副君之重,妙善辞赋;陈思以公子之豪,下笔琳琅;并体貌英逸,故俊才云蒸。"正是有了曹氏父子文学行为上的身体力行和礼遇文人,才造就了中国文学风格史上独具特色的建安风骨。而朱熹的有所作为之处,是将这一理论全面系统地用于关照《诗经·国风》内容风格之所以形成上。

朱熹认为,《陈风》中的歌舞元素,就和在上者的好倡有关:"陈,国名……周武王时,帝舜之胄有虞阏父为周陶正,武王……以元女大姬妻其子满,而封之于陈,都于宛丘之侧……是为胡公。大姬夫人尊贵,好乐巫觋歌舞之事,其民化之。"①朱熹在交代陈国地理环境和国之来历时有"大姬夫人尊贵,好乐巫觋歌舞之事,其民化之"句,意谓陈国在上者大姬夫人好倡巫觋歌舞,所以其民深受影响,表现在诗歌中即《陈风》所独具的歌舞元素,代表性的有《宛丘》、《东门之枌》二篇。依朱熹的思想,不同的地域在相同的在上者的好倡下,其民性民情和诗歌思想风格可以转而趋同,如《召南》:"南,南方诸侯之国也。……召公宣布于诸侯。于是……南方诸侯之国,江、沱、汝、汉之间,莫不从化。"②朱熹认为,《召南》之诗的忠厚风格,是江、沱、汝、汉之间所谓的南方诸侯之国从召公(实质上是文王)之化之后的诗篇。如《行露》直接有"革其前日淫乱之俗"语,足见文王好倡前后民性民情诗风的不同。《诗传》于《行露》曰:"南国之人遵召伯之教,服文王之化,有以革其前日淫乱之俗,故女子能以礼自守,而不为强暴所污者,自述己志,作此诗以绝其人。"③再如《野有死麕》,朱熹认为此诗主旨为"南国被文王之化,女子有贞洁自守,不为强暴所污者"④。他所谓"女子有贞洁自守,不为强暴所污"者,为"南国被文王之化"的结果。那么有理由推断,在南国之民接受文王之化(好倡)之前,女子当不是"贞洁自守"或者说"以礼自守"的,即所谓不"忠厚"的,其风当为原始而淫乱的。但依朱熹的思想,社会政治环境变化对民性民情和诗歌思想风格的影响,可以超越在上者的好倡。同为周代统治者的统治之下,反映西周的诗歌二《南》和反映东周的《王风》,风格就截然不同。如上所论,《王风》"忧时"、"思妇"、"奔女"的主题,已不同于二

---

① 宋·朱熹:《诗集传》,《朱子全书》本,上海:上海古籍出版社、安徽教育出版社,2002 年,第 516 页。
② 宋·朱熹:《诗集传》,《朱子全书》本,上海:上海古籍出版社、安徽教育出版社,2002 年,第 401 页。
③ 宋·朱熹:《诗集传》,《朱子全书》本,上海:上海古籍出版社、安徽教育出版社,2002 年,第 414 页。
④ 宋·朱熹:《诗集传》,《朱子全书》本,上海:上海古籍出版社、安徽教育出版社,2002 年,第 418 页。

《南》的"忠厚"。朱熹曰:"王谓周东都洛邑王城畿内方六百里之地……至成王时,周公始营洛邑,为时会诸侯之所。……自是谓丰镐为西都,而洛邑为东都。至……平王。徙居东都王城。于是王室遂卑,与诸侯无异。故其诗不为《雅》而为《风》。然其王号未替也,故不曰周而曰王。"①朱熹认为,经过重大的历史事变的东周在上者,政治地位上已"与诸侯无异"。这正是其诗尽管依然称《王风》,内容已不再有王者"忠厚"风格的原因所在。但民性民情作为人意识层面的东西,其随政治环境的变化又不是立竿见影的,表现在诗歌思想风格中也是这样。有时即使政治社会环境已经有了很大的变化,先民之质、性、情似乎积淀于时民的意识中。如朱熹在论到魏、唐《风》之思想风格时,除了将其"勤俭质朴,忧深思远"的特点归于地理环境之外,还认为这是遥远先民中的在上者好倡的结果,如他论到魏之民贫俗俭时就曰:"盖有圣贤之遗风焉(按:朱熹认为魏为舜、禹故都,圣贤当指舜、禹二帝)!"论到《唐风》勤俭质朴、忧深思远的思想风格时也将原因归为"有尧之遗风"。可见,在上者好倡对民性民情以至于诗歌思想内容风格之影响是何其深远。再者,他的思想显然已经暗合于今天文艺学上所谓集体无意识理论,该理论提出者瑞士人荣格认为:"(集体无意识)是集体的、普遍的、非个人的,它不是从个人那里发展而来,而是通过继承和遗传而来。"②可见,定位集体无意识关键有二:一是集体性,再是继承遗传性。而朱熹认为魏、唐《风》之勤俭质朴,忧深思远思想风格,是具有普遍性的;而其所谓圣贤或尧、舜、禹之"遗风"者,显然是风格的继承遗传性。另外,在朱熹眼中,十五《国风》思想风格受在上者好倡影响最大者,莫过于《豳风》。依朱熹的观点,《豳风》并非豳地之诗,实为一关于周公之诗的集合。但《豳风》之所以成,是由于周公作《豳风》一篇的首倡之功:"武王崩,成王立,年幼不能涖阼。周公旦以冢宰摄政,乃述后稷、公刘之化,作诗一篇以戒成王,谓之《豳风》。而后人又取周公所作,及凡为周公而作之诗以附焉。"③可见,朱熹认为《豳风》有两部分组成,一为周公已作,再为他人所作关于周公之诗。

综上所述,朱熹在《诗·国风》思想内容风格上,不仅提出了诸多新的见解,而且还形成了较为完整系统的理论观点。这既是他对中国《诗》学的大贡献,也是中国文学理论风格论上一值得留意的成就。

---

① 宋·朱熹:《诗集传》,《朱子全书》本,上海:上海古籍出版社、安徽教育出版社,2002年,第461页。
② [奥地利]荣格:《心理学与文学》,北京:三联书店,1987年,第53页。
③ 宋·朱熹:《诗集传》,《朱子全书》本,上海:上海古籍出版社、安徽教育出版社,2002年,第529页。

第二节　创作主体——以变《风》为例

《诗大序》关于《风》诗作者为"国史",只是大略的说法,事实上《毛序》所定位的具体诗篇的作者不但不是国史,而且身份相对具体了好多。朱熹更在将《风》诗定位为里巷歌谣的前提下,认为它的作者是身份、性别多不相同的下层群众。由于本文"二《南》学"章已讨论了二《南》的作者问题,故此只以变《风》为例,并与《毛序》说法比较,来讨论朱熹《风》诗学关于《风》诗的创作主体问题。

所谓《诗经》之变《风》,指二《南》之外的《邶》、《鄘》、《卫》、《王》、《郑》、《齐》、《魏》、《唐》、《秦》、《陈》、《桧》、《曹》、《豳》等十三《国风》,共含135篇诗歌。

在变《风》135首中,《毛序》给出作者的计55篇,占总篇数的41%。其中三卫之《风》有《绿衣》、《燕燕》、《日月》、《终风》、《击鼓》、《式微》、《简兮》、《泉水》、《柏舟》、《墙有茨》、《载驰》、《硕人》、《氓》、《竹竿》、《芄兰》、《河广》、《木瓜》等17篇,《王》7篇,《郑》8篇,《齐》5篇,《魏》、《唐》6篇,《秦》4篇,《陈》0篇,《桧》1篇,《曹》1篇,《豳》6篇。朱熹给出作者的有77篇,占总篇数的57%。其中三卫之《风》共中,《邶风》分别有《柏舟》、《绿衣》、《燕燕》、《日月》、《终风》、《击鼓》、《雄雉》、《谷风》、《式微》、《旄丘》、《简兮》、《北门》、《静女》等篇,《鄘风》分别有《柏舟》、《桑中》、《载驰》等,《卫风》分别是《氓》、《竹竿》、《芄兰》、《河广》、《伯兮》、《有狐》、《木瓜》等,共23篇,《王风》10篇朱熹都给出了作者,《郑风》18篇,《齐风》5篇,魏、唐《风》6篇,《秦风》4篇,《陈风》6篇,《豳风》有5篇。两者比较可见,在总数上,朱熹的解释比《毛序》之说多22篇。其中所多出的篇章比较集中地表现在:三卫之《风》多出6篇,《郑风》多出10篇,《陈风》多出6篇。原因是这三《风》中,被朱熹解读为"淫诗"的篇章较多(详后)。有理由认为,单从给出作者的篇章数上,朱熹《诗经》的解释学较《毛序》已有了很大进展。

如果我们根据身份的不同将诗人分为宫廷王族诗人、朝廷大夫、贤者君子和平民(国人)诗人四大类的话,那么《毛序》和朱熹《诗传》两者就这一问题的认识情况比较如下。

一、宫廷王族诗人

《毛序》认为,变《风》之中来自宫廷王族的作者共7位,四女三男。它们分别是《邶风》之诗《绿衣》、《燕燕》、《日月》和《终风》的作者卫庄姜,《鄘·柏舟》的作者共姜,《鄘·载驰》的作者许穆夫人,《卫·河广》的作者宋襄公母,《王·葛藟》的作者王族之人,《秦·渭阳》的作者秦康公和《豳·鸱鸮》的作者周公,涉及诗歌10篇,占55篇的约18%。值得注意的是,在这一问题上废《序》解《诗》的朱熹《诗传》竟和《序》几乎完全一致,只不过又加上《豳·东山》1篇而已。

二、朝臣大夫

《毛序》定变《风》作者为朝臣大夫的诗篇共有14篇。其中《邶·式微》的作者是大臣,其余13篇——《卫·芄兰》、《王·黍离》、《王·君子于役》、《齐·南山》、《齐·甫田》、《秦·无衣》、《秦·终南》、《桧·羔裘》、《豳·东山》、《豳·破斧》、《豳·伐柯》、《豳·九罭》、《豳·狼跋》等篇的作者都是大夫,占55篇的约25%。这类诗人的突出特点是职务明确。但在135首变《风》诗中,朱熹却只主张有3首是朝臣大夫作,其中包括《邶风》的《式微》和《旄丘》(还是怀疑地接受《毛序》的观点),《王风》的《黍离》篇。我们有理由认为,朱熹实际上已经否定了变《风》之诗为朝臣大夫作的观点,因为除了《式微》和《旄丘》,他认为诗人为大夫的仅存一篇,且还是《王风》之篇,而《毛序》说却是14篇。

三、贤者君子

《毛序》定变《风》作者为贤者君子的诗篇共有5篇,分别是《王·君子阳阳》、《王·兔爰》、《郑·扬之水》、《唐·椒聊》和《秦·鸨羽》等。朱熹《诗传》只有4篇,分别是《邶·简兮》、《邶·北门》、《王·兔爰》和《陈·衡门》等。

四、平民诗人

《毛序》定变《风》作者为平民诗人的诗篇计22篇,分别是《鄘·墙有茨》、《卫·硕人》、《卫·氓》、《卫·竹竿》、《卫·木瓜》、《王·扬之水》、《王·丘中有麻》、《郑·缁衣》、《郑·叔于田》、《郑·遵大路》、《郑·有女同车》、《郑·褰裳》、《郑·东门之墠》、《郑·出其东门》、《齐·敝笱》、《齐·载驱》、《齐·猗嗟》、《魏·陟岵》、《魏·硕鼠》、《唐·山有枢》、《秦·小戎》、《曹·下泉》等。它们的作者多被称为"国人"、"卫人"、"卫女"、"周人"、"郑人"、"民人"、"齐人"、"曹人"、"孝子"等,足见概念的模糊,所指的笼统。其中只有"卫女"和"孝子"两种称呼,信息相对较为明确,一为女性,一为人子且有孝德,可惜所占比例很低。其中卫女3篇,分别是《泉水》、《墙有茨》和《竹竿》,孝子仅《魏·陟岵》1篇。在朱熹所给出的77篇变《风》诗作者中,平民诗人就有59多篇。比《毛序》说的22篇多出约40篇,接近它的三倍。

朱熹《诗传》定变《风》诗作者为平民的篇章,不仅在数量和比例上大大超越《毛序》说,而且在作者具体身份的确认上,也比《毛序》的国人、卫人、齐人等称呼具体得多。实际上,朱熹以某"国人"称呼作者的情况已经很少,统计下来,仅《郑·缁衣》篇称呼了一个"周人",《齐风·弊笱》《载驱》和《猗嗟》三篇称呼了三次"齐人",《秦·终南》篇称呼了一次"秦人",《豳风》的《伐柯》和《九罭》两篇称呼了二次"东人",计7次。其他的52篇,朱熹给出的作者身份要明白得多,丰富得多。从诗人性别看,如果说《毛序》中仅仅出现了三个"卫女"和一个"孝子"的话,那么朱熹却就其中的52篇的作者标出了性别,其中可以确定为男性的有约11篇,结合他们的职业身份,《邶·击鼓》的作者是一从军士卒,《邶·静女》和《鄘·桑中》、《郑·有女同车》、《齐·东方之日》的作者是淫奔男子,《王·扬之水》的作者是一戍守边疆的战士,《王·葛藟》的作者是一流民,《魏·陟岵》的作者是一孝子,《唐·杕杜》的作者是一无兄弟的男子,《唐·鸨羽》的作者是一从征役的男子,《豳·破斧》的作者是一凯旋的战士。这11人中,有军士、征役之士4人,流民1人,淫奔者4人,孝子一人,无兄弟者一人。几乎可以确定为女性的有42篇之多。按照这些女性所抒发的情感类型来划分她们的身份,她们中有思念丈夫的思妇,有被人抛弃的弃妇,有自由表达爱情的未婚女子——淫女,有求匹的寡妇,有思归宁的女子,有贤惠的妻子,有缝制衣裳的女子,有歌舞的女子,细分下来竟有如上8类之多,可谓详矣。其中最多的一项为"淫女",计23篇,详下表。

表7.1

序号	国别	国序号	篇名	《诗传》
1	王	1	采葛	采葛所以为绤绤,盖淫奔者托以行也。故因以指其人,而言思念之深,未久而似久也。
2	王	2	大车	周衰,大夫犹能以刑政治其私邑者,故淫奔者畏而歌之如此,然其去二南之化则远矣。可以观世变也。
3	王	3	丘中有麻	妇人望其所与私者而不来,故疑丘中有麻之处,复有与之私而留之者,今安得施施然而来乎?

续　表

序号	国别	国序号	篇名	《诗传》
4	郑	1	将仲子	莆田郑氏曰：此淫奔之辞。
5		2	叔于田	段不义而得众，国人爱之，故作此诗。言叔出而田，则所居之巷若无居人矣。非实无居人，虽有而不如叔之美且仁，是以若无人耳。或疑此亦民间男女相说之词也。
6		3	大叔于田	叔亦叔段也。公，庄公也。国人戒之曰："请叔无习此事，恐其或伤女也。"盖叔多才好勇，而郑人爱之如此。
7		4	有女同车	此疑亦"淫奔之诗"。言所与同车之女，其美如此，而又叹之曰："彼美色之孟姜，信美矣，而又都也。"
8		5	山有扶苏	淫女戏其所私者曰……
9		6	萚兮	此淫女之词。
10		7	狡童	此亦淫女见绝而戏其人之词。言悦己者众，子虽见绝，未至于使我不能餐也。
11		8	褰裳	淫女语其所私者曰"……"，亦谑之之辞。
12		9	丰	丰，丰满也。巷，门外也。妇人所见之男人已俟乎巷，而妇人以有异志不从，既则悔之，而作是诗也。
13		10	东门之墠	门之旁有墠，墠之外有阪，阪之上有草，识其所与淫者之居也。室迩人远者，思之而未得见之词也。
14		11	风雨	淫奔之女，言当此之时，见其所期之人而心悦也。
15		12	子衿	赋也。此亦"淫奔之诗"。
16		13	扬之水	淫者相谓曰……
17		14	野有蔓草	男女相遇于野田草露之间，故赋其所在以起兴。
18		15	溱洧	此诗淫奔者自叙之词。
19	陈	1	东门之池	此亦男女会遇之词。
20		2	东门之杨	东门，相期之地也。
21		3	防有鹊巢	此男女之有私而忧或间之之词。
22		4	月出	此亦男女相悦而相念之辞。
23		5	泽陂	此诗大旨与《月出》相类。

朱熹认为变《风》作者为淫女的篇章，大致相当于《毛序》断变《风》作者为平民的总篇数。以其分布的国别来看，主要在王、郑、陈三《风》中。其中《王风》3篇，《陈风》5篇，《郑风》15篇。可见《郑风》最多，占变《风》作者为淫女数65%，无怪乎朱熹《诗传》会于《郑风》说："《郑》、《卫》之乐，皆为淫声。然以《诗经》考之，《卫诗》三十有九，而'淫奔之诗'才四之一。《郑诗》二十有一，而'淫奔之诗'已不翅七之五。《卫》犹为男女相悦之词，而《郑》皆为女惑男之语。"《郑》诗不但淫奔诗总数和比例上多于《卫》诗，而且淫乱程度也大于《卫》诗，原因就在于它的作者几乎都是女性。可见，淫女是变《风》的女性诗人中最多的一类。

其次是思妇，计7篇，分别是《邶·雄雉》、《卫·伯兮》，《王风》的《君子于役》和《君子阳阳》，还有《唐·葛生》以及《秦》的《小戎》和《晨风》。

再次是弃妇，计4篇，分别是《邶》的《谷风》，《卫》的《氓》，《王》的《中谷有蓷》和《郑》的《遵大路》。如果说淫女之诗和思妇之诗所内蕴的感情相对比较单一且多是欢悦和思念的话，那么弃妇之诗感情则相对多样得多。如《谷风》中的弃妇表达的是悲怨之情，而《氓》中的弃妇则表现了自己的悔恨之意，《中谷有蓷》抒发的是无奈相弃的悲叹，《遵大路》则又是宣泄强烈的悲愤和绝望。

另外，朱熹认为在变《风》的女性作者中，还有一类是既嫁之后思归宁的女性诗人。这类诗人涉及的诗篇有《卫》的《泉水》和《竹竿》两篇。《卫》的《有狐》的作者是一位寡妇，她表达了自己守寡的苦闷和再嫁的欲求。《郑》的《女曰鸡鸣》涉及一位贤德的妇女，她在劝导丈夫要认真工作。《魏》之《葛屦》的作者是一位缝裳女子。《陈》的《东门之枌》的作者是歌舞的女子。

在朱熹的解释视野下，平民诗人的面目已非常清晰。这种清晰不仅表现在性别上，更表现在诗人们的职业情况和感情类别上。比如男性诗人中的淫奔诗人和士卒诗人的分别就是这样。而同样是士卒诗人，他们抒发的情感也各自有别，具体有思念亲人的痛苦，长期戍守归期无望的悲伤和怨恨，还有凯旋士卒的欢悦等。朱熹对女性诗人的认识则更是多姿多彩，如上文的8类划分就是明证。同一类型中，朱熹也注意到感情倾向的差别，这一点从上文讨论的他对弃妇诗的解读可见一斑。总之，从朱熹的变《风》诗平民诗人思想看来，变《风》之诗甚至所有的《风》诗，进而整个《诗》三百篇，已经不再是《毛序》的非"美"即"刺"的单纯工具，而是一上古人民感情生活的万花筒。

以上是我们将《毛序》和朱熹定变《风》诗篇的创作主体进行分类研究

的情况。由于研究的需要,如果我们再粗略地将宫廷王族、朝臣大夫和贤者君子划为上层诗人,平民诗人划为下层诗人,则《毛序》定的上层诗人篇数计29,占 55 篇中的 53%,下层诗人的诗篇占 47%,且上层诗人尤其是宫廷王族诗人身份明确,直指其人,而下层诗人则面目相对模糊,信息稍微明确的仅有 3 篇是女性,1 篇是孝子。由此可以得出《毛序》关于变《风》诗作者解释情况的如下结论:一、上层诗人多于下层诗人;二、变《风》诗歌的内容多是关联上层人群的诗篇;三、尽管诗人的面目相对于《大序》的"国史"说要多样、具体、清晰,但整体上仍然囿于它的基本思想——一国之事,系一人之本。朱熹之说情况则大不相同:他定的上层诗人之篇仅 18 篇,不抵《毛序》说的 2/3,而平民诗人篇数却是《毛序》的三倍,且诗人身份清晰,复杂而多样,表达的感情异彩纷呈。所以我们也可就朱熹关于变《风》作者的解释情况作如下结论:一、下层诗人远多于上层诗人;二、诗歌内容多关涉下层群众多样化的社会、情感生活状况;三、变《风》是里巷歌谣。在里巷歌谣的作者之中,"淫女"诗人的观点是朱熹《风》诗学的重要突破,这一突破和他《风》诗学的另一观点——变《风》有不止乎礼义者密切相关。

第三节　朱熹《诗经》解释学"淫诗"说新论

朱熹高举以"诗"解《诗》的方法论旗帜,主张在解释《诗经》时将其还原为诗歌的本来面目,而不是像汉唐《诗经》学一样赋予其过多的政治伦理色彩。在此方法论指导下,他的《诗经》解释取得了诸多新成就,"淫诗"说就是其中之一。

一、史上"淫诗"篇数诸说及朱熹《卫风》"淫诗"篇数考

朱熹"淫诗"说的明确提出是在《诗传》中,其结旨《郑风》曰:

> 《郑》、《卫》之乐,皆为淫声。然以《诗》考之,《卫诗》三十有九,而淫奔之诗才四之一。《郑诗》二十有一,而淫奔之诗已不翅七之五。①

---

① 宋·朱熹:《诗集传》,《朱子全书》本,上海:上海古籍出版社、安徽教育出版社,2002 年,第 481 页。

从朱熹这里所定位的郑、卫之《风》的"淫诗"篇数来看,他显然认为《卫风》有约十篇,《郑风》有约十五篇,两者总和约是二十五篇。但朱熹于此即使整个《诗传》中也没有明确给定所有《诗》三百篇中的"淫诗"的具体篇数,这就给后人留下了理解的空间。

实际上,后人对朱熹《诗经》解释学关于"淫诗"篇数的认识呈现着众说纷纭、莫衷一是的状况。马端临认为有二十四篇,他说"今以文公《诗传》考之,其为男女淫泆奔诱而自作诗以叙其事者凡二十有四"①。周予同也认为有二十四篇,他说朱熹"所作《诗传》,以为男女淫佚之诗,计二十四"②。莫砺锋则认为有三十篇,他说"《诗传》中解作'淫诗'的共有三十首"③。不难发现,马、周、莫等在确定朱熹"淫诗"篇数时都回避了朱熹的"《卫诗》三十有九,而'淫奔之诗'才四之一"的《卫》诗"四之一"说。檀作文在主张朱熹所定"淫诗"为二十八篇的同时虽然没有回避《卫》诗"四之一"说,但他却简单地对朱熹的说法采取了怀疑的态度:"恐朱熹'四之一'之语未作考究。"④众所周知,《诗传》是朱熹《诗经》解释学的成熟之作,既为成熟之作,它就几乎不会存在这样低级的错误,故"未作考究"之论难免有唐突之嫌。可见,人们对朱熹《诗传》所定"淫诗"的篇数有二十四、二十八、三十等不同说法。在持这些说法的同时,人们要么避而不谈朱熹于《郑风》明确谈及的《卫》诗三十九篇的"四之一"说,要么即使谈到,也以朱熹的疏忽断之。我认为,研究朱熹的"淫诗"说,要正视它的《卫》诗"四之一"说。

尽管朱熹《诗传》并没有明确列出《卫》诗中的哪些篇章是"淫诗",但根据上文,可以得出其《卫》诗"淫诗"说的三个要点:一、《卫》诗的"淫诗"特性,从属于《卫》"乐"为淫声的前提;二、《卫》诗中"淫诗"占总数的四分之一,即三十九篇中的约十篇;三、《卫》诗中的"淫诗"有两个必要条件,首先可以是作者为淫奔当事人的男女相悦之词,其次则是作者为非淫奔当事人而创作动机在于刺讥惩创淫奔之人的篇章。或者更明了地说,《卫》诗的"淫诗"既包括当事人自作的"爱情诗",也包括非当事人作的"刺奔诗"。以以上认识为依据考察三《卫》之篇,可以得出其"淫诗"是以下十篇的结论:《邶》的《凯风》、《匏有苦叶》和《静女》,《鄘》的《墙有茨》、《君子偕老》、《桑中》、《鹑之奔奔》、《蝃蝀》,卫的《氓》和《木瓜》。朱熹认为,在三《卫》之篇

---

① 宋·马端临:《文献通考》,北京:中华书局,1986年,第1540页。
② 周予同:《周予同经学史论著选集》,上海:上海人民出版社,1996年,第159页。
③ 莫砺锋:《朱熹文学研究》,南京:南京大学出版社,2000年,第225页。
④ 檀作文:《朱熹诗经学研究》,北京:学苑出版社,2003年,第97页。

的十首"淫诗"中,当事人自作之诗有四篇,它们分别是《邶》的《静女》,《鄘》的《桑中》,《卫》的《氓》和《木瓜》。其中《静女》、《桑中》和《木瓜》三篇表达的是男女相悦之情的"爱情诗",《氓》表达的是悔恨之意的"弃妇诗"。《静女》篇,《毛诗序》原定为刺"卫君无道,夫人无德"①之诗,朱熹《序辨》批评它的说法"全然不似诗意"②,《诗传》则认为是"淫奔期会之诗"③。《木瓜》篇,朱熹认为是"男女相赠答之词,如《静女》之类"④。《桑中》篇,《毛诗序》以为是刺奔之诗:"刺奔也。卫之公室淫乱,男女相奔……期于幽远,政散民流而不可止"⑤,朱熹《诗传》认为该诗即所谓"桑间濮上"的"桑间"之所指:"桑间,《卫》之一篇《桑中》之诗是也。"⑥"桑间濮上"之说出于《礼记·乐记》:"郑卫之音,乱世之音也,比于慢矣。桑间、濮上之音,亡国之音也。其政散,其民流,诬上行私而不可止也。"⑦朱熹认为"桑间"所指即是《桑中》篇:"按:'桑间'即此篇。"⑧至于《氓》,朱熹尽管认为它也是一首淫奔当事人自做诗,但在内容上又不同于以上的《静女》、《桑中》和《木瓜》三篇,因为它所表现的不是"淫奔"行为给诗人带来愉悦之情,而是表现了"淫奔"当事人中的女性一方被抛弃后的悔恨之意:"此淫妇为人所弃,而自叙其事,以道其悔恨之意也。"⑨

朱熹所定非淫奔当事人所作的"刺奔诗"有六首,它们分别是《邶》的《凯风》、《瓠有苦叶》,《鄘》的《墙有茨》、《君子偕老》、《鹑之奔奔》、《蝃蝀》。《凯风》篇,《毛诗序》以为是赞美孝子能止母"奔"之诗:"美孝子也。卫之淫风流行,虽有七子之母,犹不能安其室,故美七子能尽其孝道,以慰其母心,而成其志尔。"⑩朱熹尽管也认为此诗的创作动机在于止母之"奔",但

---

① 明·张溥:《汉魏六朝百三名家集》,南京:江苏古籍出版社,2002年,第70页。
② 宋·朱熹:《诗集传》,《朱子全书》本,上海:上海古籍出版社、安徽教育出版社,2002年,第364页。
③ 宋·朱熹:《诗集传》,《朱子全书》本,上海:上海古籍出版社、安徽教育出版社,2002年,第438页。
④ 宋·朱熹:《诗集传》,《朱子全书》本,上海:上海古籍出版社、安徽教育出版社,2002年,第460页。
⑤ 明·张溥:《汉魏六朝百三名家集》,南京:江苏古籍出版社,2002年,第75页。
⑥ 宋·朱熹:《诗集传》,《朱子全书》本,上海:上海古籍出版社、安徽教育出版社,2002年,第364页。
⑦ 唐·贾公彦:《周礼注疏》,《唐宋注疏十三经》本,北京:中华书局,1998年,第424页。
⑧ 宋·朱熹:《诗集传》,《朱子全书》本,上海:上海古籍出版社、安徽教育出版社,2002年,第444页。
⑨ 宋·朱熹:《诗集传》,《朱子全书》本,上海:上海古籍出版社、安徽教育出版社,2002年,第454页。
⑩ 唐·孔颖达:《毛诗注疏》,《唐宋注疏十三经》本,北京:中华书局,1998年,第57页。

他认为作者是孝子本人的自责诗而不是他人的赞美诗:"此乃七子自责之辞,非美七子之作也。"①又曰:"母以淫风流行,不能自守,而诸子自责,但以不能事母,使其劳苦为辞。婉辞微谏,不显其亲之恶,可谓孝矣。"②和《凯风》的"谏奔"不同,朱熹认为《匏有苦叶》等五首是"刺奔"诗:《诗传》评《匏有苦叶》为"此刺淫乱之诗"③;《墙有茨》、《君子偕老》、《鹑之奔奔》三诗,《诗传》也分别以"诗人作此诗以刺之"④、"今宣姜之不善乃如此"⑤、"卫人刺宣姜与顽非匹耦而相从"⑥等断之;至于《蝃蝀》篇,《诗传》则直接判为刺淫奔之诗。

上即朱熹《诗传》所主张的《卫风》诗篇的"淫诗"情况,可见,他的"淫诗"说还是包括了非淫奔之人作的旨在对淫奔表达态度的"刺奔诗"的。依据《诗传》的标准考察《郑》、《卫》之诗后,我们可以得出两《风》中"淫诗"计约二十五到二十七篇的结论,而其中《郑风》有十五或十七篇是学界的共识,其分歧主要集中在《卫风》上,分歧的焦点是"刺奔诗"是否属于"淫诗"。我认为只有将"刺奔诗"看作"淫诗",才能圆满朱熹的《卫》风"四之一"为"淫诗"的说法,这样一来,《卫风》之中"淫诗"恰好十篇。

二、变《风》"淫诗"考

一直以来,由于学界对朱熹《诗传》关于"淫诗"的基本定位把握不准,故人们对《诗传》中"淫诗"的具体篇数也说法不一。其实,《诗传》也只说郑、卫之《风》有二十五到二十七篇而未及他《风》之诗。下面我们就用《诗传》的原始规定作准绳,来考察朱熹变《风》"淫诗"之篇。

依朱熹《诗传》,变《风》中的"淫诗",除《卫风》的十篇和《郑风》的十五或十七篇之外,他《风》之中尚且有十三篇,它们的分布情况分别是:《王风》三篇,《齐风》四篇,《陈风》六篇。现列表如下:

---

① 宋·朱熹:《诗集传》,《朱子全书》本,上海:上海古籍出版社、安徽教育出版社,2002 年,第 362 页。
② 宋·朱熹:《诗集传》,《朱子全书》本,上海:上海古籍出版社、安徽教育出版社,2002 年,第 428 页。
③ 宋·朱熹:《诗集传》,《朱子全书》本,上海:上海古籍出版社、安徽教育出版社,2002 年,第 429 页。
④ 宋·朱熹:《诗集传》,《朱子全书》本,上海:上海古籍出版社、安徽教育出版社,2002 年,第 442 页。
⑤ 宋·朱熹:《诗集传》,《朱子全书》本,上海:上海古籍出版社、安徽教育出版社,2002 年,第 443 页。
⑥ 宋·朱熹:《诗集传》,《朱子全书》本,上海:上海古籍出版社、安徽教育出版社,2002 年,第 444 页。

表 7.2

序号	国别	国别序号	篇名	《诗传》	备注
1	邶	1	凯风	卫之淫风流行,虽有七子之母,犹不能安其室,故其子作此诗。	
2		2	匏有苦叶	此刺淫乱之诗。	
3		3	静女	此淫奔期会之诗也。	
4	鄘	1	墙有茨	旧说以为宣公卒,惠公幼,其庶兄顽烝于宣姜,故诗人作此诗以刺,言其闺中之事皆丑恶而不可言,理或然也。	
5		2	君子偕老	夫人当与君子偕老……今宣姜之不善乃如此……	
6		3	桑中	卫俗淫乱,世族在位,相窃妻妾,故此人自言将采唐于沫,而与其所思之人,相期会迎送如此也。	
7		4	鹑之奔奔	卫人刺宣姜与顽非匹耦而相从也。	
8		5	蝃蝀	此刺"淫奔之诗"。	
9	卫	1	氓	此淫妇为人所弃,而自叙其事,以道其悔恨之意也。	
10		2	木瓜	疑亦男女相赠答之词,如《静女》之类。	
11	王	1	采葛	采葛所以为絺绤,盖淫奔者托以行也。故因以指其人,而言思念之深,未久而似久也。	
12		2	大车	周衰,大夫犹能以刑政治其私邑者,故淫奔者畏而歌之如此。	
13		3	丘中有麻	妇人望其所与私者而不来,故疑丘中有麻之处,复有与之私而留之者,今安得施施然而来乎?	
14	郑	1	将仲子	莆田郑氏曰:此淫奔之辞。	
15		2	叔于田	或疑此亦民间男女相说之词也。	
16		3	大叔于田	叔亦叔段也。公,庄公也。国人戒之曰:"请叔无习此事,恐其或伤女也。"盖叔多才好勇,而郑人爱之如此。	《序辨》:此诗与上篇(叔于田)意同。

续 表

序号	国别	国别序号	篇名	《诗传》	备注
17		4	遵大路	淫妇为人所弃,故于其去也,揽其袪而留之曰……	
18		5	有女同车	此疑亦"淫奔之诗"。	
19		6	山有扶苏	淫女戏其所私者曰:山则有扶苏矣,隰有荷华矣,今不见子都,而见此狂人,何哉?	
20		7	萚兮	此淫女之词。	
21		8	狡童	此亦淫女见绝而戏其人之词。	
22		9	褰裳	淫女语其所私者曰……亦谑之之辞。	
23		10	丰	妇人既悔其始之不送,而失此人也;则曰:"我之服饰既盛备矣,岂无驾车以迎我而借行者乎?"	《序辨》:此"淫奔之诗"。
24	郑	11	东门之墠	门之旁有墠,墠之外有阪,阪之上有草,识其所与淫者之居也。室迩人远者,思之而未得见之词也。	
25		12	风雨	淫奔之女,言当此之时,见其所期之人而心悦也。	
26		13	子衿	此亦"淫奔之诗"。	
27		14	扬之水	淫者相谓曰:"扬之水……"	
28		15	出其东门	人见淫奔之女而作此诗。	《序辨》:此乃恶淫奔者之词。
29		16	野有蔓草	男女相遇于野田草露之间,故赋其所在以起兴。言野有蔓草,则零露漙矣。有美一人,则清扬婉矣。邂逅相遇,则得以适我愿矣。	
30		17	溱洧	此诗淫奔者自叙之词。	

续　表

序号	国别	国别序号	篇名	《诗传》	备注
31	齐		东方之日		《毛诗序》：刺衰也。君臣失道，男女淫奔。《序辨》：此男女淫奔者所自作。
32		2	南山	《春秋》："桓公十八年，公与夫人姜氏如齐。公薨于齐。"《诗传》曰："公将有行，遂与姜氏如齐。申繻曰：'女有家，男有室，无相渎也，谓之有礼。易此，必败。'公会齐侯于泺，遂及文姜于如齐。齐侯通焉。公谪之。以告。夏四月，享公。使公子彭生乘公，公薨于车。"此诗前二章刺齐襄，后二章刺鲁桓也。	《毛诗序》：刺襄公也。鸟兽之行，淫乎其妹，大夫遇是恶，作诗而去之。《序辨》：此《序》据《春秋经》《传》为文，说见本篇。
33		3	敝笱	齐人以敝笱不能制大鱼，比鲁庄公不能防闲文姜，故归齐而从之者甚众多也。	
34		4	载驱	齐人刺齐姜乘此车来会襄公也。	
35	陈	1	东门之池	此亦男女会遇之词。盖因会遇之地、所见之物，以起兴也。	《序辨》：此淫奔之诗。
36		2	东门之杨	此亦男女期会而有负约不至者，故因其所见以起兴也。	
37		3	防有鹊巢	此男女之有私而忧或间之之词。	
38		4	月出	此亦男女相悦而相念之辞。	
39		5	株林	灵公淫乎夏征舒之母，朝夕而往夏氏之邑，故其民相与语曰："君胡为乎株林乎？"曰："从夏南耳。"然则非适株林也，特以从夏南故耳。盖淫乎夏姬，不可言也，故以从其子言之。诗人之忠厚如此。	《毛诗序》：刺灵公也。淫乎夏姬，驱驰而往，朝夕不休息焉。《序辨》：《陈》风独此篇最有据。
40		6	泽陂	此诗大旨与《月出》相类。	《诗传》于《月出》曰："此亦男女相悦而相念之辞。"

上表可见，《诗传》的变《风》的"淫诗"数是四十篇，分别分布在三《卫风》、《王风》、《郑风》、《齐风》、《陈风》之中。上表的篇数和长期以来学界所列举的篇数有很大的不一致，因为前人几乎都认定了一个判断"淫诗"的标准，即这类诗的作者一定是"淫奔"的当事人。我们认为只以"淫奔"当事人所作之诗为"淫诗"，不符合朱熹《诗传》的原意，因为这样《诗传》的《卫》诗"淫诗"的"四之一"说就无法得到合理的解释。故依《诗传》，我们的结论是：朱熹的"淫诗"之篇既包括"淫奔"当事人所做的"爱情诗"，也包括非当事人所作的就"淫奔"表达态度的诗篇；《卫风》中"淫诗"的篇数是十篇；整个变《风》中计有"淫诗"四十篇。

三、朱熹"淫诗"说矛盾探究

其实，学界对朱熹《诗经》解释学上的"淫诗"所涉及篇数说法不一致的根本原因在朱熹自己。之所以这样说：首先因为他在《诗传》中没有明确给出具体篇数，列出具体篇章，且在结《郑风》之旨处只说《卫》、《郑》之诗中约有二十五到二十七篇而没有触及《王风》、《齐风》、《陈风》之篇；但更主要的原因在于朱熹《诗经》解释学"淫诗"说自身的矛盾上。朱熹"淫诗"说的自身矛盾有二：一是他自己的前后说法存在着矛盾；二是"淫诗"说和其整个《诗经》学体系的矛盾。

朱熹"淫诗"说的前后矛盾，主要体现在他对"淫诗"作者主张的前后不一上。尽管依据我们的分析，《诗传》所主张的"淫诗"作者可以是淫奔当事人也可以不是，但他后来确实又有"淫诗"作者为当事人的明确说法。他的这一说法保存在他和吕祖谦就"淫诗"问题的一次争论中：

> 问："先生曾与东莱辩论淫奔之诗。东莱谓诗人所作，先生谓淫奔者之言，至今未晓所说。"曰："若是诗人所作讥刺淫奔，则婺州人如有淫奔，东莱何不作一诗刺之？"……曰："若人家有隐僻，便作诗讦其短讥刺，此乃今轻薄子，好作谑词嘲乡里之类，为一乡所疾害者。诗人温醇，必不如此。"①

可见，朱熹此时的态度很明确："淫奔"之诗的作者定是淫奔者自己！这一说法显然和《诗传》的观点有出入。我们认为，朱熹此时的观点并不代表他《诗传》中的观点，故我们也大可不必以此时的观点来衡量他的《诗传》，因

---

① 宋·黎靖德编、王星贤校点：《朱子语类》，北京：中华书局，1986年，第2092页。

为这样一来：由于朱熹自身的前后矛盾，我们在解释时也会有矛盾的结论；又由于后人多是用朱熹此处的说法来研究其整个"淫诗"思想，所以他们无法解释朱熹的《卫风》"淫诗"的"四之一"说。一个伟大的思想家，他的思想是发展着的思想体系，如果我们以其阶段性的观点为其结论性的观点，我们就会陷入矛盾的难以自圆其说之中。

关于朱熹"淫诗"说和其整个《诗经》解释学体系的矛盾，主要表现在他《诗经》解释上的方法论和其整体《诗经》学的矛盾冲突上。在解释方法上，朱熹判断"淫诗"的依据主要是体味诗篇的"辞气"，如《风雨》和《子衿》篇，他就是通过体味"辞气"得出其为"淫诗"结论的。《风雨》篇，《毛诗序》以其为"思贤"[①]诗，朱熹《序辨》则以"考诗之词，轻佻狎昵，非思贤之意也"[②]反对之，《诗传》则直接定其为"淫诗"："淫奔之女，言当此之时，见其所期之人而心悦也"[③]；还有，朱熹判断《子衿》为"淫诗"的依据也是它"儇薄"[④]的辞气。但是，考察朱熹的整个《诗经》解释学，发现他依据"辞气"判断"淫诗"的方法只适用于变《风》而不适用于二《南》和《雅》诗，因为他对二《南》和《小雅》诗中的某些"辞气"和他于变《风》中定为"淫诗"的"辞气"完全相类的诗篇，朱熹却不作"淫诗"解释，譬如《召南》的《野有死麕》篇和《郑风》的《将仲子》篇，在"辞气"上就很一致。《野有死麕》诗云：

野有死麕，白茅包之。有女怀春，吉士诱之。
林有朴樕，野有死鹿。白茅纯束，有女如玉。
舒而脱脱兮，无感我帨兮，无使尨也吠。

《将仲子》诗云：

将仲子兮，无逾我里，无折我树杞。岂敢爱之，畏我父母。仲可怀也，父母之言，亦可畏也。

将仲子兮，无逾我墙，无折我树桑。岂敢爱之，畏我诸兄。仲可怀也，诸兄之言，亦可畏也。

---

① 唐·孔颖达：《毛诗注疏》，《唐宋注疏十三经》本，北京：中华书局，1998 年，第 118 页。
② 宋·朱熹：《诗集传》，《朱子全书》本，上海：上海古籍出版社、安徽教育出版社，2002 年，第 372 页。
③ 宋·朱熹：《诗集传》，《朱子全书》本，上海：上海古籍出版社、安徽教育出版社，2002 年，第 478 页。
④ 宋·朱熹：《诗集传》，《朱子全书》本，上海：上海古籍出版社、安徽教育出版社，2002 年，第 529 页。

将仲子兮,无逾我园,无折我树檀。岂敢爱之,畏人之多言。仲可怀也,人之多言,亦可畏也。

不难发现,两者不但有相同的"辞气",而且都是地地道道地刻画描写青年男女约会时女方心理活动的经典而美丽的诗篇,但朱熹《诗传》却说前者是反抗强暴之诗:"南国被文王之化,女子有贞洁自守,不为强暴所污者,故诗人因所见以兴其事而美之",后者则为"淫诗"。符合这一情况者还有《小雅》中的《菁菁者莪》、《隰桑》两篇,两者在"辞气"上也绝类《郑风》的《风雨》诗,其中《菁菁者莪》云:

菁菁者莪,在彼中阿。既见君子,乐且有仪。
菁菁者莪,在彼中沚。既见君子,我心则喜。
菁菁者莪,在彼中陵。既见君子,锡我百朋。
泛泛杨舟,载沉载浮。既见君子,我心则休。

再看《隰桑》:

隰桑有阿,其叶有难。既见君子,其乐如何?
隰桑有阿,其叶有沃。既见君子,云何不乐。
隰桑有阿,其叶有幽。既见君子,德音孔胶。
心乎爱矣,遐不谓矣。中心藏之,何日忘之!

最后看《风雨》:

风雨凄凄,鸡鸣喈喈。既见君子,云胡不夷。
风雨潇潇,鸡鸣胶胶。既见君子,云胡不瘳。
风雨如晦,鸡鸣不已。既见君子,云胡不喜。

对三者作比较后我们发现,它们何止是在"辞气"上相类,而且从内容到形式上都表现出极大的一致性:在内容上,它们都指向了抒情主人公见到思念已久的君子后的欣喜之情;在篇章行文上,它们都是一章四句,其中前两句以景起兴,以兴起后两句见到君子后的喜悦心情,且第三句都是"既见君子"文。关于以上三首诗,如果不存先在之见,人们会认为它们是出自一位诗人之手的表达同一主题的组诗。但由于受《诗经》之《风》、《雅》、《颂》的传统分类方法影响,即使鼓吹"求《诗》本义"且以"辞气"解"诗"的朱熹,也没有勇气打破传统将它们划为同一主题的诗,即将《菁菁者莪》和《隰桑》解释为"淫诗":《菁菁者莪》篇,《诗传》解为宴饮宾客之诗;《隰桑》篇,《诗传》解为喜见君子之诗。实际上,若依据"辞气",《召南》中的《野有死麕》和《小雅》中的《菁菁者莪》、《隰桑》三篇,理当和《郑风》中的《将仲子》、《风雨》一样同为"淫诗",但因为它们不在变《风》之中,而是在文王之化或朝廷之音的二《南》、《小雅》中,所以在朱熹那里它们有幸不入"淫诗"之流,这反映了朱熹"淫诗"说和他的整个《诗经》解释学思想体系之间的矛盾。朱熹的整个《诗经》解释学主张:《风》分正、变,《雅》有大、小。正、变《风》和大、小《雅》有着创作主体、诗歌内容等方面的不同。其中《诗集传·序》主张二《南》正《风》说:

> 凡《诗》之所谓《风》者,多出于里巷歌谣之作,所谓男女相与咏歌,各言其情者也。惟《周南》、《召南》亲被文王之化以成德,而人皆有以得其性情之正,故其发于言者,乐而不过于淫,哀而不及于伤,是以二篇独为《风》之正经。①

何谓《风》之正经,《诗集传·纲领》阐发《大序》"先王以是"的"是"字,认为指"正经":"指《风》、《雅》、《颂》之正经。"②他还接受了"《二南》二十五篇为正《风》"的观点,所谓《风》之正经即正《风》,因其所指均二《南》之诗。正《风》云者是说其所包含的诗歌在内容上要符合"正"的要求,即使产生于民间其作者却是已受文王教化之民,即使是抒情,其"情"也在礼义的规范之内。故《周南》、《召南》之诗是"被文王之化"后的诗歌,内容上有着"乐而不淫,哀而不伤"的"中和"之音特点。正《风》在内容上和变《风》不同,变《风》指的是因社会时事治乱的不同,创作主体的德性参差不齐,风格也多有淫乱而不"止乎礼义"者,具体指《邶风》以下的其他十三国《风》。至于朝廷郊庙的篇章,创作主体要么是圣人之徒,要么是贤人君子,诗歌风格表现为语和而壮、义宽而密者为《雅》诗之篇。由于被正《风》、《雅》诗思想内容纯正的整体《诗经》学束缚住了手脚,故朱熹没有把从内容到形式都完全符合"淫诗"标准的《召南》中的《野有死麕》、《小雅》中的《菁菁者莪》、《隰桑》三

---

① 宋·朱熹:《诗集传》,《朱子全书》本,上海:上海古籍出版社、安徽教育出版社,2002 年,第 351 页。
② 宋·朱熹:《诗集传》,《朱子全书》本,上海:上海古籍出版社、安徽教育出版社,2002 年,第 343 页。

诗解释为"淫诗"。

总而言之,朱熹《诗经》解释学上的"淫诗"说和他的整个《诗经》解释学一样,是发展深化着的思想体系。他在《诗传》后确实说过"淫诗"是淫奔者自作之诗的话,但在《诗传》中,他的"淫诗"之篇也同样确实包括了非淫奔当事人所作的旨在就"淫奔"之事表达态度的诗篇。朱熹判断"淫诗"之篇结论的得出,是他就"诗"解《诗》方法论指导下的产物,他作出判断的主要依据是诗的本义和诗的"辞气",但由于朱熹《诗经》解释学上有"正《风》学"、"变《风》学"和"《雅》诗学"的划分,导致了他"淫诗"之篇不能涵盖整个《诗》三百篇的结果。

第四节 《风》诗的理学解释

朱熹解《诗经》标举"求诗本义"而反对毛、郑《诗经》学的附会美刺,但作为理学家,他在对《诗》三百的文学性认识作出巨大成绩的同时,也不无自然地走向了他的理学。如他把二《南》诗歌的文王之化与"大学"之学结合起来就是这样。此外,朱熹《风》诗学所涉及的理学问题还有很多,此处仅举其中的两个作为代表来讨论:一、"发乎情,止乎礼义"的经与权;二、士(贤者、君子)伦理学。

一、"发乎情,止乎礼义"的经与权

朱熹的《诗经》解释重视诗的抒情性,认为《诗经》和其他经典的本质不同就在于它的吟咏"情性"。但基于他的《中庸》学思想,他又要求情之发要中节而达到"中和"状态。因此他推崇《关雎》甚至二《南》诗篇,将其标榜为符合"中和"标准的典范。《孟子·离娄上》曰:"男女授受不亲,礼也。嫂溺援之以手,权也。"①孟子的观点实际上涉及今天所讲的原则性和灵活性的关系问题。朱熹对此的看法是:"权而得中,是乃礼也。"②即对问题的处理符合原则性规则自然有正价值的意义,但特事特办尽管有违原则性规则仍然也有正价值的意义。朱熹将这一思想用在了对《风》诗学的"发乎情,止乎礼义"问题的处理上。

首先,朱熹高度评价"情"发而"中节"后符合"中和"的标准且行动"止

---

① 宋·孙奭:《孟子注疏》,《唐宋注疏十三经》本,北京:中华书局,1998年,第92页。
② 宋·朱熹:《四书集注》,南京:凤凰出版社,2005年,第302页。

乎礼义"的诗篇。他评论《邶·柏舟》曰：

> 《柏舟》、《绿衣》不得于其夫，宜其怨之深矣。而其言曰"我思古人，实获我心"，又曰"静言思之，不能奋飞"，其词气忠厚恻怛，怨而不过，如此所谓止乎礼义而中喜怒哀乐之节者……以此臣之不得于其君，子之不得于其父，弟之不得于其兄，朋友之不相信，处之皆当以此为法。①

朱熹此论可以从以下层面来理解：一、一般来说，妇女不为丈夫所喜欢，她的诗中应该流露深深的怨愤之情；二、《柏舟》的辞气却是"忠厚恻怛，怨而不过"的，比较契合于"止乎礼义"的道德要求和"情"发而"中节"的美学要求；三、《柏舟》作者的这种主观上的态度和客观上的行为，应是各个层次的伦理践行主体效法的典范。因此，《诗传》还特别赞扬了《谷风》中的那位为丈夫所驱逐的妇女："妇人为夫所弃，故作此诗以叙其悲怨之情……盖妇人从一而终，今虽见弃，犹有望夫之情，厚之至也。"②从一而终是"礼"，是那个时代对女性的道德要求，所以此女尽管被丈夫抛弃，情感悲怨的同时却不失忠厚，故而朱熹赞叹道："厚之至也！"《诗传》又认为《泉水》和《竹竿》两篇是嫁于诸侯的卫女作的抒情诗："卫女嫁于诸侯……思归宁而不得，故作此诗。"③朱熹引用杨时的话，认为这种行为也是"发乎情，止乎礼义"的典范："卫女思归，发乎情也。其卒也不归，止乎礼义也。圣人著之于经，以示后世，使知适异国者，父母终，无归宁之义，则能自克者知所处矣。"④

其次，朱熹还用权变思想灵活处理特殊情况下的"发乎情，止乎礼义"问题。相对于一般情况，特殊情况下的"发乎情，止乎礼义"、"中和"现象，在《诗经》三百篇中的表现则更复杂，涉及社会生活的很多方面。如还是那首《柏舟》诗，其中的"静言思之，不能奋飞"句所体现出的情感，就有不平和的意味，朱熹处理这个问题的时候，没有判其为不"中节"：

---

① 宋·朱鉴：《诗传遗说》，文渊阁《四库全书》本，经部第75册《诗》类，台湾商务印书馆影印版，1986年，第550页。
② 宋·朱熹：《诗集传》，《朱子全书》本，上海：上海古籍出版社、安徽教育出版社，2002年，第431页。
③ 宋·朱熹：《诗集传》，《朱子全书》本，上海：上海古籍出版社、安徽教育出版社，2002年，第435页。
④ 宋·朱熹：《诗集传》，《朱子全书》本，上海：上海古籍出版社、安徽教育出版社，2002年，第436页。

器之问:"'静言思之,不能奋飞!'似犹未有和平意。"曰:"也只是如此说,无过当处。既有可怨之事,亦须还他有怨底意思,终不成只如平时,却与土木相似!只看舜之号泣于旻天,更有甚于此者。喜怒哀乐,但发之不过其则耳,亦岂可无?圣贤处忧患,只要不失其正。"①

可见,朱熹认为,诗人的情感源于抒情主体所遭遇的不公正对待,其本身是不合礼义的受害者,故这种貌似过激的情感是完全合乎情之理的,应当理解并接受她的情感抒发。可见朱熹的处理方法符合嫂溺而援之以手的权变规则。《摽有梅》篇《诗传》定为一待嫁女子的怀春之诗:"女子知以贞信自守,惧其嫁不及时,而有强暴之辱也。故言梅落而在树者少,以见时过而太晚矣,求我之众士,其必有及此吉日而来者乎?"古代非聘而婚是不合礼义的淫奔行为,怀春和淫奔之间仅有半步的距离。但朱熹却没有极严厉地批判这位少女的怀春,他反而曰:"此亦是人之情,尝见晋宋间有怨父母之诗。读《诗》者于此,亦欲达男女之情。"②朱熹认为这是外力对诗人造成伤害的情感抒发,是人之常情,更是男女之常情。朱熹不但接受了少女怀春,作为主张"饿死事小,失节事大"的理学家,他竟然还能接受寡妇思嫁。看《有狐》篇:

> 有狐绥绥,在彼淇梁。心之忧矣,之子无裳。
> 有狐绥绥,在彼淇厉。心之忧矣,之子无带。
> 有狐绥绥,在彼淇侧。心之忧矣,之子无服。

《诗传》传述首章曰:"比也……国乱民散,丧其妃耦,有寡妇见鳏夫而欲嫁之,故托言有狐独行而忧其无裳也。"③认为该诗是比体诗,用狐狸的独行求匹类比寡妇的思嫁。但朱熹并没有将此诗判为"淫奔之诗",因为他认为寡妇的这种情感是混乱罪恶的社会生活使然。它虽然于理不合,但情有可原。故而朱熹认为,不懂权变就是迂腐,就是死板。

器之问:"《式微》诗以为劝耶?戒耶?"曰:"亦不必如此看,只是随他当时所作之意如此,便与存在,也可以见得有羁旅狼狈之君如此,而

---

① 宋·黎靖德编、王星贤校点:《朱子语类》,北京:中华书局,1986年,第2102—2103页。
② 宋·黎靖德编、王星贤校点:《朱子语类》,北京:中华书局,1986年,第2001页。
③ 宋·朱熹:《诗集传》,《朱子全书》本,上海:上海古籍出版社、安徽教育出版社,2002年,第459页。

方伯连帅无救恤之意。今人多被'止乎礼义'一句泥了,只管去曲说。且要平心看诗人之意。如《北门》只是说官卑禄薄,无可如何……看来自非正理,但人情亦自有如此者,不可不知。"①

《式微》篇,一般认为是黎国臣子抱怨黎侯之诗,臣子怨君,似乎不合礼义。朱熹认为理解诗歌不能拘泥于"止乎礼义",因为对于诗歌来说,"发乎情"才是本质的要害。《式微》、《北门》等的怨天尤人虽非正理,但也是无可奈何的情感抒发。《北门》篇,朱熹认为是一贤者所作之诗:"卫之贤者处乱世,事暗君,不得其志,……又叹其贫窭,人莫知之,而归之于天也。"②他认为,乱世暗君贤者不遇,空有才华却生活贫窭,无奈之下而呼天抢地地抒发情感,也是"无可如何"之举。

综上可以得出两个结论:一、朱熹的《诗经》学并不是纯粹文学意义上的《诗经》学,而同样附着理学的外衣;二、朱熹不是一迂腐、死板的道学家,而是一个智慧的思想家。他是在"求诗本义"的旗号下,将汉、唐《诗经》学改造为宋学的《诗经》学。从这个意义上说,朱熹的《诗经》学也是一种宋学的《诗经》解释学。如这里的《北门》诗,以《毛序》为代表的汉、唐《诗经》学就认为是刺诗,诗中的主人公是一位卫国的忠臣:"刺仕不得志也。言卫之忠臣,不得其志尔。"③但朱熹却将该诗主人公由"忠臣"改为"贤者",主旨由"刺仕不得志"改为"贤者自叹"的抒情诗。贤者和君子是对春秋战国时代的一个特殊阶层——"士"阶层的尊称。我们发现,朱熹《风》诗学很是注重《国风》诗篇贤者君子意蕴的发掘。这里我们把朱熹关于《风》诗贤者君子的思想称为他的《风》诗学的"士伦理学"。

二、士伦理学

《诗》三百篇产生的时代,正是中国历史上士阶层形成的时代。正如余英时所说,中国古代士子和政治的关系,表现为道统和政统的关系。道统和政统在国家的日常政治生活中相处,当其主张趋于一致时,社会政治表现为天下有道的治世,当二者产生矛盾时,是为天下无道的乱世。天下有道,则道统与政统在利益一致的基础上很容易和谐统一,这自然是士子之幸。天

---

① 宋·黎靖德编、王星贤校点:《朱子语类》,北京:中华书局,1986年,第2104页。
② 宋·朱熹:《诗集传》,《朱子全书》本,上海:上海古籍出版社、安徽教育出版社,2002年,第436页。
③ 宋·朱熹:《诗集传》,《朱子全书》本,上海:上海古籍出版社、安徽教育出版社,2002年,第363页。

下无道,士子所面临的选择就复杂、艰难得多。先秦儒家曾经给出乱世之"士"三条道路,一:"天下无道,以身殉道。"①或曰:"邦无道,如矢。"②二:"邦无道则愚。"③三:"无道则隐。"④《国风》诗篇中,曾被毛、郑和朱熹共同认为有关贤者君子——"士"的一些篇章,如《兔罝》《简兮》《干旄》《考盘》《黄鸟》《权舆》等,《毛序》一律以美刺解之。但朱熹的解释却完全不同。朱熹的解释既再现了当时士阶层的生活状况,也表现了他的士伦理思想。朱熹《风》诗学的"士伦理学"主要涉及两个层面的内容:一、士阶层的人生遭际;二、士阶层的德操。这两个方面又是相互关联的。

(一)人生遭际

对士阶层来说,他们的人生遭际与赶逢的是治世抑或乱世、明君抑或暗主密切相关。朱熹认为《诗经》中反映士阶层赶逢治世而遇的诗篇,一是《兔罝》,再是《干旄》。《兔罝》篇,《序辨》赞同《序》"莫不好德,贤人众多"说:"'莫不好德,贤人众多'者得之。"朱熹认为这首诗是在文王教化且爱惜重用贤才以至于国内形成了俊才云蒸的背景下写成的。《诗传》传疏诗之首章"肃肃兔罝,椓之丁丁。赳赳武夫,公侯干城"曰:"化行俗美,贤才众多,虽罝兔之野人,而其才之可用犹如此,故诗人因其所事以起兴而美之,而文王之德化之盛因可见矣。"捕兔之人都是干城的贤才、国家的栋梁,足见"文王德化之盛"。"文王德化之盛"也反映了士阶层的遇于君遇于世的人生遭际。生逢文王德化的治世,自然是士阶层的幸运,他们的才能在不期然而然中得到了发挥,人生价值得到了实现。但生逢乱世而偶遇明君,则是士阶层不幸中的幸运。朱熹认为《干旄》诗正反映了这种情况下贤者受宠若惊、不知所措的心情。《诗传》传疏该诗首章"孑孑干旄,在浚之郊。素丝纰之,良马四之。彼姝者子,何以畀之"曰:"言卫大夫乘此车马,建此旌旄,以见贤者。彼其所见之贤者,将何以畀之,而答其礼义之勤乎?"⑤

朱熹所解读出的《国风》之诗反映乱世暗主之世的士阶层人生遭际相对于治世明君之世来说其表现要复杂得多,贤者君子的情感也矛盾复杂得多。如《简兮》篇朱熹认为是一不遇贤者做了个没有尊严供人取乐的小官自我解嘲之诗,《诗传》曰:"贤者不得志,而仕于伶官,有轻世肆志之心焉,故其言

---

① 宋·孙奭:《孟子注疏》,《唐宋注疏十三经》本,北京:中华书局,1998年,第163页。
② 宋·孙奭:《孟子注疏》,《唐宋注疏十三经》本,北京:中华书局,1998年,第101页。
③ 宋·孙奭:《孟子注疏》,《唐宋注疏十三经》本,北京:中华书局,1998年,第33页。
④ 宋·孙奭:《孟子注疏》,《唐宋注疏十三经》本,北京:中华书局,1998年,第54页。
⑤ 宋·朱熹:《诗集传》,《朱子全书》本,上海:上海古籍出版社、安徽教育出版社,2002年,第448页。

如此。若自誉而实自嘲也。"①如果说《简兮》的贤者是自嘲,朱熹认为《北门》是贤者的自叹:"卫之贤者处乱世,事暗君,不得其志,故因出北门而赋以自比。又叹其贫窭,人莫知之,而归之于天也。"②朱熹还认为《风》诗中有三篇是关涉"卷而怀之"而归隐的贤者,分别是《考盘》、《十亩之间》和《衡门》。朱熹所解读出《秦风》中的两首诗中的贤者的遭际很是特别,反映了士阶层命途的复杂多样性。其中《黄鸟》诗反映了士阶层被迫殉葬的悲惨命运,《序辨》同意了《序》的"哀三良"说。《序》云:"哀三良也。国人刺穆公以人从死,而作是诗也。"③朱熹《诗传》认为该诗首章"交交黄鸟,止于棘。谁从穆公?子车奄息。维此奄息,百夫之特。临其穴,惴惴其栗!彼苍者天,歼我良人!如可赎兮,人百其身",描写了殉葬秦穆公的子车氏的三贤临场的悲惨而恐惧的场面:"言交交黄鸟则止于棘矣,谁从穆公,则子车奄息也。盖以所见起兴也。临穴而惴栗,盖生纳入圹中也。三子皆国人之良,而一旦杀之。若可贸以他人,则人皆愿百其身而易之矣。"④被活埋而殉葬,足见历史上士阶层命运是何等的悲惨。另外朱熹又认为,《权舆》诗是一被始用续弃的贤者叹息自己命运的诗篇。《诗传》传疏该诗首章"于我乎夏屋渠渠,今也每食无余。于嗟乎,不承权舆"曰:"此言其君始有夏屋之待贤者,而其后礼意寝衰,供亿寝薄,至于贤者每食而无余,于是叹之,言不能继其始也。"⑤

综上所述,经过朱熹的解读之后,《风》诗有关贤者君子即士阶层的诗篇,不再仅仅是干巴巴的非"美"即"刺",而是他们生活际遇的多样化呈现。

(二) 政治德操

朱熹《风》诗学提出了贤者君子德操⑥的思想,他把它分为品德修养和政治态度两方面,当然这两方面也不是截然分开的,而是相互关联的,因为从某种意义上说,一个人的品德修养可以决定他的政治态度,故几乎所有关

---

① 宋·朱熹:《诗集传》,《朱子全书》本,上海:上海古籍出版社、安徽教育出版社,2002年,第434页。
② 宋·朱熹:《诗集传》,《朱子全书》本,上海:上海古籍出版社、安徽教育出版社,2002年,第436页。
③ 宋·朱熹:《诗集传》,《朱子全书》本,上海:上海古籍出版社、安徽教育出版社,2002年,第378页。
④ 宋·朱熹:《诗集传》,《朱子全书》本,上海:上海古籍出版社、安徽教育出版社,2002年,第510页。
⑤ 宋·朱熹:《诗集传》,《朱子全书》本,上海:上海古籍出版社、安徽教育出版社,2002年,第514页。
⑥ 这里主要涉及的是乱世暗君状况下士阶层的德操,因为治世明君,士被重用,他们的生活态度都是积极向上的。

涉贤者君子的诗篇都应涉及他们的品德修养。但朱熹认为，《伐檀》和《鸤鸠》专谈修养层面的问题，《权舆》则涉及贤者君子以"道"自尊的节操。

《伐檀》篇，《毛序》断为刺诗："刺贪也。在位贪鄙，无功而受禄，君子不得进仕尔。"①朱熹《序辨》则认为"此诗专美君子之不素餐"②。是一首赞美君子安于贫贱、自食其力的诗，《诗传》传疏诗之首章"坎坎伐檀兮，置之河之干兮。河水清且涟猗。不稼不穑，胡取禾三百廛兮？不狩不猎，胡瞻尔庭有县貆兮？彼君子兮，不素餐兮"曰："诗人言有人于此用力伐檀，将以为车而行陆也。今乃置之河干，则河水清涟而无所用，虽欲自食其力而不可得矣。然其志则自以为不耕不可以得禾，不猎不可以得兽，是以甘心穷饿而不悔也。诗人述其志而叹之，以为是真能不空食者……非其力不食，其厉志盖如此。"③而《鸤鸠》篇，朱熹认为是赞美君子表里如一的诗，《诗传》曰："诗人美君子之用心均平专一……君子动容貌，斯远暴慢；正颜色，斯近信；出辞气，斯远鄙倍。其见于威仪动作之间者有常度矣，岂故为是拘拘者哉？盖和顺积中，而英华发外。是以由其威仪一于外，而其心如结于内者，从可知也。"④可见，《伐檀》和《鸤鸠》两者之中，一为士阶层的安于贫贱、自食其力之德，一为表里如一之德，从伦理学上说，它们都属于正价值的范畴。朱熹认为《权舆》篇的主旨，不是《毛序》所主张的刺秦康公，而是表现了贤者的以"道"自尊。《诗传》引征史事以证己说曰：

> 汉楚元王敬礼申公、白公、穆生。穆生不耆酒，元王每置酒，常为穆生设醴。及王戊即位，常设，后忘设焉。穆生退曰："可以逝矣！醴酒不设，王之意怠，不去，楚人将钳我于市。"遂称疾。申生、白公强起之曰："独不念先王之德与？今王一旦失小礼，何足至此！"穆生曰："先王之所以礼吾三人者，为道之存故也。今而忽之，是忘道也。忘道之人，胡可久处？岂为区区之礼哉！"遂谢病去。亦此诗之意也。⑤

---

① 宋·朱熹：《诗集传》，《朱子全书》本，上海：上海古籍出版社、安徽教育出版社，2002年，第375页。
② 宋·朱熹：《诗集传》，《朱子全书》本，上海：上海古籍出版社、安徽教育出版社，2002年，第375页。
③ 宋·朱熹：《诗集传》，《朱子全书》本，上海：上海古籍出版社、安徽教育出版社，2002年，第494页。
④ 宋·朱熹：《诗集传》，《朱子全书》本，上海：上海古籍出版社、安徽教育出版社，2002年，第526页。
⑤ 宋·朱熹：《诗集传》，《朱子全书》本，上海：上海古籍出版社、安徽教育出版社，2002年，第514页。

对方尊"道"则留,忘"道"则去,可谓以"道"自尊。朱熹认为这就是《权舆》诗的主旨所在。

遭逢乱世暗君的贤者君子,他们的政治德操(态度)有三种情况,朱熹认为这三种情况,《风》诗篇章中都有涉及。

朱熹首先注意到的是贤者归隐之诗,包括《考槃》、《十亩之间》和《衡门》三篇。《考槃》诗,《序》以为是刺诗:"刺庄公也。不能继先公之业,使贤者退而处穷。"①朱熹却认为这是赞美贤者之诗,故《序辨》道:"此为美贤者穷处而能安其乐之诗,文意甚明。"②《诗传》于首章"考槃在涧,硕人之宽。独寐寤言,永矢弗谖"传疏经文曰:"考,成也。槃,盘桓之意。言成其隐处之室也。……诗人美贤者隐处涧谷之间,而硕大宽广,无戚戚之意,虽独寐而寤言,犹自誓而不忘此乐也。"③认为此诗旨在赞美贤者归隐,赞美他的退隐之后能安于处穷、自得其乐。同样,朱熹认为《十亩之间》也是赞美贤者归隐之诗,《诗传》曰:"政乱国危,贤者不乐仕于其朝,而思与其友归于农圃。"④不同的是:前者是归隐林泉,后者是归隐田园;前者是独自归隐,后者是结伴而行。朱熹认为,《衡门》诗尽管也是关涉贤者归隐之诗,但它区别于前两者的地方在于它是隐者自娱自乐之诗。经过朱熹的解读,这三首"隐士诗"是同中有异,风味各别。我们有理由认为,朱熹的《诗经》学,本质上也是"六经注我"的《诗经》解释学。所以此处的贤者就是朱熹自己,贤者的乱世乐于归隐,也是朱熹的态度。换句话说,朱熹对乱世归隐是持赞成态度的。

朱熹认为,《简兮》和《北门》都不是《毛序》所谓的刺诗,而是贤者自作的抒情诗。如上文所述,他主张《简兮》是贤者的自嘲,《北门》是贤者的自叹。可见这两位贤者的政治态度不是归隐而是仕进。但同为仕进,两者态度又有分别,前者似乎是"愚",后者则是"直"⑤。《诗传》引用张载之说以明己意道:"张子曰:'为禄仕而抱关击柝,则犹恭其职也。为伶官则杂于侏儒俳优之间,不恭甚矣,其得谓之贤者,虽其迹如此,而其中固有以过人,又

---

① 宋·朱熹:《诗集传》,《朱子全书》本,上海:上海古籍出版社、安徽教育出版社,2002年,第367页。
② 宋·朱熹:《诗集传》,《朱子全书》本,上海:上海古籍出版社、安徽教育出版社,2002年,第367页。
③ 宋·朱熹:《诗集传》,《朱子全书》本,上海:上海古籍出版社、安徽教育出版社,2002年,第452页。
④ 宋·朱熹:《诗集传》,《朱子全书》本,上海:上海古籍出版社、安徽教育出版社,2002年,第493页。
⑤ 子曰:"直哉史鱼!邦有道,如矢;邦无道,如矢。"(《论语·卫灵公》)

能卷而怀之,是亦可以为贤矣。'"① 如果能被重用,勇猛精进自然是士阶层的第一情怀。但如以类似侏儒俳优的伶官用之,则无异于是对知识阶层的羞辱。此时的贤者若能"卷而怀之",也不失为一种明智的态度。从下面这则朱熹和弟子的对话,可见他说的"卷而怀之"似乎是一种相对等而下之的政治德操:

> 问:"《简兮》诗张子谓'其迹如此,而其中固有以过人者'。夫能卷而怀之,是固可以为贤。然以圣贤出处律之,恐未可以为尽善?"曰:"古之伶官,亦非甚贱;其所执者,犹是先王之正乐。故献工之礼,亦与之交酢。但贤者而为此,则自不得志耳。"②

可见,朱熹在此并没有否定"卷而怀之"未"尽善"的观点。

关于士阶层遭逢乱世暗君的"以死殉道",朱熹显然是反对的,《诗传》于《黄鸟》篇论及三良的从死时明确表态曰:

> 愚按:穆公于此,其罪不可逃也! 但或以为穆公遗命如此,而三子自杀以从之,则三子亦不得为无罪。今观临穴惴栗之言,则是康公从父之乱命,迫而纳之于圹,其罪有所归矣。③

一个三良"有罪"的判定,足以证明朱熹对自杀以从穆公的反对态度,这当然也是对"以死殉道"态度的反对。

综上所述,朱熹不但从《风》诗之中读出了多样的士阶层的伦理德操,而且还表明了自己的态度:支持归隐;不反对仕进;反对"以身殉道"。

朱熹对乱世暗君士阶层的政治态度其来有自,源头在儒家创始人孔子那里。据《论语》载,孔子尽管说过"杀身成仁"的话,但对于"无道"之"乱世"应持的德操,却更多地倾向于"退隐"。这个倾向表现有三。

一、直接主张"退隐"。《论语·泰伯》曰:

> 子曰:"……危邦不入,乱邦不居。天下有道则见,无道则隐……邦

---

① 宋·朱熹:《诗集传》,《朱子全书》本,上海:上海古籍出版社、安徽教育出版社,2002年,第435页。
② 宋·黎靖德编、王星贤校点:《朱子语类》,北京:中华书局,1986年,第2105页。
③ 宋·朱熹:《诗集传》,《朱子全书》本,上海:上海古籍出版社、安徽教育出版社,2002年,第511页。

无道,富且贵焉,耻也。"①

孔子认为作为士子,政局不稳的"危邦"不应进入,处于动乱的"乱邦"不应居住。天下有道则入世;天下无道则隐居。如果国家无道而自己富贵,是士子的耻辱。《论语·宪问》云:

> 宪问耻。子曰:"邦有道,谷;邦无道,谷,耻也。"②

本则的观点和上则同。原宪问孔子什么是可耻的事,孔子回答说:国家有道,做官拿俸禄是正常的;国家无道,如果还做官拿俸禄,这就是可耻。言外之意还是主张"退隐"。

二、孔子主张乱世"退隐"的观点还表现在他对隐者的肯定上。《论语·卫灵公》云:

> 子曰:"直哉史鱼!邦有道,如矢;邦无道,如矢。君子哉蘧伯玉!邦有道,则仕;邦无道,则可卷而怀之。"③

对于"邦无道"而"如矢"一样正直的史鱼,孔子仅仅认为是正直而已。但对"卷而怀之"(辞官退隐)的蘧伯玉,孔子却高度评价其为"君子哉"。先师倾向可谓昭然。《论语·微子》云:

> 微子去之,箕子为之奴,比干谏而死。孔子曰:"殷有三仁焉。"④

孔子的无道"退隐"倾向,在这一则记载中再明白不过了。在他称赞的商纣王时的"三仁"——微子、箕子和比干中,首推"退隐"的微子。

三、孔子还把无道"退隐"的主张付诸实施、见诸行动。《微子》云:

> 齐景公待孔子曰:"若季氏,则吾不能;以季、孟之间待之。"曰:"吾老矣,不能用也。"孔子行。⑤

---

① 宋·邢昺疏:《论语注疏》,《唐宋注疏十三经》本,北京:中华书局,1998年,第54页。
② 宋·邢昺疏:《论语注疏》,《唐宋注疏十三经》本,北京:中华书局,1998年,第91页。
③ 宋·邢昺疏:《论语注疏》,《唐宋注疏十三经》本,北京:中华书局,1998年,第101页。
④ 宋·邢昺疏:《论语注疏》,《唐宋注疏十三经》本,北京:中华书局,1998年,第121页。
⑤ 宋·邢昺疏:《论语注疏》,《唐宋注疏十三经》本,北京:中华书局,1998年,第121页。

当齐景公没有给予孔子适当的礼遇时,他说:"吾老矣,不能用也。"于是"行"而"退隐"。《微子》又云:

> 齐人归女乐,季桓子受之,三日不朝。孔子行。①

当鲁国统治者接受了齐国人赠送的"女乐"而不理朝政,表现出无道的征候时,孔子也选择了"行"(退隐)。

可见,"归隐"作为乱世士子无奈而优先的选项,早在孔子时已经有了明显的倾向,无怪乎朱熹《风》诗学理学在论及士阶层政治德操时,几乎是在艳羡"归隐"一项了。

---

① 宋·邢昺疏:《论语注疏》,《唐宋注疏十三经》本,北京:中华书局,1998年,第121页。

第八章 《雅》诗学

朱熹的《雅》诗学整体定位《雅》诗之篇为朝廷之音,认为"雅"是乐调。大"雅"是君主飨礼所用之乐,小"雅"是君臣之间的燕礼之乐,诗只是音乐的歌词。他又接续毛、郑关于《雅》诗的大小、正变说,认为大《雅》关涉王政之大体,小《雅》关涉王政之小事。正《雅》作者多为圣人、王公大人,内容正大光明,情肯理正。风格平易明白,和平祥雅。变《雅》为贤人君子有感于时事动乱的抒情之作,多表达其忠厚恻怛之心和陈善闲邪之意。朱熹的《雅》诗解释学内容丰富,博大精深,大不同于单调僵化的汉、唐《雅》诗学。

第一节 《雅》诗学大纲

朱熹《雅》诗学,既有对史上《雅》诗学的继承与扬弃,也有他的综罗与创新。

一、史上《雅》诗学

讨论朱熹《雅》诗学,离不开历史上的《雅》诗学。在朱熹之前,《雅》诗学的主流是"政事"说,这一观点起于先秦孔子,后至于汉唐毛、郑、孔渐成体系。但到宋代,郑樵则提出了"产地"说。

(一)"政事"说

《雅》诗学的"政事"说,《孔子诗论》即已有之:

……《大夏(大雅)》,盛德也……(第二简)

今人解曰:

《大夏(大雅)》歌颂王公大人的盛德。①

汉代《毛序》显然继承了《孔子诗论》之说：

> 言天下之事，形四方之风，谓之雅。雅者，正也，言王政之所由废兴也。政有大小，故有小《雅》焉，有大《雅》焉。

后郑玄、孔颖达又继承发挥了《大序》说。郑云：

> 《雅》，正也，言今之政者，以为后世法。②

孔颖达正义道：

> 诗人总天下之心，四方风俗，以为己意，而歌咏王政，故作诗道说天下之事，发现四方之风，所言者乃是天子之政，施齐政于天下，故谓之《雅》，以其广故也。《雅》……施政之名也……云《雅》者，正也，政有小大，故有小《雅》焉，有大《雅》焉，是《雅》为正名也。③

可见，自孔子至孔颖达，《雅》诗学"政事"说的线条逐渐地清晰而条贯起来：《雅》之作者是"诗人"④，《雅》诗内容反映的是周天子广施天下四方的政教；因政事有小、大，故《雅》也有小、大之分。

（二）"产地"说

《雅》诗学"产地"说，源于宋人郑樵。他认为《雅》出于朝廷士大夫，其言纯厚典则，其体抑扬顿挫，非复小夫贱隶、妇人女子能道者。

郑樵"产地"说和毛、郑"政事"说有两大不同：一、诗作者上，前者明确定位为朝廷士大夫，后者只泛泛说是"诗人"；二、前者定义"雅"的依据是语言和节奏等形式因素，后者则以"政事"之小、大的内容因素为依据。

二、"小大"、"正变"说

朱熹整合"政事"说和"产地"说，提出了"音乐"说：雅是正的意思，

---

① 陈桐生：《孔子诗论研究》，北京：中华书局，2004年，第257—259页。
② 唐·孔颖达：《毛诗注疏》，《唐宋注疏十三经》本，北京：中华书局，1998年，第15页。
③ 唐·孔颖达：《毛诗注疏》，《唐宋注疏十三经》本，北京：中华书局，1998年，第15页。
④ 具体身份不明。

《雅》诗是正乐之歌,《诗》三百篇中的《雅》诗之篇,为成周之世的朝廷乐歌之辞。①《楚辞集注》也说:

> 《雅》则朝会燕享,公卿大人之作。②

实际上,朱熹《雅》诗学是统合了"政教"说、"产地"说和"音乐"说而形成的,其主要内容有以下几点:一、大、小《雅》之所以划分的问题;二、正、变《雅》的问题;三、作为音乐的二《雅》适用范围问题;四、《雅》之经、传问题;五、《雅》之分组问题等。

(一)"小大"说

小、大《雅》的划分依据历来是《诗经》学上的重要问题。《毛序》的说法是:

> 雅者,正也,言王政之所由废兴也。政有小大,故有《小雅》焉,有《大雅》焉。③

朱熹《诗传纲领》则曰:

> 《小雅》皆王政之小事。《大雅》则言王政大体也。④

另外《遗说》载:

> 《小雅》是所系者小,《大雅》是所系者大。"呦呦鹿鸣",其义小,"文王在上,于昭于天",其义大。⑤

---

① 宋·朱熹:《诗集传》,《朱子全书》本,上海:上海古籍出版社、安徽教育出版社,2002年,第351页。
② 宋·朱熹:《楚辞集注》,《朱子全书》本,上海:上海古籍出版社、安徽教育出版社,2002年,第20页。
③ 宋·朱熹:《诗集传》,《朱子全书》本,上海:上海古籍出版社、安徽教育出版社,2002年,第345页。
④ 宋·朱熹:《诗集传》,《朱子全书》本,上海:上海古籍出版社、安徽教育出版社,2002年,第345页。
⑤ 宋·朱鉴:《诗传遗说》,文渊阁《四库全书》本,经部第75册《诗》类,台北:台湾商务印书馆影印版,1986年,第562页。

朱熹的"所系者小"、"其义小",与"王政之小事"是同一逻辑系列的表述,它们都是《毛序》的"政有大小"的解释内容,由此可见朱熹在《雅》之大小问题上和《毛序》的渊源。

但朱熹的《雅》之大小思想如果仅仅在于阐发《毛序》之说,那么他的成就和贡献也就不算很大了。问题的关键是朱熹又在《毛序》说的基础上,突破性地从美学的层面来关照它:

  《大雅》气象宏阔。《小雅》虽各指一事,说得精切至到。尝见古人工歌《宵雅》之三,将作重事。近尝令孙子诵之,则见其诗果是恳至。如《鹿鸣》之诗,见得宾主之间相好之诚;如"德音孔昭","以燕乐嘉宾之心",情意恳切,而不失义理之正。《四牡》之诗古注云:"无公义,非忠臣也;无私情,非孝子也。"此语甚切当。如既云"王事靡盬"又云"不遑将母",皆是人情少不得底,说得恳切。如《皇皇者华》,即首云"每怀靡及",其后便须"咨询","咨谋"。①

"气象宏阔",是指《大雅》的整体风格而言。所谓整体风格,指内容和形式融合后所表现出来的整体风貌。气象宏阔,即语言风格上"平易明白"与内容上的"正大光明"结合后的宏大阔绰风格。而《小雅》的"精切至到"则是情感的"恳至"和语言的"切当"结合后所呈现出的整体风貌。朱熹还专评《小雅》曰:

  盖是王公大人好生地做,都是知道理人言语,故他里面说得尽有道理,好仔细看。②

朱熹又从二《雅》之用方面来区分大、小《雅》:

  《小雅》恐是燕礼用之,《大雅》须飨礼方用。《小雅》施之君臣之间,《大雅》则止人君可歌。③

(二)"正变"说

如果说《雅》分大、小是《诗》三百本来就有的体制的话,那么《雅》之正、

---

① 宋·黎靖德编、王星贤校点:《朱子语类》,北京:中华书局,1986年,第2117页。
② 宋·黎靖德编、王星贤校点:《朱子语类》,北京:中华书局,1986年,第2083页。
③ 宋·黎靖德编、王星贤校点:《朱子语类》,北京:中华书局,1986年,第2117页。

变、经、传说却是后来解《诗》者们的新说法。朱熹《诗传纲领》吸收了这些说法,如他在解释《诗大序》中"先王以是经夫妇"的"是"之所指时认为:

> 是,指《风》、《雅》、《颂》之正经。①

这里他较早提出了《雅》之"正经"说。后来朱熹更在解释"至于王道衰,礼义废,政教失,国异政,家殊俗,而变《风》、变《雅》作矣"时确定小、大《雅》之正、变所包含的具体诗篇:

> 《鹿鸣》至《菁莪》二十二篇为正《小雅》,《文王》至《卷阿》十八篇为正《大雅》。皆文、武、成王时诗,周公所定乐歌之词。……《六月》至《何草不黄》五十八篇为变《小雅》,《民劳》至《召旻》十三篇为变《大雅》,皆康召以后作。②

不难看出,朱熹不仅划定了正、变《雅》所包含的篇章,而且还给出了这一划分所依据的创作时代标准:"正大、小《雅》皆成王时诗,周公所定乐歌之词;变大、小《雅》皆康召以后作。"只是对这一依据朱熹自己也存在怀疑,他说:

> 正、变之说,经无明文可考,今姑从之。③

《诗传》也曰:

> 雅者,正也,正乐之歌也。其篇本有大小之殊,而先儒说又有正变之别。以今考之,正《小雅》,燕飨之乐也;正《大雅》,会朝之乐,受厘陈戒之辞也。故或欢欣和悦,以尽群下之情;或恭敬齐庄,以发先王之德。词气不同,音节亦异,多周公制作时所定也。及其变也,则事未必同而各以其声附之。其次序时世,则有不可考者矣。④

---

① 宋·朱熹:《诗集传》,《朱子全书》本,上海:上海古籍出版社、安徽教育出版社,2002年,第343页。
② 宋·朱熹:《诗集传》,《朱子全书》本,上海:上海古籍出版社、安徽教育出版社,2002年,第344页。
③ 宋·朱熹:《诗集传》,《朱子全书》本,上海:上海古籍出版社、安徽教育出版社,2002年,第345页。
④ 宋·朱熹:《诗集传》,《朱子全书》本,上海:上海古籍出版社、安徽教育出版社,2002年,第543页。

但无论朱熹的态度是怎样地充满狐疑,他的《诗传》还是明确地定了正小、大《雅》为"燕飨之乐"与"会朝之乐",并整合"政事"说和"产地"说,"小、大"说和"正、变"说,提出了《雅》为"朝廷歌乐之词"的观点。这一定位的突破汉唐旧说之处在于:一、《雅》之诗词并非单独存在的文字,而是"雅"乐的歌词。二、作者不再是泛泛的"诗人",而被明确为"圣人"、"王公大人"。三、其内容要么正大光明,要么情肯理正。语言要么平易明白,要么精确恰当。四、其用要么君主飨礼专用,要么是用于君臣之间的燕礼。五、《雅》之所分又有正大小《雅》、变大小《雅》之别。

第二节 正《雅》学

关于正大、小《雅》之诗,朱熹描述曰:

> 正《小雅》,燕飨之乐也;正《大雅》,会朝之乐,受厘陈戒之辞也。故或欢欣和悦,以尽群下之情;或恭敬齐庄,以发先王之德。词气不同,音节亦异,多周公制作时所定也。①

可见朱熹认为,正小《雅》有以下这些内部质素:周公制礼作乐时所定的王公大人之诗;燕礼飨礼的音乐的乐词;表现欢欣和悦的情感;辞气音节别具特色。正大《雅》的内部质素则为:作者多为周公;是周王朝会时的音乐,多封赏告诫之词;内容严肃庄重;辞气音节别具特色。

一、正《小雅》

正《小雅》的 22 篇,朱熹认为多是周公删定、制作或王公大人所作的用于君臣之间的燕礼歌乐之词,具有感情恳切、合乎正理的特点。

(一)创作主体多为王公大人

朱熹的《小雅》之篇作者多为王公大人的说法,仅从诗篇的内容即可证明是合理的。因为这些篇章所关涉的都是发生在君臣之间的燕乐之事。依据臣下的身份情况分,《雅》诗又有两种类型:一是臣下仅为泛指、身份不明的篇章;再是臣下身份具体到使臣、兄弟、还役、还率等的篇章。第一类型涉

---

① 宋·朱熹:《诗集传》,《朱子全书》本,上海:上海古籍出版社、安徽教育出版社,2002 年,第 543 页。

及的篇章较少,有《鹿鸣》、《天保》、《鱼丽》、《南有嘉鱼》、《南山有台》和《菁菁者莪》等,朱熹认为它们是关涉天子和本国之臣或诸侯使臣之间的燕乐之诗。第二类型涉及的篇章较多,朱熹认为其中《四牡》和《皇皇者华》,燕乐的双方是天子和自己派出的使臣;《常棣》是周公因闵管、蔡所作的燕兄弟之诗;《伐木》是天子燕故旧的诗歌;《采薇》和《杕杜》为周王燕乐戍役的诗歌;《出车》则是周王燕乐还帅的诗歌;《蓼萧》、《湛露》、《彤弓》是周王燕乐诸侯的诗歌。

(二)"上下通用"的"燕乐"

朱熹正《小雅》学对前人的最大突破之处是他的"燕乐"说。尽管《毛序》也提及"燕"与"乐"字,但只是偶尔而已,并未将其作为正《雅》的根本特征。朱熹还发现,正《小雅》初为用于君臣之间的燕礼之乐,后则演变为乡饮酒也可使用之乐,因此他说正《小雅》是"上下通用之乐"。

在正小《雅》的 22 篇之中,《毛序》曾用"燕"字 4 次、"礼乐"1 次,分别是《鹿鸣》篇的"燕群臣嘉宾",《常棣》篇的"燕兄弟",《伐木》篇的"燕朋友古旧",《湛露》篇的"天子燕诸侯",《皇皇者华》篇的"送之以礼乐"等,两类加起来也仅足总篇数的 1/4。且它即使已谈及"燕"字,也多没联系到"乐"字,《皇皇者华》尽管有"乐"字却更强调"礼"字。朱熹《诗传》则不然,他几乎于 22 篇诗中篇篇强调"燕乐"①,足见其对"燕乐"的重视程度和将它作为正小《雅》本质特征认识的思想。现将朱熹《诗传》解以"燕乐"的 13 篇②正小《雅》详列如下:

1.《鹿鸣》,此燕飨宾客之诗也……其乐歌又以鹿鸣起兴……而《燕礼》亦云"工歌《鹿鸣》、《四牡》、《皇皇者华》",即谓此也。

2.《四牡》,此劳使臣之诗也……故燕飨之际……。

3.《皇皇者华》③。

4.《常棣》,此燕兄弟之乐歌。

5.《伐木》,此燕朋友故旧之乐歌。

6.《天保》,人君以《鹿鸣》以下五诗燕其臣,臣受赐者歌此诗以答其君。

7.《鱼丽》,此燕飨通用之乐歌……按:《仪礼》,乡饮酒及燕礼前

---

① 没有谈及歌乐的仅《杕杜》、《采薇》和《出车》3 篇。
② 据朱熹《序辨》辨别《南陔》篇时的观点,正《小雅》的 6 篇佚诗《南陔》、《白华》、《华黍》、《由庚》、《崇丘》、《由仪》本来都是笙诗。
③ 见上《鹿鸣》篇说。

乐既毕,皆间歌《鱼丽》,笙《由庚》;歌《南有嘉鱼》,笙《崇丘》;歌《南山有台》,笙《由仪》……然则此六者,盖一时之诗,而皆为燕飨宾客,上下通用之乐。

8.《南有嘉鱼》,此亦燕飨通用之乐。

9.《南山有台》,此燕飨通用之乐。故其辞曰:所以道达主人尊宾之意,美其德而祝其寿也。

10.《蓼萧》,诸侯朝于天子,天子与之饮燕,以示慈惠,故歌此诗……初燕而歌之也。

11.《湛露》,此亦天子燕诸侯之诗。

12.《彤弓》,此天子燕有功诸侯,而赐以弓矢之乐歌也。

13.《菁菁者莪》,此亦燕饮宾客之诗。

不难发现,朱熹不仅就正《小雅》的众多篇章强调了它们的"燕乐"之诗特点,而且还具体谈到其篇章特性,展现了丰富多彩的内容。如他说《鹿鸣》篇是兴体,是以"鹿鸣"物象起兴的乐歌。《天保》篇是臣答君主时所唱之歌。《鱼丽》、《由庚》、《南有嘉鱼》、《崇丘》、《南山有台》和《由仪》等是宴会中间所使用的乐歌。《蓼萧》是宴会开始时的乐歌,而《湛露》是宴会结束时的乐歌;《彤弓》是天子宴请诸侯且是有功诸侯,不惟是宴请且在宴会上合并赏赐之礼的乐歌。此外,朱熹还认为,正《小雅》不仅仅只是用于君臣之间的乐歌,而且随着时间的推移,他们大多已发展为"上下通用之乐"了。

朱熹判断正《小雅》的某些篇章为上下通用之乐的依据主要是《仪礼》和《礼记》等古籍所载的资料。《诗传》于《鹿鸣》曰:

按《序》以为燕群臣嘉宾之诗。而《燕礼》亦云"工歌《鹿鸣》、《四牡》、《皇皇者华》",即谓此也。乡饮酒用乐亦然。而《学记》言"大学始教《宵雅》肄三",亦谓此三诗。然则又为上下通用之乐矣。岂本为燕群臣宾客而作,其后乃推而用之乡人也与?①

朱熹以《仪礼·燕礼》和《礼记·学记》中的资料,证明《鹿鸣》、《四牡》和《皇皇者华》三篇也是乡党之间宴会时的用乐且认为这个现象是由上而下发展而来。《诗传》于《四牡》也持同样的看法:

---

① 宋·朱熹:《诗集传》,《朱子全书》本,上海:上海古籍出版社、安徽教育出版社,2002年,第544页。

> 按《序》言此诗所以"劳使臣之来",甚协诗意。……但《仪礼》又以为上下通用之乐,疑以本为劳使臣而作,其后乃移以他用耳。①

被朱熹理解为上下通用之乐的除以上三篇外,尚有《鱼丽》等六篇。《诗传》于《鱼丽》曰:

> 按《仪礼》乡饮酒及燕礼前乐既毕,皆间歌《鱼丽》,笙《由庚》;歌《南有嘉鱼》,笙《崇丘》;歌《南山有台》,笙《由仪》。间,代也。言一歌一吹也。然则此六者,盖一时之诗,而皆为燕飨宾客,上下通用之乐。②

这样一来,被朱熹断为上下通用之乐的正《小雅》之诗共有9篇。

可见,朱熹不但突破性地认为正《小雅》诗的22篇几乎皆为君臣之间的"燕乐",而且还认为其中的部分篇章后来又发展为"上下通用"的"燕乐"了。

(三)以情达理

朱熹之所以强调正《小雅》的"燕乐"特性,立足点在于对音乐功能的认识。关于音乐的功能,《礼记·乐记》曰:

> 乐者为同,礼者为异。同则相亲,异则相敬。……合情饰貌者礼乐之事也。礼义立,则贵贱等矣;乐文同,则上下和矣。③

在规范协调人与人之间的关系上,礼的功能主于别异,乐的功能主于和同。礼强调人与人之间的级差,故严敬是其主打的情态表现;乐强调人与人之间的同一,故亲和是其主打的情态表现。中国古代早期的统治者们,充分认识到礼、乐的不同功能及其互补性,在统治策略上采取了两者交互为用、不相偏废的态度和做法:

> 是故先王之制礼乐,人为之节,衰麻哭泣,所以节丧纪也;钟鼓干

---

① 宋·朱熹:《诗集传》,《朱子全书》本,上海:上海古籍出版社、安徽教育出版社,2002年,第546页。
② 宋·朱熹:《诗集传》,《朱子全书》本,上海:上海古籍出版社、安徽教育出版社,2002年,第558—559页。
③ 唐·孔颖达:《礼记注疏》,《唐宋注疏十三经》本,北京:中华书局,1998年,第425—426页。

戚,所以和安乐也;昏姻冠笄,所以别男女也;射乡食飨,所以正交接也。礼节民心,乐和民声。①

由此可见先王们兼用礼乐的动机是:用礼来规定人与人之间的差别,再用乐来弥缝这种差别所带来的人与人之间的不利于统治的距离感,从而达到别而又和的效果。朱熹认为《诗经》的正《小雅》之篇恰恰具体体现先王的礼乐思想。

《诗传》于《鹿鸣》篇曰:"盖君臣之分以严为主,朝廷之礼以敬为主。然一于严敬则情或不通,而无以尽其忠告之益。故先王因其饮食聚会而制为燕飨之礼,以通上下之情。"②朱熹的意思可以通俗地解读为:君臣之礼主于严敬,而在严敬的气氛下,两者容易产生隔阂而不利于工作的开展。故为了消除隔阂,先王就用"燕乐"的方式——燕礼,使得君臣关系趋于和谐。实质上,朱熹在这里指出了正《小雅》创作方法上"以情达理"的特点:利用音乐(包括诗歌)的同情功能缩小双方的心灵距离,以达到君臣之义的实现。毋庸讳言,"以情达理"是一种动机,这里既包括君主取道诗乐的同情功能,以达到君臣之义的顺利实现,也包括诗作者以自己高超的创作技巧,以诗歌的方式,达到向读者传达君臣之义的目的。

1. 君臣情义

朱熹认为,正《小雅》所涉及的君臣情义根据臣子身份的不同又可细分为君主和使臣之间、君主和士卒将帅之间、君主和诸侯之间三种情况。

(1) 与使臣情义

如果我们从儒家"五伦"的视角来关照朱熹的正《小雅》学的话,那么它主要涉及其中的"三伦"——君臣、兄弟、朋友,且又以君臣之伦为主。再以臣下的身份为标准,又可分为君与众臣下、使臣、将帅、戍役、诸侯等。具体身份的不同,君臣之间的伦理表现也有区别,故诗中所表达的情感也不一样。

《鹿鸣》篇是总体上言君臣关系,也即君臣之间的普世伦理。君臣普世伦理在强调"君为臣纲"③的前提下,又不忽略君臣之间的相互义务:"为人君,止于仁;为人臣,止于敬。"④也即朱熹所谓"君臣之分以严为主,朝廷之

---

① 唐·孔颖达:《礼记注疏》,《唐宋注疏十三经》本,北京:中华书局,1998年,第425页。
② 宋·朱熹:《诗集传》,《朱子全书》本,上海:上海古籍出版社、安徽教育出版社,2002年,第543—544页。
③ 清·陈立:《白虎通义疏证》,《新编诸子集成》本,北京:中华书局,1984年,第373页。
④ 唐·孔颖达:《礼记注疏》,《唐宋注疏十三经》本,北京:中华书局,1998年,第613页。

礼以敬为主"。但在实践过程中,君主发现严、敬氛围易对君臣伦理的实现产生障碍,于是他们就同时采取了宴乐的方式,在"和乐而不淫"的气氛中统合感情,消弭隔阂,以利于君臣伦理更自然和谐地实现,故朱熹曰:"先王以礼使臣之厚也,亦于此见矣。"实际上,这是中国传统"将欲取之,必先予之"思想的实践,朱熹《诗传》引用范祖禹语曰:"食之以礼,乐之以乐,将之以实,求之以诚,此所以得其心也。"①这段话的意思是说君主要想让臣下更好地为自己服务,就要通过诗乐的手段,与其作感情交流。感情相通,则心相通,心通于君,则臣下就会尽心地履行自己的义务,此即《鹿鸣》本义之所在。

《四牡》和《皇皇者华》,是关于君主与使臣情义之诗,使臣之职是奔走在外,上传下达。但两篇的不同在于前者是慰劳完成使命凯旋的使臣,后者为派遣即将赴命的使臣。同为使臣因为背景不同,君主的感情也不一样。对待前者,君主用代言(朱熹又表述为"设言")表达了怜悯和同情,《诗传》传疏首章"四牡骈骈,周道倭迟。岂不怀归?王事靡盬,我心伤悲"曰:

> 此劳使臣之诗也。夫君之使臣,臣之事君,礼也。故为臣者奔走王事,特以尽其职分之所当为而已,何敢自以为劳哉?然君之心,则不敢以是为自安也。故燕飨之际,叙其情以闵其劳。言驾此四牡而出使于外,其道路之回远如此,当是时,岂不思归乎?特以王事不可以不坚固,不敢徇私而废公,是以内顾而伤悲也。臣劳于事而不自言,君探其情而代之言,上下之间可谓各尽其道矣。②

出使在外,理当尽职;思家念室,人之常情。但因身负重托,悲伤国事而最终以国事为重,这些都是使臣的体会和感受,但君主也都感受到了。所以朱熹说使臣"不敢自以为劳"而君主"叙其情以闵其劳";同时,朱熹又感慨地评曰:"臣劳于事而不自言,君探其情而代之言,上下之间可谓各尽其道矣。"君臣之义就在这种不知不觉的感情交流中得以实现。《四牡》慰劳使臣,君主代为之言,表达了怜悯和同情。而《皇皇者华》派遣使臣,君主仍代为之言,却是用婉而不迫之词,表达了委诚的同情。《诗传》传疏首章"皇皇者华,于彼原隰。骁骁征夫,每怀靡及"曰:

---

① 宋·朱熹:《诗集传》,《朱子全书》本,上海:上海古籍出版社、安徽教育出版社,2002年,第544页。
② 宋·朱熹:《诗集传》,《朱子全书》本,上海:上海古籍出版社、安徽教育出版社,2002年,第545页。

> 此遣使臣之诗也。君之使臣,固欲其宣上德而达下情,而臣之受命,亦惟恐其无以副君之意也。故先王之遣使臣也,美其行道之勤,而述其心之所怀曰:"彼皇皇之华,则于彼原隰矣。此骎骎然之征夫,则其所怀思常有所不及矣。"盖亦因以为戒,然其词之婉而不迫如此。《诗》之忠厚,亦可见矣。①

即将赴命的使臣,心中所想的也应该是如何完成使命,这也是为使臣饯行的君主的交代。

(2) 与戍役将帅情义

如果说《四牡》和《皇皇者华》体现了君主和使臣之间情义的话,那么朱熹认为《采薇》、《出车》和《杕杜》则体现了君主和戍役将帅之间的情义。《采薇》是遣戍役之诗,君主依然代为其言而以情同之。《诗传》传疏首章"采薇采薇,薇亦作止。曰归曰归,岁亦莫止。靡室靡家,玁狁之故。不遑启居,玁狁之故"曰:

> 此遣戍役之诗。以其出戍之时采薇以食,而念归期之远也,故为其自言,而以采薇起兴曰:采薇采薇,则薇亦作止矣。曰归曰归,则岁亦莫止矣。然凡此所以使我舍其室家而不暇启居者,非上之人故为是以苦我也,直以玁狁侵陵之故,有所不得已而然耳。盖叙其勤苦悲伤之情,而又风之以义也。②

朱熹所谓的"勤苦悲伤之情,而又风之以义"即以情达义。"情"即"勤苦悲伤之情",具体即戍役的勤苦和思念的悲伤;"义",即君臣之义。实质上,这是一动之以情晓之以义的战前动员令。《诗传》又传疏诗之末章"昔我往矣,杨柳依依。今我来思,雨雪霏霏。行道迟迟,载渴载饥。我心伤悲,莫知我哀"曰:

> 此章又设为役人预自道其归时之事,以见其勤劳之甚也。程子曰:"此皆极道其劳苦忧伤之情也。上能察其情,则虽劳而不怨,虽忧而能励矣。"③

---

① 宋·朱熹:《诗集传》,《朱子全书》本,上海:上海古籍出版社、安徽教育出版社,2002 年,第 546 页。
② 宋·朱熹:《诗集传》,《朱子全书》本,上海:上海古籍出版社、安徽教育出版社,2002 年,第 552 页。
③ 宋·朱熹:《诗集传》,《朱子全书》本,上海:上海古籍出版社、安徽教育出版社,2002 年,第 554 页。

朱熹引程子语,一针见血地指出了君主和诗作者以情达理的动机。《诗传》认为《杕杜》是慰劳还役之诗,而其末章"匪载匪来,忧心孔疚。斯逝不至,而多为恤。卜筮偕止,会言近止,征夫迩止"更显君主思之深、望之切:

> 言征夫不装载而来归,固已使我念之而甚病矣。况归期已过,而犹不至,则使我多为忧恤宜如何哉! 故且卜且筮,相袭俱作,合言于繇而皆曰近矣,则征夫其亦迩而将至矣。范氏曰:"以卜筮终之,言思之切而无所不为也。"①

君主告诉逾期归还的戍卒说:你们当回而未回,我是坐卧不宁,且卜且筮,希望能早日归来。朱熹引范祖禹"思之切而无所不为"语,是对君主情真意切的准确概括。《出车》是慰劳班师的将帅之诗,而将帅之情又不同于使臣和戍役。作为统帅军队的首领,他们既有任大责重的担忧,也有面临死亡的恐惧和憔悴。但作为军事统帅,他们更多的是威灵的气焰和奋扬的精神以及使命完成后的勇武之乐。但所有这些情,君主都感同身受,难怪将帅士卒会奋不顾身地乐于王命了。朱熹《诗传》引范祖禹语:

> 《出车》劳率,故美其功。《杕杜》劳众,故极其情。先王以己之心为人之心,故能曲尽其情,使民忘其死以忠于上也。②

可见朱熹解释正《小雅》中的诗篇,同样是针对武臣的君臣情义,却有士卒和将帅身份的不同,也有派遣和劳还情状之异。

(3) 与诸侯情义

在周代,君主与诸侯的关系是一种很特殊的君臣关系。和上文的使臣、将帅、戍卒相比,"侯"尽管是君主封赐的爵位,但他们有相对的独立王国,他们对君主的义务很小,但权利却很大。如他们朝觐天子是定期的,但有时却被赋予专征伐的权利。历史上周王室和诸侯的关系常常是很不稳定的此消彼长关系,尤其春秋战国还出现礼崩乐坏、礼乐征伐自诸侯出的局面。朱熹认为正《小雅》是文、武、成王时的诗篇,此时的周天子和诸侯的关系还是比较正常的君臣关系,其中《蓼萧》、《湛露》和《彤弓》三首诗歌,朱熹认为即彼

---

① 宋·朱熹:《诗集传》,《朱子全书》本,上海:上海古籍出版社、安徽教育出版社,2002年,第557页。
② 宋·朱熹:《诗集传》,《朱子全书》本,上海:上海古籍出版社、安徽教育出版社,2002年,第557页。

时借助"燕礼"通达君主与诸侯之间君臣情义之诗,而两者之间的感情仅表现为所谓的"和乐之意":

> 时举说《蓼萧》、《湛露》二诗。曰:"文义也只如此。却更须要讽咏,实见他至诚和乐之意,乃好。"①

君臣之义是中国帝制时代一对非常重要的伦理规范,"君仁"、"臣忠"是一原则性的要求,"以情达理"是实现君臣伦理的重要方式,"燕乐"是实现这一方式的有效平台。因此朱熹认为正《小雅》中的数篇,正是历史上这一现实生活的反映和宝贵的文献资料。

2. 兄弟、朋友之义

除君臣伦理外,朱熹《诗经》解释学于正《小雅》所涉及的社会关系中的另外两伦是兄弟之伦和朋友之伦,《大学》对这两伦的要求是"兄友弟恭"②和"朋友有信"③。但在现实生活中,这两对关系的伦理因为有"利"的干涉而很难实现。正《小雅》中的解决方法还是取道"燕乐"的方式动之以情,期望能够取得达之于理的效果。

《常棣》诗,是描写兄弟感情的诗篇,朱熹高度评价这首诗写作方法上的"委曲渐进,说尽人情",认为是周公旦闵管、蔡二人失兄弟之义的作品。诗曰:

> 常棣之华,鄂不韡韡。凡今之人,莫如兄弟。
> 死丧之威,兄弟孔怀。原隰裒矣,兄弟求矣。
> 脊令在原,兄弟急难。每有良朋,况也永叹。
> 兄弟阋于墙,外御其务。每有良朋,烝也无戎。
> 丧乱既平,既安且宁。虽有兄弟,不如友生。
> 傧尔笾豆,饮酒之饫。兄弟既具,和乐且孺。
> 妻子好合,如鼓瑟琴。兄弟既翕,和乐且湛。
> 宜尔室家,乐尔妻帑。是究是图,亶其然乎!

朱熹《诗传》分析曰:

---

① 宋·黎靖德编、王星贤校点:《朱子语类》北京:中华书局,1986年,第2121页。
② 唐·孔颖达:《礼记注疏》,《唐宋注疏十三经》本,北京:中华书局,1998年,第631页。
③ 唐·孔颖达:《礼记注疏》,《唐宋注疏十三经》本,北京:中华书局,1998年,第631页。

此诗首章略言至亲莫如兄弟之意。次章乃以意外不测之事言之，以明兄弟之情其切如此。三章但言急难，则浅于死丧矣。至于四章，则又以情义之甚薄，而犹有所不能已者言之。其序若曰不待死丧，然后相收，但有急难，便当相助。言又不幸而至于或有小忿，犹必共御外侮。其所以言之者，虽若益轻以约，而所以著夫兄弟之义者，益深且切矣。至于五章，遂言安宁之后，乃谓兄弟不如友生，则是至亲反为路人，而人道或几于息矣。故下两章乃复极言兄弟之恩，异形同气，死生苦乐无适而不相须之意。卒章又申告之，使反复穷极而验其信然，可谓委曲渐次，说尽人情矣。①

朱熹认为，诗之首章是总说，强调兄弟关系在社会关系中所处的重要位置，下三章分别假设了三种艰险的情况，以说明关键时候兄弟之间手足之情的弥足珍贵，并以朋友之义作参照展开叙述。三种艰险分别是：死丧之祸，积尸衰野时，外人畏惧只有兄弟相互救助；碰到急难之时，尽管好朋友会有忧悯之情，但较于兄弟，还是有差距；尽管兄弟也有内斗的时候，可一旦受到外部威胁时，会本能地联合起来，共御外侮。第五章笔锋一转，突然写安宁之时，兄弟之义反而不如朋友之义，至于导致这一情况发生的原因，则被诗人技巧高明地略去。后三章，则又用类比烘托的方法，写兄弟情义的不可或缺：家宴之时，有兄弟参加，其乐融融，反之即使有妻子在场，也乐而不久。前半部分道兄弟之情大于朋友之义，这里又表达即使夫妻之伦也逊于兄弟之情的观点。这首诗在写法上是很有艺术价值的：正说反说，侧面烘托，中心都在于要通过对兄弟之情的强调来达成"兄友弟恭"伦理的实现。对此，朱熹《诗传》赞叹性的评价再恰当不过："委曲渐进，说尽人情。"

从儒家伦理学的视角来看，正《小雅》所涉及的伦常关系除君臣、兄弟之伦外，还有《伐木》篇的朋友之伦。儒家伦理学对朋友之义的要求，大学曰"信"。朋友是人生不可缺少的社会关系，故而《伐木》诗文有曰：

> 伐木丁丁，鸟鸣嘤嘤。
> 出自幽谷，迁于乔木。
> 嘤其鸣矣，求其友声。
> 相彼鸟矣，犹求友声。

---

① 宋·朱熹：《诗集传》，《朱子全书》本，上海：上海古籍出版社、安徽教育出版社，2002 年，第 549 页。

> 矧伊人矣,不求友生。
> 神之听之,终和且平。

朱熹《诗传》传疏曰:

> 以伐木之丁丁,兴鸟鸣之嘤嘤,而言鸟之求友。遂以鸟之求友,喻人之不可无友也。人能笃朋友之好,则神之听之,终和且平矣。①

朱熹的逻辑是,鸟类尚且追求友谊,人类自然更要有朋友。人能有要好的朋友,互相倾听交流,则生活尤其精神生活会是和平和谐的。

总之,朱熹认为正《小雅》诗篇有着情恳理正的特点,而其"情恳"的动机在于取道于"情"而最终达到君臣之义、兄弟之义、朋友之义的实现——"以情达理"。朱熹还指出了正《小雅》某些成功创作手法的运用,如《四牡》、《皇皇者华》、《采薇》和《出车》四篇的代言法,《常棣》篇叙述模式上的委曲渐进法和创作上的对比烘托法,《伐木》篇的比拟反衬法,等等。

二、正《大雅》

朱熹曰:

> 正《大雅》,会朝之乐,受厘陈戒之辞也……恭敬齐庄,以发先王之德……多周公制作时所定也。②

可见朱熹认为,正《大雅》多为周公所作或周公所定、动机是在成王受厘时对其进行告诫、内容多涉及先王之德、语言风格恭敬齐庄的乐歌。

(一) 多周公所作所定

朱熹《诗传》于《文王有声》辨《郑谱》曰:

> 《郑谱》此以上为文武时诗,以下为成王周公时诗。今按:《文王》首句即云"文王在上",则非文王之诗矣。又曰"无念尔祖",则非武王之诗矣。《大明》、《有声》并言文武者非一,安得为文武时所作乎?盖

---

① 宋·朱熹:《诗集传》,《朱子全书》本,上海:上海古籍出版社、安徽教育出版社,2002年,第550页。
② 宋·朱熹:《诗集传》,《朱子全书》本,上海:上海古籍出版社、安徽教育出版社,2002年,第543页。

正《雅》皆成王、周公以后诗。……故《谱》因此而误耳。①

关于正《大雅》诗的产生时代，《郑谱》认为有两个时期：一为文、武王时代，再为成王、周公时代。朱熹《诗传》以诗证《诗》，认为正《雅》诗篇没有文、武王时诗，都是成王、周公时诗且为周公所作或所定。《诗传》并细分周公所作所定为三种情况：一、确定为周公所作；二、疑为周公所作；三、从旧说认为是召康公所作。第一种情况包括《文王》、《大明》和《绵》三篇；第二种情况，《诗传》于《棫朴》篇曰："自此以下至《假乐》，皆不知何人所作，疑多出于周公也。"自《棫朴》至《假乐》，除该 2 篇外，还有《旱麓》、《思齐》、《皇矣》、《灵台》、《下武》、《文王有声》、《生民》、《行苇》、《既醉》、《凫鹥》共 10 篇，可见符合第二种情况者共 12 篇。第三种情况有《公刘》、《泂酌》和《卷阿》3 篇。

（二）先王之德

正如上文所述，正《大雅》诗的内容，朱熹《诗传》认为是告诫成王时所阐述的先王之德，其于《文王》篇曰：

> 今按此诗……于天人之际，兴亡之理，丁宁反复，至深至切矣。故立之乐官，而因以为天子、诸侯朝会之乐，盖将以戒乎后世之君臣，而又以昭先王之德于天下也。②

由朱熹《诗传》的进一步解释可见，伴随时间的推移，正《大雅》诗的作用也呈现着这样的发展顺序：告诫成王——天子、诸侯朝会之乐——告诫后世之君——将先王之德昭示天下。但正《大雅》的核心内容还是彰显先王之德。"先王之德"的所谓先王，指成王以前的公刘、太王、太伯、王季、文王和武王等周之先祖，而其重点落脚在文王之德上。

汉代学术尤其谶纬神学，曾结合《诗》三百自有的神话色彩，将周代先祖尤其是文王神化、神秘化。朱熹《诗传》辨别了汉学的愚昧和荒唐，重新还原了诗歌的人化、生活化特质。所谓诗歌自身的神话色彩，指周代的人们将"帝"看作有意志的神，而正《大雅》篇涉及"帝"内容者有《文王》的"有周不显，帝命不时。文王陟降，在帝左右"、"上帝既命，侯于周服"、"殷之未丧师，克配上帝"；《大明》篇的"昭事上帝，聿怀多福"、"上帝临女，无贰尔心"、

---

① 宋·朱熹：《诗集传》，《朱子全书》本，上海：上海古籍出版社、安徽教育出版社，2002 年，第 673 页。
② 宋·朱熹：《诗集传》，《朱子全书》本，上海：上海古籍出版社、安徽教育出版社，2002 年，第 655 页。

"皇矣上帝,临下有赫"、"上帝耆之,憎其式廓";《皇矣》篇的"帝迁明德,串夷载路"、"帝省其山"、"帝作邦作对"、"维此王季,帝度其心"、"既受帝祉"、"帝谓文王"、"顺帝之则";《生民》篇的"履帝武敏歆"、"上帝不宁"、"上帝居歆"等十几处。今天看来,《生民》篇就是一首关于周始祖后稷从怀于娘胎到出生到最后长大成人过程的神话史诗。

诗歌自身的所有这些神话色彩,在汉人那里都成为造神的天然素材。如他们说周取代殷而有天下是上天的意志,即君权神授。孔颖达申《文王·序》的"文王受命作周"曰:

> 作《文王》诗者,言文王能受天之命,而造立周邦,故作此文王之诗以歌述其事也……《谶纬注》说……言文王受洛书,而言天命者,以河洛所出,当天地之位,故托之天地以示法耳,其实皆是天命。故《六艺论》云:《河图》、《洛书》,皆天神言语,所以教告王者也。是《图》、《书》皆天所命,故文王虽受《洛书》,亦天命也……《洛诰注》云:文王得赤雀,武王俯取白鱼……赤雀衔丹书,入丰止于昌户,再拜稽首,受《尚书》运。①

上文的《河图》、《洛书》、"天神言语"、"赤雀丹书",显然都是在鼓吹君权神授。朱熹《诗传》不同意这种荒唐的说法,他将文王以至于周的王天下拉回到民间,归结到人。他认为所谓的"天命",并非有意志的"天"的命令,而是"天理",是民命,即人民群众的意志,而"民命"即"民心"。故其《序辨》驳汉、唐旧说曰:

> 受命,受天命也……天之所以为天者,理而已矣;理之所在,众人之心而已;众人之心,是非向背,若出于一,而无一毫私意杂于其间,则是理之自然,而天之所以为天者不外是矣!今天下之心既以文王为归,则天命将安往哉!《书》所谓"天视自我民视,天听自我民听",所谓"天聪明自我民聪明,天明畏自我民明畏",皆谓此尔。②

朱熹以民为天、天命作周即民命作周的思想相较于汉人的君权神授无疑是

---

① 唐·孔颖达:《毛诗注疏》,《唐宋注疏十三经》本,北京:中华书局,1998 年,第 355 页。
② 宋·朱熹:《诗集传》,《朱子全书》本,上海:上海古籍出版社、安徽教育出版社,2002 年,第 391 页。

有进步意义的。当然,朱熹这一思想源头是传统儒家如《尚书》"天视自我民视,天听自我民听"①的民本思想。至于文王何以能得天下万民之心?朱熹认为:万民之心,归于有德。《诗传》于《文王》篇曰:"周公追述文王之德,明周家所以受命而代商者,皆由于此。"周取代殷而有天下,其本在于文王之德。

(三) 文王之德

朱熹认为文王之德是至德,是圣人之德,是人德的最高形态,是天人合一之德。

朱熹《诗传》解读正《大雅》之篇,整体描述文王之德者有:《文王》篇云"穆穆文王,于缉熙敬止"二句,关于此二句之意,《诗传》解释为:"言穆穆然文王之德不已,其敬如此。"②"永言配天"句,《诗传》解释为:"无不合于天理。"③"上天之载,无声无臭"二句,《诗传》引《中庸》曰:"'惟天之命,于穆不已。'盖曰天之所以为天也。'于乎不显,文王之德之纯',盖曰文王之所以为文王也纯亦不已。夫知天之所以为天,又知文王之所以为文,则夫与天同德者,可得而言矣。"④《大明》篇的"维此文王,小心翼翼"文,朱熹《诗传》解曰:"小心翼翼,恭慎之貌。即前篇之所谓敬也。文王之德于此为盛。"⑤《思齐》篇的"肆戎疾不殄,烈假不瑕。不闻亦式,不谏亦入"文,朱熹《诗传》解曰:"言文王之德如此,故其大难虽不殄绝,而光大亦无玷缺。虽事之无所前闻者,而亦无不合于法度。虽无谏诤者,而亦未尝不入于善……所谓性与天和是也。"⑥不难发现,上文朱熹所谓文王之德的"穆穆然之敬"、"合于天理"、"与天同德"、"性合于天",等等,皆仅为对文王之德的赞美性解读。实际上,朱熹《诗传》还深刻分析了文王之德的成因、它在不同层面的具体表现及其所达成的效果。

朱熹认为,文王之德渊源有三:一、先祖留下的传统;二、圣母贤妃的"成远"与"内助";三、自我修养。第一条见上文。第二条,《诗传》传疏《思

---

① 唐·孔颖达:《尚书注疏》,《唐宋注疏十三经》本,北京:中华书局,1998年,第130页。
② 宋·朱熹:《诗集传》,《朱子全书》本,上海:上海古籍出版社、安徽教育出版社,2002年,第653页。
③ 宋·朱熹:《诗集传》,《朱子全书》本,上海:上海古籍出版社、安徽教育出版社,2002年,第654页。
④ 宋·朱熹:《诗集传》,《朱子全书》本,上海:上海古籍出版社、安徽教育出版社,2002年,第654页。
⑤ 宋·朱熹:《诗集传》,《朱子全书》本,上海:上海古籍出版社、安徽教育出版社,2002年,第656页。
⑥ 宋·朱熹:《诗集传》,《朱子全书》本,上海:上海古籍出版社、安徽教育出版社,2002年,第664页。

齐》篇首章"思齐大任,文王之母,思媚周姜,京室之妇。大姒嗣徽音,则百斯男"曰:"此诗……推本言之。言此庄敬之大任,乃文王之母……至于大姒,又能继其美德之音……上有圣母,所以成之者远;内有贤妃,所以助之者深也。"①朱熹所谓"推本言之"者,意谓圣母贤妃的成远及内助,也是文王之德形成的根本原因之一。第三条,除上文的"敬"之一字外,《诗传》传疏《皇矣》五章"无然畔援,无然歆羡,诞先登于岸"时还强调了文王修养工夫上的断绝人欲:"人心有所畔援,有所歆羡,则溺于人欲之流,而不能以自济。文王无是二者,故独能先知先觉,以造道之极至。"②可见先祖传统加上圣母贤妃的成远内助再加上自己的断绝人欲的"敬"的修养,最终成就了文王的圣德。这样看来,文王是人而不是汉人所谓的神。

文王之德与天"同德",其表现是文王的行为处处合于"天理"。在朱熹那里,"伦理"即"天理",则文王行为的合于"天理"又具体表现为合乎"伦理"。朱熹《诗传》解《诗经》于文王行为合乎"伦理"的表现首先为"尊祖敬宗",《思齐》诗云:"惠于宗公,神罔时怨,神罔时恫。"朱熹《诗传》认为,文王"尊祖敬宗"则先祖先公"歆之,无怨恫者";其次为和于妻子、兄弟、家邦:"刑于寡妻,至于兄弟,以御于家邦。"《诗传》引孟子语"言举斯心加诸彼而已",是说文王之德合乎妻子、兄弟、家邦伦理后则达成了家齐国治之效。文王于家室和和睦睦,在宗庙则严肃恭敬,幽隐则"临","无射"则"保":"雍雍在宫,肃肃在庙。不显亦临,无射亦保。"《诗传》说这就是文王之德的表现:"其纯亦不已如是。"又有"肆戎疾不殄,烈假不瑕。不闻亦式,不谏亦入",《诗传》解释曰:"言文王之德如此,故其大难虽不殄绝,而光大亦无玷缺。虽事之无所前闻者,而亦无不合于法度。虽无谏诤者,而亦未尝不入于善。"

朱熹认为文王虽以"文"名,但作为一代圣王,其德尚有"武"的一面。他的这一观点具体表现于《诗传》对《皇矣》诗第五至第八章的解释上,其诗文、《诗传》文分别如下,第五章:

> 无然畔援,无然歆羡,诞先登于岸。密人不恭,敢距大邦,侵阮徂共。王赫斯怒,爰整其旅,以按徂旅,以笃于周祜,以对于天下。

---

① 宋·朱熹:《诗集传》,《朱子全书》本,上海:上海古籍出版社、安徽教育出版社,2002 年,第 664 页。

② 宋·朱熹:《诗集传》,《朱子全书》本,上海:上海古籍出版社、安徽教育出版社,2002 年,第 667 页。

《诗传》曰：

> 人心有所畔援，有所歆羡，则溺于人欲之流，而不能以自济。文王无是二者，故独能先知先觉，以造道之极至。盖天实命之，而非人力之所及也。是以密人不恭，敢违其命，而擅兴师旅以侵阮而往至于共，则赫怒整兵而往，遏其众，以厚周家之福而答天下之心。盖亦因其可怒而怒之，初未尝有所畔援歆羡也。此文王征伐之始也。①

第六章：

> 依其在京，侵自阮疆，陟我高冈。无矢我陵，我陵我阿。无饮我泉，我泉我池。度其鲜原，居岐之阳，在渭之将。万邦之方，下民之王。

《诗传》曰：

> 言文王安然在周之京，而所整之兵既遏密人，遂从阮疆而出以侵密。所陟之冈，即为我冈，而人无敢陈兵于陵，饮水于泉，以拒我也。于是相其高原，而徙都焉，所谓程邑也。②

第七章：

> 予怀明德，不大声以色，不长夏以革。不识不知，顺帝之则。帝谓文王："询尔仇方，同尔弟兄，以尔钩援，与尔临冲，以伐崇墉。"

《诗传》曰：

> 其德之深微，不暴著其行迹，又能不作聪明，以循天理，故又……伐崇也。吕氏曰："此言文王德不形，而功无迹，与天同体而已。虽兴兵以

---

① 宋·朱熹：《诗集传》，《朱子全书》本，上海：上海古籍出版社、安徽教育出版社，2002年，第667页。
② 宋·朱熹：《诗集传》，《朱子全书》本，上海：上海古籍出版社、安徽教育出版社，2002年，第668页。

伐崇，莫非顺帝之则，而非我也。"①

第八章：

> 临冲闲闲，崇墉言言。执讯连连，攸馘安安。是类是祃，是致是附，四方以无侮。临冲茀茀，崇墉仡仡。是伐是肆，是绝是忽，四方以无拂。

《诗传》曰：

> 《春秋传》曰：文王伐崇，三旬不降。退修教而复伐之，因垒而降。言文王伐崇之初，缓攻徐战，告祀群神，以致附来者，而四方无不畏服。及终不服，则纵兵以灭之，而四方无不顺从也。夫始攻之缓，战之徐也，非力不足也，非示之弱也，将以致附而全之也。及其终不下而肆之也，则天诛不可以留，而罪人不可以不得故也。此所谓文王之师也。②

朱熹认为，文王之德的"武"方面，也是"与天同体"所彰显的"天理"之德，故文王的征伐行动是合乎天理人心的正义行动。文王的军队是正义之师：大军到处，所向披靡；文王之师是仁义之师："文王伐崇，三旬不降。退修教而复伐之，因垒而降。"缓攻徐战是文王爱惜生命的表现，诛杀的对象只是那些罪不可赦的死硬分子。

可见，在朱熹《诗传》看来，文王之德彰显天理，彰显仁义，代表民心，所以文王之德的最后效应是民心归附。这一观点在诗歌中的表现有多处，具体如《旱麓》和《灵台》两诗。《灵台》诗的"灵台"之"灵"，《毛序》解为"灵德"，朱熹《诗传》认为"灵"字在于表现文王之德使民心归附后，民皆甘心为王所用，迅速将文王之台构筑而成上。故《诗传》传疏诗之首章"经始灵台，经之营之。庶民攻之，不日成之"曰："国之有台，所以望氛祲，察灾详，时观游，节劳佚也。文王之台，方其经度营表之际，而庶民已来作之，所以不终日而成也。虽文王心恐烦民，戒令勿亟，而民心乐之，如子趋父事，不召而自来也。孟子曰：'文王以民力为台为沼，而民欢乐之，谓其台曰"灵台"，谓其沼曰"灵沼"。'此之谓也。"文王之德导致民心归附的例子还有"武王伐纣"事，

---

① 宋·朱熹：《诗集传》，《朱子全书》本，上海：上海古籍出版社、安徽教育出版社，2002年，第668页。
② 宋·朱熹：《诗集传》，《朱子全书》本，上海：上海古籍出版社、安徽教育出版社，2002年，第669页。

此不赘述。

总之，朱熹认为正《大雅》之篇，多为周公所作或所定，是述说文王等周代先祖之德用以告诫成王而后来用于告诫帝王且昭示周代先王之德的一组诗歌。周代先王之德又以文王之德为代表，文王之德有"文"的一面也有"武"的一面，两者都彰显天理、人心，是民心归附的根据。

第三节　变《雅》学

朱熹于《诗传序》评变《雅》诗是一时贤人君子闵世病俗的表达其忠厚恻怛之心、陈善闲邪之意的作品①。并将《六月》至《何草不黄》五十八篇定为变小《雅》，《民劳》至《召旻》十三篇为变《大雅》。② 可见，朱熹认为变《雅》有变《小雅》和变《大雅》之分。其中变《小雅》五十八篇，变《大雅》十三篇。变《雅》的作者既不是民间诗人，也不是圣人或王公大人，而是贤人君子；变《雅》产生的时代是周康王和周召王以后的乱世；诗篇表达的是作者"忠厚恻怛"之情，体现的是"陈善闲邪"动机。至于变《小雅》和变《大雅》的区别，又在于小、大《雅》的区别上。

一、变《小雅》

朱熹变《小雅》学已经完全打破了毛、郑《诗经》学的刺诗说，具体表现在以下三个方面：一，变《小雅》诗篇中，有本不属变《小雅》而脱简于此之篇；二，接受《韩诗》说，认为变《小雅》中有"劳者歌其事"之篇；三，变《小雅》中有陈善闲邪之篇。

（一）错脱之篇

朱熹整体上认为变《雅》是"闵世病俗"之作，但具体到变《小雅》的58篇中，他又认为有15篇不符合变《雅》的风格，应是正《雅》之篇而不是《毛序》所谓"刺幽王"之诗。《序辨》曰：

>　　自此篇至《车舝》，凡十篇，似出一手，词气和平，称述详雅，无风刺之意。《序》以其在变《雅》中，故皆以为伤今思古之作。《诗》固有如此

---

① 宋·朱熹：《诗集传》，《朱子全书》本，上海：上海古籍出版社、安徽教育出版社，2002年，第351页。
② 宋·朱熹：《诗集传》，《朱子全书》本，上海：上海古籍出版社、安徽教育出版社，2002年，第344页。

者,然不应十篇相属,而绝无一言以见其为衰世之意也。窃恐正《雅》之篇有错脱在此者耳,《序》皆失之。①

朱熹根据这 10 首诗的辞气,判断它们可能是正《雅》错脱于此。另外《序辨》于《鱼藻》和《采菽》也曰:"此诗《毛序》与《楚茨》等篇相类。"此外还有《黍苗》、《隰桑》和《瓠叶》,如此一来,则正《雅》错脱之篇有 15 篇,同时,他还认为这些诗篇中有些是赓和之诗。朱熹《诗传》根据内容的不同,又将这些诗歌分为三类:一、农事诗;二、天子、诸侯燕乐诗;三、其他燕乐诗。

1. 农事诗

朱熹认为,错脱于变《小雅》的农事诗是指《楚茨》、《信南山》、《甫田》和《大田》4 首,朱熹曾于深化期专门谈到这 4 首诗:

> 问:"诗次序是合当如此否?"曰:"不见得。只是如《楚茨》、《信南山》、《甫田》、《大田》诸诗,元初却当作一片。"②

看来朱熹对该 4 诗不应在变《小雅》中的观点是相当坚持的。《诗传》又认为该 4 诗之前 3 首是田祭诗,具体说是关于有田禄的公卿,在其采邑内所进行的祭祀之诗。而三者的不同仅在于:前两篇——《楚茨》和《信南山》是宗庙之祭,《甫田》是方社田祖之祭。《诗传》于《楚茨》篇曰:

> 此诗述公卿有田禄者力于农事以奉其宗庙之祭。③

并说《信南山》"大旨与《楚茨》略同"。《甫田》篇,《诗传》曰:

> 此诗述公卿有田禄者力于农事,以奉方社田祖之祭。④

可见这三首诗的主人公都是有田禄的公卿,他们亲力农事,足见他们对农事的重视。在当时的情况下,公卿的行为对农业、农人的价值是正面的、有利

---

① 宋·朱熹:《诗集传》,《朱子全书》本,上海:上海古籍出版社、安徽教育出版社,2002 年,第 387 页。
② 宋·黎靖德编、王星贤校点:《朱子语类》,北京:中华书局,1986 年,第 2065 页。
③ 宋·朱熹:《诗集传》,《朱子全书》本,上海:上海古籍出版社、安徽教育出版社,2002 年,第 621 页。
④ 宋·朱熹:《诗集传》,《朱子全书》本,上海:上海古籍出版社、安徽教育出版社,2002 年,第 626 页。

的。故朱熹认为《大田》是农人答谢公卿之诗。《诗传》曰：

> 此诗为农夫之词，以颂美其上，若以答前篇之意也。①

朱熹不但认为此四诗为错脱之诗，而且还怀疑它们是《豳》诗之错脱。《诗传》于《大田》曰："疑此《楚茨》、《信南山》、《甫田》、《大田》四篇即为《豳雅》。"

2. 天子、诸侯燕乐诗

朱熹《诗传》以为，错脱于变《小雅》的天子、诸侯燕乐诗有《瞻彼洛矣》、《裳裳者华》、《桑扈》、《鸳鸯》、《鱼藻》和《采菽》六篇。朱熹对这六首诗的解释，也体现了他的赓和诗观点，其中两篇一组，很是和谐。如《瞻彼洛矣》篇，《诗传》曰：

> 此天子会诸侯于东都，以讲武事，而诸侯美天子之诗。②

《瞻彼洛矣》是诸侯赞美天子之诗，那么《裳裳者华》则是天子应答诸侯之诗。《诗传》曰：

> 此天子美诸侯之辞，盖以答《瞻彼洛矣》也。③

《桑扈》是天子燕诸侯之诗：

> 此亦天子燕诸侯之诗。④

而《鸳鸯》则是诸侯答谢天子之诗：

---

① 宋·朱熹：《诗集传》，《朱子全书》本，上海：上海古籍出版社、安徽教育出版社，2002年，第628页。
② 宋·朱熹：《诗集传》，《朱子全书》本，上海：上海古籍出版社、安徽教育出版社，2002年，第629页。
③ 宋·朱熹：《诗集传》，《朱子全书》本，上海：上海古籍出版社、安徽教育出版社，2002年，第630页。
④ 宋·朱熹：《诗集传》，《朱子全书》本，上海：上海古籍出版社、安徽教育出版社，2002年，第631页。

此诸侯所以答《桑扈》也。①

《鱼藻》篇是诸侯赞美天子之诗：

此天子燕诸侯，而诸侯美天子之诗也。②

而《采菽》篇则是天子赓和诸侯之诗：

此天子所以答《鱼藻》也。③

诸侯朝觐天子、天子与诸侯之间的燕乐行为，至少在西周数百年间是一种很重要的国务活动。但正《小雅》之篇中仅有《蓼萧》和《湛露》两篇反映到这一重要的现象，似乎略嫌少了些。朱熹认为这六篇也是表达天子诸侯之间情义的燕乐之诗，不仅从辞气、诗意上说有一定的道理，即使从篇章数目上作为正《小雅》中天子诸侯"燕乐"诗的补充也完全说得过去。

3. 其他错脱诗

朱熹认为，错脱于变《小雅》的正《雅》诗篇还有《頍弁》和《车舝》两篇。其中《頍弁》篇，《毛序》说是刺幽王之诗，它还列举了一大堆理由："诸公刺幽王也。暴戾无亲，不能燕乐同姓，亲睦九族，孤危将亡，故作是诗也。"④《诗传》则认为此诗为燕乐之诗："此亦燕兄弟亲戚之诗。"⑤具体是兄弟亲戚之间的宴饮诗。另外，朱熹《诗传》曾主张正《大雅》的《行苇》篇也是有关此类内容之诗："此祭毕而燕父兄耆老之诗。"⑥故《诗传》认为《頍弁》篇之"亦"字，当指《行苇》篇。《车舝》篇，《毛序》以为是刺周幽王和褒姒之诗："大夫刺幽王也。褒姒嫉妒，无道并进，谗巧败国，德泽不加于人。周人思得

---

① 宋·朱熹：《诗集传》，《朱子全书》本，上海：上海古籍出版社、安徽教育出版社，2002 年，第 632 页。
② 宋·朱熹：《诗集传》，《朱子全书》本，上海：上海古籍出版社、安徽教育出版社，2002 年，第 638 页。
③ 宋·朱熹：《诗集传》，《朱子全书》本，上海：上海古籍出版社、安徽教育出版社，2002 年，第 639 页。
④ 宋·朱熹：《诗集传》，《朱子全书》本，上海：上海古籍出版社、安徽教育出版社，2002 年，第 388 页。
⑤ 宋·朱熹：《诗集传》，《朱子全书》本，上海：上海古籍出版社、安徽教育出版社，2002 年，第 633 页。
⑥ 宋·朱熹：《诗集传》，《朱子全书》本，上海：上海古籍出版社、安徽教育出版社，2002 年，第 679 页。

贤女以配君子,故作是诗也。"①朱熹《诗传》则认为该诗为一婚宴诗:"此燕乐其新婚之诗。"②再有《瓠叶》篇,《诗传》也认为是燕饮之诗:"此亦燕饮之诗。"③只不过宴会的当事者不明了而已。朱熹《诗传》还认为,《雅》诗中有两首表现赞美和欢乐情感的诗,也不副变《雅》的主调,亦属错脱之诗。其中一首是《黍苗》篇,朱熹《序辨》认为该诗是"宣王时美召穆公之诗"④。另一首是《隰桑》篇,《诗传》以为是"喜见君子之诗"⑤。故朱熹《序辨》判这两首诗曰:"与上篇(按:即《黍苗》)皆脱简在此也。"⑥

依据朱熹的观点,变《小雅》中这十五首"脱简"诗要么是关于农事的公卿和农人赓和诗,要么是关于天子和诸侯之间的燕乐赓和诗,要么是兄弟亲戚或新婚夫妇的燕乐诗。客观地说,这些诗的和平、详雅的主调显然大异于变《雅》的乱世之诗特征,朱熹将其断为"错脱"之诗当属有理,可备一说。

(二)"劳者歌"之篇

朱熹《诗经》解释学有取众说之善且打破今、古文经学壁垒法。这一方法在解释变《小雅》时表现得非常突出,如他反对《毛序》刺诗说而采纳《韩诗》"劳者歌其事"说就是一例。这样一来,诗歌的创作动机就不再是对别人的讽刺,而是诗人有感于自己人生遭际不公的情绪抒发。统计下来,变《雅》之诗中,被朱熹《诗传》解释为"劳者歌唱其事"之诗共有十八篇。

在这十八首"劳者歌其事"之篇中有一组"苦役"诗,即反映行役、征役之苦的诗篇,包括《北山》、《无将大车》、《小明》、《渐渐之石》、《何草不黄》五首。《北山》诗,《诗传》曰:"大夫行役而作此诗。"⑦且认为该诗语言风格上有"主文而谲谏"的特点。诗之二章"溥天之下,莫非王土;率土之滨,莫非王臣。大夫不均,我从事独贤",朱熹传述为"言土之广,臣之众,而王不均

---

① 宋·朱熹:《诗集传》,《朱子全书》本,上海:上海古籍出版社、安徽教育出版社,2002年,第388页。
② 宋·朱熹:《诗集传》,《朱子全书》本,上海:上海古籍出版社、安徽教育出版社,2002年,第633页。
③ 宋·朱熹:《诗集传》,《朱子全书》本,上海:上海古籍出版社、安徽教育出版社,2002年,第648页。
④ 宋·朱熹:《诗集传》,《朱子全书》本,上海:上海古籍出版社、安徽教育出版社,2002年,第645页。
⑤ 宋·朱熹:《诗集传》,《朱子全书》本,上海:上海古籍出版社、安徽教育出版社,2002年,第646页。
⑥ 宋·朱熹:《诗集传》,《朱子全书》本,上海:上海古籍出版社、安徽教育出版社,2002年,第389页。
⑦ 宋·朱熹:《诗集传》,《朱子全书》本,上海:上海古籍出版社、安徽教育出版社,2002年,第617页。

平,使我从事独劳也。不斥王而曰大夫,不言独劳,而曰独贤,诗人之忠厚如此"①,"忠厚"即"温柔敦厚",也即《诗大序》文的"主文而谲谏"。《无将大车》篇,朱熹也解为忧愁行役劳苦的诗篇:"此亦行役劳苦而忧思者之作。"②《小明》篇,朱熹认为诗人以强烈悲愤的心情,述说了自己超期服役而仍不得归之事:"大夫以二月西征,至于岁暮而未得归,故呼天而诉之。"③《渐渐之石》篇,《诗传》认为作者是一劳师远征的将帅:"将帅出征,经历险远,不堪劳苦而作此诗也。"④不堪征伐劳苦的将帅通过诗歌来抒发自己的悲怨之情。《何草不黄》篇,朱熹认为是行役者面对无休止的征伐行役所抒发的悲苦之情,《诗传》曰:"周室见亡,征役不息,行者苦之,故作此诗。"⑤

除"苦役"诗外,十八首"劳者歌其事"之篇中还有一组"流民"诗,即反映逃难之民生活和情感状况的诗篇,它们是《鸿雁》、《黄鸟》和《我行其野》三篇。《鸿雁》诗,表现了流民归安后的喜悦心情:"周室中衰,万民离散,而宣王能劳来还定安集之,故流民喜之而作此诗。"⑥该诗末章诗文是"鸿雁于飞,哀鸣嗷嗷。维此哲人,谓我劬劳。维彼愚人,谓我宣骄",《诗传》传疏曰:"流民以鸿雁哀鸣自比,而作此歌也。……知者闻我歌,知其出于劬劳。不知者谓我闲暇而宣骄也。《韩诗》云:'劳者歌其事。'"⑦《鸿雁》的流民歌唱的是自己得到归安之事,那么《黄鸟》所反映的是流民逃难异国后不得其所之诗。《诗传》传述该诗首章"黄鸟黄鸟,无集于榖,无啄我粟。此邦之人,不我肯榖。言旋言归,复我邦族"曰:"民适异国,不得其所,故作此诗。托为呼其黄鸟而告之曰:'尔无集于榖,而啄我之粟,苟此邦之人不以善道相与,则我亦不久于此,而将归矣。'"⑧故乡生活艰难,远适他乡后,发现他乡

---

① 宋·朱熹:《诗集传》,《朱子全书》本,上海:上海古籍出版社、安徽教育出版社,2002年,第617页。
② 宋·朱熹:《诗集传》,《朱子全书》本,上海:上海古籍出版社、安徽教育出版社,2002年,第618页。
③ 宋·朱熹:《诗集传》,《朱子全书》本,上海:上海古籍出版社、安徽教育出版社,2002年,第619页。
④ 宋·朱熹:《诗集传》,《朱子全书》本,上海:上海古籍出版社、安徽教育出版社,2002年,第649页。
⑤ 宋·朱熹:《诗集传》,《朱子全书》本,上海:上海古籍出版社、安徽教育出版社,2002年,第650页。
⑥ 宋·朱熹:《诗集传》,《朱子全书》本,上海:上海古籍出版社、安徽教育出版社,2002年,第573页。
⑦ 宋·朱熹:《诗集传》,《朱子全书》本,上海:上海古籍出版社、安徽教育出版社,2002年,第573页。
⑧ 宋·朱熹:《诗集传》,《朱子全书》本,上海:上海古籍出版社、安徽教育出版社,2002年,第679页。

反而不如故乡,于是又要返回故乡,真是颠沛流离,悲苦之至。《诗传》引吕祖谦就此诗所发表的看法:"民有失所者,意他国之可居也,及其至彼,则又不若故乡焉,故思而欲归。使民如此,亦异于还定安集之时矣。"①《我行其野》篇,《诗传》曰:"民适异国,以其婚姻而不见收恤,故作此诗。"②此诗是一位由于姻亲关系而去异国投亲,但却不被收留体恤的流民所发出的生活悲苦的声音。可见,经朱熹解释后,作者同为流民,诗歌同为反映流民的生活,它们也同中有异。

除以上两组外,朱熹认为变《小雅》中的劳者歌,还有《小弁》反映"放子"(被驱逐的儿子)悲苦生活和感情的诗篇。《毛序》以为《小弁》是周太子宜臼的老师所作的刺幽王之诗:"刺幽王也。大子之傅作焉。"③朱熹《序辨》却以为:"此诗明白为放子之作无疑,但未有以见其必为宜臼耳。"④可见,朱熹认为此诗所反映的生活状况,对所有"放子"来说具有普遍意义;该诗所表达的悲怨感情,也是所有"放子"都具有的感情。《巧言》篇,《诗传》认为表达了一大夫被谗言伤害却无处申诉的悲愤之情:"大夫伤于谗,无所控告,而诉于天。"⑤《巷伯》篇,《诗传》认为表达这是一被谮后处以宫刑而作了巷伯(类似于太监)者的悲愤之情。⑥《蓼莪》篇,表达了一没有能力终养父母者的悲愤自责之情:"人民劳苦,孝子不得终养,而作此诗。"⑦《采绿》是一首思妇诗,《诗传》曰:"妇人思其君子,而言终朝采绿,而不盈一匊者,思念之深,不专于事也。"⑧表现了一位妇女因思念行役在外的丈夫而无心他事的生活状态。《白华》篇,是周幽王纳褒姒后废黜申后,申后被黜后所作的表达悲愤之情的诗篇:"幽王娶申女以为后,又得褒姒,而黜申后,故申

---

① 宋·朱熹:《诗集传》,《朱子全书》本,上海:上海古籍出版社、安徽教育出版社,2002年,第579页。
② 宋·朱熹:《诗集传》,《朱子全书》本,上海:上海古籍出版社、安徽教育出版社,2002年,第580页。
③ 宋·朱熹:《诗集传》,《朱子全书》本,上海:上海古籍出版社、安徽教育出版社,2002年,第386页。
④ 宋·朱熹:《诗集传》,《朱子全书》本,上海:上海古籍出版社、安徽教育出版社,2002年,第386页。
⑤ 宋·朱熹:《诗集传》,《朱子全书》本,上海:上海古籍出版社、安徽教育出版社,2002年,第605页。
⑥ 宋·朱熹:《诗集传》,《朱子全书》本,上海:上海古籍出版社、安徽教育出版社,2002年,第608页。
⑦ 宋·朱熹:《诗集传》,《朱子全书》本,上海:上海古籍出版社、安徽教育出版社,2002年,第611页。
⑧ 宋·朱熹:《诗集传》,《朱子全书》本,上海:上海古籍出版社、安徽教育出版社,2002年,第645页。

后作此诗。"①另外还有四首作者身份不详之诗,他们的感情基调也都离不开"忧"、"乱"、"伤"、"思"等字眼,如《沔水》,《诗传》说它是"忧乱诗"②;《四月》是"遭乱者自伤之诗"③;《绵蛮》是微贱劳苦而无所托者之诗④;《苕之华》是一首表达忧伤之情的诗:"诗人自以身逢周室之衰,如苕附物而生,虽荣不久,故以为比,而自言其心之忧伤也。"⑤总之,从篇数上看,朱熹《诗传》定《小雅》之诗为"劳者歌"之篇计十八篇,近变《小雅》总数的1/3。从创作主体看,诗人的身份有行役者、征役者、流民、放子、弃妇、思妇等,都包含于广义的"劳者"之中。从诗歌内容看,它们描写的多为乱世之事,抒发的多为忧、伤、思、愤之情。

(三)"陈善闲邪"之篇

朱熹《诗经》解释学认为变《小雅》的"陈善闲邪"之诗包括两种情况:一类是"陈善"以"闲邪"之诗,即通过诗歌"善"的内容,来防闲人们的"邪"思;再是陈"邪"以"闲邪"之诗,即通过诗歌"邪"的内容,直接指出不正之处以"闲邪"之诗。

1. "陈善"以"闲邪"

所谓"陈善"以"闲邪",在表现手法上是反讽,在创作动机上是告诫。朱熹《诗经》解释学的变《小雅》的"陈善"以"闲邪"之诗有《庭燎》、《鹤鸣》、《白驹》3篇。

《庭燎》描写了一个勤勉的君王将起视朝而不安于寝之诗,《诗传》传疏该诗首章"夜如何其?夜未央,庭燎之光。君子至止,鸾声将将"曰:"王将起视朝,不安于寝,而问夜之早晚曰:'夜如何哉?夜虽未央,而庭燎光矣。朝者至,而闻其鸾声矣。'"⑥朱熹认为该诗是用正价值的勤勉政事来提醒、勉励、告诫人们,即"陈善"以"闲邪"。《鹤鸣》篇,《诗传》认为是标准的"陈善闲邪"之诗,并将此诗的价值提到了理学的高度,该诗首章云:

---

① 宋·朱熹:《诗集传》,《朱子全书》本,上海:上海古籍出版社、安徽教育出版社,2002年,第647页。
② 宋·朱熹:《诗集传》,《朱子全书》本,上海:上海古籍出版社、安徽教育出版社,2002年,第574页。
③ 宋·朱熹:《诗集传》,《朱子全书》本,上海:上海古籍出版社、安徽教育出版社,2002年,第615页。
④ 宋·朱熹:《诗集传》,《朱子全书》本,上海:上海古籍出版社、安徽教育出版社,2002年,第573页。
⑤ 宋·朱熹:《诗集传》,《朱子全书》本,上海:上海古籍出版社、安徽教育出版社,2002年,第649—650页。
⑥ 宋·朱熹:《诗集传》,《朱子全书》本,上海:上海古籍出版社、安徽教育出版社,2002年,第574页。

> 鹤鸣于九皋,声闻于野。鱼潜在渊,或在于渚。乐彼之园,爰有树檀,其下维萚。他山之石,可以为错。

《诗传》传疏曰：

> 此诗之作,不可知其所由然,必陈善纳诲之辞也。盖鹤鸣于九皋而声闻于野,言诚之不可掩也。鱼潜在渊而或在于渚,言理之无定在也。园有树檀而其下维萚,言爱当知其恶也。他山之石而可以为错,言憎当知其善也。由是四者引而伸之,触类而长之,天下之理其庶几乎！①

朱熹认为该诗内涵的理学意蕴有"诚"不可掩盖,"理"无不在,"爱与恶"、"憎与善"都不是绝对的,而是相对的。故该诗二章云：

> 鹤鸣于九皋,声闻于天。鱼在于渚,或潜在渊。乐彼之园,爰有树檀,其下维谷。他山之石,可以攻玉。

《诗传》传疏曰：

> 程子曰："玉之温润,天下之至美也。石之粗厉,天下之至恶也。然两玉相磨不可以成器,以石磨之,然后玉之为器得以成焉。犹君子之与小人处也,横逆侵加,然后修省畏避,动心忍性,增益预防,而义理生焉,道德成焉。吾闻诸邵子云。"②

至美之玉和至恶之石相互磨合才能成就精美的玉器,人格修养理与此同：君子与小人的相互磨合最后才能成就君子之德。朱熹的这一理解其来有自,他引自程子,程子又受于邵子(邵雍)。《白驹》篇,《毛序》断为"刺宣王"之诗："大夫刺宣王也。"朱熹认为这不是一首刺诗,而是一首"陈善"之诗,当然"陈善"的动机在于"闲邪"。该诗所陈之"善"是"留贤",《诗传》传疏该诗首章"皎皎白驹,食我场苗。絷之维之,以永今朝。所谓伊

---

① 宋·朱熹：《诗集传》,《朱子全书》本,上海：上海古籍出版社、安徽教育出版社,2002年,第575页。
② 宋·朱熹：《诗集传》,《朱子全书》本,上海：上海古籍出版社、安徽教育出版社,2002年,第575—576页。

人,于焉逍遥"云:"为此诗者,以贤者之去而不可留也,故托以其所乘之驹食我场苗而縶维之,庶几以永今朝,使其人得以于此逍遥而不去,若后人留客而投其辖于井中也。"①尽力诚心挽留贤者,旨在提醒人们尤其在上者不要弃贤。

"陈善"以"闲邪"之诗在变小《雅》中篇数并不多,而更多的还是陈"邪"以"闲邪"之诗。

2. 陈"邪"以"闲邪"

朱熹认为变《小雅》诗属于陈"邪"以"闲邪"的篇章有《正月》、《十月之交》、《雨无正》、《小旻》、《何人斯》、《谷风》、《大东》、《青蝇》、《宾之初筵》和《菀柳》十篇。

《正月》篇所陈之邪为"谣言惑众"。自然界出现一些反常的现象本来也是自然以自身的规律运动使然,可是每当有这些情况发生时,总有一些别有用心的人散布谣言,混淆视听,造成社会生活的不稳定。朱熹认为《正月》篇所表现的就是诗人对这种状况的担忧,《诗传》曰:"此诗言霜降失节,不以其时,既使得我心忧伤矣。而造为奸伪之言以惑群听者又方甚大。然众人莫以为忧,故我独忧之,以至于病也。"②朱熹认为作者的动机不是为了刺幽王,而是要提醒人们防闲"谣言惑众"之"邪"。

朱熹认为《十月之交》篇是提醒人们要防闲"国无政,不用善"③之"邪"。《雨无正》篇,《诗传》认为大夫作此诗的动机是陈述饥馑之后有臣子离王而去的情况并进而对离去的臣子予以责备:"此时饥馑之后,群臣离散,其不去者作诗以责去者。"④《诗传》认为《小旻》篇是诗人大夫担忧王"惑于邪谋"进而告诫之诗:"大夫以王惑于邪谋,不能断以从善,而作此诗。"⑤《诗传》还认为《何人斯》是提醒人们要闲"谮"之诗⑥。《谷风》是提醒人们防闲

---

① 宋·朱熹:《诗集传》,《朱子全书》本,上海:上海古籍出版社、安徽教育出版社,2002年,第578页。
② 宋·朱熹:《诗集传》,《朱子全书》本,上海:上海古籍出版社、安徽教育出版社,2002年,第587—588页。
③ 宋·朱熹:《诗集传》,《朱子全书》本,上海:上海古籍出版社、安徽教育出版社,2002年,第592页。
④ 宋·朱熹:《诗集传》,《朱子全书》本,上海:上海古籍出版社、安徽教育出版社,2002年,第573页。
⑤ 宋·朱熹:《诗集传》,《朱子全书》本,上海:上海古籍出版社、安徽教育出版社,2002年,第598页。
⑥ 宋·朱熹:《诗集传》,《朱子全书》本,上海:上海古籍出版社、安徽教育出版社,2002年,第607页。

"朋友相怨"①之诗。《大东》诗是提醒人们防闲"困于役而伤于财"②之诗。《青蝇》诗是提醒王防闲"谗言"③之诗。《宾之初筵》是提醒人们防闲"饮酒"④之诗。《菀柳》是提醒王防闲"暴虐"⑤之诗。

总之，朱熹认为以上十三首诗的动机都不是《毛序》所谓的刺幽王，而是"陈善闲邪"——要么"陈善"以"闲邪"、要么陈"邪"以"闲邪"之诗。

综上所述，朱熹《诗经》解释学认为变《小雅》的五十八篇诗中，有错脱之诗十五篇，"劳者歌其事"之诗十八篇，陈善闲邪之诗十三篇，计有非刺之诗四十六篇，占总篇数的79%。从这个角度看，朱熹变《小雅》学，已经全面反动了毛、郑《诗经》学而走向了新的理学《诗经》解释学了。

二、变《大雅》

朱熹对变《大雅》十三篇的解释，在诗篇内容和创作动机方面与《毛序》没有质的区别——要么刺幽、厉，要么美宣王。他于《毛序》有所取舍者仅《抑》一篇。《抑·序》主张该诗作者卫武公的创作动机有二，一是刺周厉王，再是告诫自己："卫武公刺厉王，亦以自警也。"⑥朱熹的态度是弃"刺厉"而取"自警"。《诗传》曰："卫武公作此诗，使人日诵于其侧以自警。"⑦此即朱熹变大《雅》学的大致情况。不过他对《烝民》篇理学内蕴的发掘，倒是很有价值的。

（一）《烝民》篇理学解

《烝民》篇，《毛序》以为是尹吉甫赞美周宣王之诗："尹吉甫美宣王也。任贤使能，周室中兴焉。"⑧赞美的是周宣王能任用贤能，致周室中兴。朱熹

---

① 宋·朱熹：《诗集传》，《朱子全书》本，上海：上海古籍出版社、安徽教育出版社，2002年，第610页。
② 宋·朱熹：《诗集传》，《朱子全书》本，上海：上海古籍出版社、安徽教育出版社，2002年，第613页。
③ 宋·朱熹：《诗集传》，《朱子全书》本，上海：上海古籍出版社、安徽教育出版社，2002年，第635页。
④ 宋·朱熹：《诗集传》，《朱子全书》本，上海：上海古籍出版社、安徽教育出版社，2002年，第637页。
⑤ 宋·朱熹：《诗集传》，《朱子全书》本，上海：上海古籍出版社、安徽教育出版社，2002年，第641页。
⑥ 宋·朱熹：《诗集传》，《朱子全书》本，上海：上海古籍出版社、安徽教育出版社，2002年，第392页。
⑦ 宋·朱熹：《诗集传》，《朱子全书》本，上海：上海古籍出版社、安徽教育出版社，2002年，第659页。
⑧ 宋·朱熹：《诗集传》，《朱子全书》本，上海：上海古籍出版社、安徽教育出版社，2002年，第394页。

认为这首诗不是直接赞美周宣王之诗,而是尹吉甫送别仲山甫时赞美其德之诗,《诗传》曰:"宣王命樊仲侯仲山甫筑城于齐,而尹吉甫作诗以送之。"①朱熹解释该诗的独特之处不在于其对《毛序》说之辨上,而在于他就该诗所发掘出的理学意蕴上。

《烝民》诗首章云:

> 天生烝民,有物有则。
> 民之秉彝,好是懿德。
> 天监有周,昭假于下。
> 保兹天子,生仲山甫。

朱熹《诗传》曰:

> 言天生众民,有是物必有是则。盖自百骸、九窍、五脏,而达之君臣、父子、夫妇、长幼、朋友,无非物也,而莫不有法焉。如视之明,听之聪,貌之恭,言之顺,君臣有义,父子有亲之类是也。是乃民所执之常性,故其情无不好此美德者。②

次章:

> 仲山甫之德,柔嘉维则。令仪令色,小心翼翼,古训是式,威仪是力。天子是若,明命使赋。

朱熹《诗传》曰:

> 东莱吕氏曰:"柔嘉维则,不过其则也。过其则,斯为弱,不得谓之柔嘉矣。令仪令色,小心翼翼,言其表里柔嘉也。古训是式,威仪是力,言其学问进修也。天子是若,明命使赋。言其发而措之事业也。此章

---

① 宋·朱熹:《诗集传》,《朱子全书》本,上海:上海古籍出版社、安徽教育出版社,2002 年,第 708 页。
② 宋·朱熹:《诗集传》,《朱子全书》本,上海:上海古籍出版社、安徽教育出版社,2002 年,第 708 页。

盖备举仲山甫之德。"①

四章：

> 肃肃王命，仲山甫将之。
> 邦国若否，仲山甫明之。
> 既明且哲，以保其身。
> 夙夜匪解，以事一人。

朱熹《诗传》曰：

> 肃肃，严也。将，奉行也。若，顺也。顺否，犹臧否也。明，谓明于理。哲，谓察于事。保身，盖顺理以守身，非趋利避害，而偷以全躯之谓也。解，怠也。一人，天子也。②

五章：

> 人亦有言，柔则茹之，刚则吐之。维仲山甫，柔亦不茹，刚亦不吐，不侮矜寡，不畏强御。

朱熹《诗传》曰：

> 不茹柔，故不侮矜寡。不吐刚，故不畏强御。以此观之，则仲山甫之柔嘉，非软美之谓，而其保身，未尝枉道以徇人可知矣。③

朱熹从该诗中解读出的理学意蕴有以下几点：一、"有物有则"的"体、用"意义；二、"柔嘉维则"的道德原则意义；三、"令仪令色"的感情色彩；四、"明哲保身"的德操观。

---

① 宋·朱熹：《诗集传》，《朱子全书》本，上海：上海古籍出版社、安徽教育出版社，2002年，第709页。
② 宋·朱熹：《诗集传》，《朱子全书》本，上海：上海古籍出版社、安徽教育出版社，2002年，第709页。
③ 宋·朱熹：《诗集传》，《朱子全书》本，上海：上海古籍出版社、安徽教育出版社，2002年，第573页。

1. "有物有则"的"理气"、"体用"意义

上引可见朱熹就该诗首章尤其是"天生烝民,有物有则"两句的理学化解释为:世间万物,包括人的身体诸器官、社会关系、万物之用,等等,都有其规则,而人之好美德也同万物之则一样是规律性的东西,即"有物必有则,'民之秉彝'也,故'好是懿德'"。朱熹《论语章句》中也持此说:

> 有物必有法,如有耳目则有聪明之德,有父子则有慈孝之心,是民所秉执之常性也。故人之情无不好此懿德者。以此观之,则人性之善可见。①

从理学角度观照"有物有则",朱熹显然是把"物"看作"气","则"看作"性(理)","物"与"则"的关系实则是"气"与"性(理)"的关系。故朱熹又曰:

> "天生蒸民,有物有则",盖视有当视之则,听有当听之则,如是而视,如是而听,便是;不如是而视,不如是而听,便不是。谓如视远惟明,听德惟聪。能视远谓之明,不能视远不谓之明;能听德谓之聪,不能听德不谓之聪。视听是物,聪明是则。推至于口之于味,鼻之于臭,莫不各有当然之则。所谓穷理,穷此而已。②
>
> 郭友仁问:"圣门说知性,佛氏亦言知性。"曰:"'天生蒸民,有物有则',若如公所见,及佛氏之说,只有物无则了。所以与圣门有差。"③

从上文可以就朱熹的解释概括为:"视、听"为"物"为"气","明、聪"为"则"为"理";"口、鼻"为"物"为"气","味、臭"为"则"为"用"。所谓"穷理",即穷"物"之"则","则"即"性"、即"理","穷理"即"知性"。故而他认为佛、儒两家"知性"论的本质不同即在于:佛家只强调知"物"之"体",而儒家才是"物"、"则"双知,"体"、"用"兼得。就《烝民》篇来讲,朱熹认为,仲山甫人格修养上的"柔嘉维则",即为"体"、"用"兼得。

---

① 宋·朱鉴:《诗传遗说》,文渊阁《四库全书》本,经部第75册《诗》类,台北:台湾商务印书馆影印版,1986年,第581页。
② 宋·朱鉴:《诗传遗说》,文渊阁《四库全书》本,经部第75册《诗》类,台北:台湾商务印书馆影印版,1986年,第581页。
③ 宋·朱鉴:《诗传遗说》,文渊阁《四库全书》本,经部第75册《诗》类,台北:台湾商务印书馆影印版,1986年,第581页。

2. "柔嘉维则"的道德原则意义

朱熹《诗传》传疏《烝民》次章认为,"柔嘉"是仲山甫所秉持的道德原则,无过无不及。"不及"显然不合"柔嘉"原则,"过"则"弱",同样不合于"柔嘉"原则。而"柔嘉"道德原则的具体表现又有"表"、"里"之异:"令仪令色"是其外在表现;"小心翼翼"则是其内在表现。再者,"柔嘉"的道德准则还有其"学问进修"和事业追求上的表现。就"柔嘉维则"道德原则意义,陈文蔚曾与朱熹展开过讨论:

> 《烝民诗》"仲山甫之德,柔嘉维则",《诗传》中用东莱吕氏说,文蔚举似及此。先生曰:"记得他甚主张那'柔'字。"文蔚曰:"他后面一章云'柔'亦'不茹','刚'亦'不吐',此言仲山甫之德,刚柔不偏也。而二章首举仲山甫之德,独以'柔嘉维则'蔽之。"曰:"……人之资禀,自有柔德胜者,自有刚德胜者,如本朝范文正公、富郑公辈,是以刚德胜,范忠宣、范淳夫、赵清献、苏子容辈,是以柔德胜,只是他柔却是柔,但其中自有骨子,不是一向如此柔去。……人之进德,须用刚健不阙。"①

朱熹这里批评了吕祖谦说"柔嘉"偏重"柔"德而忽略"刚"德。陈文蔚所谓"后章",指该诗五章"维仲山甫,柔亦不茹,刚亦不吐。不侮矜寡,不畏强御",实际上,朱熹《诗传》传述该章时已注意到仲山甫的"柔嘉"之德之"柔"是"柔"中有"刚"之"柔",而非纯粹的"软美":"不茹柔,故不侮矜寡;不吐刚,故不畏强御。以此观之,则仲山甫之柔嘉,非软美之谓。"故他又结合人的"气质之性"来讨论"柔嘉"的道德原则意义,主张人之资秉有柔有刚,而人之修养的最终效果将是以达到柔中有刚、刚中有柔、刚柔相济为佳。

3. "令仪令色"的感情色彩

由上文可见,"令仪令色"本来是用来指"柔嘉"道德原则的外在表现。但因"令色"和孔子"巧言令色"有重文,而"巧言令色"之"巧言"又与"辞欲巧"有重文,在儒家的解释视域中,它们的感情色彩又有很大差别甚至相反。故从学理上将其作出适当的分辨是当然之事。

> 问:"'巧言令色,鲜矣仁',《记》言'辞欲巧',《诗》言'令仪令色'者何也?"曰:"看文字不当如此。《记》言'辞欲巧'是非要人机巧,盖欲

---

① 宋·朱鉴:《诗传遗说》,文渊阁《四库全书》本,经部第75册《诗》类,台北:台湾商务印书馆影印版,1986年,第582页。

其辞之委曲耳,如《语》言'"夫子为卫君乎",答曰:"吾将问之。"入曰:"伯夷叔齐何人也"之类是也。'《诗》言'令色',与此不同。诗人所谓'令色'者,仲山甫之正道,自然如此,非是做作恁地。何不看取上文,上文云'仲山甫之德,令仪令色',此德之形于外者如此,与鲜矣仁者不干事。"①

朱熹认为理解文义要结合语境,相同的词语在不同的语境中可以会有截然相反的意义。如同为"令色",在"巧言令色"语境中是贬义,而在"令仪令色"语境中却为褒义。所以他更概括明了地说:

> 《论语》与诗人之义各异,当玩绎其上下文意以求之,不可只如此摘出一两字看也。②

如果说朱熹这里认为,相同"词语"有不同意义的"语境"是决定"词语"意义的外部因素的话,那么从生活层面着眼,朱熹还认为决定"令色"感情色彩的还有人的内在情感:

> 夫子所谓"逊以出之,辞欲巧者",亦其一事也。"仲山甫之德,柔嘉维则。令仪令色",则大贤成德之行而进乎此者。夫子之"逞颜色,怡怡如也"乃圣人动容,周旋中礼之事,又非仲山甫之所及矣。至于小人讦以为直,色厉内荏,则虽与"巧言令色"者不同,然考其矫情饰伪之心,实"巧言令色"之尤者,故圣人恶之。上引此数条而不肯明言其所以然者,将使学者深求而自得之也。然令学者反求之于冥漠不可知之中,失之愈远。《言仁录》中所解亦少。③

朱熹这里主张:决定仲山甫"令色"为褒义的是仲山甫内在的大贤大德;"巧言令色"之"令色"为贬义的内在决定因素却是"讦以为直"、"色厉内荏"的小人的内在矫情饰伪之心。

---

① 宋·朱鉴:《诗传遗说》,文渊阁《四库全书》本,经部第75册《诗》类,台北:台湾商务印书馆影印版,1986年,第581页。
② 宋·朱鉴:《诗传遗说》,文渊阁《四库全书》本,经部第75册《诗》类,台北:台湾商务印书馆影印版,1986年,第581页。
③ 宋·朱鉴:《诗传遗说》,文渊阁《四库全书》本,经部第75册《诗》类,台北:台湾商务印书馆影印版,1986年,第581—582页。

4. "明哲保身"的德操观

朱熹要求,理解文义要结合具体的语境,还要结合人的内在本质。因此他对该诗之四章"既明且哲,以保其身"德操观意义的解释也不同流俗。《诗传》曰:

> 明,谓明于理。哲,谓察于事。保身,盖顺理以守身,非趋利避害,而偷以全躯之谓也。①

可见,朱熹认为"既明且哲,以保其身"并非通常所理解的占取便宜的"趋利避害而偷以全躯"之意。他又论"既明且哲,以保其身"曰:

> 只是上文"肃肃王命,仲山甫将之。邦国若否,仲山甫明之",便是明哲。所谓明哲者,只是晓天下事理,顺理而行,自然灾害不及其身,可以保其禄位。今人以邪心读《诗》,谓明哲是见几知微,先去占取便宜。如杨子云说"明哲煌煌,旁烛无疆,逊于不虞,以保天命",便是占便宜底说话,所以他一生被这几句误。然"明哲保身"亦只是常法,若到那舍生取义处,又不如此论。②

从语境上看,"既明且哲,以保其身"是承接上文"肃肃王命,仲山甫将之。邦国若否,仲山甫明之"而来,而仲山甫明了国家局势且能将佐王命,显然是值得褒扬的正价值,故"既明且哲,以保其身"也顺理成章地是褒义。从人之本质上看,同样的"明哲保身",用在仲山甫这样的大贤大德身上具有褒扬的感情色彩,但用在扬雄这样的投机小人身上却具有了贬斥的意义。但朱熹认为,从道德修养的层次来看,无论是哪种感情色彩,"明哲保身"的价值相对于"舍生取义",都是要等而下之的。

总而言之,朱熹《雅》诗学的"朝廷之音"观点,是对毛、郑汉学"政事"说的突破。而他的小大《雅》、正变《雅》思想,又是他将自己的"音乐"说和毛、郑"政事"说整合后的产物。他的《雅》诗学自然是他解释《诗经》方法论的体现:他主张的变《小雅》中的错脱之篇,就是基于"求诗本义"方法所得出的结论;他就变《小雅》中"劳者歌其事"篇的解释思想,则是汲取《韩诗》说的结果。

---

① 宋·朱熹:《诗集传》,《朱子全书》本,上海:上海古籍出版社、安徽教育出版社,2002年,第709页。
② 宋·朱鉴:《诗传遗说》,文渊阁《四库全书》本,经部第75册《诗》类,台北:台湾商务印书馆影印版,1986年,第582页。

第九章 《颂》诗学

《诗大序》曰:"颂者,美盛德之形容,以其成功告于神明者也。"直译过来即:《颂》是赞美圣德的表现,将其成就和功绩报告给神明的诗篇。看来《大序》的解释是侧重在《颂》的诗歌特性上。朱熹则从音乐的角度来定位它:

> 颂者,宗庙之乐歌。①

相对于《风》、《雅》诗的里巷歌谣和朝廷之音,朱熹说《颂》是郊庙的乐歌:颂是郊庙祭祀之乐,《颂》诗则是音乐的歌词,祭祀的主体是天子。《诗传》曰:

> 《周颂》三十一篇,多周公所定,而亦或有康王以后之诗。《鲁颂》四篇,《商颂》五篇,因亦以类附焉。②

朱熹认为:《颂》诗大多产生于成周时期,但也有少数周康王以后之诗。《鲁颂》、《商颂》因和《周颂》有类似的功能,故并为三《颂》。又曰:

> 《颂》之诗,何尝一言一句不说道理,何尝深潜谛玩无有滋味,只是人不曾仔细看,若仔细看,里面有多少伦序,须是仔细参研,方得,此便是格物穷理。③

相对于《风》、《雅》诗篇的抒情性,朱熹认为《颂》主言理,且句句说道理,参

---

① 宋·朱熹:《诗集传》,《朱子全书》本,上海:上海古籍出版社、安徽教育出版社,2002年,第722页。
② 宋·朱熹:《诗集传》,《朱子全书》本,上海:上海古籍出版社、安徽教育出版社,2002年,第722页。
③ 宋·朱鉴:《诗传遗说》,文渊阁《四库全书》本,经部第75册《诗》类,台北:台湾商务印书馆影印版,1986年,第503页。

研《颂》的过程就是格物穷理的过程。

由上不难得出朱熹《颂》诗学的若干特点：一、主张《颂》诗是郊庙之乐的歌词；二、主张《周颂》中多是周公制作的成周诗，但也夹杂周康以后诗；三、强调《颂》诗的言理性。

第一节　宗庙祭祀的乐歌

朱熹说《颂》诗是郊庙祭祀的乐歌，实际上他将其中的诗篇都解释为宗庙祭祀之诗而不及于郊祀，就连《毛序》明定为郊祀的《昊天有成命》，他也花费大量笔墨考证，最后定为祭祀成王的诗歌："此诗多道成王之德，疑祀成王之诗也。"①因此确切地说，朱熹所主张的《颂》诗应为宗庙祭祀的乐歌而不涉及郊祀。朱熹的《颂》诗学和他的《风》诗学、《雅》诗学一样，也是在辨《毛序》的过程中建立起来的。在这个过程中，朱熹几乎将每首诗都具体落实到了主祭者或祭祀的对象上。

朱熹《诗传》认为《周颂》的《清庙》、《维天之命》和《维清》等篇，都是祭祀文王的乐歌。而《毛序》不但没有提到祭祀之乐，对有些诗篇甚至不认为关涉宗庙祭祀。如《维清》篇，《毛序》曰："奏象舞也。"②朱熹《序辨》辨之曰："诗中未见奏象舞之意。"③《天作》篇，《毛序》仅笼统地说："祭先王先公。"④朱熹《诗传》将"先王先公"具体为"太王"："此祭大王之诗。"⑤《我将》篇，《毛序》仅曰："祀文王于明堂。"⑥朱熹《诗传》补充为："此宗祀文王于明堂，以配上帝之乐歌。"⑦《时迈》篇，《毛序》仅曰："巡守告祭柴

---

① 宋·朱熹：《诗集传》，《朱子全书》本，上海：上海古籍出版社、安徽教育出版社，2002年，第725页。
② 宋·朱熹：《诗集传》，《朱子全书》本，上海：上海古籍出版社、安徽教育出版社，2002年，第573页。
③ 宋·朱熹：《诗集传》，《朱子全书》本，上海：上海古籍出版社、安徽教育出版社，2002年，第573页。
④ 宋·朱熹：《诗集传》，《朱子全书》本，上海：上海古籍出版社、安徽教育出版社，2002年，第395页。
⑤ 宋·朱熹：《诗集传》，《朱子全书》本，上海：上海古籍出版社、安徽教育出版社，2002年，第725页。
⑥ 宋·朱熹：《诗集传》，《朱子全书》本，上海：上海古籍出版社、安徽教育出版社，2002年，第397页。
⑦ 宋·朱熹：《诗集传》，《朱子全书》本，上海：上海古籍出版社、安徽教育出版社，2002年，第726页。

望也。"①朱熹《诗传》强调了它的乐歌性质:"此巡守而朝会祭告之乐歌也。"②《执竞》篇,《毛序》只言"祀武王"③,朱熹《诗传》认为这是三王并祭之乐歌:"此祭武王、成王、康王之诗。"④《潜》篇,《毛序》以诗主旨为:"祭冬荐鱼,春献鲔也。"⑤朱熹《诗传》认为《毛序》之失在于没有涉及该诗为乐歌的特性:"此其乐歌也。"⑥《雝》篇,《毛序》定为"禘大祖"⑦,朱熹《诗传》认为:"此武王祭祀文王之诗。"⑧《序辨》还进一步主张是"为武王祭文王而彻俎之诗,而后通用于他庙耳"⑨。《载见》篇,《毛序》认为该诗的主要内容是"诸侯始见于武王庙"⑩的表现,朱熹认为《毛序》犯了一个根本错误,即竟然没有顾及宗庙祭祀的主祭之人——周天子:"此诸侯助祭于武王之诗。"⑪诸侯的作用只是"助祭",即协助天子祭祀先王。另外《周颂》之中有一组四首周成王主祭的乐歌,《毛序》没有明确主祭之人,而名之以"嗣王",这四首诗分别是《闵予小子》、《访落》、《敬之》和《小毖》。《毛序》分别定其主旨为"嗣王朝于庙"⑫、"嗣王谋于庙"⑬、"群臣进戒嗣王"⑭和"嗣王

---

① 宋·朱熹:《诗集传》,《朱子全书》本,上海:上海古籍出版社、安徽教育出版社,2002年,第397页。
② 宋·朱熹:《诗集传》,《朱子全书》本,上海:上海古籍出版社、安徽教育出版社,2002年,第727页。
③ 宋·朱熹:《诗集传》,《朱子全书》本,上海:上海古籍出版社、安徽教育出版社,2002年,第397页。
④ 宋·朱熹:《诗集传》,《朱子全书》本,上海:上海古籍出版社、安徽教育出版社,2002年,第727页。
⑤ 宋·朱熹:《诗集传》,《朱子全书》本,上海:上海古籍出版社、安徽教育出版社,2002年,第397页。
⑥ 宋·朱熹:《诗集传》,《朱子全书》本,上海:上海古籍出版社、安徽教育出版社,2002年,第732页。
⑦ 宋·朱熹:《诗集传》,《朱子全书》本,上海:上海古籍出版社、安徽教育出版社,2002年,第397页。
⑧ 宋·朱熹:《诗集传》,《朱子全书》本,上海:上海古籍出版社、安徽教育出版社,2002年,第732页。
⑨ 宋·朱熹:《诗集传》,《朱子全书》本,上海:上海古籍出版社、安徽教育出版社,2002年,第398页。
⑩ 宋·朱熹:《诗集传》,《朱子全书》本,上海:上海古籍出版社、安徽教育出版社,2002年,第398页。
⑪ 宋·朱熹:《诗集传》,《朱子全书》本,上海:上海古籍出版社、安徽教育出版社,2002年,第398页。
⑫ 宋·朱熹:《诗集传》,《朱子全书》本,上海:上海古籍出版社、安徽教育出版社,2002年,第398页。
⑬ 宋·朱熹:《诗集传》,《朱子全书》本,上海:上海古籍出版社、安徽教育出版社,2002年,第398页。
⑭ 宋·朱熹:《诗集传》,《朱子全书》本,上海:上海古籍出版社、安徽教育出版社,2002年,第573页。

求助"①等。而朱熹《诗传》则将《毛序》的"嗣王"全改为"成王"②。再者,《周颂》之篇中还有一组五首关于周公所作的颂扬武王之功以祭祀武王的《大武》乐歌的某些章节,《毛序》没有完全解读出来,朱熹给予了明辨。首先是《武》篇,《毛序》曰:

奏大武也。③

朱熹《诗传》曰:

《春秋传》以此为《大武》之首章也。《大武》,周公象武王武功之舞,歌此诗以奏之。《礼》曰:"朱干玉戚,冕而舞《大武》。"然《传》以此诗为武王所作,则篇内已有武王之谥,而其说误矣。④

朱熹引征《左传》和《礼记》且参照经文以证《毛序》误,主张该诗为周公所作《大武》乐之歌词。《酌》篇,《毛序》曰:

告成《大武》也。言能酌先祖之道,以养天下也。⑤

朱熹认为"酌"者"勺"也,非"斟酌"之"酌"。《序辨》曰:"诗中无'酌'字,未见'酌先祖之道以养天下'。"⑥《诗传》认为该诗"亦颂武王之诗"⑦并进而曰:

酌,即勺也。《内则》十三"舞《勺》",即以此诗为节而舞也。然此

---

① 宋·朱熹:《诗集传》,《朱子全书》本,上海:上海古籍出版社、安徽教育出版社,2002年,第398页。
② 宋·朱熹:《诗集传》,《朱子全书》本,上海:上海古籍出版社、安徽教育出版社,2002年,第398页。
③ 宋·朱熹:《诗集传》,《朱子全书》本,上海:上海古籍出版社、安徽教育出版社,2002年,第398页。
④ 宋·朱熹:《诗集传》,《朱子全书》本,上海:上海古籍出版社、安徽教育出版社,2002年,第735页。
⑤ 宋·朱熹:《诗集传》,《朱子全书》本,上海:上海古籍出版社、安徽教育出版社,2002年,第398页。
⑥ 宋·朱熹:《诗集传》,《朱子全书》本,上海:上海古籍出版社、安徽教育出版社,2002年,第573页。
⑦ 宋·朱熹:《诗集传》,《朱子全书》本,上海:上海古籍出版社、安徽教育出版社,2002年,第740页。

> 诗与《赍》、《般》皆不用诗中字名篇,疑取乐节之名,如曰《武宿夜》云尔。①

主张该诗和《赍》、《般》等诗都采取了"取乐节之名"而不用诗中之字的名诗方法。如此一来,《赍》、《般》也都是《大武》的一章了。《桓》篇朱熹认为是《大武》之六章,《赍》则是《大武》之三章。此外朱熹认为《周颂》之篇中尚有一组计六首诗是祭祀先农之诗:"祀田祖先农方社之属也。"②据今人考证,依周代制度,春季天子有祭田之礼,其动机在于劝诫农事并祠先农。这六首诗分别是《思文》、《臣工》、《噫嘻》、《丰年》、《载芟》和《良耜》。朱熹甚至怀疑它们就是所谓的《豳颂》之诗,因《诗传》于《良耜》篇曰:

> 或疑《思文》、《臣工》、《噫嘻》、《丰年》、《载芟》、《良耜》等篇即所谓《豳颂》者。③

《鲁颂》之诗的《駉》、《有駜》、《泮水》和《閟宫》四篇,朱熹大体上将其定性为《国风》:"盖其体固列国之《风》。"④因为周公的缘故,故其诗有《颂》之名:"成王以周公有大勋劳于天下,故赐伯禽以天下之礼乐。鲁于是乎有《颂》以为庙乐。其后又自作诗,以美其君,亦谓之《颂》。"⑤

朱熹认为《商颂》之篇是地道的商人所作的宗庙之乐歌。商《颂》为商世之诗还是周世之诗,历来是一个争论不休的问题。据王先谦考:

> 鲁说曰:宋襄公之时,修仁行义,欲为盟主。其大夫正考父美之,故追道汤、契、高宗所以兴,作《商颂》。齐说曰:《商》,《宋诗》也。韩说曰:正考父,孔子之先也,作《商颂》十二篇。⑥

---

① 宋·朱熹:《诗集传》,《朱子全书》本,上海:上海古籍出版社、安徽教育出版社,2002年,第740页。
② 宋·朱熹:《诗集传》,《朱子全书》本,上海:上海古籍出版社、安徽教育出版社,2002年,第731页。
③ 宋·朱熹:《诗集传》,《朱子全书》本,上海:上海古籍出版社、安徽教育出版社,2002年,第739页。
④ 宋·朱熹:《诗集传》,《朱子全书》本,上海:上海古籍出版社、安徽教育出版社,2002年,第743页。
⑤ 宋·朱熹:《诗集传》,《朱子全书》本,上海:上海古籍出版社、安徽教育出版社,2002年,第743页。
⑥ 清·王先谦:《诗三家义集疏》,北京:中华书局,1987年,第1089页。

朱熹支持《毛序》"商诗"说：

> 问："《商颂》或以为宋人所作,如何？"曰："宋襄公一伐楚,其事可考。安得所谓'莫敢不来享,莫敢不来王'者。"曰："恐是宋人作之,追述往事以祀其先代。若是商时所作,商尚质,不应篇章反多于《周颂》。"曰："《周颂》虽简,然文气平易；《商颂》虽长,其文气自古。"①

他做出这一判断的依据有两个：一是诗的本义；二是诗的文气。若《商颂》之诗是宋人作,据史实,其《殷武》诗中决不应有"莫敢不来享,莫敢不来王"文；《商颂》文气奥古,不似列国之体。《诗传》交代商及《商颂》的来历曰：

> 契为舜司徒而封于商,传十四世而汤有天下。其后三宗叠兴,及纣无道,为武王所灭。封其庶兄微子启于宋,修其礼乐,以奉商后。其地在《禹贡》徐州泗滨,西及豫州盟猪之野。其后政衰,商之礼乐日以放失。七世至戴公时,大夫正考父得《商颂》十二篇于周太师,归以祀其先王。至孔子编《诗》而又亡其七篇,然其存者亦多阙文疑义,今不敢强通也。②

可见《商颂》是得之于周太师的祭祀商之先王的乐歌,故应不为宋人作；《商颂》原有十二篇,散失七篇后剩余五篇且多阙文疑义。故对于《商颂》的看法,朱熹排《鲁》《齐》而从《毛诗》。《毛序》于《那》曰：

> 祀成汤也。微子至于戴公,其间礼乐废坏,有正考甫者,得《商颂》十二篇于周之大师,以《那》为首。③

但是朱熹在总体上从《毛序》之说后又于某些细节之处将其辨破。如《烈祖》篇,《毛序》以其为祭祀商中宗之诗："祀中宗也。"④朱熹《序辨》以为该

---

① 宋·朱鉴：《诗传遗说》,文渊阁《四库全书》本,经部第75册《诗》类,台北：台湾商务印书馆影印版,1986年,第585页。
② 宋·朱熹：《诗集传》,《朱子全书》本,上海：上海古籍出版社、安徽教育出版社,2002年,第751页。
③ 宋·朱熹：《诗集传》,《朱子全书》本,上海：上海古籍出版社、安徽教育出版社,2002年,第399页。
④ 宋·朱熹：《诗集传》,《朱子全书》本,上海：上海古籍出版社、安徽教育出版社,2002年,第399页。

诗也是祭祀成汤之诗并指出《毛序》说《诗》方法上的错误曰：

> 详此诗，未见其为祀中宗，而末言"汤孙"，则亦祭成汤之诗耳。《序》但不欲连篇重出，又以中宗商之贤君，不欲遗之耳。①

又《毛序》说《长发》诗为"大禘"②说，朱熹《诗传》以为当为"祫祭"之诗：

> 《序》以为大禘之诗。盖祭其祖之所出，而以其祖配也。苏氏曰："大禘之祭，所及者远，故其诗历言商之先君，又及其卿士伊尹，盖与祭于禘者也。《商书》曰：'兹予大享于先生，尔祖其从与享之。'是礼也，岂其起于商之世与？"今按大禘不及群庙之主，此宜为祫祭之诗。然经无明文，不可考也。③

朱熹引苏辙说认为，禘祭所祭祀的对象只有两人，而该诗涉及者较多，故当为"祫祭"。所谓"祫祭"，即合祭先祖于宗庙之中。《殷武》篇，《毛序》以为是"祀高宗"之诗，而朱熹《诗传》则更具体地主张该诗为"袝祭"④高宗之诗。它传述该诗末章"陟彼景山，松柏丸丸。是断是迁，方斲是虔。松桷有梴，旅楹有闲，寝成孔安"曰："此盖特为百世不迁之庙，不在三昭三穆之数，既成始袝祭之诗也。"⑤

第二节 《颂》诗伦理学

朱熹曾曰："《颂》之诗，何尝一言一句不说道理。"并说参研《颂》诗便是格物穷理。据考，朱熹本人参研《颂》诗所得之理大致有四，分别是：文王的"文德"，后稷的"农德"，周武王和商高宗的"武德"，成王的"成德"。朱熹

---

① 宋·朱熹：《诗集传》，《朱子全书》本，上海：上海古籍出版社、安徽教育出版社，2002年，第399—400页。
② 宋·朱熹：《诗集传》，《朱子全书》本，上海：上海古籍出版社、安徽教育出版社，2002年，第400页。
③ 宋·朱熹：《诗集传》，《朱子全书》本，上海：上海古籍出版社、安徽教育出版社，2002年，第756—757页。
④ "袝祭"，新死者与祖先合享之祭。
⑤ 宋·朱熹：《诗集传》，《朱子全书》本，上海：上海古籍出版社、安徽教育出版社，2002年，第759页。

认为这些都是治国平天下的大道理,是周最终能有天下的精神根基。

一、文王的"文德"

朱熹认为,文王之德是与天同体的至德,是光明正大之德。故《周颂》的《我将》篇是"宗祀文王于明堂,以配上帝之乐歌"。"明堂",朱熹《诗传》说是"周公以义起之",所以"明"当是取"正大光明"意。

《我将》诗云:

> 我将我享,维羊维牛,维天其右之。仪式刑文王之典,日靖四方。伊嘏文王,既右飨之。我其夙夜,畏天之威,于时保之。

朱熹解释该诗大意为:首言以牛羊等祭品奉享上天,次言以祭品来奉享文王,三言主祭之王时刻保持警惕,以保证执行天与文王下降的旨意。①《维天之命》也是以"文王"配"天"之篇,该诗首章云:

> 维天之命,于穆不已。于乎不显,文王之德之纯。

朱熹《诗传》传疏曰:

> 言天道无穷,而文王之德纯一不杂,与天无间,以赞文王之德之盛也。子思子曰:"维天之命,于穆不已,盖曰天之所以为天也。于乎不显,文王之德之纯,盖曰文王之所以为文也,纯亦不已。"程子曰:"天道不已,文王纯于天道亦不已。纯则无二无杂,不已则无间断先后。"②

朱熹意谓"天命"即"天道","不已"即"无穷","天命不已"即"天道无穷","天道无穷"与"文王德纯"比而互文,即曾子和程子所谓的文王之德和天道皆"纯"且"不已":无二无杂,无间断先后。结论是,文王之德与天同体③。而《清庙》篇,朱熹则认为是用文学上情景衬托的方式表现文王之德。

"颂文王之德"是历史上《清庙》主旨的定说。如上博简《孔子诗论》第

---

① 宋·朱熹:《诗集传》,《朱子全书》本,上海:上海古籍出版社、安徽教育出版社,2002年,第726页。
② 宋·朱熹:《诗集传》,《朱子全书》本,上海:上海古籍出版社、安徽教育出版社,2002年,第723页。
③ 关于文王之德的具体表现,详见本书"《雅》诗学"章。

五简曰：

> 《清庙》，王德也，至矣。敬宗庙之礼，以为其本，秉文之德，以为其蘗。①

又，《鲁诗》亦曰：

> 周公咏文王之德而作《清庙》，建为《颂》首。②
> 洛邑既成，诸侯朝见，宗祀文王之所歌也。③

《毛诗》之说几乎同于《鲁诗》。《毛序》曰：

> 《清庙》，祀文王也。周公既成洛邑，朝诸侯率以祀文王焉。④

郑《笺》申《毛序》云：

> 《清庙》者，祭有清明之德者之宫也，谓祭文王也。天德清明，文王象焉，故祭之而歌此诗也。⑤

唐孔颖达《正义》云：

> 《清庙》诗歌，祀文王之乐歌也。以其祀之得礼，诗人歌咏其事，而作此《清庙》之诗。⑥

朱熹《诗传》曰：

> 此周公既成洛邑而朝诸侯，因率之以祀文王之乐歌。言于穆哉，此清静之庙，其助祭之诸侯，皆敬且和，而其执事之人，又无不执行文王之

---

① 陈桐生：《孔子诗论研究》，北京：中华书局，2004 年，第 259 页。
② 清·王先谦：《诗三家义集疏》，北京：中华书局，1987 年，第 999 页。
③ 清·王先谦：《诗三家义集疏》，北京：中华书局，1987 年，第 999 页。
④ 宋·朱熹：《诗集传》，《朱子全书》本，上海：上海古籍出版社、安徽教育出版社，2002 年，第 395 页。
⑤ 唐·孔颖达：《毛诗注疏》，《唐宋注疏十三经》本，北京：中华书局，1998 年，第 471 页。
⑥ 唐·孔颖达：《毛诗注疏》，《唐宋注疏十三经》本，北京：中华书局，1998 年，第 471 页。

德,既对越在天之神,而又骏奔走其在庙之主。如此则是文王之德岂不显乎! 岂不承乎! 信乎其无有厌斁于人也。①

《清庙》作为祀文王之诗,主旨自然是颂文王之德。但此诗的着眼点在于言助祭诸侯既敬且和,似乎偏离主题,这将作何解释? 朱熹和弟子有以下探讨:

> 或疑《清庙》诗是祀文王之乐歌,然初不显颂文王之德,止言助祭诸侯既敬且和,与夫与祭执事之人能执行文王之德者,何也? 时举应之曰:"文王之德,不可名言。凡一时在位之人,所以能敬且和,与执行文王之德者,即文王盛德之所在也。必于其不可容言之中,而见其不可掩之实,则诗人之意得矣。读此诗者,想当时闻其歌者,真若洋洋乎如在其上,如在其左右,又何待多着言语,委曲形容而后足云哉。妄意如此。"答曰:"此说是。"②

潘时举认为,诗人尽管没有直接赞颂文王之德,但通过助祭诸侯的恭敬和乐,再现了文王之德的影响,用文学的方式表达了对文王之德的赞颂。朱熹对潘的见解表示赞赏。此外以祭祀者的既敬且和来烘托文王之德的还有《雝》篇。《雝》篇的主旨,《毛序》以为是"禘大祖",朱熹《诗传》却认为是武王祭祀文王之诗:"此武王祭祀文王之诗。"《诗传》解诗文"有来雝雝,至止肃肃"为:"言诸侯之来,皆和且敬。"③朱熹认为该诗还直接通过武王之口赞颂文王之德:"宣哲维人,文武维后。燕及皇天,克昌厥后。"《诗传》曰:"此美文王之德。宣哲,则尽人之道。文武,则备君之德。故能安人以及于天,而克昌其后嗣也。"④

在朱熹看来,文王之德是"文德",它穆如清风,纯亦不已。但又正大光明,有着巨大影响力和感召力。结合本文《颂》诗学和《雅》诗学可见,同样是赞颂文王之德,《雅》诗和《颂》诗却又各具特色。文王的文德影响了数代

---

① 宋·朱熹:《诗集传》,《朱子全书》本,上海:上海古籍出版社、安徽教育出版社,2002年,第722页。
② 宋·朱鉴:《诗传遗说》,文渊阁《四库全书》本,经部第75册《诗》类,台北:台湾商务印书馆影印版,1986年,第583页。
③ 宋·朱熹:《诗集传》,《朱子全书》本,上海:上海古籍出版社、安徽教育出版社,2002年,第732页。
④ 宋·朱熹:《诗集传》,《朱子全书》本,上海:上海古籍出版社、安徽教育出版社,2002年,第733页。

周天子、历代帝王,甚至代代的中华儿女。随着人们不断地总结概括,文王的"文德"已被抽象为具体的概念范畴如:天人合一,正大光明,纯亦不已,生生不息等。

二、后稷的"农德"

用我们今天的观点看,周有天下的经济基础在于他的部族先于中华大地上的其他部族从游牧走向农耕,占据率先拥有先进生产力的先机。故周朝的事业也从创造了农业生产的后稷开始,且周代后来的领袖人物也充分认识到农业对他们国家至关重要的意义,这一点突出体现在当时国家政治生活中最重要的政治活动——祭祀中有专门关于"农事"的祭祀。而它们关于农事的祭祀又不是普通的一般祭祀,而是当时的最高政治领袖——周天子主祭的祭祀大典。更有甚者,周人甚至还将后稷配天祭祀。朱熹认为,《诗经》的《周颂》之篇中,有一组六首关于"农事"的乐歌,即为周家重视后稷"农德"的有力证据。

上文谈及文王的"文德"可配于天而与天同德,人们同样认为后稷的"农德"亦可配天。《思文》篇的《毛序》曰:"后稷配天。"该诗诗文云:

> 思文后稷,克配彼天。立我烝民,莫匪尔极。贻我来牟,帝命率育,无此疆尔界。陈常于时夏。

朱熹《诗传》传疏曰:

> 言后稷之德真可配天,盖使我烝民得以粒食者,莫非其德之至也。且其贻我以来牟之种,乃上帝之命,以此遍养下民者。是以无有远近彼此之殊,而德以陈其君臣父子之常道于中国也。①

后稷不但创始了农业,还传播了农业。他的传播和上天一样,是无私而平等的奉献。我们可以将后稷的精神称作"农德",实际上它也是我们民族精神的精华:淳朴博爱,平等无私,乐于奉献。朱熹认为,周代的领袖们深深懂得农业的重要,把它看作国家的根基,经济的命脉,故他们重视农业的表现也不仅仅在以后稷配天祭祀上,还表现在借祭祀先农之机,将鼓励农业生

---

① 宋·朱熹:《诗集传》,《朱子全书》本,上海:上海古籍出版社、安徽教育出版社,2002 年,第 728 页。

产、劝诫农官付诸行动。《臣工》篇主旨,《毛序》本以"诸侯助祭,遣于庙"①断之,这一说法遭到朱熹《序辨》的明确否定:"《序》误。"朱熹《诗传》主张该诗是"戒农官之诗"②。《臣工》诗文云:

> 嗟嗟保介,维莫之春,亦又何求,如何新畬?于皇来牟,将受厥明。明昭上帝,迄用康年。命我众人:庤乃钱镈,奄观铚艾。

《诗传》传疏曰:

> 此乃言所戒之事。言三月则当治其新畬矣,今如何哉?然麦亦将熟,则可以受上帝之明赐,而此明昭之上帝,又将赐我新畬以丰年也。于是命甸徒具农器,以治其新畬,而又将忽见其收成也。③

天子亲自过问农事且关心到细枝末节处:三月当治其新畬,麦将熟,命甸徒具农器,忽见收成。《噫嘻》篇诗文也云:

> 噫嘻成王,既昭假尔。
> 率时农夫,播厥百谷。
> 骏发尔私,终三十里。
> 亦服尔耕,十千维耦。

朱熹《诗传》传疏曰:

> 戒农官之词。昭假尔,犹言格汝众庶。盖成王始置田官,而尝戒命之也。尔当率是农夫,播其百谷,使之大发其私田,皆服其耕事,万人为耦而并耕也。盖耕本以二人为耦,今合一川之众为言,故云万人毕出,并力齐心,如合一耦也。此必乡遂之官,司稼之属,其职以万夫为

---

① 宋·朱熹:《诗集传》,《朱子全书》本,上海:上海古籍出版社、安徽教育出版社,2002年,第397页。
② 宋·朱熹:《诗集传》,《朱子全书》本,上海:上海古籍出版社、安徽教育出版社,2002年,第729页。
③ 宋·朱熹:《诗集传》,《朱子全书》本,上海:上海古籍出版社、安徽教育出版社,2002年,第729页。

界者。①

周天子直接告诫分管农业的基层官员,要求他亲自率领农人播种百谷,开垦荒地,万众一心,发展农业。此外《周颂》之篇中被朱熹解释为周代领袖继承先人后稷的"农德",重视农业发展的诗篇还有《丰年》、《载芟》和《良耜》三篇。

当然,朱熹对《周颂》后稷"农德"的解读,根本还在于周人自己对"农德"的重视。

三、周武王的"武德"

一个有志于拥有天下的政权,如果仅有巩固的经济基础和领袖人物的高尚"文德"还不够,还必须拥有足够强大的武装力量和领袖人物的"武德"。朱熹认为,《诗经》的《颂》诗之篇中,"武德"受到赞颂的有周武王和商高宗二人。其中表现武王"武德"的诗篇有《时迈》、《执竞》、《武》、《酌》、《桓》和《赉》6篇。

《时迈》篇,朱熹解释为武王巡守诸侯且朝会诸侯的乐歌:"此巡守而朝会祭告之乐歌也。"该诗诗文云:

> 时迈其邦,昊天其子之。实右序有周,薄言震之,莫不震叠。怀柔百神,及河乔岳。允王维后。明昭有周,式序在位。载戢干戈,载櫜弓矢。我求懿德,肆于时夏。允王保之。

一个"迈"字,让人仿佛看到武王那君临天下的豪迈气概。而依朱熹的解释,武王巡守时的所作所为也充分表现了他的勇武之德和雷霆之威。《诗传》曰:

> 曰天实右序有周矣,是以使我薄言震之,而四方诸侯莫不震惧。又能怀柔百神,以至于河之深广,岳之崇高,而莫不感格。则是信乎周王之为天下君矣。②

---

① 宋·朱熹:《诗集传》,《朱子全书》本,上海:上海古籍出版社、安徽教育出版社,2002年,第730页。

② 宋·朱熹:《诗集传》,《朱子全书》本,上海:上海古籍出版社、安徽教育出版社,2002年,第727页。

武王的勇武之风震惧诸侯,怀柔之行感山动河。武王因其所具备的武略文韬,堪称一代雄主。又曰:

> 又言明昭乎我周也,既以庆让黜陟之典,式序在位之诸侯,又收敛其干戈弓矢,而益求懿美之德,以布陈于中国,则信乎王之能保天命也。①

巡守不是游山玩水,巡守他人的过程同时也无形中给他人提供检验自己的机会。缺乏雄才大略的巡守,很可能会以失败告终。因为天子巡守过程中的工作包括:考课诸侯,主持庆让黜陟诸侯的典礼,规范在位诸侯,并没收诸侯的军事武器。所有这些都使人相信,周武王不愧是"武德"卓越的国家领袖。《执竞》篇更是高声赞美武王"武德"上追求强势的表现。该诗诗文曰:

> 执竞武王,无竞维烈。

朱熹《诗传》传疏曰:

> 竞,强也。言武王持其自强不息之心,故其功烈之盛,天下莫得而竞。②

可见正是有了武王的"武德",才使周政权战胜了所有的对手,而最终成大功而定天下。《武》、《酌》、《桓》、《赉》和《般》五篇,朱熹《诗传》认为它们均是周公为赞颂武王之功而用象征手法创作的《大武》之乐的各一章的歌词。其中《武》篇内容,朱熹《诗传》解读为:

> 言武王无竞之功,实文王开之。而武王嗣而受之,胜殷止杀,以致定其功也。③

---

① 宋·朱熹:《诗集传》,《朱子全书》本,上海:上海古籍出版社、安徽教育出版社,2002年,第727页。
② 宋·朱熹:《诗集传》,《朱子全书》本,上海:上海古籍出版社、安徽教育出版社,2002年,第727—728页。
③ 宋·朱熹:《诗集传》,《朱子全书》本,上海:上海古籍出版社、安徽教育出版社,2002年,第734—735页。

他于此处强调性地提出了武王之功在于继承文王之业的观点。《酌》篇内容,朱熹《诗传》解读为:

> 言其初有钅乐之师而不用,退自循养,与时皆晦。既纯光矣,然后一戎衣而天下大定。①

尽管武王已经具备相当实力,但他仍然注意韬光养晦,一旦时机到来,便一举而成大功。《桓》篇的内容,朱熹《诗传》说是:

> 大军之后必有凶年。而武王克商,则除害以安天下,故屡获丰年之祥。②

这是说武王的军事行动顺天意且得民心。《赉》篇,朱熹《诗传》据《左传》认为当是《大武》之乐的第三章:"《春秋传》以为《大武》之三章。"③但诗的内容与乐不合,可能是后来出现了错乱所致。

总之,《周颂》所赞美的周武王的"武德",不是有勇无谋的武夫之德,也不是好大喜功的黩武之德。因为武王的"武德"勇武中有怀柔,武略中有文韬,自强不息而又注意韬光养晦,志在天下而又注意天理民心。武王的成功不是一夕之功,他的根基是先祖的功业。故武王之德是一代帝王的英雄勇武之德——英武之德。

此外,朱熹还从《颂》诗中解读出另一位具有英武之德的古代帝王,他就是《商颂》的《殷武》篇所祭祀赞颂的商高宗。《殷武》诗表现商高宗英武之德的部分主要分布在前四章。该四章诗文云:

> 挞彼殷武,奋伐荆楚。罙入其阻,裒荆之旅。有截其所,汤孙之绪。
> 维女荆楚,居国南乡。昔有成汤,自彼氐羌,莫敢不来享,莫敢不来王。曰商是常。
> 天命多辟,设都于禹之绩。岁事来辟,勿予祸适,稼穑匪解。

---

① 宋·朱熹:《诗集传》,《朱子全书》本,上海:上海古籍出版社、安徽教育出版社,2002年,第740页。
② 宋·朱熹:《诗集传》,《朱子全书》本,上海:上海古籍出版社、安徽教育出版社,2002年,第740—741页。
③ 宋·朱熹:《诗集传》,《朱子全书》本,上海:上海古籍出版社、安徽教育出版社,2002年,第741页。

>天命降监，下民有严。不僭不滥，不敢怠遑。命于下国，封建厥福。

朱熹《诗传》认为，诗文"挞彼殷武，奋伐荆楚。罙入其阻，裒荆之旅"表明了商高宗果断勇敢，不畏艰险之德：

>盖自盘庚没而殷道衰，楚人叛之。高宗挞然用武，以伐其国，入其险阻，以致其众，尽平其地，使截然齐一，皆高宗之功也。①

"挞然"即果断，"入其艰险"即勇敢而不畏艰险。《诗传》认为该诗第二章是表彰高宗军事征伐的恢复先祖功业：

>苏氏曰："既克之，则告之曰：尔虽远，亦居吾国之南耳。昔成汤之世，虽氐羌之远，犹莫敢不来朝？曰：此商之常礼也。况汝荆楚，曷敢不至哉！"②

依据国家伦理，军事讨伐叛乱的地区是正义的事业。第三章写高宗的征伐取得了成功。朱熹《诗传》曰：

>言天命诸侯，各建都邑于禹之所治之地，而皆以岁事来至于商，已祈王之不谴，曰：我之稼穑不敢解也，庶可以免咎矣。言荆楚既平，而诸侯畏服也。③

商高宗征伐取得成功的表现在于叛乱的诸侯表示臣服并向高宗尽臣下应尽的义务。《诗传》解释第四章曰：

>言天命降监，不在乎他，皆在民之视听，则下民亦有严矣。惟赏不僭，刑不滥，而不敢怠遑，则天命之以天下，而大建其福，此高宗所以受

---

① 宋·朱熹：《诗集传》，《朱子全书》本，上海：上海古籍出版社、安徽教育出版社，2002年，第757页。
② 宋·朱熹：《诗集传》，《朱子全书》本，上海：上海古籍出版社、安徽教育出版社，2002年，第757页。
③ 宋·朱熹：《诗集传》，《朱子全书》本，上海：上海古籍出版社、安徽教育出版社，2002年，第757页。

命而中兴也。①

可见朱熹认为,高宗的武事不但合乎国家伦理,而且还上合天意,下得民心。总之,商高宗的"武德"也是英武之德。因为他不但果断勇敢,而且他的军事行动合乎国家伦理,合乎天意,合乎人心。

总之,朱熹所解读出的《颂》诗中的"理"除文王的"文德"、后稷的"农德"外,还包括周武王、商高宗的"武德"。因为英武之德也是优秀的政权领袖必备的素质,故《诗传》认其为治国安邦、维护国家统一的大道理。

四、周成王的"成德"

"成德",即"守成"之德。作为守成的君主,朱熹认为《周颂》之篇中有一组关涉周成王的"成德"之诗,分别是《昊天有成命》、《闵予小子》、《访落》、《敬之》和《小毖》5篇。

《昊天有成命》篇,《毛序》本认为是郊祭之诗:"郊祀天地也。"朱熹多方取证,最后证明该诗为祭祀周成王的宗庙祭祀之诗。该诗诗文曰:

> 昊天有成命,二后受之。成王不敢康,夙夜基命宥密。于缉熙,单厥心,肆其靖之。

《诗传》说前两句先说周文王、周武王受天命而有天下,随后赞颂成王的"成德"曰:

> 言天祚周以天下,既有定命,而文武受矣。成王继之,又能不敢康宁,而其夙夜积德以承藉天命者,又宏深而静密。是能继续光明文武之业,而尽其心,故今能安静天下,而保其所受之命也。《国语》叔向引此诗而言曰:"是道成王之德也。成王能明文昭,定武烈者也。"②

《诗传》的"安静天下,而保其所受之命"即是说成王成功地守住了父、祖创下的基业,即叔向说的"明文昭,定武烈"。成王之所以能够成功地明文昭、定武烈,在于他具有如下一些精神:"不敢康宁",即"小心翼翼",是"敬";

---

① 宋·朱熹:《诗集传》,《朱子全书》本,上海:上海古籍出版社、安徽教育出版社,2002年,第758页。
② 宋·朱熹:《诗集传》,《朱子全书》本,上海:上海古籍出版社、安徽教育出版社,2002年,第725页。

"夙夜积德以承藉天命"是"勤";"宏深而精密"是"智";"尽心"是"忠",而"敬"、"勤"、"智"、"忠"等,均为成王"成德"的具体内容。《闵予小子》篇,《毛序》本只含糊地说是"嗣王朝于庙"而没有具体到是哪位周天子。朱熹《诗传》以为"嗣王"即成王,因该诗是成王丧满后朝祭先王之诗:"成王免丧,始朝于先王之庙,而作此诗也。"朱熹《诗传》以为此诗表现了成王的孝思之德以及发誓继承广大先父先祖遗烈的决心。

《访落》篇,朱熹辨而正《毛序》之"嗣王谋于庙"的"嗣王"为"成王",且成王借此机会向臣下咨询了治国之道:"成王既朝于庙,因作此诗,以道延访群臣之意。"故该诗表现了成王谦下之德。《敬之》篇,朱熹《诗传》认为表现了成王诚恳谦下,乐于纳谏的德行。因该诗诗文有云:

> 维予小子,不聪敬止。日就月将,学有缉熙于光明。佛时仔肩,示我显德行。

朱熹《诗传》认为这是成王对臣下告诫的应答:

> 我不聪而未能敬也,然愿学焉。庶几日有所就,月有所进,续而明之,以至于光明。又赖群臣辅助我所负荷之任,而示我以显明之德行,则庶乎其可及尔。①

"我不聪而未能敬……"表明成王的谦下,"庶几"、"庶乎"等词是从语气上表明成王的谦下。"赖群臣辅助我所负荷之任,而示我以显明之德行"是成王对臣下所表达的感激之情。《小毖》篇,朱熹认为表现了成王勇于改错之德。该诗诗文云:

> 予其惩,而毖后患!莫予荓蜂,自求辛螫。肇允彼桃虫,拚飞维鸟。未堪家多难,予又集于蓼。

朱熹《诗传》曰:

> 惩,有所伤而知戒也。毖,慎……成王自言,予何所惩,而谨后患

---

① 宋·朱熹:《诗集传》,《朱子全书》本,上海:上海古籍出版社、安徽教育出版社,2002年,第737页。

乎！荓蜂而得辛螫,信桃虫而不知其能为大鸟,此其所当惩者。盖指管蔡之事也。然我方幼冲,未堪多难,而又集于辛苦之地,群臣奈何舍我而弗助哉！①

犯了错误能自我反省且勇于认错改错,对君主帝王来说确实难能可贵。但尽管难能,它却是守成之君不可或缺之德。因而朱熹《诗传》就此赞叹曰：

苏氏曰："《小毖》者,谨之于小也。谨之于小,则大患无由至矣。"②

谨小慎微,防微杜渐,则不会出现大的失误而对守成大业造成大的损害。

总之,朱熹从《颂》诗中还读出了成王的"成德"：忠于事业,勤于政事,富于智慧,谨小慎微,谦恭自省,乐于纳谏。

综上所述,朱熹从《颂》诗中格出了文王与天同体、纯亦不已的"文德",后稷的无私、平等、奉献的"农德",武王、商高宗豪迈、智慧、勇敢、果断的"武德",成王的忠诚、勤政、谦下、自省的"成德"等。所有这些"德",都共有一个基础——民心。这就是朱熹以《颂》诗为"物"、"格"之而后得出的所谓的"理"。在他看来,这可不是一般的小道理、小品德,而是定国安邦的大道理、大品德。即使今天,它仍然是优秀的领袖人物应该具备之德,故仍然具有很大的现实意义。

---

① 宋·朱熹：《诗集传》,《朱子全书》本,上海：上海古籍出版社、安徽教育出版社,2002年,第737页。
② 宋·朱熹：《诗集传》,《朱子全书》本,上海：上海古籍出版社、安徽教育出版社,2002年,第737页。

第十章 承前启后的朱熹《诗经》学
——以《陈风》为例

《诗经》是一部关于诗歌的集合,收集了中国上古自西周至于春秋时期的诗歌305首。也正是由于其诗歌特质,诗歌意义的含蓄和含混,其能指的多样性,故在数千年的历史上,不同的解释者从自己的需要出发,对其旨趣作出各种各样的解释,尤其汉代被定为儒家经典后更是这样。大致上说,这种解释行为在先秦已经开始,直到当下还在进行,并且还会一直随历史的进程延续下去。上文的总论和分类部分,已可见朱熹《诗经》理学解释学的大致情况。朱熹《诗经》解释学在《诗经》解释史上具有承前启后的意义,这和他的整体学术在中国学术史上的地位是一致的。关于朱熹《诗经》解释学于《诗经》学术的承前启后意义,本书不再作全面展开和研究,只通过对《陈风》这一十五《国风》之一的考察,来以点见面地做一了解和认识。

我们认为,历史上的《陈风》和整个《诗经》的解释一样,可以大致地分为以下阶段:先秦、汉唐、宋代、清代以及当代。由于先秦主于用诗而清代主于考证,故主要分汉代、宋代以及当代的《陈风》解释而展开。更由于史上家数众多,故我们也不做面面俱到的考察。朱熹《诗经》解释学前学选择汉代的四家《诗》,后学选择当代陈子展的研究(因为他的研究于资料的搜集很丰富,并在考辨资料后能创新性地提出己说)作为观察点。

第一节 汉四家《诗》的《陈风》解释

一、四家《诗》的义理解释

《诗经》汉传共四家——齐鲁韩毛,四家《诗》意味着四种不同的解释体系。后《毛诗》独存而三家《诗》逐渐消亡,今本《毛诗》汉代的内容有诗谱等。诗谱主要交代如十五《国风》中某国之《风》的特色及生成背景。如《陈谱》的内容是：

> 陈者，太皞虙戏氏之墟。帝舜之胄有虞阏父者，为周武王陶正。武王赖其利器用与其神明之后，封其子妫满于陈，都于宛丘之侧，是曰陈胡公，以备三恪，妻以元女大姬。在《禹贡》豫州之东，其地广平，无名山大泽。西望外方，东不及明猪。大姬无子，好巫觋祷祈鬼神歌舞之乐，民俗化而为之。五世至幽公。当厉王时，政衰，大夫淫荒，所为无度。国人伤而刺之，陈之变《风》作矣。

《陈风》即周封诸侯国的陈国之《风》、陈国歌谣。陈为太昊伏羲之墟，因帝舜而封国，首任国君妫满娶周武王的大女儿，故陈还是周的姻亲诸侯国。陈国的地理位置及地形状况大致是"在《禹贡》豫州之东，其地广平，无名山大泽。西望外方，东不及明猪"，大约是等于今河南省周口市辖区。由于在上者的倡导，陈地民俗"好巫觋祷祈鬼神歌舞"，后来，统治者荒淫无度的国小政乱成为陈国社会政治的基本面。总之，《毛诗》认为，作为社会政治生活反映的《国风》，《陈风》的变风性质便由此而定了。

由于三家《诗》的亡佚，关于它们完整而成体系的内容已不可见。尽管如此，清代人王先谦广为搜罗而成的《诗三家义集疏》可为三家《诗》之鳞爪，这是我们研究汉代《诗经》解释情况的材料。《诗三家义集疏》收有《齐诗》关于《陈谱》的内容：

> 《己巳占》引《诗推度灾》曰："陈，天宿大角。"《御览》十八引《诗含神雾》曰："陈地处季春之位，土地平夷，无有山谷，律中姑洗，音中宫徵。"《文选·秋胡诗》李注引《诗纬》曰："陈，王者所起也。"《笙赋》引《乐动声仪》曰："乐者，移风易俗。所谓'乐声'者，若□楚声高、齐声下也。所谓'世俗'者，若齐俗奢，陈俗利巫也。"《汉书·地理志》："陈本太昊之虚，周武王封舜后妫满于陈，是为胡公，妻以元女大姬。妇人尊贵，好祭祀，用史巫，故其俗巫鬼。《陈诗》曰：'坎其击鼓，宛丘之下。无冬无夏，值其鹭羽。'又曰：'东门之枌，宛丘之栩。子仲之子，婆娑其下。'此其风也。"《汉书·匡衡传》疏曰："陈夫人好巫而民淫祀。"《汉书·人表》"太姬武王女"，张晏曰："太姬巫怪，好祭鬼神。陈人化之，国多淫祀。"以上皆齐说。①

---

① 清·王先谦：《诗三家义集疏》，北京：中华书局，1987年，第462页。

《诗三家义集疏》集《齐诗》关于《陈谱》的内容,和《毛诗》的《陈谱》比较起来有同有异。在陈为太昊伏羲之墟,因帝舜而封国,首任国君妫满娶周武王的大女儿,故陈还是周的姻亲诸侯国上,《毛诗》的《陈谱》同于《齐诗》。在地理位置和地形特征上,两者在"土地平夷,无有山谷"这一点上相同的同时,《齐谱》还将之配合天文、节季、音律。在社会政治风俗人情上,《齐谱》更注重了风俗人情而不及于社会政治的层面。就风俗的好巫觋歌舞上两者相同的同时,《齐谱》更深入到陈国民俗信仰上的好鬼、好巫、淫祀层面。

汉代学术的主流是经学,但是,作为意识形态,谶纬神学在两汉尤其东汉也有非常显著的地位。传《诗》四家在《陈风》上的内容,映射了汉代意识形态正统经学和谶纬神学并存的状况。《毛诗》的内容是经学的代表,三家《诗》则承载了谶纬神学的内容,《诗推度灾》、《诗含神雾》、《诗纬》、《乐动声仪》等都是当时纬书的名字。纬书因其荒诞不经的内容尽管在汉代尤其东汉非常流行,但后来终究被扫进历史的垃圾堆。再联系到汉代四家《诗》的存亡情况,这当然是一复杂的问题,但三家《诗》的消亡,其中的谶纬神学内容很可能是导致因素之一。

《毛诗》和三家《诗》如《齐诗》思想倾向上经学和神学的不同,还表现在它们对《陈风》中具体诗篇主旨的不同解释上。《宛丘》篇,《毛诗》以为是刺陈幽公或陈国大夫之诗,《序》曰:"刺幽公也。荒淫昏乱,游荡无度焉。"《毛传》认为诗首章"子之荡兮"的"子"指大夫。《齐诗》却认为这是一首歌舞娱神之诗,《匡衡传》注引张晏曰:"胡公夫人,武王之女大姬,无子,好祭祀鬼神,鼓舞而祀,故其《诗》曰:'坎其击鼓,宛丘之下。无冬无夏,值其鹭羽。'"①王先谦就《毛诗》、《齐诗》关于《宛丘》主旨之异的理解评论曰:"晏生汉、魏之际,《齐诗》具存,晏用《齐诗》,明齐、毛同文。晏推本胡公夫人,仍以为嗣君好祭祀,其《序》'刺公淫荒昏乱',《传》斥'大夫',《笺》斥'幽公游荡无所不为'之语,皆未之及,知《齐诗》无此说也。"《地理志》注:"鹭鸟之羽以为翿,立之而舞,以事神也。无冬无夏,言其恒也。"陈乔枞云:"《序》言幽公游荡无度,不云鼓舞以事神也。师古以值翿为事神之舞,必旧注所据《齐诗》之说,而师古袭其用耳。"《东门之枌》,《毛序》认为"疾乱也。幽公淫荒,风化之所行,男女弃其旧业,亟会于道路,歌舞于市井尔。"三家《诗》的情况,王先谦曰:"巫怪之事,以大姬尊贵而好之,故国中尊贵女子亦化之。此诗既无男弃旧业之辞,三家亦无兼刺男子之说。"②王先谦的材料证明,三

---

① 清·王先谦:《诗三家义集疏》,北京:中华书局,1987年,第463页。
② 清·王先谦:《诗三家义集疏》,北京:中华书局,1987年,第464—465页。

家诗认为这首诗是刺大姬夫人娱神歌舞之诗:"《潜夫论·浮侈篇》:'《诗》刺"不绩其麻,市也婆娑",又夫人不修中馈,休其蚕绩,而起学巫祝,鼓舞事神,荧惑百姓。'此《鲁诗》说,与《齐》同。"《衡门》诗,《毛诗》以为:"《小序》:诱僖公也。愿而无立志,故作是诗,以诱掖其君也。"王先谦认为三家《诗》关于《衡门》的主旨是:"皆言贤者乐道忘饥,无诱进人君之意。即为君者感此诗以求贤,要是旁文,并非正义也。"他所搜罗的三家《诗》关于《衡门》主旨的材料如下:

  《列女传·老莱子妻传》,老莱子却楚王之聘,引此诗"衡门之下"四句以明志,"乐饥"作"疗饥"。《古文苑》蔡邕《述行赋》曰:"甘衡门以宁神兮,咏都人以思归。"此鲁说。又《焦君赞》:"衡门之下,栖迟偃息。泌之洋洋,乐以忘饥。"又《郭有道碑》:"栖迟泌丘。"又《汝南周巨胜碑》:"洋洋泌丘,于以逍遥。"《韩诗外传》二:"子夏读《书》已毕。夫子问曰:'尔亦可言于《书》矣。'子夏对曰:'《书》之于事,昭昭乎若日月之光明,燎燎乎如星夜之错行,上有尧舜之道。三王之义,弟子所受于夫子者,志之于心不敢忘。虽居蓬户之中,弹琴以咏先生之风,有人亦乐之,无人亦乐之,亦可发愤忘食矣。《诗》曰:衡门之下,可以栖迟。泌之洋洋,可以疗饥。'夫子造然变容曰:'嘻!吾子可以言《诗》矣。'"此韩说也。《汉书·韦玄成传》:"宜优养玄成,勿枉其志,使得自安衡门之下。"《汉处士严发残碑》:"君有曾、闵之行,西迟衡门。"《山阳太守祝睦后碑》:"色斯举矣,殁身衡门。"《武梁碑》:"安衡门之陋,乐朝闻之义。"①

  《墓门》诗,《毛诗》以为是刺陈佗或陈佗师傅之诗,《毛序》曰"刺陈佗也。陈佗无良师傅,以至于不义,恶加于万民焉。"但是,依据王先谦搜集的资料,《墓门》却旨在歌颂陈国妇女反抗强暴的爱国主义诗篇:

  《列女传·陈辩女传》:"辩女者,陈国采桑之女也。晋大夫解巨甫使于宋,道过陈,遇采桑之女,止而戏之曰:'女为我歌,我将舍女。'采桑女乃为之歌曰:'墓门有棘,斧以斯之。夫也不良,国人知之。知而不已,谁昔然矣。'大夫又曰:'为我歌其二。'女曰:'墓门有楳,(当作"棘",辩见下。)有鸮萃止。夫也不良,歌以讯止。讯予不顾,颠倒思

---

① 清·王先谦:《诗三家义集疏》,北京:中华书局,1987年,第466—467页。

予。'大夫曰:'其桀则有,其鸮安在?'女曰:'陈,小国也,摄乎大国之间,因之以饥馑,加之以师旅,其人且亡,而况鸮乎!'大夫乃服而释之。君子谓辩女贞正而有词,柔顺而有守,《诗》曰:'既见君子,乐且有仪。'此之谓也。"《楚词·天问》"何繁鸟萃棘,而负子肆情",王逸注:"晋大夫解巨父聘吴,过陈之墓门,见妇人负其子,欲与之淫泆,肆其情欲。妇人则引《诗》刺之曰:'墓门有棘,有鸮萃止。'故曰繁鸟萃棘也,言墓门有棘,虽无人,棘上犹有鸮,女独不愧也。"此皆鲁说,虽有使宋、使吴,采桑、负子之殊,记载小歧,情事相合。齐、韩未闻。①

实际上,《诗》三百尤其是其中的十五《国风》,多是反映普通民众、贩夫走卒生活的里巷歌谣。《毛诗》的篇篇附会美刺,以政治教化解《诗》,尽管多能符合它自己的逻辑,但确实远离了诗歌的本旨。从以上我们依据王先谦《诗三家义集疏》的材料,无论三家《诗》整体上反映出的不同于《毛诗》的政治教化特色的"经"的性质而有着谶纬神学意识形态的特性,还是具体篇章诗歌主旨上的不同,都体现了汉代《诗经》解释于义理层面多样化的特点。

其实,从王先谦《诗三家义集疏》中不仅能看出汉代《诗经》解释于义理层面的多样化特点,而且在"小学"层面的异文、训诂等上面还有诸多的不同。

二、四家《诗》的异文、考据

《陈风》之篇,除去以上诗旨、义理及思想意识上的,三家《诗》与《毛诗》有着一定的不同之处外,在小学层面如诗歌的异文、训诂上,两者也有不同之处。

三家《诗》和《毛诗》的异文有多处,现举例证明。如《宛丘》一章的"子之汤兮"的"汤"《毛诗》为"汤",三家《诗》的《鲁诗》则为"荡":"[鲁]'汤'作'荡'。鲁说曰:宛中宛丘。又曰:陈有宛丘。"②《东门之枌》二章"谷旦于差"句的"差"字《毛诗》作"差",而三家《诗》的《韩诗》则作"嗟":"韩'差'作'嗟'。"③《衡门》诗的"可以乐饥"的"乐"字是《毛诗》,"此诗鲁、韩作'疗',用或体。……毛本作'乐',用省借也"④。《东门之池》诗一章"彼美淑姬,可与晤歌"的"淑"字和"晤"字,三家的异文分别是"叔"和"寤":

---

① 清·王先谦:《诗三家义集疏》,北京:中华书局,1987年,第470—471页。
② 清·王先谦:《诗三家义集疏》,北京:中华书局,1987年,第462页。
③ 清·王先谦:《诗三家义集疏》,北京:中华书局,1987年,第465页。
④ 清·王先谦:《诗三家义集疏》,北京:中华书局,1987年,第467—468页。

《释文》:"叔音淑。"是陆所据本作"叔",今各本作"淑"。陈奂云:"全诗'淑'字,《笺》并训'淑'为'善',唯此本无注,则经本作'叔',宜据以订正。今从之。叔字,姬姓。'彼美叔姬',犹言'彼美孟姜'耳。"马瑞辰云:"《说文》'寤'下云:'寐觉而有言曰寤。''晤'与'寤'通。《列女传》引《诗》'可与寤言',是其证也。'晤'借作'寤',犹《邶风》'寤辟有摽',《说文》引《诗》亦引作'晤'耳。《说文》:'寤,觉也。'此诗'晤语'、'晤言',即《考槃》诗'寤歌'、'寤言',彼系独处,此言与人,若如此诗《传》、《笺》训'遇'、训'对',则《考槃》上言'独寐',下不得言'寤歌'、'寤言'矣。"①

《东门之杨》一章的"其叶牂牂"句的"牂"字是《毛诗》文,《三家诗》有作"将"字的:

齐"牂"作"将"。"齐牂作将"者,《易林·革之大有》:"南山之杨,其叶将将。"《旅之兑》同。《礼·内则》"取豚若将",注:"将当为牂。"此牂、将通借之证。《释诂》:"将,大也。""牂",借字,"将",正字。《易林·大畜之小畜》:"配合相迎,利之四乡。昏以为期,明星煌煌。"《益之谦》同。据《易林》引《诗》二句,明齐与毛同。②

《墓门》诗的"歌以讯之"是《毛诗》文,其中的"讯之"三家异文为"谇止":

鲁、韩"讯"亦作"谇",之作"止"。《释文》:"讯,又作谇。音信。……《韩诗》:'讯,谏也。'"……"鲁、韩之作止"者,《列女传》作"歌以讯止",是据《鲁诗》。《广韵》、《楚词补注》同作"谇止",当是《韩诗》文。此章以二"止"字相应为语词,犹上章以二"之"字相应为词也。毛作"之"字,误。"讯予",犹言"予讯"。我告汝而犹不顾,及颠倒而思予。言亦无及矣,晋解大夫服而释之也。③

《陈风》之篇,三家《诗》和《毛诗》训诂不同之处也有,现举例证明。《东门之池》"可以沤麻"句的"沤"字,《毛诗》训为"柔":"沤,柔也。"三家《诗》

---

① 清·王先谦:《诗三家义集疏》,北京:中华书局,1987年,第468—469页。
② 清·王先谦:《诗三家义集疏》,北京:中华书局,1987年,第470页。
③ 清·王先谦:《诗三家义集疏》,北京:中华书局,1987年,第472—473页。

有不同的训释：

> 马瑞辰云："《说文》：'渍,沤也。''沤,久渍也。'《考工记》注：'沤,渐也。'此《传》训'柔',当读同《生民》诗'或簸或蹂'之'蹂'。《笺》：'蹂之言润也。簸之又润湿之。'《广雅》'润'、'渐'、'沤'并训为'渍',是知'柔'亦'渍'也。《笺》云'于池中柔麻',以'柔麻'即'沤麻'。《孔疏》乃云'沤柔,谓渐渍使之柔韧',非其旨矣。"①

《诗经》的本质是文学作品,文学作品能指的多样性决定了不同的解释者对其解释的诸多不同。其实,包括《陈风》在内的关于《诗》的解释从先秦就已开始,这从我们以上《诗三家义集疏》的有关材料中可以见出,只不过它是以用诗的形式体现解释意义而已。也正因此,故先秦的《诗经》解释相对来说体系性不明显,这当然也是我们的《陈风》解释史研究从汉代开始的原因。关于《诗经》的解释,当然包括《陈风》,汉代尽管比先秦丰富得多且体系性更强,但它并不是《诗经》解释的最后内容,随着中国历史上学术思潮的变化,关于《诗经》的解释也呈现全新内容的变化与发展。

和汉代儒家思想作为儒家思想发展的新阶段一样,宋代儒家也是儒家思想在新的时代条件下的新形态。在这一新的学术思想下,《诗经》的解释也体现出和汉代不同甚至是反对汉代《诗经》解释的内容,但是,这新一轮的《诗经》解释,同时还以汉代《诗经》解释尤其是《毛诗》为基础。实际上,宋代的《诗经》解释学有尊《序》、黜《序》和融《序》三种样态,朱熹作为宋代学术的集大成者,他的《诗经》解释学可以是包括《陈风》在内的宋代《诗经》解释的代表。

第二节　朱熹的《陈风》解释

关于《陈风》诗篇主旨之认识,朱熹以前的汉唐《诗》学,是以《毛序》为代表的"刺诗"说为主流的,因为三家《诗》汉以降逐渐消亡了。《诗经》解释史到了朱熹,他一反汉唐旧说的权威,对《陈风》颇多创新之见。

---

① 清·王先谦：《诗三家义集疏》,北京：中华书局,1987年,第468—469页。

一、歌舞元素

朱熹《诗传》曰:"陈,国名,太皥伏羲氏之墟,在《禹贡》豫州之东。其地广平,无名山大川,西望外方,东不及孟诸。周武时,帝舜之胄有虞阏父为周陶正,武王赖其利器用,与其神明之后,以元女大姬妻其子满,而封之于陈,都于宛丘之侧,……是为胡公。大姬妇人尊贵,好乐巫觋歌舞之事,其民化之。今之陈州,即其地也。"①这里交代了三个问题:一、陈国地理位置。朱熹所谓"今之陈州"指宋代之"陈州",其治所在今河南省淮阳县。二、陈之所以立国。陈为周之封国,首任国君陈胡公为周武王女婿。三、陈国上下俗好歌舞。周武王之女陈胡公之妻——陈国首位夫人大姬以第一夫人之贵"好乐巫觋歌舞之事",其国民也影从之,以朱熹的话说:其民化之。事实上,陈国民众上下一致的"好乐巫觋歌舞之事",反映在《陈风》中,就是诗篇中的歌舞元素。

具体讲,《陈风》十篇中,直接包含歌舞元素的有《宛丘》和《东门之枌》两篇。《宛丘》主要表现在后二章:

坎其击鼓,宛丘之下。无冬无夏,值其鹭羽。
坎其击缶,宛丘之道。无冬无夏,值其鹭翿。

《诗传》解"坎其击鼓,宛丘之下。无冬无夏,值其鹭羽"章曰:"坎,击鼓声。值,植也。鹭,……今鹭鸶,好而洁白,头上有长毛十数枚。羽,以其羽为翳,舞者持一指麾也。言无时不出游,而鼓舞于市也。"②"坎其击缶,宛丘之道。无冬无夏,值其鹭翿"章,《诗传》解曰:"缶,瓦器,可以节乐。翿,翳也。"③依据朱熹解释,这种歌舞还品级很高:既有歌舞时配乐的"鼓"与"缶"等乐器,还有舞蹈时用作指挥的舞具鹭羽翳,更有价值的是此两章给我们的视觉、听觉的场面效果:无论春夏秋冬,在宛丘之下的场地上、大道上,一群舞者在手执鹭羽的指挥者的指挥下,随"鼓"与"缶"的节奏疯狂地舞动着。

---

① 宋·朱熹:《诗集传》,《朱子全书》本,上海:上海古籍出版社、安徽教育出版社,2002 年,第 516 页。
② 宋·朱熹:《诗集传》,《朱子全书》本,上海:上海古籍出版社、安徽教育出版社,2002 年,第 516 页。
③ 宋·朱熹:《诗集传》,《朱子全书》本,上海:上海古籍出版社、安徽教育出版社,2002 年,第 516 页。

《东门之枌》朱熹认为是"男女聚会歌舞之诗"①,"歌舞"元素主要含于前二章:

> 东门之枌,宛丘之栩。子仲之子,婆娑其下。
> 谷旦于差,南方之原。不绩其麻,市也婆娑。

"婆娑",朱熹解曰:"舞貌。"②"谷旦于差,南方之原。不绩其麻,市也婆娑"章,朱熹疏曰:"既差择善旦以会于南方之原,于是弃其业而舞于市而往会也。"③青年女子,选择一个好的日子,舞着蹈着穿过街市去南方之原会情郎,在今天看来也是挺新鲜的吧!

据今研究成果看,歌舞元素确然是《陈风》别于他《风》的突出特点。但有一问题需要注意,朱熹《诗传》序文明明交代了大姬夫人好倡"巫觋"、"歌舞"两项内容,但他为什么只强调了"歌舞"一项呢?另具清人马瑞辰考证,关于《宛丘》和《东门之枌》之主旨,汉代就分为"刺诗"说和"民俗事巫诗"说两条线索,分别以毛《诗》和齐、鲁《诗》为代表。关于后者,马氏详曰:"《乐记》言《陈风》好巫。《汉书·匡衡传》'陈夫人好巫,而民淫祀',……引诗'坎其击鼓'为证明。又《地理志》曰:'周武王封舜后妫满于陈,是为胡公,妻以元女大姬。夫人尊贵,好祭祀,用史巫,故其俗好巫鬼'者也。诗称击鼓于宛丘之上,婆娑于枌栩之下,是有大姬歌舞之遗风也。匡衡治《齐诗》,班固言《三家诗》'鲁为最近',盖《齐》、《鲁诗》皆以《宛丘》、《东门之枌》二诗为民俗事巫之事。"④看来,朱熹在解释此二诗时,既汲取了前人观点的合理之处,又坚持了自己的看法:接受了《齐诗》、《鲁诗》之说中的歌舞元素而淡化了巫觋内容。

二、《序》辨

朱熹《诗经》学思想之所以能在中国《诗经》学史上独树一帜,因原之一即其大胆叛逆的废《序》言诗。其《诗经》学思想成熟之作的《诗传》,形式上已不再有《小序》的光环。不惟如此,朱熹还附《序辨》一卷于《传》后,专辨

---

① 宋·朱熹:《诗集传》,《朱子全书》本,上海:上海古籍出版社、安徽教育出版社,2002 年,第 517 页。
② 宋·朱熹:《诗集传》,《朱子全书》本,上海:上海古籍出版社、安徽教育出版社,2002 年,第 517 页。
③ 宋·朱熹:《诗集传》,《朱子全书》本,上海:上海古籍出版社、安徽教育出版社,2002 年,第 517 页。
④ 清·马瑞辰:《毛诗传笺通释》,北京:中华书局,1989 年,第 402 页。

《毛序》之得失。《陈风》十篇作为《诗》三百篇的滴水,也折射出朱熹"废《序》言诗"的光辉。

实际上,《陈风》十篇之《毛序》,得到朱熹肯定的仅《株林》一篇,《株林序》曰:"刺灵公也。淫乎夏姬,驱驰而往,朝夕不休息焉。"朱熹《序辨》曰:"《陈风》独此篇最有据。"①其余九篇则反,如《宛丘》之《毛序》曰:"刺幽公也。荒淫昏乱,游荡无度焉。"朱熹《序辨》曰:"陈国小,无事实,幽公但以谥恶,故得'游荡无度'之诗,未敢信也。"②《诗传》在认可此诗动机为"刺"基础上,也不认为所刺之人为陈幽公而以"此人"代之:"国人见此人常游荡于宛丘之上,故叙其情以刺之。言虽信有情思而可乐矣,然无威仪可瞻望也。"③《东门之枌》之《毛序》断此诗主旨为:"疾乱也。幽公淫荒,风化之所行,男女弃其旧业,亟会于道路,歌舞于市井尔。"朱熹《序辨》以为同于《宛丘》之辨,即"刺幽公"之说不可信④。《诗传》将此断为"此男女聚会歌舞,而赋其事以相乐"⑤之诗。《衡门》之《毛序》曰:"诱僖公也。愿而无立志,故作是诗,以诱掖其君也。"《序辨》曰:"僖者,小心畏忌之名,故以为'愿而无立志'而配以此诗,不知其为贤者自乐而无求之意也。"⑥认为此诗非关僖公之事,其主旨为"贤者自乐而无求之意"。《诗传》说法似于《序辨》:"此隐者自乐,而无求者之词。"⑦至于《东门之池》,朱熹《序辨》、《诗传》更直斥为"淫奔之诗"⑧,"男女会遇之词"⑨,而反对《毛序》"疾其君之淫昏,而思贤女以配君子"之说。《东门之杨》朱熹也不支持《毛序》"刺时也。婚姻失时,男女多违亲迎,女犹有不至者"之断,《序辨》、《诗传》同样认为此诗为"淫诗"。

---

① 宋·朱熹:《诗集传》,《朱子全书》本,上海:上海古籍出版社、安徽教育出版社,2002年,第379页。
② 宋·朱熹:《诗集传》,《朱子全书》本,上海:上海古籍出版社、安徽教育出版社,2002年,第378—379页。
③ 宋·朱熹:《诗集传》,《朱子全书》本,上海:上海古籍出版社、安徽教育出版社,2002年,第516页。
④ 宋·朱熹:《诗集传》,《朱子全书》本,上海:上海古籍出版社、安徽教育出版社,2002年,第379页。
⑤ 宋·朱熹:《诗集传》,《朱子全书》本,上海:上海古籍出版社、安徽教育出版社,2002年,第517页。
⑥ 宋·朱熹:《诗集传》,《朱子全书》本,上海:上海古籍出版社、安徽教育出版社,2002年,第379页。
⑦ 宋·朱熹:《诗集传》,《朱子全书》本,上海:上海古籍出版社、安徽教育出版社,2002年,第517页。
⑧ 宋·朱熹:《诗集传》,《朱子全书》本,上海:上海古籍出版社、安徽教育出版社,2002年,第379页。
⑨ 宋·朱熹:《诗集传》,《朱子全书》本,上海:上海古籍出版社、安徽教育出版社,2002年,第518页。

《毛序》认《墓门》主旨为:"刺陈佗也。陈佗无良师傅,以至于不义,恶加于万民焉。"《序辨》曰:"独陈佗以乱臣被讨,见书于《春秋》,故以'无良'之诗与之。《序》之所作大抵类此,不知其信然否也。"①所谓"《序》之所作大抵类此",当为朱熹曾指出的《毛序》之所以作之"傅会书史"法(详见下文)。《诗传》亦谓此诗"所谓不良之人,亦不知其何所指。"②明言"不良之人",不指"陈佗"。《防有鹊巢》《毛序》以为刺宣公之诗:"忧谗贼也。宣公多信谗,君子忧惧焉。"朱熹称此诗"非刺其君之诗"③(《序辨》)而亦为一有关"男女之诗":"此男女之有私而忧或间之之词。"④(《诗传》)同样被朱熹定为非"刺诗"而为"男女之诗"者还有以下《月出》和《泽陂》两篇。其中《月出》《毛序》认为此诗刺"在位好色而不好德":"刺好色也。在位不好德,而说美色焉。"朱熹《序辨》认为:"此不得为刺诗。"⑤《诗传》曰:"此亦男女相悦而相念之辞。"⑥《泽陂》《小序》曰:"刺时也。言灵公君臣淫乎其国,男女相说。忧思感伤焉。"

由上不难看出朱熹关于《陈风》的理解异于《毛序》的两大特点:一是反对"刺上"之说。再是将《毛序》所认为的多数"刺诗"改判为"男女之诗"。

三、黜《序》

《陈风》十篇,《毛序》直接断为"刺上"者九篇,"刺时"者一篇。"刺上"者九篇之中,除《东门之池》将"上"称谓为"其君",《月出》称谓为"在位"外,余六(再除为朱熹赞同《毛序》之说的《株林》一篇)篇皆有主名,分别为:《宛丘》、《东门之枌》刺幽公;《衡门》刺僖公;《墓门》刺陈佗;《防有鹊巢》刺宣公;《泽陂》刺灵公。可见,为《毛序》判为刺诗的《陈风》十篇之中,被朱熹否定的就有九篇,占十之九。而之所以如此,又可以《宛丘》、《衡门》和《墓门》三篇之《序辨》为代表,《宛丘》《序辨》曰:"陈国小,无事实,幽公但以

---

① 宋·朱熹:《诗集传》,《朱子全书》本,上海:上海古籍出版社、安徽教育出版社,2002年,第379页。
② 宋·朱熹:《诗集传》,《朱子全书》本,上海:上海古籍出版社、安徽教育出版社,2002年,第379页。
③ 宋·朱熹:《诗集传》,《朱子全书》本,上海:上海古籍出版社、安徽教育出版社,2002年,第519页。
④ 宋·朱熹:《诗集传》,《朱子全书》本,上海:上海古籍出版社、安徽教育出版社,2002年,第519页。
⑤ 宋·朱熹:《诗集传》,《朱子全书》本,上海:上海古籍出版社、安徽教育出版社,2002年,第379页。
⑥ 宋·朱熹:《诗集传》,《朱子全书》本,上海:上海古籍出版社、安徽教育出版社,2002年,第520页。

谥恶,故得'游荡无度'之诗,未敢信也。"《衡门》序辨曰:"僖者,小心畏忌之名,故以为'愿而无立志'而配以此诗,不知其为贤者自乐而无求之意也。"《墓门》序辨曰:"独陈佗以乱臣被讨,见书于《春秋》,故以'无良'之诗与之。《序》之所作大抵类此,不知其信然否也。"所谓"幽公但以谥恶,故得'游荡无度'之诗"、"僖者,小心畏忌之名,故以为'愿而无立志'而配以此诗"者,朱熹意谓《毛序》之为说来源于"幽公"、"僖公"等之谥号,《毛序》作者以所谓"谥号"为依据,附会诗文,因以成说;所谓"陈佗以乱臣被讨,见书于《春秋》,故以'无良'之诗与之"者,朱熹意谓《毛序》作者依据《春秋》等书,附会诗文,因以成说。这里实际涉及朱熹主张废除《毛序》的理由问题。

朱熹的废《序》解《诗》,据其已意,也经历了一个发展的过程,他曾曰:"某向作《诗解》,文字初用《小序》,至解不行处,亦曲为之说。后来觉得不安,第二次解者,虽存《小序》,间为辨破,然终是不见诗人本意。后来方知,只尽去《小序》,便自可通。于是尽涤旧说,《诗》意方活。"①又说他自二十岁时读《诗》,便觉《小序》无意义,及去了《小序》,只去玩味《诗》辞,却又觉得道理贯彻。当时初亦尝质问诸乡先生,皆云"《序》不可废",而他的疑惑终不能释。其后断然知《小序》之出于汉人所作,其为谬戾,有不可胜言。于是他即作《序辨》,其他谬戾则辨之颇详。可见,就朱熹《诗经》学思想认识史而言,他曾经历过一个由尊《序》经疑《序》最后到废《序》的过程。他认为《毛序》"谬戾"之处,"不可胜言"。至于"谬戾"所在,他说其《序辨》"辨之颇详"。当然,《序辨》于《陈风》《毛序》处,所辨尽管已很明确,但由于《陈风》在《国风》中所处位置,《辨》之内容不很系统,如《序辨》于《宛丘》、《衡门》和《墓门》三篇所涉及的"依托名谥"、"傅会书史"等内容,其术语却是在其前之《邶·柏舟》《毛序》之辨说中提出的,《邶·柏舟》《毛序》曰:"言仁而不遇也。卫顷公之时,仁人不遇,小人在侧。"《序辨》曰:

> 诗之文意事类可以思而得,其时世名氏则不可以强而推……今乃不然,不知其时者,必强以为某王某公之时,不知其人者,必强以为某甲某乙之事。于是傅会书史,依托名谥,凿空妄语,以诳后人。其所以然者,特以耻其有所不知,而惟恐人之不见信而已。且如《柏舟》……今乃断然以为卫顷公之时,以为则其故为欺罔以误后人之罪,不可揜矣。盖其偶见此诗冠于三卫变风之首,是以求之《春秋》之前。而《史记》所书,庄桓以上,卫之诸君,事皆无可考者,谥亦无甚恶者,独顷公有赂王

---

① 宋·黎靖德编、王星贤校点:《朱子语类》,北京:中华书局,1986年,第2085页。

请命之事,其谥又为"甄心动惧"之名,如汉诸侯王,必其尝以罪谪,然后加以此谥,以是意其必有弃贤用佞之失,而遂以此诗予之。……凡《小序》之失,以此推之,十得八九矣。又其为说,必使《诗》无一篇不为美刺时君国政而作,故已不切于性情之自然……是其轻躁险薄,犹有害于温柔敦厚之教,故予不可以不辨。①

上引可得如下结论:一、朱熹于此明确指出了《毛序》"傅会书史,依托名谥"的做法,并指出作者的虚荣动机是"惟恐人之不见信",且以《邶·柏舟》《毛序》作者"傅会书史,依托名谥"而强解"男女之诗"为刺顷公之诗为例证,认为这一情况可括《毛序》十之八九。二、朱熹从诗歌本质特征入手,认为《毛序》解《诗》"非美即刺"之主旨也与诗之为诗之"性情自然"、"温柔敦厚"不符。因而,难怪朱熹关于《陈风》之论十篇有九反对《毛序》"刺上"之说了。

四、男女之诗

束景南先生认为,朱熹曾经对自己的《诗》学思想作了阐述:一是对孔子"思无邪"思想,主《毛序》者以为《诗》三百篇皆"思无邪",朱熹认为《诗》中有写男女淫乱的有邪之诗是毋庸讳言的。二是对雅郑之辨,主《毛序》者以为《诗》三百篇皆雅乐,朱熹断然认为《诗》中的《郑风》、《卫风》就是郑卫之声等。② 可见,朱熹不但认为《诗》三百篇有写男女淫乱的"淫诗",且这一点主要体现在《郑》、《卫》之诗中。但值得注意的是,他也将《陈风》十篇中的大部分判为"淫诗"。

《陈风》诗篇中被《毛序》断为"刺灵公也。淫乎夏姬,驱驰而往,朝夕不休息焉"且得到朱熹肯定的《株林》一篇自然是有关"男女之诗"。其余如《东门之枌》《诗传》首章"东门之枌,宛丘之栩。子仲之子,婆娑其下"疏文处曰:"此男女聚会歌舞,而赋其事以相乐"之诗。至于《东门之池》,朱熹更直斥为男女约会的"淫诗"。《东门之杨》朱熹也不支持《毛序》"刺时也。婚姻失时,男女多违亲迎,女犹有不至者"之断,朱熹《序辨》、《诗传》同样认为此为"淫诗"。《防有鹊巢》朱熹《诗传》称此亦有关男女之诗:"此男女之有私而忧或间之词。"同样被朱熹定为非"刺诗"而为"男女之诗"者还有《月

---

① 宋·朱熹:《诗集传》,《朱子全书》本,上海:上海古籍出版社、安徽教育出版社,2002年,第361页。
② 束景南:《朱子大传》,北京:商务印书馆,2003年,第417页。

出》和《泽陂》两篇。其中《月出》、《诗传》首章"月出皎兮。佼人僚兮。舒窈纠兮。劳心悄兮"疏文曰:"此亦男女相悦而相念之辞。"《泽陂》序辨认为"同于《月出》"。这样看来,《陈风》十篇被朱熹目为"男女之诗"的有七篇之多。可见其反传统的创新之大,特色之重,而其科学与否暂且不论(实际上,《诗经》学的发展历程,本身就是一个见仁见智的解释历程)。而他关于"淫诗"的理论,从其产生之日起就是一个讨论的热点问题,且在不同的历史时期表现出不同的特点,直到今天仍是这样。而其"淫诗"说的功过是非,不是本文的探究重点。《序辨》中,系统提出"淫诗"说思想的是本书前文已详的《鄘风·桑中》之《序辨》。

朱熹认为《鄘风·桑中》之《序》首句"误"并重点辨析了此诗乃淫奔者自作而非刺诗的观点,具体有以下几个方面:一、如果认为此诗符合用言外之意弦外之音以为刺的刺诗之体,那么作者将自己作为讽刺的对象是不合逻辑的状况。二、针对基于孔子"放郑声"之说为依据,而得出《诗》三百篇皆雅乐的结论,那么此诗非为"淫诗"的观点,朱熹特出而高明采用将诗、乐剥离的方法解释曰:孔子放的是"郑声"(音乐),而留的是"郑辞"(《诗经》之郑诗)。他还用"《春秋》所记无非乱臣贼子之事"为佐证。三、针对反对者抬出"止乎礼义"(《毛诗·大序》语)、"思无邪"的权威两说对其"淫诗"说展开的攻击,朱熹辩曰:并非所有变《风》皆"止乎礼义",而"思无邪"也不是指诗的内容"思无邪",而是指读诗者应"思无邪"也,这反过来也支持不是所有变《风》皆"止乎礼义"之说。四、至于有人抬出荀子和司马迁来反驳他,朱熹认为:荀子之说为"正经而发",史迁之说不足为据。朱熹《诗传》还在《郑风》结处曰:"《郑》、《卫》之乐,皆为淫声。然以《诗》考之,《卫诗》三十有九,而淫奔之诗才四之一。《郑诗》二十有一,而淫奔之诗已不翅七之五。《卫》犹为男女相悦之词,而《郑》皆为女惑男之语。卫人犹多刺讥惩创之意,而郑人几于荡然无复羞愧悔悟之萌。是以郑声之淫,有甚于卫矣!"

综上所论,结合中国传统伦理道德,朱熹判断"淫诗"的标准,是看"发乎情"的有关男女情爱的诗篇,是否"止乎礼义",而"礼义"的标尺是所谓的"父母之命,媒妁之言"等道德要求,也即表达男女情感交流的诗篇,其交流在道德要求的红线以上,是为"止乎礼义"的一般情诗,否则视为"淫诗"。持此标尺以衡《陈风》中七篇情诗,发现它们几乎全为私相授受的所谓"淫诗":其中《株林》一篇"灵公淫乎夏姬"自不待言。《东门之枌》作为"男女聚会歌舞,而赋其事以相乐"之诗自然超出礼义规范。至于为朱熹直斥为"淫诗"的《东门之池》、《东门之杨》更是。《防有鹊巢》也被朱熹称为"男女之有私之词"。最后,《月出》和《泽陂》两篇也被朱熹定为"男女相悦而相念之辞"。显然,在朱熹眼中,《陈风》中的大多数不仅仅是一般意义上的"男女之诗",简直就是同于郑卫之音的"淫诗"了。以我们今天的眼光看,朱熹的《陈风》多为"淫诗"观点,既有反《毛序》权威的革新性,也有其历史局限性,更有其深远的影响性。所谓历史局限性是指,他所指斥为"淫诗"的篇章,多为热情奔放,或者是深情绵邈且感人至深的爱情诗。故某种意义上,朱熹《陈风》"淫诗"说,可谓一种"情诗"说。而其影响深远性的一突出表现,是今人程俊英先生的《诗经译注》,几乎将朱熹断为"淫诗"的篇章,全题解成了爱情诗。如《东门之枌》题解曰:这是一首描写男女相爱,聚会歌舞的民间情歌。[1]《东门之池》曰:这是一首男女相会的情歌。[2]《东门之杨》曰:这是写男女约会久候不至的诗。[3]《防有鹊巢》曰:这是一位诗人担忧有人离间他情人的诗。[4]《月出》曰:这是一首月下怀人的诗。……被后人推为三百篇中情诗的杰作。[5]《泽陂》曰:这是一位女子怀人的诗。[6]

综上所述可见,朱熹关于《陈风》的创新理解,既离不开对前人思想的继承,也对后人产生了重大影响,同时和他整个《诗经》学思想又有着高度的一致性。

第三节 当代《陈风》解释
——以陈子展《诗三百解题》为例

阶级分析方法和阶级理论是当代《诗经》包括《陈风》解释最突出的特点,成果也相当丰富。我们这里选择陈子展先生的《诗三百解题》为代表,是因为其不但具有当代的阶级分析特色,还有深厚的学术蕴蓄作为背景。关于陈子展先生《诗三百解题》深厚的学术性和突出的当代性,《诗三百解题》内容提要说得清楚:"陈子展先生生前真积力久浸淫于《诗经》研究,本书是他继《诗经直解》后又一部治《诗》的力作。全书共分三十卷,依次对《诗经》各篇的写作主旨、作者以及写作时间、社会背景等进行了极为全面深入的探讨。在研究中,作者既总结旧学,综合前人成说加以批评;又融会新知,凡现

---

[1] 程俊英:《诗经译注》,上海:上海古籍出版社,1985年,第238页。
[2] 程俊英:《诗经译注》,上海:上海古籍出版社,1985年,第241页。
[3] 程俊英:《诗经译注》,上海:上海古籍出版社,1985年,第243页。
[4] 程俊英:《诗经译注》,上海:上海古籍出版社,1985年,第245页。
[5] 程俊英:《诗经译注》,上海:上海古籍出版社,1985年,第246页。
[6] 程俊英:《诗经译注》,上海:上海古籍出版社,1985年,第249页。

代社会学家、自然科学家研究成果有涉《诗》义可资取证者,见闻所及亦皆网罗。全书征引浩博,考证精审,颇多创获,具有很高的学术价值。"该提要将陈子展的治学态度、治学方法、学术成就和《诗三百解题》内容,加以概括,可谓言简意赅、切中肯綮。其实,这部书内容不仅是总结旧学和网罗新知,更在于陈先生于两者之后还对《诗》三百每篇的主旨提出自己的倾向和看法,而他的倾向和看法恰恰是这一时代解释《诗经》最基本的理论方法,即阶级分析法。利用阶级分析的理论和方法解释《诗经》,既是陈子展先生的方法,也是程俊英和高亨等先生的方法,故从这一意义上说,陈子展先生可以代表一个时代。逻辑上,陈子展所代表的这个时代的《诗经》解释上阶级分析的理论方法也体现在《陈风》中。

阶级分析是陈子展的包括《陈风》在内的《诗经》解释的基本理论,而为了得到诗歌主旨的阶级化结论,他又具体运用了一些手段如综合前人之说、批评前人成说、借鉴今人之说、以诗篇立己说等,来为他的阶级化结论服务。

一、综合前人之说

综合前人之说以就自己阶级化结论以解释《诗》篇主旨,是陈子展在《陈风》解释上的重要方法。如《宛丘》,用阶级分析理论陈子展认为作者是民间歌手,内容是讽刺统治阶级:"《宛丘》是讽刺陈国统治阶级游荡歌舞之诗,当出自民间歌手。"①为了证明这一观点,他就用了综合前人之说的方法:"为什么我说这诗讽刺陈国统治阶级游荡歌舞呢?一章'子之汤兮',《毛传》说:'子,大夫也。汤,荡也。'《郑笺》说'子,斥幽公也。游荡无所不为。''此君信有淫荒之情,其威仪无可观望而则效。'据毛、郑说,这诗是写陈国君臣游荡歌舞的荒淫生活。不过毛说子指大夫,郑说子指幽公,似不完全一致。《孔疏》:'《传》以下篇说大夫淫乱,此与相类,则亦是大夫。但大夫称子是其常称,故以子为大夫。''《笺》以下篇刺大夫淫荒,《序》云疾乱;此《序》主刺幽公,则经之所陈皆幽公之事,不宜为大夫。隐四年《公羊传》:公子翚谓隐公曰:百姓安子,诸侯说子。则诸侯之臣亦呼君曰子。《山有枢》云:子有衣裳,子有车马。子者,斥昭公。明此子斥幽公,故易《传》也。''毛以此《序》所言是幽公之恶,经之所陈是大夫之事,由君身为此恶,化之使然,故举大夫之恶以刺君。郑以经之所陈即幽公之恶,经《序》相符也。''大夫朝夕恪勤,助君治国,而游荡高丘,荒废政事,此由幽公化之使然,故举之以刺幽公也。'这样说来,毛、郑说的都对。孔颖达煞费苦心,斡旋于《诗

---

① 陈子展:《诗三百解题》,上海:复旦大学出版社,2001年,第498页。

序》《毛传》《郑笺》三者之间,算是他把其间的矛盾统一起来了。这原是《孔疏》中常见的一种长处,这里只是一个例子。"①可见,这里陈子展主要综合了《毛诗》包括《诗序》《毛传》、郑《笺》、孔《疏》以及《公羊春秋》的资料及观点,证明了《宛丘》诗是民间歌手讽刺统治阶级的歌舞游荡的诗篇。当然依据陈子展之说,这一结论也适合《东门之枌》诗:"《东门之枌》,描述陈国统治阶级男女歌舞之俗,正和《宛丘》之诗主题相同。"②《宛丘》诗综合的是《毛诗》的观点,那么《墓门》诗陈子展则综合了汉代四家《诗》的观点后,得出了其阶级化解释的结论:"《墓门》,是刺恶之诗。恶人为谁,'国人知之。'《诗序》以为'刺陈佗',大概是的。"陈子展根据三家《诗》的材料认为:"我们据此知道《墓门》一诗在当时流行民间,连劳动妇女都知道引用、歌唱。大概这诗是民间歌手为着痛恨一个骑在人民头上的坏东西而作的。好比解放前,群众歌唱《你这个坏东西》一样,当时人听了,都知道指谁。可是而今我们读诗,已不知道这个坏东西究竟指谁。《诗序》说'刺陈佗',可通。"③《宛丘》篇陈子展统一了《毛诗》诸说的观点,《墓门》篇他则统一了四家《诗》的观点得出了阶级化的结论:这诗是民间歌手为着痛恨一个骑在人民头上的坏东西而作的。

二、批评前人成说

正如上文所说,朱熹的包括《陈风》在内的《诗经》解释,如果剥离其封建外衣,"淫诗"说实质上就是"爱情诗"说,这一点为和陈子展同时代的《诗经》研究专家程俊英所接受。而陈子展的阶级分析理论,反封建是其应有之义,基于这一点,他的《陈风》解释的某些篇章,就是在批评朱熹还有其他前人成说后建立起来的。

《东门之池》,陈子展认为是民间恋歌,并不是朱熹所谓的"淫奔之诗":"《东门之池》,自是男悦女之词。所谓'叔姬',当是池边劳动的女子,诗人也该是劳动中人。……诗中男女自是一般劳动人民,并非贵族。当时贵族男女结合不是用的这种方式。朱子《集传》说:'此亦男女会遇之词。盖因其会遇之地、所见之物以起兴也。'这话不算错,错在《序辨》又以'此淫奔之诗'。试问,这诗哪一字、哪一句说的不是男女正常的关系呢? 即令说,男女有别,晤歌、晤语、晤言为当时礼教所不许,可是诗说'可与',原是设想之词

---

① 陈子展:《诗三百解题》,上海:复旦大学出版社,2001年,第499—500页。
② 陈子展:《诗三百解题》,上海:复旦大学出版社,2001年,第502页。
③ 陈子展:《诗三百解题》,上海:复旦大学出版社,2001年,第514页。

或疑问之词,非必决定语气或实有其事。而且明云'彼美',可知不是已晤;'叔姬'或'淑姬'也决非指的淫妇。倘若把它还原作为歌谣来说,这只是属于民间恋歌一类。因此,不必如《诗序》附会它是'疾其君之淫昏,而思贤女以配君子',也不必如朱子《序辨》痛斥它为'淫奔之诗'。至若因反下篇《东门之杨》的意思而说:'此男女婚姻之正也。时有亲迎者,故诗人因所见以起兴,与《桃夭》诗同。'(王照圆《诗说》)这还好像故意和朱子淫奔一说开玩笑。若说:'疑即上篇(《衡门》)之意,娶妻不必齐姜宋子,即此淑姬可与晤对咏歌耳。'(姚际恒《诗经通论》)这就好像'竟欲取东池淑姬以配衡门隐士,岂非千秋笑柄?'(方玉润《诗经原始》)以上诸说都不可通。总之,这只是一篇民间恋歌,不必拘泥于《诗》教之说而别求深解。"①我们认为,陈子展对朱熹在这里似乎在为批评而批评,为反对而反对,朱熹的《诗经》解释服务于他的理学逻辑,陈子展的《诗经》解释难道不同样是在服务于其阶级逻辑吗?东池淑姬配衡门隐士是千秋笑柄,其立论基础和林妹妹不能爱焦大同为阶级斗争恋爱观,而阶级斗争的恋爱观和我们今天所提倡的自由恋爱是冲突的。《东门之杨》一诗,陈子展也在批评朱熹的"淫诗"说:"《东门之杨》一诗,《诗序》以为'刺时',即刺'亲迎,女犹有不至者'。……《朱传》说:'此亦男女期会,而有负约不至者,故因其所见以起兴也。'以为这也是淫奔之诗,同前篇一样。他于诗为什么说'昏以为期'没有解释。有好几个学者此诗是泛刺负约期之诗不一定指男女期会。……还有人以为此诗是'刺侈于昏礼者'。……在没有论据充分的新说以前,我以为此诗《诗序》说的比较有据。"②陈子展将朱熹没有解释"昏以为期"作为攻击朱熹的依据,其实,"昏"字完全可以解释为"黄昏",后人诗中不是有"人约黄昏后"的句子吗?再说了,"昏"的"黄昏"义是比"婚礼"义更根本的义项呀?!

总之,陈子展对朱熹有为批评而批评为反对而反对的嫌疑,之所以会这样,我们认为他是要以此来建立其自己的阶级分析化的《诗》学体系。

三、借鉴今人之说

正如前文所说,以阶级分析理论解释《诗经》,是陈子展时代的主流风气,陈子展只不过是其中的代表之一而已。故从《陈风》看来,陈子展于某些阶级分析理论指导下的观点值得借鉴。

《衡门》诗,陈子展就借鉴了郭沫若的作者为破落贵族诗人的说法:

---

① 陈子展:《诗三百解题》,上海:复旦大学出版社,2001年,第509页。
② 陈子展:《诗三百解题》,上海:复旦大学出版社,2001年,第510—512页。

"(《衡门》)郭沫若以为这诗是破落贵族诗人所作。他在《中国古代社会研究》里说:'这首诗也是一位饿饭的破落贵族作的。他食鱼本来有吃河鲂河鲤的资格,——黄河的鲤鱼在现在也是珍贵的东西。古时候的脍鲤好像是最好的上菜,我们看《小雅》的《六月》:吉甫燕喜……炰鳖脍鲤。又《大雅》的《韩奕》里面显父饯韩侯的菜单是:其肴维何?炰鳖鲜鱼(当即是鲂鲤之类)。其蔌维何?维笋及蒲。——但是贫穷了,吃不起了。他娶妻本来有娶齐姜宋子的资格,但是贫穷了,娶不起了。娶不起,吃不起,偏偏要说两句漂亮话,这正是破落贵族的根性,我们在现在也随处可见。'这完全摆脱传统注说,自下己意,又不违背历史条件来说,倒也新奇可喜。"①陈子展称赞郭沫若的说法,认为郭的说法完全摆脱了传统注说,自下己意,但又不违背历史条件,最后以"新奇可喜"定位它。《月出》篇的"望月怀人"主旨是历来的定说,但有人用阶级观点来说它的内容是"农民自月夜杀地主",我们今天看来似乎很好笑。但就是这种好笑的解释,也为陈子展所借鉴:"《月出》,是诗人对于月下美人劳心相思之诗,又好像是诗人在月光之下等待一个美人而偏不得见之作。仿佛记得高晋先生用新观点、新理论考证了这诗是农民自月夜杀地主之作,无疑地这是一种创建。可惜他的《诗经研究》讲稿和山东大学《文史哲》月刊某期载有他关于《月出》的文字,都不在手边,不能介绍给我们的读者一睹为快了。至若朱子《序辨》不以为'刺诗',《集传》又说:'此亦男女相悦而相念之词。'他不知道诗中男女正是统治阶级在位者的狗男女,对于叙述这种狗男女的诗,《诗序》说'刺'何尝不对?《孟子》说:'逸居而无教,则近于禽兽。'俗语说:'饱暖思淫欲。'只是靠剥削过活、靠权力过活的统治阶级才有此荒淫享乐的闲情逸致,做出此等咬文嚼字吟风弄月的闲文章来。至于劳动人民,'劳者歌其事,饥者歌其食',他们也许间差歌唱男女爱情,可是往往只见其朴素、粗犷之美,总不会有才子佳人一套细腻货色。我想这是当时所谓贤人君子即统治阶级下层中人讽刺上层中人的荒淫之作。他们对于荒淫享乐的生活熟见熟闻,所以写来又生动又曲折。恨我粗心领会不到,恨我笨笔解说不来。我只得随时准备着,硬着头皮,虚心地恭候《我们好像见过面》(苏联影片名)的背负金箱、手挥大棒的所谓批评者。"②其实不难看出,在《月出》这首诗的解释中,陈子展先生综合运用了借鉴今人之说法、批评前人成说法,还有以诗篇立己说法。借鉴今人之说,他所借鉴的是高晋的"月夜杀地主"说;批评前人成说,批评的还是朱熹的

---

① 陈子展:《诗三百解题》,上海:复旦大学出版社,2001年,第506—507页。
② 陈子展:《诗三百解题》,上海:复旦大学出版社,2001年,第520页。

"男女相悦之辞"说;以诗篇立己说,他所立的还是阶级说,具体主张的是这首诗讽刺的是统治阶级的狗男女观点。

四、以诗篇立己说

除综合前之人说、批评前人成说和借鉴今人之说外,陈子展还以自己的理解来解释《诗》三百,解释《陈风》,共同之处都是运用了阶级分析理论。

陈子展认为《防有鹊巢》诗,"是忧惧他人馋间于我所爱者之诗。疑出自民间歌手,也属于恋歌、情歌一类。不妨说句笑话:大概三角恋爱,古已有之。"①《泽陂》一诗,陈子展提出了完全不同于前人之说的观点,认为这首诗的作者是夏姬的女奴,内容是怜悯"忧思感伤"中的夏姬,并断定该诗的创作时间是陈灵公、夏征舒相继被杀的一段时间:"《诗序》说'刺时',意以为由于'陈灵公君臣淫于某国'带坏了头,'男女相悦,忧思感伤',而作是诗。但说'刺时',又是《诗序》作者说教,推本作者言外之意来说的。这说得不明确。今按,全诗语气,诗的作者和诗中对象都是妇女。作者用了女奴的口吻,对象却表现出一个贵夫人的形象。贵夫人'忧思感伤',女奴怜悯她,这就是这诗的主题。指实来说,这诗当是夏姬的女奴悯伤夏姬之词,作在陈灵公、夏征舒相继被杀的一段时间。……鄙说这诗语气是以女言女,即以女奴言贵夫人事,这有什么根据呢?一、据'伤如之何'的'伤'字来说。马瑞辰《通释》说:'按《尔雅》:阳,予也。郭注引《鲁诗》阳如之何。今巴濮之人自呼阿阳。《易·说卦》:兑为妾为羊。郭本羊作阳。注:此阳谓为养。无家女,行货炊爨,今时有之,贱于妾也。是阳读厮养之养。自称阳者谦辞也。'无疑地这诗《鲁诗》伤作阳,阳是婢妾女奴之辈于'有美一人'即一个美的贵夫人自称的谦词。犹之后世婢妾也还自称为妾、为婢子、为奴、为女奴一样。按《周礼》:女史八人。注:女史,女奴晓书者。女奴晓书的可为女史,却未必全为女史。所以我只能含混地说这诗自称阳的是女奴。疑是夏姬其实正落在家国大忧患中,只有和她接近又最谅解她的晓书女奴才同情她而作出这种诗篇来。这是我从《鲁诗》遗说推衍来说而导致的结论。《鲁诗》、《韩诗》于伤同作阳。……二、据'硕大且卷'的硕大和卷字来说。《严缉》说:'或疑硕大非妇人之称。观《卫风》以硕人称庄姜,《车舝》称辰彼硕女,则《诗》以硕大称妇人多矣。'这话不错。盖古人以硕大为美,故硕大字于男女通用,男女美人都得称为硕人。再按,卷当读鬈。《说文》:'鬈,发好也。……《诗》曰:其人美且鬈。'因声音求义,婘鬈同从卷声,卷可读婘,何

---

① 陈子展:《诗三百解题》,上海:复旦大学出版社,2001年,第515页。

不可以读鬈呢？……《齐风·卢令》：其人美且鬈。卷、鬈字于男女都可用。因文求义，这诗'硕大且卷'是紧承上文'有美一人'来说，是用作称女无疑。合上一条来说，这语气是以女言女同样无疑。三、据'硕大且俨'的俨字来说。……段氏注：《陈风·泽陂》文，今诗作俨。《传》曰：矜庄貌。一作曮。……马瑞辰曰：'重颐亦美貌也。《淮南·说林训》：靥辅在颊则好。是已。'据此，俨……当是形容女人颊辅之美。……'硕大且俨'也是指女人而言，而且是以女言女。这样说来，全诗文义正复连贯。总之，这诗说'有美一人，阳如之何'，明是一个女奴之类的卑贱女子自称，无可奈何地为悯伤她的女主人即一个荷花似的兰草似的香艳的贵夫人而作。诗说'寤寐无为，涕泗滂沱'，'中心悁悁'，'辗转伏枕'，明是描述儿女姿态，这贵夫人正处于不幸的'忧思感伤'之中。男女有别，贵夫人居于悠闲深宫，只有伺候她的晓书女奴之辈（但不必是女史）日常和她生活在一起而又同情她，才能道出她的真情实态，写出这样的好诗篇。此诗次在《株林》一诗之后，必然使人联想到它也和陈灵公及夏姬淫乱的事件有关，陈奂释《诗序》中'女'字就说：'女，谓夏姬。'可算不错。最后我敢断定说：这诗是夏姬的女奴为悯伤夏姬正在不幸的'忧思感伤'中而作，作在陈灵公、夏征舒相继被杀的一段时间。"①

从以上关于陈子展以阶级分析法解释《诗经》的借鉴今人之说的郭沫若和高晋说可见，其所处时代以阶级理论和阶级分析方法解释《诗经》包括《陈风》的大致状况。正如我们本章分开头所说的，我们选择陈子展先生只是选择一代表而已。之所以选择他，是因为陈先生还并非武断地全部将所有诗篇解释为阶级内容，而是用了综合前人之说、批评前人成说、借鉴今人之说并还以己意说诗，而这些方法在具体诗篇的解释上有时是单独使用的，有时又是综合存在的。故而可以说陈子展先生的《诗经》解释是征引浩博，考证精审，颇多创获，具有很高的学术价值。

《诗三百》包括《陈风》，是中国上古时期诗歌的集合。也正是由于其诗歌的文学作品特质，使得其能指具有了多样性。其能指的多样性是先秦用《诗》、汉代《毛诗》以政治教化解《诗》、宋代朱熹以理学解《诗》以及当代陈子展以阶级斗争解《诗》的根本原因所在。其实，以上三家关于《诗》三百的解释只是历史长河中数百家《诗经》解释的代表而已，更多更丰富多彩的相关著作，由于本书结构的原因不能在此一一展现。然而，即使仅有以上三者，也可大致反映《诗经》解释史的基本状况。因为，就包括《诗经》在内的儒家经典的学问来说，历史上也大致是以汉、宋分学的。

---

① 陈子展：《诗三百解题》，上海：复旦大学出版社，2001年，第527—529页。

如果我们就《诗》三百能指和所指距离远近来评价三者关于《诗经》解释价值的话,倒仍然是朱熹的"淫诗"说更接近于《陈风》十篇的本义因而更有价值。一旦剥离"淫诗"的理学外衣,其本质就指向"爱情"诗了,因为《陈风》甚至十五《国风》中的很多篇章,若以表达男女情感内容解释它们的话,会省去大量繁琐且牵强附会的比附。而《毛诗》关于《诗》三百篇旨非美即刺的政治教化特色,以及陈子展几乎篇篇皆有的阶级分析说,都使得《诗》三百包括《陈风》有了太多的政治背负,包裹了过厚的政治外衣而远离了里巷歌谣的本旨。

综上所论,汉四家《诗》中《毛诗》的美刺、其他三家的谶纬等关于《诗》三百篇的解释,朱熹理学化的《诗经》解释,还有当代阶级分析理论的《诗经》解释,无不是关于《诗》三百篇的解释学。而朱熹《诗经》理学化解释,则前承汉唐、后启当代,无疑具有承前启后性。这一承前启后性表现在内容上,则是《朱熹》的解释既有对汉唐的扬弃,同时他又为后来者所扬弃。而后者对朱熹的扬弃则在陈子展《诗三百解题》中随处可见。

第十一章　朱熹《诗经》学的王道思想

本章旨在讨论朱熹《诗经》理学解释学的王道思想。朱熹《诗经》学的王道思想,还没有为当下学界所关注。当下朱熹王道思想的研究成果,材料依据多以《文集》中朱熹和陈亮王霸之辩的来往书信、《语类》中关于王道的论述等为主。① 当下朱熹《诗经》学的成果,多是文学、美学、文献学的研究。② 朱熹《诗经》学的理学内蕴,即使为这些成果所及,也被置于次要位置,③且鲜有人讨论其中的王道思想。专门讨论朱熹《诗经》学理学内蕴的文章,④也同样没有王道思想的内容。

第一节　历史回顾

王道是中国文化思想的重要范畴,伦理学、政治学的重要内容。尽管本章要研究朱熹《诗经》学的王道思想,仍有必要下就其《诗经》学外的王道思想及其研究状况作一回顾。

先秦百家王道。若将王道理解为王者之道,则先秦诸子时代,客观地存在着百家王道的学术生态,道法墨家等都有关于王者王天下的理论。《老

---

① 如束景南《朱子大传》中的"义利王霸之辩"节,张立文《朱熹思想研究》中的"王霸之辩"节;田浩《朱熹的思维世界》中的"朱熹与陈亮"章,李锋的《天理与道义的彰显———朱熹王道思想的政治哲学解析》学术论文等。
② 如莫砺锋的《朱熹文学研究》中的朱熹的诗经学章,莫砺锋在《从经学走向文学:朱熹"淫诗"说的实质》中说朱熹的《诗集传》"使《诗经学》迈出了从经学走向文学的第一步";邹其昌的《朱熹诗经诠释学美学研究》,檀作文的《朱熹诗经学研究》,郝桂敏《宋代诗经文献研究》中"朱熹的《诗经》研究"章等。
③ 如蔡方鹿《朱熹经学与中国经学》中的"以义理解《诗》,重视'二南'"节,檀作文的《朱熹诗经学研究》用四章中的前三章讨论朱熹《诗经》学的文学价值,第四章才是"理学思想与朱熹诗经学之关系"等。
④ 如周焕卿的《从诗集传看朱熹的理学思想》中讨论了朱熹《诗集传》中的"道心人心、礼一分殊、心统性情、主敬涵养等"。

子》中的侯王、王公、圣人等,实质上均为王的异称。王以道为本而与道同一,道因无为而为万物本原。王者无为,也将会为万物之君(王):"道常无名。朴虽小,天下莫能臣也。侯王若能守之,万物将自宾。"①作为方法论,无为的具体表现是以人之所恶(孤、寡、不谷)为自称,且能处下、身后、不争,最终达到王天下(天下莫能与之争)的目标:"人之所恶,唯孤、寡、不谷,而王公以为称。"②又,"江海之所以能为百谷王者,以其善下之……是以圣人处上而民不重,处前而民不害。是以天下乐推而不厌。以其不争,故天下莫能与之争。"③可以说,《老子》道家王道是以道为本体、以无为为方法、以王天下为动机、以不争为表现的王道理论。同为先秦百家的重要流派,《韩非子》代表的法家在王道理论上和道家的方法论有相似之处,它提出"人主之道,静退以为宝"④之说,而静退则近乎等于《老子》的无为。但在本体论上,道家王道以道为本,以《道德经》的说法,道的特征是自然,即道法自然;法家王道则在于以静退的方法明察秋毫,进而实施法律逻辑上的赏功罚过,是典型的法本论。王者静退:"不自操事而知拙与巧,不自计虑而知福与咎。……明君无偷赏,无赦罚。……是故诚有功,则虽疏贱必赏;诚有过,则虽近爱必诛。疏贱必赏,近爱必诛,则疏贱者不怠,而近爱者不骄也。"⑤可见,法家的法本王道,排斥情感,赏罚分明,执法如山。墨家王道思想主张德义:"今王公大人欲王天下、正诸侯,夫无德义,将何以哉?"⑥德义的依据是民众的欲望。因为墨家重视民众生存的欲望,故它反对用武力征伐的方法实现王天下的目标:"其说将必挟震威强。今王公大人将焉取挟震威强哉?倾者民之死也!民生为甚欲,死为甚憎。所欲不得,而所憎屡至。自古及今,未有尝能有以此王天下、正诸侯者也!"⑦可见,墨家是以民欲为旨归,通过尚贤而非攻实现王道的理论。总之,本体论上,道家王道以道为体,法家王道是赏善罚恶的法本论,墨家的王道则以民欲为旨归。

儒家王道思想。关于儒家王道思想,本章不再作历史的考察,而是采用经典文本载体研究的方法。儒家王道思想经典文本载体——《尚书》、《春秋》及《孟子》多是人们关注的焦点。《尚书·洪范》中,王道指无我无私光明正大的先王之道:"无偏无党,王道荡荡;无党无偏,王道平平;无反无侧,

---

① 周·李耳:《道德经》,《二十二子》本,上海:上海古籍出版社,1986年,第3页。
② 周·李耳:《道德经》,《二十二子》本,上海:上海古籍出版社,1986年,第5页。
③ 周·李耳:《道德经》,《二十二子》本,上海:上海古籍出版社,1986年,第8页。
④ 周·韩非:《韩非子》,《二十二子》本,上海:上海古籍出版社,1986年,第1120页。
⑤ 周·韩非:《韩非子》,《二十二子》本,上海:上海古籍出版社,1986年,第1120页。
⑥ 周·墨翟:《墨子》,《二十二子》本,上海:上海古籍出版社,1986年,第231页。
⑦ 周·墨翟:《墨子》,《二十二子》本,上海:上海古籍出版社,1986年,第231页。

王道正直。"①这是儒家最早也是思想史上最早的王道论述,邓国光甚至认为它在先秦时不为儒家所专有,而为百家所传习。②《尚书·洪范》的王道既为诸子百家所重,作为孔子上课用的教科书,它自然也是儒门的重中之重了。同为孔子教科书的《春秋》,人们认为其微言中的大义,含有丰富的王道思想。《史记》曰:"孔子明王道,干七十余君,莫能用。故西观周室,论史记旧闻,兴于鲁而次《春秋》……约其辞文,去其烦重,以制义法,王道备,人事浃。"③由于不为列国之君所采用,孔子只好将其王道思想寄托于自己编订的鲁国《春秋》中。尽管人们公认《春秋》中寓托着孔子的王道思想,但由于它的微言,故其大义就必然成为历代《春秋》解释学的内容甚至各不相同的内容。汉代董仲舒的《春秋繁露》即为《春秋》的解释学著作。《春秋繁露》通过对《春秋》的解释,建立了一个以天人感应为基础包括王道思想的新儒学体系:首先,它为了树立君王的权威而以之"配天"④;其次,它认为王道的关键在于取得人民的拥护,只有这样,才能"无敌于天下"⑤;在方法论上,它的王道思想主张德主刑辅的"前德而后刑"⑥、"务德而不务刑"⑦、"任德远刑"⑧。《春秋繁露》通过解释《春秋》,建立了新型的王道体系。无独有偶,同为儒学发展新阶段的宋代儒学的鸿儒们,也通过《春秋》解释学进行了"重建'王道'的思想历程"⑨。限于篇幅,这里不再详述。长久以来,《孟子》的王道思想是作为儒家王道思想的标的为世人所知的。它不但提出了以仁心为本体的心—仁政—王道路径,还最早阐述了王、霸道的理论。它指出王、霸道之别在于"以德行仁"⑩和"以力假仁"⑪:王道以德服人,故人们心悦诚服;"霸道"以力服人,故人们口服心不服。

上即为朱熹《诗经》学外先秦百家王道和传统儒家王道的大致。作为理学集大成者,朱熹的王道思想从根本上区别于百家王道。他在解释《尚书》、《孟子》等时尽管也涉及王道,但关于它更系统的思想则在《诗经》学中。朱熹的《诗经》学,通过周文王的圣王形象,建立了包括本体论、德性论和效用

---

① 唐·孔颖达疏:《尚书注疏》,《唐宋注疏十三经》本,北京:中华书局,1998年,第15页。
② 邓国光:《〈春秋〉与王道》,《中国文化研究》2010年,春之卷。
③ 汉·司马迁:《史记》,北京:中华书局,1959年,第509页。
④ 汉·董仲舒:《春秋繁露》,《二十二子》本,上海:上海古籍出版社,1986年,第807页。
⑤ 汉·董仲舒:《春秋繁露》,《二十二子》本,上海:上海古籍出版社,1986年,第778页。
⑥ 汉·董仲舒:《春秋繁露》,《二十二子》本,上海:上海古籍出版社,1986年,第794页。
⑦ 汉·董仲舒:《春秋繁露》,《二十二子》本,上海:上海古籍出版社,1986年,第793页。
⑧ 汉·董仲舒:《春秋繁露》,《二十二子》本,上海:上海古籍出版社,1986年,第807页。
⑨ 江湄:《北宋诸家〈春秋〉学的"王道"论述及其论辩关系》,《哲学研究》2007年,第7期。
⑩ 宋·孙奭:《孟子注疏》,《唐宋注疏十三经》本,北京:中华书局,1998年,第45页。
⑪ 宋·孙奭:《孟子注疏》,《唐宋注疏十三经》本,北京:中华书局,1998年,第45页。

论的王道理论系统。

第二节　王道本体论：天命、天理、民意三位一体

《孟子》王道的形上本体是仁心,也即不忍人之心或恻隐之心。《孟子》曰:"先王有不忍人之心,斯有不忍人之政矣。以不忍人之心,行不忍人之政,治天下可运之掌上。"①朱熹则从其理学思维出发,在《诗经》学中,以天理为王道的本体,其天理和天命、民意又是一体的。

朱熹解释《文王》诗的"文王在上,于昭于天……文王陟降,在帝左右"曰:"言文王既没,而其神在上,昭明于天……盖以文王之神在天,一升一降,无时不在上帝之左右,是以子孙蒙其福泽,而君有天下也。"②这里,《文王》的"天"、"帝",实则为冥冥中宇宙的主宰,诗文的意思无非是说,周文王死后,他的魂灵上归于天(帝)而已。朱熹则作了王道化的解释,认为文王德配于天,故其与天同一,其子孙能王天下,也源于他的德泽。朱熹以文王之德配天,又以天理解释天命,在《文王》诗的"穆穆文王,于缉熙敬止。假哉天命。……商之孙子,其丽不亿。上帝既命,侯于周服"文中,天命、帝命未必不是有意志的天的命令,朱熹不但将之解释为天理,而且还进一步以民意解释天理,切实否定了天(帝)的神秘的至高无上的主宰义。朱熹对《文王》诗"无念尔祖,聿修厥德。永言配命,自求多福"文的解释是:"命,天理也。……言欲念尔祖,在于自修其德,而又常自省察,使其所行无不合于天理,则盛大之福,自我致之,有不外求而得矣。……《大学传》曰:'得众则得国,失众则失国。'此之谓也。"③这里,朱熹的意思是:天命、天理,民意而已,王道无他,王者自修其德而不假外求,始终以民意为本,即为王道。总之,朱熹认为天命、天理实质上就是民意,文王以民为天,则是民意的代表:他已经将天命、天理、民意和周文王同一起来了。

孔孟的王道强调以德行仁,以文德服人,而于国家实力和军事斗争于王道中的意义则言之甚少,这也是他们的王道思想不适应春秋战国形势的原

---

① 宋·孙奭:《孟子注疏》,《唐宋注疏十三经》本,北京:中华书局,1998年,第46页。
② 宋·朱熹:《诗集传》,《朱子全书》本,上海:上海古籍出版社、安徽教育出版社,2002年,第652页。
③ 宋·朱熹:《诗集传》,《朱子全书》本,上海:上海古籍出版社、安徽教育出版社,2002年,第654页。

因之一。朱熹的《诗经》学表明,他在坚持王道以文德为主的同时,并不忽视武力的重要性,但强调王道的军事征伐也能做到以天理民意为本。他解释《皇矣》篇诗文"帝谓文王:予怀明德,不大声以色,不长夏以革。不识不知,顺帝之则。帝谓文王:询尔仇方,同尔弟兄。以尔钩援,与尔临冲,以伐崇墉"曰:"言上帝眷念文王,而言其德深微,不暴著其行迹,又能不作聪明,以循天理,故又命之以伐崇也。"①可见,朱熹意谓:周文王伐崇的顺天命、合天理,其实就是合乎民意。朱熹对同篇"临冲闲闲,崇墉言言。执讯连连,攸馘安安。是类是禡,是致是附,四方以无侮。临冲茀茀,崇墉仡仡。是伐是肆,是绝是忽。四方以无拂"的解释是:"言文王伐崇之初,缓攻徐战……以致附来者,而四方无不畏服。及终不服,则纵兵以灭之,而四方无不顺从也。夫始攻之缓,战之徐也,非力不足也,非示之弱也,将以致附而全之也。及其终不下而肆之者也,则天诛不可以留,而罪人不可以不得故也。此所谓文王之师也。"②周文王的军事征伐的动机不是凭借军力的大屠杀、大抢掠,而是以强大军事实力为基础,以争取民意为最终目的的军事行动。可见,周文王的军队是王道之师,用今天的话说,则是威武之师、文明之师。

周文王以民为天,以民意为天命、天理,自然也会得到民众的真心响应、衷心拥护。《灵台》篇"经始灵台,经之营之。庶民攻之,不日成之"文,朱熹解释为:"文王之台,方其经度营表之际,而庶民已来作之,所以不终日而成也。虽文王心恐烦民,戒令勿亟,而民心乐之……不召而自来也。"③周文王视民众为腹心,则民众视文王为手足,故周文王的工程建设是民心工程,其所用之民力,不征召则民众已主动参加进来。周文王与民同一,以民意为旨归,故《文王》诗文"思皇多士,生此王国。王国克生,维周之桢。济济多士,文王以宁"被朱熹解释为:"美哉,此众多之贤士,而生于此文王之国也!文王之国,能生此众多之士,则足以为国之干,而文王亦赖以为安矣。盖言文王得人之盛,而宜其传世之显也。"④这里朱熹的意思是:周文王以民为天,万民拥戴,世无遗才,国泰民安。

众所周知,天理是朱熹理学逻辑体系的本原,也是宇宙万物的根据:"未

---

① 宋·朱熹:《诗集传》,《朱子全书》本,上海:上海古籍出版社、安徽教育出版社,2002年,第668页。
② 宋·朱熹:《诗集传》,《朱子全书》本,上海:上海古籍出版社、安徽教育出版社,2002年,第669页。
③ 宋·朱熹:《诗集传》,《朱子全书》本,上海:上海古籍出版社、安徽教育出版社,2002年,第669页。
④ 宋·朱熹:《诗集传》,《朱子全书》本,上海:上海古籍出版社、安徽教育出版社,2002年,第653页。

有天地之先,毕竟也只是理,有此理便有此天地……有理便有气流行,发育万物。"①《诗经·大雅》诗文中天命的本义,因受去其不远的尚鬼本神的殷意识影响,多应还是有意志的至高无上的天的命令的意思。即便不是,也定然不会达到朱熹理学的天理的哲学高度。故而朱熹以天理解释《诗经》中的天命,理应是他自己的《诗经》解释学。他以民意释天命、天理,则是其作为儒家思想家对儒家传统民本思想继承的逻辑必然。

第三节　王道德性论:真、善、美三位一体

《孟子》将仁心看作王道的形上本体,仁心是人与生俱来的本性,而《孟子》又是以善说本性的,故而其王道之德应是善德。如上文,朱熹则将天命、天理、民意三者一体看作王道的形上本体,而其王道德性,用今天的术语表述,则可以是真善美的三位一体。关于朱熹《诗经》学于王道的真善美德性,从其对《周颂》若干篇的解说可以见出。

真。朱熹在描述文王之德时用了一个纯字,纯者真也。且文王之德并非一度的真,而是一直的真。《维天之命》篇讲祭祀的内容是以文王配天,该诗首章云:"维天之命,于穆不已。于乎不显,文王之德之纯。"《诗传》解曰:"天道无穷,而文王之德纯一不杂,与天无间,以赞文王之德盛也。子思子曰:'维天之命,于穆不已,盖曰天之所以为天也。于乎不显,文王之德之纯,盖曰文王之所以为文也,纯亦不已。'程子曰:'天道不已,文王纯于天道亦不已。纯则无二无杂,不已则无间断先后。'"②此处朱熹意谓,文王之德以天理民意为依据,故而纯一不杂,纯一不杂就是真。

善。伦理学上,善指符合公德要求的德性,其功能在于维护社会的秩序和稳定,以光明正大示人。《大学》曾引《文王》篇"穆穆文王,于缉熙敬止"两句,朱熹认为其引用的目的在于表达"圣人之止无非至善"③的意思,句中的"熙"字,他也解释为"光明"④义。《我将》篇是"祀文王于明堂以配上帝之乐歌",朱熹说文王之德是与天同体的至德大德,是光明正大之德。《周

---

① 宋·朱鉴:《诗传遗说》,文渊阁《四库全书》本,台北:经部第 75 册《诗》类,台湾商务印书馆影印版,1986 年,第 1 页。
② 宋·朱熹:《诗集传》,《朱子全书》本,上海:上海古籍出版社、安徽教育出版社,2002 年,第 723 页。
③ 宋·朱熹:《四书集注》,南京:凤凰出版社,2005 年,第 7 页。
④ 宋·朱熹:《四书集注》,南京:凤凰出版社,2005 年,第 7 页。

颂》的明堂，从《孟子》和齐宣王的对话可见，当为王道的标志："夫明堂者，王者之堂也。王欲行王政，则勿毁之矣！"①朱熹《诗传》于明堂的说法是以义起之，所谓以义起之者，指明取正大光明意，正大光明则表示周文王之德是合乎伦理的高尚品德，是善德。

美。现代美学认为，美和真、善不同，它是感性的学问，指审美主体从客体那里获得的感性心理体验。朱熹在解释《清庙》和《雝》篇时，认为文王之德是通过致祭时美学上的情景衬托方式传递给人们的，故文王的王道之德同时还具有审美特性。颂文王之德是史上《清庙》主旨的定说，如《鲁诗》曰："周公咏文王之德而作《清庙》，建为《颂》首。"②《毛诗》之说几同于《鲁诗》，《毛序》曰："《清庙》，祀文王也。周公既成洛邑，朝诸侯率以祀文王焉。"③朱熹《诗传》则曰："此周公既成洛邑而朝诸侯，因率之以祀文王之歌。言于穆哉，此清静之庙，其助祭之诸侯，皆敬且和，而其执事之人，又无不执行文王之德……如此则是文王之德岂不显乎！岂不承乎！"④《清庙》作为祭祀周文王的诗篇，主旨自然是颂赞文王之德。但是，朱熹认为，该诗更在于再现助祭诸侯们既敬且和的情状，他和弟子关于此的探讨有：

> 或疑《清庙》诗是祀文王之乐歌，然初不显颂文王之德，止言助祭诸侯既敬且和，与夫与祭执事之人能执行文王之德者，何也？某曰：文王之德不可名言。凡一时在位之人，所以能敬且和与执行文王之德者，即文王盛德之所在也。必于其不可容言之中，而见其不可掩之实，则诗人之意得矣。读此诗，想当时闻其歌者，真若洋洋乎如在其上、如在其左右，又何待多着言语，委曲形容而后足之哉？⑤

潘时举认为，诗人尽管没有直接赞颂文王之德，但通过助祭诸侯祭祀他时的恭敬和乐情状，再现了文王之德对人们的影响和感召，是用美学的方式侧面烘托了文王高尚的王道之德。朱熹对潘时举的见解表示赞赏。《清庙》外，朱熹认为以祭祀者的既敬且和情状来烘托文王之德的还有《雝》

---

① 宋·孙奭疏：《孟子注疏》，《唐宋注疏十三经》本，北京：中华书局，1998年，第24页。
② 清·王先谦：《诗三家义集疏》，北京：中华书局，1987年，第25页。
③ 宋·朱熹：《诗集传》，《朱子全书》本，上海：上海古籍出版社、安徽教育出版社，2002年，第395页。
④ 宋·朱熹：《诗集传》，《朱子全书》本，上海：上海古籍出版社、安徽教育出版社，2002年，第722页。
⑤ 宋·朱熹：《晦庵先生朱文公集》，《朱子全书》本，上海：上海古籍出版社、安徽教育出版社，2002年，第2907页。

篇,《诗传》于"宣哲维人,文武维后。燕及皇天,克昌厥后"文的解释是:"此美文王之德。宣哲,则尽人之道。文武,则备君之德。故能安人以及于天,而克昌其后嗣也。"①依朱熹的意思,这里周文王的王道美德是通过周武王祭祀乃父时的深情祭文表现出来的:文王的王道美德能够和谐天人,泽被后世。

《左传》曰:"国之大事,在祀与戎。"②在尚且没有制度化宗教的时代,祭祀是具有准宗教意味的仪式行为。和任何信仰对象在信众心目中的地位一样,周文王的苗裔在祭祀他时,无疑也将其看作了真善美的化身。从朱熹关于周文王原于天理的王道德性的纯一不杂、光明正大、致祭者的既敬且和等的表述中,是可以解读出文王德性的真善美三位一体观点的。这和《孟子》的王道德性有所不同:它仅在于一个善字上。

第四节 王道效用论:人与人、人与自然大和谐

不是将自然看作征服改造的对象,而是遵循自然规律利用自然规律为人类服务,实现人与自然的和谐相处,以达"民养生丧死无憾"的效果,是《孟子》王道思想的效用论。朱熹《诗经》学则是在二《南》解释中,巧妙地揉入了《大学》的三纲领(明明德、亲民、至于至善)和修齐治平(修身、齐家、治国、平天下)之学,将诗篇内容解释为周文王王道教化效用的表现,③最终完成了人与人、人与自然大和谐的王道效用论构建。

首先,周文王的王道效用表现在身修家齐上。《诗传》认为《周南》前五篇的《关雎》、《葛覃》、《卷耳》、《樛木》、《螽斯》等,体现了周文王修身齐家之效,其结《周南》诗旨曰:"此篇首五诗皆言后妃之德。《关雎》举其全体言也,《葛覃》、《卷耳》言其志行之在己,《樛木》、《螽斯》美其德惠之及人,皆

---

① 宋·朱熹:《诗集传》,《朱子全书》本,上海:上海古籍出版社、安徽教育出版社,2002年,第733页。
② 唐·孔颖达:《春秋左传注疏》,《唐宋注疏十三经》本,北京:中华书局,1998年,第293页。
③ 依朱熹《大学章句序》,《大学》为孔子"取先王之法"而"曾子述之"的内容,其意在于明三代之时,圣人"穷理、正心、修己、治人之道"的王道思想。朱熹这里又结合《大学》之学说二《南》诗篇体现了周文王教化天下的效果,其实也等于是说这些诗篇是周文王王道天下的效果,故其二《南》学是其王道思想的效用论。

指一事而言也。其词虽主于后妃,然其实则皆所以著文王身修家齐之效也。"①齐家要求首先处理好家庭关系中的夫妻关系,才能达成家庭和谐和睦的效果。朱熹这里所说的文王齐家之效,指后妃在文王王道的教化之下,其德能合乎后妃之道。就具体篇章言:《关雎》是对后妃妇德的总概括;《卷耳》写的是后妃对文王感情专一的妇德;《葛覃》写的是后妃富贵而不忘本,于生活中的细节依然躬行之德;《樛木》写的是后妃的不妒忌之德;《螽斯》写的是后妃不妒忌所达成的众妾和睦、子孙众多、家庭和谐的状况。

其次,周文王王道效用还表现在国治天下平上。《诗传》结《周南》诗旨还曰:"至于《桃夭》、《兔罝》、《芣苢》则家齐而国治之效也。"②至,意谓由上面《关雎》《葛覃》《卷耳》《樛木》《螽斯》五诗至于此处的《桃夭》《兔罝》《芣苢》三诗。如果前者所写的后妃之德,体现了周文王王道教化达成的齐家即自己家庭和谐和睦效果的话,朱熹认为后者则是家齐而后国治的内容,是社会上普通百姓和谐生活的体现:《桃夭》诗写的是百姓家庭夫妻生活和谐的内容;《兔罝》诗写的是处处人才涌流的社会状况;《芣苢》诗描述的是民间妇女和谐、和乐、轻松自然的采集生活。民为邦本,民众家庭和谐,处处人才涌流,生活轻松自然,这就是周文王王道社会的美好景象。天下平则是周文王王道教化于封国之外的地域所达成的社会和谐效果,《诗传》结《周南》诗旨继续曰:"《汉广》、《汝坟》则以南国之诗附焉,而见天下已有可平之渐矣。"③汉水、汝水,远在周域之南。《汉广》、《汝坟》两诗,反映的是汉水、汝水流域的人们在受到文王王道教化影响后,一反之前的淫乱之俗而遵守男女道德要求的内容:前者写的是出游的女孩能够自重,有贞静专一之德,致使鲁莽无礼的男子不敢侵犯她;后者写的是妇女坚守对行役丈夫的专一感情的内容。故这两首诗反映的是周文王王道教化所达成的天下平的效果。

最后,《大学》三纲领的内容也体现在周文王王道教化后的《召南》诗篇中。《诗传》主张,《鹊巢》、《采蘩》、《草虫》和《采蘋》四诗,反映的是文王王道教化于南国国君、大夫、夫人、大夫妻所达成的效果:《鹊巢》写的是南国诸侯正心修身以齐家后,夫人专静纯一之德;《采蘩》、《采蘋》写的是诸侯夫人、大夫妻能尽心奉祭祀的德行;《草虫》写的是诸侯夫人、大夫妻对出差在

---

① 宋·朱熹:《诗集传》,《朱子全书》本,上海:上海古籍出版社、安徽教育出版社,2002 年,第 411 页。
② 宋·朱熹:《诗集传》,《朱子全书》本,上海:上海古籍出版社、安徽教育出版社,2002 年,第 411 页。
③ 宋·朱熹:《诗传》,《朱子全书》本,上海:上海古籍出版社、安徽教育出版社,2002 年,第 411 页。

外的丈夫的思念之情;《甘棠》写的是南国民众怀念召伯之情;《行露》写的是南国女子的以礼自守内容;《羔羊》写的是大夫的节俭正直之德;《殷其雷》写的是南国妇女思念出差丈夫之情;《摽有梅》写的是女子对不能即时婚配的担心;《小星》写的是众妾赞美夫人的不妒忌之德;《江有汜》写的是滕赞美夫人经过文王王道教化后自悔,复与之共同服侍诸侯的德行;《野有死麕》写的是女子经文王王道教化后贞洁自守、抵御强暴的德行;《何彼秾矣》写的是王女尽管下嫁诸侯却不自高自大的德行;《驺虞》写的是文王王道教化后人与自然和谐相处的情状。综上,朱熹对《召南》的解释可概括为:未服王道教化的召南地域,在接受文王王道教化后,最终达到了止于至善即人与人、人与自然大和谐境界。

和谐精神是中国传统文化尤其是儒家思想的基本内容之一。《论语》说"君子和而不同,小人同而不和"①,《中庸》说"喜怒哀乐未发谓之中,发而皆中节谓之和"②,两者共同规定了和谐的基本内容是规则的和谐、秩序的和谐。朱熹以《大学》之学解释二《南》的《诗经》学的王道效用论,所体现的就是儒家传统的和谐精神:身修家齐为家庭和谐,国治天下平为社会和谐,《驺虞》篇表现了人与自然的和谐,而家庭和谐、社会和谐、人与自然的和谐,整体上则是以天理为依据即秩序前提下的宇宙大和谐。

统观朱熹的《诗经》学,发现他在其中通过周文王这一圣王形象,建立了以民意为本、以真善美结合为德、以人类社会及人与自然大和谐为用的王道思想体系。他的天理王道思想不但在本质上与先秦百家王道不同,也和《孟子》的心本论有异。

---

① 宋·刑昺:《论语注疏》,《唐宋注疏十三经》本,北京:中华书局,1998年,第87页。
② 唐·孔颖达:《礼记注疏》,《唐宋注疏十三经》本,北京:中华书局,1998年,第575页。

第十二章　朱熹《诗经》学《魏》《唐》为晋风疑说

晋国作为春秋霸主之一,在风云变幻的历史舞台上,占有相当重要的地位。但反映西周到春秋社会历史生活状况的诗歌总集——《诗经》之十五《国风》,却无以"晋"名《风》者,多少让人感到蹊跷。而详《诗》研究史可见,历代解释者已有将《唐风》归于"晋风"者,迄于宋代,苏辙和朱熹还将《魏风》归于"晋风"。如朱熹《诗传》解《魏风》时引苏氏语曰:"魏地入晋久矣,其诗疑皆为晋而作,故列于《唐风》之前。犹《邶》、《鄘》之于卫也。"①朱熹按曰:"篇中'公行''公路''公族',皆晋官,疑实晋诗。又恐魏亦尝有此官,盖不可考矣。"②综合苏、朱两说,其判《魏风》为"晋风"以"考之史实"、"佐之他《风》"和"察之官名"为说,也可谓论证有力。尽管朱说对此观点尚有存疑,但从他对两《风》风格之分析,可见已是私定之论。

第一节　晋风地域风格

朱熹《诗传》谈到魏和唐之国域、都址、土俗、民风曰:"魏,国名,本舜、禹故都,在《禹贡》冀州雷首之北,析城之西,南枕河曲,北涉汾水。其地狭隘,而民贫俗俭,盖有圣贤之遗风焉。周初以封同姓,后为晋献公所灭而取其地。"③又:"唐,国名,本帝尧旧都,在《禹贡》冀州之域,太行、恒山之西,太原、太岳之野。周成以封弟叔虞为唐侯。南有晋水。至子燮乃改国号曰晋。

---

① 宋·朱熹:《诗集传》,《朱子全书》本,上海:上海古籍出版社、安徽教育出版社,2002年,第490页。
② 宋·朱熹:《诗集传》,《朱子全书》本,上海:上海古籍出版社、安徽教育出版社,2002年,第491页。
③ 宋·朱熹:《诗集传》,《朱子全书》本,上海:上海古籍出版社、安徽教育出版社,2002年,第490页。

后徙曲沃,又徙居绛。其地土瘠民贫,勤俭质朴,忧深思远,有尧之遗风。其诗不谓之晋,而谓之唐,盖仍始封之旧号耳。"①由上可得下二结论:一、魏、唐均乃后之晋地,故二《风》实质上可为"晋风"。二、二《风》有相同或相似的地理环境和土风民德。② 所以,两论归一,朱熹认为,晋地境之狭和土质之瘠,决定了其民生之困。贫困的生活境况又决定了其民勤俭质朴,忧深思远之德。而"晋风"作为吟咏情性之歌诗,自然地要表现着这一德性,而事实上,"晋风"内容风格上异于他《风》之处,即为勤俭质朴和忧深思远两点。有关于此,朱熹《序辨》于《蟋蟀》诗有明晰的表达:"河东地瘠民贫,风俗勤俭,乃其风土气习有以使之。"③以朱熹的观点,这一风格的最终决定因素是晋地狭隘贫瘠的地理环境。这样,我们自然会联想到西方有学者所主张的文学风格地理环境决定论上。如孟德斯鸠就说过:"地理环境,尤其是气候、土壤等,和人民的性格、感情有关系。"④法国丹纳也认为人的性情和自然环境有关,他认为希腊人所处的温和地理环境造就的民性民情:"一定比别的民族发展更快,更和谐。没有酷热使人消沉和懒惰,也没有严寒使人僵硬迟钝。"⑤殊不知,这一在文艺美学上影响甚大的观点,我们的先哲们早就注意到了。何止是注意到,朱熹《诗传》在《秦·无衣》结处,已经有了系统的论述:"秦人之俗,大抵尚气概,先勇力,忘生轻死,故其见于《诗》如此。然本其初而论之,岐丰之地,文王用之以兴《二南》之化,如彼其忠且厚也。秦人用之未几,而一变其俗至于如此,则已悍然有招八州而朝同列之气矣。何哉?雍州土厚水深,其民厚重质直,无郑卫骄惰浮靡之习。以善导之,则易以兴起而笃于仁义;以猛驱之,则其刚毅果敢之资,亦足以强兵力农,而成富强之业。"⑥朱熹认为:土厚水深的雍州岐丰之地的地理环境,决定了其民厚重质直之性而非如郑卫之骄惰浮靡,亦非晋民的勤俭质朴、忧深思远。而二《南》中所表现的"仁义"之德和《秦风》中所表现的"尚气概,先勇力"之风,其最终决定因素也是"土厚水深"的地理环境。

朱熹所理解的"晋风"内容上之勤俭质朴、忧深思远的风格特征,主要表

---

① 宋·朱熹:《诗集传》,《朱子全书》本,上海:上海古籍出版社、安徽教育出版社,2002 年,第 497 页。
② 魏地狭隘,而民贫俗俭。唐地土瘠民贫,勤俭质朴,忧深思远。
③ 宋·朱熹:《诗集传》,《朱子全书》本,上海:上海古籍出版社、安徽教育出版社,2002 年,第 375—376 页。
④ [法]孟德斯鸠:《论法的精神》,北京:商务印书馆,1961 年,第 22 页。
⑤ [法]丹纳:《艺术哲学》,北京:人民文学出版社,1963 年,第 245 页。
⑥ 宋·朱熹:《诗集传》,《朱子全书》本,上海:上海古籍出版社、安徽教育出版社,2002 年,第 513 页。

现于《魏风》之《葛屦》和《汾沮洳》二篇以及《唐风》之《蟋蟀》和《山有枢》二篇。而《魏风》之《葛屦》和《汾沮洳》,又正是刺俭啬的。《毛序》认为《葛屦》篇为刺其君"俭啬偏急"之德之诗:"刺偏也。魏地狭隘,其民机巧趋利,其君俭啬偏急,而无德以将之。"《诗传》首章"纠纠葛屦,可以履霜。掺掺女手,可以缝裳。要之襋之,好人服之"疏文尽管不支持《序》之"刺君"说,而对刺"俭啬偏急"之德却未持异议:"魏地狭隘,其俗俭啬而偏急,故以葛屦履霜起兴,而刺其使女缝裳,又使治其要襋而遂服之也。"①《汾沮洳》篇,朱熹亦认为是关涉勤俭之诗,《诗传》首章"彼汾沮洳,言采其莫。彼其之子,美无度。美无度,殊异乎公路"疏文亦曰:"此亦刺俭不中礼之诗。言若此人者,美则美矣,然其俭啬偏急之态,殊不似贵人也。"②《诗传》于《葛屦》结处,更将此诗意义提升到伦理学的高度:"夫子谓与其奢也宁俭。则俭虽失中,本非恶德。然而俭之过,则至于吝啬迫隘,计较分毫之间,而谋利之心始急矣。《葛屦》、《汾沮洳》……皆言其急迫琐碎之意。"③朱熹认为在奢、俭和吝三德中,俭非恶德而奢、吝则不值得提倡。而吝德的外在表现是"计较分毫之间,而谋利之心始急"。后清代马瑞辰于"俭勤"和"俭吝"两德辨之颇详,可谓朱意之详解:"俭勤与俭吝异……俭勤者俭以持己,而所以奉上惠下者不嫌丰;俭吝者吝于与人,而所以持身涉世者无不隘。"④显然,《魏风》中符合刺"俭吝"主旨的有《葛屦》和《汾沮洳》二诗。如果说《魏风》之《葛屦》和《汾沮洳》二诗,通过刺"俭吝"而反现"晋风""勤俭质朴"内容风格的话,那么《唐风》之《蟋蟀》和《山有枢》二诗在包含"勤俭质朴"风格的同时,还侧重于"忧深思远"的表现上。如《蟋蟀》首章"蟋蟀在堂,岁聿其莫。今我不乐,日月其除。无已大康,职思其居。好乐无荒,良士瞿瞿"疏文曰:"唐俗勤俭,故其民间终岁劳苦,不敢少休,及其岁晚务闲之时,乃敢相与宴饮为乐。而言今蟋蟀在堂,而岁忽已晚矣。当此之时而不为乐,则日月将舍我而去矣。然其忧深而思远也,故方宴乐而又遽相戒曰:'今虽不可以不为乐,然不已过于乐乎?盖亦顾念其职之所居者,使其虽好乐而无荒,若彼良士之长

---

① 宋·朱熹:《诗集传》,《朱子全书》本,上海:上海古籍出版社、安徽教育出版社,2002年,第491页。
② 宋·朱熹:《诗集传》,《朱子全书》本,上海:上海古籍出版社、安徽教育出版社,2002年,第491页。
③ 宋·朱熹:《诗集传》,《朱子全书》本,上海:上海古籍出版社、安徽教育出版社,2002年,第491页。
④ 清·马瑞辰:《毛诗传笺通释》,北京:中华书局,1989年,第371页。

虑却顾焉,则可以不至于危亡也。'"①依朱熹理解,尚勤俭而终岁劳苦的晋民,只有在年终岁尾时才敢"宴饮为乐",而此诗之先"主乐"而后"戒乐",恰恰表现了晋民忧深思远之德。朱熹认为,《山有枢》和《蟋蟀》相较,更表现了"忧深思远"的思想,其首章疏文曰:"故言山则有枢矣,隰则有榆矣。子有衣裳车马,而不服不乘,则一旦宛然以死,而他人取之以为己乐矣。盖言不可以不及时为乐。然其忧愈深,而意愈蹙矣。"②所谓"宛然一死"、"及时为乐"等语,所忧之深简直及于生命意识的高度,经朱熹这样一解,"晋风"之思想格调就大不同于他《风》,也高于《毛序》等汉唐旧说之所谓刺诗之说了。再,《蟋蟀》"戒乐",《山有枢》"主乐",一"戒乐"一"主乐",朱熹已看到了其间的联系:两者为唱和之诗。这一点朱熹在多个场合都有论及。

第二节 晋风唱和诗说

如上所述,朱熹《诗传》首章疏文认为《蟋蟀》诗之"忧深思远"主旨主要表现在其先"主乐"后"戒乐":"今虽不可以不为乐,然不已过于乐乎?盍亦顾念其职之所居者,使其虽好乐而无荒,若彼良士之长虑却顾焉,则可以不至于危亡也。"可见,所谓"戒乐",即不可过于乐也。而朱熹认为《山有枢》高扬生命意识之生命之忧,是要人们"及时行乐"。两者诗篇相继,诗意相联,朱熹慧眼,判此二诗为相互应答的唱和之诗,《山有枢》首章疏文曰:"此诗盖以答前篇之意而解其忧。"③《序辨》也针对《毛序》"刺晋昭公"说辩曰:"此诗盖以答《蟋蟀》之意而宽其忧,非臣子所得施于君父者,《序》说大误。"④另,朱熹后学黄升卿所录朱熹的一则谈话,也证明了他主张此二诗为应答之诗的观点:"《蟋蟀》自做起底诗,《山有枢》自做到底诗。"⑤所谓一起一到者,即前唱后和也。后来朱熹还在批评《毛序》尤其是《小序》时详细论此二诗唱和之特点:"《诗序》实不足信……《诗》中数处皆应答之诗,如《天

---

① 宋·朱熹:《诗集传》,《朱子全书》本,上海:上海古籍出版社、安徽教育出版社,2002年,第497页。
② 宋·朱熹:《诗集传》,《朱子全书》本,上海:上海古籍出版社、安徽教育出版社,2002年,第498页。
③ 宋·朱熹:《诗集传》,《朱子全书》本,上海:上海古籍出版社、安徽教育出版社,2002年,第489页。
④ 宋·朱熹:《诗集传》,《朱子全书》本,上海:上海古籍出版社、安徽教育出版社,2002年,第376页。
⑤ 宋·黎靖德编、王星贤校点:《朱子语类》,北京:中华书局,1986年,第2111页。

保》乃为《鹿鸣》之唱答,《行苇》与《既醉》为唱答,《蟋蟀》与《山有枢》为唱答。……(《蟋蟀》)作诗者是一个不敢放怀底人,说'今我不乐,日月其除',便又说'无已太康,职思其居'。到《山有枢》是答者,便谓'子有衣裳,弗曳弗娄,宛其死矣,他人是愉'。'子有钟鼓,弗鼓弗考,宛其死矣,他人是保'。这是答他不能享些快活,徒惩地苦涩。"①此处朱熹也有力地论证了《蟋蟀》与《山有枢》两者为应答唱和之诗。除此之外,他还概括地提出"《诗》中数处皆应答之诗"说并列举了《蟋蟀》和《山有枢》外的另两组:《天保》乃为《鹿鸣》之应答,《行苇》与《既醉》为唱答。

实际上,关于《诗经》"唱和"(又曰"应答"、"唱答")说,是朱熹在《诗经》解释史上的大发现,也是他对《诗经》学研究的大贡献。有关于此,他在另一次批评《毛序》时曾系统论曰:

《诗大序》只有"六义"之说是……如《小序》亦间有说得好处,只是杜撰处多。……诗人当时多有唱和之词,如是者有十数篇……。且如《蟋蟀》一篇,本其风俗勤俭,其民终岁勤劳,不得少休,及岁之暮,方且相与燕乐;而又遽相戒曰:"日月其除,无已太康。"盖谓今虽不可以为乐,然不已过于乐乎!其忧深思远故如此。至《山有枢》一诗,特以和答其意而解其忧尔,故说山有枢矣,隰则有榆矣。子有衣裘,弗曳弗娄;子有车马,弗驰弗驱。一旦宛然以死,则他人藉之以为了尔,所以解劝他及时而乐也。而序《蟋蟀》者则曰:"刺晋僖公俭不中礼。"盖风俗之变,必由上以及下。今谓君之俭反过于礼,而民之俗扰知用礼,则必无是理也。至《山有枢》则以为"刺晋昭公",又大不然矣!若《渔藻》,则天子燕诸侯,而诸侯美天子之诗也。《采菽》,则天子所以答《渔藻》也。至《鹿鸣》,则宴享宾客也……。《四牡》,则劳使臣也,……《皇皇者华》,则遣使臣之诗也;《棠棣》,则燕兄弟之诗也……。《伐木》,则燕朋友故旧之诗也。人君以《鹿鸣》而下五诗燕其臣,故臣受君之赐者,则歌《天保》之诗答其上。……而古注言《鹿鸣》至《伐木》"皆君所以下其臣,臣亦归美于上,崇君之尊,而福禄之,以答其歌",却说得尤分明。又如《行苇》,自是祭毕而宴父兄耆老之诗……《既醉》,则父兄所以答《行苇》之诗也;《凫鹥》,则祭之明日绎而宾尸之诗也。……《假乐》则公尸之所以答《凫鹥》也。②

---

① 宋·黎靖德编、王星贤校点:《朱子语类》,北京:中华书局,1986年,第2076—2077页。
② 宋·黎靖德编、王星贤校点:《朱子语类》,北京:中华书局,1986年,第2072—2074页。

上引重点论证了《蟋蟀》和《山有枢》两篇为唱和之诗后，又提出了《渔藻》和《采菽》、《鹿鸣》和《伐木》、《行苇》和《既醉》、《凫鹥》和《假乐》四组。

综上讨论可见，朱熹认为《诗经》中的唱和之诗已有五组之多，但此外还有《豳》之《东山》和《破斧》、《小雅》之《甫田》和《大田》、《小雅》之《瞻彼洛矣》和《裳裳者华》三组。《东山》诗，《毛序》认为是大夫美周公之诗："周公东征，三年而归，劳归士，大夫美之，故作是诗也。"朱熹《序辨》不同其说而认为此诗为周公所作："此周公劳归士之词，非大夫美之而作也。"①《诗传》首章疏文亦曰："周公……作此诗以劳归士。"②《破斧》诗《毛序》认为："美周公也。周大夫以恶四国焉。"朱熹《序辨》曰："此归士美周公之言，非大夫恶四国之诗也。"③《诗传》首章疏文则定此诗为答上篇《东山》之诗："从军之士以前篇周公劳己之勤，故言此以答其意。"④至于《甫田》诗之主旨，朱熹《诗传》首章"倬彼甫田，岁取十千。我取其陈，食我农人，自古有年。今适南亩，或耘或耔，黍稷薿薿。攸介攸止，烝我髦士"疏文认为是"公卿有田禄者"的惠农之诗："此诗述公卿有田禄者力于农事，以奉方社田祖之祭。故言于此大田，岁取万亩之人以为禄食。及其积之久而有余，则又存其新而散其旧，以食农人，补不足，助不给也。"⑤《大田》，朱熹《诗传》首章疏文认为是农夫答颂公卿之诗："此诗为农夫之词，以颂美其上，若以答前篇之意也。"⑥《瞻彼洛矣》朱熹认为是诸侯美天子之诗，如其《诗传》首章疏文曰："此天子会诸侯于东都，以讲武事，而诸侯美天子之诗。言天子至此洛水之上，御戎服而起六师也。"⑦《裳裳者华》，《诗传》首章疏文曰："此天子美诸侯之辞，

---

① 宋·朱熹：《诗集传》，《朱子全书》本，上海：上海古籍出版社、安徽教育出版社，2002年，第381页。
② 宋·朱熹：《诗集传》，《朱子全书》本，上海：上海古籍出版社、安徽教育出版社，2002年，第536页。
③ 宋·朱熹：《诗集传》，《朱子全书》本，上海：上海古籍出版社、安徽教育出版社，2002年，第381页。
④ 宋·朱熹：《诗集传》，《朱子全书》本，上海：上海古籍出版社、安徽教育出版社，2002年，第538页。
⑤ 宋·朱熹：《诗集传》，《朱子全书》本，上海：上海古籍出版社、安徽教育出版社，2002年，第626页。
⑥ 宋·朱熹：《诗集传》，《朱子全书》本，上海：上海古籍出版社、安徽教育出版社，2002年，第628页。
⑦ 宋·朱熹：《诗集传》，《朱子全书》本，上海：上海古籍出版社、安徽教育出版社，2002年，第629页。

盖以答《瞻彼洛矣》也。"①后又曰:"《诗》多有酬醉应答之篇。《瞻彼洛矣》,是臣归美其君,君子指君也。当时朝会于洛水之上,而臣祝其君如此。《裳裳者华》又是君报其臣。"②

依朱熹的理解,《诗三百》中和"晋风"《蟋蟀》、《山有枢》同样的唱和之诗共有八组。详考《诗经》学研究史,这一见解确实是空前的思路。因此,这一点不但是"晋风"理解上的新成就,也是整个《诗经》学思想研究史上的新成就了。难怪当代学者陈子展在谈到《山有枢》时以激赏的口吻说:"最妙的是朱熹《诗传》,好像以为前篇和这篇好是两个诗人互相赠答的诗。他说:'此诗盖亦答前篇之意而解其忧……。'他的门人辅广说:'以此为答前篇之意而宽其忧,则句句有着落,有意味。此义盖自先生发之。然亦因《天保》为报上之诗,故并《既醉》、《假乐》诸篇皆得其正也。'(《传说汇纂》引)这真是他们师弟子的一种创建!"③

第三节　晋风乱世士子心态

朱熹解释"晋风"的再一创新之处,还在于他于诗篇主旨上一反《毛序》为代表的汉唐刺诗说而将《魏风》七首中的若干首理解为表现衰乱之世士子(贤者、君子)伦理之诗。

《园有桃》主旨《毛序》以为是:"刺时也。大夫忧其君,国小而迫,而俭以啬,不能用其民,而无德教,日以侵削,故作是诗也。"朱熹《序辨》只接受其中的"国小而迫","日以侵削"等说:"'国小而迫,日以侵削'者得之,余非是。"④《诗传》首章"园有桃,其实之肴。心之忧矣,我歌且谣。不知我者,谓我士也骄。彼人是哉,子曰何其?心之忧矣,其谁知之?其谁知之,盖亦勿思"疏文曰:"诗人忧愁其国小而无政治,故作是诗。言园有桃,则其实之肴矣;心有忧,则我歌且谣矣。然不知我之心者,见其歌谣而反以为骄,且曰彼之所为已是矣,而子之言独何为哉?盖举国人之莫觉其非,而反以忧之者为骄也。于是忧者重嗟叹之,以为此之可忧初不难知,彼之非我,特未之思耳,

---

① 宋·朱熹:《诗集传》,《朱子全书》本,上海:上海古籍出版社、安徽教育出版社,2002年,第630页。
② 宋·朱鉴:《诗传遗说》,文渊阁《四库全书》本,经部第75册《诗》类,台北:台湾商务印书馆影印版,1986年,第570页。
③ 陈子展:《诗三百解题》,上海:复旦大学出版社,2001年,第422—423页。
④ 宋·朱熹:《诗集传》,《朱子全书》本,上海:上海古籍出版社、安徽教育出版社,2002年,第375页。

诚思之,则将不暇非我而自忧矣。"①国小无政,英雄无用武之地,于是忧愤而歌。诗人行为不被理解,遭到多数国人"骄"之非难。于是诗人认为,国人的麻木比国小无政更令人担忧。果真如朱熹所说这样,那么此诗作者无疑已发战国屈原之先声了:举世皆浊而我独清,众人皆醉而我独醒。这也许是我国古代浑浊之世有识之士的共同遭际。生逢此世,他们能怎样呢?后来的屈原选择了怀沙赴水,而照朱熹所理解,晋国的贤者所选择的,似乎是退隐。《十亩之间》主旨,依《毛序》应为"刺时也。言其国削小,民无所居"。朱熹《序辨》斥责曰:"《序》文殊无理,其说已见本篇矣。"②所谓"说见本篇",指《诗传》首章"十亩之间兮,桑者闲闲兮,行与子还兮"疏文:"政乱国危,贤者不乐仕于其朝,而思与其友归于农圃,故其词如此。"③哪里是"刺时……民无所居"之诗,明是一贤者思隐之诗也。《伐檀》诗主旨为刺,自古就是一主流观点,如朱熹所反对的《毛序》就是这样:刺贪也。在位贪鄙,无功而受禄,君子不得进仕尔。其《序辨》认为此诗非刺诗,而是"专美君子之不素餐"④之诗。并于《诗传》首章"坎坎伐檀兮,置之河之干兮。河水清且涟漪。不稼不穑,胡取禾三百廛兮?不狩不猎,胡瞻尔庭有县貆兮?彼君子兮,不素餐兮"疏文处,具体将此诗断为一歌颂君子自食其力以自我砺志之诗:"诗人言有人于此用力伐檀,将以为车而行陆也。今乃置之河干,则河水清涟而无所用,虽欲自食其力而不可得矣。然其志则自以为不耕不可以得禾,不猎不可以得兽,是以甘心穷饿而不悔也。诗人述其志而叹之,以为是真能不空食者。后世若徐稚之流,非其力不食,其厉志盖如此。"⑤面对现实的不可为,有识之士歌也罢,隐也罢,自砺也罢,都是无奈之举。朱熹将这样三首诗作如许解读,确也是破天荒的值得一提的反传统之举。而此举不光表现于"晋风"中的这三篇,他《风》的亦有类似之处。

除以上自忧、思隐和自砺外,朱熹还从《国风》中创新性地读出了衰乱之

---

① 宋·朱熹:《诗集传》,《朱子全书》本,上海:上海古籍出版社、安徽教育出版社,2002年,第492页。
② 宋·朱熹:《诗集传》,《朱子全书》本,上海:上海古籍出版社、安徽教育出版社,2002年,第375页。
③ 宋·朱熹:《诗集传》,《朱子全书》本,上海:上海古籍出版社、安徽教育出版社,2002年,第493页。
④ 宋·朱熹:《诗集传》,《朱子全书》本,上海:上海古籍出版社、安徽教育出版社,2002年,第494页。
⑤ 宋·朱熹:《诗集传》,《朱子全书》本,上海:上海古籍出版社、安徽教育出版社,2002年,第494页。

世士子(贤者、君子)自嘲、自乐的诗篇。如《邶·简兮》篇,《毛序》判其主旨曰:刺不用贤也。卫之贤者仕于伶官,皆可以承事王者也。朱熹认为此诗既非刺诗,也非贤者心安理得承事王者之诗,而是一仕于伶官的不得志贤者的自嘲之诗,故其首章"简兮简兮,方将万舞。日之方中,在前上处"疏文曰:"贤者不得志,而仕于伶官,有轻世肆志之心焉,故其言如此。若自誉而实自嘲也。"①朱熹于此诗总结处还引用张子(张载)的话肯定了贤者这一自嘲心态:"为禄仕而抱关击柝,则犹恭其职也。为伶官则杂于侏儒俳优之间,不恭甚矣,其得谓之贤者,虽其迹如此,而其中固有以过人,又能卷而怀之,是亦可以为贤矣。东方朔似之。"②后有人对朱熹这一肯定姿态提出疑问:"《简兮》诗……谓'其迹如此,而其中固有以过人者'。夫能卷而怀之,是固可以为贤,然以圣贤出处律之,恐未可以为尽善?"曰:"古之伶官,亦非甚贱;其所执者,犹是先王之正乐。故献工之礼,亦与之交酢。但贤者而为此,则自不得志耳。"③朱熹采取了折中态度给予解答。《考槃》,《毛序》认为是"刺庄公也。不能继先公之业,使贤者退而处穷"④之诗。朱熹认为"此为美贤者穷处而能安其乐之诗",《序辨》曰:"此为美贤者穷处而能安其乐之诗,文意甚明。然诗文未有见弃于君之意,则亦不得为刺庄公矣。《序》盖失之,而未有害于义也。至于郑氏,遂有誓不忘君之恶、誓不过君之朝、誓不告君以善之说,则其害义又有甚焉。于是程子易其训诂,以为陈其不能忘君之意、陈其不能过君之朝、陈其不得告君以善,则其意忠厚而和平矣。然未知郑氏之失生于《序》文之误,若但直据诗词,则与其君初不相涉也。"⑤朱熹不但否定《毛序》之说,而且还批评了阐发其说的郑、程等学者。而《陈·衡门》诗,朱熹否定了《毛序》"诱僖公也。愿而无立志,故作是诗以诱掖其君"⑥的主旨说,《诗传》首章"衡门之下,可以栖迟。泌之洋洋,可以乐饥"疏文解为"隐者自乐,而无求者之词。言衡门虽浅陋,然亦可以游息。泌水虽不可饱,然

---

① 宋·朱熹:《诗集传》,《朱子全书》本,上海:上海古籍出版社、安徽教育出版社,2002年,第434页。
② 宋·朱熹:《诗集传》,《朱子全书》本,上海:上海古籍出版社、安徽教育出版社,2002年,第435页。
③ 宋·黎靖德编、王星贤校点:《朱子语类》,北京:中华书局,1986年,第2105页。
④ 宋·朱熹:《诗集传》,《朱子全书》本,上海:上海古籍出版社、安徽教育出版社,2002年,第367页。
⑤ 宋·朱熹:《诗集传》,《朱子全书》本,上海:上海古籍出版社、安徽教育出版社,2002年,第367页。
⑥ 宋·朱熹:《诗集传》,《朱子全书》本,上海:上海古籍出版社、安徽教育出版社,2002年,第379页。

亦可以玩乐而忘饥也。"①《序辨》亦批评《毛序》曰："僖者,小心畏忌之名,故以为'愿而无立志'而配以此诗,不知其为贤者自乐而无求之意也。"②批评了《毛序》的强不知以为知,生硬地强将诗之主旨和以僖为谥的陈国君主联系起来。朱熹有关于此的观点得到清学者方玉润的响应,其《衡门》之辩曰："此贤者甘贫而无求于外之诗。不知《序》何以云'诱僖公也?'夫僖公……。《陈》之有《衡门》也,亦犹《卫》之有《考盘》……是皆举世不为之中而己独为之……此种诗不可多得,亦断不可少。而《序》者不喻其意,反引而他属,可慨也夫!"③可见,方氏不仅观点和朱熹一致,就连批评《毛序》的语气也如出一口!

综上所述,朱熹关于"晋风"的新主张,不仅具有"晋风"解释史上的意义,而且和其整个《诗经》学思想息息相关。不仅具有《诗经》学上的意义,甚至还有着文学、文化(包括地域文化)学上的重大意义。

---

① 宋·朱熹:《诗集传》,《朱子全书》本,上海:上海古籍出版社、安徽教育出版社,2002年,第517页。
② 宋·朱熹:《诗集传》,《朱子全书》本,上海:上海古籍出版社、安徽教育出版社,2002年,第379页。
③ 清·方玉润:《诗经原始》,北京:中华书局,1986年,第284页。

第十三章 朱熹《诗经》学的影响

朱熹的《诗经》解释学学术,结束了毛、郑《诗》学一统天下的千年历史,此后,《诗经》学术进入毛、朱并行而朱学尤胜的新时代。可以说,朱熹后的《诗经》学已经难逃朱熹的影响。其影响最突出的表现是《朱传》成为官方认定的权威,科举取士的依据。这有两个标志性事件:一是朱熹去世百年后,元代延佑年间行科举法,定《诗》义主用朱子《诗经》学同时参酌古注;再是又百年后,明永乐始独以朱熹《诗传》试士。官方权威之外,从学术成果看,也无一不为朱熹《诗经》学所影响。仅以《四库全书》收录、存目的朱熹后的百三十种《诗经》类学术著作考察,其影响又有以下若干情形:宗朱熹《诗》说而阐扬之;取法朱熹以己解《诗》之法而流衍之;权衡毛朱之间而折中之;谨宗《毛传》而于朱熹《诗传》辩驳之。朱熹《诗经》解释学于后学的影响,还表现于对其的单独评价,如具体个案的废《序》及"淫诗"说之辨。

第一节 宗朱熹《诗》说而阐扬之

宗朱熹《诗传》,即步趋朱熹《诗》说,在朱说的藩篱内阐扬《诗经》。据《四库全书总目》以考察,这一类以宋代辅广《诗童子问》开其源,清代王承烈《复庵诗说》扬其波,其间尚有元代许谦、刘瑾、梁益、朱公迁、刘玉汝、梁寅,明代朱善、胡广、刘敬纯,清代姜兆锡、应麟等充其实。这一类体现朱熹理学《诗经》学影响甚巨,体现对朱熹理学《诗经》学褒赞的评价。

宋代辅广,字汉卿号潜斋,初师从吕祖谦,后改从朱熹。辅广《诗童子问》大旨主于羽翼《诗传》以述平日闻于朱熹之说,故以"童子问"命名。《诗童子问》的内容继承朱熹废《序》以解《诗》思想,并在朱熹的基础上变本加厉掊击《毛序》,有关于此,张端义《贵耳集》载陈善送广往考亭有诗讽刺曰:

"见说平生辅汉卿,武夷山下吃残羹。"①如果说辅广《诗童子问》在步趋朱熹《诗》学上为开源之作的话,那么清代王承烈所撰《复庵诗说》则是扬其波之篇。关于《复庵诗说》步趋朱熹《诗经》学的扬辅广之余波,《四库总目》说其"依据朱子《诗传》以攻击毛郑,其菲薄汉儒者无所不至,惟'淫诗'数篇稍与朱子为异耳!盖扬辅广诸人之余波,而又加甚焉者也"②。这里《四库总目》所谓"辅广诸人"者,所指为除辅广外尚有元代许谦、刘瑾、梁益、朱公迁、刘玉汝、梁寅,明代朱善、胡广、刘敬纯,清代姜兆锡、应麟等。众所周知,朱熹理学主导下的《诗传》强于义理阐发而弱训诂名物,许谦《诗集传名物钞》即是在名物训诂上阐扬朱熹《诗传》,而其也确实做到了足以补《诗传》之阙遗。刘瑾字公瑾,安福人,其学问渊源出于朱熹,其《诗传通释》大旨亦在于发明《诗传》,与辅广《诗童子问》相同。但两者在内容上又各有侧重:《诗童子问》的循文演义于义理上多所阐发,《诗传通释》则重辨定故实,于诗篇本事用功甚勤。梁益字友直,号庸斋,江阴人,曾参加浙江乡试但没有做过官,教授乡里以终,其《诗传旁通》和刘瑾《诗传通释》同,主旨也在于补朱熹《诗传》义理之强训诂之弱,于《诗传》所引故实,一一引据出处,辨析源委。同为元代人的朱公迁的《诗经疏义》,也是为发明朱熹《诗传》而作,于注有疏,故曰"疏义",其后朱公迁同里王逢及逢之门人何英又采众说以补之,逢所补题曰"辑",何英所补题曰"增释",虽递相附益,其宗旨一也:墨守朱熹,不逾尺寸。刘玉汝《诗缵绪》大旨亦专以发明朱熹《诗传》,故名曰《缵绪》,体例与辅广《童子问》相近。《诗缵绪》凡《诗传》中一二字之斟酌,必求其命意之所在,或存此说而遗彼说,或宗主此论而兼用彼论,无不寻绎其所以然。《诗缵绪》对朱熹的"六义"之学、"叶韵"之学也大有阐发:其论赋比兴谓有取义之兴、有无取义之兴,有一句兴通章、有数句兴一句,有兴兼比、赋兼比之类;论《风》《雅》之殊如曰有腔调不同、有词义不同之类;论用韵之法,如曰隔句为韵、连章为韵、叠句为韵,重韵为韵之类。《诗缵绪》对朱熹"六义"、"叶韵"之学的反复体究、缕析条分,可谓对朱熹《诗经》学贡献甚大。梁寅《诗演义》宗旨亦在于推演朱熹《诗传》之义,故而以"演义"命名。关于该书,其《自序》尽管标榜"幼学而作,博稽训诂以启其塞,根之义理以达其义,隐也使之显,略也使之详"③,但就书的成就来看,却浅显易见,切近不支,有违作者本旨。但就著述动机看仍不失为步趋朱熹的《诗经》学后继者。

---

① 清·永瑢等:《四库全书总目》,北京:中华书局,1965 年,第 125 页。
② 清·永瑢等:《四库全书总目》,北京:中华书局,1965 年,第 146 页。
③ 清·永瑢等:《四库全书总目》,北京:中华书局,1965 年,第 128 页。

朱善字备万号一斋，丰城人，其《诗解颐》推衍朱熹《诗传》以为说。《诗解颐》不载经文，但以诗之篇题标目，也不主于训诂字句，惟意主借诗以立训，焦点在于阐发兴观群怨之旨、温柔敦厚之意，尤其于兴衰治乱推求源本、剀切著明，被《四库总目》评为"有裨于人事"①的经解中的"别体"②。胡广等的《诗经大全》是奉勅所撰，为永乐中所修《五经大全》之一。《诗经大全》虽为奉勅之作，且也主于羽翼朱熹《诗传》，但因内容上为本于元代刘瑾所著《诗传通释》而稍有损益，故其自身学术价值并不大。尽管如此，由于其奉敕之作的官方背景，却被立为明朝前期科举取士的依据，且有继作出现，如清代王梦白、陈曾的被《四库总目》评为"虽为广《大全》而作，然其采择精详，诠绎简当，或有功于《朱传》"③的《诗经广大全》，就是引诸儒论说补充《诗经大全》之书。刘敬纯所撰《诗意》大旨亦宗朱熹《诗传》，之所以这样说是因其虽间采诸家，然皆其发明《诗传》者。《诗意》在功能上也和胡广《诗经大全》一样，是应付科举考试之书。另有清代姜兆锡《诗蕴》一以朱熹《诗传》为宗，力攻《小序》。《诗蕴》尽管于他家之说也有采取，但采取的标尺却是朱熹《诗传传》：合《诗传》者始采之，稍有所异，即为所汰。清代应麟《诗经旁参》也为因袭朱熹《诗传》而敷衍其余意之作。如上所述，清代王承烈《复庵诗说》更是依据朱熹《诗传》以攻击毛郑，菲薄汉儒者无所不至之书。

当然，朱熹《诗经》学的基本文本是《诗传》，故而后学对朱熹《诗经》学的因袭步趋，也首先表现在对《诗传》的学术态度和行为上。但这也并非学术的惟一，因为《诗传》外，步趋朱熹《诗经》学者尚有专门阐说朱熹《序辨》之义者，如明代邵弁的《诗序解颐》。而专以《四书》解《诗》的清代方葇如，其《毛诗通义》但列经文别无训释，各章之下必引《四书》一两句以证之，如《关雎》章即引"君子之道造端乎夫妇"，《葛覃》章即引"夫人蚕缲以为衣服"之类，至于《墙有茨》篇无可附会，则谓宣姜所生如寿、如文公、如宋桓及许穆夫人皆有贤德，引"犁牛之子骍且角"句。④ 是为了切朱熹理学《诗经》学于方法论上的一类。

---

① 清·永瑢等：《四库全书总目》，北京：中华书局，1965年，第128页。
② 清·永瑢等：《四库全书总目》，北京：中华书局，1965年，第128页。
③ 清·永瑢等：《四库全书总目》，北京：中华书局，1965年，第146页。
④ 清·永瑢等：《四库全书总目》，北京：中华书局，1965年，第140页。

第二节 取法朱熹以己意解《诗》

如前所述,朱熹《诗经》学的废黜《毛序》以诗解《诗》,是以己意解《诗》的方法论。朱熹秉持以己意解《诗》方法论废黜《毛序》以诗解《诗》,并非是对其采取虚无主义态度一无所取,而是对其有价值之处为我所用,废《序》在于废毛、郑解释体系以建立新的理学《诗经》学体系。但是,朱熹的废黜《毛序》以己意解《诗》法,为后学者所取法后流衍更远甚至离经叛道,这是朱熹所始料未及的。

首先是宋代王柏。他的《诗疑》取法朱熹以己意解《诗》之法到被《四库全书总目提要》批评为"自有六籍以来第一怪变之事"①的程度。《诗疑》不但攻驳毛、郑《诗》学,而且还攻击《诗经》本经,并进而删削《诗经》本经。如果说王柏以《行露》首章为乱入是据《列女传》为说,犹有所本,以《小弁》"无逝我梁"四句为汉儒所妄补是由其词与《谷风》相同似乎移掇为有所据、以《下泉》末章为错简是与上三章不类,其疑有据的话,那么他于《召南》删《野有死麕》、《邶风》删《静女》、《鄘风》删《桑中》、《卫风》删《氓》《有狐》、《王风》删《大车》《丘中有麻》、《郑风》删《将仲子》《遵大路》《有女同车》《山有扶苏》《箨兮》《狡童》《褰裳》《东门之墠》《丰》《风雨》《子衿》《野有蔓草》《溱洧》、《秦风》删《晨风》、《齐风》删《东方之日》、《唐风》删《绸缪》《葛生》、《陈风》删《东门之池》《东门之枌》《东门之杨》《防有鹊巢》《月出》《株林》《泽陂》共三十一篇,又将小《雅》中杂以怨诮之语为不"雅"而归之《王风》的降《雅》为《风》,将《桑中》当曰《采唐》、《权舆》当曰《夏屋》、《大东》当曰《小东》等改易篇名之举,则目其为《诗经》经典之"罪人"也不为过。故而可以说,王柏的《诗疑》其尽管取法朱熹以己意解《诗》之法,但却走向了谬误的反面。令人更难以接受的是,假令王柏坚持以己意解《诗》之法而能自圆其说,当也不失学人的学术骨气,而他竟然托词于汉儒之窜入,则已违背学术的求是原则,难怪《总目》辩之颇详,斥之近苛而于《诗疑》不加著录且归咎于朱熹:"后人乃以柏尝师何基,基师黄榦,榦师朱子,相距不过三传,遂并此书亦莫敢异议,是门户之见,非天下之公义也。"②承接王柏衣钵的还有清代陆奎勋。陆奎勋所撰《陆堂诗学》虽托名阐发朱熹《诗传》,实则务逞

---

① 清·永瑢等:《四库全书总目》,北京:中华书局,1965年,第138页。
② 清·永瑢等:《四库全书总目》,北京:中华书局,1965年,第138页。

其博辨,大抵自行己意近王柏《诗疑》。其新奇者举例如下:谓《诗三百》篇为史克所定非孔子所删;谓《燕燕》为卫君悼亡之作,其夫人为薛女,故曰"仲氏任只";谓《柏舟》之共伯即公子伋;谓《君子偕老》为哀挽夫人之诗,"子之不淑"乃礼家之吊词;谓《淇澳》兼咏康叔武公;谓《葛藟》为周郑交质之诗;谓《丘中有麻》之子国为郑武公字,其子嗟当作子多为郑桓公字;谓《著》为刺鲁庄公娶哀姜;谓《园有桃》为刘向《说苑》所载邯郸子阳亡桃事;谓《防有鹊巢》为陈宣公杀太子御寇事;谓《泽陂》为邓元所作;谓《黄鸟》为共伯归国;谓《行野》为幽王废后;谓"何人斯,居河之麋"为虢石父;谓《大东》"西人之子"为褒姒;谓《小明》之"共人"为二相共和;谓《鼓钟》为穆王作而淑人为盛姬;谓《青蝇》之构我二人为申后宜臼;谓《敬之》、《小毖》为成王作,乃《雅》混于《颂》;谓《駉》为颂鲁庄公;谓《泮宫》为鲁惠公颂孝公。① 难怪《四库总目》评其为"随意配类,于古无征"②。

其次是明代丰坊。丰坊的以己意解《诗》走的是假托的路径,但他比王柏更甚,因为王柏之假托仅在于托词《诗经》的某些篇章为汉儒之窜入,丰坊则假托自己所作为前代贤人之作,是在制造伪书了。丰坊以己意解《诗》的托伪之书有《鲁诗世学》三十二卷,《诗传》、《诗说》各一卷。《鲁诗世学》首列《子贡诗传》并诡云石本,次列《诗序》而以正音托之宋丰稷,以续音托之丰庆,以补音托之丰耘,以正说托之丰熙,谲称祖父所传,而自为之考补,故曰世学。又附以门人何昆之续考,共为一书,实则坊一人所撰。其书变乱经文,诋排旧说,极为妄诞。③《诗传》旧本题曰子贡撰,实为丰坊自己所作。丰坊《诗传》升鲁于《邶》、《鄘》之前,降郑于《郐》、《曹》之后,《大雅》、《小雅》各分为三曰《续》曰《传》。《诗说》一卷,旧本题曰申培撰,亦明丰坊伪作。关于《诗说》的伪书本质,何楷《诗世本古义》、黄虞稷《千顷堂书目》、毛奇龄《诗传诗说驳义》皆力斥之,《四库总目》也有辨别:"今考《汉书·杜钦传》称'佩玉晏鸣,《关雎》叹之'。《后汉书·杨赐传》称康王一朝晏起,《关雎》见几而作,注皆称《鲁诗》,而此传仍训为太姒思淑女。又坊记注引'先君之思,以勖寡人',为卫定姜之作。《释文》曰此是《鲁诗》,而此仍为庄姜送戴妫。培传《鲁诗》乃用《毛传》乎?其伪妄不待问矣。"④《四库总目》又辨《诗传》、《诗说》二书曰:"二书皆以古篆刻之,不知汉代传经悉用隶书。

---

① 清·永瑢等:《四库全书总目》,北京:中华书局,1965年,第146页。
② 清·永瑢等:《四库全书总目》,北京:中华书局,1965年,第146页。
③ 清·永瑢等:《四库全书总目》,北京:中华书局,1965年,第139页。
④ 清·永瑢等:《四库全书总目》,北京:中华书局,1965年,第139页。

故孔壁蝌蚪,世不能辨,谓之古文,安得独此二书,参用籀体?"①正是因为丰坊以己意解《诗》的《诗》学三书《鲁诗世学》、《诗传》、《诗说》的伪书性质,《四库全书》仅存其目而不录入。此外,《四库》的存而不录,更在于它的为害后学。其为害后学,有如康熙中礼部侍郎陆葇乃尊信《鲁诗世学》"三年之丧必三十六月之说,遭忧家居已阅二十七月,犹不出补官"②,《诗传》则"郭子章李维祯皆为传刻释文,何镗收入《汉魏丛书》,毛晋收入《津逮秘书》,并以为曾见宋拓"③,被《四库总目》以"贻害于经术者甚矣"④、"谬妄"⑤、"伪妄不待问矣"⑥斥责之。丰坊以己意解《诗》的三伪书之害,更在于误导了后来的《诗经》学术:明代张以诚杂采旧说,无所发明,竟将丰坊伪《诗传》不辨而滥收入自己的《毛诗微言》;明代凌蒙初也为丰坊所惑,信《诗说》子贡作、《诗说》申培说以为真,将其纳入自己的解《诗》之作《圣门传诗嫡冢》中;清代张能鳞《诗经传说取裁》也以丰坊伪《诗传》为主,而旁采《申培诗说》;清代严虞惇《读诗质疑》颠倒先后,以丰坊的《申培诗说》多剽朱熹《诗传》之义而反谓朱熹《诗传》多引申培。

和王柏、丰坊相较,明代季本所撰《诗说解颐》,则深得朱熹以己意解《诗》的正宗。《诗说解颐》四十卷,为《四库全书》所收录。是书凡例分总论二卷,正释三十卷,字义八卷。内容上多出新意,不肯剽袭前人,而征引该洽,亦颇足以自申其说。凡书中改定旧说者,必反复援据,明著其所以然。如以《南山》篇之"必告父母"句为鲁桓告父母之庙,《九罭》篇之"公归不复"句谓以鸿北向则不复为兴,《下泉》篇之"郇伯"为指郇之继封者而言,"皇父卿士"章谓以宠任为先后,故崇卑不嫌杂陈,《頍弁》篇之"无几相见"句为兄弟甥舅自相谓如斯之类,皆足于旧说之外,备说《诗》之一解。⑦《提要》最后评价《诗说解颐》"非王学末流,以狂禅解经者比"⑧,批评了"六经注我"、"不立语言文字"的解经方法。取法朱熹以己意解《诗》之法较为成功的还有清代李光地,光地有《诗所》八卷。《诗所》大旨不主于训诂名物,而主于推求诗意,其推求诗意又主于涵泳文句,得其美刺之旨而止,亦不旁征事迹、必求其人以实之。又以为西周篇什不应寥寥,二《南》之中亦有文武

---

① 清·永瑢等:《四库全书总目》,北京:中华书局,1965年,第139页。
② 清·永瑢等:《四库全书总目》,北京:中华书局,1965年,第139页。
③ 清·永瑢等:《四库全书总目》,北京:中华书局,1965年,第139页。
④ 清·永瑢等:《四库全书总目》,北京:中华书局,1965年,第139页。
⑤ 清·永瑢等:《四库全书总目》,北京:中华书局,1965年,第139页。
⑥ 清·永瑢等:《四库全书总目》,北京:中华书局,1965年,第139页。
⑦ 清·永瑢等:《四库全书总目》,北京:中华书局,1965年,第128—129页。
⑧ 清·永瑢等:《四库全书总目》,北京:中华书局,1965年,第129页。

以后诗，《风》、《雅》之中亦多东迁以前诗，故于《小序》所述姓名多废不用，并其为朱熹所取者亦或斥之，其间意测者多考证者少。《四库总目》评《诗所》曰："其言皆明白切实，足阐朱子未尽之义，亦非近代讲章揣骨听声者所可及也。"①

源头虽同而流脉各异，同为取法朱熹以己意解《诗》之法，王柏离经叛道，丰坊走向伪书的为害后学，但季本却能得其正宗，李光地能得其精髓，结果的造成或和学术大环境有关。所谓学术大环境，如上文《四库总目》所提及的明代人王学末流的以异端狂禅解经，更能说明问题的是《四库总目》于明代凌蒙初《言诗翼》"明人经解真可谓无所不有"②的感叹。但更和学者个人的学术素养有关，如同在明代，季本就没有像丰坊那样走向伪书，而是得朱熹以己意解《诗》正宗。

第三节　折中于毛朱之间

以《诗》为诗的学术是诗学，以《诗》为经的学术是经学。《毛传》于《诗》基于政治教化的美刺体系是经学，朱熹《诗传》于《诗》基于理学的劝惩体系也是经学。同为《诗经》解释学的两个经典范本，专主其一则均难以避免门户之嫌，故而朱熹《诗经》学后学之中，权衡毛、朱而折中之，为崇尚中庸哲学的中国传统学人之一大类。

明代李先芳撰《读诗私记》二卷，其《自序》曰"文公谓《小序》不得小《雅》之说，一举而归之刺。马端临谓文公不得《郑》、《卫》之风一举而归之淫，胥有然否？不自揣量，折衷其间"③，知是书不专主一家，《四库总目》评其"议论平和，绝无区分门户之见"④："说《郑风·子衿》仍从学校之义，则不取宋学；谓《国风》、《小雅》初无变正之名，则不从汉说；至《楚茨》、《南山》等四篇，则《小序》与《集传》之说并存，不置可否，盖《小序》皆以为刺幽王，义有难通，而《集传》所云又于古无考，故阙所疑也。"⑤明代姚舜牧撰《诗经疑问》十二卷，释《诗》兼用《毛传》朱熹《诗传》，《四库总目》以"善"称之。明代张次仲撰《待轩诗记》八卷，亦为兼采诸家以会通之书，其于《诗传》不

---

① 清·永瑢等：《四库全书总目》，北京：中华书局，1965年，第132页。
② 清·永瑢等：《四库全书总目》，北京：中华书局，1965年，第142页。
③ 清·永瑢等：《四库全书总目》，北京：中华书局，1965年，第129页。
④ 清·永瑢等：《四库全书总目》，北京：中华书局，1965年，第129页。
⑤ 清·永瑢等：《四库全书总目》，北京：中华书局，1965年，第129页。

似毛奇龄之字字讥弹,以朱子为敌国,亦不似孙承泽之字字阿附,并以毛氏为罪人。被《四库总目》评为"持论和平,能消融门户之见"①。明代朱朝瑛撰《读诗略记》六卷论《诗》,尽管以《小序》首句为主,但其训释不甚与朱熹立异,自《郑》、《卫》淫奔不从《诗传》以外,其他说有乖互者,多斟酌以折其中:如论《楚茨》为刺幽王之诗则据《荀子》,以为恰在《鼓钟》之后,或幽王尚好古乐,故贤士大夫称述旧德,拟《雅》、《南》而奏之以感导王志。论《抑》为刺厉王之诗,则据诗文"其在于今"一语以为当为卫武公少时所作。《四库总目》于《读诗略记》有"参稽融贯,务取持平"②之评论。清代康熙皇帝御定《诗经传说汇纂》二十卷,是书虽以《诗传》为纲,而古义之不可磨灭者,必一一附录,以补缺遗于学术,持其至平于经义。乾隆皇帝御纂《诗义折中》二十卷是其"几暇研经,洞周奥窔,于汉以来诸儒之论无不衡量得失,镜别异同"③之作,如于《诗传》所释"蝃蝀"之义详辩证,并于所释《郑风》诸篇概作淫诗者,亦根据毛、郑订正其讹,反复一二百言。清代钱澄之撰《田间诗学》十二卷,大旨以《小序》首句为主,所采诸儒论说自注疏《诗传》以外,凡二程子、张子、欧阳修、苏辙、王安石、杨时、范祖禹、吕祖谦、陆佃、罗愿、谢枋得、严粲、辅广、真德秀、邵中允、季本、郝敬、黄道周、何楷二十家,自称毛郑孔三家之书录者十之二,《诗传》录者十之三,诸家各本录者十之四,《四库总目》评其"持论颇为精核"④。清代惠周惕《诗说》三卷,书于《毛传》、《郑笺》、《诗传》无所专主,多自以己意考证,然其引据确实,树义深切,与枵腹说经,徒以臆见决是非者固有殊焉!清代杨名时所撰《诗经札记》一卷乃其读《诗》所记,斟酌于《小序》、《诗传》之间:其论《关雎》从《小序》求贤之说,最为明允;论《郑风》不尽淫诗,而圣人亦兼存淫诗以示戒,论亦持平。清代严虞惇撰《读诗质疑》三十一卷,大旨以《小序》为宗而参以《诗传》。其从《序》者十之七八,从《诗传》者十之二三。《四库总目》评论其"大致皆平心静气,玩味研求于毛、朱两家,择长弃短,非惟不存门户之心,亦并不涉调停之见,核其所得,乃较诸家为多焉"⑤。清代范家相撰《诗渖》二十卷,是书大旨斟酌于《小序》、《诗传》之间,而断以己意,为《四库提要》评为"近代说《诗》之家犹可谓瑜不掩瑕,瑕不掩瑜者"⑥。

---

① 清·永瑢等:《四库全书总目》,北京:中华书局,1965年,第129页。
② 清·永瑢等:《四库全书总目》,北京:中华书局,1965年,第129页。
③ 清·永瑢等:《四库全书总目》,北京:中华书局,1965年,第130页。
④ 清·永瑢等:《四库全书总目》,北京:中华书局,1965年,第131页。
⑤ 清·永瑢等:《四库全书总目》,北京:中华书局,1965年,第134页。
⑥ 清·永瑢等:《四库全书总目》,北京:中华书局,1965年,第135页。

折中毛、朱而成就较高者为清代姜炳璋所撰《诗序补义》二十四卷。是书以《诗序》首句为国史所传，为参用朱熹《序辨》之义以通贯两家之作。《诗序补义》以"编诗之意"和"诗人之意"调和毛、朱，实为折中两者之一妙法，其云："有诗人之意，有编《诗》之意：如《雄雉》为妇人思君子，《凯风》为七子自责，是诗人之意也；《雄雉》为刺宣公，《凯风》为美孝子，是编诗之意也。朱子顺文立义，大抵以诗人之意为是诗之旨；国史明乎得失之迹，则以编诗之意为一篇之要。"①此法被《四库总目》评为"解结之论"②。调和毛、朱成就更大者是清代顾镇的《虞东学诗》十二卷，是书大旨以讲学诸家尊《诗传》而抑《小序》，博古诸家又申《小序》而疑《诗传》，构衅者四五百年，迄无定论，故作是编调停两家之说，以解其纷。所征引凡数十家，而欧阳修、苏辙、吕祖谦、严粲四家所取为多，虽镕铸群言自为疏解，而义本某人必于句下注其所出。又《诗传》多阐明义理，于名物训诂声音之学皆在所略，镇于是数端亦一一考证，具有根柢，盖于汉学宋学之间能斟酌以得其平。书虽晚出，于读《诗》者不为无裨也。《四库总目》对《虞东学诗》评价很高，其有按曰："诸《经》之中惟《诗》文义易明，亦惟《诗》辨争最甚。盖诗无达诂，各随所主之门户，均有一说之可通也。今核定诸家，始于《序辨》以著起衅之由，终以是编以破除朋党之见。"③《提要》此按语意思有三层：一者"诗无达诂"是为《诗》较众《经》争论最甚之原因；二者《诗》之争论起于朱熹《诗传》的废《序》解及其《序辨》；三者《诗》之论证以《虞东学诗》出而告终结。

朱熹《诗经》后学中折中毛、朱尚有被《四库全书》断为成就不高以《存目》列之者。明代陆化熙撰《诗通》四卷，其《自序》说"《朱注》所不满人意者，止因忽于所谓微言托言，致变《风》刺人之语，概认为淫。变《雅》近美之刺，即判为美耳。"④故而《诗通》中于《郑》《卫》之诗多存《小序》，即使二《雅》三《颂》亦多引《序》说，而又间引郑《笺》、孔《疏》以证之。明代宋景云撰《毛诗发微》三十卷，也以朱熹《诗传》为主，亦间采《毛传》及他说以参之，就其体例看：取朱熹《诗传》义者标以"正"字；采他说者标以"附"字；释名物者标以"考"字。⑤ 明代钱天锡撰《诗牖》十五卷，则不但朱、毛并存，甚至汉三家齐、鲁、韩亦并存其中。明代唐汝谔撰《诗经微言合参》八卷，其《自序》谓溯源毛、郑，参以《读诗记》及严氏《诗缉》而折衷于朱熹之书。明代陈

---

① 清·永瑢等：《四库全书总目》，北京：中华书局，1965年，第136页。
② 清·永瑢等：《四库全书总目》，北京：中华书局，1965年，第136页。
③ 清·永瑢等：《四库全书总目》，北京：中华书局，1965年，第136页。
④ 清·永瑢等：《四库全书总目》，北京：中华书局，1965年，第141页。
⑤ 清·永瑢等：《四库全书总目》，北京：中华书局，1965年，第141页。

组绶纂《诗经副墨》八卷,是书每篇之前皆并列《诗传》、《小序》之文,而以《诗传》居《小序》前。明代贺贻孙撰《诗触》四卷,以《小序》首句为主而删其以下之文,大旨调停于《小序》、《诗传》之间:作《诗》之旨多从《序》,诗中文句则多从《传》,《国风》多从《序》,《雅》、《颂》则多从《传》。① 清代孙承泽撰《诗经朱传翼》三十卷,以《小序》、《诗传》并列,又杂引诸说之异同。清代冉觐祖撰《诗经详说》,以朱熹《诗传》为主,每章《小序》与《诗传》并列,盖欲尊《诗传》而又不能尽弃《序》说,欲从《小序》而又不敢显悖《传》文,故其按语率依文讲解,往往模棱间。清代阎若璩的《毛朱诗说》一卷是泛论毛、朱两家得失之书,认为《小序》不可尽信,而朱熹以诗说《诗》为矫枉过正。清代顾昺撰《诗经〈序〉〈传〉合参》,是书动机在于合众说以断毛、朱之是非:以朱熹《诗传》互核其异同而断以己见,故曰"合参"。清代徐铎撰《诗经提要录》三十一卷,亦为以朱熹《诗传》为宗、参取《小序》大旨的折中两家之作。

综上,朱熹《诗经》解释学后学的权衡毛、朱而折中之者又有多途:有真正做到不偏不倚以折中两家者,亦有以朱熹《诗传》为主而兼及毛、郑者,当然也有以毛为主而兼及朱说者。清代纪昭撰《毛诗广义》即全载《毛氏传》、以《小序》冠各篇之首、《传》及《小序》之下杂引郑《笺》、孔《疏》,即是以《毛传》与朱熹《诗传》互相勘正,以毛、郑为主而兼及朱说之书。当然,宗毛而兼及朱说者和谨宗《毛传》而于朱熹《诗传》辨驳之者则又不相同。

第四节 宗《毛传》而辨驳朱熹《诗传》

谨宗《毛传》而辨驳朱熹《诗传》,之所以也被归入受朱熹《诗经》解释学影响的《诗传》后《诗经》学,是因为该说尽管谨宗《毛传》,尽管辨驳朱熹《诗歌》,但它在内容上已不停留在毛、郑之内,而是辨驳朱熹《诗传》后的毛、郑《诗》学的升级版,也即如果没有朱熹《诗传》,就不会有朱熹《诗传》后的新毛、郑《诗》学。故而从这个意义上说,朱熹《诗传》后谨宗《毛传》而辨驳朱熹《诗传》的《诗经》学,依然属于朱熹《诗传》影响下的《诗经》学。其成就较大的代表有清代前中期陈启源、朱鹤龄和毛奇龄等。

陈启源和朱鹤龄相互推激,可谓宗毛辨朱不遗余力。陈启源《毛诗稽古编》三十卷,该书用力甚巨,卷末自《记》谓阅十四载,凡三易稿乃定。在和

---

① 清·永瑢等:《四库全书总目》,北京:中华书局,1965年,第143页。

朱鹤龄相推激上,《毛诗稽古编》前有朱鹤龄《序》,鹤龄作《毛诗通义》,启源实与之参正。然而两者又各有侧重,有所分工:《通义》兼权众说;《毛诗稽古编》则训诂一准诸《尔雅》,篇义一准诸《小序》,而诠释经旨则一准诸《毛传》而郑《笺》佐之,题曰"毛诗",明所宗也曰"稽古编",明为唐以前专门之学也。《毛诗稽古编》所辨正者惟朱熹《诗传》为多,其所掊击者亦惟尊宗朱熹《诗》学者如刘瑾《诗集传通释》、辅广《诗童子问》。《提要》评论《毛诗稽古编》:说其坚持汉学不容一语之出入虽未免或有所偏,但是其引据赅博疏证详明,一一皆有本之谈,于挽救明代说《经》喜骋虚辨之颓波,致使古义彬彬于斯为盛上却具莫大之功。再是朱鹤龄撰《诗经通义》十二卷,是书专主《小序》而力驳废《序》之非,所采诸家于汉用毛、郑,唐用孔颖达,宋用欧阳修、苏辙、吕祖谦、严粲,清代用陈启源。在和陈启源相互推激上,鹤龄与启源同里,据其《自序》,此书盖与启源商榷而成,又称启源《毛诗稽古编》专崇古义,此书则参停于今古之间,稍稍不同。当然,两者相互推激以宗毛辨朱,最有力证据则是《稽古编》、《通义》的相互引证:《通义》用陈启源义,《稽古编》中屡称已见《通义》,这种情况被《四库总目》称为"二书固相足而成"①。毛奇龄学识渊博,其所撰《四书改错》是针对朱熹《四书集注》的抨击之作,《诗》学上他宗毛、郑,为《四库全书》收录者有《毛诗写官记》四卷、《诗札》二卷以及《续诗传鸟名》三卷。《续诗传鸟名》大意在续《毛诗》而正朱熹《诗传》,每条皆先列《诗传》之文于前,而一一辨其得失,朱熹作《诗传》,大旨在发明美刺之旨,而名物训诂则其所略,奇龄此书则惟以考证为主,故其说较详,惟恃其博辨,往往于朱熹《诗传》多所吹求。

　　陈启源、朱鹤龄和毛奇龄外,明代、清代前中期尚有很多宗毛辨朱者、宗毛之旨明确而辨朱成就不足者。袁仁撰《毛诗或问》一卷,是书大旨主于伸《小序》,抑《诗传》,设为问答以明之,于毛诗训诂之外不能措一词,诋朱熹解《诗》如盲人扪象。明郝敬撰《毛诗原解》三十六卷,是书大指在驳朱熹《诗传》改《序》之非,于《小序》又惟以卷首一句为据,每篇首句增"古序曰"三字,余文则以"毛公曰"别之《序》,或有所难通者,辄为委曲生解,未免以《经》就《传》之弊;而又立意与《诗传》相反,亦多过当。《四库总目》于其有持平之论:"夫《小序》确有所受,而不能全谓之无所附益。《诗传》亦确有所偏,而不能全谓之无所发明。敬徒以朱子务胜汉儒,深文锻炼,有以激后世之不平,遂即用朱子吹求《小序》之法,以吹求朱子,是直以出尔反尔,示报复

---

① 清·永瑢等:《四库全书总目》,北京:中华书局,1965年,第132页。

之道耳,非解经之正轨也。"①明代又有章调鼎撰《诗经备考》二十四卷、清代吴肃公撰《诗问》一卷以攻击朱熹《诗传》。清代又有毛奇龄撰《白鹭洲主客说诗》一卷,是书本事是这样的:施闰章为江西参议,延湖广杨洪才讲学于吉安之白鹭洲书院,并续招奇龄往,奇龄与洪才论《诗》不合,及与闰章同官翰林,重录其向时所讲《毛诗》诸条,皆设为甲乙问答,故以主客为名,大旨洪才主朱熹"淫诗"之说,而奇龄则谓《郑风》无"淫诗";洪才主朱熹《笙诗》无词之说,而奇龄则谓《笙诗》之词亡,故是书所论惟此二事。清代又有刘青芝撰《学诗阙疑》二卷引旧说以驳朱熹《诗传》,从《毛传》、《郑笺》者十之三四,从苏辙《诗传》者十之六七,其偶涉他家者,不过数条耳! 清代还有许伯政撰《诗深》二十六卷,以《小序》首句为古《序》,而以其余为续《序》,次列《诗传》,次列辨义,于《诗传》多所攻难,而所立异义不能皆有根据。

　　上即本书以《四库全书》所收录及存目的朱熹《诗经》学于后学的影响的内容。可见,无论遵宗、流衍、折中、辨驳,无一不是朱熹影响的产物。依学术论学术,对于作为经学的《诗》学,其要在于合情合理自圆其说地理事圆融,而非偏执偏废甚至攻击驳斥。正如《四库总目》于《白鹭洲主客说诗》评论毛奇龄与杨洪才之辨"淫诗"所言的那样:"夫先王陈诗以观民风,本美刺兼举以为法戒。既他事有刺,何为独不刺淫?必以为《郑风》语语皆淫,固非事理;必以为《郑风》篇篇皆不淫,亦岂事理哉?且人心之所趋向,形于咏歌,不必实有其人其事。六朝《子夜》、《读曲》诸歌,唐人《香奁》诸集,岂果淫者自述其丑?亦岂果实见其男女会合,代写其状?不过人心佚荡,相率摹拟形容,视为佳话,而读者因知为衰世之音。推之古人,谅亦如是。此正采风之微旨。亦安得概以淫者必不自作一语,遂谓《三百篇》内无一淫诗也?"②

第五节　对朱熹《诗经》学的整体褒赞与个案之辨

　　从上文朱熹《诗传》后的撰著即可见出,后学于朱熹《诗》学所建立的理学新《诗经》学体系多未持异议而主流是褒赞态度,而引起质疑甚至辨别者,为其中的某些个案,如废《小序》、"淫诗"说等。

---

① 清·永瑢等:《四库全书总目》,北京:中华书局,1965年,第140页。
② 清·永瑢等:《四库全书总目》,北京:中华书局,1965年,第145页。

一、对朱熹《诗经》学的整体褒赞

后学对朱熹《诗经》学持整体褒赞态度者,首先也当推其弟子,而其弟子代表是陈文蔚。陈文蔚说"《诗》去《小序》之乱《经》,得诗人吟咏性情之意"①。又有朱弁云"朱子之于《诗》也,本欧阳氏之旨而去《序》文,明吴才老之说而叶音韵,以《周礼》之'六义'三经而三纬之,赋比兴各得其所,可谓无憾也已"②。

又有史论结合进行深入剖析者如郝经。他先是述及诗之初期流传的口耳相传性:"古之为诗也,歌诵弦舞断章为赋而已矣!传其义者则口授,传注之学未有也。"③随后是汉代《诗》学流传的传注性并论及四家《诗》学:"秦焚《诗》、《书》以愚黔首,三代之学几于坠没。汉兴,诸儒掇拾灰烬,垦荒辟原,续《六经》之绝绪,于是传注之学兴焉!秦焚《诗》、《书》尤重,故传之者鲜。《书》则仅有济南伏生,《诗》之所见所闻所传闻者,颇为加多,有齐、鲁、毛、韩四家而已,而源远未分,师异学异更相矛盾,如《关雎》一篇,齐、鲁、韩氏以为康王政衰之诗,毛氏则谓后妃之德风之,始盖毛氏之学规模正大,有三代儒者之风,非三家所及也。卒之,三家之说不行,《毛诗》之《诂训传》独行于世。"④在四家《诗》学中,《毛诗》因规模正大有三代儒者之风而超越其他三家独行于世。但《毛传》的"阔略简古,不竟其说",招致后世的纷纷阐发,于是有郑玄之《笺》、孔颖达之《疏》,但两者详于章句训诂而弱于义理,而郝经以为义理之学才是《诗》学的根本:

> 《诗》者,圣人所以化天下之书也,其义大矣。性情之正,义理之萃,已发之中,中节之和也。文、武、周、召之遗烈,治乱之本原,王政之大纲,中声之所止也。天人相与之际,物欲相错之间,欣应俞合,纯而无间,先王以之审情伪、在治忽、事鬼神、赞化育、莫天位而全天德者也。观民设教,闲邪存诚,圣之功也。所过者化,所存者神,圣之用也。正适于变,变适于正,《易》之象也。美而称诵,刺而讥贬,《春秋》之义也。

---

① 清·朱彝尊:《经义考》,文渊阁《四库全书》本,史部第678册目录类,台北:台湾商务印书馆影印版,1986年,第399页。
② 清·朱彝尊:《经义考》,文渊阁《四库全书》本,史部第678册目录类,台北:台湾商务印书馆影印版,1986年,第400页。
③ 清·朱彝尊:《经义考》,文渊阁《四库全书》本,史部第678册目录类,台北:台湾商务印书馆影印版,1986年,第399页。
④ 清·朱彝尊:《经义考》,文渊阁《四库全书》本,史部第678册目录类,台北:台湾商务印书馆影印版,1986年,第399页。

> 故《诗》之为义，根于天道，著于人心，膏于肌肤，藏于骨髓，庬泽渥浸浃于万世，虽火于秦，而在人心者未尝火之也。顾岂崎岖训辞，鸟兽虫鱼草木之名，拘拘屑屑而得尽之哉。而有司设规，父师垂训，莫敢谁何。①

基于对《诗》之关乎天理、世道、人心的认识高度，郝经批评了毛、郑《诗》学的拘于章句训诂而于义理无所发明。及于宋代，欧阳修、苏辙、王安石父子、二程子、张载、邵雍、吕祖谦等，才扣端接踵递相祖述于《诗》的义理之学。但是，正如何乔新所言："欧阳氏、王氏、苏氏、吕氏于《诗》皆有训释，虽各有发明，而未能无遗憾，自朱子之《传》出，三百篇之旨，粲然复明。"②相比于何乔新，郝经于朱熹的《诗》学谈得更具体："收伊洛之横澜，折圣学而归衷，集传注之大成，乃为诗作《传》，近出己意，远规汉唐，复《风》、《雅》之正，端刺美之本，粪训诂之弊，定章句音韵之短长差舛，辨大、小《序》之重复，而三百篇之微意，'思无邪'之一言，焕乎白日之正中也。其《自序》则自孔、孟及宋诸公格言具载之，毛、郑以下不论其旨，微矣。"③朱熹的《诗经》学，既以己意说《诗》，又博采众家之长；既于章句训诂有所取，更能以义理说《诗》；既继承《诗》学之旧说，又能纳其入自己的逻辑体系，最终成就了其理学《诗经》学的集大成之作。

以上几家朱弁、何乔新是概论朱熹《诗》学之成就，郝经激赏钦敬的是朱熹《诗经》学的义理之学的集大成，陈振孙则在于朱熹的废《序》以解《诗》。

二、马端临的朱熹废《序》辨

对于朱熹《诗经》学的废黜《小序》，本书前文已有所阐，认为其所废黜的是《毛序》的美刺解《诗》体系，而于其内容，则多采取了从与基本从的态度，也即他并非完全否定《小序》的价值，他的《序辨》其实是对废《序》的说明，但《诗传》毕竟废黜了《小序》。史上对朱熹的废黜《小序》，其学生陈振孙的"去《小序》之乱经"之说，并非主流观点，主流的观点多持质疑的态度。如果说四库馆臣于康熙钦定《诗经传说汇纂》的"《集传》废《序》成于吕祖谦之相激，非朱子之初心，故其间负气求胜之处在所不免"④说法，尚有回护朱

---

① 清·朱彝尊：《经义考》，文渊阁《四库全书》本，史部第 678 册目录类，台北：台湾商务印书馆影印版，1986 年，第 400 页。
② 清·朱彝尊：《经义考》，文渊阁《四库全书》本，史部第 678 册目录类，台北：台湾商务印书馆影印版，1986 年，第 401 页。
③ 清·朱彝尊：《经义考》，文渊阁《四库全书》本，史部第 678 册目录类，台北：台湾商务印书馆影印版，1986 年，第 400 页。
④ 清·永瑢等：《四库全书总目》，北京：中华书局，1965 年，第 130 页。

熹替其辩解之意,那么马端临洋洋洒洒五千余言,则是针对朱熹废《序》的发难。

马端临先以《诗》、《书》之《序》相较,以类推的方式证明《诗》之《小序》不当废。他说:"《诗》、《书》之《序》自史传不能明其为何人所作,而先儒多疑之,至朱文公之解《经》,则依古经文析而二之,而备论其得失,而于国风诸篇之《序》,诋斥尤多,以愚观之,《书序》可废而《诗序》不可废。何也?《书》直陈其事而已,《序》者后人之作,藉令其深得经意,亦不过能发明其所已言之事而已,不作可也!《诗》则异于《书》矣!……读《国风》诸篇,而后知《诗》之不可无《序》,而《序》之有功于《诗》也!盖《风》之为体,比兴之辞多,于叙述讽谕之意,浮于指斥,盖有反复咏叹,联章累句而无一言叙作者之意,而《序》者乃一言以蔽之,曰'为某事也',苟非其传授之有源,探索之无舛,则孰能臆料当时指意之所归,以示千载乎?"①马端临的意思很清楚,《书经》因其文意清楚,故而《书序》是多余而当废的"蛇之足",而《诗》则因其文意含混,故而《序》是必要当存的"龙之睛"。

对于朱熹的以《序》混淆诗意主张以诗解《诗》,马端临认为正因为诗意含混而难以把握,故而需要依托《序》以明诗意。马端临认为,废《序》而以诗解《诗》,则:"《诗》之难读者多矣!"②并举例说:"夫《芣苢》之《序》,以'妇人乐有子为后妃之美'也,而其诗语不过形容采掇芣苢之情状而已;《黍离》之《序》以为'闵周室宫庙之颠覆'也,而其诗语不过慨叹禾黍之苗穗而已。此诗之不言所作之意,而赖《序》以明者也!若舍《序》以求之,其所以采掇者为何事,而慨叹者为何说乎?《叔于田》之二诗,《序》以为'刺郑庄公'也,而其诗语则郑人爱叔段之辞耳!《扬之水》、《椒聊》二诗,《序》以为'刺晋昭公'也,而其诗语则晋人爱桓叔之辞耳!此诗之《序》,其事以讽,初不言刺之意,而赖《序》以明者也!若舍《序》以求之,则知四诗也非子云美新之赋,则袁宏九锡之文尔!是岂可以训,而夫子不删之乎?《鸨羽》、《陟岵》之诗,见于变《风》,《序》以为'征役者不堪命而作'也,《四牡》、《采薇》之诗见于正《雅》,《序》以为'劳使臣遣戍役'而作也,而深味四诗之旨,则叹行役之劳苦,叙饥渴之情状,忧孝养之不遂,悼归休之无期,其辞语一耳,此诗之辞同意异,而赖《序》以明者也!若舍《序》以求之,则《文王》之臣民亦怨其上,而《四牡》、《采薇》不得为正《雅》矣!即是数端而观之,则知

---

① 元·马端临:《文献通考》,文渊阁《四库全书》本,史部第 614 册政书类,台北:台湾商务印书馆影印版,1986 年,第 86 页。
② 元·马端临:《文献通考》,文渊阁《四库全书》本,史部第 614 册政书类,台北:台湾商务印书馆影印版,1986 年,第 86 页。

《序》之不可废。"①马端临恰恰不知,意蕴的多样性正是《诗》之为诗的魅力所在。朱熹的以诗解《诗》所给予人们的方法论,是《诗经》学史上关于《诗》三百篇解释的大解放。马端临批评朱熹而回护《小序》,无疑是开历史的倒车。其下文所论则更为无理之谈,说《春秋》因为是史书故而可以记载乱臣贼子事,而《诗》是文辞(文学作品)则不可以存"淫哇不经"之文,并以之类比于《通书》、《西铭》与《小山词选》,得出《序》说为是而朱说为非的结论。

随后,马端临以孔子孟子之所以说《诗》者,读《诗》而后知《序》说之不缪,而文公之说多可疑也! 孔子之说曰:"诵《诗》三百,一言以蔽之曰思无邪。"孟子之说曰:"说《诗》者不以文害辞,不以辞害志,以意逆志,是为得之。"然而,马端临最后又把自己绕进去了,他竟然论证起"《雅》、《颂》之《序》可废而十五《国风》之《序》不可废"②的观点来。《雅》、《颂》之《序》之所以可废,正在于其诗文意明白,故《序》者之辞可略。马端临还以近代词人之作譬之,如所谓"皇帝二载秋,闰八月初吉",如所谓"吾闻京城南,兹惟群山囿",则辞意明白,无俟《序》说者也。《雅》、《颂》之《序》既然可废,则《雅》《颂》所占《诗》三百五篇的过半之数,则《序》可废也不无道理。而他所谓的《国风》之《序》不可废,理由是《国风》之诗意旨不明要依赖《序》来说明。③ 这一点上文已辨之颇详,此不重述。

马端临的辨《国风》之《序》不可废,焦点落在"雅郑"之说上,朱熹的"雅郑"说见本书上文。朱熹的"雅郑"之说起于他和吕祖谦的"雅"、"郑"之辩:朱熹认为《桑中》、《溱洧》即是郑声卫乐,二《雅》乃"雅"也;吕祖谦谓《桑中》、《溱洧》亦是"雅声",彼桑间濮上已放之矣。这又要和其"思无邪"说和"淫诗"说联系起来,而实际上,朱熹之后,质疑辨驳者也是将三者结合起来考察的。

三、对朱熹"淫诗"说的辨驳

朱熹的"思无邪"说、"淫诗"说和"雅郑"说三者之间有内在的因果关系:"思无邪"是读《诗》者"无邪",不是诗篇内容无邪,诗篇内容有惩创人之逸志的恶诗如男女幽会邀约的"淫诗",而《郑》、《卫》之篇则是"淫诗"的代表,故而《郑风》诗篇即所谓"郑声"的歌词。平心而论,朱熹的这些观点无

---

① 元·马端临:《文献通考》,文渊阁《四库全书》本,史部第614册政书类,台北:台湾商务印书馆影印版,1986年,第87页。
② 元·马端临:《文献通考》,文渊阁《四库全书》本,史部第614册政书类,台北:台湾商务印书馆影印版,1986年,第86页。
③ 元·马端临:《文献通考》,文渊阁《四库全书》本,史部第614册政书类,台北:台湾商务印书馆影印版,1986年,第86页。

疑是其大胆的科学精神的体现,而其反传统权威的大胆之说,恰恰也是马端临等攻击的焦点。

马端临针对朱熹所云孔子"于《郑》、《卫》,盖深绝其声于《乐》以为法,而严立其词于《诗》以为戒,而朱熹却今乃欲为之讳其《郑》、《卫》桑、濮之实,而文以'雅乐'之名,又欲从而奏之宗庙之中,朝廷之上,则未知其将以荐之于何等之鬼神,用之于何等之宾客乎"①的反问,用"《左传》言季札来聘,请观周乐,而所歌者《邶》、《鄘》、《卫》、《郑》皆在焉。则诸诗固雅乐矣!使其为里巷狭邪所用,则周乐安得有之,而鲁之乐工亦安能歌异国淫邪之诗乎"②来回答。《左传》所记的外交场合所赋的《郑》、《卫》之诗,尤侗是结合朱熹"思无邪"说及"淫诗"说来攻击朱熹的,尤侗曰:

> 《诗》三百,以"思无邪"蔽之,安有尽收"淫词"之理,即诗有美刺,以为刺淫,可矣。不应取淫人自作之诗也。郑伯如晋,子展赋《将仲子》,郑伯享赵孟子太叔赋《野有蔓草》,六卿饯韩宣子,子齹赋《野有蔓草》,子太叔赋《褰裳》,子游赋《风雨》,子旗赋《有女同车》,子柳赋《箨兮》,此六诗者皆朱子之所为淫奔之辞也,然叔向、赵武、韩起莫不善之,以郑人称郑诗,岂自暴其丑乎?③

尤侗还是跳不出"刺淫"和"淫人自作"的怪圈,而他所举《左传》赋诗,也没有从断章取义角度去理解,故而他对朱熹的批驳,依然是侏儒笑巨人而不及于朱熹之门墙。更有甚者,他还以奇闻轶事的民间调笑为论据来驳斥朱熹"淫诗"说,因而不再是认识之短浅,而是缺乏严谨的学术精神了。其所引奇闻轶事如下:

> 近高忠宪讲学东林,有执《木瓜》诗问难者,谓投我以木瓜,报之以琼琚,其中并无男女字,何以知其为淫奔?坐皆默然,惟萧山来风季曰:即有男女字,亦何必淫奔?张衡《四愁诗》美人赠我金错刀,何以报之英琼瑶,明明有美人字,然不为淫奔也。言未既,有拂然而起者曰:美人

---

① 元·马端临:《文献通考》,文渊阁《四库全书》本,史部第614册政书类,台北:台湾商务印书馆影印版,1986年,第85页。
② 元·马端临:《文献通考》,文渊阁《四库全书》本,史部第614册政书类,台北:台湾商务印书馆影印版,1986年,第90页。
③ 清·朱彝尊:《经义考》,文渊阁《四库全书》本,史部第678册目录类,台北:台湾商务印书馆影印版,1986年,第401页。

固通称,若彼狡童兮得不以为淫奔否？曰：亦何必淫奔？子不读箕子《麦秀歌》乎？麦秀渐渐兮,禾黍油油兮,彼狡童兮,不与我好兮,箕子所谓受辛也,受辛,君也而狡童之,谁曰狡童淫者也？忠宪遽起揖曰：先生言是也,吾不知朱子闻之以为何如？①

其实,这则轶事恰恰能够证明文学作品意义的多样性与含混性,而意义的多样性与含混性正是朱熹"淫诗"说的认识论和方法论基础。

---

① 清·朱彝尊:《经义考》,文渊阁《四库全书》本,史部第 678 册目录类,台北:台湾商务印书馆影印版,1986 年,第 401 页。

第十四章　朱熹《诗经》学与其诗论、诗作

朱熹的《诗经》学是取道三百篇诗歌本体的回归的理学《诗经》解释学，他的《诗经》学思想和其诗论诗作，也有内在统一性，本章作为其《诗经》解释学的衍论篇，是包括他的《诗》学、诗论、诗作及贯串三者的诗歌美学"平易"主张的整合研究。朱熹《四书》学体系的建立是儒家思想史上的革命性事件，其实质是对汉以来《五经》地位的降次。这一降次是他怀疑进而废黜汉唐《五经》学的结果，如他以《诗》为里巷歌谣、朝廷宗庙的乐歌而不是汉唐经学体系化的政教美刺工具。但是，朱熹对汉唐《诗经》学的由疑而黜并不代表他对《诗》的废黜，因为他在对《诗》篇诗歌本体认识的基础上，又新建了理学化的《诗》学体系。朱熹于《诗经》的思路也适用于他对诗的态度，作为理学家，他和其他理学家一样也是贬抑诗的，但他却又是贬而不废的，这一点表现在他既有知诗的诗论又有千三百首诗的创作上。诗歌美学风格上，朱熹整体持一个"平易"的主张，《诗》三百篇的里巷歌谣、朝廷宗庙的乐歌指向了"平易"，其反复于诗的申说也是"平易"，其诗歌创作的以古体为主则是"平易"主张的实践。

第一节　降而不黜《诗》

儒家"六经"之说始于《庄子》，其《天运》篇曰："丘治《诗》、《书》、《礼》、《乐》、《易》、《春秋》六经。"① 前136年，汉武帝设"五经"博士，以行政干预的手段奠定了《五经》千年儒家经典的地位。1190年，朱熹合刊《大学》、《中庸》、《论语》、《孟子》为《四书》，并以之为"《六经》之阶梯"②。朱

---

① 清·郭庆藩：《庄子集释》，《新编诸子集成》本，北京：中华书局，1961年，第531页。
② 宋·黎靖德编、王星贤校点：《朱子语类》，北京：中华书局1986年，第2629页。

熹《四书》《五经》的新儒家典籍体系，实质上已是对《五经》的降次。朱熹降次《五经》，作为《五经》之一的《诗经》当然也在被降次之列。就《诗经》来说，朱熹尽管以其为诗而客观上降低了其儒家思想的承载价值，但他并没有将其剔除出新儒学的理学体系，而是怀疑汉唐旧《诗经》学并加以辨正后，将其化为新的理学《诗》学。

一、对汉唐《诗经》学体系的由疑而废

朱熹降次《诗经》，基本表现是其对千年汉唐《诗经》学的怀疑进而废黜。欲亡其木先斩其根，就汉唐《诗经》学来说，《诗经》编纂上的"孔子删《诗》"说和诗篇内容上的"思无邪"说，无疑是《诗经》作为圣经的两块基石。孔子"删诗"说的提出者是司马迁，他说："古者诗三千余篇，及至孔子，去其重，取可施于礼义……三百五篇。"①后为班固、郑玄等大儒所赞同，遂为千年不易之论。但朱熹一句"那曾见得圣人执笔删那个，存这个！也只得就相传上说去"②，以传言之不可信目孔子"删诗"说，无疑是在动摇汉唐《诗经》学的根本。和司马迁的"孔子删诗"说相比，《论语·为政》的"思无邪"说则具有更高的权威性，因为它出自孔子之口，但朱熹一句轻描淡写的"不是一部诗皆'思无邪'"③，就颠覆了诗篇思想内容纯正的权威。朱熹认为就《诗》三百篇的内容来说，不是全部"无邪"而是部分"有邪"："林子武问'《诗》者，中声之所止'。曰：'这只是正《风》、《雅》、《颂》是中声，那变《风》不是。……今但去读看，便自有那轻薄底意思在了。如韩愈说数句，"其声浮且淫"之类，这正是如此。'"④朱熹以"思有邪"论《诗》，显然是在和圣人唱对台戏，尽管他能够以"有邪"之诗的作用在于"惩创人之逸志"来自圆其说而维护了圣人的尊严。但朱熹的目标不在圣人而是在于汉唐《诗经》学。打蛇打七寸，朱熹打击汉唐旧《诗经》学，炮火集中在了《毛诗序》上。《毛诗序》有《大序》、《小序》之分，其内容在于指出诗篇主旨，代表汉唐《诗经》学以美刺解《诗》的体系。汉唐学者为抬高其《诗经》学地位，有《大序》为孔子或子夏作之说，朱熹说："《诗大序》亦只是后人作，其间有病句。"⑤以"有病句"这样的低级错误，直接否定了圣人所作的谬说，并激烈批评曰：

---

① 汉·司马迁：《史记》，北京：中华书局，1959年，第1936页。
② 宋·黎靖德编、王星贤校点：《朱子语类》，北京：中华书局1986年，第2056页。
③ 宋·黎靖德编、王星贤校点：《朱子语类》，北京：中华书局1986年，第2056页。
④ 宋·黎靖德编、王星贤校点：《朱子语类》，北京：中华书局1986年，第2068—2069页。
⑤ 宋·黎靖德编、王星贤校点：《朱子语类》，北京：中华书局1986年，第2072页。

"《诗序》作,而观《诗》者不知《诗》意!"①这无疑是在说,《诗序》于诗篇主题的理解,是偏离甚远的谬以千里!朱熹的疑《序》并不孤独,其前郑樵已开先河,据朱熹说:"《诗序》实不足信。向见郑渔仲有《诗辨妄》,力诋《诗序》,其间言语太甚,以为皆是村野妄人所作。始亦疑之,后来子细看一两篇,因质之《史记》、《国语》,然后知《诗序》之果不足信。"②《诗序》非圣人作,《诗序》不足信,朱熹这里无疑已经否定了《诗序》对《诗经》的存在价值,而这一认识的直接结果是他的《诗传》的废黜《诗序》以解《诗》:"诗本易明,只被前面《序》作梗。《序》出于汉儒,反乱《诗》本意。且只将四字成句底诗读,却自分晓。见作《诗传》,待取诗令编排放前面,驱逐过后面,自作一处。"③鉴于《毛序》对《诗》的负面价值太大,朱熹的《诗传》不再以《毛序》为《诗经》有机组成部分而是另行处置,专门以《序辨》一书辨析《序》说之谬:"作《诗传》,遂成《诗序辨说》一册,其他缪戾,辨之颇详。"④由于《毛序》是汉唐《诗经》学的标志,朱熹《诗传》的废黜《毛序》,其实质也就是对汉唐《诗经》学内容的废黜。何者为汉唐《诗经》学内容?美刺政教而已!在朱熹降而不黜《诗》的中间有一个环节,也就是他的视《诗》为诗。这是他以"毛、郑,所谓山东老学究"⑤评论汉唐毛郑美刺政教《诗经》学的基础。正是基于视《诗》为诗,所以朱熹目光犀利地发现并指出,欧阳修于三百篇本义的有所发明在于他的文学功底:"意欧阳会文章,故诗意得之亦多。"⑥朱熹视《诗》为诗,具体又有里巷歌谣、朝廷宗庙乐歌之分:凡《诗》之所谓《风》者,多出于里巷歌谣之作,所谓男女相与咏歌,各言其情者也;《雅》、《颂》之篇,则皆成周之世朝廷郊庙歌乐之词。⑦ 情感表达是《诗》三百篇第一位的东西是本、是体,政教美刺是第二位的是末、是用。但是,汉唐《诗经》学却本末倒置,说什么"一国之事,系一人之本,谓之《风》;言天下之事,形四方之风,谓之《雅》,雅者,正也,言王政之所由废兴也,政有小大,故有小雅焉,有大雅焉;颂者,美盛德之形容,以其成功告于神明者也"⑧。总之,因为朱熹视《诗》为诗,故而其《诗》学

---

① 宋·黎靖德编、王星贤校点:《朱子语类》,北京:中华书局1986年,第2074页。
② 宋·黎靖德编、王星贤校点:《朱子语类》,北京:中华书局1986年,第2076页。
③ 宋·黎靖德编、王星贤校点:《朱子语类》,北京:中华书局1986年,第2074页。
④ 宋·黎靖德编、王星贤校点:《朱子语类》,北京:中华书局1986年,第2079页。
⑤ 宋·黎靖德编、王星贤校点:《朱子语类》,北京:中华书局1986年,第2089页。
⑥ 宋·黎靖德编、王星贤校点:《朱子语类》,北京:中华书局1986年,第2089页。
⑦ 宋·朱熹撰、束景南辑:《诗集解》,《朱子全书》本,上海:上海古籍出版社、安徽教育出版社,2002年,第105页。
⑧ 唐·孔颖达:《毛诗正义》,《十三经注疏》本,北京:北京大学出版社,1999年,第16—17页。

逻辑是：诗人情感即时直接的抒发并非篇篇具有美刺动机，所以汉唐《诗经》学的政教美刺内容体系是应该废黜的不科学体系；《诗》篇意义的含混性、能指的多样性、功用的可择取性，为新的理学化体系的建立提供了附着的母体。

二、新理学《诗》学体系建立

朱熹的不黜《诗》，表现在他在废黜汉唐《诗经》学政教美刺内容后，建立新的理学《诗》学体系上。朱熹的新理学《诗》学体系，可以划分两大板块展开论析：一是所谓的正《风》、正《雅》及三《颂》之篇，再是变《风》、变《雅》之篇。① 前者以内容的正价值被朱熹做了理学解释，后者则体现朱熹劝惩以敦风化的诗歌功用观。所谓正《风》，即二《南》的二十五篇诗，朱熹结合《大学》对其作了周文王政治教化效用的解释，将诗篇分类比附到《大学》之学的修身齐家治国平天下、明明德新民止于至善上：《周南》前五篇的《关雎》、《葛覃》、《卷耳》、《樛木》、《螽斯》等，体现了"文王之修身齐家之效"②；《桃夭》、《兔罝》、《芣苢》体现了"家齐而国治之效"③；《汉广》、《汝坟》，则见"天下已有可平之渐"④；《鹊巢》至《采蘋》"见当时国君、大夫被文王之化，而能修身以正其家"⑤，《甘棠》以下则"见由方伯能布文王之化，而国君能修之家以及其国也。其辞惟无及于文王者，然文王明明德新民之功，至是而其所施者溥矣"⑥；周文王政治教化所达成的最终境界，朱熹说是"其民皥皥而不知为之者"⑦的天下从化而浑然不知的止于至善。正《雅》又分正《小雅》和正《大雅》：前者朱熹以儒家伦常主要是君臣、兄弟、朋友之伦解之；后者朱熹说是朝廷之上以发先王之德的受釐陈戒之辞⑧。正《小雅》，朱

---

① 十五《国风》及《雅》诗之篇，史上自汉代已有正、变之风，《诗大序》曰："至于王道衰，礼义废，国异政，家殊俗，而变《风》、变《雅》作矣。"朱熹基本接受《风》、《雅》正变说。
② 宋·朱熹：《诗集传》，《朱子全书》本，上海：上海古籍出版社、安徽教育出版社，2002年，第411页。
③ 宋·朱熹：《诗集传》，《朱子全书》本，上海：上海古籍出版社、安徽教育出版社，2002年，第411页。
④ 宋·朱熹：《诗集传》，《朱子全书》本，上海：上海古籍出版社、安徽教育出版社，2002年，第411页。
⑤ 宋·朱熹：《诗集传》，《朱子全书》本，上海：上海古籍出版社、安徽教育出版社，2002年，第420页。
⑥ 宋·朱熹：《诗集传》，《朱子全书》本，上海：上海古籍出版社、安徽教育出版社，2002年，第420页。
⑦ 宋·朱熹：《诗集传》，《朱子全书》本，上海：上海古籍出版社、安徽教育出版社，2002年，第420页。
⑧ 宋·朱熹：《诗集传》，《朱子全书》本，上海：上海古籍出版社、安徽教育出版社，2002年，第543页。

熹认为以君臣伦理为内容的有《鹿鸣》、《四牡》、《皇皇者华》、《采薇》、《出车》、《杕杜》、《蓼萧》、《湛露》和《彤弓》等,其中《鹿鸣》是溥泛适用的君臣之义,《四牡》是"劳使臣"①,《皇皇者华》是"遣使臣"②,《采薇》是"遣戍役"③,《杕杜》是劳还役④,《出车》是"劳率,故美其功"⑤之诗,《蓼萧》、《湛露》和《彤弓》则是言君主和诸侯之义。《常棣》诗写兄弟之义。《伐木》篇则以朋友之伦为内容。正《大雅》的先王之德主要是周文王之德,此外还涉及后稷、太王等,其中以文王之德为内容者有《文王》、《大明》、《思齐》、《皇矣》、《灵台》等诗。文王之德上合"天理"下得"民心",《文王》诗的"聿修厥德。永言配命"文中的"命"朱熹释为"天理",说"命,天理也。……自修其德,而又常自省察,使其所行无不合于天理"⑥;《皇矣》篇诗文"不识不知,顺帝之则"朱熹则以"帝之则"为"天理",言文王能"不作聪明,以循天理"⑦;《思齐》篇的"肆戎疾不殄,烈假不瑕。不闻亦式,不谏亦入"文,朱熹解为"性与天合","言文王之德如此,故其大难虽不殄绝,而光大亦无玷缺。虽事之无所前闻者,而亦无不合于法度。虽无谏诤之者,而亦未尝不入于善……所谓性与天和是也"⑧;朱熹还进而主张,王道政治的"循天理",其旨归在于得民心,故而《灵台》篇"经始灵台,经之营之。庶民攻之,不日成之"文,朱熹解释为"文王之台,方其经度营表之际,而庶民已来作之,所以不终日而成也。虽文王心恐烦民,戒令勿亟,而民心乐之……不召而自来也"⑨。文王的"敬"德:《文王》篇的"穆穆文王,于缉熙敬止",朱熹解为"言穆穆然

---

① 宋·朱熹:《诗集传》,《朱子全书》本,上海:上海古籍出版社、安徽教育出版社,2002年,第544页。
② 宋·朱熹:《诗集传》,《朱子全书》本,上海:上海古籍出版社、安徽教育出版社,2002年,第547页。
③ 宋·朱熹:《诗集传》,《朱子全书》本,上海:上海古籍出版社、安徽教育出版社,2002年,第552页。
④ 宋·朱熹:《诗集传》,《朱子全书》本,上海:上海古籍出版社、安徽教育出版社,2002年,第557页。
⑤ 宋·朱熹:《诗集传》,《朱子全书》本,上海:上海古籍出版社、安徽教育出版社,2002年,第557页。
⑥ 宋·朱熹:《诗集传》,《朱子全书》本,上海:上海古籍出版社、安徽教育出版社,2002年,第654页。
⑦ 宋·朱熹:《诗集传》,《朱子全书》本,上海:上海古籍出版社、安徽教育出版社,2002年,第668页。
⑧ 宋·朱熹:《诗集传》,《朱子全书》本,上海:上海古籍出版社、安徽教育出版社,2002年,第664页。
⑨ 宋·朱熹:《诗集传》,《朱子全书》本,上海:上海古籍出版社、安徽教育出版社,2002年,第669页。

文王之德不已,其敬如此"①,《大明》篇的"维此文王,小心翼翼"文朱熹解为"恭慎之貌……所谓敬也"②。至于三《颂》伦理学,朱熹曾曰:"《颂》之诗,何尝一言一句不说道理……里面有多少伦序,须是仔细参研,方得,此便是格物穷理。"③朱熹变《风》变《雅》的惩戒之用思想,立足于诗篇内容的非"中和":"凡诗之言善者,可以感人之善心;恶者,可以惩创人之逸志,其用归于使人得其性情之正而已。"④变《风》内容的非"中和",朱熹说:"'发乎情,止乎礼义',又只是说正诗,变《风》何尝止乎礼义!"⑤并指出具体篇章曰:"《桑中》诸篇曰'止乎礼义',则不可。"⑥"《桑中》有甚礼义?"⑦若说变《风》中非"中和"之诗对接受者的作用在于"惩"的话,那么朱熹认为变《雅》主于"戒":"皆一时贤人君子闵世病俗之所为,而圣人取之,其忠厚恻怛之心,陈善闲邪之意。"⑧变《雅》是有识之士秉持中正良心而有感于世积乱离风衰俗怨的鉴戒之作,就诗篇来说:"《六月》至《何草不黄》五十八篇为变《小雅》,《民劳》至《召旻》十三篇为变《大雅》,皆康昭以后作。"⑨

总之,朱熹降而不黜《诗》,废黜汉唐《诗经》学美刺政教的体系,建立新的理学化体系的根基是视《诗》为诗,即不以《诗》篇为高深难测的圣人意旨而以普通诗篇看待进而理解之,用朱熹自己的话说就是当作今人作的诗看待:"读《诗》,且只将做今人做底诗看。"⑩甚至当做自己作的诗看待:"读《诗》正在于吟咏讽诵,观其委曲折旋之意,如吾自作此诗,自然足以感发善心。"⑪朱熹视《诗》为诗,主张将其看作今人甚至自己作的诗来看待,那么他又是怎样看待诗、看待古今诗人诗作的呢?他自己的诗作又是一个怎么样

---

① 宋·朱熹:《诗集传》,《朱子全书》本,上海:上海古籍出版社、安徽教育出版社,2002年,第347页。
② 宋·朱熹:《诗集传》,《朱子全书》本,上海:上海古籍出版社、安徽教育出版社,2002年,第347页。
③ 宋·朱鉴:《诗传遗说》,文渊阁《四库全书》本,经部第75册《诗》类,台湾商务印书馆影印,1986年,第503页。
④ 宋·朱熹:《诗集传》,《朱子全书》本,上海:上海古籍出版社、安徽教育出版社,2002年,第347页。
⑤ 宋·黎靖德编、王星贤校点:《朱子语类》,北京:中华书局,1986年,第2072页。
⑥ 宋·黎靖德编、王星贤校点:《朱子语类》,北京:中华书局,1986年,第2072页。
⑦ 宋·黎靖德编、王星贤校点:《朱子语类》,北京:中华书局,1986年,第2072页。
⑧ 宋·朱熹:《诗集传》,《朱子全书》本,上海:上海古籍出版社、安徽教育出版社,2002年,第351页。
⑨ 宋·朱熹:《诗集传》,《朱子全书》本,上海:上海古籍出版社、安徽教育出版社,2002年,第344页。
⑩ 宋·黎靖德编、王星贤校点:《朱子语类》,北京:中华书局,1986年,第2083页。
⑪ 宋·黎靖德编、王星贤校点:《朱子语类》,北京:中华书局,1986年,第2086页。

的情况呢?

第二节 贬而不废诗

作为理学家乃至理学家代表,朱熹和同时代其他理学家一样,对诗也持贬抑态度。诗是文学的基本样式,贬抑文学逻辑上也包括贬抑诗。他们以文学(文辞)为鄙陋:"彼以文辞而已者,陋矣。"①以文学是道德余事:"力有余则学文。"②甚至有作文"害道"、"玩物丧志"、文人为"俳优"之说③。具体到诗,朱熹曰:"作诗间以数句适怀亦不妨。但不用多作,盖便是陷溺尔。"④又曰:"近世诸公作诗费工夫,要何用?……然到极处,当自知作诗果无益。"⑤又曰:"今人不去讲义理,只去学诗文,已落第二义。"⑥但朱熹又不像有些理学家那样完全否定诗的价值,而是持贬而不废的态度和做法,这和他对《诗经》在经典中的地位的降而不黜是同一的思维和处置模式。朱熹的不废诗表现在两个方面,一是有被明代文徵明誉为"诗人之言"的诗论,二是亲力亲为地创作了千三百首诗并以之名家。

一、"诗人之言"的诗论

朱熹论诗材料于《语类》卷一百四十有辑,另有明人所辑《晦庵诗话》以及今人《宋诗话全编》本《朱熹诗话》。朱熹的诗论,文徵明《晦庵诗话序》的评价可谓公正之论,一曰朱熹"未始不言诗",再曰"其所为论诗,则固诗人之言",指出朱熹不但论诗,而且还是很专业的诗论家。此以《语类》卷一百四十为据考察,发现朱熹论诗时间跨度大、品评诗人多且有明显的侧重。以时代顺序品评的诗人诗作有:周代他论到《关雎》诗,汉代论到乐府,汉魏论到曹操、曹丕诗,六朝他论到陶渊明、谢灵运、刘琨、鲍照等诗人及其诗作,唐代他论到杜甫、李白、韦应物、李隆基、韩愈、李贺、刘叉、白居易、刘禹锡、王维、孟浩然、寒山诗等,宋代他论到石延年、杨亿、苏舜钦、梅尧臣、苏轼、黄庭坚、陈师道、陈与义、秦观、刘季孙(景文)、觉范、参寥、张耒、苏辙诗、崔鷃、潘

---

① 宋·朱熹、吕祖谦:《近思录》,上海:上海古籍出版社,2000年,第32页。
② 宋·朱熹、吕祖谦:《近思录》,上海:上海古籍出版社,2000年,第80页。
③ 宋·朱熹、吕祖谦:《近思录》,上海:上海古籍出版社,2000年,第44页。
④ 宋·黎靖德编、王星贤校点:《朱子语类》,北京:中华书局,1986年,第3333页。
⑤ 宋·黎靖德编、王星贤校点:《朱子语类》,北京:中华书局,1986年,第3333页。
⑥ 宋·黎靖德编、王星贤校点:《朱子语类》,北京:中华书局,1986年,第3334页。

大临、李清照、魏玩(魏夫人)、曾文清、张栻、刘叔通、江文卿、方伯谟父子、黄子厚、徐思远、程克俊、赵昌父、徐斯远、韩仲止、刘淳叟、上官仲恭、杨廷秀等诗人诗作。自周至时下,跨度两千年,品评诗人自曹操起五十余,可谓多矣。但朱熹于各代又不是均衡用力而是有侧重点的,五十位诗人中唐前诗人仅六人,可见其侧重的是唐宋诗,这也合情合理,因为中国诗歌发展到唐宋,才真正走向了它的成熟和高峰。唐宋诗中,他重点论及的是李杜诗和苏门诗人黄庭坚诗及江西诗派诗,因为它们在中国诗史上有重大影响,地位突出,任何论诗者皆不得回避,尽管可以有不同看法。朱熹的诗歌理论主张也是在评论这些诗人诗作时表达出来的,如他的多面向的诗歌风格论。朱熹能辩证地看待诗人的诗风,并能对诗人作心灵洞悉,如他一面说陶渊明的诗"平淡出于自然"①,一面又说陶渊明骨子里豪放,只不过"豪放得来不觉耳。其露出本相者是《咏荆轲》一篇,平淡底人如何说得这样言语出来"②;李白诗以豪放著称,但朱熹却看到其也有"和缓"之处,"李太白诗不专是豪放,亦有雍容和缓底,如……'大雅久不作',多少和缓!"③朱熹还谈到了性格气质和风格的一致关系,他说唐明皇诗风的"飘逸气概"源于其性格气质的"资禀英迈"④,石延年的胸次极高为人豪放则导致了其诗风的"雄豪而缜密方严"⑤;李清照诗的雄风豪气,源于她性格中干干刚健的大丈夫气概:"李有诗,大略云'两汉本继绍,新室如赘疣'云云。'所以嵇中散,至死薄殷周。'中散非汤武得国,引之以比王莽。如此等语,岂女子所能!"⑥除性格气质和诗歌风格的关系外,朱熹还有风土人情和风格关系的理论,他说:"某尝谓气类近,风土远;气类才绝,便从风土去。且如北人居婺州,后来皆做出婺州文章,间有婺州乡谈在里面者,如吕子约辈是也。"⑦但他认为性格气质、风土人情两者对诗歌风格的影响又不是同等的,是前者重要于后者的。朱熹还有诗人诗作的渊源论,除苏黄江西诗人的渊源外,他还具体论到了某些诗人:他说李白诗是在学《文选》,"李太白终始学《选》诗"⑧,李白的古风学陈子昂《感遇诗》,并说"多有全用他句处"⑨;他还以家学渊源论诗,说某人

---

① 宋·黎靖德编、王星贤校点:《朱子语类》,北京:中华书局,1986年,第3324页。
② 宋·黎靖德编、王星贤校点:《朱子语类》,北京:中华书局,1986年,第3325页。
③ 宋·黎靖德编、王星贤校点:《朱子语类》,北京:中华书局,1986年,第3325页。
④ 宋·黎靖德编、王星贤校点:《朱子语类》,北京:中华书局,1986年,第3325页。
⑤ 宋·黎靖德编、王星贤校点:《朱子语类》,北京:中华书局,1986年,第3329页。
⑥ 宋·黎靖德编、王星贤校点:《朱子语类》,北京:中华书局,1986年,第3332页。
⑦ 宋·黎靖德编、王星贤校点:《朱子语类》,北京:中华书局,1986年,第3335页。
⑧ 宋·黎靖德编、王星贤校点:《朱子语类》,北京:中华书局,1986年,第3326页。
⑨ 宋·黎靖德编、王星贤校点:《朱子语类》,北京:中华书局,1986年,第3326页。

"是某人外甥,他家都会做诗,自有文种"①,又说徐思远诗较好是有家学渊源的,他是"程克俊之甥,亦是有源流"②。朱熹还以虚静论创作,认为作不出好诗是因为"心里闹,不虚静之故。不虚不静故不明,不明故不识。若虚静而明,便识好物事。虽百工技艺做得精者,也是他心虚理明,所以做得来精。心里闹,如何见得"③。虚静是成功做事的必备心理状态,作诗当然也不能例外。朱熹的诗论尽管是专业的"诗人之论",但有意无意也会露出理学的马脚,如:"人不可无戒慎恐惧底心。……韩文《斗鸡》联句云'一喷一醒然,再接再砺乃',谓虽困了,一以水喷之便醒。'一喷一醒',即所谓惧也。"④这里就对"一喷一醒然,再接再砺乃"诗句做了理学"戒慎恐惧"内容的解读。朱熹尽管以学诗为第二义,但他还是给出了学诗的正确路径:"作诗先用看李、杜,如士人治本经。本既立,次第方可看苏黄以次诸家诗。"⑤他批评学诗走了弯路者曰:"不去学好底,却只学去做那不好底。作诗不学六朝,又不学李杜,只学那峣崎底。……如近时人学山谷诗,然又不学山谷好底,只学得那山谷不好处。"⑥这也是朱熹贬而不废诗的表现。

二、以诗名家的创作成就

朱熹的贬而不废诗,还表现在他以诗名家,有和诗圣杜甫相当的千三百首诗的创作成果上。朱熹诗歌创作在当时已天下有名,并以此被胡铨举荐朝廷,据《鹤林玉露》甲编卷六:"胡澹庵上章荐诗人十人,朱文公与焉。"⑦他的诗在历史上也屡获好评,宋人李涂就赞其为"《三百篇》之后一人而已"⑧,明人胡应麟《诗薮》则说朱熹古体诗南宋第一。今人钱穆《朱子新学案》说朱熹如果不是一个理学家,也肯定会以诗人而名垂青史。看来,朱熹尽管贬诗,但他确然已在诗歌创作上取得了突出成就。朱熹的诗歌创作和他的诗论是基本一致的。在诗体上,他贯彻了提倡古体而批判今体的主张,其诗作几乎全为古体,并取得了很高的成就,如上文胡应麟就将其评为南宋第一。他主张诗人诗作的渊源,而他的古体诗作也有家学和师承。朱熹的父亲朱松好诗而推崇古体。从朱熹自己为其老师刘子翚的诗集所作的跋文"此病

---

① 宋·黎靖德编、王星贤校点:《朱子语类》,北京:中华书局,1986年,第3335页。
② 宋·黎靖德编、王星贤校点:《朱子语类》,北京:中华书局,1986年,第3331页。
③ 宋·黎靖德编、王星贤校点:《朱子语类》,北京:中华书局,1986年,第3333页。
④ 宋·黎靖德编、王星贤校点:《朱子语类》,北京:中华书局,1986年,第3327页。
⑤ 宋·黎靖德编、王星贤校点:《朱子语类》,北京:中华书局,1986年,第3333页。
⑥ 宋·黎靖德编、王星贤校点:《朱子语类》,北京:中华书局,1986年,第3334页。
⑦ 宋·罗大经:《鹤林玉露》,北京:中华书局,1983年,第112页。
⑧ 元·李涂:《文章精义》,北京:人民文学出版社,1960年,第95页。

翁先生少时所作《闻筝》诗也。规模意态,全是学《文选》《乐府》诸篇,不杂近世俗体,故其气韵高古,而音节华畅"①所流露的褒赞之义,不难得出他的古体诗创作会受其所敬重师尊的影响的结论。朱熹主张诗歌创作"适怀"说,他的诗篇多是有感而发的即时之作,而非为做诗而做诗的苦"做"之得。朱熹的诗作可分为应酬赠答诗、感事抒怀诗、咏物写景诗、理趣理学诗等。应酬赠答诗在朱熹诗作中占了很大的比重,由于这部分诗没有多少社会价值,也多不是哲理感悟的名篇,故而影响不大。说其价值不大,也并非说这类诗一点积极价值也没有,其实,这类诗中的某些篇章,还是有可以称道之处的,如《雨中示魏惇夫兼怀黄子厚二首》就向读者展示了友情之可贵。还有一些游览酬唱之作如知南康军时对山水胜景的描写及其游览之乐的再现也具有较高的审美价值。朱熹的诗有较大社会价值的是那些感事抒怀诗,感事抒怀诗为有感于事的即事命笔之作,如绍兴三十一年(1161年)听说南宋军民取得抗金胜利的消息时,他按捺不住内心的激动与兴奋写下的《感事抒怀十六韵》、《闻二十八日报喜而成诗七首》,有感于民生疾苦的《杉木长涧四首》,还有自己身心处境的心理写照的《夜坐有感》、《病告斋居作》等。咏物写景诗是朱熹诗作中的又一大类,多为对物对事时即时地有感而发,如《邵武道中》是行役游子悲情的书写,《夜闻子规》则是孤寂之感的倾诉。这类诗中最应引起注意的是他的吟咏梅花之作,有《梅花两绝句》及组诗《十梅诗》的《江梅》、《岭梅》、《野梅》、《早梅》、《寒梅》、《小梅》、《疏梅》、《枯梅》、《落梅》、《赋梅》等。朱熹通过对梅花不同情状的咏叹以表现自己当时的心境。朱熹的理趣理学诗是历来最受关注者,这当然是由于其理学宗师的身份所造成。理学诗是宋诗的一类,是理学家以诗的形式阐发理学的内容之作,如邵雍的《伊川击壤集》等。朱熹理学诗的代表是"病中默诵《四书》,随所思记以绝句"②的《训蒙绝句》百首,由"随所思"之语可见也是他"适怀"诗论主张的贯彻,因而在创作的缘起上具有些许的诗性。不惟如此,朱熹的理学诗还多以形象性而给人美的享受,如《克己》③是以"拂垢鉴"喻"克己"的理学修养功夫,《曾点》④诗是"曾点气象"胸次的春游过程的描写。当然,朱熹理学理趣诗中的精品之作,还是那尽人皆知的《观书有感二

---

① 宋·朱熹:《晦庵先生朱文公集》,《朱子全书》本,上海:上海古籍出版社、安徽教育出版社,2002年,第3968页。
② 宋·朱熹著、束景南辑:《朱子佚文辑录·训蒙绝句》,《朱子全书》本,上海:上海古籍出版社、安徽教育出版社,2002年,第5页。
③ 宝鉴当年照胆寒,向来埋没太无端。只今垢尽明全见,还似当年宝鉴看。
④ 春服初成丽景迟,步随流水玩晴漪。微吟缓节归来晚,一任轻风拂面吹。

首》和《春日》一首。其实,我们分朱熹的诗作为应酬赠答诗、感事抒怀诗、咏物写景诗、理趣理学诗等类别,只是为了研究需要的不得已而为之,因为严格说来这并非完全符合朱熹诗作的现实,因这四种之间其实是相互渗透而互有彼此的,如应酬赠答诗、咏物写景诗中也会有理学理趣的内容,咏物写景诗中也有应酬赠答之什如《十梅诗》,正所谓你中有我,我中有你。但无论怎样,有一点是不变的,即即时有所感有所悟的"适怀"之作始终是朱熹诗作的主导面。道学是严肃的,抵制异端邪说的侵袭于隐微之间是醇儒的内在的基本要求,故而朱熹《近思录》专辟"异端之学"一卷,以杨、墨、申、韩、佛、老之学为异端而佛老为害尤甚。朱熹在正规场合批佛老不遗余力,但在他的诗作中,却时不时有佛老思想的流露,就是这个时不时的流露,恰可是其"适怀"为诗主张的证据:《读道书作六首》流露恋仙羡道之意①,《闻蝉》诗"悄悄山郭暗,故园应掩扉。蝉声深树起,林外夕阳稀"以适闻蝉声而以蝉鸣反衬环境的静寂,给人蝉与禅谐音双关的联想,又给人以禅味十足之感。

朱熹反对"做"诗,偏爱古体,主张诗应是"适怀"之作,其实都和一个因素有关,即他于诗歌风格上所提倡的"平易"诗风。因为所有这些,和"平易"诗风的提倡存在着内在的甚至是互为因果的关联。朱熹提倡"平易"诗风,这是他论诗时反复申说的观点,而这种观点其实也适用于他的《诗》学,或者说,他的《诗》学也贯串着"平易"诗学思想,这可以从他以歌谣解释《诗》三百诗篇来证明:十五《国风》是里巷歌谣,《雅》、《颂》之篇是朝廷、宗庙的乐歌。故而可以说,"平易"是朱熹的包括《诗》学、诗论和诗作的"诗"美主张。

第三节 "平易"的诗美主张

如上所述,在"诗"的美学上,朱熹整体上是一个"平易"的主张。他批评程子以义理解《诗》有深化《诗》义之嫌:"程先生《诗传》取义太多。诗人平易,恐不如此。"②批评了张载的言行不一:"横渠云:'置心平易始知《诗》。'然横渠解《诗》多不平易。……云:'横渠解"悠悠苍天,此何人哉"却不平易。'"③批评吕祖谦:"伯恭说《诗》太巧,亦未必然,古人直不如此。

---

① 其一云:王乔吹笙去,列子御风还。至人绝华念,出入有无间。千载但闻名,不见冰玉颜,长啸空宇碧,何许蓬莱山。
② 宋·黎靖德编、王星贤校点:《朱子语类》,北京:中华书局,1986年,第2089页。
③ 宋·黎靖德编、王星贤校点:《朱子语类》,北京:中华书局,1986年,第2090页。

今某说,皆直靠直说。"①而他自己以"平易"解释《诗》三百篇最直接的体现是谓之以歌谣、乐歌。朱熹诗论也反复地标举"平易",以"平易"衡裁历代诗人诗篇。再者,他的诗歌创作也体现其"平易"的诗美主张。

一、以歌谣、乐歌解《诗》

朱熹的以歌谣、乐歌解《诗》指的是他以里巷歌谣说《风》诗和以朝廷、宗庙乐歌说《雅》、《颂》之篇。以里巷歌谣说《风》诗,他曰:"凡《诗》之所谓《风》者,多出于里巷歌谣之作,所谓男女相与咏歌,各言其情者也。"②认为它们是下层男女的"相与咏歌"。朱熹又以正、变别十五《国风》,其中《周南》、《召南》由于是"亲被文王之化以成德,而人皆有以得其性情之正,故其发于言者,乐而不遇于淫,哀而不及于伤"③的"中和"之音,故而为正《风》;其他十三《国风》由于"其国之治乱不同,人之贤否亦异,其所感而发者,有邪正是非之不齐"④,"所谓先王之'风'"⑤的"中和"之音于此而变,故为变《风》。是为朱熹的《风》诗"里巷歌谣"说。从他的"里巷歌谣"说可以得出如下结论:二《南》正《风》诗篇是"中和"的治世之音;变《风》诗篇是乱亡之世的"淫乱"之音。作为"里巷歌谣",二《南》诗篇也是抒情的诗歌,只不过是"中和"之音而已。从情感类型看,据其《诗传》可分赞美、赞叹之情,男女情感,和乐之情三类。抒发赞美、赞叹之情者,如《关雎》篇赞美后妃之德,《樛木》篇赞美后妃不妒忌而能团结众妾,《螽斯》篇赞美后妃不妒忌而能子孙众多,《兔罝》篇赞叹即使兔罝之人也是国家栋梁的社会现象,《麟之趾》篇赞美公之子信厚,《鹊巢》篇赞美诸侯夫人的贞静纯一,《采蘩》和《采蘋》篇赞美诸侯夫人能够守妇道、尽祭祀之礼,《甘棠》篇赞美召伯,《羔羊》篇赞美大夫节俭正直,《小星》篇赞美夫人不妒忌,《江有汜》篇赞美夫人能悔过,《何彼秾矣》篇赞美王姬能敬且和,执妇道等。抒发男女情感的诗篇,根据抒情主体和客体的不同,又可细分为思夫之情、反抗之情、单相思之情和怀春之情等,其中思妇诗最多,涉及的主体也较宽泛。思夫之情者,如《卷耳》是

---

① 宋·黎靖德编、王星贤校点:《朱子语类》,北京:中华书局,1986年,第2092页。
② 宋·朱熹撰、束景南辑:《诗集解》,《朱子全书》本,上海:上海古籍出版社、安徽教育出版社,2002年,第105页。
③ 宋·朱熹撰、束景南辑:《诗集解》,《朱子全书》本,上海:上海古籍出版社、安徽教育出版社,2002年,第105页。
④ 宋·朱熹撰、束景南辑:《诗集解》,《朱子全书》本,上海:上海古籍出版社、安徽教育出版社,2002年,第105页。
⑤ 宋·朱熹撰、束景南辑:《诗集解》,《朱子全书》本,上海:上海古籍出版社、安徽教育出版社,2002年,第105页。

太姒思念文王之诗,《草虫》是大夫妻思念大夫之诗,《汝坟》和《殷其雷》是民间妇女思念丈夫之诗。表达反抗之情者有《行露》和《野有死麕》,朱熹认为两者的共同点在于都是青年女子表达反抗无礼男子强暴的激烈情感。《汉广》表现了一青年男子看上一年轻女子,因为女子贞洁自守而不敢追求的单相思情感,《摽有梅》则是关于一个到当嫁年龄的女子抒发怀春之情的诗篇,这两篇是写单相思的。表现和乐者,如《葛覃》篇写后妃尊贵后依然保留素朴的生活方式,《桃夭》篇是有关民间男女婚姻及时、家庭和睦的内容,《芣苢》篇描写了民间妇女无忧无虑地采摘芣苢的画面。可见在朱熹的解释视野中,二《南》二十五篇篇篇抒情。"淫诗"说是朱熹变《风》乱世之音的代表,它最能体现朱熹《风》诗"里巷歌谣"说的精神实质,因为这些诗篇在今天看来是地道的男女爱情诗,只不过其自由结合是不符合古代伦理规范的"淫奔"而已。依朱熹《诗传》,"淫诗"以《郑风》、《卫风》为代表:"《郑》、《卫》之乐,皆为淫声。然以《诗》考之,《卫诗》三十有九,而淫奔之诗才四之一。《郑诗》二十有一,而'淫奔之诗'已不翅七之五。《卫》犹为男女相悦之词,而《郑》皆为女惑男之语。卫人犹多刺讥惩创之意,而郑人几于荡然无复羞愧悔悟之萌。是以郑声之淫,有甚于卫矣。"① 但"淫诗"的具体篇数朱熹却没有给出,上文的研究发现,他所谓的"淫诗"是所谓关涉淫奔的诗歌,既可以是淫奔之人所作,也可以不是淫奔之人所作。淫奔之人所作之诗,既可以表达淫奔之时的男女相悦,也可以表达如《氓》那样的淫奔之后被抛弃的后悔之意。非淫奔当事人所作的"淫奔之诗",既可以就淫奔表达刺的态度,也可以像《凯风》那样婉辞委谏,当然也可以是其他。这样一来,《卫风》之中"淫奔之诗"恰好十篇,完全符合《诗传》的"四之一"说。而整个变《风》"淫诗"之篇当是四十之数,占《风》诗总篇数一百六十的四分之一强。朱熹认为《雅》、《颂》分别是朝廷、宗庙的乐歌。关于《雅》诗,《诗传》曰:"雅者,正也,正乐之歌也。其篇本有大小之殊,而先儒说又有正变之别。以今考之,正小《雅》,燕飨之乐也;正大《雅》,会朝之乐,受厘陈戒之辞也。故或欢欣和悦,以尽群下之情;或恭敬齐庄,以发先王之德。……及其变也,则事未必同而各以其声附之。"② 朱熹接受旧说别《雅》诗以大小、正变,是朝廷音乐的歌词:正《小雅》是欢欣和悦以尽群下之情的朝廷宴飨的乐词;正《大雅》是恭敬齐庄以发先王之德的会朝之乐的歌词;变小、大《雅》则是用了《雅》

---

① 宋·朱熹:《诗集传》,《朱子全书》本,上海:上海古籍出版社、安徽教育出版社,2002年,第481页。
② 宋·朱熹:《诗集传》,《朱子全书》本,上海:上海古籍出版社、安徽教育出版社,2002年,第543页。

的朝廷之音的乐调,但内容已不再符合原调的主旨而有变化,是为"事未必同而各以其声附之",类似后来的依声填词。总之,朱熹的以乐歌说《雅》《颂》和以"里巷歌谣"说《风》诗有着共同的意图,即《诗》从内容到形式上的"平易"特质。朱熹以《诗》为诗甚至为今人诗,是他《诗》学的出发点和归宿:出发点云者,其意在于《诗》的平易;归宿云者,在于体现其诗歌美学风格的追求和对时人诗歌创作上违背优良传统的提醒,如他曰:"或言今人作诗,多要有出处。曰:'关关雎鸠'出在何处?"①

二、诗论中的"平易"倡导

朱熹的"平易"诗美主张,还体现在他的诗论中。他要求诗"须是平易不费力"②,表扬陆游诗"'春寒催唤客尝酒,夜静卧听儿读书'不费力,好"③,说"韩诗平易"④。朱熹"平易"诗美主张表现在诗体倾向上是重古体而轻今体。古体、今体的不同在于,古体重胸臆的抒发而今体重诗艺的雕刻,古体多真性情的直接表达而易为读者接受因而"平易",今体因诗作者的精力放置在字句的雕琢上而导致内容枯燥隐晦多为读者不易知。朱熹倡导"平易"诗风,故而他崇尚古体而批评今体。他说:"古诗须看西晋以前,如乐府诸作皆佳。杜甫夔州以前诗佳;夔州以后自出规模,不可学。"⑤推重西晋以前古体及褒扬乐府诗而贬抑西晋以后古体,原因在于后者已走向今体而有了格律化倾向;推重杜甫夔州以前诗而批评夔州以后诗"不可学",原因在于杜诗夔州以后诗已是"渐于诗律细"(《遣闷戏呈路十九曹长》)的今体诗。古体、今体倾向也是李杜优劣上朱熹优李劣杜的依据:"李太白终始学《选》诗,所以好。杜子美诗好者亦多是效《选》诗,渐放手,夔州诸诗则不然也。"⑥李白因为始终为古体,所以优于杜甫;因为杜甫夔州以后诗背叛了古体的"平易"而走向了今体,故而朱熹反复地批评杜甫的夔州以后诗。

> 人多说杜子美夔州诗好,此不可晓。夔州诗却说得郑重烦絮,不如他中前有一节诗好。⑦
>
> 杜子美晚年诗都不可晓。吕居仁尝言,诗字字要响。其晚年诗都

---

① 宋·黎靖德编、王星贤校点:《朱子语类》,北京:中华书局,1986 年,第 3324 页。
② 宋·黎靖德编、王星贤校点:《朱子语类》,北京:中华书局,1986 年,第 3328 页。
③ 宋·黎靖德编、王星贤校点:《朱子语类》,北京:中华书局,1986 年,第 3328 页。
④ 宋·黎靖德编、王星贤校点:《朱子语类》,北京:中华书局,1986 年,第 3327 页。
⑤ 宋·黎靖德编、王星贤校点:《朱子语类》,北京:中华书局,1986 年,第 3324 页。
⑥ 宋·黎靖德编、王星贤校点:《朱子语类》,北京:中华书局,1986 年,第 3326 页。
⑦ 宋·黎靖德编、王星贤校点:《朱子语类》,北京:中华书局,1986 年,第 3326 页。

哑了,不知是如何,以为好否?①

　　文字好用经语,亦一病。老杜诗:"致思远恐泥。"东坡写此诗到此句云:"此诗不足为法。"②

　　杜子美"暗飞萤自照",语只是巧。③

朱熹对杜诗的批评,集中体现了他对"平易"诗美的主张,以及由此所导出的推崇古体的态度,且提出了一些和"平易"对立相犯的情况:夔州以前诗好是因为多古体,夔州及以后诗的"郑重烦絮"是指今体即格律化倾向;"平易"要求"字字要响"而杜甫晚年诗"都哑"了;"平易"和用典比如使用"经语"是相互矛盾的;朱熹在批评不合"平易"要求的诗歌诗人时用的最多的是"巧"字,"巧"字的蕴意是指人工雕琢的"做诗"而导致诗不"平易"的意思,如他还在批评李贺诗不"平易"时使用了"巧"字曰"贺诗巧"④。朱熹不厌其烦地数落杜甫今体格律诗的不是,其意也在于针砭当时苏黄,尤其江西诗人的"做"诗风气,因为"做"诗不仅有玩物丧志之嫌,更有违吟咏情性的根本,而苏黄尤其是江西诗人是最推尊杜甫的。也正是出于这个原因,朱熹不但多言杜诗,而且还直接把矛头对准苏黄及江西诗人。他一面以"精绝"赞扬黄庭坚诗"做"得好,一面仍不忘记拿古体诗的标准衡量他:"精绝!知他是用多少工夫。……但只是古诗较自在,山谷则刻意为之。"⑤他尖锐批评江西诗派的诗人"做"诗:"不知穷年穷月做得那诗,要作何用?江西之诗,自山谷一变,至杨廷秀又再变,遂至于此。"⑥批评的立论依据还是"平易",说"本朝杨大年虽巧,然巧之中犹有混成底意思,便巧得来不觉"⑦,欧阳修喜欢梅尧臣诗、王建的"曲径通幽处,禅房花木深"句,均在于其有"平易"特点,朱熹因而批评今人的"做"诗:"今人都不识这意思,只要嵌字,使难字,便云好。"⑧但需要注意的是,朱熹所倡导的"平易"排斥几点误会。一、"平易"不是诗的草率,如他就批评了草率为诗的张耒,说他尽管有些诗写得不错,但"颇率尔,多重用字"⑨;说张栻诗"卧听急雨打芭蕉"句"不

---

① 宋·黎靖德编、王星贤校点:《朱子语类》,北京:中华书局,1986年,第3326页。
② 宋·黎靖德编、王星贤校点:《朱子语类》,北京:中华书局,1986年,第3327页。
③ 宋·黎靖德编、王星贤校点:《朱子语类》,北京:中华书局,1986年,第3327页。
④ 宋·黎靖德编、王星贤校点:《朱子语类》,北京:中华书局,1986年,第3328页。
⑤ 宋·黎靖德编、王星贤校点:《朱子语类》,北京:中华书局,1986年,第3329页。
⑥ 宋·黎靖德编、王星贤校点:《朱子语类》,北京:中华书局,1986年,第3334页。
⑦ 宋·黎靖德编、王星贤校点:《朱子语类》,北京:中华书局,1986年,第3334页。
⑧ 宋·黎靖德编、王星贤校点:《朱子语类》,北京:中华书局,1986年,第3334页。
⑨ 宋·黎靖德编、王星贤校点:《朱子语类》,北京:中华书局,1986年,第3330页。

响",认为"不若作'卧闻急雨到芭蕉'"①,并暗批张的"文字极易成。尝见其就腿上起草,顷刻便就"②的草率为诗。二、"平易"不是语意直露而是"平易"中要含蓄蕴藉,因而他批评梅尧臣诗太直露,说"圣俞诗不好底多。如《河豚诗》,当时诸公说道恁地好,据某看来,只似个上门骂人底诗;只似脱了衣裳,上人门骂人父一般,初无深远底意思"③。朱熹"平易"诗美主张的最终归宿还是在对道体体认后的人诗一体境界,这也是他推崇喜爱韦应物为"平易"诗风最高代表的原因,说韦应物诗"无一字做作,直是自在。其气象近道,意常爱之"④。朱熹认为韦应物诗之所以"高于王维孟浩然诸人"⑤,正在于其"无声色臭味"⑥的人意与诗意一体无间境界,这一点也是韦诗高于陶渊明、杜甫诗之所在:"陶却是有力,但语健而意闲。隐者多是带气负性之人为之。陶欲有为而不能者也,又好名。韦则自在,其诗直有做不着处便倒塌了底。……杜工部等诗常忙了。"⑦朱熹的"平易"诗美主张,还体现在他的诗歌创作上,如上文所及的,他诗作即时即地即事即物的有感而发的"适怀"性,他诗作多为古体之篇且取得巨大成就等,则就是贯彻体现着"平易"的诗美主张的精神实质,鉴于篇幅,此不展开论述。

总之,降而不黜《诗》、贬而不废诗以及"平易"的诗美主张,构成朱熹"诗"学的整体骨架,三者实为朱熹对"诗"态度的三个面向。这三个面向的形成实和他的两个身份有因果关系,一是理学家的身份,再是真知诗有诗情的诗论家、诗人身份。又和他对"诗"创作上的"适怀"说,也即即时、即地、即事、即物情感的抒发有因果关系。从为人生的视角看,朱熹的"诗"学思想无疑是有正面价值的:即时、即地、即事、即物情感的抒发,以及对接受者的感发惩创作用,显然是白居易所谓的"救济人病"、"泄导人情"。但其于诗学的整体来说又是不充足的,因为诗作为文学的重要类型,还要有为艺术的一面,也即诗自身有其作为艺术如声调韵律的内在本质属性,但这要求匠人般地精雕细琢才能完成,而这又恰是朱熹反对的搜肠刮肚的苦"做"。

---

① 宋·黎靖德编、王星贤校点:《朱子语类》,北京:中华书局,1986年,第3331页。
② 宋·黎靖德编、王星贤校点:《朱子语类》,北京:中华书局,1986年,第3331页。
③ 宋·黎靖德编、王星贤校点:《朱子语类》,北京:中华书局,1986年,第3334页。
④ 宋·黎靖德编、王星贤校点:《朱子语类》,北京:中华书局,1986年,第3327页。
⑤ 宋·黎靖德编、王星贤校点:《朱子语类》,北京:中华书局,1986年,第3327页。
⑥ 宋·黎靖德编、王星贤校点:《朱子语类》,北京:中华书局,1986年,第3327页。
⑦ 宋·黎靖德编、王星贤校点:《朱子语类》,北京:中华书局,1986年,第3327页。

第十五章　朱熹《诗经》学与其辞赋学

今天看来,《诗》三百篇、《离骚》("楚辞")无疑均为诗歌,分别代表了中国诗歌的现实主义和浪漫主义的两个源头,但史上较长时期两者的诗歌本质却没有被清楚认识,《诗》三百篇被看作儒家政教的经典文本,《离骚》也以其和辞赋的渊源被判之为文。朱熹尽管整体上没有脱出前人的藩篱,但他却不但看出了《诗经》的诗歌本质,还看出了《离骚》和《诗经》的内在一致性,其标志是以《诗》之"六义"解释《离骚》("楚辞"):

> 不特《诗》也,楚人之词,亦以是而求之,则其寓情草木,托意男女,以极游观之适者,变《风》之流也。其叙事陈情,感今怀古,以不忘乎君臣之义者,变《雅》之类也。至于语冥婚而越礼,摅怨愤而失中,则又《风》、《雅》之再变矣。其语祀神歌舞之盛,则几乎《颂》,而其变也,又有甚焉。其为赋,则如《骚经》首章之云也;比,则香草恶物之类也;兴,则托物兴词,初不取义,如《九歌》沅芷澧兰以兴思公子而未敢言之属也。然《诗》之兴多而比、赋少,《骚》则兴少而比、赋多,要必辨此,而后词义可寻,读者不可以不察也。①

当然,更根本的还在于他的《诗经》学移就于辞赋学的理学本体性。朱熹是理学家,是宋明理学程朱一派的集大成者,他以"理"为核心范畴,以社会人伦为终极关怀,建立了一个贯通天人的哲学体系。朱熹是辞赋理论家,他的《楚辞集注》(包括《楚辞集注》、《楚辞辩证》和《楚辞后语》三书,下文简称《集注》)是楚辞学、辞赋学上的里程碑著作,此外,《语类》卷一百三十九还辑录有他论辞赋的资料。朱熹又是辞赋家,有《白鹿洞赋》②、

---

① 宋·朱熹:《楚辞集注》,《朱子全书》本,上海:上海古籍出版社、安徽教育出版社,2002年,第20页。
② 宋·朱熹:《晦庵先生朱文公集》,《朱子全书》本,上海:上海古籍出版社、安徽教育出版社,2002年,第220—222页。

《感春赋》①、《空同赋》②、《虞帝庙迎送神乐歌词》③、《招隐》④和《反招隐》⑤等辞赋作品传世。鉴于以上，我们以辞赋学冠以朱熹的辞赋学术，而他的辞赋学不仅和其《诗经》学有内在的一致性，更由于《楚辞集注》的晚出，也完全可以理解为辞赋学是《诗经》学的延展。本章将以理学的本体论、以《诗》诠赋的方法论和尊崇骚赋的价值论展开论述。

第一节　理学的本体论

朱熹的时代，王逸、洪兴祖的《楚辞》注释为《楚辞》学的流行传本。朱熹《集注序》赞赏王逸、洪兴祖的《楚辞》解释详于"训诂名物"⑥，而批评其有"害于义理"⑦，意在表明自己将于《楚辞》学的义理上有所建树。实际上，他也确实建立了一个《楚辞》学的义理体系，只不过这个体系并非他所标榜的屈原"文词指意之所出"⑧的屈原本旨，而是一个展示他自己学术主导面的理学《楚辞》解释学，是为理学本体的《楚辞》解释学，也即他的辞赋学的本体是理学。朱熹辞赋学的这一本体特质，还表现在其辞赋创作上。

首先，朱熹辞赋思想的理学本体，体现在他对屈原"过于中庸"⑨、"忠君爱国"⑩的褒贬分明、辩证统一德行的认定上。对屈原德行的评价，史上历

---

① 宋·朱熹：《晦庵先生朱文公集》，《朱子全书》本，上海：上海古籍出版社、安徽教育出版社，2002年，第222页。
② 宋·朱熹：《晦庵先生朱文公集》，《朱子全书》本，上海：上海古籍出版社、安徽教育出版社，2002年，第222—223页。
③ 宋·朱熹：《晦庵先生朱文公集》，《朱子全书》本，上海：上海古籍出版社、安徽教育出版社，2002年，第219—220页。
④ 宋·朱熹：《晦庵先生朱文公集》，《朱子全书》本，上海：上海古籍出版社、安徽教育出版社，2002年，第223—224页。
⑤ 宋·朱熹：《晦庵先生朱文公集》，《朱子全书》本，上海：上海古籍出版社、安徽教育出版社，2002年，第224页。
⑥ 宋·朱熹：《楚辞集注》，《朱子全书》本，上海：上海古籍出版社、安徽教育出版社，2002年，第17页。
⑦ 宋·朱熹：《楚辞集注》，《朱子全书》本，上海：上海古籍出版社、安徽教育出版社，2002年，第17页。
⑧ 宋·朱熹：《楚辞集注》，《朱子全书》本，上海：上海古籍出版社、安徽教育出版社，2002年，第17页。
⑨ 宋·朱熹：《楚辞集注》，《朱子全书》本，上海：上海古籍出版社、安徽教育出版社，2002年，第16页。
⑩ 宋·朱熹：《楚辞集注》，《朱子全书》本，上海：上海古籍出版社、安徽教育出版社，2002年，第16页。

来是褒与贬的两派分流。刘安、司马迁、王逸是褒扬的一派,贬抑的一派有班固、扬雄、颜之推等。《史记·屈原传》说屈原"正道直行,竭忠尽智以事其君"①,称赞屈原德行可和"瑾瑜比洁,日月争光"②。司马迁的观点来源于刘安,其所引刘安《离骚传》语评价屈原德行为志洁行廉:"濯淖污泥之中,蝉蜕于浊秽,以浮游尘埃之外,不获世之滋垢,皭然泥而不滓者也。推此志也,虽与日月争光可也。"③东汉王逸继承刘安之说,说屈原:"膺忠贞之质,体清洁之性,直若砥矢,言若丹青,进不隐其谋,退不顾其命,此诚绝世之行,俊彦之英也。"④而批评班固对屈原的评价是"亏其高明,损其清洁"⑤的不公正的"失厥中"⑥之论。那么班固究竟怎样评价了屈原,致使王逸有谓其失却公允之论呢?原来班固谓屈原"露才扬己,竞于群小之中"⑦而不懂明哲保身。班固说屈原不懂明哲保身,扬雄则说屈原缺乏无为无不为的智慧,《汉书·扬雄传》记载扬雄怪屈原没有做到"得时则大行,不得时则龙蛇"⑧。如果说班固批评屈原不懂明哲保身哲学,扬雄责怪屈原缺少无为无不为的智慧,在贬抑屈原的同时尚有惋惜之意的话,那么颜之推的在班固"露才扬己"的基础上又加了一个"显暴君过"的罪名:"屈原露才扬己,显暴君过。"⑨则是在苛责甚至问罪于屈原了。朱熹对屈原的评价不像先前学者简单地褒扬或者贬抑、肯定或者否定,而是以辩证的态度,中庸的尺度,对屈原的德行做了积极与消极的两面归属。《集注序》云:"原之为人,其志行虽或过于中庸而不可以为法,然皆出于忠君爱国之诚心……虽其不知学于北方,以求周公、仲尼之道……以故醇儒庄士或羞称之。然使世之放臣、屏子、怨妻、去妇抆泪讴吟于下,而所天者幸而听之,则于彼此之间,天性民彝之善,岂不足以交有所发,而增夫三纲五常之重!"⑩朱熹一面批评了屈原德行的不合于中庸之道的"过",一面又肯定了他忠君爱国的初衷;就屈原德行的价值,一面认为醇儒庄士羞于称之以为法,一面又认为他的规讽之旨能感发人的善性而有利于三纲五常的社会人伦。对屈原德行作辩证分析的,朱熹

---

① 汉·司马迁:《史记》,北京:中华书局,1959年,第2482页。
② 汉·司马迁:《史记》,北京:中华书局,1959年,第2504页。
③ 汉·司马迁:《史记》,北京:中华书局,1959年,第2482页。
④ 宋·洪兴祖:《楚辞补注》,北京:中华书局,1983年,第48页。
⑤ 宋·洪兴祖:《楚辞补注》,北京:中华书局,1983年,第48页。
⑥ 宋·洪兴祖:《楚辞补注》,北京:中华书局,1983年,第49页。
⑦ 宋·洪兴祖:《楚辞补注》,北京:中华书局,1983年,第48页。
⑧ 汉·班固:《汉书》,北京:中华书局,1962年,第1531页。
⑨ 檀作文译注:《颜氏家训》,北京:中华书局,2007年,第141页。
⑩ 宋·朱熹:《楚辞集注》,《朱子全书》本,上海:上海古籍出版社、安徽教育出版社,2002年,第16页。

并非第一人,南朝齐梁的刘勰已有意为之,他既表扬了屈原爱国的"忠怨"①,又批评了屈原偏激的"狷狭"②。朱熹和刘勰不同的是:刘勰是对刘安、班固等旧说的调和,朱熹却是基于自己理学体系的新的判断,这一点从朱熹一连串地道理学语汇如"中庸"、"忠君爱国"、"周公仲尼之道"、"醇儒庄士"、"天性民彝"、"三纲五常"等即可见出。朱熹对屈原德行一分为二的辩证评价,可以概括为"过于中庸"和"忠君爱国"。"中庸"原为儒家的一种道德主张,处事方式:"中庸之为德也,其至矣乎!"(《论语·雍也》)后孔子后人子思子作专文《中庸》篇,实现了中庸的思想体系化。到了宋代,二程、朱熹则进一步将其哲理化并纳入理学体系,使其得入《大学》、《中庸》、《论语》、《孟子》所组成的"四书"的新儒家思想承载文本中。"忠君爱国"则无需遑论,因为它一直以来就是传统儒家的重要伦理道德。而两者相较,后者即"忠君爱国"则是处于主导的方面。朱熹尽管不认同屈原"过于中庸",但对他的"忠君爱国"却是大加赞赏的,因为《集注》于屈原作品的具体篇《序》,几乎篇篇强调"忠君爱国"的意指而淡化对其"过于中庸"的指责:《离骚》是屈原"冀君觉悟,反于正道"③之文;《九歌》为屈原寄托"忠君爱国眷恋不忘之意"④之篇;《天问》则为屈原有感于"先王之庙及公卿祠堂"⑤之作;《九章》则是被朱熹赞比《春秋》的"屈原既放,思君念国,随事感触,辄形于声"⑥之章;《远游》,朱熹认为是"屈原既放,悲叹之余,眇观宇宙,陋世俗之卑狭,悼年寿之不长,于是作为此篇。思欲制炼形魂,排空御气,浮游八极,后天而终,以尽反复无穷之世变"⑦所作,实则为屈原在无可奈何之余所表达的忠君爱国之志不得申的愤懑。再者,朱熹关于屈原"过于中庸"、"忠君爱国"德行的认识,还表现在《集注》对其作品具体篇章的章解句释之中,限于篇幅,此不详述。

其次,朱熹《楚辞后语》(下文简称《后语》)的选篇也秉持理学的精神。

---

① 范文澜:《文心雕龙注》,北京:人民文学出版社,1962年,第46页。
② 范文澜:《文心雕龙注》,北京:人民文学出版社,1962年,第47页。
③ 宋·朱熹:《楚辞集注》,《朱子全书》本,上海:上海古籍出版社、安徽教育出版社,2002年,第19页。
④ 宋·朱熹:《楚辞集注》,《朱子全书》本,上海:上海古籍出版社、安徽教育出版社,2002年,第46页。
⑤ 宋·朱熹:《楚辞集注》,《朱子全书》本,上海:上海古籍出版社、安徽教育出版社,2002年,第64页。
⑥ 宋·朱熹:《楚辞集注》,《朱子全书》本,上海:上海古籍出版社、安徽教育出版社,2002年,第87页。
⑦ 宋·朱熹:《楚辞集注》,《朱子全书》本,上海:上海古籍出版社、安徽教育出版社,2002年,第118页。

《后语》选篇主要来自晁补之的《续楚辞》、《变离骚》。朱熹申明《后语》是在纠晁氏之偏而重义理的彰显:"晁氏之为此书,固主于辞而亦不得不兼于义。今因其旧,则其考于辞也宜益精,而择于义也当益严矣,此余之所以兢兢而不得不致其谨也。"①在此思想指导下,朱熹微词宋玉、司马相如的辞赋作品"辞有余而理不足,长于颂美而短于规过"②,赞扬荀子言理赋作如《成相》诸篇的"言奸臣蔽主擅权,驯致移国之祸……可为流涕③;鄙夷扬雄"偷生苟免"④的卑下,而激赏贾谊"卓然命世"⑤的人格和"超然拔出言意之表"⑥的文格。《后语》篇源有两种情况,一是择自晁补之《续楚辞》、《变离骚》,再是朱熹自己增补之篇,其中前者居多。而他的择与补,所坚持的主要标准也是看篇章是否具有理学内蕴。选荀子诸赋因其规讽之旨:"若其义,则首篇所著荀卿子之言,指意深切,词调铿锵,君人者诚能使人朝夕讽诵,不离于其侧……则所以入耳而著心者,岂但广厦细旃,明师劝诵之益而已哉!"⑦弃《高唐》、《神女》、《李姬》、《洛神》之属因其有害于义理:"若《高唐》、《神女》、《李姬》、《洛神》之属,其词若不可废,而皆弃不录,则以义裁之,而断其为礼法之罪人也。"⑧选扬雄、蔡琰之作,是要以其为反面教材,两者相较,则蔡尤有情有可原之处,而扬则无可饶恕之理:"至于扬雄,则未有议其罪者,而余独以为是其失节,亦蔡琰之俦耳。然琰犹知愧而自讼,若雄则反讪前哲以自文,宜又不得与琰比矣。今皆取之,岂不以夫琰之母子无绝道,而于雄则欲因《反骚》……以明天下之大戒也。"⑨选陶渊明辞赋的理由也以义理别于晁补之:"陶翁之词,晁氏以为中和之发,于此不类,特以其为

---

① 宋·朱熹:《楚辞集注》,《朱子全书》本,上海:上海古籍出版社、安徽教育出版社,2002年,第220页。
② 宋·朱熹:《楚辞集注》,《朱子全书》本,上海:上海古籍出版社、安徽教育出版社,2002年,第215页。
③ 宋·朱熹:《楚辞集注》,《朱子全书》本,上海:上海古籍出版社、安徽教育出版社,2002年,第215页。
④ 宋·朱熹:《楚辞集注》,《朱子全书》本,上海:上海古籍出版社、安徽教育出版社,2002年,第215页。
⑤ 宋·朱熹:《楚辞集注》,《朱子全书》本,上海:上海古籍出版社、安徽教育出版社,2002年,第215页。
⑥ 宋·朱熹:《楚辞集注》,《朱子全书》本,上海:上海古籍出版社、安徽教育出版社,2002年,第215页。
⑦ 宋·朱熹:《楚辞集注》,《朱子全书》本,上海:上海古籍出版社、安徽教育出版社,2002年,第221页。
⑧ 宋·朱熹:《楚辞集注》,《朱子全书》本,上海:上海古籍出版社、安徽教育出版社,2002年,第221页。
⑨ 宋·朱熹:《楚辞集注》,《朱子全书》本,上海:上海古籍出版社、安徽教育出版社,2002年,第221页。

古赋之流而取之,是也。抑以其自谓晋臣耻事二姓而言,则其意亦不为不悲矣。序列于此,又何疑焉!"①增补之篇如张载、吕大临之作,则因其是彻底的理学赋。

第三,朱熹的理学辞赋本体思想,还体现在他的辞赋创作上,可以说,朱熹的辞赋作品,均贯串着理学的主线,闪耀着理学的光辉。《白鹿洞赋》的内容,黄震的《黄氏日抄》归纳为:"一章言唐李渤读书旧地,而南唐因创书院。二章言自太宗、真宗增辟,而废于熙宁。三章言今日之再造。四章言讲学之要领而乱之以德业无穷之思。"②朱熹通过白鹿洞书院史的记述,意在表明其要"弘扬圣教的使命感"③,而其开书院的动机,则在于实现以"内圣"开"外王"的理想④。《感春赋》是朱熹淳熙十年(1183年)政治失意后所作,和屈原相同的人生遭际,使得该赋先天继承了屈子的精神,它既有"触世涂之幽险"抑郁之情的抒发,又有忠君爱国之志不得伸张的"悼芳月之既徂兮,思美人而不见"的咏叹。但不同的是,朱熹没有像屈原那样始终以激烈的情感斗争折磨自己甚至最后走向以死明志,而是以读书的方式"孔颜乐处"的智慧调整自己的情绪,正如陈亦韩《朱子可闻诗集》卷五所说:"朱子之乐在读书……盖读书之趣……孔得之而忘流水,颜得之而安箪瓢,曾点识之而陶莫春。尝读朱子《感春赋》,一则曰:'披尘编以三复兮,悟往哲之明训。嗒掩卷以忘言兮,纳遐情于方寸',再则曰:'朝吾履屦而歌商兮,兮又赓之以清琴。夫何千载之遥遥兮,乃独有会于予心',实从读书中指出乐来。"⑤"孔颜乐处"源于孔子及颜回的处于困顿生活境地仍然不改乐观生活态度⑥的实践,是周敦颐提出的理学家津津乐道孜孜追求的人生道德境界的最高理想。和《感春赋》不同,《空同赋》是一篇秋思之作,宋玉曰"悲哉秋之为气",刘禹锡曰"自古逢秋悲寂寥",见出中国古代文学中"悲"是"秋"的情感基调,但朱熹该赋并没有仅仅羁绊于此;"空同"是道家的概念范畴,是《关尹子·九药》对"道"之情状的描述:"道者,或曰凝寂,或曰邃深,或曰澄澈,或曰空

---

① 宋·朱熹:《楚辞集注》,《朱子全书》本,上海:上海古籍出版社、安徽教育出版社,2002年,第221页。
② 清·浦铣:《复小斋赋话》,上海:上海古籍出版社,2007年,第302页。
③ 刘培,《理学的张扬与自信心的凸显——论南宋中期辞赋创作的新变》,《复旦学报(社会科学版)》2011年,第5期。
④ 王仕强:《典范的意义——朱熹的辞赋创作》,《辽东学院学报(社会科学版)》2012年,第1期。
⑤ 曾枣庄:《宋代辞赋全编》,成都:四川大学出版社,2008年,第931页。
⑥ 孔子说:"饭疏食饮水,曲肱而枕之,乐亦在其中矣。不义而富且贵,于我如浮云。"(《论语·述而》)又说:"一箪食,一瓢饮,在陋巷,人不堪其忧,回也不改其乐。贤哉回也。"(《论语·雍也》)

同。"指的是道体的虚空混沌,但朱熹却没有流连于道家而不返。因为尽管他也"心憭慄而弗怡","超吾升彼昆仑",却终究以"信真际之明融兮,又何必怀此梦也"作结。"真际"即真实的社会伦理生活,"明融"解"昭明融液",是理学对圣人之心通达事理无施不可状态的描述。朱熹《论语集注》以"圣人之心,浑然一理,泛应曲当,用各不同"解释一以贯之的忠恕之道。有学生以明融(昭明融液)理解其义问:"《集注》云:'圣人之心,浑然一理,泛应曲当,用各不同。'此恐是圣人之心昭明融液,无丝毫间断,随事逐物,泛应曲酬,只是自然流出来。"朱熹答曰:"如此则全在'忠'字上,这段正好在'恕'字上看。圣人之意,正谓曾子每事已自做得是。"①《虞帝庙迎送神乐歌词》是应酬虞帝神庙新成的仿《九歌》之作,明许学夷于其有"直逼屈原《九歌》"②之评价。其中的"皇之仁兮如在,子我民兮不穷以"、"七政协兮群生"等文寄托着朱熹的"仁政"思想。隐逸文化是中国文化很有特色的一面,提起它,人们马上想到道家、道教,其实它并非道家的专利,儒家也有隐逸,只不过两家隐逸的客观成因和主观意愿不同罢了。大致说来,道家隐逸在于修身养性以求益寿延年甚至长生不老,主观愿望大于客观因素的作用;儒家隐逸多为所谓"邦无道"所致,隐逸的动机则在于坚守节操以达"内圣"的修养。朱熹的两篇拟楚辞之《招隐士》的《招隐》与《反招隐》,其实是通过后者对前者的回答,阐明隐士之所以隐或者不得不隐的儒家隐逸思想:尽管山中环境恶劣不易生存,但出于"人间虽乐此心与谁同"的无奈,也只好"不问箪瓢屡空,但抱明月甘长终"的"孔颜乐处"中寻求自己的人生归宿了。

朱熹作为理学家,他以理学为本体的辞赋思想本来是顺理成章的事,但辞赋毕竟是文学作品,故而朱熹理学辞赋学中理学与文学的矛盾亦在所难免。如他一面说屈原之作是"过于中庸"的"怨怼激发"之词,一面又自毁长城地说屈原之作乃"不甚怨君"之文:"楚词不甚怨君。今被诸家解得都成怨君,不成模样。《九歌》是托神以为君,言人间隔,不可企及,如己不得亲近于君之意。以此观之,他便不是怨君。至《山鬼》篇,不可以君为山鬼,又倒说山鬼欲亲人而不可得之意。"③当然,我们对朱熹的矛盾也要辩证地看待,因为关于屈原之作的解释学毕竟不是作品自身。

---

① 宋·黎靖德编、王星贤校点:《朱子语类》,北京:中华书局,1986年,第684页。
② 明·许学夷:《诗源辩体》,北京:人民文学出版社,1987年,第420页。
③ 宋·黎靖德编、王星贤校点:《朱子语类》,北京:中华书局,1986年,第3297页。

第二节 以《诗》诠赋的方法论

依朱熹的学术历时,他的《诗经》学早于他的《楚辞》学。而他对《诗经》、《楚辞》文学作品特质的洞察,使得他的"楚辞"学使用了以《诗》诠赋的方法论,这又首先表现在其以《诗》诠《骚》上。朱熹的以《诗》诠《骚》是对王逸等旧"楚辞"学的扬弃;还是他《诗》学影响下的结果,如以《诗》之"六义"解释"楚辞";深刻体认到《离骚》作为诗歌的抒情性,将抒发"忠君爱国"之志不得申的幽怨之情作为"楚辞"的本质特征。以《诗》诠赋既是朱熹辞赋思想的方法论,也是其辞赋创作的方法论。

朱熹之前,楚辞解释学的里程碑文本有东汉王逸的《楚辞章句》和同为宋代而略早的洪兴祖的《楚辞补注》(下文简称《补注》)。王逸注的基本方法是从儒家"五经"视角诠释《楚辞》,即所谓的依经立义,将屈原之作看作儒家经典的附庸,从字里行间寻摘类似于"五经"的文句而加以比附:"'帝高阳之苗裔',则《诗》'厥初生民,时惟姜嫄'也;'纫秋兰以为佩',则'将翱将翔,佩玉琼琚'也;'昔揽洲之宿莽',则《易》'潜龙勿用'也;'驷玉虬而乘鹥',则《易》'时乘六龙以御天'也;'就重华而陈词',则《尚书》咎繇之谋谟也;'登昆仑而涉流沙',则《禹贡》之敷土也。"①但是,王逸的以经学诠释楚辞,并不意味着他对屈作的文学价值一无所识,实际上,在东汉文学已经走向自觉的情况下,他在坚持以"五经"诠释《离骚》前提的同时,已更多地在以《诗》诠《骚》。据统计,其所引的儒家典籍中,《诗》被引用多达95处,明显地占据主要地位,除这些直接引用的以外,在各章叙中和阐发句意时都或多或少运用了两汉《诗经》学的阐释手法来标举大旨,概括己意②。这一点也为王逸自己所说破:"《离骚》之文,依《诗》取兴,引类譬喻。故善鸟香草,以配忠贞;恶禽臭物,以比谗佞;灵修美人,以媲于君;宓妃佚女,以譬贤臣;虬龙鸾凤,以托君子;飘风云霓,以为小人。"③他看出了《离骚》表现手法上的比喻象征是对《诗经》的继承,但需要说明的是,一定程度上注意到《离骚》的诗歌特质甚至是很高比例的以《诗》诠《骚》,并不能改变其依托"五经"解释楚辞的主导面,故而他的牵强附会为后来的刘勰所辨。刘勰的《文心雕龙·辨骚》提出了《离骚》与儒家经典的"四同四异"说:"四同"的"典

---

① 宋·洪兴祖:《楚辞补注》,北京:中华书局,1983年,第49页。
② 龚敏:《以〈诗〉释〈骚〉——论王逸〈楚辞章句〉的注释方式》,《船山学刊》2004年,第2期。
③ 宋·洪兴祖:《楚辞补注》,北京:中华书局,1983年,第2—3页。

诡之体"①、"规讽之旨"②、"比兴之义"③、"忠怨之词"④等,是对王逸观点的支持;"丰隆求宓妃,鸩鸟媒娀女"⑤的"诡异之辞"⑥,"木夫九首,土伯三目"⑦的"谲怪之谈"⑧等,是对王逸的辨正,指出了《骚》不同于儒家经典的独立价值。洪兴祖的《补注》是对王逸《楚辞章句》的补充,其主要内容在于搜罗王逸之后的"楚辞"解释新材料,以补充纠正王逸之说,但于王以"五经"解释"楚辞"的方法论上,没有颠覆性革新性的突出成就,故而他没有突破王的窠臼。同为宋代学者,朱熹的"楚辞"解释方法论上和洪兴祖则迥然不同,他彻底否定了王逸的"五经"附会,跳脱出他的"五经"框架,走上了独以《诗》诠《骚》的崭新路途。

朱熹的《诗经》学是颠覆汉唐《诗经》学的新《诗经》学,是中国《诗经》学史上《毛传》后的又一座丰碑。"六义"说则是其新《诗经》学的重要内容,而将"六义"用于"楚辞"学,是朱熹以《诗》诠《骚》方法论的重要体现。《诗》之"六义",文出《诗大序》:"《诗》有六义焉:一曰风,二曰赋,三曰比,四曰兴,五曰雅,六曰颂。"⑨《大序》的"六义"在《周礼》那里名为"六诗":大师……教六诗,曰风、曰赋、曰比、曰兴、曰雅、曰颂。以六德为之本,以六律为之音。⑩ 是承载道德内涵并结合音乐用来育人的"诗"的六种类型。《大序》在分别阐发"六义"之义时,却只解释了风、雅、颂而不及赋、比、兴:"一国之事,系一人之本,谓之风;言天下之事,形四方之风,谓之雅。雅者,正也,言王政之所由废兴也。政有大小,故有小雅焉,有大雅焉。颂者,美盛德之形容,以其成功告于神明者也。"这就给后来学人比如朱熹等预留了研究的空间。朱熹在前人的基础上,构建了一个完整的《诗经》学的"六义"说体系。他把"六义"看作《诗经》甚至诗歌的本质特征,说它是"《三百篇》之纲领管辖"⑪,要求读诗诵诗者"需得'六义'之体"⑫,

---

① 范文澜:《文心雕龙注》,北京:人民文学出版社,1962年,第46页。
② 范文澜:《文心雕龙注》,北京:人民文学出版社,1962年,第46页。
③ 范文澜:《文心雕龙注》,北京:人民文学出版社,1962年,第46页。
④ 范文澜:《文心雕龙注》,北京:人民文学出版社,1962年,第46页。
⑤ 范文澜:《文心雕龙注》,北京:人民文学出版社,1962年,第46页。
⑥ 范文澜:《文心雕龙注》,北京:人民文学出版社,1962年,第46页。
⑦ 范文澜:《文心雕龙注》,北京:人民文学出版社,1962年,第47页。
⑧ 范文澜:《文心雕龙注》,北京:人民文学出版社,1962年,第47页。
⑨ 唐·孔颖达:《毛诗正义》,《十三经注疏》本,北京:北京大学出版社,1999年,第11页。
⑩ 唐·贾公彦:《周礼注疏》,《唐宋注疏十三经》本,北京:中华书局,1998年,第228页。
⑪ 宋·朱熹:《诗集传》,《朱子全书》本,上海:上海古籍出版社、安徽教育出版社,2002年,第344页。
⑫ 宋·朱鉴:《诗传遗说》,文渊阁《四库全书》本,经部第75册《诗》类,台北:台湾商务印书馆影印,1986年,第532页。

"先辨乎此"①。朱熹还形象地以"三经三纬"说"六义",将之分为《风》、《雅》、《颂》和赋、比、兴两组,认为"三经"指赋、比、兴,它们是《诗经》的三种创作方法;"三纬"指《风》、《雅》、《颂》,是按照内容分的《诗经》的三种类型;"三纬"的《诗经》诗篇文本要藉由"三经"的创作方法来完成。用朱熹自己的话说:"三经是赋、比、兴,是做诗底骨子,无诗不有,才无,则不成诗。盖不是赋便是比,不是比便是兴。如《风》、《雅》、《颂》,却是里面横串底,都有赋、比、兴,故谓之三纬。"②可见,朱熹不光是将"三经"看作《诗经》的创作手法,而且还将其看做所有诗歌创作的不二法门。在其辞赋思想上,朱熹则将其《诗经》学上的"六义"说用于"楚辞"学,构成其以《诗》诠赋的重要内容。他认为"楚辞"也符合六义的要求:"不特《诗》也,楚人之词,亦以是而求之。"③就"三纬"来说,朱熹是在用变《风》、《雅》、《颂》看待"楚辞":"其寓情草木,托意男女,以极游观之适者,变《风》之流也;其叙事陈情,感今怀古,以不忘乎君臣之义者,变《雅》之类也。至于语冥婚而越礼,摅怨愤而失中,则又《风》、《雅》之再变矣。其语祀神歌舞之盛,则几乎《颂》,而其变也,又有甚焉。"④变《风》、《雅》、《颂》是古人包括朱熹的说《诗》之法,其以内容的是否中正和平别以正、变的不同,朱熹认为二《南》是中和之音故为正《风》,其他列国之风内容有"邪正是非之不齐"⑤故为变《风》,而那些以"闵世病俗"⑥为内容的《雅》之篇章,则被目为变《雅》。朱熹以变《风》、《雅》、《颂》甚至再变说"楚辞",尽管对于伟大的文学作品《离骚》来说未必公正,但这一标尺,确也能够给了解楚辞内容提供重要借鉴。至于以"三经"的赋、比、兴诠释"楚辞",朱熹不但指出了《诗》、《骚》的以赋、比、兴为创作手法之同:"赋,则如《骚经》首章之云也;比,则香草恶物之类也;兴,则托物兴词,初不取义,如《九歌》沅芷澧兰以兴思公子而未敢言之

---

① 宋·朱鉴:《诗传遗说》,文渊阁《四库全书》本,经部第75册《诗》类,台北:台湾商务印书馆影印,1986年,第536页。
② 宋·朱鉴:《诗传遗说》,文渊阁《四库全书》本,经部第75册《诗》类,台北:台湾商务印书馆影印,1986年,第533页。
③ 宋·朱熹:《楚辞集注》,《朱子全书》本,上海:上海古籍出版社、安徽教育出版社,2002年,第20页。
④ 宋·朱熹:《楚辞集注》,《朱子全书》本,上海:上海古籍出版社、安徽教育出版社,2002年,第20页。
⑤ 宋·朱熹:《诗集传》,《朱子全书》本,上海:上海古籍出版社、安徽教育出版社,2002年,第351页。
⑥ 宋·朱熹:《诗集传》,《朱子全书》本,上海:上海古籍出版社、安徽教育出版社,2002年,第351页。

属也。"①还分辨了两者各有侧重之异:"然《诗》之兴多而比、赋少,《骚》则兴少而比、赋多。"②

同为以《诗》诠《骚》,朱熹和刘安是有所不同的。刘安尽管也认为《离骚》是抒发"忧愁幽思"的怨情之作:屈平疾王听之不聪也,谗谄之蔽明也,邪曲之害公也,方正之不容也,故忧愁幽思而作《离骚》。"离骚"者,犹离忧也。夫天者,人之始也;父母者,人之本也。人穷则反本,故劳苦倦极,未尝不呼天也;疾痛惨怛,未尝不呼父母也。屈平正道行直,竭忠尽智以事其君,谗人间之,可谓穷矣!信而见疑,忠而被谤,能无怨乎?屈平之作《离骚》,盖自怨生也。《国风》好色而不淫,《小雅》怨诽而不乱,若《离骚》者,可谓兼之矣。③ 但又主张其兼有《国风》的好色而不淫、小《雅》的怨悱而不乱,说明他框于孔子的"《关雎》乐而不淫,哀而不伤"的"中和"说,不认为《诗经》中的篇章有非"中和"之音,则《离骚》自然也不是违背中和标准的抒发强烈情感的诗篇。朱熹则不同,他从诗歌的实际内容出发,不但认为《诗经》三百篇中有非"中和"的变《风》之音,甚至有一定数量离经叛道以男女私情为内容的淫奔"恶诗",如《诗传》说《郑风》四分之一《卫风》不少于七分之五为淫奔之诗④。对于这些非"中和"之音,朱熹分别使用了于作者的人之常情和于读者的惩创逸志给以解释。人之常情者,如不合礼义的少女怀春而求嫁的《召南·摽有梅》诗,朱熹的说法是:"《摽有梅》诗女子自言婚姻之意如此,看来自非正理,但人情亦自有如此者。"⑤朱熹不同意孔子删诗的存善去恶观点,而主张《诗》三百篇内容的善恶俱存,故而"思无邪"不是诗歌内容的"无邪",而是对于读者的作用:"善者,可以感人之善心;恶者,可以惩创人之逸志,其用归于使人得其性情之正。"⑥他把这一方法用于楚辞解释,首先科学地认识到了屈原之作所抒发的是"穷而呼天,疾痛而呼父母"⑦幽忿不

---

① 宋·朱熹:《楚辞集注》,《朱子全书》本,上海:上海古籍出版社、安徽教育出版社,2002年,第20页。
② 宋·朱熹:《楚辞集注》,《朱子全书》本,上海:上海古籍出版社、安徽教育出版社,2002年,第20页。
③ 汉·司马迁:《史记》,北京:中华书局,1959年,第2482页。
④ 宋·朱熹:《诗集传》,《朱子全书》本,上海:上海古籍出版社、安徽教育出版社,2002年,第481页。
⑤ 宋·朱鉴:《诗传遗说》,文渊阁《四库全书》本,经部第75册《诗》类,台北:台湾商务印书馆影印,1986年,第549页。
⑥ 宋·朱熹:《诗集传》,《朱子全书》本,上海:上海古籍出版社、安徽教育出版社,2002年,第347页。
⑦ 宋·朱熹:《楚辞集注》,《朱子全书》本,上海:上海古籍出版社、安徽教育出版社,2002年,第220页。

能自已之情,然后又解以情有可原和对读者的积极作用:屈原之作尽管"辞旨虽或流于跌宕怪神,怨怼激发而不可以为训"①,但因"皆生于缱绻恻怛、不能自已之至意"②而为人之常情,故情有可原;尽管并非"中和"之音,但使"世之放臣、屏子、怨妻、去妇,抆泪讴吟于下,而所天者幸而听之"③,则于"彼此之间、天性民彝之善"④足以"交有所发"⑤而达到"增夫三纲五常之重"⑥的敦风厚俗之效。也是出于对屈原之作抒情性的认识:他批评王逸、洪兴祖的"楚辞"注释"迂滞而远于性情"⑦而"使原之所为壹郁而不得申于当年者,又晦昧而不见白于后世"⑧;其《后语》的选文,也要求"必其出于幽忧穷蹙怨慕凄凉之意,乃为得其余韵"⑨的赋篇,如蔡琰虽有失民族大义和妇人之节,但其《悲愤诗》与《胡笳》因有"愧而自讼"⑩之旨和母子骨肉分离的悲愤之情的抒发,为"虽不规规于楚语,而其哀怨发中,不能自已之言,要为贤于不病而呻吟者也"⑪,则得以入选《后语》中,再有陶渊明的《归去来兮辞》,晁补之以为是"中和"之音的古赋,朱熹却以其内蕴"耻事二姓"⑫的悲情而选入《后语》。

陆机《文赋》曰:"诗缘情而绮靡,赋体物而浏亮。"⑬他鲜明地指出了诗

---

① 宋·朱熹:《楚辞集注》,《朱子全书》本,上海:上海古籍出版社、安徽教育出版社,2002年,第16页。
② 宋·朱熹:《楚辞集注》,《朱子全书》本,上海:上海古籍出版社、安徽教育出版社,2002年,第16页。
③ 宋·朱熹:《楚辞集注》,《朱子全书》本,上海:上海古籍出版社、安徽教育出版社,2002年,第16页。
④ 宋·朱熹:《楚辞集注》,《朱子全书》本,上海:上海古籍出版社、安徽教育出版社,2002年,第16页。
⑤ 宋·朱熹:《楚辞集注》,《朱子全书》本,上海:上海古籍出版社、安徽教育出版社,2002年,第16页。
⑥ 宋·朱熹:《楚辞集注》,《朱子全书》本,上海:上海古籍出版社、安徽教育出版社,2002年,第16页。
⑦ 宋·朱熹:《楚辞集注》,《朱子全书》本,上海:上海古籍出版社、安徽教育出版社,2002年,第17页。
⑧ 宋·朱熹:《楚辞集注》,《朱子全书》本,上海:上海古籍出版社、安徽教育出版社,2002年,第17页。
⑨ 宋·朱熹:《楚辞集注》,《朱子全书》本,上海:上海古籍出版社、安徽教育出版社,2002年,第220—221页。
⑩ 宋·朱熹:《楚辞集注》,《朱子全书》本,上海:上海古籍出版社、安徽教育出版社,2002年,第221页。
⑪ 宋·朱熹:《楚辞集注》,《朱子全书》本,上海:上海古籍出版社、安徽教育出版社,2002年,第256页。
⑫ 宋·朱熹:《楚辞集注》,《朱子全书》本,上海:上海古籍出版社、安徽教育出版社,2002年,第221页。
⑬ 张少康:《文赋集释》,北京:人民文学出版社,2002年,第99页。

与赋的分野在于诗主情感的抒发而赋重物事的描摹。朱熹以《诗》诠赋,客观上也可理解为他的以诗为赋主张的辞赋思想,这一思想在他自己的辞赋创作上表现为以诗为赋的特征。他认为屈原在以体物的方式抒发幽思郁结的情感,而他自己的赋作多也是这一情感基调。朱熹的三篇以赋名篇之作——《白鹿洞赋》、《感春赋》、《空同赋》,均有郁结不适情感的直白抒发,表现在具体的语词上如:《白鹿洞赋》的"闵原田之告病"的"闵"字,《感春赋》的"怅佳辰之不可再兮"的"怅"字及"孰知吾心之永伤"的"伤"字,《空同赋》的"心懰慄而弗怡"的"弗怡"一词等。同为郁结不适情感的抒发,朱熹和屈原的悲愤郁结不能自已不同,而是最终以出游的方式、理学的体味得以纾解:《白鹿洞赋》中他出游而"驾乎山之塘",从"昔山人之隐处"中得到隐逸以解忧的启发;《感春赋》中他初"揽余辔其安之"而终有"狗耕野之初志"之悟,《空同赋》中他则由空同之梦境而后返回真际之明融。可见,朱熹郁结不适之情的走向不再是屈原百结的愁肠和发越的忿怼,而是稍作沉郁后即归于理性的平和,这是他自己《诗》学"中和"美学追求在辞赋作品中的实现。表面看来,朱熹坚定主张《诗》三百篇中有大量的不符合"中和"美学要求的诗歌,和他"中和"之美的美学追求相矛盾,但这两个看似矛盾的命题在他的诗歌接受论中是得到统一的:《诗》之内容善者之篇可以感发人之善心,恶者可以惩创人之逸志,而善心之被感发和逸志之被惩创,最终都走向了情感的"中和",因而说"中和"是朱熹的美学追求是完全客观合适的。从某种意义上说,这也是他一边说屈原辞赋过于"中庸",但却不惜精力而亲为注释之原因。比、兴手法的运用,也是朱熹以诗为赋的体现:《感春赋》的"悼芳月之既徂兮,思美人而不见。彼美人之修嫭兮,超独处乎明光。结丹霞以为绶兮,佩明月而为珰。怅佳辰之不可再兮,怀德音之不可忘",是以"芳月"、"美人"譬喻君主,以"丹霞"、"明月"譬己之高洁,"佳辰"、"德音"则是喻君臣的遇合;《空同赋》的"何孟秋之玄夜兮,心懰慄而弗怡"两句是赋而比而兴的赋、比、兴手法的兼用,因为"何孟秋之玄夜兮"既是"心懰慄而弗怡"的时间交代,同时"孟秋之玄夜"还是"慄慄而弗怡"心情的比喻,在行文上又起到引出下句的作用。当然,在赋、比、兴手法的运用上,朱熹自己的辞赋创作也正如他比较《诗经》和《楚辞》之别时所指出的前者是赋少而比、兴多,后者是赋多而比、兴少那样,是赋多而比兴少的,如他的《白鹿洞赋》即全用赋体。

需要指出的是,朱熹的以《诗》诠《骚》仅是其楚辞解释上的方法论,并不意味着他已和我们今天一样将《离骚》看作伟大的浪漫主义诗歌,而是仍将其视为于文类上和诗歌同等地位的赋体。这一论断有两个证据支撑,一是《集注》中《离骚》没有和辞赋分离而仍被归为辞赋的文类,再是后人所纂其语录的《语类》,也将其关于《离骚》的言说归入"论文"类下的非"诗话"中。其实,鉴于时代认识的原因,朱熹的视《骚》为辞赋而不是诗歌并无可厚非,因为这是中国古代文学理论思想的一贯传统:视《骚》为赋并以不同的标准对赋作分类研究。以内容的不同,有诗人之赋与辞人之赋之分;以历时序的时代风格体制的不同,则有骚赋、汉大赋、六朝俳赋、唐律赋、宋文赋的演变历程。

第三节 尊崇骚赋的价值论

中国是赋的大国,赋是中国文学一以贯之的样式,赋学理论批评是文学理论批评的重要支脉,赋的体类是赋学批评的重要内容。朱熹是史上著名的赋学批评家,尊崇骚赋是他的赋体倾向,是他的赋体价值论。朱熹尊崇骚赋的直接表现是《集注·离骚序》的"《离骚》为辞赋之祖"①观点的明确表达。朱熹的尊崇骚赋在他的辞赋思想和创作上均有突出表现。

从某种意义上说,中国的一部赋史,是一部赋体的演变史,和一代有一代之文学的逻辑一样,赋体的发展也可谓一代有一代之赋体,正所谓楚汉骚赋、汉大赋、六朝俳赋、唐律赋、宋文赋也。朱熹的尊崇骚赋,又表现在对赋史上其他赋体的贬抑上,而其对其他赋体的贬抑,又具体表现在《后语》的选篇中。朱熹既然目屈《骚》为辞赋祖宗,那么后代赋体则逻辑上均应为楚辞的派生,《后语》云者,实质是以骚体的尺度来衡裁后代赋作的尊崇骚赋。首先是对汉大赋的贬抑,这有两点可以证明。一是《后语序》谈及选择赋篇的"宏衍巨丽之观……不得而与"②的标准,其中的"宏衍巨丽"即是指汉大赋铺张扬厉的行文风格。在这一思想指导下,被后人称作汉赋四大家的司马相如、扬雄、班固、张衡四人的汉大赋代表作《子虚赋》、《上林赋》、《甘泉赋》、《羽猎赋》、《两都赋》、《二京赋》,无一得列入《后语》。四大家赋作得以列入者,惟司马相如的《长门赋》和《哀二世赋》。这其中的奥妙,《哀二世赋序》明白道破:"相如之文,能侈而不能约,能逸而不能谅。其《上林》、《子虚》之作,既以夸丽而不得入于《楚词》,《大人》之于《远游》,其渔猎又泰甚,

---

① 宋·朱熹:《楚辞集注》,《朱子全书》本,上海:上海古籍出版社、安徽教育出版社,2002年,第20页。
② 宋·朱熹:《楚辞集注》,《朱子全书》本,上海:上海古籍出版社、安徽教育出版社,2002年,第221页。

然亦终归于谀也。特此二篇,为有讽谏之意。"①原来,除了宏衍巨丽的铺张扬厉风格外,汉大赋的受到贬抑,更在于其创作动机的欲讽却实谀已背离骚赋的规讽之旨。其次是对六朝俳赋和唐律赋的漠视。辞赋创作发展到六朝时期,俳赋衍为主流而蔚成大观。俳赋又称骈赋,因形式的骈俪化而得名。说它是六朝赋体主流而蔚成大观,是因为在这一时期它不但是取代汉大赋的赋体,更在于它于赋作的篇数上超过了汉大赋,以及赋家数倍于汉大赋作家,如建安诸家、魏晋名士等大多均是俳赋创作的高手。这么多的赋家赋篇,有幸入选《后语》者仅王粲《登楼赋》和陶渊明《归去来分辞》两篇,这和汉代入选的十五篇比起来,可谓少之又少了。而从《登楼赋序》可见,即使择入这两篇,也是象征性地勉强给个指标而已:"《登楼》之作去楚词远,又不及汉,然尤过曹植、潘岳、陆机愁咏闲居怀旧众作。"②象征性地选入两篇,反映了俳赋的去骚赋甚远,无怪乎朱熹对其采取漠视态度了。如果说《后语》选入俳赋两篇是对俳赋的漠视,那么《后语》所选唐人辞赋二十余篇竟无一篇律赋,则是对这一有唐一代之赋体的漠视有加。之所以如此,不惟在于该应试赋体的远离骚赋,更在于它几乎不再有任何的思想和艺术价值而沦为文字游戏的地步,正如明代徐师曾所评:"律赋……以音律谐协对偶精切为工,而情与辞皆置弗论。"③赋体至宋,变而为文赋。文赋者,即元祝尧《古赋辨体》所谓"一片之文,押几个韵尔"④的以赋的结构、古文语言所写作的韵文,其代表作是欧阳修的《秋声赋》和苏轼的前、后《赤壁赋》。朱熹《后语》尽管没有择入宋代文赋,但对其态度却不是像对待俳赋、律赋的漠视,因为他曾批评欧阳修、苏轼的不作骚赋:"宋朝文章之盛,前世莫不推欧阳文忠公、南丰曾公与眉山苏公,相继迭起,各以文擅名一世。独于楚人之赋,有未数数然者。"⑤批评他们不作骚赋,实则是不认可他们的文赋。不认可欧阳修、苏轼的文赋,当然是不认可文赋之体。

朱熹尊崇骚体而贬抑漠视其他赋体的原因尽管有很多,但有两点是很主要的:一是骚体内容上的规讽之旨是其他赋体所没有的,再是其他赋体于创作形式上已不再是骚体那样的平易之文。规讽之旨上,他以"诗人之赋"目屈《骚》,并以之作为《后语》择赋篇的主要标准。中国赋学批评史上

---

① 宋·朱熹:《楚辞集注》,《朱子全书》本,上海:上海古籍出版社、安徽教育出版社,2002年,第245页。
② 宋·朱熹:《楚辞集注》,《朱子全书》本,上海:上海古籍出版社、安徽教育出版社,2002年,第271页。
③ 明·徐师曾:《文体明辨序说》,北京:人民文学出版社,1998年,第101页。
④ 元·祝尧:《古赋辨体》,上海:上海古籍出版社,1993年,第124页。
⑤ 清·李调元:《赋话》,《丛书集成初编》本,上海:商务印书馆,1936年,第40页。

关于赋体的分类,较早的是扬雄,他以"诗人之赋丽以则,辞人之赋丽以淫"①的判断而两分赋体为"诗人之赋"与"辞人之赋"。两者的根本不同,当下有学者认为在"讽"与"劝"上,其"讽"(经义)与"劝"(词章),正是区分"诗人"与"辞人"的核心标准②。"讽"即传统《诗经》学的规讽之旨,"劝"即传统汉大赋的劝励之意,也即有补于世道人心和有助于奢靡之风的区别。在两者的价值取向上,扬雄是倾向"诗人之赋"而贬斥"辞人之赋"的。他的所谓"辞人之赋"的赋家是不包括屈原的景差、唐勒、宋玉、枚乘等,可见已将屈赋入"诗人之赋"了。朱熹继承扬雄的观点,也以"诗人之赋"目屈原之作,因其能"使世之放臣、屏子、怨妻、去妇,抆泪讴吟于下,而所天者幸而听之,则于彼此之间、天性民彝之善,岂不足以交有所发,而增夫三纲五常之重? 此于之所以每有味于其言,而不敢直以'词人之赋'视之也。"荀子之赋,后人看来尽管从主题上和屈原之赋并非一路,二者的区别在于抒情和阐理的不同,如刘师培《论文杂记》认为:屈原是写怀之赋,其源出于《诗经》;荀卿是阐理之赋,其源出于儒、道两家。③ 但朱熹却因其"指意深切,词调铿锵,君人者诚能使人朝夕讽诵,不离于其侧……则所以入耳而著作心者,岂但广厦细旃,明师劝诵之益而已哉"④而"眷眷而不能忘"⑤列之于《后语》。《高唐》、《神女》、《李姬》、《洛神》等篇尽管"其词若不可废"⑥,但由于朱熹质疑"何讽益之有"⑦,而不得入选《后语》。平易之文上,朱熹说"楚词平易"⑧,"平易"即"平说":"古人文章,大率只是平说。"⑨"平易"、"平说"落实到具体的直观上涉及三点内容:一是"信口恁地说,皆自成文"⑩的口语性;再是俗语性,他赞赏沈括以俗语解释"些"字,说"楚些,沈存中以'些'为

---

① 汪荣宝:《法言义疏》,《新编诸子集成》本,北京:中华书局,1987年,第49页。
② 许结:《从"诗赋"到"骚赋"——赋论传统之传法定祖新说》,《四川师范大学学报(社会科学版)》2010年,第6期。
③ 陈良运:《中国历代赋学曲学论著选》,南昌:百花洲文艺出版社,2002年,第478页。
④ 宋·朱熹:《楚辞集注》,《朱子全书》本,上海:上海古籍出版社、安徽教育出版社,2002年,第221页。
⑤ 宋·朱熹:《楚辞集注》,《朱子全书》本,上海:上海古籍出版社、安徽教育出版社,2002年,第221页。
⑥ 宋·朱熹:《楚辞集注》,《朱子全书》本,上海:上海古籍出版社、安徽教育出版社,2002年,第221页。
⑦ 宋·朱熹:《楚辞集注》,《朱子全书》本,上海:上海古籍出版社、安徽教育出版社,2002年,第221页。
⑧ 宋·黎靖德编、王星贤校点:《朱子语类》,北京:中华书局,1986年,第3299页。
⑨ 宋·黎靖德编、王星贤校点:《朱子语类》,北京:中华书局,1986年,第3299页。
⑩ 宋·黎靖德编、王星贤校点:《朱子语类》,北京:中华书局,1986年,第3299页。

咒语,如今释子念'娑婆诃'三合声,而巫人之祷亦有此声。此却说得好"①,因而批评"今人只求之于雅,而不求之于俗"②的错误;三是"无奇字",认为"《离骚》初无奇字,只恁说将去,自是好"③。握持骚体的平易之文刀尺,朱熹批评后世赋体的汉大赋为求夸饰的苦做:班固扬雄以下,皆是做文字。④六朝俳赋用语上的刻意对仗:"汉末以后,只做属对文字,直至后来,只管弱。"⑤指出"《文选》齐梁间江总之徒,赋皆不好了"⑥,六朝而后降而为律赋,则于平易更是每况愈下了,对于宋代,朱熹则有"入本朝来,《骚》学殆绝,秦黄晁张之徒不足学"⑦之叹。朱熹说骚体是平易之文,并以之衡裁千年赋作,和他一贯的论文主张是血脉贯通的。也就是说,平易之文不仅是他的辞赋主张,还是他的诗文主张,如他讲文道关系时说的"文皆从道中流出"的"流"字显然是自然平易之义的形象表达,他的"关关雎鸠,出自何处?"⑧对"今人作诗,多要有出处"⑨的反问,他说"诗须是平易,不费力"⑩并举陆游诗"春寒催唤客尝酒,夜静卧听儿读书"⑪为范例,皆无疑是其诗歌观点的平易指向。

朱熹的辞赋创作,也很好地贯彻着他尊崇骚体的思想。但是,说他的辞赋创作贯彻着尊崇骚体的思想,并非说他对辞赋的其他体制一无所取。其实,他的辞赋创作在坚持骚赋主体的同时,也对其他赋体的有价值之处有所吸收运用。在体制的选择上,他的《虞帝庙迎送神乐歌词》和《招隐操》自然是骚体之作,而其《白鹿洞赋》、《感春赋》、《空同赋》三篇以赋名篇的赋作,也均是骚体,因为它们既不是汉大赋的宏丽巨衍,也不是俳赋的对偶艳丽,更不是律赋的格律严整而毫无生气,最后也不是文赋的以赋名篇的押韵之文。在规讽之旨上,朱熹的辞赋创作不但继承了这一精神而且还最大限度地提升到了哲理的高度。就儒家来说,规讽云者,无非是要将广大社会成员纳入到其三纲五常的伦理体系中,以实现所谓的太平盛世。实现这一任务的重要方法,则是通过教育的方式开学以养正,培养成员的内圣与外王,《白

---

① 宋·黎靖德编、王星贤校点:《朱子语类》,北京:中华书局,1986年,第3298页。
② 宋·黎靖德编、王星贤校点:《朱子语类》,北京:中华书局,1986年,第3299页。
③ 宋·黎靖德编、王星贤校点:《朱子语类》,北京:中华书局,1986年,第3299页。
④ 宋·黎靖德编、王星贤校点:《朱子语类》,北京:中华书局,1986年,第3298页。
⑤ 宋·黎靖德编、王星贤校点:《朱子语类》,北京:中华书局,1986年,第3298页。
⑥ 宋·黎靖德编、王星贤校点:《朱子语类》,北京:中华书局,1986年,第3300页。
⑦ 宋·黎靖德编、王星贤校点:《朱子语类》,北京:中华书局,1986年,第3299页。
⑧ 宋·黎靖德编、王星贤校点:《朱子语类》,北京:中华书局,1986年,第3324页。
⑨ 宋·黎靖德编、王星贤校点:《朱子语类》,北京:中华书局,1986年,第3324页。
⑩ 宋·黎靖德编、王星贤校点:《朱子语类》,北京:中华书局,1986年,第3328页。
⑪ 宋·黎靖德编、王星贤校点:《朱子语类》,北京:中华书局,1986年,第3328页。

鹿洞赋》就恰恰是朱熹这一理想的有意识的表达：面对"抱遗经而来集"的莘莘学子，他作为洞主，于《白鹿洞赋》立片言以居要——"谨巷颜之攸执"，表明了自己的办学宗旨。"巷颜"之典即上文所述及的被理学家形容为光风霁月的内圣最高境界的"孔颜乐处"。《感春赋》也有如骚赋的"思美人而不见"的忠君爱国志向不得申的"心之永伤"，但其结果却没有走屈原"过于中庸"的老路，而是在"朝吾屦履而歌商兮，夕又赓之以清琴"的"孔颜乐处"中给予身心以归宿。《空同赋》之梦与君合，"灵修顾予而一笑兮，欢并坐之从容"，以反衬自己忠君之志的深切和真实生活的残酷，但以现代文学理论的观点来看，梦本身可是一种由现实生活所导致的不平情绪的平衡和排遣方式，看来朱熹的梦并非自然的形成，而是人为的、有意识的梦，其动机也是不想使自己及其赋作再如屈原的"过于中庸"。在平易之文上，他的赋作可谓是其主张的具体落实，如他说屈《骚》不用奇字，而他自己的赋作，也几乎没有使用生僻奇字画物以逞才。读他的赋作，不会有忙于阅读铺张之文而难得要领的烦躁，以及华丽藻饰、格律下空洞无物的失望，有的却是阅读几近"平话"般的文字后对作者心迹的领会和哲理获取的愉悦。由于有平易之文特征的通篇赋不便于举例，故而这里只好作概括性的描述。但是，赋体的发展毕竟经过了诸体的过程，朱熹作为通家也难免有意无意受到骚体之外其他体制的浸染，如《感春赋》之末章：

> 悼芳月之既徂兮，思美人而不见。
> 彼美人之修婷兮，超独处乎明光。
> 结丹霞以为绶兮，佩明月而为珰。
> 怅佳辰之不可再兮，怀德音之不可忘。
> 乐吾之乐兮，诚不可以终极；忧子之忧兮，孰知吾心之永伤。

上文除"彼美人之修婷兮，超独处乎明光"两句外全用对仗，就是朱熹对俳赋创作方法上的借鉴。再如有学人指出的朱熹《白鹿洞赋》中的两个相当生僻的字，"一个是'三点水'加'虢'字，谷攉切，音虢，陌韵。一是'草头'加'尊'字，族稳切，音鳟，萧韵"，是"深得汉代大赋之三昧"，因为"汉代的大赋是有意识地要使用许多生僻字的"①，即可为朱熹骚赋吸收利用其他赋体的又一证据。

---

① 张思齐：《从〈白鹿洞赋〉看朱熹的诗意栖居》，《西华大学学报（哲学社会科学版）》2008年，第6期。

朱熹以时代新哲学的理学统领其辞赋思想与创作，敏锐地发现并标举辞赋尤其是屈原赋作的诗歌属性，强调辞赋内容上的规讽之旨和形式上的平易之文，且切实贯彻到自己的辞赋创作之中，所有这些，均说明他的辞赋思想和创作是进步的。但朱熹的辞赋思想又是有局限的：强制以理学笼罩作为文学作品的所有辞赋尤其是屈原《离骚》，是理性哲学对感性文学的独裁；以《诗》诠赋但又视之为文，是因为对《离骚》诗歌本质认识的不到位和不彻底；尊崇骚体而贬抑其他赋体，则是朱熹的辞赋思想和创作缺乏历史视野和发展眼光的表现。

参考文献

一、典籍著作类

B

[1]《白虎通疏证》,清·陈立,《新编诸子集成》本,北京:中华书局,1984年。

C

[2]《陈亮集》,宋·陈亮,北京:中华书局,1987年。

[3]《楚辞集注》,宋·朱熹,《朱子全书》本,上海:上海古籍出版社、安徽教育出版社,2002年。

[4]《春秋繁露》,汉·董仲舒,《二十二子》本,上海:上海古籍出版社,1986年。

[5]《春秋左传注疏》,唐·孔颖达,《唐宋注疏十三经》本,北京:中华书局,1998年。

D

[6]《道德经》,周·李耳,《二十二子》本,上海:上海古籍出版社,1986年。

E

[7]《二程集》,宋·程颢、程颐,北京:中华书局,1981年。

G

[8]《古史辨》(第3册),顾颉刚,上海:上海古籍出版社,1982年。

[9]《管子》,周·管仲,《二十二子》本,上海:上海古籍出版社,1986年。

H

[10]《韩非子》,周·韩非,《二十二子》本,上海:上海古籍出版社,1986年。

[11]《汉魏六朝百三名家集》,明·张溥,南京:江苏古籍出版社,2002年。

[12]《晦庵先生朱文公集》,宋·朱熹,《朱子全书》本,上海:上海古籍出版

社、安徽教育出版社,2002年。

K

[13]《孔子诗论研究》,陈桐生,北京:中华书局,2004年。

L

[14]《老子校释》,朱谦之,《新编诸子集成》本,北京:中华书局,1984年。

[15]《礼记注疏》,唐·孔颖达,《唐宋注疏十三经》本,北京:中华书局,1998年。

[16]《六臣注文选》,梁·萧统编,唐·李善等注,北京:中华书局,1987年。

[17]《陆九渊集》,宋·陆九渊,北京:中华书局,1980年。

[18]《吕氏家塾读诗记》,宋·吕祖谦,文渊阁《四库全书》本,经部第73册《诗》类,台北:台湾商务印书馆影印版,1986年。

[19]《论法的精神》,[法]孟德斯鸠,张雁深译,北京:商务印书馆,1961年。

[20]《论衡注释》,北京大学历史系《论衡》注释小组,北京:中华书局,1979年。

[21]《论语正义》,清·刘宝楠,北京:中华书局,1990年。

[22]《论语注疏》,宋·邢昺,《唐宋注疏十三经》本,北京:中华书局,1998年。

[23]《论庄子哲学体系的骨架》,束景南,桂林:广西师范大学出版社,2003年。

M

[24]《毛诗传笺通释》,清·马瑞辰,北京:中华书局,1989年。

[25]《毛诗注疏》,唐·孔颖达,《唐宋注疏十三经》本,北京:中华书局,1998年。

[26]《美学》,[德]黑格尔,朱光潜译,北京:商务印书馆,1981年。

[27]《美学三书》,李泽厚,合肥:安徽文艺出版社,1999年。

[28]《孟子注疏》,宋·孙奭疏,《唐宋注疏十三经》本,北京:中华书局,1998年。

[29]《墨子》,周·墨翟,《二十二子》本,上海:上海古籍出版社,1986年。

P

[30]《判断力批判》,[德]康德著,邓小芒译,北京:人民出版社,2002年。

S

[31]《尚书注疏》,唐·孔颖达,《唐宋注疏十三经》本,北京:中华书局,1998年。

[32]《诗本义》,宋·欧阳修,《四部丛刊》本,上海涵芬楼影宋本。
[33]《诗辨妄》,宋·郑樵,顾颉刚辑,北平:朴社出版社,1933年。
[34]《诗补传》,宋·范处义,《通志堂经解》本,台北:汉京文化事业公司,1980年。
[35]《诗传遗说》,宋·朱鉴,文渊阁《四库全书》本,经部第75册《诗》类,台湾商务印书馆影印版,1986年。
[36]《诗集传》,宋·苏辙,文渊阁《四库全书》本,经部第56册《诗》类,台湾商务印书馆影印版,1986年。
[37]《诗集传》,宋·朱熹,《朱子全书》本,上海:上海古籍出版社、安徽教育出版社,2002年。
[38]《诗集解》,宋·朱熹,束景南辑,《朱子全书》本,上海:上海古籍出版社、安徽教育出版社,2002年。
[39]《诗经通论》,清·姚际恒,北京:中华书局,1958年。
[40]《诗经研究史概要》,夏传才,郑州:中州书画社,1982年。
[41]《诗经译注》,程俊英,上海:上海古籍出版社,1985年。
[42]《诗经原始》,清·方玉润,北京:中华书局,1986年。
[43]《诗论》,朱光潜,北京:生活·读书·新知三联书店,1984年。
[44]《诗品》,梁·钟嵘,清·何文焕辑《历代诗话》本,北京:中华书局,1981年。
[45]《诗三百解题》,陈子展,上海:复旦大学出版社,2001年。
[46]《诗三家义集疏》,清·王先谦,北京:中华书局,1987年。
[47]《什么是艺术》,[俄]托尔斯泰,何永祥译,南京:江苏美术出版社,1990年。
[48]《史记》,汉·司马迁,北京:中华书局,1959年。
[49]《士与中国文化·道统与政统之间——中国知识分子的原始形态》,余英时,上海:上海人民出版社,2003年。
[50]《说诗晬语》,清·沈德潜,北京:人民文学出版社,1979年。
[51]《思无邪斋诗经论稿》,夏传才,北京:学苑出版社,2000年。
[52]《四库全书总目》,清·永瑢等,北京:中华书局,1965年。
[53]《四书集注》,宋·朱熹,南京:凤凰出版社,2005年。
[54]《宋代经学之研究》,汪惠敏,台北:师大书苑(出版发行),1989年。
[55]《宋代诗经文献研究》,郝桂敏,北京:中国社会科学出版社,2006年。
[56]《宋明理学研究》,张立文,北京:中国人民大学出版社,1985年。
[57]《宋元学案》,清·黄宗羲等,北京:中华书局,1986年。

[58]《岁寒堂诗话》,宋·张戒,丁福保辑《历代诗话续编》本,北京:中华书局,1983年。

W

[59]《文心雕龙注》,范文澜,北京:人民文学出版社,1958年。
[60]《文学理论》,[美]韦勒克、沃伦,刘象愚等译,南京:江苏教育出版社,2005年。

X

[61]《西方美学史》,朱光潜,北京:人民文学出版社,1979年。
[62]《先秦两汉诗经研究论稿》,袁长江,北京:学苑出版社,1999年。
[63]《心理学与文学》,[奥地利]荣格,冯川、苏克译,北京:生活·读书·新知三联书店,1987年。
[64]《续资治通鉴》,清·毕沅,北京:中华书局,1957年。

Y

[65]《叶适集》,宋·叶适,北京:中华书局,1961年。
[66]《仪礼注疏》,唐·贾公彦,《唐宋注疏十三经》本,北京:中华书局,1998年。
[67]《艺术哲学》,[法]丹纳,张伟译,北京:人民文学出版社,1963年。

Z

[68]《张载集》,宋·张载,北京:中华书局,1978年。
[69]《真理与方法》,[德]伽达默尔,上海:洪汉鼎译,上海译文出版社,1999年,第187页。
[70]《中国伦理思想研究》,张岱年,南京:江苏教育出版社,2005年。
[71]《中国伦理学史》,蔡元培,北京:商务印书馆,1999年。
[72]《中国诗学体系论》,陈良运,北京:中国社会科学出版社,1992年。
[73]《中国思想史论》,李泽厚,合肥:安徽文艺出版社,1999年。
[74]《中国宋代哲学》,石训、姚瀛艇,郑州:河南人民出版社,1992年。
[75]《中国文学批评史》,蔡镇楚,北京:中华书局,2005年。
[76]《中国文学批评史》,郭绍虞,上海:上海古籍出版社,1979年。
[77]《中国文学批评史大纲》,朱东润,上海:上海古籍出版社,2001年。
[78]《中国哲学史》,冯友兰,上海:华东师范大学出版社,2000年。
[79]《中国哲学史》,任继愈主编,北京:人民出版社,1963年。
[80]《周敦颐集》,宋·周敦颐,北京:中华书局,1990年。
[81]《周礼注疏》,唐·贾公彦,《唐宋注疏十三经》本,北京:中华书局,1998年。

[82]《周易注疏》,唐·孔颖达,《唐宋注疏十三经》本,北京:中华书局,1998年。
[83]《朱熹的历史世界》,余英时,北京:生活·读书·新知三联书店,2004年。
[84]《朱熹的思维世界》,田浩,西安:陕西师范大学出版社,2002年。
[85]《朱熹的终极关怀》,赵峰,上海:华东师范大学出版社,2004年。
[86]《朱熹经典解释学研究》,曹海东,武汉:湖北人民出版社,2007年。
[87]《朱熹经学与中国经学》,蔡方鹿,北京:人民出版社,2004年。
[88]《朱熹年谱长编》,束景南,上海:华东师范大学出版社,2001年。
[89]《朱熹评传》,张立文,南京:南京大学出版社,1998年。
[90]《朱熹诗经诠释学美学研究》,邹其昌,北京:商务印书馆,2004年。
[91]《朱熹诗经学论稿》,张祝平,长春:吉林人民出版社,2000年。
[92]《朱熹诗经学研究》,檀作文,北京:学苑出版社,2003年。
[93]《朱熹文学研究》,莫砺锋,南京:南京大学出版社,2000年。
[94]《朱熹佚文辑考》,束景南,南京:江苏古籍出版社,1991年。
[95]《朱熹哲学研究》,陈来,上海:华东师范大学出版社,2000年。
[96]《朱子大传》,束景南,北京:商务印书馆,2003年。
[97]《朱子理学美学》,潘立勇,北京:东方出版社,1999年。
[98]《朱子新学案》,钱穆,成都:巴蜀书社,1986年。
[99]《朱子学提纲》,钱穆,北京:生活·读书·新知三联书店,2002年。
[100]《朱子语类》,宋·黎靖德编,北京:中华书局,1986年。
[101]《朱熹思想研究》,张立文,北京:中国社会科学出版社,2001年。

二、学术论文类

B

[102]《北宋诸家〈春秋〉学的"王道"论述及其论辩关系》,江湄,《哲学研究》2007年,第7期。

C

[103]《〈春秋〉与王道》,邓国光,《中国文化研究》,2010年,春之卷。
[104]《传统〈诗经〉学的重大历史转折——朱熹"以〈诗〉言〈诗〉"说申论》,汪大白,《安徽师范大学学报(人文社会科学版)》2001年,第2期。
[105]《从经学走向文学——朱熹淫诗说的实质》,莫砺锋,《文学评论》2001年,第2期。

[106]《从静女看诗经毛亨朱熹解释的差异》,匡鹏飞,《沈阳师范学院学报》2001年,第3期。

[107]《从诗集传看朱熹的理学思想》,周焕卿,《宁波大学学报(人文科学版)》2002年,第3期。

D

[108]《读朱熹诗集传》,向熹,《乐山师范学院学报》2002年,第4期。

G

[109]《关于朱熹反毛诗序问题的探讨》,陈国平,《常州技术师范学院学报》1996年,第1期。

J

[110]《经典诠释与体系建构——朱熹〈孟子集注〉的诠释特色及其时代性分析》,朱松美,《孔子研究》2005年,第4期。

K

[111]《孔子诗论与朱子诗集传诗学理论的文化传承》,周淑舫,《潮州师范学院学报》2006年,第3期。

L

[112]《论"郑声淫"——回到朱熹的时代去》,刘树胜,《沧州师专学报》2001年,第2期。

[113]《论朱熹〈大学〉章句的解释特点》,陈来,《文史哲》2007年,第2期。

[114]《论朱熹的"感物道情"与"交感"说》,邹其昌,《江汉论坛》2004年,第1期。

[115]《论朱熹对经典文本的体验诠释》,尉利工,《中州学刊》2011年,第6期。

[116]《论朱熹诗集传》,张启成,《贵州文史丛刊》1995年,第2期。

[117]《论朱熹诗集传之淫诗说》,姚海燕,《上海师范大学学报(社会科学版)》1998年,第1期。

N

[118]《南宋吕祖谦、朱熹"淫诗说"驳议述评》,李家树,《河北师范大学学报》2005年,第1期。

P

[119]《评朱熹的"道心"说》,傅云龙,《孔子研究》1991年,第2期。

Q

[120]《浅论中国心性论的特点》,蒙培元,《孔子研究》1987年,第4期。

R

[121]《儒家"心性之学"的界定、历史发展与前景》,胡伟希,《孔子研究》1993年,第3期。

S

[122]《试论朱熹对〈中庸〉的"发现"与"重构"》,李文波,《华南师范大学学报(哲学社会科学版)》2005年,第4期。

[123]《说涵泳》,吴功正,《福建论坛(人文社会科学版)》2006年,第6期。

[124]《宋代理学心性论及其特征》,蔡方鹿,《哲学研究》1992年,第10期。

[125]《宋代疑古惑经思潮与诗经研究——兼论朱熹对"〈诗经〉学"的贡献》,殷光熹,《思想战线》1996年,第5期。

Y

[126]《也谈朱熹"诗教"旨趣》,王倩,《晋中学院学报》2006年,第1期。

Z

[127]《中国传统哲学的主体性思想》,赵馥洁,《青海社会科学》1991年,第6期。

[128]《中国古典哲学中的主体观念》,张岱年,《理论月刊》1988年,第2期。

[129]《中国哲学关于理性的学说》,张岱年,《哲学研究》1985年,第11期。

[130]《朱熹"心统性情"说新论》,蔡方鹿,《孔子研究》1991年,第4期。

[131]《朱熹"郑声淫"辨析》,韦丹,《贵州教育学院学报(社会科学版)》2001年,第1期。

[132]《朱熹〈中庸〉解释方法论》,郑熊,《西北大学学报(哲学社会科学版)》2010年,第6期。

[133]《朱熹〈中庸章句〉及其儒学思想》,陈来,《中国文化研究》2007年,夏之卷。

[134]《朱熹的〈周礼〉思想》,殷慧、肖永明,《湖南大学学报(社会科学版)》2008年,第1期。

[135]《朱熹的读诗方法论》,张祝平,《南通师范学院学报(哲学社会科学版)》2001年,第2期。

[136]《朱熹的易学解释学》,李兰芝,《周易研究》1997年,第2期。

[137]《朱熹对诗经文学性的深刻体认》,檀作文,《首都师范大学学报(社会科学版)》2004年,第2期。

[138]《朱熹礼学思想建设的启示》,殷慧、肖永明,《湖南大学学报(社会科学版)》2011年,第1期。

[139]《朱熹劝善惩恶诗经说在日本的际遇》,王小平,《天津师大学报》1996年,第4期。
[140]《朱熹诗集传阐释方法分析》,董芬,《江苏大学学报(社会科学版)》2005年,第6期。
[141]《朱熹诗集传叶音考辨》,陈广忠,《安徽大学学报(哲学社会科学版)》1999年,第2期。
[142]《朱熹诗集传征引宋人诗说考论》,耿纪平,《河南教育学院学报(哲学社会科学版)》2006年,第2期。
[143]《朱熹诗经接受中体现的美学思想》,宁宇、苏常忠,《岱宗学刊》2005年,第2期。
[144]《朱熹诗经解释方法新探》,张旭曙,《江汉论坛》1998年,第1期。
[145]《朱熹诗说述要》,邹然、金龙,《南昌大学学报》2002年,第4期。
[146]《朱熹文学研究之三大论著》,吴长庚,《上饶师专学报》1995年,第2期。
[147]《朱熹易学思想研究》,李秋丽,山东大学硕士论文,2003年。
[148]《朱熹哲学的"心统性情"说》,陈来,《浙江学刊》1986年,第6期。
[149]《朱熹注评"二南"诗得失初探》,李珑,《社科纵横》1999年,第5期。
[150]《朱子诗学特征略论》,褚斌杰,《河北师范大学学报》1998年,第2期。

后　　记

　　吾师束景南先生在序中说本书系余"历经十余年思考研究"撰写而成。"十余年"云者，实可粗分三个阶段。第一阶段，2004年至2006年，这一时期主要是歆慕束先生于朱子学上的成就，开始有意接触、搜集朱熹《诗经》学材料，并于2006年春天通过考试投到先生门下攻读博士学位，此可谓"思考研究"朱熹《诗经》学的准备期。第二阶段，2007年至2009年，这一时期是在束先生精心指导下潜心、系统研究朱熹《诗经》学时期，研究成果是2008年12月2日通过答辩的博士学位论文——《朱熹〈诗经〉解释学研究》，该论文20余万字，可谓初步取得成果时期。第三阶段，2009年至今，是关于朱熹《诗经》学在博士论文基础上的继续研究时期。第三阶段研究的特点之一是以博士论文为前期成果申报课题，并以课题为依托展开深入的继续研究，所申报课题有河南省社科联调研课题（2009年度，题目为"朱熹《诗经》学的王道思想研究"）、河南省青年骨干教师计划项目（2011年度，题目为"朱熹《诗经》学的理学本体研究"）以及贵州师范大学博士科研项目（2012年度，题目为"朱熹'诗'研究"）等，还有，当然也是最重要的，是和博士论文同名申报获批的国家社科基金项目（2012年度）；第三阶段的特点之二，是2012年以来，该书作为国家课题研究和编辑出版过程中，所得到的上海古籍出版社专家学者型编审老师的精审指教与殷切厚爱。十年耕耘，一朝收获，在此15章40余万字拙作——《朱熹〈诗经〉解释学研究》即将付梓之际，我的内心为感激之情所充溢。感激之情表现为感谢的话语，可有：感谢吾师束景南先生，感谢上海古籍出版社，感谢绵延数千年历史文化的伟大祖国，以及一切应当感谢的人文物产、山河大地、日月星辰！

　　2014年10月10日于贵州师范大学宝山校区博士周转房3——7室

图书在版编目(CIP)数据

朱熹《诗经》解释学研究 / 郝永著. ——上海：上海古籍出版社，2014.12
（国家社科基金后期资助项目）
ISBN 978-7-5325-7394-3

Ⅰ.①朱… Ⅱ.①郝… Ⅲ.①古体诗—诗集—中国—春秋时代②《诗经》—研究 Ⅳ.①I222.2

中国版本图书馆CIP数据核字(2014)第202144号

国家社科基金后期资助项目
朱熹《诗经》解释学研究
郝 永 著
上海世纪出版股份有限公司
上 海 古 籍 出 版 社 出版
（上海瑞金二路272号 邮政编码：200020）
（1）网址：www.guji.com.cn
（2）E-mail：guji1@guji.com.cn
（3）易文网网址：www.ewen.co
上海世纪出版股份有限公司发行中心发行经销　上海商务联西印刷有限公司印刷
开本787×1092　1/16　印张27.75　插页2　字数483,000
2014年12月第1版　2014年12月第1次印刷
ISBN 978-7-5325-7394-3
B·879　定价：98.00元
如有质量问题，请与承印公司联系